希腊神话

〔俄〕尼·库恩 著
荣洁 赵为 译

中華書局

图书在版编目(CIP)数据

希腊神话/(俄罗斯)尼·库恩著;荣洁,赵为译. —北京:中华书局,2018.8
(国民阅读经典)
ISBN 978-7-101-13374-5

Ⅰ.希… Ⅱ.①尼…②荣…③赵… Ⅲ.神话-作品集-古希腊 Ⅳ.I545.73

中国版本图书馆CIP数据核字(2018)第172253号

书　　名　希腊神话
著　　者　〔俄〕尼·库恩
译　　者　荣　洁　赵　为
丛 书 名　国民阅读经典
责任编辑　傅　可
出版发行　中华书局
(北京市丰台区太平桥西里38号　100073)
http://www.zhbc.com.cn
E-mail:zhbc@zhbc.com.cn
印　　刷　北京市白帆印务有限公司
版　　次　2018年8月北京第1版
2018年8月北京第1次印刷
规　　格　开本/880×1230毫米　1/32
印张16¼　插页2　字数310千字
印　　数　1-6000册
国际书号　ISBN 978-7-101-13374-5
定　　价　39.00元

出版说明

在二十一世纪的当代中国，国民的阅读生活中最迫切的事情是什么？我们的回答是：阅读经典！

在承担着国民基础知识体系构建的中国基础教育被功利和应试扭曲了的今天，我们要阅读经典；当数字化、网络化带来的“信息爆炸”占领人们的头脑、占用人们的时间时，我们要阅读经典；当中华民族迈向和平崛起、民族复兴的伟大征程时，我们更要阅读经典。

经典是我们知识体系的根基，是精神世界的家园，是走向未来的起点。这就是我们编选这套《国民阅读经典》丛书的缘起，也因此决定了这套丛书的几个特点：

首先，入选的经典是指古今中外人文社科领域的名著。世界的眼光、历史的观点和中国的根基，是我们编选这套丛书的三个基本的立足点。

第二，入选的经典，不是指某时某地某一专业领域之内的重要著作，而是指历经岁月的淘洗、汇聚人类最重要的精神创造和知识积累的基础名著，都是人人应读、必读和常读的名著。

第三，入选的经典，我们坚持优中选优的原则，尽量选择最好的版本，选择最好的注本或译本。

我们真诚地希望，这套经典丛书能够进入你的生活，相伴你的左右。

中华书局编辑部
二〇一八年五月

目录

Xila Shenhua

上部　神祇和英雄

一、神祇

二、英雄

下部　古希腊史诗

一、阿尔戈英雄

二、特洛伊的传说

三、奥德修斯的故事

四、阿伽门农与儿子俄瑞斯忒斯

五、忒拜系列故事

上部　神祇和英雄

荣洁　赵为　赵梦雪　译

一、神祇

世界的起源和诸神的谱系

最初，只有永远黑暗、无边无尽的混沌，世界的生命之源由此孕育而出。整个世界和永生的诸神都起源于这无垠的混沌，地神盖亚也诞生于这片混沌中。她舒展宽广的身躯，给予寄居在她身上的万物以生命。在深不可测的大地最底层，在那如我们与明亮天空一样遥远的地方，诞生了黑暗的塔耳塔罗斯（地狱），这是一个永远充满黑暗的可怕深渊。后来，生命之源的混沌中又诞生了具有超凡能力、能使万物复苏的爱神厄罗斯。世界开始形成。永恒黑暗之神厄瑞玻斯和黑夜之神尼克斯也诞生在这茫茫的混沌中，黑夜女神和黑暗之神孕育了永恒的光明之神埃忒耳和欢乐明快的白昼之神赫墨拉。从此，世界有了光明，出现了昼夜交替。

强大富饶的地神孕育出无边无际、蔚蓝色的天神乌拉诺斯。天神与地神各执一方，天神在上，地神在下。地神生出的大山巍然屹立、高耸入云，浩瀚无垠的大海波涛汹涌、永不停息。地神是天神、山神、海神的母亲，这些神都没有父亲。

天神乌拉诺斯统治着世界。他娶了富饶的地神为妻。乌拉诺斯和盖亚生了六个儿子和六个女儿。这些儿女是力大无穷、性情暴躁的提坦神。他们的儿子大洋神俄刻阿诺斯，用形如海洋的手臂环抱着整个大地。他和忒梯斯女神生出所有的江河湖海。提坦神许佩里翁和忒亚也为世界生出众多的子女，他们是太阳神赫利俄斯、月亮女神塞勒涅和黎明女神厄俄斯。

黑暗夜空中所有闪耀的星辰，肆虐的北风神玻瑞阿斯、东风神欧洛斯、湿润的南风神诺托斯，温和并带着充盈云雨的西风神泽费罗斯都是阿斯特赖俄斯和厄俄斯的儿女。

除了这些提坦神外，强大的地神还生有三个独眼巨人，他们的独眼长在额头上，此外，她还生了三个像高山一样伟岸的百臂巨人，每个巨人都长有五十个脑袋，一百条手臂。他们力大无穷，没有什么能与他们抗衡。

乌拉诺斯非常讨厌这些巨人孩子，他把他们关进地神最深、最黑暗的腹内，不让他们见到天日。他们的母亲地神痛苦万分，她承受的可怕重负令其苦不堪言。她把自己所生的提坦神们叫到身旁，说服他们去反抗父亲乌拉诺斯，可他们不敢，最后是最小的提坦神，狡猾的克罗诺斯用计推翻了自己的父亲并篡权。

为了报复克罗诺斯，夜神生了一群可怕的恶神，他们是死神塔那托斯、纷争女神厄里斯、欺骗之神阿帕忒、死神与恶魔神刻耳、让人做噩梦的睡神许普诺斯、无情的复仇女神涅墨西斯，以及其他凶恶的神祇。这些神祇给篡夺父位者克罗诺斯所统治的世界带来了恐惧、纷争、欺骗、争斗和不幸。

宙斯

宙斯的诞生

克罗诺斯对能否永远拥有至高无上的权力并无把握。他担心，他的儿女们会起来反对他。当年，他推翻了自己的父亲乌拉诺斯，他的孩子们也会让他遭受同样的命运，他因此而惧怕自己的孩子们。他让妻子瑞亚把孩子们都带到他身边，然后残忍地把他们一个接一个地吞到肚子里。看到孩子们遭此厄运，瑞亚惊恐万分。克罗诺斯已经吞掉了赫斯提亚、得墨忒耳、赫拉、哈德斯和波塞冬，瑞亚担心最后一个孩子也会被他吃掉，便听从父亲天神乌拉诺斯和母亲地神盖亚的建议，躲到了克里特岛，在一个幽深的山洞里生下了小儿子宙斯。瑞亚把宙斯藏在这个山洞里，使其免遭凶残父亲的吞噬。之后，她把一块石头包在襁褓中，让丈夫以为它就是刚出世的儿子，然后抱给了他。克罗诺斯想都没想，就吞掉了它，他没想到妻子会骗他。

瑞亚就这样保住了儿子。宙斯在克里特岛上长大。自然女神阿德剌斯提亚和伊底亚非常疼爱小宙斯，她们用神山羊阿玛尔忒亚的奶喂养他。蜜蜂从高高的迪克塔山的悬崖上采蜜给小宙斯吃。每当小宙斯啼哭的时候，守在山洞入口处的半人半神枯瑞忒斯族人就会用剑敲击盾牌，这样克罗诺斯就不会听到宙斯的哭声，宙斯就不会像哥哥和姐姐那样被父亲吃掉了。

宙斯推翻克罗诺斯　奥林波斯诸神与提坦神的战争

宙斯长大了，长成一个英俊、力大无穷的天神。他起来反对自己的父亲，逼他吐出吞到肚子里的哥哥和姐姐们。于是这些漂亮的神祇一个接一个地从克罗诺斯嘴里出来了，他们开始与克罗诺斯和提坦神们争夺起世界的统治权。

这场战争残酷又持久。克罗诺斯的孩子们占据了高高的奥林波斯山。一些提坦神也站到了他们这一边，俄刻阿诺斯，其女斯梯克斯携热情好胜之神、力量之神和胜利女神三子女率先加入到他们的阵营。对奥林波斯诸神来说，这场战争充满危险，他们的对手提坦神太强大、太可怕了。独眼巨人们也前来帮助宙斯，他们为宙斯造出了雷电，宙斯把霹雳和闪电投向提坦神们。战争持续了十年，双方不分伯仲。宙斯决定从大地深处放出百臂巨人们，让他们帮助他作战。这些可怕的巨人一出来便投身到战斗中。他们从山上掀下大块大块的岩石，把它们投向提坦神们。只要提坦神们靠近奥林波斯山，成千上万块巨石便会砸向他们。大地在呻吟，空气在颤抖，周围的一切都在颤抖，就连塔耳塔罗斯也被震得发颤。

宙斯不断地投出炽热耀眼的闪电和震耳欲聋的霹雳。大地燃起熊熊大火，大海翻起滚滚热浪，到处弥漫着呛人的浓烟和焦臭味。

强悍的提坦神们终于撑不住了，他们精疲力竭，终于被击垮了。奥林波斯山的诸神给他们钉上了镣铐，把他们关进了塔耳塔罗斯，禁锢在永世的黑暗中。百臂巨人们守卫在塔耳塔罗斯那坚不可摧的铜门旁，不让这些提坦神们再获自由，提坦神统治世界的时代终结了。

宙斯和梯丰的战争

可战争并未因此而终止。地神盖亚看到宙斯如此残酷地对待她的孩子、战败的提坦诸神，大为恼火。她与塔耳塔罗斯结合，生下恐怖的百头怪物梯丰。这个怪物身形巨大、长有一百个蛇头，他从大地的深处冒出地面，他那可怕的号叫声撕裂了空气。这叫声混杂着犬吠、人语、公牛的咆哮和狮子的吼声。梯丰的周身烈焰围绕，他的脚步震颤大地。诸神吓得浑身发抖，但是雷电之神宙斯勇敢地扑向百头怪物。激战开始了，宙斯挥舞手中的雷电，电闪雷鸣。大地和天空在颤抖。大地重又燃起熊熊烈火，场面堪比提坦诸神大战。梯丰一接近大海，大海便沸腾不止。宙斯射出无数燃烧的闪电之箭，大地在燃烧，乌云仿佛也在燃烧。梯丰的一百个头被宙斯尽数烧成了灰，怪物轰然倒地，他的躯体散发出的炙热熔化了周围的一切。宙斯举起他的躯体，把它投进了黑暗的塔耳塔罗斯，可到了塔耳塔罗斯的梯丰依旧不停地威胁着诸神和所有灵魂。他呼唤风暴，引发火山。他和半人半神的厄客德娜结合，生下了可怕的双头犬俄耳托斯、地狱看门犬刻耳柏罗斯、勒耳那水泽的九头怪蛇许德拉和客迈拉。梯丰还经常摇晃大地，引发地震。

奥林波斯诸神打败了自己的敌人，再无人能与他们抗衡，现在，他们可以安稳地统治世界了。雷电之神宙斯，这位最强大的神，掌管天空的统治权，波塞冬统治大海，哈德斯司掌亡者灵魂寄居的冥界，大家共管大地。克罗诺斯的儿子们划分好了各自对世界的统治权，但波塞冬和哈德斯要归宙斯统治。宙斯统治着人类和神界，世上的一切都在他的管辖之下。

奥林波斯山

万神之神宙斯统管着神圣的奥林波斯山。在这高高的山巅上还住着他的妻子赫拉，金色卷发的阿波罗和他的孪生姐姐阿耳忒弥斯，美丽的阿佛罗狄忒，宙斯的女儿、无所不能的雅典娜，还有其他诸神。三位美丽的时序女神守护着奥林波斯山的入口处，当诸神降临地面或升到宙斯的明亮金殿时，她们便会拉起遮挡大门的浓云。奥林波斯山上的天空宽广、蔚蓝、深邃，金色的光芒一泻而下。这里没有雨，没有雪，永远是明媚的夏天。下面积聚着云层，有时遥远的大地会被它们遮挡。大地上，春夏秋冬交替，喜悦快乐与痛苦不幸并存。不错，神祇也有忧伤的时候，不过他们的忧伤转瞬即逝，之后，奥林波斯山重又充满欢乐。

诸神在宙斯之子赫菲斯托斯为他们建造的金殿中欢宴。宙斯高坐在金色宝座上，他那俊美的脸上露出勇敢、庄严的神情，他骄傲又平静地看着听命于自己的诸神。在他的宝座旁，站着和平女神厄瑞涅、经常跟随左右的胜利女神和长有翅膀的尼刻女神。宙斯的妻子，美丽的赫拉走进金殿。宙斯敬重赫拉，奥林波斯山上的诸神也都敬重这位婚姻的庇护神。当伟大的女神赫拉身着盛装，仪态万方地走进宴会大厅时，诸神都会起立，向她鞠躬致敬。位高权重、傲视群神的赫拉走向黄金宝座，在众神和人类主宰的身旁落座。赫拉的宝座旁边侍立着她的飞翼使者、彩虹女神伊里斯，她随时准备舞动彩虹翅膀，飞向天涯海角去执行赫拉的命令。

盛宴进行中。宙斯年轻的女儿赫柏和受宙斯宠爱而获永生之躯的特洛伊国王之子伽倪墨得斯，为众神送上神的食物和琼浆玉液。美惠三女神卡里忒斯和缪斯载歌载舞为他们助兴。她们手牵着手，边唱边跳起欢快的圆圈舞，众神欣赏着她们曼妙的舞姿和令人惊叹、青春永驻的美貌。奥林波斯山诸神的宴会变得越来越欢快。诸神在宴会上决策诸事，决定神祇和人类的命运。

宙斯在奥林波斯山上为人类送去恩赐，并为他们制定了秩序和法律。他掌管着人类的命运，掌握着幸福与痛苦、善与恶、生与死。宙斯宫殿的大门旁摆放着两个巨大的容器，一个容器里放着善，一个容器中放着恶。宙斯从中舀出善和恶，把它们洒向人间。得到盛恶容器中洒出馈赠的那人必遭苦难。宙斯还会把厄运降到那些违反秩序、不遵守法律的凡人身上。克罗诺斯的儿子只要一皱起眉头，天空就会乌云密布。伟大的宙斯发怒时，他的头发就会可怕地竖立起来，眼睛就会发出刺眼的光芒。他一挥动右手，天空就会电闪雷鸣，奥林波斯山也会随之动摇。

除宙斯外，他宝座旁侍立的护法女神忒弥斯也在捍卫法律。她执行雷电之神的命令，召集奥林波斯山的众神、大地上的凡人议事；她时刻监督，以防出现违法乱序的事情。在奥林波斯山上，宙斯的女儿狄刻女神也负责司法监督。宙斯一旦从狄刻口中得知，哪个法官违反法律，进行了不公平的审判，就会非常严厉地惩罚那个法官。狄刻女神是正义的守护神，是欺骗者的敌人。

宙斯维护着世界的秩序和正义，为人类送去幸福和苦难。然而，人类的命运最终要由住在奥林波斯山上的命运三女神摩伊拉来决定，宙斯的命运也由她们控制。命运之神掌握着凡人和诸神的命运，谁也无法逃脱冷酷无情的命运三女神的摆布。众神和凡人的命运一旦注定，谁都无法改变，只能顺从于她们，听从于命运。只有命运三女神知晓命运的安排。命运女神克洛托纺着生命之线，决定着人寿命的长短。线一断，生命就会终结。命运女神拉刻西斯闭眼抽签，这个签决定着人的命运。没有谁能改变命运女神的决定，因为第三位命运女神阿特罗波斯会把姐姐们指定的某人命运记录到长卷中，然后这个人的命运便不可更改。庄重、严厉的命运三女神铁面无私。

奥林波斯山上还有一位命运女神，她就是司幸福与吉祥的女神提刻。她用神山羊阿玛尔忒亚（宙斯吃它的奶长大）的羊角盛满富足，给人类送去恩赐。在人生旅途上遇到幸运女神提刻的那人，必得幸福。但鲜有人得其青睐，而刚获提刻女神青睐便被其抛弃的那人则会倒霉透顶！

伟大的宙斯在奥林波斯山上，被永生的众神簇拥着，统领着众神和人类，维护着世界的秩序和正义。

波塞冬和众海神

在大海的深处耸立着一座华丽夺目的宫殿，它的主人就是伟大的波塞冬，他和宙斯是亲兄弟。波塞冬是大海的统治者，他手执三叉戟，海浪听命于其手臂的任意一挥，哪怕是最微小的一个动作。波塞冬美丽的妻子安菲特里忒与丈夫居住在大海的深处，她是能未卜先知的老海神涅柔斯的女儿。波塞冬从涅柔斯身边将她抢了过来。有一次，她和涅瑞伊得斯女神们在纳克索斯岛岸边跳圆圈舞时，被波塞冬看到了。海神迷恋上美丽的安菲特里忒，他想把她带上自己的战车，但安菲特里忒藏到了提坦神阿特拉斯身边，他用自己有力的肩膀支撑着天穹。波塞冬找了半天也没能找到涅柔斯美丽的女儿，最后海豚将她的藏身处告诉了他，为此波塞冬把海豚列为星座之一。波塞冬从阿特拉斯身边抢走了涅柔斯美丽的女儿，娶她为妻。

从此，安菲特里忒便和丈夫波塞冬一起住在海底的宫殿里，大海在宫殿外汹涌澎湃。诸海神围绕在波塞冬身旁，听从他的指挥，波塞冬的儿子特里同是诸海神中的一员，他能猛力吹响海螺号角，呼唤狂风巨浪。诸海神中还有涅柔斯家的一众女儿，安菲特里忒的姐妹们。波塞冬统治着大海，当他乘着神奇的马拉战车疾驶在海面上时，永远喧嚣的大海马上为其让路。这位与宙斯俊美相当的海神驰骋在无边无际的大海上，海豚在他周围嬉戏，鱼儿从海底浮出，环绕在他的战车周围。波塞冬扬起手中的三叉戟时，会掀起山一样高的巨浪，激起飞溅的泡沫，引发可怕的海上风暴，巨浪会怒吼着拍打峭壁，震撼大地。当波塞冬把三叉戟平放在海浪上时，波涛就不再汹涌澎湃，一望无尽的碧蓝大海就会静如止水，这时只能听到海水轻轻拍击海岸的声音。

波塞冬被许多海神拥戴，能未卜先知、知晓未来所有秘密的老海神涅柔斯也拥戴他。涅柔斯仇视谎言和欺骗，他对众神和凡人只讲真相，未卜先知的老海神给他们的建议都很睿智。涅柔斯有五十个年轻貌美的女儿。涅瑞伊得斯女神们在海浪中欢快地嬉戏，她们手拉着手，从海中鱼贯游上岸，伴着轻柔的涛声，跳起欢快的圆圈舞。岸边的悬崖回荡着她们优美的歌声，这歌声就像是大海的喃喃细语。涅瑞伊得斯女神们庇护着航海者，为他们赐福送平安。

海神中还有一位长者普罗透斯，他能像大海一样变化形象，随心所欲地变成各种动物和怪物。普罗透斯也是未卜先知的海神。只要能遇到他，控制住他，就可以让他说出未来的秘密。波塞冬的身边还有一位海神，叫格劳科斯，他是水手和渔民的保护神，也能预言未来。他常常从海底浮到海面，为凡人揭晓未来的秘密，并给予他们睿智的建议。海神都非常强大，他们拥有巨大的权力，但所有海神都归伟大的波塞冬统治。

大洋神俄刻阿诺斯是提坦神，掌管大海和百川。他与宙斯享有同样的荣耀，住在世界的边缘，从不过问大地上的事情。俄刻阿诺斯拥有三千个儿子，他们都是河神；他还拥有三千个女儿，她们是海洋女神、溪流女神和泉水女神。俄刻阿诺斯的儿女们用自己那永远流动的清水为凡人赐福，给他们带来快乐，大地和所有生灵都靠他们的雨露滋润成长。

黑暗的冥国

宙斯的兄弟，铁面无私、阴沉的哈德斯统治着大地深处的冥国。他的王国充满黑暗和恐怖，明媚的阳光永远不会照到那里。无底深渊从地面通向哈德斯的王国。那里流淌着黑暗的河流，神圣的斯梯克斯河也在那里流淌。河水流经之地四处结冰。诸神都以这条河的河水发誓。

那里的科库托斯河和阿刻戎河波涛滚滚。河两岸充斥着亡灵的哀号。地下宫殿里还流淌着勒忒河，亡灵喝了它的水可以忘却生前的一切。哈德斯王国的黑暗原野上长满色泽苍白的野郁金香花，死者的灵魂到处游荡。它们抱怨说：它们见不到光明，得不到快乐，没有任何希望。它们呻吟着，那声音好似秋风扫落叶时发出的沙沙声。没有谁能逃离这黑暗的王国，三头犬刻耳柏罗斯守着冥国的出口，它的脖子上缠绕着咝咝作响的毒蛇。冷酷无情的摆渡者老卡戎把死者的灵魂送到冥国，被他送过阿刻戎河的亡灵没有一个能重返地面，它们注定要在黑暗的哈德斯王国过着毫无快乐的日子。

宙斯的兄弟哈德斯统治着这个没有光明、没有尘世快乐和忧伤的王国，他和妻子佩耳塞福涅端坐在金宝座上。铁面无情的复仇三女神厄里倪厄斯为冥王效力，她们带着鞭子和毒蛇无情地追捕罪犯，不给罪犯片刻喘息机会，她们让罪犯受良心的谴责，并因此而痛苦不堪。被复仇女神追捕的罪犯无处藏身，她们总能找到他们。哈德斯的宝座旁坐着冥国的判官弥诺斯和剌达曼托斯。宝座旁站着手执利剑、身着黑色斗篷的死神塔那托斯，他长有巨大的黑色翅膀。塔那托斯挟着一股死亡阴风飞临垂死之人的榻前，他用剑割下那人的一绺头发，并攫走他的灵魂。与塔那托斯结伴的还有黑暗的死神和恶魔神刻耳。他们疯狂地扇动翅膀，在战场上飞来飞去。看到英雄们一个接一个倒地阵亡，他们欣喜若狂，把血盆大口伸向英雄们的伤口，贪婪地吸吮着阵亡者的热血，攫取他们的灵魂。

哈德斯的宝座旁还站着一位美少年，睡神许普诺斯。他手握罂粟花，悄无声息地扇动着翅膀在大地上飞行，不停地从牛角中倒出催眠药水。他用神奇的权杖轻轻一碰人们的眼睛，他们的眼皮就会合上，马上进入甜美的梦乡。睡神许普诺斯法力强大，无论神祇还是凡人，甚至雷电之神宙斯都无法与之抗衡。

哈德斯黑暗王国中还有其他睡神。一些睡神能让人做带有吉兆的好梦，也有一些睡神让人做恐怖的噩梦，还有一些睡神让人做怪梦，这些梦会让人迷茫，甚至走向死亡。

无情的哈德斯王国充满黑暗和恐怖。长着驴蹄的可怕幽灵恩浦萨在黑暗中游荡。黑夜中它用计把人诱骗到幽静之处，喝干他们的血，吃掉他们还在颤动的躯体。女妖拉弥亚也在这里游荡，夜里她潜入幸福母亲的卧室，偷走她们的孩子，吸干孩子的血。女神赫卡忒统领着这些幽灵和怪物。她有三个躯体，三个脑袋。月黑风高的夜里，她带着可怕的侍从和地狱恶犬在大路和墓地周围游荡。她给世人带来恐惧、噩梦和危害。人们经常祈求赫卡忒施法帮助他们，但只有崇拜她，并在三岔路口上给她献狗做祭品的人，才能得到她的帮助，摆脱魔法的束缚。

哈德斯的王国太可怕了，人们对冥国万分恐惧。

赫拉

伟大的女神赫拉是雷电之神宙斯之妻，是婚姻的捍卫者，她保护神圣的婚姻，让婚姻牢不可破。她让夫妻多生多育，赐给生产的母亲幸福和安康。

宙斯击败克罗诺斯，救出赫拉和她的兄妹后，其母瑞亚把她送到了天涯海角，送到俄刻阿诺斯那里，忒梯斯将其抚养长大。赫拉远离奥林波斯山，久居僻静之地。伟大的雷电之神宙斯看到她后，爱上了她，并把她从忒梯斯那儿抢走。众神为宙斯和赫拉举办了盛大的婚礼。伊里斯和美惠三女神给赫拉穿上了华美的礼服，与伟大的宙斯并排坐在金宝座之上的赫拉雍容华贵，年轻美丽。众神为她献上礼物，地神盖亚在大地深处种植了结金苹果的神奇苹果树，把它献给了赫拉。整个自然界都在赞美天后赫拉和主宰宙斯。

赫拉掌管着奥林波斯山，她和丈夫宙斯一样，司管雷电。乌云听从她的差遣，她一挥手，便能遮天蔽日，掀起狂风暴雨。

伟大的赫拉非常美丽，她长着犍牛一样的大眼睛、白嫩如百合花般的玉臂，一头让人赞叹不已的秀发从冠冕下波浪般垂下，她的目光威严、高傲、安逸。众神崇拜她，她的丈夫宙斯尊敬她，经常与她商量事情。但宙斯和赫拉也经常争吵。在众神议事时，赫拉经常反驳宙斯，与其争辩。一到这时，宙斯便会大怒，威胁赫拉要惩罚她，于是赫拉便不再作声，压住怒火，因为她还记得，宙斯曾怎样鞭打她，在她的脚上捆上两个重重的铁砧，把她悬在天地间的惨痛经历。

赫拉位高权重，没有哪位女神能拥有和她一样的权力。她雍容华贵，常常穿着雅典娜亲手为她缝制的华美长袍，乘坐两匹神马拉着的马车，下奥林波斯山巡游天下。她的马车车身为纯银打造，车轮是纯金的，辐条是纯铜的。赫拉所到之处芬芳四溢，所有生灵都崇拜这位伟大的奥林波斯山的天后。

伊俄

宙斯经常惹赫拉生气。宙斯爱上了美丽的伊俄，为了不让妻子知道这件事，他把伊俄变成了一头母牛。可即便如此，宙斯也没能救得了伊俄。赫拉识破了宙斯的这个把戏，让丈夫把这头雪白的母牛送给她，宙斯没法拒绝，就给了她。得到伊俄后，赫拉把她交给百眼巨人阿耳戈斯看管。不幸的伊俄吃尽了苦头，却又无处诉说，因为变成母牛后，她丧失了说话的能力。从不睡觉的阿耳戈斯看管着伊俄，她根本无法逃脱。宙斯对她的痛苦一清二楚。他叫来儿子赫耳墨斯，让他把伊俄偷偷弄走。

赫耳墨斯飞到百眼巨人看守伊俄的山巅上，他用咒语使阿耳戈斯昏昏入睡。阿耳戈斯刚闭上一百只眼睛，赫耳墨斯就用自己那柄弯曲的利剑砍掉了阿耳戈斯的脑袋。伊俄获救了。可是宙斯并没能让伊俄摆脱赫拉的迫害，赫拉派出了可怕的牛虻去追逐她，牛虻用尖刺蛰她。她无处安身，从一个国家逃到另一个国家，被折磨得痛苦不堪，几近发疯。她拼命奔跑，越跑越远，牛虻在她头上飞着，不停地蛰咬她，牛虻的毒刺像烧红的铁一样灼痛伊俄。她被牛虻追得到处乱逃，跑遍了世界各地！终于，历经漫长的颠沛流离后，她来到了斯库提亚人的国家，这是最北的国家。这里的悬崖上钉着提坦神普罗米修斯，他对可怜的伊俄预言说，她只有逃到埃及，才能摆脱苦难。被牛虻追咬着的伊俄继续狂奔起来。到达埃及前，她历经了千难万险。在富饶的尼罗河岸边，宙斯让她恢复了从前的模样。伊俄生下了儿子厄帕福斯。他成了埃及的第一任国王，也是一代伟大英雄的始祖。希腊最伟大的英雄赫拉克勒斯就是这一代英雄中的一员。

阿波罗

阿波罗的诞生

金色卷发的太阳神阿波罗出生于得洛斯岛。她的母亲勒托被赫拉派出的巨蛇皮同追赶得无处栖身。她在世界各处漂泊，最后终于在得洛斯岛落了脚，那时这座岛浮在汹涌的海浪上。勒托刚一上岛，海底就冒出巨大的柱子，固定住这座荒岛，这座岛至今纹丝不动地立在那里。得洛斯岛四周潮涌浪翻，凄凉的得洛斯悬崖上寸草不生，只有海鸥在悬崖上栖息，忧伤地鸣叫。可太阳神一出生，全岛就沐浴在灿烂的阳光中了，金子般的光芒照亮得洛斯岛的悬崖。周围的一切，无论岸边的悬崖、金托斯山、山谷还是大海，都充满生机、光彩夺目。众女神降临得洛斯岛，高声赞美新生的神祇，为他献上神食和玉液。周围的一切都与女神一起欢腾。

阿波罗大战皮同　建立得尔菲神谕所

年轻幸福的阿波罗手执金基法拉琴，肩背银弓在蔚蓝的天空中飞驰，箭袋中的金箭嗡嗡作响。高傲的阿波罗在天上疾驰，威慑着所有邪恶和黑暗的势力。他奔向皮同盘踞的地方，他要向那条追逐他母亲勒托，并让她遭受巨大苦难的凶残巨蛇复仇。

阿波罗很快就到了皮同盘踞的黑暗峡谷。这里到处是高耸入云的悬崖峭壁，峡谷中一片黑暗，谷底是湍急、白浪翻滚的洪水，洪水上空浓雾云集。可怕的皮同爬出了洞穴。它那长满鳞甲的巨大躯体在悬崖间盘成无数个圆圈。悬崖和山峦随其沉重身体的移动而不断摇动、移位。狂怒的皮同毁灭了一切，给周围的一切都带来了死亡。自然女神和所有生灵都被吓跑了。威猛、凶狠的皮同直立起来，张开血盆大口，要吃掉阿波罗。就在这时，银弓上的弦发出嗡嗡鸣响，百发百中的金箭像流星一样划过天空，一支接一支雨点般地落在皮同身上。皮同瘫倒在地，死去了。杀死皮同后，太阳神阿波罗弹起基法拉琴，高唱起胜利的凯歌。阿波罗把皮同的尸体埋在神圣的得尔菲地下，在得尔菲建起了神庙和神谕所，向人们昭示其父宙斯的旨意。

阿波罗在高高的海岸上看到远处海中克里特水手的船只。他变成海豚跳进碧蓝的大海。游到船边时，他跃出水面，化成闪亮的星星落到船尾。阿波罗弹着金基法拉琴，把船引到克里斯城的码头，带领克里特水手穿过肥沃的山谷来到得尔菲，他让他们成了自己神庙的第一批祭司。

达芙涅

生性开朗、快乐的阿波罗也有忧伤和痛苦的时候。刚刚战胜皮同，他就尝到了痛苦的滋味。当他站在被他用箭射死的怪物身上，为自己的胜利踌躇满志时，他看到了正拉满金弓的小爱神厄罗斯，阿波罗笑着问他：

“好孩子，你何必拿这可怕的武器？还是让我来射出这些致命的金箭吧，我刚刚用它们射杀了皮同。你还想和我这个神箭手一比高低？难道你还想获取更多的荣耀？想要超过我？”

厄罗斯生气了，他骄傲地对阿波罗说：

“阿波罗，你的箭的确百发百中，能射中所有人，可我的箭却能射中你。”

厄罗斯扬起金色的翅膀，瞬间就飞到高高的帕耳那索斯山上。他从箭袋中抽出两支箭，一支箭能伤心，并唤起爱情，他把它射进阿波罗的心房；另一支箭能扼杀爱情，他把它射进了河神佩纽斯的女儿，自然女神达芙涅的心房。

有一次，阿波罗遇见了美丽的达芙涅，即刻爱上了她，可达芙涅刚看到阿波罗，就像一阵疾风似的跑开了——她的心被小爱神厄罗斯那支扼杀爱情的箭射中过，阿波罗赶紧去追赶她。

阿波罗边追边恳求道："美丽的自然女神，你等等我啊！你为何像小羊躲避追赶它的狼那样躲避我，为何像鸽子躲避苍鹰那样逃跑啊！我不是你的敌人！当心啊，别让荆棘的刺扎伤了你的脚。你等一等，停下来啊！我是阿波罗，雷电之神宙斯的儿子，我不是凡夫俗子，不是普通的牧羊人啊。"

可是，美丽的达芙涅越跑越快，阿波罗就像长了翅膀一样，飞快地追赶着她。他越追越近，马上就要赶上她了，达芙涅已经能感受到他的呼吸了。达芙涅已经精疲力竭，她大声向父亲佩纽斯呼救：

"父亲，帮帮我！大地呀，快点裂开，把我吞进去！快改变我的外表吧，这外表只会给我招来不幸！"

话音未落，她的肢体就失去了知觉。树皮裹住她那娇柔的身躯，头发变成了树叶，伸向天空的手臂变成了树枝，她变成了一棵月桂树。阿波罗痛苦万分，在月桂树前伫立良久，最后她对月桂树说：

"今后我只戴用你的绿叶编成的桂冠，只用你的绿叶装饰我的基法拉琴和箭袋。啊，月桂树，愿你的绿叶永不枯萎，永远青翠！"

月桂树浓密的树叶发出轻轻的沙沙声，它低下自己翠绿的树冠，仿佛在应允着阿波罗。

阿波罗为阿德墨托斯效力

阿波罗因杀死皮同而要去为自己赎罪，尽管他自己就是为杀生者洗刷罪恶的神祇。宙斯罚他到忒萨利亚为高尚、俊美的阿德墨托斯国王牧羊，要他用这种方式为自己赎罪。放牧时，每当阿波罗吹起芦笛或弹起基法拉琴时，陶醉于他演奏的野兽就会走出密林，豹子等猛兽会在羊群中温顺地走动，听到笛声的鹿和羚羊也会跑出森林。阿德墨托斯的家园充满祥和，这里有着天下最好的果实，有着全忒萨利亚最好的马和牛羊，这一切都是太阳神所赐。阿波罗帮助阿德墨托斯获得了伊俄尔科斯国王佩利阿斯的女儿阿尔刻斯提斯的芳心，她的父亲许诺把她嫁给一个能让狮子和熊为其拉车的英雄。阿波罗赋予宠儿阿德墨托斯无敌的力量，帮助他满足了佩利阿斯的要求。阿波罗为阿德墨托斯效力八年，赎罪期满后，回到了得尔菲。

春夏时节，阿波罗住在得尔菲。鲜花凋零、树叶枯黄、冬日临近、大雪覆盖帕耳那索斯山巅之时，阿波罗就乘着雪白天鹅驾着的车，驶向从不知何为冬天、永远四季如春的许佩尔玻瑞族人的国度。他会在那里住上一冬天。当得尔菲万物复苏，克里斯山谷鲜花盛开、色彩缤纷时，阿波罗就会乘着天鹅驾的车返回得尔菲，向人们昭告宙斯的旨意。得尔菲庆祝阿波罗的回归，整个春天他都会住在那儿，他会光临故乡得洛斯岛，那里也有他的宏伟神庙。

阿波罗和缪斯

春夏时节，在密林丛生的赫利孔山上，在圣水潺潺流淌的灵泉旁，在巍峨的帕耳那索斯山上，在卡斯塔里亚泉清澈的泉水旁，阿波罗和九个缪斯一起跳着欢快的圆圈舞。年轻美貌的缪斯们都是宙斯和谟涅摩叙涅的女儿。她们经常与阿波罗一起出行，他做女神们的合唱指挥，并用金基法拉琴为她们伴奏。阿波罗头戴桂冠，庄重地走在缪斯们的前面，九个女神随其而行。卡利俄佩是司史诗女神，欧忒耳佩是司抒情诗女神，厄剌托是司爱情诗女神，墨尔波墨涅是司悲剧女神，塔利亚是司喜剧女神，忒耳普西科瑞是司舞蹈女神，克利俄是司历史女神，乌拉尼亚是司天文女神，波吕许谟尼亚是司颂歌女神。她们的合唱庄严嘹亮，自然界的一切都像着了魔一样，倾心聆听她们的美妙歌声。

当阿波罗在女神们的簇拥下现身光明的奥林波斯山上，当他弹起基法拉琴，女神们放声歌唱时，整座奥林波斯山都安静下来。阿瑞斯忘却了血腥战场上的厮杀声，宙斯手握的闪电不再发光，众神忘却了纷争，奥林波斯山上一片祥和。甚至宙斯的鹰也垂下有力的翅膀，闭上敏锐的眼睛，停止可怕的鸣叫，在宙斯的神杖上安静地打起瞌睡。万籁寂静，只能听到基法拉琴悠扬的琴声。当阿波罗欢快地拨动基法拉琴的金色琴弦时，宴会大厅中的众神跳起欢快的圆圈舞。缪斯女神、美惠三女神、青春永驻的阿佛罗狄忒、阿瑞斯和赫耳墨斯等神祇也都纷纷加入圆圈舞的行列中，阿波罗的姐姐，美丽庄重的女神阿耳忒弥斯走在众神前面。青春年少的众神在万丈光芒的照耀下，伴着阿波罗的琴声，翩翩起舞。

阿罗欧斯的儿子们

神箭手阿波罗发怒时非常可怕，他的金箭也变得非常可怕。他的箭下死伤者无数。俄托斯和厄菲阿尔忒斯自恃力大无穷，不服任何神的管束，结果，他们都死在了阿波罗的金箭下。他们二人是阿罗欧斯的儿子，自幼就因高大的身材、超人的气力、过人的胆识而闻名遐迩。年少时，俄托斯和厄菲阿尔忒斯曾威胁奥林波斯山的众神，他们说：

“你们听着，等我们长大，拥有万能的神力后，我们就会把奥林波斯山、佩里翁山、奥萨山一个一个地摞起来，然后我们就踩着它们到天上去。奥林波斯诸神，我们要从你们那儿抢走赫拉和阿耳忒弥斯。”

阿罗欧斯这两个桀骜不驯的儿子就像提坦神一样威胁着奥林波斯山众神，他们的确有可能达到自己的目的。他们曾用锁链锁住威力无比的战神阿瑞斯，把他困在铜牢里整整三十个月。要不是赫耳墨斯去救他，失去反抗能力的阿瑞斯不知还要被关多久、蒙羞多长时间呢。那时的俄托斯和厄菲阿尔忒斯当真了得。阿波罗可受不了他俩的威胁，这位神箭手拉起银弓，射出的金箭如燃烧的流星一般，射穿俄托斯和厄菲阿尔忒斯的身体。他们倒地身亡。

玛耳绪阿斯

阿波罗十分残忍地惩罚了弗里吉亚的林神玛耳绪阿斯，就因为后者居然敢和他在音乐上一决高下。基法拉琴高手阿波罗无法忍受玛耳绪阿斯的放肆。

事情是这样的，一次，玛耳绪阿斯在弗里吉亚的原野上闲逛时，捡到一支芦笛，这支笛子是雅典娜扔掉的，因为她发现，吹芦笛时，她那无比美丽的容貌会变得奇丑无比。扔掉芦笛时，她诅咒说：“谁捡到这支笛子，谁就要遭受残酷的惩罚。”

玛耳绪阿斯哪里知道雅典娜的诅咒啊，他捡起了芦笛，并很快就学会了吹奏它。他吹得非常好，人们都被他的笛声所吸引。玛耳绪阿斯变得骄傲起来，竟向音乐保护神阿波罗发出了挑战。

身着华丽长袍、头戴桂冠、手执金基法拉琴的阿波罗接受了挑战，前来比赛。

森林和河流的小神，拿支芦笛的玛耳绪阿斯在英俊的阿波罗面前显得是那么微不足道！他吹出的调子怎能和阿波罗基法拉琴弹奏出的天籁之音相比！阿波罗赢了。玛耳绪阿斯的挑战惹得阿波罗非常不痛快，他下令吊起倒霉的玛耳绪阿斯，并活剥了他。玛耳绪阿斯为自己的鲁莽行为付出了惨重的代价。他的皮被挂在弗里吉亚的刻莱诺山洞里，后来有人说，一有芦笛的声音飘进山洞，这张皮就会舞动起来，而当美妙的基法拉琴声响起时，这张皮就骤然不动了。

阿斯克勒皮俄斯（埃斯枯拉皮俄斯）

阿波罗不仅仅是用金箭杀人的复仇者，他还会医治百病。阿波罗的儿子阿斯克勒皮俄斯是医神。睿智的马人客戎在珀里翁山麓抚养了他，客戎与其他马人一样，上半身是人，下半身是马，在他的教导下，阿斯克勒皮俄斯成了医术高超的医生，其医术甚至超过了客戎。阿斯克勒皮俄斯不仅能治愈所有疾病，还能让人起死回生，这一点惹得冥王和宙斯大怒，因为他这样做违反了宙斯制定的法律和秩序，盛怒下的宙斯用闪电劈死了阿斯克勒皮俄斯。人们把阿波罗的儿子敬为医神，为他修建了很多神庙，最有名的一座神庙是埃皮扎夫罗斯的阿斯克勒皮俄斯神庙。

全希腊都敬奉阿波罗。希腊人视他为能给杀人者洗涤罪恶的光明神，能预知宙斯旨意的神，能惩治、能致病又能治病的神。希腊的青少年视他为自己的保护神。阿波罗是航海者的保护神，他帮助建造新的城市和新的居所。这位缪斯合唱队的指挥、基法拉琴手尤其庇护艺术家、诗人、歌手和音乐家。阿波罗和雷电之神宙斯一样，深受希腊人的崇拜。

阿耳忒弥斯

永远年轻貌美的女神阿耳忒弥斯和金色卷发的阿波罗是孪生兄妹，他们同时出生在得洛斯岛上。兄妹感情甚笃，亲密无间。他们都深爱着母亲勒托。

阿耳忒弥斯是给万物以生命的女神。她关心大地、森林、田野中的一切生命，关心人类、野兽和家畜。她让花草树木生发，护佑婚姻和生育。希腊妇女向宙斯光荣的女儿阿耳忒弥斯，婚姻庇护神，祛病、致之的神，奉献丰厚的祭品。

青春永驻、光艳照人的阿耳忒弥斯女神肩背弯弓和箭囊，手执投枪，在密林和洒满阳光的原野中快乐地狩猎，嬉闹的自然女神陪伴她的左右。她身着及膝的短猎装，在山林中健步如飞。她箭无虚发，无论惊恐胆怯的小鹿还是躲进芦苇丛中的暴怒野猪，都逃不过她的神箭。她的女伴们紧随其后，山谷间传来阵阵愉快的笑声，叫喊声和猎狗的吠叫此起彼伏。女神感到疲惫时，便会带着自然女神去得尔菲找亲爱的兄弟阿波罗，在他那儿休息闲坐。她和缪斯、自然女神伴着阿波罗基法拉琴美妙的琴声，翩翩起舞。体态婀娜的阿耳忒弥斯走在最前面，她比所有缪斯和自然女神都美丽，她的个头最高，比她们高一头。阿耳忒弥斯喜欢远离凡人，在绿荫遮蔽、凉爽怡人的山洞里歇息。谁扰了她的清静，谁就要倒大霉。忒拜国王卡德摩斯的外孙，奥托诺厄的儿子，美少年阿克泰翁就因扰了她的清静而丧了命。

阿克泰翁

有一天，阿克泰翁和同伴们在喀泰戎狩猎。正午时，疲惫的猎手们在浓密的林荫中休息。年轻的阿克泰翁离开他们，到喀泰戎山的山谷中寻找更凉爽的地方。他走到了阿耳忒弥斯女神的领地哈耳伽菲亚谷地。这里绿草如茵、鲜花盛开，到处都是悬铃木、香桃木和冷杉。柏树像乌黑的箭一样，高高地耸立在山谷中。这里郁郁葱葱、百花争艳，清澈的小溪潺潺流淌；这里充满寂静和安宁，处处凉爽怡人。在陡峭的山坡上，阿克泰翁发现了一个被绿树和藤蔓遮蔽的绝妙山洞。他向山洞走去，他并不知道宙斯的女儿阿耳忒弥斯常在这个山洞里小憩。

阿克泰翁走近山洞时，阿耳忒弥斯恰巧刚刚进去。她把弓箭递给一位自然女神，准备沐浴。女神们帮她脱去鞋子，挽起秀发后，准备去取清凉的溪水。突然，她们看到了洞口处的阿克泰翁，尖叫了起来。她们围住阿耳忒弥斯，怕这个凡人看到她。女神愤怒了，她的脸红得就像燃烧的朝霞，眼中闪着怒火，此时的她变得更加美丽动人。阿克泰翁扰了她的清静，这让她愤恨不已，盛怒下的阿耳忒弥斯把倒霉的阿克泰翁变成了一只鹿。

阿克泰翁的头上长出了鹿角，手脚变成了鹿蹄，脖子变长，耳朵变尖，全身长满了梅花点，他匆匆逃离。阿克泰翁看到小溪中的倒影后，想大喊一声："真倒霉啊！"可惜他已说不出话了。他哭了，泪水从变成鹿眼的眼睛中流出。他身上只留下了人的智慧，该怎么办呢？往哪儿跑呀？

阿克泰翁的猎狗嗅到了小鹿的气味，它们没认出自己的主人，狂叫着扑向他。

美丽的小鹿，向后仰起鹿角，风驰电掣般地跑过森林和原野，穿过喀泰戎山的峡谷。猎犬在后面紧追不舍，越来越近，终于把他扑倒，锋利的牙齿咬住了不幸的、变成小鹿的阿克泰翁。阿克泰翁想大喊："饶了我吧！我是阿克泰翁，你们的主人啊！"可发出的只是鹿的呻吟声，这呻吟中隐约听得出人的声音。变成小鹿的阿克泰翁跪了下来，他的眼中充满忧伤、恐惧和祈求。他被他那些疯狂的猎犬撕成了碎片，死去了。

阿克泰翁的同伴们觉得，阿克泰翁没能和他们一起参与这次狩猎，没看到猎犬捕到这样一只美丽的小鹿很可惜。他们哪里知道，这只小鹿就是阿克泰翁啊！扰了阿耳忒弥斯清静的阿克泰翁就这样死去了。他是唯一见过宙斯和勒托之女非凡美貌的凡人。

雅典娜·帕拉斯

雅典娜的诞生

雅典娜·帕拉斯为宙斯所生。雷电之神宙斯知道，智慧之神墨提斯将有两个孩子，一个是女儿雅典娜，一个是智慧超群、力大无穷的儿子。命运女神摩伊拉透露给宙斯一个秘密：墨提斯的儿子将要推翻他，夺取他统治世界的大权。伟大的宙斯害怕了。为了不让摩伊拉所预言的可怕命运降临，他在雅典那出生之前用甜言蜜语诱骗墨提斯女神入睡，并吞掉了她。过了一段时间，他头疼欲裂。他叫来儿子赫菲斯托斯，让他劈开自己的脑袋，好摆脱这可怕的头疼和耳鸣。赫菲斯托斯挥起斧头，使劲劈开他的头，但没有伤到他，伟大的战神，雅典娜·帕拉斯从雷电之神宙斯的头颅中诞生了。她身披闪闪发光的铠甲，手持投枪和盾牌，全副武装地出现在被震惊的奥林波斯众神面前。她威风凛凛地抖动了一下杀气腾腾的投枪，她的喊声响彻云霄，震动了整个光明的奥林波斯山。美丽高傲的雅典娜站在众神面前，她那双碧蓝的眼睛燃烧着智慧的光芒，她光彩照人，仪态万方，美貌无双。众神赞美着诞生于众神之父头颅中的宙斯爱女，赞美着城市保护神，智慧和知识女神，不可战胜的战神雅典娜。

战神雅典娜佑护着希腊的英雄们，给他们充满睿智的建议，帮助他们摆脱各种危难，并保护城市、城堡和城墙。她给人以智慧和知识，教人们各种技能和手艺。希腊姑娘也敬奉雅典娜，因为她教她们编织、缝纫。论纺织这门手艺，无论是凡人还是女神，没谁能超越雅典娜。大家都知道，去和雅典娜比编织手艺是件非常危险的事情。伊德蒙的女儿阿拉克涅想在这门手艺上战胜雅典娜，结果付出了惨重的代价。

阿拉克涅

阿拉克涅的编织手艺享誉整个吕底亚。特摩洛斯山和产金的帕克托洛斯河的女神们经常过来欣赏她的手艺。阿拉克涅用纤细如雾的线织出薄如云的布。她骄傲地认为，她的织艺天下无双。有一次，她高声喊道：

“让雅典娜来和我一比高低吧！她赢不了我，这一点我毫不担心。”

雅典娜变成一个白发苍苍、弯腰驼背、拄着拐杖的老太婆，出现在阿拉克涅面前。她对阿拉克涅说："阿拉克涅，年迈给人的不光是坏处，岁月还能给人以经验。听我的话，让你的手艺超过凡人就好。别去和女神比试了。你快诚心诚意地祈求雅典娜宽恕你说过的话，女神一定会原谅祈求宽恕的人。"

阿拉克涅放下手中细细的纺线，眼中充满了怒火。自恃手艺高超的阿拉克涅，无畏地对她说："老太婆，你太愚蠢了，你老糊涂了。你去对你的儿媳们和女儿们说教去吧，别来烦我。我自己会拿主意，我说到做到。雅典娜怎么还不来，为什么不想和我比赛？"

"我就在你面前，阿拉克涅！"女神大喝一声，现出了本相。

女神们和吕底亚的妇女们向宙斯伟大的女儿鞠躬致敬，并衷心地赞美她。只有阿拉克涅沉默不语。雅典娜被气得脸通红，就像黎明女神厄俄斯舞动发光的翅膀飞向天空，把黎明时分的苍穹染成的绯红色一般。阿拉克涅固执己见，坚持要和雅典娜一决高低。她哪里知道，她已死到临头。

比赛开始了。女神雅典娜织出了雄伟的雅典卫城，织出了自己和波塞冬争夺阿提刻统治权的故事。画面上端坐着十二个奥林波斯山光明的神祇，其中包括她的父亲，雷电之神宙斯，他们是争斗的裁判者。能撼动大地的海神波塞冬举起三叉戟，砸向岩石，光秃秃的岩石中涌出海水。头戴盔甲、手执盾牌的雅典娜挥动了一下投枪，把它深深地扎进了大地，大地上长出了橄榄树。诸神判雅典娜胜出，认为她给予阿提刻的礼物更为珍贵。在布的四角上，女神织出了众神惩罚不知恭顺的凡人的画面，四周则织上用橄榄树叶编织的花环。阿拉克涅也在布上织出了众神生活的画面，画面上的众神显得羸弱不堪，完全被人类的激情所左右。阿拉克涅在布的四周织出了常春藤缠绕、鲜花编成的花环。阿拉克涅的织作完美无瑕，其精美程度丝毫不逊于雅典娜，但她的织作中明显流露出对众神的不敬，甚至是蔑视。雅典娜大怒，撕碎了阿拉克涅的织物，并用梭子打了她。可怜的阿拉克涅无法忍受这样的耻辱，她捻出一根绳子，打成套，想上吊自尽。

雅典娜把她从套中救下来，对她说：

“你这个犟女人，活着吧。但你将永远挂在空中，永远不停地编织，你的后代也将和你一样，遭受同样的惩罚。”

雅典娜把魔草汁喷到阿拉克涅身上，她的身体瞬间蜷缩起来，浓密的秀发完全脱落。她变成了蜘蛛。从此，阿拉克涅就吊在蜘蛛网上，不停地编着蜘蛛网。

赫耳墨斯

赫耳墨斯是宙斯和迈亚的儿子，是众神的使者，诞生于阿卡迪亚的库勒涅山洞中。他脚蹬带有飞翼的平底鞋，手执双蛇缠绕的神杖，闪念间就能从奥林波斯山抵达世上最遥远的地方。赫耳墨斯是行路者的保护神，古希腊时，各条路上、十字路口和房屋门口都立着刻有他头像的神柱。他护佑旅途中的行人，引领旅行者的亡灵去哈德斯冥国，送他们最后一程。他用神杖合上人们的眼睛，让他们进入梦乡。赫耳墨斯是交通和游人的保护神，也是商业和贸易神。他让商人获利，给人们送去财富。赫耳墨斯发明了度量单位、数字和字母，并把这一切教给人们。他是雄辩之神，同时还是机敏和欺骗之神。他的机敏、狡诈，甚至盗窃本领举世无双，他是非常机智的盗贼。他曾开玩笑，偷走了宙斯的权杖、波塞冬的三叉戟、阿波罗的金箭、银弓和阿瑞斯的利剑。

赫耳墨斯盗窃阿波罗的牛群

赫耳墨斯在库勒涅山阴凉的山洞里一出生，就盘算着去干平生第一件调皮捣蛋的事儿。他决定去偷阿波罗的公牛。此时，阿波罗正在马其顿的皮埃里亚山谷中为诸神放牧。赫耳墨斯怕被母亲发现，悄悄地挣脱开襁褓，跳出摇篮，跑向洞口。在洞口处他看到了一只乌龟。他抓住了它，用龟甲和三根树枝做了第一把里拉琴，为它绷上了音质甜美的琴弦。他悄悄地回到山洞，把琴藏到摇篮里，又离开山洞，像一阵风似的跑到皮埃里亚。他在那儿偷了阿波罗的十五头牛，为不留痕迹，他在牛腿上绑上芦苇和树枝，然后把它们赶向伯罗奔尼撒。晚上，赫耳墨斯赶着牛群经过彼奥提亚时，遇见了正在自家葡萄园干活的老头儿。

赫耳墨斯对老头儿说:“我给你一头牛，我赶牛经过这里的事，你别告诉任何人。”

收到这么大的礼物，老头儿非常开心。他答应赫耳墨斯，不对任何人说这件事。赫耳墨斯走了，没走多远，他就想回来试试老头儿，看他是否诚实守信。他把牛藏到树林里，换了一副模样回到老头儿身旁，他问老头儿：

“有没有一个小孩儿赶着牛群从此经过？你要是告诉我他把牛赶到哪里去了，我就给你一头公牛，一头母牛。”

老头儿犹豫了一下。说还是不说呢？他太想得到公牛和母牛了，就把小孩和牛群的去向告诉了赫耳墨斯。老头儿的背信弃义令赫耳墨斯大怒，他把老头儿变成了岩石，让他永远沉默并牢记一个道理，那就是人要恪守诺言。

之后，赫耳墨斯赶着牛群匆匆往前走。最后，他把牛群赶到了皮洛斯。他杀了两头牛，把它们作为祭品献给了众神，然后消除了所有痕迹，把剩下的牛藏到山洞里。他把牛群倒着赶进山洞，造成一种假象，让人以为牛是从洞里走出去的。

然后他心安理得地回到了母亲身边，悄悄钻进摇篮，裹上了襁褓。

赫耳墨斯的小把戏没能瞒住母亲。她责备儿子说："你去干坏事儿了。你为什么去偷阿波罗的牛？他会发怒的。阿波罗发起火来有多可怕你是知道的，你难道不怕他那百发百中的金箭吗？"

赫耳墨斯回答说："我才不怕阿波罗呢，他愿意生气就生吧。他要是敢欺负你或我，我就偷光他得尔菲神庙中的一切，拿走他所有的三脚供桌、金银和衣物。"

阿波罗发现牛群丢失后赶紧出去寻找，但怎么也没能找到。后来，一只神鸟引他来到皮洛斯。阿波罗没发现自己的牛群。他没进入藏牛的山洞，因为留下的痕迹不是进洞的，而是出洞的。

终于，历经长时间无果的寻找后，他来到了迈亚住的山洞。听见阿波罗走近的声音后，赫耳墨斯使劲地往摇篮里面钻，用襁褓紧紧地裹住自己。气愤的阿波罗走进迈亚的山洞，看到赫耳墨斯一脸无辜地躺在摇篮里，他开始怒骂他，说他偷了他的牛，让他把牛还给他，可是赫耳墨斯矢口否认，说没偷他的牛。他对阿波罗说，他根本没想偷他的牛，他也不知道，这些牛现在在哪里。

阿波罗生气地喊道："听着，小东西！你要是不把牛还给我，我就把你打入地狱，到那时你的父母都救不了你。”

赫耳墨斯回应说：“唉，勒托的儿子！我就是没看见你的牛呀，我也没听说有谁见过你的牛呀。我现在正忙别的事呢，哪有时间去偷你的牛。我现在要做的事是睡觉和吃妈妈的奶，我得待在我的襁褓里。我发誓，我连偷你牛的小贼都没见过。”

无论阿波罗发多大的火，他也未能听到狡猾机灵的赫耳墨斯讲出一句真话。最后，阿波罗把赫耳墨斯拽出摇篮，强迫他裹着襁褓去见他们的父亲宙斯，让宙斯解决这个问题。他们俩来到奥林波斯山，无论赫耳墨斯怎么狡辩抵赖，宙斯还是命令他把偷走的牛还给阿波罗。

下了奥林波斯山后，赫耳墨斯把阿波罗领到皮洛斯。上路前赫耳墨斯顺便带上了用龟甲做的里拉琴。到了皮洛斯后，他把藏牛的地方指给了阿波罗。阿波罗赶牛出山洞的时候，赫耳墨斯坐到洞口的大石头上，弹起了里拉琴。神奇的琴声响彻山谷和海边的沙滩，阿波罗欣喜地听着赫耳墨斯的演奏，被美妙的里拉琴声打动了，于是，他把赫耳墨斯偷走的牛送给了他。赫耳墨斯为了在放牛的时候多些消遣，又发明了芦笛，希腊牧人非常喜爱这种乐器。

宙斯和迈亚的儿子赫耳墨斯机智、活泼、俊美、动如脱兔，孩提时他就显示出了无与伦比的机智和敏捷。他是青少年力量的代表。古希腊体育学校中都有他的雕像。他是青少年竞技运动之神。竞赛前运动员都向他祈祷。

在古希腊，无论是旅行者、演说家，还是商人、竞技者，甚至小偷，无不敬奉赫耳墨斯。

阿瑞斯、阿佛罗狄忒、小厄罗斯和许墨奈俄斯

阿瑞斯

暴戾的战神阿瑞斯是宙斯与赫拉之子。宙斯并不喜欢这个儿子，他经常对阿瑞斯发泄自己的不满，奥林波斯的诸神中，他最讨厌阿瑞斯。如若不是他的儿子，阿瑞斯早就被宙斯打入囚禁提坦神的地狱中去了。只有残酷的杀戮才能使阿瑞斯的暴戾之心得到满足。他经常身披闪亮的铠甲，手持巨大的盾牌飞抵战场，在厮杀双方的武器撞击声、喊杀声、呻吟声中左突右冲。紧随其后的是他的两个儿子德摩斯和福波斯，纷争女神厄里斯和死亡女神厄倪俄则伴随他们左右。战场上杀声震天，阿瑞斯高声喝叫着，厮杀的斗士们呻吟着倒在战场上。当阿瑞斯用可怕的利剑砍倒士兵，他们的鲜血染红大地时，他会陶醉在胜利的喜悦中。他左砍又劈，脚下士兵的尸体堆积如山。

阿瑞斯狂躁、暴虐、令人胆寒，但胜利并不永远属于他。在战场上，他常常败在宙斯的女儿雅典娜手下。雅典娜勇敢善战，凭借自己的才智和机敏战胜阿瑞斯。有时，凡界的英雄也会战胜阿瑞斯，特别是在慧眼识英雄的雅典娜出手相助时。在特洛伊城下的厮杀中，英雄狄俄墨得斯就在雅典娜的帮助下，用投枪击中了阿瑞斯。身披铠甲的战神受伤后，发出了可怕的惨叫，叫声传遍了特洛伊和希腊人厮杀的战场，令人毛骨悚然。暴戾的阿瑞斯身裹愁云，浑身是血地回到奥林波斯山，向父亲宙斯状告雅典娜。但宙斯根本不听阿瑞斯的控诉，他不喜欢这个酷爱纷争、嗜血如命的儿子。

当阿瑞斯与雅典娜在大战中相遇并奋力厮杀时，他的妻子，最

美的女神阿佛罗狄忒常会赶来为丈夫助战，此时雷电之神宙斯的爱女必会战胜对手，骁勇善战的雅典娜奋力一击就会把爱神阿佛罗狄忒打翻在地。青春常驻、美貌绝伦的阿佛罗狄忒只能眼含热泪返回奥林波斯山，而胜利者雅典娜则看着她的背影开怀大笑，不停地嘲讽这不堪一击的对手。

阿佛罗狄忒

妩媚风流的女神阿佛罗狄忒从不介入血腥的厮杀，她主宰诸神及凡人的爱情。正因如此，她也成了统治天下的神祇之一，没有人能摆脱她的控制，包括神祇。只有战神雅典娜、赫斯提业和阿耳忒弥斯不受她的掌控。阿佛罗狄忒身材修长婀娜，容貌惊艳，柔软的金发盘成圆环，犹如金冠戴在她的头上。她是天生美艳与青春永驻的象征。她盛装出行时，光彩照人，惹得鲜花争相吐艳，阳光变得更加灿烂；她在林中穿行时，百兽会走出密林，百鸟会飞下树枝向她表达敬意，狮子、猎豹、雪豹和黑熊则温顺地跟在她的身后。阿佛罗狄忒信步走在百兽中间，魅力无限。陪伴她的是美惠三女神，她们专司阿佛罗狄忒的华丽服饰，负责梳理她的金发，为她戴好象征权力与地位的冠冕。

阿佛罗狄忒是乌兰诺斯的女儿，她出生在库普里斯岛浪花翻滚的雪白泡沫中。和煦的微风把她送到了塞浦路斯岛。美惠女神们赶来迎接从海浪中走出的爱神，给她穿好用金线缝制的新衣，戴上用鲜花编成的花冠。阿佛罗狄忒所到之处，遍地鲜花争奇斗艳，香气醉人。厄罗斯和激情之神西莫罗特斯将美艳绝伦的爱神送上了奥林波斯山，众神欢呼，迎接她的到来。从那时起，阿佛罗狄忒便与众神祇居住在奥林波斯山上，并成为青春永驻和美貌无双的女神之一。

皮格马利翁

阿佛罗狄忒对忠实于她的人关爱有加。塞浦路斯的雕塑大师皮格马利翁就曾得到阿佛罗狄忒的青睐与赐福。皮格马利翁讨厌女性，因此离群索居，逃避婚姻。一次，他用雪白的象牙雕刻出一位少女，雕像立在大师的工作室里栩栩如生，漂亮至极。她仿佛在呼吸，轻吐幽兰，呼之欲出。大师迷恋上了自己的作品，每天花大量时间欣赏这个少女，最后竟爱上了她。他给少女带上昂贵的项链、腰带、耳环，用最华丽的服饰打扮她，并为她带上花冠。皮格马利翁常常对她耳语：

“如果你能变成活人，能与我交谈，那我该多幸福呀！”

但雕塑毫无反应。

阿佛罗狄忒的庆典之日来临了。皮格马利翁向爱神献上了一头双角镶嵌了黄金的白色小牛犊，他将双臂伸向阿佛罗狄忒的神像，低声祈求道：

“噢，永恒的神祇和金发的阿佛罗狄忒！既然你们能给予祈祷者一切，那就赐予我一位娇妻吧，只要她美丽如我所雕塑的少女。”

皮格马利翁没敢贸然祈求神祇赐予他的雕塑以生命，他担心激怒奥林波斯山的神祇。阿佛罗狄忒神像前突然燃起了火焰，爱神似乎是想以此暗示皮格马利翁，神祇们听到了他的祈求。

皮格马利翁回到家中。当他走近雕塑时，他突然发现，他雕塑的少女活了！她的心在跳，眼中闪烁着生命的光芒。莫大的幸福与快乐降临到了皮格马利翁头上。阿佛罗狄忒赐给了他一位美貌绝伦的妻子。

那耳客索斯

谁胆敢对阿佛罗狄忒不敬，拒收她的馈赠，敢挑战她的权威，那他必遭爱情女神的残酷惩罚。河神克菲索斯和女神利里俄珀的儿子，俊美、冷傲的那耳客索斯就遭到了她的惩罚。他除了自己，谁都不爱，觉得只有自己值得爱。

一次打猎时，他在密林中迷路了，遇到女神厄科。女神不能与那耳客索斯讲话。她受到赫拉女神的惩罚，只能重复问话中的最后一个词作为回答。躲在密林中的厄科充满喜悦地看着身材挺拔的美少年。那耳客索斯环顾四周，不知该往哪里走，于是大声喊起来：

“哎，谁在这里呀？”

厄科高声应答道：“这里呀！”

那耳客索斯大声叫道：“到这儿来！”

厄科回答说：“这儿来！”

那耳客索斯吃惊地向四周张望。没有见到人。他非常惊讶，又大声喊道：

“到这儿来，快到我跟前来！”

厄科高兴地回应道：“到我跟前来！”

女神快步走出密林，伸出双手，奔向那耳客索斯，可美少年却生气地推开了她。他匆匆离开女神，隐迹于密林中。

被拒绝的厄科也躲进密不透风的树林中。深受单恋那耳客索斯之苦的厄科，谁也不想见，她变得可怜楚楚，只是忧伤地回应着所有的喊声。

那耳客索斯依旧那样骄傲、自恋，拒绝所有示爱者。他的傲慢令许多女神痛不欲生，终于，一个被他拒绝的女神激动地喊道：

“让你也恋爱吧，那耳客索斯！让你也尝尝单相思的滋味！”

女神如愿以偿了。爱情女神阿佛罗狄忒得知那耳客索斯拒绝她的恩赐后大怒，严惩了他。

有一年春天，那耳客索斯打猎途中走到一条小溪边，他想喝口清冽甘甜的溪水。那是一条牧羊人和山羊都没触碰过的小溪，折断的树枝也从未落进溪水中，就连风也不曾把盛开的花瓣吹进这条小溪中。溪水干净、清澈，它如镜子般映出周围的一切，岸上的树丛、挺拔的松柏、蔚蓝的天空都倒映在小溪中。那耳客索斯两手支在凸出水面的石头上，俯身溪水上，整个身影都映在溪水中，那身影美妙绝伦。阿佛罗狄忒对他的惩罚降临了。他如醉如痴地看着自己水中的倒影，疯狂地爱上了自己的影子。他充满爱意地看着水中的倒影，这倒影诱惑着他，召唤着他，向他伸出双手。那耳客索斯向水面躬下身，想亲吻自己的影子，可吻到的只是冰冷、清澈的溪水。那耳客索斯忘却了一起，他寸步不离小溪，不停地欣赏着自己。他不吃不喝不睡。终于，绝望的那耳客索斯把双手伸向自己的影子，大喊道：

“噢！有谁受到过如此残酷的折磨呀！阻碍我们的不是高山，不是大海，而是一泓清水，就因为它，我们无法在一起。你快从小溪中走出来吧！”

看着水中的倒影，那耳客索斯沉思起来。突然他的脑海中闪过一个可怕的念头，他弯下腰，轻声私语地对自己的影子说：

“好痛苦啊！我怕是爱上了自己！你其实就是我自己！我自己爱自己，我觉得，我就要死了。我好似刚刚盛开便要枯萎的鲜花，就要到冥国去了。我不惧怕死亡，死亡会终结痛苦的爱情。”

那耳客索斯渐渐变得无力起来，脸色苍白，他感受到了死亡的气息，即便这样，他还是无法不看自己的倒影。那耳客索斯哭了，他的泪珠掉进清澈的溪水中。水面上泛起一片涟漪，美丽的倒影消失不见了。那耳客索斯恐惧地喊道：

“唉，你去哪了？！回来呀！留下来吧！别离开我。这太残酷了。哪怕让我再看你一眼！”

水面复又平静下来，倒影复又出现，那耳客索斯复又不眨眼地盯着倒影看。他就像被阳光暴晒的花朵上的露珠一样，渐渐消失了。可怜的厄科目睹了那耳客索斯受折磨的全过程。她依旧爱着他，看着那耳客索斯在那里受煎熬，她心如刀绞。

那耳客索斯喊道：“噢，好难过！”

厄科也喊道：“好难过！”

终于，那耳客索斯看着自己的倒影，用微弱的声音说：

“别了！”

厄科用更微弱的声音重复道：

“别了！”

那耳客索斯的头垂了下来，他倒在岸边的绿草上，死亡的阴影蒙上了他的双眼。那耳客索斯死了。林中的年轻女神们哭了，厄科也哭了。自然女神们给美少年那耳客索斯准备好了坟墓，可当她们来抬他的尸体时，尸体不见了。在他一头栽倒的草地上开出一朵白色、芳香四溢的小花，死亡之花，这花就叫水仙花。

阿多尼斯

惩罚了那耳客索斯的爱情女神也尝到了爱的痛苦，她在为她喜爱的阿多尼斯哭泣。她爱上了塞浦路斯国王的儿子阿多尼斯，凡界中没有人比他更俊美，他甚至比奥林波斯山的众神都好看。因为他，阿佛罗狄忒甚至忘记了帕特摩斯岛和花海般的库忒瑞岛。在她眼中，阿多尼斯甚至比光明的奥林波斯山的神祇更可爱。她始终和美少年阿多尼斯在一起，陪伴着他一起在塞浦路斯的高山密林中打猎，就像阿耳忒弥斯一样。阿佛罗狄忒不戴首饰，不打扮自己。无论刮风下雨还是烈日炎炎，她都在狩猎，她打兔子、鹿和羚羊，但不去打危险的狮子和野猪。她怕阿多尼斯发生不测，所以不让他打狮子、熊和野猪。女神很少离开王子，一旦离开，她会请求他记住她的嘱托。

有一次打猎时，阿佛罗狄忒不在阿多尼斯身旁，他的猎犬发现了巨大野猪的痕迹。它们撵出野猪，狂叫着追赶它。能猎杀这样一个庞然大物令阿多尼斯异常兴奋，可他万万没有想到，这将是他最后的一次狩猎。狗叫声越来越近，树丛中闪过野猪的影子。阿多尼斯正准备把投枪扎向愤怒的野猪时，野猪突然扑向他，它用巨大的獠牙重伤了阿佛罗狄忒的宠儿。由于伤势过重，阿多尼斯死了。

阿佛罗狄忒得知这一噩耗后，悲痛不已，她独自来到塞浦路斯的深山中找寻阿多尼斯的尸体。她的足迹踏遍了陡峭的悬崖、黑暗的峡谷、无底的深渊。尖利的石头和荆棘刺伤了女神娇嫩的双足。所到之处，都留下了她的鲜血。终于，阿佛罗狄忒找到了阿多尼斯的尸体，她为这早逝的美少年痛哭不已。为了永远铭记阿多尼斯，她让阿多尼斯的血迹上长出娇美的银莲花。女神伤脚留下血滴的地方长满了盛开的玫瑰，这些玫瑰红艳如阿佛罗狄忒的鲜血。爱情女神的悲伤令雷电之神宙斯心痛万分，他让兄弟哈德斯和他的妻子佩耳塞福涅每年放阿多尼斯离开冥国一次。从此，阿多尼斯半年在冥国居住，半年在大地上和阿佛罗狄忒女神一起生活。每当阿佛罗狄忒心爱的美少年重返阳光明媚的大地时，整个自然界都会为之欣喜若狂。

小厄罗斯

美丽的阿佛罗狄忒统治着世界。她和雷电之神宙斯一样，也有自己的使者，他负责传达她的旨意。阿佛罗狄忒的使者是她的儿子小厄罗斯[①]。这是一个快乐、顽皮、狡猾又残忍的男孩儿。小厄罗斯展开发光的金翅膀，飞驰在大地和海洋上空，他身形敏捷，犹如微风吹拂一般飘过。他手执金色弓箭，肩背一个箭袋，没有谁能躲开这些金箭。小厄罗斯箭无虚发。他的箭术丝毫不逊色于阿波罗。射中目标后，小厄罗斯的眼中就会闪烁出喜悦的光芒，他那长着卷发的头就会高高昂起，他就会开怀大笑。

小厄罗斯的箭能带来快乐，也能带来不幸，更多时候带来的是爱情的煎熬、痛苦，甚至是死亡。这些箭没少给阿波罗、宙斯带来麻烦。

宙斯知道，阿佛罗狄忒的儿子将给世界带来无数的痛苦与不幸，宙斯想在他出生时就把他杀掉，但哪一个母亲会让这种事情发生！阿佛罗狄忒把小厄罗斯藏到密不透风的深林中，两头凶猛的母

① 小厄罗斯与爱神厄罗斯同名，详见本书《世界的起源和诸神的谱系》。

狮用乳汁喂养小厄罗斯。小厄罗斯长大了。这个美少年满世界奔忙，用自己的金箭播撒幸福和痛苦，善与恶。

许墨奈俄斯

阿佛罗狄忒还有一个助手和同行者，他就是司婚姻之神，年少的许墨奈俄斯。他舞动着雪白的翅膀，在婚礼队伍前飞翔，他的婚姻火炬熊熊燃烧。婚礼中，年轻的姑娘们载歌载舞，祈求许墨奈俄斯为新人祝福，让他们的婚姻生活美满幸福。

赫菲斯托斯

赫菲斯托斯是宙斯和赫拉的儿子，是火神和匠神。他的锻造手艺无人可比。他出生在奥林波斯山上，是个羸弱、跛足的孩子。看到儿子长相丑陋、身体瘦小后，赫拉大怒。她一把抓起他，把他扔下奥林波斯山，摔向遥远的大地。

可怜的孩子不断向下落去，掉到了无边无际、波涛汹涌的大海中。大洋神俄刻阿诺斯的女儿，海神欧律诺墨、老海神涅柔斯的女儿，海神忒梯斯心生怜悯，她们救起了落到大海中的小赫菲斯托斯，把他带到大洋的深处。她们在蔚蓝的山洞里抚养着他。赫菲斯托斯长大了，他长相丑陋，是个瘸子，但是有一双有力的大手，宽阔的胸膛和肌肉发达的脖子。他有着高超的锻造手艺，是个神奇的锻造艺术家。他用金子和银子为抚养他的欧律诺墨和忒提斯做出各种精美绝伦的饰品。

母亲赫拉把他扔下奥林波斯山的事令他耿耿于怀，他把对母亲的仇恨久藏于心中，终于有一天，他决定去报复她。他打造出一把绝美的黄金宝座，把它送给奥林波斯山上的赫拉。宙斯的妻子看到如此美妙的礼物后大喜，只有众神和人类的王后才有资格坐在如此精美的黄金宝座上。但是，可怕事情发生了！赫拉刚坐到宝座上，牢不可破的桎梏就缠绕到她身上，赫拉被锁到宝座上了！众神跑过来帮忙，但都徒劳无益。众神明白了，只有打造这把椅子的赫菲斯托斯能解救赫拉。

他们马上派众神的信使赫耳墨斯去找匠神赫菲斯托斯。赫耳墨斯像旋风一样飞向世界的尽头，飞向大洋的岸边。眨眼间，他就飞过大地和海洋，出现在赫菲斯托斯干活的山洞中。他苦苦哀求赫菲斯托斯，让他和他一起去奥林波斯山解救赫拉，但匠神就是不去，他无法忘记母亲造的孽，无论赫耳墨斯怎么哀求都无济于事。于是酒神狄奥尼索斯前来相求。他大笑着递给赫菲斯托斯一杯又一杯香醇的美酒。赫菲斯托斯喝醉了，现在，可以对他为所欲为了，想把他带到哪里就带到哪里，赫菲斯托斯任凭酒神狄奥尼索斯摆布。赫耳墨斯和狄奥尼索斯把赫菲斯托斯放到驴背上，带他上奥林波斯山。赫菲斯托斯摇摇晃晃地骑着驴，缠着常春藤、手持梯耳索斯神杖的迈那得斯们，围着赫菲斯托斯跳着欢快的舞蹈。醉醺醺的萨梯里笨拙地蹦来蹦去。火炬燃烧，铜钹鸣响，手鼓铿锵，笑声朗朗。狄奥尼索斯头戴葡萄藤冠，手持神杖，走在最前面。他们愉快地走着，终于来到奥林波斯山上。赫菲斯托斯一下子就解开了母亲身上的桎梏，前嫌尽释。

赫菲斯托斯留在了奥林波斯山上。他为众神建造了雄伟辉煌的金殿，用金银和青铜给自己建造了一座宫殿，他和美丽热情的妻子美惠女神卡里忒斯住在这座宫殿里。

赫菲斯托斯的锻造作坊就设在宫殿里，他大部分时光都在这个充满奇迹的地方度过。作坊中央放着一个巨大的铁砧，角落里是炉火熊熊的烘炉和风箱。这些风箱很神奇，不需要用手拉，它们听赫菲斯托斯的指令，他一下令，风箱就开始鼓风，把炉火吹得通红。大汗淋淋、满身黑灰的赫菲斯托斯在锻造作坊里不停地干活。他在这里打造出了许多神奇的作品：坚不可摧的武器、金银饰品、酒樽和高脚杯、三角供桌……这些小桌有金轮子，能自己走，跟长了腿儿似的。

干完活，在香气四溢的澡盆中洗去汗水和灰尘后，赫菲斯托斯就会一瘸一拐地到父亲宙斯那里，去参加众神的盛宴。他彬彬有礼、心地善良，经常能阻止宙斯和赫拉马上就要激化的争吵。看着赫菲斯托斯瘸着腿在宴席桌旁走来走去，为在座的诸神斟着芳香的美酒，众神无不开怀大笑。笑声使他们忘却了争吵。

然而赫菲斯托斯也有令人恐惧的时候。很多人尝到过他那巨大铁锤和火的威力。赫菲斯托斯甚至用火制服了特洛伊城外河水泛滥的珊托斯河和西摩伊斯河，用巨锤打败过强大的巨人们。

伟大的火神和手艺高超的匠神赫菲斯托斯给人以温暖和快乐。他和蔼可亲、彬彬有礼，但实施惩罚时却异常恐怖。

得墨忒耳和佩耳塞福涅

女神得墨忒耳威力无比。她带给大地以无限生机，使大地丰产丰收。离开她，无论是茂密的森林和草地，还是肥沃的土地，都寸草不生，颗粒无收。

哈德斯掳走佩耳塞福涅

女神得墨忒耳有一个年轻貌美的女儿，她叫佩耳塞福涅。佩耳塞福涅的父亲是克罗诺斯的儿子，雷电之神宙斯。有一次，美丽的佩耳塞福涅和她的女伴大洋女神们在鲜花锦簇的尼萨山谷中尽情地嬉戏着。得墨忒耳的女儿就像轻盈的蝴蝶一般，在花丛中飞来飞去。她采摘华丽的玫瑰、芳香的紫罗兰、雪白的百合花、火红的风信子。佩耳塞福涅忘情地玩耍着，全然不知父亲宙斯给她安排的命运。她不知道，她会很久见不到明媚的阳光，很久看不到盛开的鲜花，闻不到甜蜜的花香。宙斯把她嫁给了他的兄弟，冥王哈德斯，佩耳塞福涅要和他住在黑暗的冥国，那里没有光亮，没有温暖的太阳。

哈德斯看到在尼萨山谷中嬉戏的佩耳塞福涅后，决定马上掳走她。他恳求地神盖亚培育出一朵惊艳的鲜花，盖亚答应了。就这样，尼萨山谷中长出一朵神奇的小花，它那醉人的芳香弥漫整个山谷。佩耳塞福涅看到了这朵小花，她伸出手，抓住了花茎。花被采了下来。突然大地裂开了，冥王哈德斯乘着黑马拉的金马车冒出地面。他一把抓起年轻的佩耳塞福涅，把她放到马车上，眨眼间，金马车就到了地底下。佩耳塞福涅只来得及喊叫一声，她那充满恐惧的喊声传出很远，传到了海底，传到了奥林波斯山。但除了太阳神赫利俄斯，谁都不知道，是哈德斯掳走了佩耳塞福涅。

得墨忒耳女神听到了佩耳塞福涅的喊声，她匆匆来到了尼萨山谷，四处寻找女儿，可是怎么也找不到她。她向大洋女神们打听女儿的下落，可她们也不知道，佩耳塞福涅跑到哪里去了。

得墨忒耳失去了唯一的女儿。失去爱女的女神悲痛欲绝，她穿着黑色的衣服，在大地上徘徊了九天。她流着伤心的泪水，除了寻找女儿，她什么也不想做。她四处询问，可是没谁能帮她解除痛苦。到了第十天，她来找太阳神赫利俄斯，泪流满面地向他请求道：

“噢，光辉的赫利俄斯！你驾着金马车驰骋天空，越过整个大地和所有海洋，你能看到一切，什么事情都逃不过你的眼睛。你若对我这个不幸的母亲稍有一点怜悯的话，那你就告诉我，我女儿佩耳塞福涅在哪儿？我在哪儿能找到她？我听到她的喊叫声，她是被掳走的。告诉我，是谁干的？我到处找她，可就是找不着！”

赫利俄斯对得墨忒耳说：

“伟大的女神，你知道，我是多么崇拜你，看到你如此悲伤，我是多么难过。你知道吗，宙斯把你的女儿许配给了他的兄弟，冥王哈德斯。是哈德斯掳走了你的女儿，他把她带到了恐怖的冥国。女神，你别再难过了，你女儿的丈夫很伟大，你女儿现已是宙斯兄弟的妻子。”

女神得墨忒耳变得愈发难过，她恨宙斯，不经她同意，就把佩耳塞福涅嫁给了哈德斯。她离开了众神，离开了奥林波斯山，化身为普通的民妇，一袭黑衣，泪眼婆娑地在凡界游荡。

大地上的万物不再生长。草木萧疏，花谢花落。果园不见果实，葡萄藤干枯，没有了沉甸甸、多汁的葡萄。原本肥沃的土地变得荒芜萧索，寸草不生。到处闹饥荒，到处是哭声和呻吟声。死亡威胁着全人类。深陷失去爱女之痛中的得墨忒耳对这一切视而不见，充耳不闻。

最后，得墨忒耳来到了厄琉西斯城。她走到城墙旁橄榄树的树荫下，坐到“处女井”旁的“悲伤石”上。她像尊雕像，坐在那里一动也不动。她的黑衣褶皱垂地，她低下头，泪水一滴一滴地落到胸前。她就这样孤独忧伤地坐在那里，好久好久。

厄琉西斯国王刻琉斯的女儿们在泉水旁看到了她。发现这个黑衣女人在哭泣后，她们很吃惊，她们走上前去，同情地问，她是什么人。得墨忒耳女神隐瞒了真情。她对她们说，她叫得俄，出生在克里特，后来被强盗抢走。她从他们那儿逃出来，颠沛流离许久后流落到刻琉斯。得墨忒耳请求刻琉斯的女儿们带她回家，她愿意做她们母亲的女仆，为她教育孩子，在刻琉斯的宫中干活。她们把她带到了母亲墨塔涅拉的身边。

刻琉斯的女儿们没有想到，她们带回家的竟是自己崇拜的伟大女神。她们把她带进父亲宫殿的时候，女神的头碰到了门楣，结果，整个宫殿充满神奇的光彩。墨塔涅拉起身迎接女神，她知道，女儿带回家的绝非等闲之辈。刻琉斯的妻子向陌生女人深鞠一躬，请她坐到王后的宝座上。得墨忒耳拒绝了她的好意，默默地坐到了女仆应该坐的位置上，对周围的一切依旧不闻不问。墨塔涅拉的另一个女仆，开朗的伊阿巴注意到新来女仆的忧伤，想法哄她开心。她伺候着女主人墨塔涅拉，照顾着得墨忒耳。她不时发出爽朗的笑声，讲着各种笑话。得墨忒耳笑了，开始吃东西了，自从女儿佩耳塞福涅被冥王哈德斯掳走后，她还未曾笑过，未曾进过食。

得墨忒耳在刻琉斯的宫殿里住下了。她照看刻琉斯的儿子得摩丰。女神想让得摩丰获得永生之躯，她怀抱着孩子，把他放到膝盖上，让他呼吸永生的气息。得墨忒耳给他涂抹上能获得永生的神膏，夜幕降临，刻琉斯宫殿的人都安睡后，她用襁褓包起孩子，把他放进熊熊燃烧的炉火中。有一次，墨塔涅拉看到儿子被放到炉火中，她吓坏了，祈求得墨忒耳不要伤害她的孩子。得墨忒耳生气了，从炉火中抱出孩子，说道：

“唉，愚蠢的女人！我是想让你的儿子获得永生，让他变得无懈可击。告诉你，我是得墨忒耳，赐予凡人和神祇力量与快乐的女神。”

得墨忒耳向刻琉斯和墨塔涅拉说出了自己的真实身份，露出自己的本来面貌。刻琉斯的宫殿光芒四射，得墨忒耳站在那里，优雅美丽，金发披肩，眼中充满智慧的光芒，衣服散发出阵阵芳香。墨塔涅拉和她的丈夫跪倒在女神的面前。

得墨忒耳女神让他们在厄琉西斯的卡利科拉泉边建起了一座神庙，并留在神庙里。在这座神庙里，得墨忒耳亲自创立了庆祝活动。

得墨忒耳从未停止对爱女的思念和对宙斯的怨恨。大地依旧颗粒无收，饥荒越闹越凶，农民的地里已经寸草不生。耕牛拖着重重的犁，徒劳无益地耕耘着。部落一个接一个地消亡，难民的哀号声直冲云霄，可得墨忒耳还是不闻不问。最后，人们不再祭拜众神。宙斯不想让人类灭绝，他派众神的女使者伊里斯去找得墨忒耳。伊里斯舞动彩虹翅膀，飞到厄琉西斯的得墨忒耳神庙，恳求得墨忒耳重返奥林波斯山，回到众神身旁，得墨忒耳对她的请求不予理睬。于是，宙斯又派其他使者去说服她，得墨忒耳表示，哈德斯什么时候放回她的女儿佩耳塞福涅，她什么时候重返奥林波斯山。

宙斯只好派赫耳墨斯去找哈德斯。到了冥国后，赫耳墨斯拜见了端坐在冥国主宰金宝座上的哈德斯，向他传达了宙斯的旨意。

哈德斯同意佩耳塞福涅回到母亲身旁，但走之前她得吃下一粒象征婚姻的石榴籽。佩耳塞福涅和赫耳墨斯登上了哈德斯的金马车。冥王的神马飞奔起来，飞越千难万阻，转眼他们就到了厄琉西斯。

欣喜若狂的得墨忒耳不顾一切地冲到女儿身旁，紧紧地把她搂在怀中。心爱的女儿又能和她在一起了。她和女儿回到了奥林波斯山。宙斯决定，每年佩耳塞福涅和母亲共度三分之二的时光，余下的三分之一与丈夫在一起生活。

伟大的得墨忒耳让大地重获生机，万物复苏，树木吐出嫩绿的树叶，绿油油的草地上鲜花簇簇。很快，田野中又麦浪滚滚，饱满抽穗；果园中果树盛开，芳香四溢；葡萄藤在阳光下泛出青翠的光泽。所有生灵都欣喜若狂，他们由衷地赞美女神得墨忒耳和她的女儿佩耳塞福涅。

每年佩耳塞福涅不在身边的时候，得墨忒耳都非常痛苦，女儿不在的时候，她总穿一身黑衣，整个大自然也为佩耳塞福涅的离去伤心难过。树叶泛黄，秋风卷走落叶，鲜花凋零，田野荒芜，寒冬降临大地。大自然沉睡，直到佩耳塞福涅离开冥王哈德斯重回母亲身旁时，大自然才会复苏。佩耳塞福涅一回到身旁，丰产女神就会向人们挥洒自己的赠与，祝福农民丰产丰收。

特里普托勒摩斯

伟大的丰产女神得墨忒耳亲自教人类耕种土地。她把小麦种子送给厄琉西斯国王年少的儿子特里普托勒摩斯，使他成为厄琉西斯第一个用犁杖三次翻耕土地并把种子播种到黑土地里的人。得墨忒耳赐福过的土地丰产丰收，特里普托勒摩斯听从得墨忒耳的吩咐，乘着翼蛇驾的神车，飞遍所有国家，向人们传播耕种方法。

特里普托勒摩斯来到了遥远的斯库提亚，面见了国王林科斯，并教会了他耕种。可是傲慢的斯库提亚国王想窃取特里普托勒摩斯耕作之祖的荣耀，想将这称号据为己有。林科斯决定趁特里普托勒摩斯熟睡时将他杀死，得墨忒耳得知林科斯居然想破坏待客之道，想向她庇护的人下毒手时，她决定惩罚林科斯。女神对这种事情绝不容忍。

夜深了，林科斯潜入特里普托勒摩斯熟睡的房间。正当他挥剑刺向特里普托勒摩斯时，得墨忒耳把斯库提亚国王变成了一只大猞猁。

变成猞猁的林科斯躲进密林。特里普托勒摩斯离开了斯库提亚人的国度。他乘着神车，继续向各国百姓传播女神得墨忒耳的耕作技术。

厄律西克同

得墨忒耳不仅惩罚了斯库提亚国王林科斯，还惩罚了忒萨利亚的国王厄律西克同，他目空一切，不虔诚，不拜祭神祇。他甚至公然蔑视神祇，冒犯女神得墨忒耳。他要去砍得墨忒耳圣林中的百年橡树，它是得墨忒耳宠爱的森林女神的栖身之所。

厄律西克同无论如何都要砍掉这棵树。

这个亵渎神祇的狂徒高叫道："就算她不是得墨忒耳的宠儿，而是得墨忒耳女神，我也要砍掉这棵橡树！”

厄律西克同从女仆手中抢过斧头，使劲劈砍大树。树心中传出痛苦的呻吟声，鲜血从树皮下涌出。国王的仆人们站在橡树前惊呆了，其中一个仆人挺身而出，试图阻止他，但被愤怒的厄律西克同砍死。他大叫道：

“这就是你敬神的下场！”

厄律西克同砍倒了百年橡树，橡树呻吟着轰然倒地，栖身树中的森林女神也死了。

圣林中的其他森林女神穿上黑衣，来找得墨忒耳，恳求她去惩罚杀害她们女伴的厄律西克同。听完女神们的讲述后，得墨忒耳大怒。她派一个女使者去找饥饿女神，女使者乘着得墨忒耳的翼蛇神车，疾奔斯库提亚，飞向高加索山。女使者在荒山中找到了饥饿女神。饥饿女神眼窝塌陷，脸色苍白，头发蓬乱，皮肤粗糙，瘦得皮包骨。女使者向饥饿女神传达了得墨忒耳的旨意，饥饿女神接受了得墨忒耳的旨意。

饥饿女神来到厄律西克同的家，给他灌下了折磨五脏六腑的强烈饥饿感。厄律西克同越吃，饥饿感就越强。他把所有的钱财都花在美味佳肴上，结果，越吃越饿，越吃越难受。最后，吃得一无所有了，只剩下一个女儿。为了弄钱去饕餮，他卖女为奴。他的女儿从海神波塞冬那儿学来了变身的本领，能变幻各种形象，每次都能从人贩子手里成功逃脱，她要么化身为飞禽，要么化身为牛马。厄律西克同数次卖掉女儿，但收入甚少。他越来越饿，饿得实在受不了了。最后，他开始吃自己的身体，终于痛苦万分地死了。

夜女神、月亮神、黎明神和太阳神

夜女神尼克斯乘着她那辆由数匹黑马拉着的两轮车在夜空中缓缓行驶，她用黑色的帷幕遮住大地，让一切陷入黑暗之中。她的车旁聚集着群星，向大地释放着摇曳不定的微弱光芒，他们是黎明女神厄俄斯和阿斯特赖俄斯年少的儿子们。他们人数众多，布满了整个夜空。东方现出了微微月光，并且越来越明亮。月亮女神塞勒涅出现在夜空中，几头直犄角的公牛拉着她的车缓缓走在天上。她穿着一袭白色长裙，头戴月牙冠，缓慢但不失庄重地驶过夜空，将皎洁的银色月光洒向沉睡的大地。最后，月亮女神驶下天穹，回到卡律亚山深邃的拉特摩斯洞穴中，俊俏的恩底弥翁就长眠于此。尼克斯深爱着恩底弥翁，她俯身亲吻他，低声讲着情话，但长眠的恩底弥翁听不到她的缠绵话语，为此尼克斯十分忧伤，她洒向大地的月光也因此透着几分凄凉。

凌晨将近，月亮女神早就驶下了天穹。东方欲晓，启明星闪闪发光，昭示着黎明的到来。微风吹拂，东方的天空越来越璀璨，身着粉色彩衣的黎明女神厄俄斯打开了大门。过一会儿，太阳神赫利俄斯就要乘车驶离这里去巡游天空了，黎明女神舞动粉色翅膀飞升到绯红的天空中，将手中金罐里的露珠洒向大地，它们落到青草和鲜花上，像一颗颗钻石闪闪发亮。大地上万物复苏，吐露芳华。醒来的大地兴高采烈地问候升上天空的太阳神赫利俄斯。

太阳神赫利俄斯乘着四匹飞马拉的金马车（它出自匠神赫菲斯托斯之手）从大洋东岸升上天空。初升的太阳照亮了山峦，山峦仿佛陷入了一片火海中。一看到太阳神来临，星星纷纷逃离天空，一个接一个地投入黑夜的怀抱，躲藏起来。赫利俄斯头戴金冠，身披金光闪闪的长袍，乘着金马车越升越高。阳光普照大地，为万物送去光明、温暖和生命。

太阳神结束一天的旅程后，便会来到神圣大洋西岸，那里停泊着一叶用黄金打造的扁舟，太阳神要乘舟返回东岸，那里有他的行宫。晚上太阳神就在自己的宫中休息，以便第二天依旧按时巡行天空，普照大地。

法厄同

太阳神只有一次没有遵守世间立好的规矩，没有驾驭他的马车来到天空为人间送去光明。事情是这样的：太阳神赫利俄斯与海中女神忒提斯的女儿克吕墨涅生有一子，名叫法厄同，一天，法厄同的一位亲戚，雷电之神宙斯的儿子厄帕福斯嘲笑他说：

“我不相信你是太阳神赫利俄斯的儿子，你母亲说谎，你是凡人的儿子。”

法厄同被这番话羞得面红耳赤，他怨气冲天地跑去找自己的母亲，扑到她的怀中，流着眼泪向母亲诉说他所受到的侮辱。母亲张开双臂，迎着太阳，高声对儿子说道：

“我的儿子！我以赫利俄斯的名字向你起誓，他现在就能看到我们，听到我们，我现在就证明给你看，他就是你的父亲！如果我说了假话，就让他剥夺我的光环。你去找你的父亲，他的宫殿离我们不远，他会向你证实我所说的一切千真万确。”

法厄同即刻动身去见自己的父亲赫利俄斯。他很快来到赫利俄斯的宫殿。太阳神用黄金、白银和宝石装饰自己的宫殿，整个宫殿折射出彩虹般的神奇光彩，这是匠神赫菲斯托斯的杰作。法厄同走进宫殿，见到了身着紫色长袍、坐在宝座上的赫利俄斯。但法厄同无法接近光焰无际的太阳神，他那双凡人的眼睛无法承受赫利俄斯王冠发出的万丈光芒。太阳神看到了法厄同，开口问道：

“我的儿子，什么风把你吹到我这里来了？”

法厄同高声答道：

“噢，给全世界带来光明的赫利俄斯，父亲！我有权利称你为父亲吗？请证实你就是我的父亲。我请求你打消我的疑虑。”

赫利俄斯摘下头上的王冠，把法厄同叫到近前：

“是的，你是我的儿子，你母亲克吕墨涅没有说谎。为了打消你的疑虑，你可以说出你的愿望，我会满足你，我以斯梯克斯河神圣的河水起誓。”

赫利俄斯的话音刚落，法厄同就提出要乘太阳神的金马车代赫利俄斯巡行天空的愿望。太阳神听后大惊失色，他大声呵斥法厄同：

“荒唐！你知不知道自己在说什么？噢！假如我能够违反我的诺言该多好！你的要求太荒唐，法厄同，这是你力所不能及的。无所不能的雷电之神，伟大的宙斯也驾驭不了它，难道世上还有比宙斯更强大的神祇吗？！你看，路途一开始就异常陡峭，就连我的飞马走起来都很吃力；中途路又变得离地面那么高，连我看到下面深深的大海和无疆的大地时，都会毛骨悚然；最后一段路陡然下降，直坠神圣大洋的岸边。没有我的驾驭经验，马车会瞬间翻下道路，摔得粉碎。你也许在想，沿途会见到许多美景，你错了，在这条路上，你会遭遇各种危险与惊悚，遇到可怕的野兽。路途狭窄处，稍不留意就可能撞上金牛的巨角，马人的利箭会瞄准你，狮子、天蝎、巨蟹会冲你张牙舞爪。这一路危机四伏，这是条令人毛骨悚然的天路。你要明白，我不想让你踏上这条死亡之路。噢！假如你的眼睛能看透我的心，你就会知道我是多么为你担心！你看看你的周围，看看这个世界，美妙的事物云屯雾集！你想要什么，我都会满足你，只是不要去驾驭我的马车。你应该明白，你要的不是我的赏赐，而是对你的惩罚。”

但法厄同根本听不进去这一番肺腑之言，他双手搂住赫利俄斯的脖子，坚持要求他履行诺言。

赫利俄斯伤心地答道：

“好吧，我满足你的要求。你不必再说了，我已经以斯梯克斯河神圣的河水发过誓了。你的要求将得到满足。我本以为你会更理智一些。”

赫利俄斯把法厄同带到了自己的金马车旁。法厄同两眼紧盯金马车，忘却了世间的一切。太阳神的马车为黄金打造，上面镶嵌的宝石闪烁着耀眼的光芒。马夫牵来了赫利俄斯的飞马，这些马匹已经饱餐过珍馐美味，痛饮过玉液琼浆，它们被套进了车辕。身着粉色彩衣的黎明女神厄俄斯打开了大门。赫利俄斯给法厄同的脸擦上了神油，免得太阳的光芒将它灼伤，并把自己的王冠戴在了儿子的头上。赫利俄斯发出一声哀叹，最后叮嘱法厄同说：

“我的儿子！不要催促马匹，缰绳一定要握紧。我的马匹会自己跑起来，但要控制住它们非常不容易。你要沿着旧车辙走，这样就不会偏离天路，这条路横贯天空。但不要上得太高，不然要烧坏天空。也不要降得太低，否则会烤焦大地。你既不可以偏向道左，也不可以偏向道右。你要在巨蛇与祭坛之间穿行。其他一切我就交给命运了，一切都靠它了。现在黑夜已经退下了天穹，黎明女神厄俄斯就要升上天空。握紧缰绳吧，可我多么希望你改变初衷，不去冒险啊。哦！还是让我来照亮大地吧，你别毁了自己！”

但法厄同已经纵身跳上了金马车，拉紧了缰绳。他兴奋不已，高声欢呼着，感谢自己的父亲赫利俄斯。他急不可耐地出发了。飞马的蹄子踏出了火星，鼻孔喷出了火焰。金马车风驰电掣般地穿过晨雾，驶向陡峭的天路。飞马发现，今天的马车比往日轻了许多。它们拉着马车已经驶上了天空，它们放弃了赫利俄斯行走的路线，驰骋在没有道路的天空中。而法厄同此时已经无法辨别道路，控制不住马匹。他从高空俯视下面的大地，竟被那高度吓得面如土色。他的双膝开始发抖，黑色的迷雾遮住了他的双眼。他开始后悔，不该请求父亲允许他驾驭这辆马车。可此时他又能如何？他已经驶出了很长一段路，而前面的路更长。法厄同已经无力驾驭赫利俄斯的金马车了，他不知道那些马匹的名字，双手已经握不紧缰绳。他看到，他的周围到处是可怕的怪兽，这令他惊恐不已。

天上有个地方住着一只硕大无比、面目狰狞的天蝎。飞马将法厄同拉向了那里。当这个可怜的年轻人看到那只浑身流淌着黑色毒液的大蝎子将尾巴上致人死命的毒刺对准他的时候，他彻底崩溃了，缰绳脱了手。飞马发现，已经没有人控制它们了，它们自由了，于是跑得更快了。它们忽而奔向天上的星星，忽而接近地面。赫利俄斯的妹妹，月亮女神塞勒涅惊讶地看到，哥哥的马匹脱了缰，在天空中狂奔，金马车完全不按每天的路线行驶。当金马车接近地面时，地面上的一切都被金马车发出的火焰烧焦，巨大而富庶的城市、人数众多的种族均毁于一旦。被森林覆盖的山川烈焰熊熊，拥有两座顶峰的帕耳那索斯山、绿树成荫的基泰戎[②]山、郁郁葱葱的赫利孔山、高加索山、特摩洛斯山、伊达山、佩利翁山、奥萨山都变成了一片火海，升腾的黑烟笼罩了周遭的一切，法厄同已经无法看清自己到了哪里。小溪与河流中的水都沸腾了，女神们惊恐万状，哭喊着躲进幽深的山洞里。幼发拉底河、奥伦特河、阿尔甫斯河、埃大罗特河等河流都被煮沸。大地被烤得开裂，阳光直接照进了哈德斯的黑暗王国。大海开始干涸，海中的神祇已经难耐燥热。危难之中，伟大的地神盖亚挺身而出，她喊道：

"宙斯，我们最伟大的在天之神、雷电之神！难道我当毁灭吗？难道你兄弟波塞冬的王国当毁灭吗？世间的一切生灵当涂炭吗？你看看吧！阿特拉斯天柱已经快要撑不住天穹的重量了。天穹和神祇的宫殿随时会坍塌下来。难道一切都要回到混沌一片的原初状态吗？万能的宙斯啊，求你拯救那些还没有被大火吞噬的生灵吧！"

宙斯听到了地神盖亚的祈求，他挥起右手，投出了耀眼的闪电，用自己的闪电熄灭了世间燃烧的大火。宙斯用闪电劈碎了太阳神的金马车，赫利俄斯的飞马四散奔逃，金马车和挽具的残片洒遍天空。法厄同的卷发被烧焦了，他犹如一颗陨落的星星，划过天空，跌落到远离他故乡的厄里达诺斯河的浪涛中。赫斯佩里得斯女神们将他的尸体捞起，埋葬在河岸旁。这一天，赫利俄斯的心情无比沉痛，他遮住自己的面孔，一整天没有出现在蓝天上。大地只能凭借这场大火的火光照亮自己。

法厄同那不幸的母亲克吕墨涅耗费了很长时间寻找儿子的遗体，终于，在厄里达诺斯的河岸边她发现了儿子的坟墓。悲痛欲绝的母亲在儿子的坟前失声痛哭，克吕墨涅的女儿们与母亲一起哭泣，哀悼自己的哥哥。她们的悲伤无穷无尽，最后，伟大的神祇们只好把她们变成了杨树。这些赫利阿得斯杨树长在厄里达诺斯的河岸边，垂下自己的枝条。她们的眼泪化作树脂，滴入河水中，变成了一颗颗透明的琥珀。

法厄同的挚友库克诺斯亦因法厄同的死痛不欲生。库克诺斯的哀叹传遍了厄里达诺斯河两岸。神祇们不忍目睹他的痛苦，将他变成了一只雪白的天鹅。从此，白天鹅库克诺斯就生活在河流和湖泊的水面上。他至今怕火，因为是火毁掉了他的密友法厄同。

狄奥尼索斯

狄奥尼索斯的出生与成长

雷电之神宙斯爱上了美女塞墨勒，她是忒拜国王卡德摩斯的女儿。有一天，宙斯对塞墨勒讲，他会满足塞墨勒的任何要求，并且以冥国神圣的斯梯克斯河的河水起誓，神祇决不食言。然而伟大的女神赫拉却因此痛恨塞墨勒，并一心要毁掉她，赫拉对塞墨勒说：

“你应要求宙斯现出雷电之神与奥林波斯山万神之神的真身来见你，如果他真的爱你，他就会满足你的意愿。”

赫拉说服了塞墨勒，后者要求宙斯满足她的意愿。宙斯不能食言，他曾以冥国神圣的斯梯克斯河的河水起过誓。宙斯现出雷电之神、奥林波斯山万神之神和万民之主的真身来见塞墨勒。耀眼的闪电从他的手中放射出万道光芒，巨大的雷声几乎震垮了国王卡德摩斯的宫殿，闪电引燃了周遭的一切。可怕的火焰吞噬了宫殿，建筑不断倒塌。塞墨勒被惊倒在地，火焰烧到了她。她明白了，她必死无疑了，赫拉灌输给她的意愿害了她。

就在此刻，垂死挣扎的塞墨勒生下了儿子狄奥尼索斯，一个弱小、无望活下来的小生命。看来，他也要葬身火海了。但伟大的宙斯之子命不当绝，危急时刻，犹如神杖挥过一般，地上长出了茂密的绿色常春藤，厚实的叶子盖住了狄奥尼索斯，隔绝了火焰，救下了他的性命。

宙斯抱起被救下的儿子，看到婴儿瘦小羸弱，恐怕难以存活，宙斯便割开自己的大腿，将他缝到里面。就这样，狄奥尼索斯在父亲宙斯的体内成长。长成后，他第二次出生，爬出了雷电之神宙斯的大腿。万神之神与万民之主召来了自己的儿子，众神的飞天使者赫耳墨斯，要他将小狄奥尼索斯送到塞墨勒的姐姐伊诺和她丈夫奥尔科墨诺斯的国王阿塔玛斯那里，要他们抚养狄奥尼索斯。

女神赫拉因伊诺和阿塔玛斯愿意抚养小狄奥尼索斯而要惩罚他们，她太恨塞墨勒了。她让阿塔玛斯患上了疯病，发病时阿塔玛斯杀死了自己的儿子勒阿尔科斯，伊诺与他们的另一个儿子墨利克尔忒斯侥幸逃出，才暂时勉强保住了性命。丈夫在后面继续追杀她和儿子，他们之间距离越来越近。前面就是悬崖，下面是陡峭的海岸和拍岸的巨浪，发了疯的丈夫马上就要撵上妻子和儿子了，无路可逃的母子在绝望之中跳下悬崖，投入海中。涅赖德斯的女神们在海中迎接了伊诺和她的儿子墨利克尔忒斯，狄奥尼索斯的养母伊诺和她的儿子墨利克尔忒斯成了海中的神祇，从此栖身于大海的深处。

赫耳墨斯从疯狂的阿塔玛斯手中救出了狄奥尼索斯，他转眼之间就将狄奥尼索斯送到了尼萨山谷，把他交给居住在那里的女神抚养。狄奥尼索斯成年后，英俊潇洒，力大无比。他成为了酒神，给人们以力量和欢乐，给人们以丰收的果实。抚养狄奥尼索斯的女神们也得到了宙斯的奖赏，她们移居天上，夜空之中可以看到她们在群星中闪耀，她们被叫做许阿德斯。

狄奥尼索斯和他的扈从

欢乐的神祇狄奥尼索斯游走于世界各地，从一座城市走向另一座城市，陪伴他的是一班头戴花冠的扈从，他们是酒色无度的萨梯里们和嗜酒的狂女迈那得斯们。狄奥尼索斯走在这一群人的最前面，他头戴葡萄藤冠，手执梯耳索斯神杖，上面饰以常春藤，顶端嵌着松果。

年轻的迈那得斯们在狄奥尼索斯的身旁欢唱着，叫嚷着，旋转着，跳着欢快的舞蹈，长着尾巴和羊蹄子的萨梯里们喝得酩酊大醉，他们迈着已经不太听话的双腿，趔趔趄趄地走在队伍中。一头驴子跟在队伍的后边，它驮着狄奥尼索斯的老师，智慧的长者西勒诺斯。他烂醉如泥，如果不是紧抓着驴子驮着的酒囊，他早就从驴背上掉下去了。他光秃秃的头上戴着常春藤花冠，但已经歪倒在一边，他摇摇晃晃地骑着驴子，憨态可掬。尽管驴子走得很平稳，但年少的萨梯里们还是走在驴子的两侧，小心翼翼地扶着老者，怕他摔下来。这群快乐的人，吹着笛子，敲着小鼓，喧闹着穿行在高山、密林、绿草地间。酒神狄奥尼索斯欢快地游走在大地上，他用快乐征服一切。他教人们种植葡萄，用一串串熟透的葡萄酿造出香醇的葡萄酒。

吕枯耳戈斯

狄奥尼索斯所到之处，并不是所有人都尊崇他。谁有胆量与宙斯的儿子，伟大的酒神争斗呢？谁反抗他，谁不承认他的崇高地位，不承认他是神祇，谁就一定会遭受酒神的严惩。狄奥尼索斯第一次遭到攻击是在色雷斯。当时，他在郁郁葱葱的山谷里与快乐的迈那得斯们弹琴、唱歌、饮酒寻欢，埃多尼亚人残暴的国王吕枯耳戈斯突然袭击了狄奥尼索斯和他的扈从。顿时，惊恐万状的迈那得斯们四散奔逃，狄奥尼索斯的饮酒圣器被丢得满地都是，到处一片狼藉。为躲避吕枯耳戈斯的攻击，惊恐万状的狄奥尼索斯落荒而逃，最后跳入海中避难。女神忒提斯将他藏了起来。狄奥尼索斯的父亲，雷电之神宙斯严厉地惩罚了胆敢侮辱年轻神祇的吕枯耳戈斯，毁掉了他的视力，缩短了他的寿命。

弥倪阿斯的女儿们

即便在奥尔科墨诺斯和彼奥提亚，人们也不愿马上就信从酒神狄奥尼索斯。当狄奥尼索斯的祭司来到奥尔科墨诺斯，邀请姑娘们和妇女们到山林中去庆贺酒神节时，弥倪阿斯国王的三个女儿拒绝接受邀请，她们不相信狄奥尼索斯是神祇。但城里所有妇女都到森林里去了，她们献上歌舞来庆贺酒神的节日。她们用常春藤装扮自己的身体，手握松果，同迈那得斯们一样，在林中跑来奔去，高声向酒神祝贺他的节日。而国王弥倪阿斯的女儿们却留在了宫中，安安静静地织布。她们对窗外的狂欢充耳不闻。太阳徐徐落下，暮色降临，三人却没有停下手里的活计，她们要在今天织完这匹布。突然，她们的眼前出现了不可思议的一幕，在芦笛和小鼓的吹打声中，织布用的线变成了葡萄藤，上面结出了一串串硕大的葡萄。织机变成了绿色，上面缠满了常春藤。到处散发着香桃木和鲜花的香气。国王的女儿们惊讶地看着这一切，忽然，已被暮色笼罩的宫殿里亮起了令人生畏的火炬，传来了野兽的低吼。宫殿的众多房间中不知从什么地方冒出了狮子、猎豹、猞猁和黑熊。野兽的眼睛闪烁着凶光，吼叫着在宫殿里到处乱窜。三个姑娘为了避开令人生畏的火炬之光，避开那些野兽，试图躲进宫殿最远处、最狭小的房间里，但为时已晚，她们已经无处藏身了。狄奥尼索斯对她们的惩罚并没有结束，她们的身体开始萎缩，长出了老鼠的黑色绒毛，手臂变成了长着薄膜的翅膀，她们变成了蝙蝠。从此，她们只能藏在阴暗潮湿的废墟或者山洞中躲避阳光，这是狄奥尼索斯对她们的惩罚。

第勒尼安的海盗

狄奥尼索斯也惩罚过第勒尼安的海盗们，不是因为他们对他不敬，而是因为他们将他当成了凡人，并要加害于他。

有一天，年轻的狄奥尼索斯站在蔚蓝的大海边欣赏大海的景色。海风徐徐吹拂着他浓密的卷发和紫色的披风。微风中，披风似要从这位年轻神祇的漂亮肩膀上滑落。远处的海面上出现了一条船。那条船飞快地驶向海岸边。快到岸边时，船上扮作水手的海盗们发现了岸上年轻貌美的男子。他们迅速将船靠到岸边，跑下船，将狄奥尼索斯抓上船。开始，狄奥尼索斯丝毫没有引起海盗们的疑心，他们没有料到，会把年轻的神祇抓到船上来，他们以为捉到了值钱的猎物，并为此庆幸。他们相信，一定会有人出大把的黄金买走这个漂亮的年轻男子，带他回去做奴隶。到了船上，海盗们给狄奥尼索斯戴上了沉重的铁镣，但铁镣马上就从年轻帅气的酒神手上和脚上脱落。酒神怡然自得地坐在那里微笑，看着海盗们不断给他戴镣铐。看到这一切，船上的舵手惊恐地对海盗们说：

“可怜的家伙们，睁开眼睛看看，我们在干什么！我们是不是在给神祇戴镣铐呀？！你们看，我们的船都快载不动他了。他不会是宙斯吧？不会是太阳神阿波罗或者海神波塞冬吧？不！他不像是一个凡人。他应该是住在奥林波斯山的神祇。赶快放走他，送他回陆地上。不然他呼唤来狂风，掀起巨浪，我们就会葬身大海。”

但船长却恶狠狠地对他吼道：

“可恶的家伙！你好好看看，现在是顺风！我们的船会在这辽阔的大海上乘风破浪。至于这个年轻人，我们会关照他的。到了埃及或者塞浦路斯，或者更遥远的许佩尔波瑞族人的国度，我们就把他卖掉，让这个年轻人在那里寻找自己的朋友和兄弟吧，他是神祇赐予我们的礼物！”

海盗们有条不紊地升起了船帆，船驶向了辽阔的大海。突然，奇迹发生了，船上流淌出了香醇的葡萄酒，空气中充满了芳香，海盗们吓得目瞪口呆。只见船帆上长出了茂密的葡萄藤，上面结出了颗粒饱满的大串葡萄，深绿色的常春藤盘绕住桅杆，一簇簇鲜花缠住了桨架，到处都是神奇的果实。看到这一切，海盗们惊恐地跑去哀求睿智的舵手，让他赶快把船驶向岸边，但为时已晚。狄奥尼索斯瞬间变成了一头雄狮，它大声吼叫着，在甲板上站立起来，两眼冒着凶光。甲板上又出现了一头张牙舞爪、狰狞的长毛母熊。

惊恐万状的海盗们涌向后甲板，聚集在舵手的周围。雄狮一跃而起，扑向船长，将他撕成了碎肉。海盗们感到，死亡就要降临到他们的头上，他们一个接一个地跳入海中，狄奥尼索斯把他们都变成了海豚。酒神没有惩罚舵手，赦免了他。之后，狄奥尼索斯恢复了酒神的本相，他微笑着对舵手说：

"我是狄奥尼索斯，是雷电之神宙斯和卡德摩斯国王之女塞墨勒的儿子，你不要害怕，我并不想惩罚你。"

伊卡里奥斯

敬仰狄奥尼索斯的凡人会得到他的赏赐。在阿提刻，伊卡里奥斯就因盛情招待了狄奥尼索斯而得到了酒神的厚赐。狄奥尼索斯赐给伊卡里奥斯一根葡萄藤，伊卡里奥斯便成了阿提刻第一个种植葡萄的人，但他的命运却很悲惨。

一次，伊卡里奥斯用自己酿制的葡萄酒招待牧羊人，牧羊人不知酒会醉人，结果喝醉了。他们以为伊卡里奥斯在酒里投了毒，就杀死了他，将他的尸首偷偷埋在了山里。伊卡里奥斯的女儿埃里戈涅花了很长时间寻找父亲，最后，在爱犬迈拉的帮助下，她找到了父亲的坟墓，痛不欲生的埃里戈涅在父亲坟墓旁的一棵树上自缢身亡。狄奥尼索斯将伊卡里奥斯、埃里戈涅，连同他们的爱犬迈拉一起带到了天上。从那时起，夜空中出现了亮晶晶的新星，这就是牧夫、处女和大犬星座。

弥达斯

有一天，狄奥尼索斯与迈那得斯们和萨梯里们来到弗里吉亚，他们沿着特摩洛斯森林密布的崎岖山路游走。狄奥尼索斯的扈从中唯独不见了西勒诺斯，原来他醉酒掉了队。他跌跌撞撞地走在弗里吉亚田野上。农夫们看到他后，用花藤将他绑起来，把他带到了弥达斯国王那里。国王立刻认出，这是狄奥尼索斯的老师西勒诺斯，便在王宫中盛情款待了他，接连九天在宫中大摆筵席。第十天，弥达斯亲自将西勒诺斯送到了酒神狄奥尼索斯身边，狄奥尼索斯见到西勒诺斯大为开心。为了答谢弥达斯国王对自己的崇敬之情，狄奥尼索斯要国王从他这里挑选一件礼物。弥达斯欢喜地高叫道：

"啊！伟大的狄奥尼索斯！就让我所能接触到的一切都变成闪闪发光的纯金吧！"

狄奥尼索斯满足了弥达斯的要求，他甚至为弥达斯没有索要更好的礼物而惋惜。

弥达斯兴高采烈地离开了。对得到的礼物心满意足。他随手折下一根橡树枝，结果，树枝在他手中瞬间变成了金树枝，他摘下田野里的麦穗，麦穗变成了金麦穗，上面的麦粒都变成了金粒，他摘下一个苹果，苹果在他手中变成了金苹果，仿佛摘自赫斯佩里得斯的果园。弥达斯触碰到的一切都在瞬间变成了纯金的东西，他洗手时，从他手中滴落的水滴也变成了金水滴，弥达斯为此欣喜若狂。他回到了王宫。仆人为他备好了宴席，他坐下后才发现，他从狄奥尼索斯那儿得到的礼物有多么可怕，他触碰到的一切都变成了金子，口中的面包、美食、美酒通通变成了金子。此刻，弥达斯才明白，他将被活活饿死。他举起双手对天呼唤：

"可怜可怜我吧，狄奥尼索斯！宽恕我吧！我求你宽恕我，把这礼物收回去吧！"

听到他的哀求，狄奥尼索斯来到了他的面前，对他说：

“你去寻找帕克托洛斯河的源头，用它源头的河水冲洗掉这个礼物和你的罪孽吧。”

弥达斯遵照狄奥尼索斯的吩咐，来到了帕克托洛斯河的源头，他跳入神圣的河水中，荡涤自己身上的罪孽。河水中瞬间充满了黄金，它冲刷掉了弥达斯从酒神狄奥尼索斯那里得到的礼物。从此，帕克托洛斯河开始出产黄金。

潘

在狄奥尼索斯的扈从中，经常可以见到森林的保护神潘。潘降生时，他的母亲德律俄佩女神发现，她的孩子长着羊蹄子、羊角和长长的羊胡子。受到惊吓的母亲遗弃了潘，从孩子身边仓皇逃走。但潘的父亲得知儿子出生后，却欣喜若狂。他抱起孩子，带他上奥林波斯山去见众神。潘的出生令所有神祇高兴不已，他们看着潘，喜笑颜开。

潘没留在奥林波斯山上，没留在诸神的身旁，他回到了郁郁葱葱的山野中。他在那里牧羊，吹着美妙的芦笛。林中的众多女神一听到他的笛声，就会立即循声赶来。她们把潘围在中间，伴着他美妙的笛声，在绿草如茵的幽静山谷里跳起欢乐的圆圈舞，潘也喜欢与女神们一起跳舞。当潘跳得十分尽兴时，他们的欢笑声会顺着山崖传遍整个森林。女神们和萨梯里们必与长着羊蹄子的潘跳到尽兴方罢休。炎热的夏日里，潘会躲到密林深处或阴凉的山洞中避暑。这时惊动潘非常危险，潘生性暴躁，狂怒之下，他会让打扰他的人做噩梦，或者突然出现在打扰他的人面前，将那人吓得半死。他甚至会让令他不快的人惊恐万状，让其为逃命而慌不择路，翻山越岭，跑到悬崖峭壁边，命悬一线。潘曾经让整个大军四散奔逃，如火燎蜂房。不要激怒潘，愤怒中的潘会变得很可怕。但潘开心时，又会变得非常善良。他给牧人带来许多福祉，这位伟大的神祇护佑着希腊人的畜群。他是萨梯里中欢乐的一员，是酒神的长随。

潘和西琳克斯

即便是伟大的神祇，潘也未能躲过小爱神厄罗斯射出的爱情之箭。潘爱上了美貌的女神西琳克斯，西琳克斯很高傲，任何人向她示爱都会遭拒。她同勒托的女儿阿耳忒弥斯一样，酷爱狩猎。人们见到狩猎的西琳克斯时，常常以为是见到了阿耳忒弥斯。一身短打扮，身背箭囊，手执硬弓的西琳克斯美丽非凡。她的外表与阿耳忒弥斯的外表如同两滴水般相像，难以分辨，只有一处能将她们区分开：西琳克斯的弓是用牛角做的，而阿耳忒弥斯的弓是用金子做的。

有一天，潘遇到了西琳克斯，心生爱慕想接近她。可西琳克斯见到潘后，却吓得撒腿就跑。潘紧追不舍，试图赶上西琳克斯。前方的河流挡住了西琳克斯的去路，她已无路可逃。于是西琳克斯伸开双臂，祈求河中的神祇救她。她的祈求打动了河中的神祇，神祇把她变成了芦苇。赶到西琳克斯身旁的潘，伸手去抱西琳克斯，但他抱住的却是柔韧、沙沙作响的芦苇。潘呆呆地站在那里，在这温柔的沙沙声中，潘听出，美貌的西琳克斯在与他诀别。潘割下了几根芦苇，用蜡将长短不一的芦节固定住，做成了一支音色甜美的芦笛。为了纪念这位女神，潘把芦笛叫做西琳克斯芦笛。从那时起，潘寂寞时，就在寂静的山林中吹起西琳克斯芦笛，优美的笛声传遍周围的高山峻岭。

潘与阿波罗竞技

潘对自己吹芦笛的天赋颇为自负。有一次，他竟然约阿波罗到特摩洛斯山竞技，并请特摩洛斯山的神祇裁决胜负。阿波罗神身着紫色披风，头戴桂冠，手执金基法拉琴，来到了特摩洛斯山竞技。潘首先出场，他那普普通通的芦笛发出了柔美的乐音，美妙的音乐在特摩洛斯山峦之间回荡。潘的笛声消散之后，阿波罗拨动了基法拉琴的金弦，雄浑高亢的音乐从他的指间流淌出来，众神无不为之倾倒。基法拉琴的金弦不断奏出庄严的乐曲，盖过自然界中所有的声音。雄浑的音乐一浪高过一浪，充满无尽的美感。阿波罗终止了演奏，基法拉琴的最后一个音符休止了。特摩洛斯山的神祇判阿波罗获胜。众神齐声欢呼，赞颂基法拉琴神的胜利。只有弥达斯一人没有赞颂阿波罗的演奏，他更欣赏潘的平凡与朴实。阿波罗大怒，他揪住弥达斯的耳朵，并将它们拉得很长，从此弥达斯的耳朵就变成了驴耳朵。他不得不用丘尔邦（缠头的围巾）将两耳严严实实地裹起来。被阿波罗击败的潘垂头丧气地回到了密林深处，在那里，年轻的女神们时常动情地听他用芦笛吹出的幽怨哀婉的曲子。

二、英雄

五个时代[①]

奥林波斯山上的众神创造的第一代人类是最幸福的，这个时代被称作黄金时代。那时，克罗诺斯在天上统治着世界。人类和怡然自得的众神一样，整日无忧无虑地生活，无需劳作，也不知何为衰老。他们总是精神抖擞，四肢永远强壮有力。他们从不生病，生活幸福，每天都在盛宴中度过。活了好久好久后，他们才会死去，死时如同平静入睡一般。生前他们生活富足，应有尽有。他们无需耕种土地，打理果园，大地自己就会供给他们丰硕的果实。他们的牛羊成群，悠然地在茂盛的草地上吃草。黄金时代的人们生活平静，没有纷争。众神有事时，会亲自来找他们商量。然而，黄金时代结束了，这个时代的人类无一幸存，他们死后变成了幽灵，成了下一

① 根据赫西俄德的长诗《工作与时日》整理。

代人类的保护神。他们腾云驾雾，出现在大地的各个角落，惩恶扬善，他们死后得到了宙斯的奖赏。

第二代人类与第二个时代没有前一代那么幸福。第二个时代被称作白银时代，白银时代的人类，无论是体力还是智商，都不如黄金时代的人类。他们在母亲身边生活百年，不明事理，一旦羽翼丰满就离开家园。成人后，他们的生命变得短暂。由于缺乏理智，他们一生中遭遇了许多不幸和痛苦。白银时代的人桀骜不驯，他们不敬奉神祇，不祭拜众神。由于白银时代的人不服从奥林波斯山上的神祇，宙斯从地球上消灭了这一代人，他把他们打入黑暗的地下王国。他们住在那里，没有忧伤也没有快乐。后人同样祭拜他们。

宙斯建立了第三个时代——青铜时代。这一时代不同于白银时代，宙斯用投枪杆造出来的人，可怕、剽悍。青铜时代的人非常骄傲，他们酷爱充满痛苦呻吟的战场。他们不耕作，不吃农田和果园的果实。宙斯让他们长得高大威猛，力大无穷。他们有一颗桀骜不驯、勇敢的心，和一双强有力的大手。他们用的兵器是铜兵器，住的房屋是铜房屋，使用的工具是青铜工具。那时还没有黑铁。青铜时代的人相互残杀，很快他们就下到哈德斯的冥国。尽管他们强大有力，到头来还是被死神掳走，离开光明的世界。

青铜时代的人刚下到冥国，伟大的宙斯就在养育所有生灵的大地上创建了第四个时代，又有了新的人类。这代人比较高尚，比较公正，这代人是和神祇相当的半人半神英雄。他们都战死在残酷的战争中或血腥的战场上。一些英雄为了争夺俄狄浦斯的继承权，战死在卡德摩斯建立的有七座城门的忒拜城下；一些英雄则为了夺回美丽的海伦，乘船横跨浩瀚无垠的大海，来到特洛伊城，最后战死在特洛伊城下。当死神带走所有英雄后，宙斯把他们安置在大地的尽头，让他们远离活人。半人半神英雄住在汹涌澎湃的大洋中的岛屿上，过着幸福、无忧无虑的生活。那里的肥沃土地一年收获三次，果实香甜如蜜。

最后一个时代，也就是第五个时代，是黑铁时代，这个时代延续至今。忧伤和繁重的劳动不分昼夜、时时刻刻折磨着这个时代的人类，神祇带给人们沉重的负担和烦恼。当然，神祇也会给人类一些美好的东西。但相比之下，恶多于善，可以说，恶无处不在。孩子不尊重父母；朋友彼此不信任；主人拒绝热情待客；兄弟间从不互亲互爱。人们不守誓言，不信正义和善良；相互摧毁对方的城市；到处充满暴力，人们只崇尚骄傲和力量。良心和公正女神远离人类，她们身着白色衣裳飞上奥林波斯山，奔向众神。人们生活在无尽的灾难之中，无力抵御种种罪恶。

丢卡利翁和皮拉

青铜时代的人作孽无数。他们傲慢无礼，亵渎神灵，对奥林波斯山的诸神不恭不敬。宙斯对他们恨之入骨，而最令他痛恨的是吕克苏拉的国王吕卡翁。有一次宙斯变成普通人的样子来到了吕克拉苏，为了让百姓知道他是神，他让他们看到了他随身携带的神物，于是所有人都跪倒在他的面前，把他奉为神祇膜拜。只有吕卡翁一人不愿敬拜宙斯，他甚至嘲笑那些敬拜宙斯的人。吕卡翁想验证一下，看看来者到底是不是宙斯。他杀了一个关在他宫殿中的人质，把他的尸体煮了一半，烤了一半，然后当做食物端给宙斯吃。宙斯勃然大怒，他用闪电毁掉了吕卡翁的宫殿，把吕卡翁变成了嗜血的恶狼。

后来，人们对神愈加不敬了。宙斯决定毁灭这代人类，他决定下一场旷日持久的暴雨，淹没大地。所有风都被他叫停，不再刮起，只有湿润的南风神诺托斯不停地在天空中驱赶着乌黑的雨云。暴雨倾盆而下，海水和河水越涨越高，淹没了一切，城墙、房屋、庙宇和城市一同淹没在水下，城墙上高耸的塔楼消失不见。渐渐地，长满树木的高山峻岭也被水淹没，整个希腊被吞没在波涛汹涌的汪洋大海中。只有帕耳那索斯山的山峰孤零零地露出水面。农民的耕地，果实累累的葡萄园都变成了鱼儿嬉戏的泽国，被大水淹没的森林变成了海豚的乐园。

青铜时代的人类灭亡了，只有两人躲过了这场大灾难，他们就是普罗米修斯的儿子丢卡利翁和妻子皮拉。丢卡利翁听从父亲普罗米修斯的建议，做了一个巨大的箱子，并在箱子中装满了食物，然后和妻子进到箱中。这个箱子在吞没了整个陆地的大海中漂泊了九个昼夜，最后被海浪冲到了帕耳那索斯山的山顶。宙斯降下的暴雨骤停。丢卡利翁和皮拉走出箱子，为保佑他们免遭巨浪吞噬的宙斯献上了表达谢意的祭品。大水退去了，大地复又露了出来，但已变得光秃一片，犹如沙漠一般。

宙斯把众神的使者赫耳墨斯派到丢卡利翁落脚的地方，赫耳墨斯很快就飞临荒芜的土地上。他出现在丢利卡翁面前，对他说：

“众神和人类的主宰宙斯知你虔诚，要奖赏你。说出你的心愿吧，克罗诺斯之子宙斯会满足你的愿望。”

丢卡利翁回答道：

“噢，伟大的赫耳墨斯，我只想请求宙斯，让大地重有人类。”

赫耳墨斯回到奥林波斯山上，向宙斯转达了丢卡利翁的愿望。伟大的宙斯告诉丢卡利翁和皮拉，让他们多拾些石头，然后扔到脑后，不许回头。他们按着宙斯的吩咐做了，于是，丢卡利翁丢出去的石头变成了男人，皮拉丢出去的石头变成了女人。就这样，大水过后的大地上重现了人类，大地上有了由石头变成的新人类。

普罗米修斯

在世界的尽头，在斯库提亚人的国家，有一不毛的荒漠之地，嶙峋陡峭的悬崖直插云霄。四周寸草不生，光秃秃，阴森森，到处悬吊着黑黢黢、探出悬崖的巨石。大海怒吼咆哮，巨浪拍打着山脚下的岩石，高高扬起飞溅的海水，泡沫覆盖着沿岸的礁石，远处是笼罩在薄雾中的高加索山脉的雪峰。乌云越积越多，它渐渐遮住远方，遮住山脉，最后遮住了太阳，周围变得更加阴暗。这是一个人迹罕至、满目凄凉的地方，宙斯的仆人把被缚的普罗米修斯带到这世界的尽头，要用粗大结实的铁链把提坦神普罗米修斯锁到悬崖顶端。押解普罗米修斯的是宙斯的两个无敌仆人，一个是力量之神，一个是权力之神，他们的身躯犹如花岗岩壁一般。

力量之神和权力之神不知何为怜悯，眼中从未流露过同情，他们的脸像四周的岩石一样冰冷无情。赫菲斯托斯低着头，手握着铁锤，忧伤地走在他们身后。他得去干一件可怕的事情，得亲手把自己的朋友普罗米修斯钉在悬崖上。朋友的命运令其深感悲伤，可又不敢违背父亲宙斯的命令，他深知违背宙斯的命令将遭到多么残酷的惩罚。

力量之神和权力之神把普罗米修斯带到崖边，催促赫菲斯托斯快点动手。听到他们冷酷的话语，赫菲斯托斯更为朋友难过了。他不情愿地拿起铁锤，不得不服从命令。力量之神催促他说：

“快点，快点给他钉上铁镣！快点把普罗米修斯钉到悬崖上。你不该为他难过，他可是宙斯的敌人。”

力量之神威胁赫菲斯托斯说，如果他不服从，宙斯就会大发雷霆，以此相逼，让他牢牢锁住普罗米修斯。赫菲斯托斯用牢固的铁链把普罗米修斯的手和脚锁到岩石上。他现在特别痛恨自己擅长的这门手艺。正是这门手艺让他给朋友带来长久的痛苦。宙斯的两个仆人始终监视着他的一举一动。

力量之神催促道：“使点劲砸，把镣铐砸紧，别让它们松开！普罗米修斯很狡猾，他很善于摆脱困境。把锁他的铁链钉紧了，要让他知道，欺骗宙斯会是什么下场。”

“噢，你的这番话和你那张冷酷的脸可真般配呀！”赫菲斯托斯大声说道，开始干活。

岩石在铁锤的击打下震颤着，大地传遍铁锤的敲击声。终于，普罗米修斯的手脚被锁住了。可这还没完，他们还要用坚硬的铁钎穿透他的胸膛，把他钉在岩石上。赫菲斯托斯迟疑了，他喊道：“普罗米修斯！看到你受煎熬，我是多么痛苦啊！”

力量之神愤愤地指责赫菲斯托斯说：“你又在磨蹭！你总为宙斯的敌人难过！当心，可别到时候为自己难过啊！”

最后，一切都结束了，宙斯命令做的事都做完了。提坦神被锁住了，铁钎穿透了普罗米修斯的胸膛。力量之神嘲笑着对普罗米修斯说：

“在这儿你可以随便目空一切了，你就接着骄傲吧！你接着偷神祇的东西，送给凡人吧，看看你的凡人们是否有本事救你！你自己琢磨吧，怎么从这些桎梏中解脱出来。”

普罗米修斯依旧沉默不语，保持着自己的尊严。赫菲斯托斯把他钉到岩石上时，他未吭一声，甚至没有轻哼一声，他没有露出任何痛苦的表情。

宙斯的仆人力量之神和权力之神走了，忧伤的赫菲斯托斯也走了，这里只剩下了普罗米修斯，陪伴他的只有大海和乌云。这时，提坦神发出痛苦的呻吟，开始抱怨不幸的命运。

普罗米修斯大吼着，他的吼叫声充满难以言状的痛苦和哀伤。

“噢，神圣的天空，还有你们，刮过我面前的风！噢，河水的源泉和不平静的海浪，噢，大地，万物之母！噢，照遍大地、无所不知的太阳！请你们见证，看看我在遭受怎样的痛苦！你们看看吧，这样的屈辱我得忍受多久！太痛苦！太痛苦了！从现在起，我将不停地痛苦呻吟，要呻吟无数个世纪！我的苦难什么时候是头啊？唉，我这是在说什么呀！我早知道，会有怎样的结局。苦难降临到我的头上并非无缘无故。我知道，我会遭到这样的厄运。我应该忍受这样的痛苦！为什么？就因为我给了凡人伟大的礼物，为此我就要忍受这痛苦的折磨，我无法逃避这些苦难。太痛苦了！”

这时传来翅膀的轻轻扇动声，传来轻盈的身体划破空气的声音。原来是大洋女神们听到了赫菲斯托斯的锤击声和普罗米修斯的呻吟声，她们走出阴凉的山洞，从遥远的大洋岸边，乘着马车，带着一阵清风，来到悬崖旁。看到被缚在悬崖上的伟大提坦神后，美丽的大洋女神们泪眼婆娑。她们和他是至亲，普罗米修斯的父亲伊阿珀托斯和她们的父亲俄刻阿诺斯是亲兄弟。普罗米修斯的妻子赫西俄涅和她们是亲姊妹。大洋女神围在悬崖边，为普罗米修斯的命运悲痛不已。但他对宙斯和奥林波斯众神的咒骂令她们不敢贸然行事。她们担心，宙斯会更加严厉地惩罚普罗米修斯。大洋女神并不知道，他是因何遭受这样的惩罚。她们恳求普罗米修斯说出宙斯惩罚他的原因，他是怎么惹怒了宙斯。

普罗米修斯告诉她们，在与提坦神作战时，他曾助宙斯一臂之力，曾说服母亲忒弥斯和伟大的地神盖亚支持宙斯。

宙斯战胜了提坦神，并听从了普罗米修斯的建议，把他们打入了阴森恐怖的地狱。宙斯统治了世界，并与新的奥林波斯众神分享了统治权，但却没有分给那些帮助过他的提坦神任何权力。宙斯仇视提坦神，害怕他们强大的力量，宙斯也不相信普罗米修斯，对他也心怀仇恨。宙斯非常想灭掉那些克罗诺斯统治时就已存在的凡人，得知普罗米修斯去保护这些凡人后，宙斯对他的恨意变得愈发强烈。可是普罗米修斯怜悯这些尚无智慧的凡人，他不想让他们无辜地下到地狱。他给他们灌输了此前从不知晓的希望，为他们偷来了天庭的圣火，明知这样做会遭到非常可怕的惩罚，但想帮助人类的强烈愿望让这位骄傲、强大的提坦神忘却了将要面对的可怕惩罚。他的母亲，能预知未来的忒弥斯女神的警告也没能阻止他去帮助人类。

女神们听得心惊胆战。就在这时，能预知未来的大洋神俄刻阿诺斯也乘着飞翼战车来到悬崖边。他想说服普罗米修斯听命于宙斯，并想让普罗米修斯明白，宙斯曾战胜过梯丰，与他争斗不会有好下场。俄刻阿诺斯心疼普罗米修斯，看到普罗米修斯在受苦受难，他感同身受。大洋神准备飞到奥林波斯山去向宙斯求情，请他饶恕提坦神，哪怕宙斯迁怒于自己。他相信，睿智的辩护可以缓解愤怒的情绪，但普罗米修斯骄傲地拒绝了他的好意，他说道：

“不用了，你还是保护好自己吧。我担心，对我的同情会给你招来灾难。就让我独自忍受命运带给我的所有苦难吧。你呀，俄刻阿诺斯，要当心，别因为我求情而招惹宙斯。”

听闻此言，俄刻阿诺斯忧伤地对普罗米修斯说：“我知道，你想用这话逼我回去，令我无功而返。普罗米修斯，你要相信，我是出于对你命运的关心和对你的爱才来到此地！”

普罗米修斯大声说道：“别说了，你快走吧，快离开这里吧！离开我吧！”

大洋神乘上自己的飞翼战车，痛心地离开了普罗米修斯。普罗米修斯接着给女神们讲述，他怎样违背宙斯的旨意，为人类造福。他在莱姆诺斯岛的摩斯科斯山上，从朋友赫菲斯托斯的火炉中偷盗了神火，并送给了人类。他向人类传授各种技艺和知识，教他们算数、阅读和书写。让他们认识各种金属，学会采矿和加工。普罗米修斯为人类驯服了野牛，给它们带上牛轭，让它们帮助人们耕种土地；普罗米修斯把马套在车上，让它们听从人类的指挥。睿智的提坦神建造了第一艘船，给它装备好索具，张上亚麻布制成的帆，让它载着人们航行在无边无际的大海上。从前人们不知何为医药，不懂如何治病，所以疾病来临时他们无计可施，是普罗米修斯向他们展示了药的功效，教会他们用药治愈疾病。他教会人类运用各种方法去减轻生活的痛苦，使生活变得更加幸福和快乐。正因如此，他惹怒了宙斯，遭到雷电之神的严惩。

但普罗米修斯不会永远受苦受难，他知道，厄运也将降临到宙斯的头上，他逃脱不了这个命运！普罗米修斯知道，宙斯的王国不会永存，宙斯将被掀下奥林波斯山的神坛宝座。

未卜先知的提坦神还知晓一个秘密，那就是宙斯摆脱厄运的方法。但他不会把这个秘密告诉宙斯，任何力量，任何威胁，任何折磨都无法使骄傲的普罗米修斯说出这个秘密。

到此，普罗米修斯讲完了与宙斯结怨的经过，女神们听得目瞪口呆。她们惊叹于这位胆敢反抗宙斯的提坦神的智慧和强大的精神力量。但当她们听到普罗米修斯诅咒宙斯必遭厄运后，她们害怕了。她们深知，一旦宙斯听到这些威胁的话，他定会不择手段，逼问出这可怕的秘密。想到普罗米修斯无法逃避的厄运，女神们泪流满面地看着他。悬崖上一片沉寂，只有海浪不停地拍打着岩石。

突然，远处隐隐约约地传来痛苦的呻吟声。这呻吟声越来越近，传到了悬崖边。这是不幸的伊俄在呻吟，她是阿尔戈利斯第一任国王、河神伊纳科斯的女儿。变成母牛的伊俄被赫拉派出的巨大牛虻追咬着，她浑身是血，嘴里喷着沫子，发疯似地奔跑着。伊俄被牛虻蛰得痛苦万分，累得精疲力竭。她站到被缚的普罗米修斯面前，边呻吟边讲述着自己的不幸遭遇，并向未卜先知的提坦神大声哀求道；

“噢，普罗米修斯！我流浪到了世界的尽头。求求你告诉我，我的苦难什么时候才能到头呀，我什么时候才能过上平静的生活？”

普罗米修斯回答说：“相信我，伊俄，你最好还是别知道答案。你还要经过许多国家，还要有许多可怕的经历，路漫漫，折磨不断。你要走过斯库提亚人的国家，穿过白雪皑皑的高加索山脉，穿过阿玛宗女人国到博斯普鲁斯海峡，你渡过这个海峡后，人们将以你的名字命名它。之后你将在亚细亚跋涉很久，你将途经带给人死亡的戈耳戈女妖的国家。她们的头上盘着咝咝作响的毒蛇，这就是她们的头发。你一定要提防她们！还要提防狮身鹰首的格律普斯人和独眼阿里马斯亚人，你在途中会遇到他们。最后你会到达比布里山脉，尼罗河的源头就在这里。在尼罗河滋润的国家，在尼罗河的河口，你会找到属于你的安宁。在那里，宙斯会让你现出真身，还回你美丽的容颜。你将有个儿子，他名叫厄帕福斯。他将统治整个埃及，并成为英雄一代的始祖。这一氏族中将出现一个凡人，他将把我从桎梏中解放出来。伊俄，这就是你的命运。这一切是我的母亲、能预知未来的忒弥斯女神告诉我的。

伊俄大声喊道：

“我痛苦死了，痛苦死了！厄运还要让我经历多少磨难啊！恐惧令我心惊胆战！我要发疯了，我这遍体鳞伤的身体又开始灼痛起来，我又要丧失说话的能力了！太痛苦了！”

伊俄疯狂地转动着眼睛，发疯似的从悬崖边跑开。她就像被旋风卷走一般，奔向远方。牛虻嗡嗡地追着她飞，不幸的伊俄被它蛰得浑身火辣辣地疼。她躲到烟尘里，从普罗米修斯和大洋女的视线中消失。伊俄的哀号声渐渐远去，越来越弱，最后变成微弱的呻吟声，消失在远方。

普罗米修斯和大洋女神都默不作声，他们为不幸的伊俄悲伤难过，突然，普罗米修斯愤怒地喊起来：

“雷电之神宙斯呀，不管你怎么折磨我，总有一天你会被推翻，你会变得微不足道。你将失去你的王国，你将被打入黑暗之中，那时，你父亲克罗诺斯的诅咒将落到你的头上！众神中没谁知道，你该如何逃避这个厄运，只有我知道！现在你就坐在光明的奥林波斯山上吧，你就大发雷霆之怒吧，可它们于事无补，它们无法对抗必将降临的厄运。变成草芥后，你就知道王者和奴隶的区别了！”

大洋女神的眼中充满恐惧，她们大惊失色。她们向普罗米修斯伸出白如海水泡沫的双手，大声叫道：

“你疯了！你怎么可以这样威胁众神和人类的主宰宙斯？普罗米修斯呀，他会让你遭受更多的折磨！你要为自己的命运着想啊！你要可怜可怜自己呀！”

“我做好了一切准备！”

“智者是会向厄运低头的呀！”

“你们去哀求吧，你们去祈求怜悯吧！你们去跪着爬向暴君吧！在我眼里宙斯算什么东西！我干吗怕他？我不会死的！他宙斯爱干什么干什么吧。看他还能统治众神多久！”

普罗米修斯刚说完这些话，眼前就出现了众神的使者赫耳墨斯。接到宙斯的命令后，他就像陨落的星星一样划过天空，瞬间来到这里。宙斯想让他问出，谁会推翻他的统治，怎样才能避免这样的厄运。赫耳墨斯威胁普罗米修斯说，要是不说出秘密，他将遭受更可怕的惩罚。提坦神毫不畏惧，他面带嘲讽地对赫耳墨斯说：

“你要是以为能从我嘴里打听点什么出来，那你可太天真、太幼稚了。我告诉你，我宁可在此受苦，也不会去服侍宙斯。我宁可被缚在这悬崖上，也不会去当宙斯的忠实奴才。任凭他宙斯用怎样的酷刑、怎样的折磨，都吓不倒我，都不会让我说出半个字。他不会知道该怎样摆脱他的厄运，谁将夺走他的权力！”

赫耳墨斯说道：“你听着，普罗米修斯，你若不服从宙斯的旨意，就将受无比严酷的惩罚。他将用雷电将这悬崖和你一起劈进无底深渊。你将在没有阳光的石头囚室中、在可怕的黑暗中，忍受很多很多世纪的煎熬。若干世纪后，宙斯会让你离开深渊重见光明，他放你出来可不是为了让你享乐。宙斯每天都会派来一只雄鹰，它会用尖喙啄食你的肝脏，你的肝会一次次长出来，你的痛苦会越来越可怕。直到有一天，有人愿意替你下地狱时，你才能离开悬崖。普罗米修斯，你好好想想吧，最好还是服从宙斯吧！你也知道，宙斯从不恐吓一番就了事的！”

骄傲的提坦神依然故我，威逼利诱吓不倒他。突然，大地开始颤抖，电闪雷鸣，整个世界都颤抖起来。黑色的旋风呼啸而来，大海上掀起滔天巨浪，悬崖峭壁都在摇动。在这狂风呼啸、电闪雷鸣、天摇地动中，响起了普罗米修斯的怒吼声：

“为了让我心生恐惧，宙斯给我施加了怎样的压力啊！亲爱的母亲忒弥斯，啊，光芒四射的天空！你们快看看吧，宙斯对我的惩罚是多么不公！”

话音未落，普罗米修斯连同束缚他的悬崖轰然倒下，掉进万丈深渊，跌进永恒的黑暗中。

若干世纪后，宙斯把普罗米修斯放回地面，但对他的折磨并未结束，反而更加残酷。普罗米修斯镣铐加身，又被钉在悬崖上。炽热的阳光灼烫着他的皮肤，狂风、暴雨、冰雹抽打着他那疲惫不堪的肉体，寒冬里鹅毛大雪落满全身，刺骨的寒冷冻僵了他的四肢。可这还没完！每天，一只巨鹰挥动着巨大的翅膀飞临悬崖，它落在普罗米修斯的胸膛上，用钢刀般锋利的鹰爪撕开他的胸膛，用尖利的喙叼出提坦神的肝脏。鲜血流淌不止，染红岩石，在悬崖脚下凝成黑色的血块，并在太阳的暴晒下腐烂，四周因此而臭气熏天。巨鹰每天早晨飞到悬崖上，啄食提坦神的肝脏。一夜间伤口愈合，又长出新的肝脏，白天巨鹰复又前来血腥啄食。痛苦的折磨年复一年，持续了一个世纪又一个世纪。伟大的提坦神被折磨得疲惫不堪，但痛苦没能击垮他那骄傲的灵魂。

其他的提坦神早就向宙斯妥协，并服从了他。他们承认了他的权力，宙斯就把他们从黑暗的塔耳塔罗斯中释放出来。现在，这些威猛高大的提坦神来到大地的尽头，来到桎梏着普罗米修斯的悬崖旁。他们站在岩石周围，劝说普罗米修斯向宙斯屈服。普罗米修斯的母亲忒弥斯女神也前来相劝，她求儿子委屈一下自己，别再和宙斯作对。她恳求儿子可怜可怜她，因为看到儿子受苦，她心如刀绞。宙斯已不再那么愤怒，现在他的王国强大无比，没什么能动摇它，没什么能让他恐惧，而且，他已不再是暴君，他保护国家，捍卫法律，保护人类，主持正义。只有普罗米修斯才知道的那个秘密令雷电之神惴惴不安，宙斯已经想好，只要普罗米修斯告诉他那个可怕的秘密，他就饶恕这位提坦巨神。普罗米修斯苦难的日子就要熬出头。拯救被缚提坦神的伟大英雄已经诞生，并已长大。不屈不挠的普罗米修斯被折磨得精疲力竭，却依旧守口如瓶，不过，他的力气行将耗尽。

终于有一天，注定要解救普罗米修斯的伟大英雄漫游到这里，世界的尽头。他就是赫拉克勒斯，他是人类中最强壮的英雄，像神一样威力无穷。看到受难的普罗米修斯，他大为震惊，并非常同情提坦神。普罗米修斯向赫拉克勒斯讲述了自己的不幸遭遇，并预言，赫拉克勒斯还将建立哪些丰功伟绩。赫拉克勒斯认真地听着提坦神的述说，此前他并没有看到普罗米修斯受难的全部惨景。远处传来强劲翅膀的拍击声，那只巨鹰又来赴自己的血腥盛宴了。它在普罗米修斯的头顶盘旋着，准备落到他的胸膛上。赫拉克勒斯没让它落下来啄食普罗米修斯的肝脏。他抓起弓，从箭袋中抽出致命的箭，口中呼唤阿波罗的名字，让神箭手保佑他一箭命中，然后将箭射出。箭呼啸着射出，巨鹰中箭，坠入悬崖脚下波涛汹涌的大海中。获救的时刻终于来临。赫耳墨斯从奥林波斯山飞也似的来到普罗米修斯身边。他对提坦神说了一些安抚的话，向他保证，只要他说出宙斯如何能摆脱厄运的秘密，他就能马上获得自由。普罗米修斯终于答应了，他说出了这个秘密：

“告诉宙斯，不能和女海神忒提斯结婚，因为命运女神，未卜先知的摩伊拉给忒提斯抽了这样一支签：不管忒提斯的丈夫是谁，他们生下的儿子将比他父亲强大。让众神把忒提斯嫁给英雄佩琉斯，忒提斯和佩琉斯的儿子将成为希腊最伟大的英雄。”

普罗米修斯揭开了这个可怕的秘密。赫拉克勒斯挥起大棒砸碎了镣铐，拔出了穿透普罗米修斯胸膛并把他钉在悬崖上的铁钎。提坦神站起来了，他自由了。苦难的日子结束了，他被凡人解救的预言应验了。提坦神们大声欢呼着，庆祝着普罗米修斯的解放。

从此，普罗米修斯的手上始终戴着一枚铁戒指，这枚戒指上镶嵌着一块石头，这石头取自他受难数世纪的那座悬崖。

聪明的马人客戎同意代替普罗米修斯下到冥国，以此摆脱赫拉克勒斯无意间带给他的无法治愈的箭伤折磨。

潘多拉

自从普罗米修斯为人类偷来神火，教会人们各种技能和手艺，向人类传播知识后，人类的生活变得幸福一些了。普罗米修斯的举动惹怒了宙斯，他残酷地惩罚了普罗米修斯，给人类降下灾难。他让伟大的匠神赫菲斯托斯把土和水搅拌在一起，用泥捏出一个漂亮的姑娘。她必须拥有凡人的力量、女神才有的温柔声音和眼神，宙斯的女儿雅典娜得为她缝制一件漂亮衣服，美丽的女爱神阿佛罗狄忒得赋予她无与伦比的美貌，赫耳墨斯则得赋予她睿智的头脑和应变的本领。

众神立刻满足了宙斯的愿望。赫菲斯托斯用泥土捏出了一个美丽无双的姑娘，众神给了她生命。雅典娜和美惠女神们给姑娘穿上了光彩如太阳的衣服，给她戴上金项链。时序女神在她蓬松的头发上戴上了用春天芬芳花朵编成的桂冠。赫耳墨斯向她口中灌输了各种花言巧语。众神给她起了名字，叫她潘多拉，因为她的一切都是众神所赐。潘多拉会给人类带来灾难。

一切准备停当后，宙斯派赫耳墨斯把潘多拉这个人类的灾星送到了大地上，送给了普罗米修斯的兄弟厄皮墨透斯。聪明的普罗米修斯多次提醒稍显愚笨的兄弟，告诉他不要接受宙斯的礼物。他担心宙斯的礼物会给人类带来灾难。厄皮墨透斯没有听从普罗米修斯的劝告，潘多拉用自己的美貌征服了他，他娶了她。没过多久，厄皮墨透斯就明白了，潘多拉给人类带来了无数灾难。

厄皮墨透斯家中有一个大盒子，上面严严实实地压着一个大盖子。没人知道里面放的是什么东西，也没有人想去打开它，因为大家都知道，它会给人带来灾难。好奇的潘多拉趁人不备揭开了盖子，关在里面的灾难飞出了盒子，在大地上肆虐横行，只有“希望”留在了盒子的底部。盒盖“砰”的一声关上了，“希望”没飞出厄皮墨透斯的家。这是宙斯始料不及的。

从前人们生活幸福，没灾没难，不得重病，不干重活，现在，无数的灾难降临人世，大地和海上充满灾祸。灾祸和疾病不分昼夜，随时降临到人们的头上。它们来时悄无声息，因为宙斯剥夺了它们说话的能力，他创造出来的灾祸和疾病都是“哑巴”。

埃阿科斯

宙斯把河神阿索波斯的漂亮女儿埃癸娜掳到厄诺庇亚岛上，从此，这个岛就以阿索波斯女儿的名字命名。埃癸娜和宙斯的儿子埃阿科斯降生在这个岛上。埃阿科斯长大成人后，做了埃癸娜岛的国王。在希腊，他以酷爱真理和正义著称。伟大的众神也非常敬重埃阿科斯，出现纷争时，他们经常请他来裁判孰是孰非。按着众神的旨意，埃阿科斯像弥诺斯和刺达曼托斯一样，死后成了冥国的判官。

只有伟大的女神赫拉痛恨埃阿科斯，她给埃阿科斯的王国降下了巨大的灾难。她用浓雾笼罩埃癸娜岛四个月，最后南风将雾吹散。可是南风并没使埃癸娜岛摆脱灾难，相反却带来了死亡。毒雾让埃癸娜岛上的池塘、泉水和溪流中布满毒蛇，周围的一切都中了蛇毒。埃癸娜岛上闹起了可怕的瘟疫，除了埃阿科斯和他的儿子们，岛上所有的生灵都气绝身亡。绝望的埃阿科斯向苍天伸出双手，大喊道：

“噢，伟大的宙斯，如果你真是埃癸娜的丈夫，真是我的父亲，如果你不嫌弃自己的后人，你就把我的人民还给我，否则把我也埋进坟墓吧！”

宙斯给了埃阿科斯一个征兆，让他知道，他已听到了他的祈求。晴空万里的天空突然电闪雷鸣。埃阿科斯明白了，宙斯听到了他的请求。埃阿科斯向父亲祈祷的地方，耸立着一棵祭祀雷电之神的参天橡树，橡树的根部有一个蚂蚁巢。埃阿科斯偶然看到了这个蚂蚁巢，里面有好多好多勤劳的小蚂蚁。埃阿科斯驻足良久，看它们忙着建自己的巢。他说：

“噢，仁慈的父亲宙斯，这个蚂蚁窝有多少只蚂蚁，你就赐给我同样多勤劳的臣民吧。”

话音刚落，周围虽没有一丝风，可橡树巨大的树枝却发出了簌簌的声响，这是宙斯给埃阿科斯的又一个谕示。

夜幕降临。埃阿科斯做了一个梦，他梦见，宙斯神树的树枝上爬满蚂蚁。树枝徐徐摇摆起来，蚂蚁如雨点般纷纷落下。落到地上后，蚂蚁越变越大，然后站立起来，挺直身子，退去黑色，瘦小的蚂蚁渐渐变成了人。埃阿科斯醒了，他没想到，这也是一个预兆，之前他还抱怨众神不肯帮助他。突然，外面传来嘈杂声。埃阿科斯听到了脚步声和久违的人的说话声。“这不是梦吧？”他思忖着。这时他的儿子忒拉蒙跑到父亲身边，高兴地说：

“父亲，你快出来！你会看到意想不到的伟大奇迹。”

埃阿科斯走出来，看到了梦中见到的那些人。他们个个活灵活现。蚂蚁变成的人拥戴埃阿科斯为国王，埃阿科斯称他们为密尔弥多涅人。就这样，埃癸娜岛又住满了居民。

达娜伊得斯

宙斯和伊俄所生的儿子厄帕福斯生有一子，叫柏罗斯。柏罗斯有两个儿子：埃古普托斯和达那俄斯。富饶的尼罗河滋润着埃古普托斯统治的国家，这个国家就以他的名字命名，叫埃及。达那俄斯统治着利比亚。众神赐予埃古普托斯五十个儿子，赐予达那俄斯五十个女儿，人们称她们为达娜伊得斯。埃古普托斯的儿子们迷恋上了达那俄斯的女儿们，他们想娶这些美丽的姑娘为妻，但却遭到达那俄斯和达娜伊得斯的拒绝。于是埃古普托斯的儿子们集结了一支庞大的军队，向达那俄斯宣战。达那俄斯被自己的侄儿们打败。他失去了自己的王国，逃往他乡。在女神雅典娜的帮助下，达那俄斯造了第一艘五十只桨的大船，和女儿们一起上了船，驶向浩瀚无垠的大海。

达那俄斯的大船在波涛汹涌的大海中航行了很久，最后到了罗得岛。达那俄斯带着女儿们上了岸，在岛上为自己的保护神雅典娜建造了一座神庙，为女神献上了丰厚的祭品，然后离开了罗得岛。他不敢停留在这里，怕埃古普托斯的儿子们追上他们。他带着女儿们继续航行，驶向希腊海岸，曾祖母伊俄的家乡，驶向阿尔戈利斯。在一望无尽的大海上，在危险的航行中，宙斯亲自为他们护航。漫长的航行后，他们终于到了富饶的阿尔戈利斯海岸。达那俄斯和达娜伊得斯渴望能在这里得到保护，并摆脱埃古普托斯儿子们的纠缠，不再被逼婚。

达那俄斯装扮成乞援者，手拿橄榄枝上了岸。岸上空无一人。过了一会儿，远处扬起了一团尘雾，尘雾越来越近。透过尘雾隐约可见闪闪发光的盾牌、头盔和投枪。传来隆隆的车轮声，来的是帕勒赫同的儿子，阿尔戈利斯国王佩拉斯戈斯的军队。得知有一艘船靠岸后，佩拉斯戈斯带领自己的军队来到海边。在岸边，他见到的不是敌人，而是年迈的达那俄斯和他的五十个美丽的女儿。来者向他举起橄榄枝，祈求他的保护。达那俄斯美丽的女儿们含着眼泪，向他伸出双手，祈求他帮助抗击埃古普托斯那些骄横的儿子们。达娜伊得斯以伟大保护神宙斯的名义恳求佩拉斯戈斯别出卖她们，她们告诉他，阿尔戈利斯是她们曾祖母伊俄的故乡，所以她们也不算是外乡人。

佩拉斯戈斯犹豫不决。该怎么办呢？他怕与埃及强大的统治者们交战，但倘若违反宙斯的意志，拒绝帮助以宙斯的名义祈求的人们，必会惹怒宙斯，这一点更让他害怕。最终，佩拉斯戈斯建议达那俄斯亲自去趟阿尔戈斯城，把橄榄枝放到神坛上，以示祈求众神保护。他本人决定召集民众，听听他们的建议。佩拉斯戈斯答应达娜伊得斯，会尽全力去说服阿尔戈斯民众为她们提供庇护。

佩拉斯戈斯走了，达娜伊得斯忐忑不安地等待着民众的决定。她们知道，埃古普托斯的儿子们有多难制伏，更知道，一旦埃及人的船靠上阿尔戈利斯的海岸，她们将面临怎样的威胁。如果阿尔戈斯民众不帮助她们，不给她们提供栖身之所，这些无助的女孩们该怎么办？可灾难马上降临了。埃古普托斯儿子们的使者已经来到这里，他威胁要用武力把女孩们带到船上。他抓住达那俄斯一个女儿的手，让奴隶们去抓其他女孩。就在这时，佩拉斯戈斯回来了，他挺身保护达娜伊得斯，使者开始以战争相威胁，但这并没有吓住他。

佩拉斯戈斯和阿尔戈斯民众决定保护达那俄斯和他的女儿们，但这个决定给他们带来了毁灭性的灾难。一场浴血奋战后，佩拉斯戈斯战败了，被迫逃到自己广袤领土的最北端。后来，达那俄斯成了阿尔戈斯的国王，要想从埃古普托斯的儿子们手中换取和平，他必须把自己美丽的女儿们嫁给他们。

埃古普托斯的儿子们和达娜俄斯的女儿们举办了热闹的婚礼。他们不知道，这婚姻将给自己带来怎样的厄运。喧闹的婚宴结束了，婚礼的颂歌唱完了，婚礼的火炬熄灭了，黑夜笼罩了阿尔戈斯城。沉睡中的城市四处静悄悄。突然寂静中传来垂死前的惨叫，接着一声又一声。在夜幕掩护下，达那俄斯的女儿们犯下了滔天罪行。她们的丈夫刚刚入睡，她们就用父亲达那俄斯给的匕首刺死了他们。埃古普托斯的儿子们就这样惨死了，只有英俊的林叩斯一人幸免于难。许珀耳涅斯特拉对丈夫动了怜悯之心，不忍心将匕首刺进他的胸膛。她叫醒了丈夫，悄悄地把他带出了宫殿。

达那俄斯得知，许珀耳涅斯特拉居然违抗他的命令后，勃然大怒，他给女儿戴上沉重的镣铐，把她投进牢房。阿尔戈斯城的元老们组成一个法庭，审判违抗父命的许珀耳涅斯特拉。达那俄斯想判女儿死刑，就在这时，爱神阿佛罗狄忒出现了，她为许珀耳涅斯特拉辩护，使她免于一死。众神祝福了他们的婚姻，预言他们的后代将英雄辈出。希腊永生的英雄赫拉克勒斯就是林叩斯家族中的大英雄。

宙斯也不想让达那俄斯的其他女儿们死去。听从宙斯的旨意，雅典娜和赫耳墨斯洗去了达娜伊得斯姊妹们的罪孽。达那俄斯国王为向众神表达敬意，举办了盛大的比赛活动，作为奖励，获胜者可娶达那俄斯的女儿们为妻。

但达娜伊得斯最终并未逃脱掉因杀夫而应受的惩罚，她们死后在哈德斯的冥国受到了惩罚。她们需要往一个没有底的巨大水桶中倒水，她们不停地到冥河里打水，把水倒进这个大桶中。桶刚满，水就会马上流出来，桶就会变空。达娜伊得斯姊妹们又得去打水，再把水倒进无底的水桶中。她们就这样不停地打水，不停地往桶里倒水，永无休止地受着这种惩罚。

佩耳修斯

佩耳修斯的诞生

林叩斯的孙子、阿尔戈斯国王阿克里西俄斯有个女儿，叫达娜厄。她美若天仙。先知对阿克里西俄斯说，他将死于达娜厄儿子之手。为了躲避这个厄运，阿克里西俄斯在地下很深的地方，用青铜和石头修建了宽敞的居室，然后让女儿达娜厄幽居在此，不让任何人见她。

伟大的宙斯爱上了达娜厄，变成金雨滴，落到她的地下闺房，就这样，达娜厄成了宙斯的妻子。他们生了个非凡的男孩儿，母亲给他起了个名字，叫他佩耳修斯。

小佩耳修斯和母亲在地下居所没住多久。有一天，阿克里西俄斯听到了小佩耳修斯的声音和愉快的笑声。他来到女儿房间，想看看，她的住处为何有孩子的笑声。看到可爱的小男孩后，阿克里西俄斯大吃一惊，得知这是达娜厄和宙斯的儿子后，他吓坏了。他的脑海中马上响起先知的警告。他绞尽脑汁去想，该怎样避免厄运的降临，终于想出了一计。他让人做了一个大木箱，把达娜厄和她的儿子关进箱子，把箱子钉死，然后把它抛进了大海。

箱子在波涛汹涌的大海上漂流了许久。死亡威胁着达娜厄和她的儿子，海浪把箱子抛来抛去，把它卷到高高的浪尖上，再把它摔到漩涡中。最后，咆哮的海浪把箱子冲上了塞里福斯岛。渔夫狄克提斯恰巧正在岸边捕鱼，他刚把渔网撒到海里，网就套住了箱子。狄克提斯拉起网，连同箱子一起拽上了岸。打开箱子后，他大吃一惊，他看到，箱子里有一个美妙绝伦的女子和一个非常可爱的小男孩儿。狄克提斯把他们带到亲兄弟塞里福斯国王波吕得克忒斯的宫殿里。

佩耳修斯在波吕得克忒斯的宫殿里生活，长成了一个体格健壮的小伙子。在塞里福斯的年轻人中，他就像颗明亮的星星，发出美丽的光芒。他英俊、有力、机敏、勇敢，这里的年轻人都无法和他相提并论。

佩耳修斯杀死墨杜萨

波吕得克忒斯一心想娶美丽的达娜厄为妻，可达娜厄却痛恨他这个暴君。佩耳修斯挺身保护母亲，这令波吕得克忒斯非常生气，现在他只想着怎么才能除掉佩耳修斯。残酷的波吕得克忒斯终于想出一计，他让佩耳修斯去割墨杜萨的头。他叫来佩耳修斯，对他说：

“你若真是宙斯的儿子，就不应该惧怕任何危险。你去创建一件伟大的功勋，以此证明给我看，你的父亲是宙斯。你去把墨杜萨的头割下来，并提她的头来见我，我相信宙斯会帮助自己的儿子完成此事。”

佩耳修斯骄傲地看了一眼波吕得克忒斯，心平气和地说：

“好啊，我给你把墨杜萨的头弄来。”

佩耳修斯上路了。他要到遥远的大地西隅，一个夜女神和死神塔那托斯统治的国度。在这个国度里住着恐怖的戈尔戈。她们周身长满钢铁般坚硬、发亮的鳞甲。除了赫耳墨斯的弯剑，任何剑都不无法刺破这层鳞甲。戈尔戈巨大的铜手上长着锋利、坚硬的指甲，她们的头上长满咝咝吐信、不停蠕动的毒蛇。戈尔戈长着利如匕首的獠牙、红如鲜血的嘴唇和怒火燃烧的双眼。她们的脸充满邪恶，阴森恐怖。谁看一眼戈尔戈，就会马上变成石头。戈尔戈扇动着金闪闪的翅膀，在空中疾速飞行。谁碰到她们，都会倒霉！戈尔戈会用利爪把遇到的人撕碎，吸干他们的热血。

佩耳修斯要去做的事情难于上青天。当然，奥林波斯山的众神不会让宙斯的儿子去送死。众神的使者赫耳墨斯、宙斯宠爱的女儿战神雅典娜都前来帮助他。雅典娜给了佩耳修斯一面铜盾，这面铜盾明亮如镜，可以照亮一切，赫耳墨斯则把自己那把无坚不摧的利剑送给了佩耳修斯，并告诉少年英雄，怎样才能找到戈尔戈。

长路漫漫。佩耳修斯走过许多国家，见过很多民族的人，后来到了年迈女妖格赖埃姊妹居住的黑暗国度。她们三人一体，共用一只眼睛、一颗牙齿，她们轮流使用它们。一个格赖埃使用眼睛时，其他两个姊妹就成了瞎子，有眼的女妖为两个瞎姊妹领路。当有眼的格赖埃摘下眼珠，把它交给另一个格赖埃时，这三个女妖就都成了瞎子。三姊妹守卫着通向戈尔戈栖身之处的道路，只有她们知道这条道。

黑暗中，佩耳修斯悄悄潜到她们身旁，按着赫耳墨斯的嘱咐，趁一个格赖埃把眼珠交给另一个格赖埃的关键时刻，迅速抢过这只神奇的眼睛。格赖埃吓得尖叫起来，现在她们三个都成了瞎子。又瞎又无助的三姊妹开始哀求佩耳修斯，让他看在众神的份上，把眼睛还给她们。她们许诺说，只要他把宝贝眼睛还给她们，她们愿为他做任何事情。佩耳修斯对她们说，只要告诉他哪条道路通往戈尔戈的住处，他就把眼睛还给她们。格赖埃犹豫半天，但为了能看到东西，最终还是给他指了路。问明道路后，佩耳修斯赶紧出发了。

途中，他到了自然女神的居住处。她们给了他三样礼物：冥王哈德斯的头盔，谁戴上它都会变成隐形者；一双会飞的鞋，穿上这双鞋可以在空中飞行；一个万能的袋子，这袋子能自由伸缩，尺寸按袋内所装东西的大小而变化。佩耳修斯穿上飞鞋，戴上哈德斯的头盔，背上神奇的袋子，腾空而起，直奔戈尔戈所住的岛屿。

佩耳修斯在空中飞行着。他的脚下是点缀着绿色山谷的大地，蜿蜒流淌的河流，建有白色大理石神庙的城市。远处是树木苍翠的高山，白雪皑皑的山峰在阳光照耀下发出耀眼的光辉。

佩耳修斯像疾风一样越飞越远。他飞得非常高，雄鹰都飞不了那么高。远处的大海波光粼粼，像熔化的金子般闪闪发光。转眼间，佩耳修斯已在海上飞行，波涛声隐约传到他的耳边。放眼望去，一片汪洋，陆地已踪迹皆无。终于在远处，在蔚蓝的大海上出现了黑色的带状岛屿。岛屿越来越近，这就是戈尔戈居住的地方。岛上闪着刺眼的光芒。佩耳修斯降下高度，像鹰一样盘旋在小岛的上空，他看到，三个可怕的戈尔戈女妖正在岩石上睡觉。睡梦中，她们摊开了铜手臂。鳞甲和金翅膀在阳光的照耀下熠熠生辉。她们头顶上的毒蛇在睡梦中缓缓蠕动着。佩耳修斯赶紧回过头，不敢去看戈尔戈，他怕一看到她们狰狞的脸，就会变成石头。佩耳修斯拿起雅典娜给他的盾牌，盾牌上映出戈尔戈的模样。她们当中谁是墨杜萨呢？她们三个长得太像，像用同一个模子铸出来的一样。她们中只有墨杜萨是凡胎肉身，只有她能被杀死。佩耳修斯踌躇起来。这时赫耳墨斯前来帮助佩耳修斯，他把墨杜萨指给佩耳修斯看，并在他耳边低声说道：

“快，佩耳修斯！勇敢地降落下去。你看，最靠近大海的就是墨杜萨，去砍下她的头。记住，不要看她！看一眼，你就死定了。快，趁她们还没醒！”

佩耳修斯就像老鹰冲向猎物一样，扑向了熟睡的墨杜萨。他紧盯着锃亮的盾牌，准备一剑刺中目标。墨杜萨头上的毒蛇发现了敌人，它们昂起头来，发出可怕的咝咝声。睡梦中的墨杜萨动了一下，微睁双眼。就在这千钧一发之际，利剑像闪电一样劈下。佩耳修斯一剑就砍下了墨杜萨的头，她的血喷到了岩石上。飞马佩伽索斯和巨人克律萨俄耳跳出墨杜萨的躯体，顺着黑血流腾空升起。

佩耳修斯迅速抓起墨杜莎的头，把它藏进神袋里。墨杜萨的尸体抽搐着，从岩石上滚入大海。尸体掉进大海的声音惊醒了墨杜萨的姐妹斯忒诺和欧律阿勒，她们使劲扇动翅膀，飞到空中。她们在岛上盘旋着，用冒着怒火的眼睛搜索着四周。戈尔戈在空中来回飞转，可是杀死她们姐妹的凶手早已消失得无影无踪。无论岛上还是远方的海面上，一个人影都没有。

佩耳修斯戴着哈德斯的隐形头盔，疾驶在喧嚣的大海上。他飞到了利比亚海滩的上空，墨杜萨头颅流出的黑血渗出袋子，大滴大滴地落在沙滩上，沙子将这些血滴变成了毒蛇。毒蛇密密麻麻，爬满沙滩，所有生灵见到它们都拼命逃走。毒蛇把利比亚变成了沙漠。

佩耳修斯和阿特拉斯

佩耳修斯离戈尔戈居住的岛屿越来越远。他就像被狂风驱赶的乌云一样，在天空中飞速前行。终于，他飞到了巨人阿特拉斯统治的国家。阿特拉斯是提坦神伊阿珀托斯的儿子，普罗米修斯的兄弟。成群的细毛绵羊、直犄角的公牛和母牛在阿特拉斯的草地上悠闲地吃着青草。巨人的领地上有一座精致的花园，园中有一棵金枝金叶的苹果树，树上结着金苹果。

阿特拉斯像保护眼珠一样保护这棵树，这棵苹果树是他最宝贵的财富。女神忒弥斯曾对他预言，早晚有一天，宙斯的儿子会到他这里来，并偷走他的金苹果。阿特拉斯很怕发生这样的事，他用高墙围起这个花园，让一条喷火的龙守卫着花园的出入口。阿特拉斯不让外乡人进入自己的领地，他怕宙斯的儿子会混迹其中。佩耳修斯穿着飞鞋，来到阿特拉斯家，他对阿特拉斯友好地说：

“阿特拉斯，我到你家了，接待我这个客人吧。我是宙斯的儿子佩耳修斯，我杀死了女妖墨杜萨，让我这个刚刚建立了伟大功勋的人在你这里稍事休息一下吧。”

听到来者是宙斯的儿子佩耳修斯后，阿特拉斯马上想起了女神忒弥斯的预言，于是他粗鲁地对佩耳修斯说：

“你快滚吧！说什么你是宙斯的儿子，还瞎编说你建了奇功一件，你骗得了谁呀？”

阿特拉斯想把他赶出门去。佩耳修斯知道不能和这个巨人来硬的，就自己主动走出了门。佩耳修斯怒火中烧，阿特拉斯不仅不招待他，还说他是骗子，这让他非常生气。

佩耳修斯气愤地对巨人说：

“好啊，阿特拉斯，你可以赶我走！但怎么着你也得接受我的礼物吧！”

说完，佩耳修斯掏出了墨杜萨的头。他背过身，给阿特拉斯看女妖的头。巨人一下子变成了一座山。他的胡子和头发变成了枝叶茂盛的树林，手臂和肩膀变成了高耸的岩石，头变成了直插云霄的山峰。从此，阿特拉斯山支撑起整个苍穹和所有的星座。

启明星升起时，佩耳修斯又奔向远方。

佩耳修斯拯救安德罗墨达

佩耳修斯飞了很久，终于来到了埃塞俄比亚的刻甫斯王国。他看到，海边的岩石上绑着刻甫斯国王的女儿，美丽的安德罗墨达。她须替母亲卡西俄佩亚赎罪，卡西俄佩亚惹怒了女海神，她自诩貌美，说自己是最美的王后。女神们知道后非常生气，请求海神波塞冬惩罚刻甫斯和卡西俄佩亚。波塞冬应允了她们的请求，派出了一只像巨鲸一样大的海怪。它浮出水面，把刻甫斯的领地糟蹋得一塌糊涂，刻甫斯王国到处是哭声和呻吟声。国王去阿蒙向宙斯神谕所求助，想获知摆脱灾难的办法。他得到了这样的神谕：

“把你的女儿安德罗墨达献给海怪它吃掉你女儿后，波塞冬就不会再惩罚你们了。”

百姓听闻这个神谕后，逼国王把安德罗墨达绑到海边的岩石上。安德罗墨达吓得浑身发抖，她被戴上沉重的镣铐，锁到岩石脚下。安德罗墨达惊恐地看着大海，等海怪前来吃掉她。她泪流满面，想到自己正值花季、充满青春活力，还没来得及体验生活的快乐，就将死去，内心不免充满恐惧。佩耳修斯看到了她。要不是海风吹散了她那一头秀发，要不是她美丽的眼中流出大滴的泪珠，佩耳修斯就把她当成一尊美丽的白色大理石塑像了。少年英雄出神地看着安德罗墨达，心中生出浓浓的爱意。佩耳修斯飞快地降落到她的身旁，温柔地问她：

“告诉我，美丽的姑娘，这是谁的国家？告诉我，你叫什么名字？告诉我，你为什么被绑在岩石上？”

安德罗墨达告诉了他被绑缚在此的原因，美丽的姑娘不想让英雄以为她是在为自己赎罪。安德罗墨达还没讲完，大海突然沸腾起来，汹涌的海浪中冒出了那只海怪。海怪高昂起头，张开了血盆大口。安德罗墨达吓得尖叫起来。悲痛欲绝的刻甫斯和卡西俄佩亚跑到岸边。他们搂着女儿，放声大哭。

这时，宙斯的儿子佩耳修斯开口说道：

“你们以后有的是时间哭，眼下救你们女儿的时间所剩无几。我是宙斯的儿子，杀死女妖墨杜萨的佩耳修斯。你们要是答应把女儿嫁给我，我就救她。”

刻甫斯和卡西俄佩亚连忙应允，只要能救女儿，他们什么条件都答应。刻甫斯甚至许诺，要是能救出安德罗墨达，他可以把整个王国作为陪嫁送给他。海怪离岩石越来越近了，它用宽大的胸膛破开波浪，游向岩石，它那样子就好像一艘在桨手奋力划动之下飞速前行的大船。海怪距离岩石已不足一箭之遥，佩耳修斯高高地飞在它的上空，他的影子倒映在海里，海怪疯狂地扑向它。

佩耳修斯勇敢地冲向海怪，把弯剑狠狠地刺进它的脊背。海怪感觉到自己受了重伤，高高跃出海面。它在海里挣扎着，那样子就像被狂吠的猎狗包围着的野猪。它一会儿潜入海底，一会儿又浮出水面。海怪用鱼尾疯狂地击打着水面，溅起的水珠纷纷落到岸边岩石的最顶端，海面都是泡沫。海怪张开大口，扑向佩耳修斯，脚蹬飞鞋的佩耳修斯像海鸥一样冲向天空。他一剑又一剑地刺向海怪，海怪受了致命伤，鲜血和海水不断从它的口中涌出。佩耳修斯鞋上的翅膀被海怪的污血弄湿，飞鞋吃力地带着英雄飞行。达娜厄的儿子疾速飞向海边凸起的岩石。他用左手抱住岩石，右手挥剑向海怪的胸部狠狠地刺了三剑。惊心动魄的搏斗结束了，岸上响起一片欢呼声，大家都热烈赞美着伟大的英雄。

获胜的佩耳修斯解下安德罗墨达身上的锁链，领着美丽的未婚妻向刻甫斯的王宫走去。

佩耳修斯的婚礼

佩耳修斯给父亲宙斯、雅典娜和赫耳墨斯敬献了丰厚的祭品，刻甫斯宫中欢乐的婚宴开始了。许墨奈俄斯和厄罗斯点燃了香气四溢的火炬，整个王宫装饰着鲜花和青藤，里拉琴奏起美妙的音乐，热闹的歌舞声此起彼伏。宫门大开，宴会大厅金碧辉煌。刻甫斯和卡西俄佩亚与新人一起畅饮，民众也开怀畅饮，到处充满欢乐的景象。宴会期间，佩耳修斯向众人讲述了自己建立功勋的经历。突然，宴会大厅中响起了可怕的兵器声，宫中传出军人特有的喊叫声，好似大海卷起滔天巨浪撞击悬崖峭壁、拍击海岸发出的轰鸣声，安德罗墨达的第一个未婚夫菲纽斯带着大军冲进宫中。

菲纽斯晃动着投枪，大声吼道：

“偷人家未婚妻的家伙，你要倒霉了！你那双飞鞋救不了你！就连雷电之神宙斯也救不了你！”

就在菲纽斯要把投枪掷向佩耳修斯的时刻，刻甫斯国王喝止了他：

“你在干什么？你发什么疯？你打算这样对待佩耳修斯吗？这就是你的结婚礼物吗？难道是佩耳修斯抢走了你的未婚妻？不是！她被人绑到岩石上送死时，就已被人从你手中抢走了。她受难时，你为何不来救她？现在你是想从胜利者手中夺走战利品！安德罗墨达被绑在岩石上时，你为什么不去救她？你为什么不想从海怪那儿夺回未婚妻？”

菲纽斯一句话也没说，他凶巴巴地看看刻甫斯，又看看宙斯英俊的儿子，突然聚集全力将投枪掷向佩耳修斯。投枪从佩耳修斯身边飞过，扎进佩耳修斯的座椅。英雄用他那只有力的大手拔出投枪，从座椅上一跃而起，猛地掷回投枪。菲纽斯躲到了瑞忒斯的身后，结果，这一枪扎到英雄瑞忒斯的头上，他倒地身亡。可怕的搏斗开始了。

雅典娜从奥林波斯山飞奔而来，帮助自己的兄弟佩耳修斯。她用自己的神盾掩护佩耳修斯，激发他无敌的勇气。佩耳修斯投身到战斗中，他手中那把杀死墨杜萨的利剑像闪电一样闪烁着。与菲纽斯同来的英雄接二连三地倒在他的剑下，佩耳修斯面前堆满了浑身是血的尸体。他用双手抓起宴会调酒用的巨大铜樽，把它砸到英雄欧律托斯的头上。英雄像被雷电击中一般，摔倒在地，他的灵魂飞向了冥国。英雄一个接一个倒下，但是菲纽斯带来的英雄实在太多了。佩耳修斯是个外乡人，身边没有几个帮手，他几乎是孤身面对群敌。佩耳修斯的伙伴几乎都命丧激烈的战斗中，弹奏金弦基法拉琴、演唱悦耳歌曲为宴会助兴的歌手也被投枪扎中，气绝身亡。倒下时歌手碰到琴弦，琴弦响起来，发出的声音犹如垂死者的呻吟，可刀剑声和战士的垂死呻吟声淹没了琴声。箭如雨下。佩耳修斯背靠廊柱，用雅典娜闪闪发光的神盾作掩护，与敌人拼杀。菲纽斯的人包围了佩耳修斯。战斗越来越激烈，眼看性命受到威胁，达娜厄的儿子大声喊道：

“我要请被我杀死的敌人帮忙，是你们逼我这么干的！拿我当朋友的人，赶紧转过身去！”

佩耳修斯迅速从神袋中掏出了墨杜萨的头颅，把它高高举起。攻击佩耳修斯的英雄们接二连三地变成了石像。一些英雄是在挥剑刺向对手胸膛时化作石像，另一些英雄是在投掷投枪时变成石像，还有一些英雄是在用盾牌掩护自己时变成了石像。他们只看了一眼墨杜萨的头颅，就变成了大理石雕像，整个宴会大厅布满了大理石雕像。看到自己的朋友都变成了石头，菲纽斯吓坏了。他跪下来，伸出双手向佩耳修斯求饶道：

“佩耳修斯，你赢了！我求你了，快把墨杜萨的头收起来吧，求你了，快收起来吧！伟大的宙斯之子，把一切都拿走吧，一切都归你了。留给我一条活路吧！”

佩耳修斯面带嘲讽地对菲纽斯说：

“别害怕，可怜的胆小鬼！我不会用剑杀死你。我要给你一个永恒的奖励！为了让我的妻子得到安慰，为了让我的妻子可以随时看到她第一个未婚夫的模样，你将被永远摆放在刻甫斯的宫殿里。”

他把墨杜萨的头颅伸向菲纽斯，无论怎么躲避，菲纽斯还是看了它一眼，他瞬间变成了大理石雕像。

变成雕像的菲纽斯，像奴隶一样匍匐在佩耳修斯面前，菲纽斯雕像的脸上充满恐惧的表情和奴隶似的哀求。

佩耳修斯回到塞里福斯岛

这场血腥战斗后，佩耳修斯在刻甫斯的王国小住了几日，然后带着美丽的安德罗墨达回到了塞里福斯岛，去见国王波吕得克忒斯。佩耳修斯见到母亲达娜厄正在受煎熬。原来，为了躲避波吕得克忒斯，她只能在宙斯的神庙中寻求庇护，一刻都不敢离开神庙。佩耳修斯大怒，他来到波吕得克忒斯的宫殿，看见他和朋友们正举行盛大的宴会。波吕得克忒斯没料到佩耳修斯会回来，他以为戈尔戈会杀死他，所以看到佩耳修斯后他大吃一惊，佩耳修斯却平静地对他说：

“你的差事我完成了，我给你带回了墨杜萨的头颅。”

波吕得克忒斯不相信佩耳修斯会建此奇功，他开始嘲笑神祇一样的英雄，说他是骗子。波吕得克忒斯的朋友们也一起嘲笑佩尔修斯。英雄怒火中烧，他不能容忍别人侮辱自己。佩耳修斯眼中充满愤怒，他拿出了墨杜萨的头，高喊道：

“波吕得克忒斯，你要是不相信，就看看这个物证！”

波吕得克忒斯看了一眼墨杜萨的头颅，瞬间就变成了石头，与他一起饮酒作乐的朋友们也没能逃此厄运。

佩耳修斯在阿尔戈斯

佩耳修斯把塞里福斯岛的统治权交给了波吕得克忒斯的兄弟，

曾救过他们母子的狄克提斯，然后带着达娜厄和安德罗墨达前往阿尔戈斯。佩耳修斯的外祖父阿克里西俄斯得知外孙到来的消息后，立即想起了先知的话。他赶紧逃向遥远的北方，逃往拉里萨城。佩耳修斯开始统治家乡阿尔戈斯，他把哈德斯的隐身头盔、飞鞋和神袋还给了自然女神，把利剑还给了赫耳墨斯，把墨杜萨的头颅献给了雅典娜，雅典娜把它嵌在胸前闪闪发光的铠甲上。从此佩耳修斯幸福地统治着阿尔戈斯。

他的外祖父阿克里西俄斯最终也没能逃脱命中注定的厄运。有一次，佩耳修斯举办了盛大的竞技比赛。许多英雄都前来参加此次盛会，年迈的阿克里西俄斯也来观战。佩耳修斯参加了铁饼比赛，他把铁饼掷得很高很高，它飞呀飞呀，飞到云端，最后落了下来，正好砸到阿克里西俄斯的头上。老人被砸死了，预言应验了。佩耳修斯伤心地埋葬了阿克里西俄斯，他深深自责，恼恨自己无意间杀死了外祖父。佩耳修斯不想继续统治外祖父的王国了，他离开阿尔戈斯，到了提林斯，并在那里做了多年的国王。佩耳修斯把阿尔戈斯交给了自己的亲戚墨伽彭忒斯来统治。

西绪福斯

风神埃俄洛斯之子西绪福斯是科林斯城的奠基者，这座城古时叫埃菲拉。

就阴险、狡猾、机智而言，全希腊无人能与西绪福斯比肩。他用狡猾的手段为自己在科林斯聚敛了无数财富，他拥有的珍宝远近闻名。

有一天，死神塔那托斯来到西绪福斯家，准备带他去哈德斯的冥国，西绪福斯早就料到死神要来，他用计给死神塔那托斯戴上镣铐，从此大地上不再死人，不再有奢华的葬礼，人们也不再为冥国的诸神献祭，宙斯制定的人间规矩被彻底破坏了。于是，宙斯派战神阿瑞斯去找西绪福斯。战神刚除去塔那托斯身上的镣铐，塔那托斯就摄取了西绪福斯的灵魂，把它带到了冥国。

即便在这样的地方，狡猾的西绪福斯也能想法脱身。他告诉妻子别埋葬他，不要给冥界的神祇奉献祭品。妻子遵从了丈夫的吩咐。哈德斯和佩耳塞福涅久等不见祭品，感到很奇怪。

于是，西绪福斯来到哈德斯的宝座前，他对冥国的主宰说：

“亡灵的主宰，与宙斯一样伟大的哈德斯，你放我重返地面吧。我去让我的妻子为你奉献丰富的祭品，然后我再回到冥国。”

西绪福斯的计谋得逞了，冥国主宰哈德斯放他回到了地面。西绪福斯当然不想再回到冥国，他留在自己奢华的宫殿里，大摆盛宴庆祝，向众人炫耀说，只有他才能死后逃离冥国、重返人间。

哈德斯气坏了，他派塔那托斯再取西绪福斯的灵魂。塔那托斯来到人世间最狡猾的人的宫殿中，正赶上西绪福斯在那里享用美食。诸神和人类深为痛恨的死神再次取走了西绪福斯的灵魂，这次他的灵魂永远留在了冥国。

在冥国，西绪福斯因生前所犯下的奸诈和欺骗行为遭到可怕的惩罚，他必须把一块巨石推到陡峭的山顶上。西绪福斯拼尽全力推石上山，累得汗如雨下，峰顶在即，只需再稍加一点努力，他便可以大功告成。可就在这一刻，巨石从手边滑落，滚下山去，尘埃四起，西绪福斯只好从头开始。

西绪福斯就这样年复一年日复一日地推石上山，可却永远推不到山顶。

柏勒洛丰

西绪福斯死后，他的儿子英雄格劳科斯[1]继承了王位，成了科林斯的国王。格劳科斯的儿子柏勒洛丰是希腊最伟大的英雄之一。柏勒洛丰相貌英俊，胆识过人。年少时，他闯了大祸，不小心杀了科林斯人，被迫离开了家乡，逃到了提任斯国王普罗托斯那儿避难。提任斯的国王盛情接待了英雄，还为他净了罪，但柏勒洛丰却未能在提任斯长住下来。普罗托斯的妻子，光彩照人的安忒亚看上了英俊的柏勒洛丰，她向英雄表达了爱慕之情，却遭到他的拒绝。安忒亚王后恼羞成怒，决定除掉柏勒洛丰。她跑到丈夫身边，诬告说：

“啊，国王！柏勒洛丰狠狠地羞辱了你，你得处死他呀。他竟然跑来追求我，对你妻子图谋不轨。他就这样报答你对他的盛情款待！”

普罗托斯闻后大怒，但他不敢亲手杀死客人，他怕惹怒游子的保护神宙斯。普罗托斯思量好久，算计着怎样才能弄死柏勒洛丰，终于想出一条计策，他让柏勒洛丰给安忒亚的父亲，吕基亚的国王伊俄巴忒斯送一封信去。信中，普罗托斯告诉伊俄巴忒斯，柏勒洛丰羞辱了他，他请求伊俄巴忒斯替他报仇。柏勒洛丰拿着信出发了，不知道此行竟会有性命之忧。

① 与海神同名。

经过长途跋涉后，柏勒洛丰来到了吕基亚。伊俄巴忒斯热情地接待了英雄，连续九天盛宴款待。终于，伊俄巴忒斯问起柏勒洛丰此行的目的。柏勒洛丰把普罗托斯的信交给了吕基亚的国王。伊俄巴忒斯打开了折成两折、加了封印的信，看后他非常害怕。普罗托斯让他杀死年轻的英雄，可九天的相处已让他对柏勒洛丰产生了好感。伊俄巴忒斯和普罗托斯一样，不想破坏神圣的待客之道，但他又必须杀掉柏勒洛丰，思来想去，他决定让英雄去干一件必死无疑的大事。伊俄巴忒斯让柏勒洛丰去杀死可怕的怪物客迈拉。这怪物是恐怖的梯丰和高大的厄客德娜所生，长着狮头，羊身，蛇尾，有三张能喷火的大嘴，接近它的人无一生还。

即将面临的危险并没有吓倒柏勒洛丰，勇敢的英雄未加思索就应允了。他知道，只有驾驭飞马佩伽索斯，才能打败客迈拉，同时他也知道在哪儿能找到这匹神马。佩伽索斯常从云端下到阿克洛科林斯山上，到波瑞涅泉边饮水。于是，柏勒洛丰上了阿克洛科林斯山，到泉边时，正赶上佩伽索斯在饮波瑞涅冰凉、水晶般清澈的泉水解渴。柏勒洛丰恨不得马上抓住佩伽索斯，可是，尽管他想尽办法，日夜追捕，却始终不能如愿，他就是抓不到它。年轻的英雄刚要接近飞马，它就扇动有力的翅膀，像风一样飞上云端，像鹰一样盘旋在天空。后来，柏勒洛丰听从先知波吕伊多斯的建议，躺在波瑞涅泉边雅典娜的祭坛旁睡觉，他在那儿第一次见到佩伽索斯。柏勒洛丰希望在梦中得到神谕。他真梦到了宙斯的爱女雅典娜。梦中，雅典娜教他如何去抓佩伽索斯，她给了他一个小金辔头，吩咐他，一定要给海神波塞冬献祭品。柏勒洛丰醒来后吃惊地发现，他身边真放着一个小金辔头。柏勒洛丰激动地祈祷着，由衷地感谢伟大的女神，他知道，他就要抓住佩伽索斯了。

神马扇动着雪白的翅膀再次飞到波瑞涅泉旁，柏勒洛丰勇敢地跳到它的背上，把金辔头套在马头上。佩伽索斯在空中拼命乱跑，耗尽了力气，最后终于被英雄驯服了。从此，它忠心耿耿地为柏勒洛丰效力。

英雄骑着佩伽索斯飞向客迈拉栖身的吕基亚山区。可怕、强大的客迈拉察觉到有敌人逼近，就爬出了黑暗的山洞。熊熊烈焰从三张大嘴中喷出，团团浓烟遮住了周围的一切。佩伽索斯驮着柏勒洛丰飞向高空，英雄从空中向客迈拉射出一支又一支利箭。客迈拉愤怒地撞击岩石，将它们块块掀翻。它在山里疯狂地翻滚着，所到之处，一切都被它喷出的火焰烧焦。柏勒洛丰骑着飞马紧追不舍，客迈拉怎么躲都无法躲过利箭，英雄射出的箭，箭箭精准，箭箭致命。柏勒洛丰杀死了可怕的怪物，带着胜利的喜悦回到了国王伊俄巴忒斯身边。

可是伊俄巴忒斯又派他去做另一件事。他让英雄去攻打骁勇善战的索吕默人，很多英雄与索吕默人作战时都丢了性命，但柏勒洛丰战胜了他们。

伊俄巴忒斯重又想计，他必须弄死柏勒洛丰。于是他又让英雄去征讨无敌的阿玛宗人，柏勒洛丰又一次战胜了对手。伊俄巴忒斯派出吕基亚最强悍的男人去偷袭获胜而归的柏勒洛丰，去杀死神勇无敌的英雄。吕基亚人诱英雄进入了埋伏圈，可他依旧安然无恙，那些吕基亚人却命丧英雄之手。伊俄巴忒斯终于明白，他的这位客人是个伟大的英雄。

他非常隆重地迎接了凯旋归来的英雄，并把女儿许配给他，还送半个王国做陪嫁。吕基亚人把自己最肥沃的土地送给了柏勒洛丰，给他做领地。

从此，柏勒洛丰就在吕基亚住下了，人们崇敬他，赞美他，但他的结局却很不幸，他变得狂妄自大。获得的荣耀让他忘乎所以，他居然想与奥林波斯山的神祇平起平坐！他决定骑飞马佩伽索斯上光明的奥林波斯山，去找永生的众神，宙斯狠狠地惩罚了这个骄傲自大的家伙。在柏勒洛丰骑着飞马上奥林波斯山时，宙斯把马弄惊了，发狂的飞马把柏勒洛丰掀翻在地，英雄被摔后发了疯。他疯疯癫癫地在“迷谷”中流浪了很久，直到死神塔那托斯扇着黑色的翅膀飞临，摄走他的灵魂。英雄柏勒洛丰就这样进了阴森的冥国。

坦塔罗斯

吕底亚的西皮罗斯山脚下，有一座以西皮罗斯山命名的富足城市。城市的主宰是众神的宠儿，宙斯的儿子坦塔罗斯。众神给了他众多的赏赐，大地上没有比坦塔罗斯更富有、更幸福的国王了，西皮罗斯山丰富的金矿给了他数不尽的财富。他的良田最肥沃，他的果园、葡萄园中的果实最喜人。坦塔罗斯的草原上牛羊骏马成群，坦塔罗斯样样东西富富有余。他本可幸福美满地终其一生，可他的狂妄自大和所犯的错误葬送了他。

众神很疼爱坦塔罗斯，把他当成自己人。他们经常光顾坦塔罗斯金碧辉煌的王宫，和他开怀畅饮，他们还数次邀请坦塔罗斯登上凡人不可企及的奥林波斯山。他参加众神的会议，和他们一起在父亲宙斯的宫殿中饮酒作乐。幸福过头的坦塔罗斯变得忘乎所以，离开奥林波斯山时，他总要带走众神的神食和琼浆玉液，带回宫里和朋友们分享。他甚至还把众神在奥林波斯山上所做的关于世界命运的决定告诉朋友们，把宙斯出于对他的信任而告诉他的秘密讲给朋友们听。有一次，在奥林波斯山的盛宴上，伟大的宙斯对坦塔罗斯说：

"我的儿呀，我很爱你，告诉我，你想要什么，我会满足你所有的愿望，满足你所有的要求。"

坦塔罗斯忘记了自己只是个凡人，他自负地对父亲宙斯说：

"我不需要你的恩赐，我什么都不要，我的命比所有神祇的命都好。"

宙斯没作声，他皱紧眉头，压住了愤怒。尽管儿子如此傲慢，雷电之神对他的爱却丝毫未减。可没过多久，坦塔罗斯接连两次犯了大错，他非常粗暴地侮辱了永生的神祇，为此宙斯不得不去惩罚这个目空一切的儿子。

在克里特，宙斯的家乡，有一条金狗，它曾守护刚出生的宙斯和哺育宙斯的神山羊阿玛尔忒亚。宙斯长大后，从克罗诺斯手中夺走了世界的统治权，他把这条狗留在了克里特守护自己的神殿。厄斐索斯的国王潘达瑞俄斯非常喜欢这条漂亮、强壮的狗，他偷偷来到克里特，把它装到船上带走了。能把这样一只神奇的动物藏到哪儿呢？海上航行时，潘达瑞俄斯思来想去，最终决定把金狗交给坦塔罗斯保管。

西皮罗斯的国王真把金狗藏起来了，他不想让众神发现它。宙斯生气了。他派自己的儿子，众神的信使赫耳墨斯去找坦塔罗斯，让他还回金狗。赫耳墨斯瞬间就到了西皮罗斯，他来到坦塔罗斯面前，对他说：

“厄斐索斯的国王潘达瑞俄斯从克里特的宙斯神庙偷走了金狗，把它交给你保管。奥林波斯山的众神知道了这事，凡人的所作所为他们一清二楚！把狗还给宙斯吧，否则他会生你的气！”

可坦塔罗斯却这样回答赫耳墨斯：

“你甭用宙斯吓唬我，我没看见什么金狗。神祇们弄错了，我这儿没狗！”

坦塔罗斯发毒誓，说他讲的都是真话。听他发过的毒誓后，宙斯更生气了。这是坦塔罗斯第一次侮辱众神，但这次宙斯饶恕了他。

坦塔罗斯对众神的第二次侮辱和所犯的罪行终于招致众神对他的惩罚。有一次众神到坦塔罗斯宫中赴宴，坦塔罗斯想试试众神到底有什么本事。

他不相信众神无所不知、无所不能，于是为众神准备了特别可怕的餐食。他杀掉自己的儿子佩洛普斯，用儿子的肉做了一道外观精美的菜肴给众神吃。神祇马上看出坦塔罗斯的险恶用心，谁也没碰这道可怕的菜。只有深陷爱女佩耳塞福涅被掳走痛苦之中的女神得墨忒耳，没有察觉到这其中的蹊跷，她误食了佩洛普斯的一个肩膀。众神拿起这道可怕的菜，把佩洛普斯的肉和骨头放进大锅中，把锅放到熊熊燃烧的大火上，赫耳墨斯复活了小男孩。佩洛普斯马上站到众神的面前，变得更加英俊了，只是缺少了被得墨忒耳吃掉的肩膀。按着宙斯的吩咐，赫菲斯托斯马上用最好的象牙为佩洛普斯做了一个肩膀。从此以后，佩洛普斯后代的右肩上都有一个雪白的印记。

坦塔罗斯犯下的罪行已到了令众神和人类的主宰宙斯发指的程度，宙斯再也无法容忍坦塔罗斯了。雷电之神把他放逐到兄弟哈德斯的冥国，让他在那里接受可怕的惩罚。他罚坦塔罗斯站在清澈的水中，饱受饥渴的折磨。水刚好到他的下巴，可他一想喝水解渴时，只要一低头，水就没了，脚下就变成干裂的土地。

坦塔罗斯头顶上是果实累累的果树，有多汁的无花果、红红的苹果、石榴、梨和橄榄，一串串沉甸甸的葡萄几乎碰到他的头发。饥饿难当的坦塔罗斯伸手去摘美味的果实，可一阵大风吹过，刮走了结着硕果的枝条。他不仅被饥渴折磨，还要一刻不停地忍受巨大的恐惧。坦塔罗斯的头顶上有一块巨石，它摇摇欲坠，随时都可能掉下来砸在他的头上。

西皮罗斯的国王、宙斯的儿子坦塔罗斯在哈德斯的冥国里就这样永远受着恐惧、饥渴的惩罚。

佩洛普斯

坦塔罗斯死后，他的儿子，被众神复活的佩洛普斯成了西皮罗斯的国王。可是他统治西皮罗斯不长时间，特洛伊的国王伊洛斯就发兵征讨他了。这场战争对佩洛普斯来说简直就是一场噩梦。特洛伊的国王大胜佩洛普斯，战败的佩洛普斯不得不离开故土。他把自己的全部财宝装上快船，带着忠实的随从驶向远方，驶向希腊海岸。佩洛普斯来到希腊最南端的一个半岛，在那里住了下来。从此以后，这个半岛就以他的名字命名，叫伯罗奔尼撒。

有一天，佩洛普斯在伯罗奔尼撒岛上见到了美丽的希波达弥亚，她是皮萨城国王俄诺玛俄斯的女儿。英雄为希波达弥亚的美貌所倾倒，他决定娶她为妻。

向她求婚不是容易的事。因为有预言说，俄诺玛俄斯将死于女婿之手。

为躲灭顶之灾，俄诺玛俄斯决定不把女儿嫁给任何人，可是做到这点真是太难了。怎样阻止求婚者？许多英雄来找俄诺玛俄斯，求他把希波达弥亚嫁给他们。他总不能毫无缘由地拒绝他们，羞辱他们啊。思来想去，他想出了一个办法。他昭告全国，凡愿意娶希波达弥亚为妻的英雄必须和他赛车，赢了他，就可以娶他的女儿；输了，就得丧失生命。俄诺玛俄斯敢做这样的决定，是因为他的驾车技术全希腊无敌，他的马比风神玻瑞阿斯的北风还要快。

皮萨国王相信，没有哪个英雄能战胜他，可是迷恋希波达弥亚的美貌、一心想娶她为妻的英雄们并没有被死亡威胁吓倒。他们接二连三地来到俄诺玛俄斯的宫殿，向残酷的俄诺玛俄斯发出挑战。不幸的是，前来挑战的人尽数被俄诺玛俄斯杀死，他把他们的首级挂到宫门上，以此威慑那些后来的英雄，让他们知道挑战的可怕后果。然而，这样的威胁并没能阻止佩洛普斯，他要不惜一切代价得到希波达弥亚。他来到了俄诺玛俄斯的宫殿。

俄诺玛俄斯极不客气地接待了佩洛普斯，对他说：

“你想娶我的女儿希波达弥亚？你难道没看到，多少英雄豪杰为了她丢掉了性命？你要当心啊，你的下场会和他们相差无几！”

佩洛普斯回答说：“逝者的命运吓不倒我！我相信奥林波斯山的众神会助我一臂之力！有他们相助，我一定能娶到希波达弥亚。”

俄诺玛俄斯嘴边掠过一丝残酷的微笑。这样的话他听过了无数次。

“听着，佩洛普斯，比赛路线和规则如下：起点是皮萨城，穿越伯罗奔尼撒全境至伊斯特摩斯，终点是海神波塞冬的祭坛，这个祭坛离科林斯不远。你要是先到了祭坛，你就获胜；但要是在途中被我追上，那你可就倒霉了。我的投枪会刺穿你，你会和其他英雄一样，灰溜溜地下到哈德斯的冥国。我可以让你比我早一点出发，此前的英雄都享受了这一待遇。我要去给伟大的雷电之神献祭，之后才会登车出发。趁我献祭时，你尽可能地往前赶吧。”

佩洛普斯离开了俄诺玛俄斯。他清楚，只有用计才能胜得了残酷的国王。佩洛普斯给自己物色了一个帮手，他蹑手蹑脚地来到俄诺玛俄斯的驭手，赫耳墨斯的儿子密耳提罗斯身旁，重金相许，让他不往车轴里插销子，这样，行驶中的车轮就会飞出，俄诺玛俄斯就无法撵上他了。密耳提罗斯犹豫再三，最后还是经不起重金的诱惑，答应了佩洛普斯。

清晨，黎明女神厄俄斯把天穹染成一片金黄。赫利俄斯披着万道霞光、驾着金马车出现在天空中。比赛马上就要开始了。佩洛普斯向伟大的波塞冬祈祷，祈求海神给他帮助，之后飞身上车。俄诺玛俄斯走到宙斯祭坛前，示意佩洛普斯可以动身了。佩洛普斯的马车绝尘而去，碾过石头的车轮发出隆隆巨响，马匹疾奔如飞鸟。佩洛普斯很快就消失在尘雾中，对希波达弥亚的爱慕和对性命的担忧令他奋力前行。身后已响起俄诺玛俄斯的车轮声，这声音越来越近，皮萨国王已向坦塔罗斯之子追来。国王的马匹风驰电掣般疾驶着，车轮旋风般地飞转着。佩洛普斯策马扬鞭，他的马跑得更快了。佩洛普斯耳边生风，可即便如此，他的马还是跑不过俄诺玛俄斯的快马，皮萨国王的马快过北风啊！俄诺玛俄斯越追越近，佩洛普斯已能感受到身后马匹呼出的热气了。他侧身望去，看到国王得意洋洋地举起了投枪。佩洛普斯赶紧哀求波塞冬，求他施予帮助，海神听到了他的祈求。俄诺玛俄斯的车轮脱落了，顷刻间，铁石心肠的皮萨国王人仰马翻，摔死了。

佩洛普斯兴高采烈地回到了皮萨城，迎娶了希波达弥亚，统管了俄诺玛俄斯的整个王国。俄诺玛俄斯的驭手密耳提罗斯来找佩洛普斯，让他分出一半王国奖赏他，佩洛普斯舍不得给他。他心生奸诈，把密耳提罗斯骗到海边的悬崖上，把他推下波涛汹涌的大海。掉进大海前，密耳提罗斯诅咒了佩洛普斯及其后代。佩洛普斯绞尽脑汁去安抚密耳提罗斯愤怒的灵魂，千方百计去缓解亡者之父赫耳墨斯的仇恨，但他所做的一切都徒劳无益。密耳提罗斯的诅咒应验了，从此，佩洛普斯的后代遭受了无数的灾难，他们因自己的恶行受到众神的惩罚。

欧罗巴

腓尼基富足的西顿国王阿戈诺耳有三个儿子和一个美若天仙的女儿，她叫欧罗巴。有一次欧罗巴做了个梦，她梦见，亚细亚和与亚细亚隔海相望的一块陆地变成两个女人，为争夺她而打了起来。两个女人都想拥有欧罗巴，后来亚细亚输了。生她养她的女人不得不把欧罗巴交给了另一个女人。欧罗巴吓醒了。这个梦预示着什么呢？她百思不得其解。阿戈诺耳的女儿虔诚地向诸神祈祷，倘若这个梦预示着某种危险，恳请他们庇佑她远离不幸。然后，她穿上紫色衣裳，和女伴们来到鲜花盛开、绿草茵茵的海边草地上。

西顿城的姑娘们嬉戏着，把采来的鲜花放到金篮子里，她们采摘了芬芳雪白的水仙花、色彩鲜艳的红番花、紫罗兰和百合花。与女伴们相比，欧罗巴光彩照人，好似美惠三女神簇拥的阿佛罗狄忒。她只摘鲜红的玫瑰花，然后把它们放进小篮子里。采够了鲜花，姑娘们欢笑着跳起了圆圈舞，她们的欢歌笑语传遍鲜花盛开的绿地，回荡在碧波荡漾的大海上，淹没了大海轻柔的波涛声。

没过多久，美丽的欧罗巴就不得不告别了这种无忧无虑的生活。克罗诺斯的儿子、伟大的宙斯看到美貌的欧罗巴后心生爱慕，要掳走她。为了不吓着年少的欧罗巴，宙斯变成一头非常漂亮的牡牛。这头牡牛全身闪着金子般的亮光，前额上的斑点银白如月，金牛角好似晚霞中初现的弯月。漂亮的牡牛来到草地上，它步子轻盈，微触小草，来到了姑娘们的身旁。

见到牡牛，西顿城的姑娘们不但没有害怕，反倒马上围住了神奇的金牛，她们温柔地抚摩着它。金牛走到欧罗巴面前，舔她的纤纤玉手，讨她的欢心。它的呼吸中散发出神食的香气，空气中到处散发着这种芳香。

欧罗巴温柔地抚摩着金牛，搂着它的头，亲吻着它的前额。金牛卧倒在美丽的欧罗巴脚下，仿佛在请她坐到牛背上。

欧罗巴笑意盈盈地坐到宽阔的牛背上。其他姑娘也想坐上去，可牡牛却突然站了起来，跑向大海。宙斯如愿偷走了心仪的姑娘。西顿姑娘们吓得大声尖叫起来，欧罗巴向女伴们伸出手请求帮助。可西顿姑娘们无能为力了，金牛像风一样飞奔起来，它跳进了大海，像海豚一样，在蔚蓝的大海中畅游起来。海浪给它让开了路，溅起的水珠像钻石一样从它的金毛上滑落，金牛毛丝毫未湿。美丽的海中女神们浮上海面，围在牡牛旁，跟着它一起游向远方。被大海神祇们簇拥的海神波塞冬，驾车驰骋在最前面，他用三叉戟铲平浪头，为伟大的宙斯铺平海上道路。牛背上的欧罗巴吓得瑟瑟发抖，她用一只手紧紧抓住金牛角，另一只手提起紫色衣裳，怕海浪打湿了它，她的担心当然多余。大海温柔地呢喃着，没把海水溅到她的身上。海风轻轻吹起她的秀发，拂动她那薄薄的衣衫。海岸线越来越远，终于消失在身后碧蓝的大海中，周围只有大海和蓝天了。很快，远处现出了克里特岛。宙斯带着心爱的美人快速游向岸边，登上了陆地。从此，欧罗巴成了宙斯的妻子，并在克里特岛住了下来。她给宙斯生了三个儿子，他们是弥诺斯、剌达曼托斯和萨耳佩冬。宙斯的这三个儿子力大无比、智慧超群，他们的美名享誉天下。

卡德摩斯

宙斯变成金牛掳走欧罗巴后，她的父亲，西顿国王阿戈诺耳悲痛欲绝。他叫来自己的三个儿子：福尼克斯、基利克斯和卡德摩斯，让他们去寻觅欧罗巴。他对儿子们说，除非找到欧罗巴，否则就别活着回来见他。阿戈诺耳的儿子们离开了家园，去找欧罗巴。

福尼克斯和基利克斯很快就与卡德摩斯分了手，他们各自建立了一个王国，福尼克斯建立了腓尼基，基利克斯建立了奇里乞亚，之后就留在了那里。

卡德摩斯独自继续寻找欧罗巴。他浪迹世界各地，逢人便打听欧罗巴的下落。他怎么能找得到欧罗巴呢？她可是被宙斯藏起来的呀！终于他失去了信心，不再寻找欧罗巴，可他又不敢回故乡，他决定永远留在异乡。他来到得尔菲神谕所，恳求阿波罗神赐给他神谕，告诉他，他该在哪里安家，在哪里建城。阿波罗告诉他：

“在一处幽静的草地上你会看到一头雪白的母牛，它从不知轭为何物。你就跟着它走，它在哪儿的草地倒下休息，你就在那里筑建城墙，命名这个国家为彼奥提亚。”

得到这样的神谕后，卡德摩斯离开了神圣的得尔菲。刚出大门口，他就看到了一头正在吃草的雪白母牛，它身边一个人都没有。卡德摩斯大声赞美伟大的阿波罗，带着忠实的西顿仆人跟着母牛前行。刚走过克菲索斯河谷，牛就停了下来。它仰天大叫，看了一眼身后的跟随者，然后安静地躺到草地上。卡德摩斯对阿波罗充满感激之情，他跪倒在地，亲吻着新家园的土地，恭请众神赐福给这里的高山和谷地。随后，卡德摩斯用石头堆起一座祭坛，准备给宙斯献祭。他身边没有可作献祭之用的泉水，他就派忠实的西顿人去打水。

不远处有一片从未被砍伐的数百年老林。林中隐藏着一个很深的山洞，洞口周围灌木丛生，横七竖八地堆满了巨石。洞口处涌出的清澈泉水在石缝间潺潺流淌，洞里盘踞着一条巨大的毒龙，它属于战神阿瑞斯。它双眼冒火，长着三排毒牙的血盆大口吐出三叉的芯子，毒龙头上的金冠子可怕地摆动着。卡德摩斯的仆人们走到泉边，刚把水罐放到冰冷的水中，毒龙就发出可怕的咝咝声，爬出洞口，在巨石间扭动着巨大的身躯向前爬行。

看到毒龙，卡德摩斯的仆人们吓得大惊失色，水罐掉落到地上，他们的四肢僵住了。毒龙张开血盆大口，高昂起头，它的头高出了参天古树。吓呆的西顿人忘了逃跑或自卫，可怕的毒龙扑向了他们，卡德摩斯的仆人们命丧龙口。

卡德摩斯久等不见仆人们归来。夕阳西下，大地上的影子变得越来越长，可仆人们还是踪影皆无。阿戈诺耳的儿子觉得很奇怪，想不出他的仆人们到哪里去了，为何迟迟不归。卡德摩斯披上做甲胄之用的狮皮，腰间别上利剑，手握投枪，循着仆人们的足迹走进了树林，勇敢的心是他最可靠的武器。

刚一走进树林，卡德摩斯就看到了仆人们被撕碎的尸体，也看到了盘踞在尸体上的巨大毒龙。卡德摩斯悲愤地高喊道：

"我忠实的仆人呐，我要为你们报仇！我要报不了此仇，就和你们同下黑暗的冥国！"

说着，卡德摩斯抓起了一块大如悬崖的石头，砸向毒龙。在此重击下，堡垒般的塔楼都会坍塌，可是毒龙却安然无恙，它有坚不可摧的鳞甲做保护。卡德摩斯一挺投枪，使出全力扎向怪物的脊背，毒龙的鳞甲没能挡住卡德摩斯的一击，投枪扎进龙身，只露出枪柄。毒龙扭过头来，用毒牙咬住了投枪，想把它从伤口处拔出来，可却未能如愿。枪头留在伤口的深处，阿瑞斯的毒龙只弄断了枪柄。毒龙暴怒了，它的脖子鼓起来了，它张开巨口，喷吐着白沫。令人毛骨悚然的咝咝声传遍四方，空气中弥漫着它呼出的恶臭气味。毒龙时而在地上盘成巨大的圆圈，时而冲天挺立。它把大树连根拔起，掀翻在地，用龙尾卷起巨石，甩向四面八方。它想用毒牙咬住卡德摩斯，可英雄有狮皮护身，他挥剑刺向毒龙。毒龙用毒牙啃咬利剑，结果却被利剑磨钝了毒牙。

终于，阿戈诺耳之子奋力将利剑刺进毒龙的脖子，这一击的力量太大了，竟把毒龙钉到了橡树上。

百年橡树被巨龙压弯了腰。卡德摩斯惊讶地看着被他杀死的巨龙，他没想到，这条龙居然这么大。突然不知从什么地方传来一个神秘的声音：

“阿戈诺耳的儿子呀，你没必要站在那儿吃惊地看着被你杀死的巨龙，过不久，人们也会这样看变成龙的你。”

卡德摩斯环顾四周，弄不明白这神秘的声音来自何处。听到这个可怕的预言后，英雄吓得头发都立了起来。他神情恍惚地站在死龙面前。就在这时，宙斯的爱女雅典娜出现了。她吩咐卡德摩斯拔光龙牙，然后像播种子一样把它们种到翻耕过的地里。

卡德摩斯按着雅典娜的吩咐做好了一切。他刚把龙牙放到土里，奇迹就出现了！地里先长出了投枪的枪尖，然后冒出了头盔，后来又出现了士兵的头、肩膀、束着甲胄的胸部、持盾牌的手，种下的龙牙长成了一队武装的战士。看到新出现的敌人，卡德摩斯抓起了利剑。可就在这时，一个长出来的士兵高喊起来：

“别动剑！当心卷入自相残杀的战争！”

但残酷血腥的战斗还是开始了。战士们挥剑舞盾，互相残杀，一个接一个地受伤倒地，失去了刚刚得到的生命。最后只剩下五个士兵。其中一个听从雅典娜的命令，首先扔下武器示好，这五个人结下了兄弟般的友谊。这些由龙牙生出的士兵帮助卡德摩斯建立了卡德墨亚，即拥有七座城门的忒拜。

卡德摩斯创建了伟大的忒拜城，为民众立法，建立了一个国家。奥林波斯山的众神将阿瑞斯和阿佛罗狄忒的女儿，美丽的哈耳摩尼亚嫁给了卡德摩斯。忒拜城创建者的婚礼隆重奢华，奥林波斯山的众神尽数出席婚礼，并给新人送上了丰厚的礼物。

从此，卡德摩斯成了希腊最有实力的国王之一，他有数不尽的财富，战无不胜的庞大军队，由五个龙牙种出的战士统领着。按理说，阿戈诺耳儿子的家应该永远充盈着快乐和幸福，但除了幸福，奥林波斯山的众神还给了他许多痛苦。卡德摩斯眼睁睁地看着女儿塞墨勒和伊诺死去，却无能为力。尽管女儿们死后升到奥林波斯众神的行列，可他毕竟失去了两个心爱的女儿。他的外孙子，女儿奥托诺厄的儿子阿克泰翁还成了阿耳忒弥斯盛怒之下的牺牲品。卡德摩斯不停地为逝去的儿孙叹息流泪。

到了晚年，郁郁寡欢的卡德摩斯离开了七门忒拜城。他带着妻子哈耳摩尼亚到处游走，他们走了好久，最后来到了伊利里亚。他痛苦地想起了家中遭遇的种种不幸，想起了与巨龙的搏斗，也想起了神秘声音说过的话。

“被我用剑杀死的龙是不是献给众神的祭品呀？众神要是因巨龙的死而这样残酷地惩罚我的话，那最好让我也变成龙吧。”

刚说完这些话，卡德摩斯的身体就变长了，还长满了鳞甲，他的两条腿合在了一起，变成一条又长又弯曲的龙尾。他惊恐地向哈耳摩尼亚伸出尚存的双手，眼中含着泪，呼唤着爱妻：

“啊，哈耳摩尼亚，快到我身边来！摸摸我，摸摸我的手，趁我还没完全变成龙！”

他呼唤着哈耳摩尼亚，他还有好多好多话要对妻子说，可是舌头已经变成了芯子，讲不出话了，他口中只能发出咝咝的声响。哈耳摩尼亚跑到丈夫身边，惊叫道：

“啊，卡德摩斯！快变回你原来的样子啊！啊，众神，你们何不把我也变成巨龙！”

变成巨龙的卡德摩斯围着自己忠诚的妻子盘旋着，用分叉的芯子舔着她的脸。哈耳摩尼亚忧伤地抚摩着长满鳞甲的龙背，众神把她也变成了龙。

卡德摩斯和他的妻子就以龙身终了了一生。

泽忒斯和安菲翁

忒拜城住着河神阿索波斯的女儿安提俄珀，宙斯爱上了她。安提俄珀为宙斯生下了一对孪生兄弟，给他们取名为泽忒斯和安菲翁。安提俄珀担心父亲知道她和宙斯秘密结婚的事后会大怒，就把孩子们装到篮子里，带到山上。安提俄珀相信，宙斯不会让自己的儿子死去。果然，宙斯非常关心这两个儿子。他派一个牧羊人来到放孩子的地方，牧羊人找到了宙斯的两个儿子，把他们抱回了家抚养。兄弟俩在牧羊人家渐渐长大。孩提时，泽忒斯和安菲翁的性格就迥然不同。泽忒斯力大过人，从小就开始帮助牧人放羊；安菲翁则性格随和，酷爱音乐。兄弟俩长大后，泽忒斯成了强壮的武士和勇猛的猎人。他力大无穷，机敏过人，猎捕野兽和舞刀弄枪是他最大的乐趣；安菲翁成了阿波罗的宠儿，他只喜欢弹奏阿波罗亲手送给他的金弦基法拉琴。安菲翁弹奏的琴声悦耳动听，大树和岩石听后，都会和着他的琴声一起律动。

小伙子们依旧住在牧羊人家中，他们不知道谁是他们的父母。此时，他们的母亲安提俄珀正在忍受忒拜城的暴君吕科斯及其王后狄耳刻的摧残。她被套上沉重的枷锁，囚禁在暗无天日的黑牢里。宙斯解救了她，她身上的枷锁自行解开，牢门也自行打开。她逃进深山，躲到养育她儿子的牧羊人的茅舍中。

牧羊人刚收留了安提俄珀，冷酷的狄耳刻就来到了他家。原来，她正在山中和忒拜城的妇女们一起庆祝狄奥尼索斯酒神节。她头戴常春藤冠，手执神杖，在山里游荡，走着走着，她就来到了牧羊人的茅舍。看到安提俄珀，这个残暴的王后就暴跳如雷，她想立即处死不幸的安提俄珀。狄耳刻叫来泽忒斯和安菲翁，当着他们的面诋毁安提俄珀，并说服小伙子们把无辜的安提俄珀绑到野牛的牛角上，让野牛撕碎她。泽忒斯和安菲翁已经着手去做狄耳刻吩咐的事了，他们抓来一头牛，捉住了安提俄珀，幸亏这时牧羊人回来了，看到安提俄珀马上要被亲生儿子绑到牛角上，牧羊人急得大声喝道：

“不幸的孩子们，你们知道自己在干什么吗？你们想犯下滔天大罪吗？！你们想用这样残酷的方法杀掉自己的亲生母亲吗？她可是你们的母亲啊！”

泽忒斯和安菲翁这才明白，他们差点上了狄耳刻的当，差点犯下可怕的大罪，想到这儿，他们吓坏了，也气坏了。他们愤怒地抓起污蔑他们母亲的狄耳刻，把她绑到野牛的牛角上，并对她说：

“你不是想用这种方法弄死我们的母亲吗，那你就按你说的这个死法去死吧！你太残忍了，这种死法就是对你的最好惩罚！”

狄耳刻痛苦地死去了。之后，泽忒斯和安菲翁又杀死了吕科斯，为母亲报了仇，并夺取了忒拜城的统治权。

当上忒拜城的统治者后，兄弟俩决定加强城市的防御。此前，该城只有卡德摩斯建的卡德墨亚有围墙保护，也就是忒拜的卫城，其他地方都未设防范。兄弟俩围着忒拜修起了一圈城墙，他们筑墙的方法很奇特，壮如提坦神的泽忒斯使出全力，搬起块块巨石，把它们垒起来。安菲翁没去动手搬石头，他拨动了基法拉琴的金琴弦，听到琴声的巨石自己运动起来，垒成高高的、牢不可破的城墙。

泽忒斯和安菲翁的英名传遍希腊的各个角落，也传到了其他城邦。

众神的宠儿坦塔罗斯把自己的女儿尼俄柏嫁给了安菲翁，泽忒斯娶了厄斐索斯国王潘达瑞俄斯的女儿埃冬。正是尼俄柏和埃冬给安提俄珀的儿子们招来了不幸。

尼俄柏

坦塔罗斯的女儿，忒拜国王安菲翁的妻子尼俄柏生了七个女儿和七个儿子。她很为自己的儿女们骄傲，她的孩子个个美如年轻的神祇。众神赐给尼俄柏幸福、财富和优秀的孩子，可坦塔罗斯的女儿却不知感恩。

有一次，盲先知提瑞西阿斯的女儿，女先知曼托路过七门忒拜城，她招呼街上的所有忒拜女人给勒托及勒托的孪生子女阿波罗和阿耳忒弥斯敬献祭品。忒拜女人听从曼托的召唤，戴上桂冠，走向众神的祭坛，只有尼俄柏一人自恃权重，自傲于众神赐给她的幸福，不想为勒托献祭。

尼俄柏说出的那些傲慢的话语令忒拜女人窘迫不已，但她们还是给勒托敬献了祭品，忒拜女人们恭顺地祈求伟大的勒托不要生气。

女神勒托听到了尼俄柏那些傲慢无礼的言辞，她把阿波罗和阿耳忒弥斯叫到了身边，向他们抱怨起尼俄柏：

“坦塔罗斯傲慢的女儿狠狠地侮辱了我，侮辱了你们的母亲。她不信我是女神！她不承认我，尽管我的权势和荣耀仅次于宙斯的妻子赫拉。你们身为我的孩子，就不想替我报仇吗？你们要是对尼俄柏听之任之，不加以报复，那人类就不会祭拜我这个女神了，他们就会毁掉我的神坛。再说，坦塔罗斯的女儿也侮辱你们了！她把你们这些永生的神祇与自己的凡人子女相提并论。她太狂妄了，就和她父亲坦塔罗斯一样！”

阿波罗神打断了母亲的话：

“好了，快别说了，什么也别说了！你不停的抱怨只会徒然耽搁惩罚她的时刻！”

“她会受到惩罚的！别说了！”愤怒的阿耳忒弥斯高声附和道。

兄妹俩披着云霞，怒气冲冲地离开了金托斯山顶，飞速奔向忒拜城。金箭在箭袋中发出令人不安的鸣响。他们俩来到了七门忒拜城，阿波罗隐身站到城墙边的平地上，这里是忒拜年轻人习武的场所。阿波罗刚站到城墙边，尼俄柏的两个儿子，身披紫色披风的伊斯墨诺斯和西皮罗斯就骑着烈马疾驰而来。突然，伊斯墨诺斯惨叫一声，阿波罗的金箭射穿了他的胸膛，他松开了手中的金缰绳，栽下马，死了。

西皮罗斯听到了阿波罗弓弦发出的可怕声音，他策马飞驰，想躲开致命的一箭。他拼命跑着，就像水手为了躲避风暴而张开了所有风帆，全速航行一般。可是死亡之箭还是命中了尼俄柏的儿子，阿波罗一箭射到西皮罗斯的颈部。尼俄柏另外两个儿子淮狄摩斯和坦塔罗斯[①]正紧紧地抱在一起摔跤，阿波罗的神箭射过来，穿透了两人，他们呻吟着倒下。死亡同时熄灭了他们眼中的生命之光，他们同时呼出了最后一口气息。他们的兄弟阿尔斐诺尔跑过来想扶起他们，他刚抱住他们渐渐变凉的身体，阿波罗的箭就射中了他的心脏，他也倒在兄弟们的尸体上，停止了呼吸。然后，阿波罗又把箭射到达玛斯克通的膝盖上，尼俄柏的儿子想从伤口中拔出金箭，可另一支箭呼啸而来，射中他的咽喉。尼俄柏最小的儿子伊洛纽斯把手举向天空，向众神祈求道：

"奥林波斯众神啊，饶过我吧，发发慈悲吧！"

他的祈求感动了阿波罗，可为时已晚！他的箭已离弦，收不回来了，金箭射中了尼俄柏最小儿子的心脏。噩耗很快传到尼俄柏耳边。仆人们含着泪把不幸的消息告诉了安菲翁。安菲翁无法忍受这样大的打击，挥剑刺向自己的胸膛。

尼俄柏趴在丈夫和儿子们的尸体上号啕大哭。她亲吻着他们冰冷的嘴唇，她的心碎了。她绝望地朝天伸出了双手，可她并没有祈求怜悯。痛苦没有令她的心肠变软，她愤怒地大喊道：

"残酷的勒托，你就高兴吧！你就得意吧！你就幸灾乐祸吧！作为对手，你赢了！噢，不，这是怎么说的，你没赢！我这个不幸的女人和你这个幸福的女人相比，还胜一筹，我孩子多呀！我身边是躺着我好多孩子的尸体，可是我剩下的孩子还是比你的多呀。"

尼俄柏话音未落，就响起了弓箭的巨响。周围的人都吓坏了，只有尼俄柏一人淡定自若，不幸给她增添了勇气。阿耳忒弥斯的

① 与宙斯的儿子坦塔罗斯同名。

箭可不是空放的，尼俄柏的一个女儿应声倒下了，当时她正和其他姊妹一起站在兄弟们的尸体旁，为失去亲人而痛不欲生。接着又传来一声箭鸣，尼俄柏另一个女儿也应声倒下了。阿耳忒弥斯射出的六只箭杀死了尼俄柏六个年轻美貌的女儿，只剩下了最小的女儿。她跑到母亲身边，把脸藏在母亲的双膝间，躲在母亲的衣裙下。

痛苦彻底击垮了尼俄柏，她开始哀求勒托：

“伟大的勒托啊，就把我最小的女儿留给我吧！就给我留个孩子吧！”

可女神不为所动，阿耳忒弥斯的箭射中了尼俄柏最小的女儿。

尼俄柏一个人站在那里，身边是丈夫、儿女们的尸体。她因悲痛而变得僵硬了。风吹拂不动她的头发，她的双颊退去了容光，眼睛失去了生命的活力，心脏停止了跳动，只有忧伤的泪水还在流淌，她的四肢变成了冰冷的石头。

一阵旋风刮来，卷起了尼俄柏，把她吹回了她的故乡吕底亚。尼俄柏化成了石像，从此，永远流淌着忧伤泪水的尼俄柏石像就高高地耸立在西皮罗斯的山顶上。

赫拉克勒斯[①]

赫拉克勒斯的诞生与成长

普忒瑞拉奥斯国王的王子们率领特莱柏埃人盗走了迈锡尼国王

① 据索福克勒斯的悲剧《特拉基斯少女》、欧里庇得斯的悲剧《赫拉克勒斯》及帕乌萨尼阿斯的《希腊游记》整理。

厄勒克特律翁的畜群。迈锡尼的王子们想夺回畜群，却被特莱柏埃人尽数杀死了。悲愤交加的厄勒克特律翁国王宣布，谁能夺回畜群并为他一雪杀子之仇，他就把美貌无双的女儿阿尔克墨涅嫁给他。一位名叫安菲特律翁的英雄轻而易举地将畜群赶回了迈锡尼，这是因为，普忒瑞拉奥斯将偷来的畜群托付给埃利斯国王波吕克塞诺斯看管，后者又将畜群交给了安菲特律翁。安菲特律翁凭借带回畜群这一功劳，娶到了阿尔克墨涅。可是安菲特律翁和爱妻却没能在迈锡尼长住下来，原来，婚宴上，安菲特律翁与厄勒克特律翁发生了口角，他失手杀死了国王，因此不得不带着新婚妻子逃离迈锡尼。阿尔克墨涅要求安菲特律翁答应她，为她死去的兄弟报仇，去杀死普忒瑞拉奥斯的儿子们。得到丈夫的承诺后，她跟随他去了异乡。安菲特律翁刚到忒拜，刚在克瑞翁国王那里安顿下来，便立刻出兵攻打特莱柏埃人。趁英雄出征时，迷恋上阿尔克墨涅美貌的宙斯变成安菲特律翁的模样，来到了她的身旁。很快，安菲特律翁出征归来，回到了忒拜。就这样，阿尔克墨涅腹中有了宙斯与安菲特律翁的双胞胎。

在阿尔克墨涅即将分娩之日，诸神齐聚奥林波斯山上。儿子即将出生的喜讯令宙斯大为开心，他对诸神说：

“诸神啊，请听听我发自肺腑的心声吧！今天将要诞生一位伟大的英雄，他将是他所有亲族的主人，他是我的儿子，伟大的佩耳修斯的后裔。”

宙斯的妻子、阴险的赫拉本就嫉妒宙斯爱上的凡人阿尔克墨涅，现在更对她将要出生的儿子痛恨至极。她决定以其惯用的诡计夺走这个孩子未来对佩耳修斯族裔的统治权。她装出一副清白无辜的样子，对宙斯说：

“伟大的雷神，你说的不是实话吧？你很少履行自己的诺言！你要在诸神面前立下一个不可违背的誓言，那就是今天第一个出生的佩耳修斯族人将成为其家族的统治者。”

宙斯此时被谎言女神阿忒蒙住了心智，竟然没有疑心赫拉的诡计，便依此立下了一个重誓。随后，赫拉立刻乘坐她那流光溢彩的金马车驶向了阿尔戈斯。她在那里催生了佩耳修斯的后裔斯忒涅洛斯的有孕妻子，于是，那天一个孱弱的婴儿提前来到了人世，他就是欧律斯透斯。接着，赫拉返回了光明的奥林波斯山，对宙斯说道：

“噢，万能的雷电之神，请听我说！就在刚才，在光明的阿尔戈斯城中，佩耳修斯的后裔、斯忒涅洛斯的儿子欧律斯透斯诞生了。他是今天第一个诞生的婴儿，所以他应是佩耳修斯族裔的主人。”

宙斯这才明白了赫拉的阴险诡计，大怒不已。他对谎言女神气愤至极，怒气冲冲地抓起她的头发，把她从奥林波斯山上扔了下去。从此，这位万物的主宰对她关闭了天界之门，谎言女神阿忒只好在人间四处游荡。

随后，宙斯设法改变了儿子未来的命运。他同赫拉立下一个约定，即他的儿子并非一生都要为欧律斯透斯效力。只要他为欧律斯透斯建立十二件伟大的功绩，他就可以不再受其统治，而且还能成为真正的神祇，获得永生的权利。雷神知道，他的儿子将面临诸多苦难，遂吩咐爱女战神雅典娜常去相助。后来，每当宙斯看到儿子不得不为天生孱弱又怯懦的欧律斯透斯效力，完成极其艰辛的差事时，他就会陷入无名的忧伤中，却又无法违背与赫拉定下的誓言。

阿尔克墨涅在欧律斯透斯降生之日产下了孪生子，哥哥是宙斯的儿子，取名为阿尔基德斯；弟弟是安菲特律翁的后代，取名为伊菲克勒斯。阿尔基德斯成了希腊最伟大的英雄，女祭司皮提亚为其改名为赫拉克勒斯。后来，赫拉克勒斯威名远扬，获得永生，跻身于奥林波斯山光明的诸神之列。

赫拉始终不肯放过赫拉克勒斯，从他出生之日起就开始迫害他。看到赫拉克勒斯和兄弟伊菲克勒斯一同躺着那里，赫拉立刻派去了两条大蛇。时值深夜，这两条大蛇眼露凶光，爬进了阿尔克墨涅的卧室。它们向双生子的摇篮爬去，想缠绕住幼小的赫拉克勒斯，将其勒死。可恰在这时，孩子醒了。他伸出小手抓住蛇颈，一下子就把它们扼死了。看到摇篮里有蛇，阿尔克墨涅吓得从床上一跃而下，女仆们也高声喊叫起来。所有人都冲向了赫拉克勒斯的摇篮。安菲特律翁听到呼叫声，匆忙持剑赶来。围在摇篮周围的众人看到了令人震惊的一幕：幼小的赫拉克勒斯手里攥着两条被他扼死的巨蛇，蛇身还在微微蠕动。安菲特律翁对这个儿子有如此神力大为惊叹，便向先知提瑞西阿斯问起这个新生儿未来的命运。这位老人告诉他，赫拉克勒斯将建立许多伟大的功绩，并预言，他将在生命终结之时获得永生。

安菲特律翁得知长子的命运后，便开始潜心培养他，努力让他拥有一个英雄该具备的能力和品德。他不仅加强赫拉克勒斯的力量训练，还注重他的文化教育。赫拉克勒斯学会了读书、写字、唱歌和弹奏基法拉琴，他摔跤、射箭以及竞技等方面的才能尤为突出。他的音乐教师，俄耳甫斯的兄弟利恩对这个学生不甚满意，时常对其小惩大诫。一天，赫拉克勒斯故意拖延时间，不想学这门课，利恩非常生气，就动手打了这个未来的英雄。愤怒的赫拉克勒斯抓起基法拉琴，朝利恩的脑袋砸去。小赫拉克勒斯出手不知轻重，一下子就打死了利恩。赫拉克勒斯被传至法庭询问。他为自己辩解道：

“世间最公正的法官刺达曼托斯说过，所有挨打的人都有还手的权利。”

法官们因此宣判赫拉克勒斯无罪，但安菲特律翁狠狠责备了他。为防止再次出现类似的事情，他派赫拉克勒斯去林木茂密的基泰戎山照管畜群。

赫拉克勒斯在忒拜

赫拉克勒斯在基泰戎山的森林里长成了一个威武强壮的青年。他的个子比所有人都高出一头，力量更是远超常人，他的双眸闪烁着神奇的光芒。只消一眼便可看出，他就是宙斯的儿子。赫拉克勒斯在角力中身手敏捷，他的射箭、投掷本领也很强，百发百中。赫拉克勒斯年少时就杀死了盘踞在基泰戎山顶的巨狮，年少的赫拉克勒斯向其攻击，一击便杀死了它，并剥下了它的皮。他将狮皮披在自己强壮的肩膀上做斗篷，将狮爪系于胸前，用狮首的毛皮做成头盔戴在脑袋上。赫拉克勒斯还从涅墨亚树林中连根拔起一棵坚硬如铁的梣树，用它做成了一根巨大的木槌。赫耳墨斯赠给赫拉克勒斯一把利剑，阿波罗送给他一只弓箭，赫菲斯托斯为他铸造了金铠甲，雅典娜则亲自为他织就了衣物。

赫拉克勒斯长大后，率兵出征奥尔科墨诺斯。交战中，他杀死了奥尔科墨诺斯的国王埃尔吉诺斯。此前，忒拜每年都要向埃尔吉诺斯交上大量贡赋，而今，赫拉克勒斯强迫奥尔科墨诺斯的米尼埃人向忒拜进贡，而且要多交一倍才行。忒拜国王克瑞翁将自己的女儿墨伽拉许配给赫拉克勒斯以示奖励，诸神赐给他三个完美的儿子。

赫拉克勒斯本可以在富饶辽阔的忒拜幸福地生活下去。但女神赫拉依旧对他恨之入骨。她给赫拉克勒斯降下了一场灾病，使他时常丧失理智，变得癫狂。在一次癫狂发作之时，赫拉克勒斯杀死了所有的子侄。神智恢复后，赫拉克勒斯愧悔难当。他洗净了丧失理智时犯下的血污之罪，离开忒拜，去往得尔菲神谕所，想求得阿波罗的神谕。阿波罗吩咐赫拉克勒斯去其先祖的故乡提林斯，在那里为欧律斯透斯效力十二年。女祭司皮提亚向他传达了阿波罗的神谕，她告诉赫拉克勒斯，为欧律斯透斯效力并建立十二件伟大的功绩后，他将获得永生。

赫拉克勒斯为欧律斯透斯效力

赫拉克勒斯在提林斯定居下来，成为孱弱、怯懦的欧律斯透斯的仆人。欧律斯透斯不敢见这位英雄，禁止他进迈锡尼。他让他的信使科普柔斯去提林斯，向赫拉克勒斯传达他的各种命令。

涅墨亚狮子（第一件功绩）

不久，欧律斯透斯就让赫拉克勒斯去为他干第一件差事，他命令赫拉克勒斯去杀死涅墨亚狮子，涅墨亚狮子是梯丰和厄客德娜所生的庞然大物。它在涅墨亚城周围生活，周边地区的一切都已被它毁坏殆尽。赫拉克勒斯毫不犹疑地踏上了征途，一到涅墨亚，他立刻进山搜寻这头狮子的洞穴。赫拉克勒斯爬上山坡时已近中午，四处杳无人迹，既不见牧人，也没有耕种者，所有动物见到这头可怕的狮子后都吓得逃之夭夭。赫拉克勒斯沿着林木茂密的山坡和峡谷久久地搜寻着，终于在太阳西斜之时，在一处阴暗的峡谷中找到了狮穴。狮穴是一处巨大的洞穴，有两个洞口。赫拉克勒斯用巨石堵住一个洞口，然后躲在这块巨石后面等待狮子。暮色降临时，一头毛发蓬乱、身形庞大的狮子出现了。赫拉克勒斯张弓搭箭，向狮子接连射出三支箭，可箭刚一落到坚硬如铁的狮皮上，就被弹飞。狮子咆哮起来，吼声如雷鸣般在山间回荡。它怒目圆睁，寻找那个胆敢向它射箭的人。发现赫拉克勒斯后，它猛地扑向英雄。赫拉克勒斯闪电般挥舞起木槌，重重击中了狮头，重伤后狮子倒地不起。赫拉克勒斯扑向狮子，用有力的双手紧紧卡住它的脖子，把它掐死。赫拉克勒斯将死去的狮子扛在肩上，返回了涅墨亚，隆重地向宙斯举行了献祭仪式，并首创了涅墨亚竞技会以纪念这件功绩。赫拉克勒斯将狮子带回了迈锡尼，欧律斯透斯看到狮子后，吓得面色苍白。迈锡尼国王现在明白了，赫拉克勒斯具有非凡的神力。从此，他禁止赫拉克勒斯靠近迈锡尼的城门。后来赫拉克勒斯每次带回其功绩的证物时，胆小的欧律斯透斯只敢站在迈锡尼高高的城墙上，遥看一眼它们。

莱尔纳沼泽中的许德拉（第二件功绩）

赫拉克勒斯建立首件功绩后，欧律斯透斯又派他去杀死莱尔纳的怪蛇许德拉。这是个长着蛇身并有九个龙头的怪物，它与涅墨亚狮子皆为梯丰和厄客德娜所生。许德拉生活在莱尔纳城附近的沼泽里，它常常爬出沼泽里的洞穴，残害畜群，周边地区已然寸草不生，死气沉沉。同这条九头怪蛇搏斗危险至极，因为九个头中有一个头是杀不死的。赫拉克勒斯和伊菲克勒斯的儿子伊俄拉俄斯一同踏上了通往莱尔纳的路。来到莱尔纳城郊的沼泽后，赫拉克勒斯先将伊俄拉俄斯和马车留在了附近的树林里，然后自己前去寻找许德拉。他在一处洞穴里发现了这条怪蛇，立刻将箭矢烧得通红滚烫，接二连三地向许德拉射去。许德拉被赫拉克勒斯的箭激怒了，满身闪闪鳞片的庞然大物从幽暗的洞穴中蹿了出来，令人惊悚地直立起来。它正准备攻击赫拉克勒斯时，英雄一脚将它踏翻在地。许德拉用尾巴缠住赫拉克勒斯的双腿，想要把他卷倒，但英雄犹如磐石，岿然不动，他挥舞着木槌猛击许德拉的九个龙头，头被接连打掉，怪蛇的头虽被打落，却依旧活着。赫拉克勒斯发现，龙头被打落的地方又重新长出两个龙头。此时还来了一个帮凶，从沼泽里爬出一只巨蟹，它用蟹钳钳住了赫拉克勒斯的腿。这时英雄召唤伊俄拉俄斯前来助战，伊俄拉俄斯打死了巨蟹，又点燃了附近的树林，用火红的树干去烧地上被赫拉克勒斯打掉的龙头。许德拉再也长不出新头了。它的反抗越来越弱，终于许德拉那颗不死的龙头也被打落了。令人恐怖的怪蛇最终轰然倒地，死了。赫拉克勒斯将许德拉那颗不死的龙头深埋地下，还在上面压了一块巨石，使其无法复生。随后，英雄将许德拉的肚子剖开，用其饱含剧毒的血液浸透了所有的箭支。从此以后，被赫拉克勒斯之箭射伤的人都无药可医。赫拉克勒斯凯旋返回了提林斯，欧律斯透斯接着又派英雄去干新的差事。

斯廷法利斯怪鸟（第三件功绩）

欧律斯透斯让赫拉克勒斯去捕杀斯廷法利斯怪鸟。这群怪鸟几乎把阿卡迪亚的斯廷法利斯城周边都变成了荒地，它们袭击人畜，用其铜爪巨喙将人畜撕得粉碎。最最可怕的是，这些怪鸟长着青铜羽毛，只要有人想袭击它们，它们就飞到空中，抖下如箭的羽毛。

赫拉克勒斯要完成欧律斯透斯的这个差事实属不易，女神雅典娜赶来助战。她送给赫拉克勒斯一对由赫菲斯托斯亲自铸造的铜钹，吩咐他到斯廷法利斯的山坡上，站到怪鸟栖身的树林旁，并敲响这对铜钹。一旦怪鸟飞起，就用弓箭射死它们。赫拉克勒斯依计而行。他登上山坡，敲响铜钹，顿时，周围响起了震耳欲聋的声音，受到惊吓的怪鸟成群飞到森林上方，围绕着赫拉克勒斯盘旋不已。它们将箭雨一般的羽毛射向地面，但站在山坡上的赫拉克勒斯却毫发无损。英雄举起弓箭，向怪鸟射出了致命的箭矢。斯廷法利斯怪鸟吓得飞上云端，从赫拉克勒斯的眼前逐渐消失。它们远远飞离了希腊国界，飞往欧克辛斯蓬托斯海岸边，再也没有返回斯廷法利斯城附近。就这样，赫拉克勒斯完成了欧律斯透斯吩咐的第三件差事，返回了提林斯，但他马上又要出发去建立更为艰辛的功绩。

刻律涅亚山的赤牝鹿（第四件功绩）

欧律斯透斯得知，在阿卡迪亚的刻律涅亚山上有一只神奇的赤牝鹿，它奉女神阿耳忒弥斯之命前来惩罚人类，毁坏了无数农田，欧律斯透斯命令赫拉克勒斯将其活捉送至迈锡尼。这只赤牝鹿金角铜腿，美丽非凡，它在阿卡迪亚的山间和谷地飞奔如风，从不倦怠。赫拉克勒斯花了整整一年时间追逐赤牝鹿。这只鹿飞奔过高山和平原，跨过深渊，横渡江河，往北越跑越远。英雄紧随其后，从不让它逃离自己的视线。最后，赫拉克勒斯赶到许佩尔玻瑞族人的国度，在依斯忒耳河的源头追上了它。赤牝鹿在这里稍作休息。英雄想抓住它，但它猛然逃脱，又朝后向南，像支离弦的箭，飞奔而去。新一轮的追逐重又开始了。赫拉克勒斯一直追到阿卡迪亚才追上它。即使经历了如此漫长的追赶，赤牝鹿仍然精神抖擞，不见疲倦。赫拉克勒斯已丧失了活捉赤牝鹿的希望，于是他用他那百发百中的弓箭射中了赤牝鹿的一条腿，终于捉住了它。赫拉克勒斯将这只世间无双的赤牝鹿扛到肩上，准备把它带回迈锡尼，可就在这时，阿耳忒弥斯出现在他面前，她愤怒地说道：

“赫拉克勒斯，难道你不知道这只鹿属于我吗？为什么你要伤害我心爱的赤牝鹿？为什么要这样欺侮我？难道你不知道我从不宽恕欺侮之罪？还是你觉得你比奥林波斯诸神更强大？”

赫拉克勒斯向这位美丽的女神虔敬地鞠躬行礼，回答道：

“伟大的阿耳忒弥斯，请不要怪罪我！即使我的父亲是宙斯本人，我也不敢欺侮奥林波斯山上永生的神祇。我总是满心虔诚地献上丰厚的祭品。我追逐你的赤牝鹿并非出于本意，而是奉欧律斯透斯之命。诸神吩咐我为欧律斯透斯效力，他的命令我不敢不从！”

阿耳忒弥斯宽恕了赫拉克勒斯。赫拉克勒斯将活捉到的赤牝鹿送至迈锡尼，献给了欧律斯透斯。

埃里曼托斯山的野猪及同马人的战斗（第五件功绩）

赫拉克勒斯耗时一年，终于捕捉到了赤牝鹿，可还没怎么休息，欧律斯透斯就又给了他新的差事。他吩咐英雄去捕捉埃里曼托斯山的野猪。这头野猪住在埃里曼托斯山上，力大无穷，它不停地糟蹋普索费斯城周边的一切，把这里弄得一片荒芜，许多人丧生于它粗大的獠牙下。赫拉克勒斯在途中拜访了聪慧的马人福洛斯，福洛斯殷勤地款待了赫拉克勒斯，为他举办了盛大的宴会。席间，福洛斯打开了一个大酒坛，想殷勤招待这位英雄。美酒的醇香飘散很远，其余的马人也闻到了酒香。他们对福洛斯私开酒坛深感气愤，因为这坛美酒并不属于福洛斯本人，它是所有马人的共有财产。在赫拉克勒斯和福洛斯头戴常春藤冠，喝得酒酣耳热之际，马人们出其不意地冲进福洛斯的住处，向他和赫拉克勒斯发起了攻击。赫拉克勒斯毫不惧怕这群马人，他从座位上一跃而起，捡起冒烟的木柴砸向来犯的马人。马人们逃跑了，赫拉克勒斯接着用毒箭射杀他们。赫拉克勒斯将马人们一直追到玛勒亚半岛，马人们躲到了赫拉克勒斯的朋友、最富智慧的马人客戎那里。赫拉克勒斯循着马人们的蹄印，冲进了客戎的洞穴。愤怒的赫拉克勒斯搭起弓箭，一支毒箭破空而去，刺入一个马人的膝盖，但是中箭的不是敌人，而是自己的朋友客戎。当他看清中箭者是客戎时，顿时悲痛万分。他急忙为朋友洗净并包扎好伤口，但无济于事。赫拉克勒斯深知，被他毒箭所伤的人必死无疑。客戎也知道自己即将死去，为了免受临死前的痛苦折磨，他自愿前往哈德斯的冥国。

赫拉克勒斯痛苦地同客戎永诀后，很快便来到了埃里曼托斯山。他在密林中发现了那头可怕的野猪，高喊着将它赶出密林。赫拉克勒斯不停地追逐着野猪，终于在山顶深深的积雪中撵上了它。野猪深陷雪地中，赫拉克勒斯冲向它，将它就地捆住，送到了迈锡尼。欧律斯透斯看到这头巨大的野猪后，竟然吓得藏进了一个大铜缸里不肯出来。

奥革阿斯国王的牛圈（第六件功绩）

欧律斯透斯很快又给了赫拉克勒斯一件新差事，他必须为太阳神赫利俄斯的儿子、厄利斯国王奥革阿斯清理牛圈。太阳神赐予了他的儿子无数财富，奥革阿斯的畜群更是数不胜数。在他的畜群中有三百头四蹄如雪的公牛、二百头毛色如西顿红颜料的公牛、十二头敬献给赫利俄斯的白如天鹅的公牛，其中一头俊美得如同天边星辰。赫拉克勒斯向奥革阿斯提议，如若给他十分之一的畜群作为酬劳，他愿意在一天之内将所有牛圈清理干净。奥革阿斯认为，这是不可能做到的事情，所以欣然同意。赫拉克勒斯拆掉了牛圈两面的围墙，引来了阿尔甫斯河和佩纽斯河的河水。这两条河的河水一天之内便将牛圈中的粪便冲刷干净，赫拉克勒斯又将围墙重新砌上。但是当赫拉克勒斯去找奥革阿斯索要报酬时，这位傲慢无礼的国王却舍不得按他们的约定支付报酬了，赫拉克勒斯只好两手空空地返回了提林斯。

数年后，已不再为欧律斯透斯效力的赫拉克勒斯率大军进犯了厄利斯，在与奥革阿斯的浴血奋战中，他用其致命的毒箭射杀了厄利斯的国王奥革阿斯，残酷地报复了他。大获全胜后，赫拉克勒斯把军队和所有战利品聚集在皮萨城旁，向奥林波斯诸神献祭，并创办了奥林匹克竞技会。从此，希腊人在这片神圣的平原上每四年举行一次奥林匹克竞技比赛，赫拉克勒斯在这里为感谢女神雅典娜而种下了许多嫩绿的橄榄树。

赫拉克勒斯还向奥革阿斯的所有盟国复了仇，皮洛斯国王涅琉斯也没有幸免于难。赫拉克勒斯率军前往皮洛斯，攻占城池并杀死了涅琉斯和他的十一个儿子。涅琉斯的儿子佩里克吕墨诺斯尽管曾得海神波塞冬的赠与，具有变成狮子、蛇与蜜蜂的神奇本领，却也终究难逃厄运。就在他变成蜜蜂落在赫拉克勒斯马车的一匹马上时，赫拉克勒斯一掌拍死了他。涅琉斯的儿子中只有涅斯托耳活了下来，后来他以所建功勋和卓越智慧闻名于世。

克里特公牛（第七件功绩）

为了完成欧律斯透斯的第七件差事，赫拉克勒斯不得不离开希腊前往克里特岛，欧律斯透斯命令他将克里特公牛弄到迈锡尼来。海神波塞冬给了欧罗巴之子，克里特国王弥诺斯一头牛，弥诺斯本应将这头公牛献祭给波塞冬，但他舍不得将如此俊美的公牛送去献祭，偷偷地将它留在了自己的牛群中，而将另一头公牛献祭给了波塞冬。波塞冬为此恼怒于弥诺斯，他使这头出自海中的公牛发了狂。这头公牛在岛上狂奔乱跑，将沿途一切毁坏殆尽。伟大的英雄赫拉克勒斯抓住了公牛并将其驯服。赫拉克勒斯骑在公牛宽阔的脊背上，从克里特渡海回到了伯罗奔尼撒。赫拉克勒斯将公牛牵到了迈锡尼，但欧律斯透斯不敢将波塞冬的这头公牛留在自己的牛群里，他命令将其放生。重获自由的公牛狂奔起来，它穿过整个伯罗奔尼撒一直向北，最后跑到了阿提刻的马拉松原野，在那里被伟大的雅典英雄忒修斯杀死了。

狄俄墨得斯的烈马（第八件功绩）

赫拉克勒斯驯服了克里特公牛后，又被欧律斯透斯派到色雷斯，去抢斯托涅斯人的国王狄俄墨得斯的烈马。这位国王养的烈马膘肥体壮，它们被铁链锁在畜栏里，因为其他任何绳索都拴不住它们。狄俄墨得斯国王用人肉喂养这些烈马，来此城的所有外乡人都被他丢给这些烈马吃掉了。现在，赫拉克勒斯带领随从来到了色雷斯国王的领地，他和随从一起把狄俄墨得斯的烈马牵到了自己的船上。狄俄墨得斯率军在岸边堵截赫拉克勒斯，赫拉克勒斯将烈马交给他的朋友，赫耳墨斯之子阿布得罗斯看管，转身同狄俄墨得斯展开了激战。尽管赫拉克勒斯势单力孤，他却力挫群雄，杀死了狄俄墨得斯。赫拉克勒斯返回船上后看到，阿布得罗斯已被烈马吃得只剩下尸骨了。忧伤懊悔的赫拉克勒斯为好友举行了隆重的葬礼，为他修筑了高大的坟墓，还在他的坟墓边建立了一座同名城市以示纪念。赫拉克勒斯将狄俄墨得斯的这群烈马运回，献给了欧律斯透斯，欧律斯透斯却吩咐把它们都放了。这些烈马跑到森林茂密的吕凯翁山，在那里被野兽撕碎吃掉了。

赫拉克勒斯在阿德墨托斯处做客[①]

赫拉克勒斯乘船渡海赴色雷斯抢夺狄俄墨得斯国王的马匹时，决定顺路到斐赖城去拜访一下老朋友阿德墨托斯国王。

赫拉克勒斯抵达斐赖城时，王宫正沉浸在巨大的悲痛中，阿德墨托斯国王的妻子阿尔刻斯提斯即将离开人世。命运女神摩伊拉铁面无私，但碍于阿波罗的求情，她们同意，如果有人愿意在阿德墨托斯生命的最后时刻替他去哈德斯冥国，他便可以不死。阿德墨托斯为此请求自己年迈的双亲，但他们都拒绝了，斐赖全城也无人愿替国王去死。这时，他年轻美丽的妻子阿尔刻斯提斯决定替丈夫去哈德斯冥国。在阿德墨托斯死期将至的那一天，妻子收拾停当准备迎接死亡。她洗净了身体，穿戴好下葬的服饰，走到家中的炉灶前，向为家庭赐福的女神赫斯提亚祈求道：

“噢，伟大的女神！我这是最后一次跪在你面前，请你庇护我那些即将成为孤儿的孩子们，我今天就要去往哈德斯冥国了，请你庇佑他们，不要让他们像我一样过早地离开人世！保佑他们在故乡富裕而幸福地生活下去！”

阿尔刻斯提斯绕着祭坛走了一圈，并用香桃木装饰了祭坛。

① 根据欧里庇得斯的悲剧《阿尔刻提斯》整理。

阿尔刻斯提斯回到了卧室，含泪倒在床上。这时她的一双儿女跑了过来，扑到母亲怀里，失声痛哭起来，阿尔刻斯提斯的女仆们也痛哭起来。阿德墨托斯绝望地拥抱着年轻的妻子，请求她不要离去。阿尔刻斯提斯已在等待死亡了，这时，死神塔那托斯已经悄然无声地迈进了宫殿，他准备用剑割下阿尔刻斯提斯的一缕头发。阿波罗为他的宠儿阿德墨托斯求情，请死神将阿尔刻斯提斯的死期延迟一小时，但塔那托斯不肯通融。阿尔刻斯提斯感受到了死亡的气息，她惊叫道：

“噢，亡灵摆渡者卡戎的双桨大船正在向我驶来，亡灵的摆渡者严厉地冲我呼喊：‘你还在磨蹭什么？快走吧，不要浪费时间！别耽误我们的时间。一切就绪！快走吧！’噢，放过我吧！我的双腿已瘫软无力，死亡已经临近，黑夜已蒙住我的双眼！噢，孩子们，我的孩子们，你们的母亲就要死去！愿你们幸福地生活下去！亲爱的阿德墨托斯，对我来说，你的生命重于我的生命，我更愿让你沐浴在阳光下。阿德墨托斯，你和我一样深爱着我们的孩子，你千万不要给他们娶来继母，不要让他们受到伤害！”

可怜的阿德墨托斯悲痛欲绝，他高喊道：

“阿尔刻斯提斯，你带走了我生命中所有的欢乐，我的余生都将因你而充满忧伤！诸神啊，诸神，你们夺走了我最心爱的妻子！”

阿尔刻斯提斯用勉强能听到的声音说道：

“永别了！我的双眼不会再睁开！永别了，孩子们！我走了。永别了，阿德墨托斯！”

“噢，哪怕你再看我们一眼啊，不要抛下孩子们！噢，让我也一起死去吧！”阿德墨托斯含泪喊道。

阿尔刻斯提斯阖上了双眼，她的身体渐渐变凉，她死去了。阿德墨托斯扑到爱妻身上失声痛哭，他下令为阿尔刻斯提斯举行隆重的葬礼，全城为她服丧八个月。整个城市陷入巨大的哀伤中，大家都对这位美好善良的王后充满爱戴和敬意。

就在阿尔刻斯提斯的遗体被抬往墓地时，赫拉克勒斯来到了斐赖城。走到宫殿的门口时，他恰好遇到了国王阿德墨托斯。阿德墨托斯恭敬地接待了赫拉克勒斯，他不想让客人难过，极力掩饰着内心的痛苦。但赫拉克勒斯立刻注意到朋友的忧伤，于是向他询问原因，可阿德墨托斯对赫拉克勒斯的答复含糊其辞，英雄以为，去世的是阿德墨托斯的一个远房女亲戚。阿德墨托斯吩咐仆人们把赫拉克勒斯带往客房，并为其准备丰盛的宴席，又命令把通往女眷内室的房门全都关上，免得赫拉克勒斯听到悲泣之声。赫拉克勒斯没有想到朋友遭遇了这么大的不幸，兴高采烈地在阿德墨托斯的宫殿里欢宴。他饮下一杯又一杯美酒，仆人们心情沉重地服侍着客人，强忍着失去女主人的悲伤。尽管他们听从阿德墨托斯的吩咐，尽量掩饰内心的痛苦，可赫拉克勒斯还是发现了他们的泪水和满脸的忧伤。他叫一个仆人与他共饮，劝他饮酒解忧，但仆人婉言谢绝了。这时赫拉克勒斯猜到，一定是阿德墨托斯家里遭遇了巨大的不幸。他向一个仆人追问，国王家到底发生了什么大事，仆人只好如实对他说：

“客人啊，阿德墨托斯的妻子今天去了哈德斯冥国。”

听到这个噩耗，赫拉克勒斯非常痛心和自责，因为他竟然在遭此不幸的朋友家中欢歌畅饮。赫拉克勒斯决定报答遭遇不幸却依旧热情款待他的阿德墨托斯，他要从死神塔那托斯手中将阿尔刻斯提斯抢夺回来。

赫拉克勒斯从仆人那儿打听到阿尔刻斯提斯葬在何处，便匆匆赶往那里。他躲在棺椁后面，等待塔那托斯前来痛饮坟墓上献祭的鲜血。远处传来塔那托斯扇动翅膀的声音，吹过来一阵阴风。死神飞到棺椁旁，开始贪婪地吸吮祭品的鲜血，赫拉克勒斯一跃而出，冲向塔那托斯。他用有力的双手抓住死神，同他展开了激烈的搏斗。赫拉克勒斯拼尽了全力，塔那托斯用枯瘦的双手阻止赫拉克勒斯前进，向他吹去冰冷刺骨的气息，又向英雄扇起了死亡的阴风，但宙斯之子最终战胜了塔那托斯。他把死神捆了起来，让他复活阿尔刻斯提斯，以此换得自由。塔那托斯把阿德墨托斯妻子的性命送给了赫拉克勒斯，伟大的英雄立刻将她领回到她丈夫的宫殿。

葬礼过后，阿德墨托斯回到了宫殿，失去挚爱的妻子令他痛不欲生。在这空寂的宫殿里他感到非常压抑，能去哪里呢？他羡慕死去的人，对生命充满厌倦。他开始期盼死亡。他觉得，自己的全部幸福都随妻子到了冥国。失去爱妻是种让人无法忍受的痛苦！阿德墨托斯后悔没和阿尔刻斯提斯一起去冥国，要不然现在死亡就能将两个人连在一起了，冥王哈德斯就能够得到两个、而非一个彼此忠诚的灵魂了，他们就能一同穿过阿刻戎冥河了。就在阿德墨托斯哀恸不已时，赫拉克勒斯领着一个女人突然出现在他的面前，赫拉克勒斯请求阿德墨托斯暂时收留这个他浴血奋战得来的女人，直至他从色雷斯归来。阿德墨托斯拒绝了他的请求，他让赫拉克勒斯把这个女人带走。失去爱妻后，阿德墨托斯不想在宫殿里看到任何女人。可赫拉克勒斯不肯让步，他甚至让阿德墨托斯亲自带她入宫，还不准阿德墨托斯的仆人们碰她。最后，阿德墨托斯实在无法拒绝自己的朋友，便拉住女人的手准备领她进入宫殿，这时赫拉克勒斯说道：

“你终于肯收留她了，阿德墨托斯！那就好好保护她吧！现在你可以说，宙斯之子是忠诚的朋友了。看看这个女人！难道她不像你的妻子阿尔刻斯提斯吗？别再难过了！重新享受生活吧！”

揭开女人的盖帕后，阿德墨托斯惊叫道：“噢，伟大的诸神啊！这真是我的阿尔刻斯提斯啊！噢，不，这只是她的亡灵！她怎么直挺挺地站着这里，一句话也不说呢！”

“不，这不是她的亡灵，这正是阿尔刻斯提斯本人。我拼死从塔那托斯手中夺回了她。在她向冥国的诸神献上赎身的祭品、摆脱控制之前，她将一直这样沉默。三天三夜后她方能开口说话。那么我就此作别了，阿德墨托斯！愿你幸福，并永远热情好客！”

阿德墨托斯衷心感谢道：“噢，赫拉克勒斯，你又赐予了我生活的欢乐！叫我怎么报答你呢？继续留在我这儿做客吧！我要让我所有的百姓庆祝你的胜利，让他们为诸神献上丰厚的祭品。留在我这里吧！”

赫拉克勒斯没在阿德墨托斯那里停留，他还要去建立功绩，他需要继续为欧律斯透斯效劳，去为他抢夺狄俄墨得斯国王的烈马。

希波吕忒的腰带（第九件功绩）

远征阿玛宗女人国、夺取女王希波吕忒的腰带是赫拉克勒斯将要建立的第九件功绩。希波吕忒的这条腰带为战神阿瑞斯所赠，女王为了表示她的威严，经常佩戴这条腰带。欧律斯透斯的女儿，女神赫拉的祭司阿德墨忒一心想要这条腰带，欧律斯透斯就命赫拉克勒斯去索要它。赫拉克勒斯集结了一小队英雄，乘上一条大船出发了。这支队伍虽然不大，但群英荟萃，阿提刻的伟大英雄忒修斯就是其中的一位。

征途漫漫，英雄们要远航到黑海最远的海岸边，因为建都于忒弥斯库拉的阿玛宗女人国就在那里。途中，赫拉克勒斯与其同伴们曾在帕罗斯岛停泊，这座岛由弥诺斯的儿子们统治。弥诺斯的儿子们杀死了赫拉克勒斯的两个同伴，赫拉克勒斯为此大怒，立刻向弥诺斯的儿子们宣战。赫拉克勒斯杀死了帕罗斯岛上的许多居民，把活下来的居民赶入城中围困起来，直至被围困者派使者去找赫拉克勒斯，请求从使者中选出两人为他被杀的同伴抵命。赫拉克勒斯挑选了弥诺斯之孙阿尔凯奥斯和斯忒涅洛斯，之后才解除了围困。

离开帕罗斯岛后，赫拉克勒斯来到了米西亚，去见吕科斯国王，后者盛情接待了他。期间，吕科斯国王突遭柏布律喀亚人的袭击。赫拉克勒斯率英雄们战胜了柏布律喀亚人，毁灭了他们的首都，将柏布律喀亚人的土地全都送给了吕科斯国王。为纪念赫拉克勒斯，吕科斯国王将这个国家命名为赫拉克勒亚。赫拉克勒斯离开了米西亚，又踏上了征程，到了阿玛宗女人国的城邦忒弥斯库拉。

屡建奇功的赫拉克勒斯的英名早已传至阿玛宗女人国。赫拉克勒斯的船只刚一靠到忒弥斯库拉的岸边，女王便率领阿玛宗人上前迎接了。她们惊奇地望着宙斯这个伟大的儿子，超凡脱俗、如同神祇的赫拉克勒斯。希波吕忒女王向伟大的英雄赫拉克勒斯询问道：

“宙斯光荣的儿子，请告诉我，你因何来到我们的城市？你带给我们的是和平还是战争？”

赫拉克勒斯回答道：

“女王，我漂洋过海率兵到此，并非出自本意，我是受迈锡尼的统治者欧律斯透斯的差遣。他的女儿想要拥有战神阿瑞斯赠与你的腰带，欧律斯透斯派我前来讨取你的腰带。”

希波吕忒无法拒绝赫拉克勒斯。她正准备将腰带交给他时，赫拉变成阿玛宗人的模样混入人群，开始挑拨这些好战的女人们，赫拉对阿玛宗人说：

“赫拉克勒斯撒谎，他到这儿来另有企图，这位英雄想要抢走我们的女王希波吕忒，他想把她带回家做女奴。”

阿玛宗人相信了赫拉的话，她们抄起武器，向赫拉克勒斯的队伍展开进攻。动如脱兔的埃拉冲在阿玛宗人的最前面，她如旋风般攻向赫拉克勒斯，伟大的英雄一下便将其打败，埃拉飞也似的逃走。可她跑得再快，也逃不出赫拉克勒斯的追击。赫拉克勒斯追上了埃拉，挥剑将她杀死。女英雄普洛托厄亲手杀死了赫拉克勒斯的七个同伴，而她则被赫拉克勒斯一箭射中，倒地身亡。这时七个阿玛宗人一齐攻向赫拉克勒斯，她们曾是阿耳忒弥斯的随从，投枪本领世间无人能及。这次战斗中，她们以盾牌作掩护，接连向赫拉克勒斯掷投枪，但均未命中。英雄将她们尽数打败，她们手握着兵器，一个接一个地倒地身亡。率领阿玛宗人作战的墨拉尼佩被赫拉克勒斯生擒，安提俄珀也被英雄俘获。威武的女战士们被打败了，落荒而逃，很多人逃跑过程中被英雄们杀死。阿玛宗人最终决定同赫拉克勒斯讲和，希波吕忒用腰带赎回了骁勇善战的墨拉尼佩，安提俄珀则被英雄们带走，赫拉克勒斯将她送给忒修斯，作为对其英勇作战的奖赏。赫拉克勒斯就这样得到了希波吕忒的腰带。

赫拉克勒斯拯救拉俄墨冬的女儿赫西俄涅[①]

离开阿玛宗女人国返回提林斯途中，赫拉克勒斯和众英雄乘船去了特洛伊。距离特洛伊不远处的海边时，一个触目惊心的画面出现在众英雄的眼前，他们看到，特洛伊国王拉俄墨冬的美貌女儿赫西俄涅被锁在海边的礁石上，她将面临与安德罗墨达同样的命运，被海怪吞食。波塞冬和阿波罗为她的父亲修建了特洛伊城墙，建好后，拉俄墨冬不肯给他们允诺的报酬，于是波塞冬便派海怪去惩罚他。更有甚者，这个傲慢的国王还威胁波塞冬和阿波罗说，若向他索取酬劳，他就割掉他们的双耳。震怒的阿波罗向拉俄墨冬所有的领地降下了瘟疫，波塞冬则派出了海怪，它毫不留情地把特洛伊周边夷为平地。只有牺牲女儿的性命，拉俄墨冬才能使国家免遭灭顶之灾。就这样，他不得不把女儿赫西俄涅锁到了海边的礁石上。

看到姑娘这么可怜，赫拉克勒斯自告奋勇地去解救她，但有个条件，英雄要求拉俄墨冬把宙斯送给他的骏马作为解救赫西俄涅的酬劳（宙斯的神鹰把国王的儿子伽倪墨得斯掳到了奥林波斯山上，作为补偿，宙斯给了国王几匹骏马）。拉俄墨冬答应了赫拉克勒斯的条件，赫拉克勒斯吩咐特洛伊人在海岸边筑起一道土堤，然后他藏到了土堤后面。赫拉克勒斯刚藏好，海怪就从海中窜出，它张着大嘴朝赫西俄涅扑去。赫拉克勒斯大吼一声，冲向海怪，将一把双刃剑深深刺入海怪的胸膛，解救了赫西俄涅。

赫拉克勒斯要拉俄墨冬兑现酬劳时，国王舍不得这些骏马，他不仅没把马送给赫拉克勒斯，还恐吓说，要把他赶出了特洛伊。赫

① 与普罗米修的妻子同名。

拉克勒斯将满腔怒火深埋心间，离开了拉俄墨冬统治的国家。眼下，他还无法向言而无信的国王报仇，因为他的人手太少，无法迅速攻占特洛伊；还有一个原因令赫拉克勒斯不能久留特洛伊，他得赶紧把希波吕忒的腰带送到迈锡尼。

革律翁的牛群（第十件功绩）

远征阿玛宗女人国后，赫拉克勒斯又踏上了建立新功的道路。欧律斯透斯派他将巨人革律翁的牛群赶到迈锡尼，这个巨人为克律萨俄耳与大洋女神卡利洛厄所生。去往革律翁那里的路途十分遥远，赫拉克勒斯必须走到大地的最西端，即太阳神赫利俄斯日落时分从天空降下的地方。赫拉克勒斯独自踏上了遥远的路途。他穿过非洲，走过寸草不生的利比亚荒漠和野蛮人的国度，最后抵达大地的尽头。他在那里狭窄的海峡两岸竖起了两根巨大的石柱，作为自己建功的永久纪念。

赫拉克勒斯又走了许久，才到达灰蒙蒙的大洋。英雄坐在喧嚣不止的大洋岸边苦苦思索着，怎样才能到达革律翁放牧牛群的埃律提亚岛？傍晚，赫利俄斯的马车朝大洋海面降落下来，赫利俄斯散发的光芒使赫拉克勒斯眼花缭乱，一股难以忍受的热浪包围了他的全身。赫拉克勒斯怒气冲冲地抓起弓箭跳了起来，但是赫利俄斯并没有生气，他和蔼可亲地向英雄微笑着，因为他欣赏宙斯这个儿子的非凡勇气。赫利俄斯提议赫拉克勒斯乘坐他的金船前往埃律提亚岛，太阳神每晚都连车带马乘坐这艘金船从大地最西端到最东端，返回自己的黄金宫殿。赫拉克勒斯大喜过望，勇敢地跃上金船，很快便到了埃律提亚岛的岸边。

赫拉克勒斯刚刚靠岸，凶恶的双头犬俄耳托斯就嗅到了他的气息，狂吠着向他扑来。赫拉克勒斯挥起大木槌，一下就把它打死了。但是并非只有俄耳托斯守护着革律翁的牛群，赫拉克勒斯还得同革律翁的牧人，巨人欧律提翁作战。赫拉克勒斯速战速决，很快解决了这个巨人。他赶着革律翁的牛群来到金船停泊的岸边，革律翁听到牛吼声后急忙赶过来。他发现双头犬俄耳托斯和巨人欧律提翁都被杀死后，不禁对窃牛之人大怒，追至海岸边堵截他。革律翁是个可怕的怪物，张着三头六臂，三个身躯和六条腿。交战中，他用三只盾牌作掩护，并同时向对手掷出三杆投枪。赫拉克勒斯不得不与这个巨人搏斗，幸好有雅典娜为其助战。赫拉克勒斯一看到革律翁，就向其射出致命的一箭。箭矢射中了革律翁的一只眼睛，紧接着第二支、第三支也飞速而至。赫拉克勒斯飞速挥舞着他的大木槌打击革律翁，巨人倒地身亡。赫拉克勒斯把革律翁牛群赶到金船上，离开了埃律提亚岛，他横渡了波涛汹涌的大洋，将金船归还给了赫利俄斯。这件功绩算是完成了一半。

还有很多事情等着赫拉克勒斯去做。他应该把牛群赶到迈锡尼，英雄赶着牛群穿过了西班牙全境，翻越了比利牛斯山脉，经过高卢和阿尔卑斯山，来到了意大利。在意大利南部的瑞癸翁城附近，一头牛逃出牛群，泅过海峡到了西西里岛。波塞冬的儿子，厄律克斯国王发现了它，将它赶到自己的牛群中，赫拉克勒斯费了好多时间去寻找这头牛。后来他把牛群托付给赫菲斯托斯照看，自己去到西西里岛寻牛。终于，他在厄律克斯国王的牛群里发现了这头牛。厄律克斯不想将这头牛归还给英雄，他自恃力大，要同赫拉克勒斯决一雌雄，赢者牵走这头牛。厄律克斯当然不是赫拉克勒斯的对手。赫拉克勒斯用力勒住国王，活活憋死了他。赫拉克勒斯把牛牵回牛群中，继续赶路。在伊奥尼亚海岸边，女神赫拉给牛群降下了一场疯病，发疯的牛群四散奔逃，赫拉克勒斯费了九牛二虎之力才在色雷斯将大部分牛群聚拢起来，最后把它们赶到欧律斯透斯那里。欧律斯透斯将这些牛献祭给了女神赫拉。

刻耳柏罗斯（第十一件功绩）

赫拉克勒斯刚一返回提林斯，欧律斯透斯又派他去建立新的功绩，这将是赫拉克勒斯为欧律斯透斯完成的第十一件功绩。为此，赫拉克勒斯必须排除千难万险。他需要到阴森的哈德斯冥国，将冥国的守卫、可怕的地狱之犬刻耳柏罗斯牵到欧律斯透斯这里。刻耳柏罗斯有三个头，脖子上蠕动着毒蛇，尾巴上是张着大口的龙首。赫拉克勒斯去了拉科尼亚，他穿过泰那戎黑暗的无底深渊，来到哈德斯冥国。在冥国的入口处，赫拉克勒斯看到了英雄忒修斯和忒萨利亚国王皮里托奥斯，两人因企图掳走哈德斯的王后佩耳塞福涅而遭神祇惩罚，他们的身体和岩石长到了一起。忒修斯哀求赫拉克勒斯说：

“噢，宙斯伟大的儿子，救救我吧！看看我是多么痛苦啊！只有你能帮助我摆脱痛苦！”

赫拉克勒斯解救了他，可他动手去解救皮里托奥斯时，大地猛地颤动了一下，赫拉克勒斯明白了，这是诸神不想放皮里托奥斯走。赫拉克勒斯服从了诸神的意志，继续向永远是黑夜的冥国走去。诸神的使者、亡灵的向导赫耳墨斯引领赫拉克勒斯进入冥国，宙斯的爱女雅典娜伴随英雄左右。赫拉克勒斯一踏进哈德斯的冥国，无数亡魂就吓得四处飘散，只有英雄墨勒阿革罗斯的亡魂没有逃走。他向宙斯的儿子祈求道：

“伟大的赫拉克勒斯，看在咱们友情的份上，帮我一个大忙，你可怜可怜我孤苦无依的妹妹，美丽的得伊阿尼拉吧！我死后，她便无依无靠。请你娶她为妻，成为她的保护者吧！”

赫拉克勒斯答应了朋友的请求，跟着赫耳墨斯继续向前走去。迎面出现了女妖墨杜萨的亡魂，她威胁地伸出了铜臂并扇动起金翅膀，她头上的毒蛇也慢慢蠕动起来。无畏的赫拉克勒斯立即拔出了剑，但赫耳墨斯阻止他说：

“不必拔剑，赫拉克勒斯！那只是没有肉体的亡魂，她不会伤及你的性命！”

一路上，赫拉克勒斯还看到许多可怕的景象。最后，他终于来到了哈德斯的宝座前。冥国的主宰和他的妻子佩耳塞福涅看到赫拉克勒斯无所畏惧地来到黑暗又阴森的冥国，感到十分欣喜。赫拉克勒斯站在哈德斯的宝座前，只见他手拄木槌，身披狮皮，背负弓箭，仪表堂堂，泰然自若。哈德斯热烈欢迎他兄弟宙斯的儿子，询问他为何离开阳光普照的世界，来到这黑暗的冥国，赫拉克勒斯向哈德斯鞠躬致意后回答道：

“噢，亡灵的主宰者，伟大的哈德斯，我有一个不情之请，你听后千万不要生气！你也知道，来你的王国，向你提出请求，这都不是我的主意。冥王哈德斯，让我把你的三头犬刻耳柏罗斯带到迈锡尼吧，欧律斯透斯命我这样做，我奉奥林波斯诸神之命为他效力。”

哈德斯回答他说：

“赫拉克勒斯，我满足你的要求，但你必须空手制服刻耳柏罗斯。如果你能降服它，我便允许你把它带到迈锡尼。”

赫拉克勒斯花了很长时间找寻刻耳柏罗斯，终于在阿刻戎冥河的岸边找到了它。赫拉克勒斯用坚硬如铁的双手卡住了刻耳柏罗斯的脖颈，这条恶犬怒号起来，它的号叫声传遍了整个冥国。它奋力挣扎着，想摆脱赫拉克勒斯，但赫拉克勒斯将刻耳柏罗斯的脖颈死死卡住，而且越卡越紧。刻耳柏罗斯用尾巴缠住英雄的腿，尾端龙首上的牙齿紧紧咬住他的身体，但却无济于事。力大无穷的赫拉克勒斯将它的脖颈勒得越来越紧，这条几近窒息的地狱恶犬终于倒在了英雄的脚边。赫拉克勒斯制服了它，他把它牵出黑暗的冥国，带往迈锡尼。一上到地面，惧怕阳光的刻耳柏罗斯便浑身冒出了冷汗，从它三张嘴里流出的毒沫滴落在地，化为毒草。

赫拉克勒斯将刻耳柏罗斯牵到迈锡尼的城墙下。胆小的欧律斯透斯仅看了一眼地狱之犬，便被吓得魂不守舍。他几乎跪下来请求赫拉克勒斯，让英雄快快地把刻耳柏罗斯送回哈德斯的冥国。赫拉克勒斯只好满足他的请求，将可怕的冥国守卫还给了哈德斯。

赫斯佩里得斯的苹果（第十二件功绩）

赫拉克勒斯要为欧律斯透斯完成的第十二件功绩，也就是最后一件功绩，最为艰难。他必须到肩负天穹的提坦神阿特拉斯那里，从提坦神女儿赫斯佩里得斯看守的圣园里摘走三个金苹果。金苹果结在金果树上，金果树是地神盖亚送给赫拉与宙斯的结婚礼物，看守金果树的还有昼夜不眠的巨龙。要想完成这件功绩，必须先弄清去圣园的路。

无人知晓，怎么才能找到赫斯佩里得斯姐妹和阿特拉斯。赫拉克勒斯在亚细亚和欧罗巴寻找了很久，走遍了赶回革律翁牛群时途经的所有国家，他逢人便问，可是没人知道他要去的地方该怎么走。他走到了极北方，来到烟波浩渺、奔腾不息的厄里达诺斯河边。优雅的自然女神们在河岸边恭敬地迎接宙斯的儿子，并告诉他，如何才能问出去赫斯佩里得斯圣园的路。她们让他趁老海神涅柔斯从海底浮上岸边之际，出其不意地抓住他，然后逼他说出到赫斯佩里得斯姐妹处的路怎么走。除了涅柔斯，没人知道这条路。赫拉克勒斯找了涅柔斯很久，终于在海岸边找到了他。英雄冲向了老海神，同涅柔斯的搏斗真是艰难。为了挣脱英雄钢铁般的扼制，涅柔斯不断变化自己的样子，但英雄毫不放松，终于将精疲力竭的涅柔斯捆了起来。海神为了重获自由，不得不告诉赫拉克勒斯通往圣园的路。赫拉克勒斯得知这一秘密后，就放开了老海神，接着向远方走去。

途中，他必须经过利比亚。他在那里遇到了海神波塞冬和地神盖亚的儿子，巨人安开俄斯，他由盖亚抚养长大。安开俄斯逼所有过路者同他角力，战败者都要被他残忍地杀死。巨人要求赫拉克勒斯同他角力，此前无人能战胜巨人，因为他们不知道巨人那生生不息的力量来自何处。原来，每当安开俄斯感到气力不支时，他便触碰大地母亲，他的母亲便会赐予他力量，但是只要让安开俄斯离开大地，把他举起，他的力量便会消失枯竭。赫拉克勒斯同安开俄斯斗了许久，多次把他摔倒在地，可每次却徒增了安开俄斯的力量。角斗中，赫拉克勒斯突然把安开俄斯高高举起，巨人顿时失去了力量，赫拉克勒斯勒死了他。

赫拉克勒斯又继续向前走，来到了埃及。长途跋涉后的赫拉克勒斯疲惫不堪，他在尼罗河岸边的一片树荫下睡着了。波塞冬和厄帕福斯的女儿吕西阿那萨所生的儿子，埃及国王布西里斯看见了熟睡的赫拉克勒斯，吩咐将英雄捆起来，打算将他献祭给宙斯。埃及已有九年颗粒无收了，来自塞浦路斯的先知佛拉西俄斯曾预言，如果布西里斯每年把来此的外乡人献祭给宙斯，灾荒便能终止。结果，布西里斯命人把这位先知捆绑起来，当成祭品献给了宙斯。从那时起，这位残暴的国王便将所有途经埃及的外乡人捉住，献祭给宙斯。赫拉克勒斯也被带往祭坛，但他挣断了绳索，在祭坛旁杀死了布西里斯和他的儿子安菲达玛斯，这位残暴的埃及国王终于受到了应有的惩罚。

赫拉克勒斯在途中又经历了许多艰难险阻后，终于到达了巨人阿特拉斯立身的大地尽头，英雄惊讶地看着用宽阔的肩膀扛起天穹的巨人。

赫拉克勒斯对他说道："噢，伟大的提坦神阿特拉斯！我是宙斯的儿子赫拉克勒斯，盛产黄金的迈锡尼的国王欧律斯透斯派我来此，他让我向你讨要赫斯佩里得斯圣园金果树上的三个金苹果。"

阿特拉斯回答道："宙斯的儿子，我可以给你三个金苹果，但在我去拿金苹果的时候，你要暂时替我扛着天穹。"

赫拉克勒斯同意了。他站到阿特拉斯的位置上，难以置信的重负顿时落在了他的肩上。赫拉克勒斯用尽全力扛起了天穹，天穹的重负压弯了他的腰，肌肉如高山般块块隆起，汗水浸透全身。靠着非凡的神力和雅典娜的帮助，他扛着天穹，直到阿特拉斯捧来三个金苹果。阿特拉斯对英雄说：

"赫拉克勒斯，瞧，我摘来了三个金苹果。如果你愿意，我可以亲自把苹果送到迈锡尼，你扛着苍穹，等我回来再换你。"

赫拉克勒斯识破了阿特拉斯的诡计，他明白，巨人想要彻底摆脱这份沉重的负担，于是他将计就计回答道：

“好的，阿特拉斯，我同意！不过，你先让我做个垫肩放在肩上，要不肩膀被天穹压得太疼了。”

阿特拉斯只好回到原位，将天穹的重负扛在肩上。赫拉克勒斯捡起自己的弓箭，拿起木槌和金苹果，对阿特拉斯说：

“再见了，阿特拉斯！我可以在你摘金苹果的时候暂且替你扛起天穹，但是让我永远扛着它，我可不愿意。”

说完这些话，赫拉克勒斯就离开了提坦神，阿特拉斯不得不像从前一样，用肩膀扛起天穹。赫拉克勒斯回到欧律斯透斯那里，奉上了金苹果。欧律斯透斯将它们回赠给了赫拉克勒斯。英雄又将金苹果送给了自己的保护神雅典娜，雅典娜将金苹果还给了赫斯佩里得斯姐妹，让它们永远留在她们的圣园里。

赫拉克勒斯建立了十二件功绩后，终于摆脱了欧律斯透斯的奴役。现在他可以回到七座城门的忒拜了，但是赫拉克勒斯在那里并未停留太久，他还要去建立新的功绩。他把妻子墨伽拉嫁给了自己的朋友伊俄拉俄斯，然后去了提林斯。

等待赫拉克勒斯的不仅有辉煌的胜利，还有沉重的灾难，因为赫拉对他的迫害还未停止。

赫拉克勒斯和欧律托斯[①]

欧律托斯国王统治着攸俾阿岛上的奥哈利亚城。这位国王是闻名希腊的神箭手，他的箭术高超，阿波罗曾亲自教他射箭，还赠给他珍贵无比的弓箭。年少时，赫拉克勒斯还曾师从欧律托斯，学习

① 与英雄欧律托斯同名。

箭术。这个欧律托斯昭告全希腊人，谁能在射箭比赛中胜过自己，就把他花容月貌的女儿伊奥勒许配给胜利者。赫拉克勒斯刚一结束为欧律斯透斯的效力，便去了群英荟萃的奥哈利亚，并参加了比赛。赫拉克勒斯轻而易举地战胜了欧律托斯国王，他要求国王把伊奥勒嫁给他，可是欧律托斯违背了承诺，不仅如此，他还背弃了热情好客的神圣规则，嘲笑起伟大的英雄。他声称，绝不会把女儿嫁给昔日的奴隶。最后，欧律托斯和他那些傲慢无礼的儿子们竟然将喝得半醉的赫拉克勒斯赶出了王宫，赶出了奥哈利亚城。深爱着伊奥勒的英雄忧伤地离开了攸俾阿岛，返回了提林斯，把对欧律托斯的仇恨深深埋在了心底。

过了一段时间，赫耳墨斯的儿子，希腊最狡猾的人奥托吕科斯偷走了欧律托斯的畜群，欧律托斯却把赫拉克勒斯当成了偷牛贼。这位国王认为，英雄这样做，是想报昔日所受侮辱之仇。但是欧律托斯的长子伊菲托斯绝不相信他的好朋友赫拉克勒斯会偷父亲的畜群，他自动请缨去寻找畜群，想为赫拉克勒斯洗清罪名。寻找畜群期间，伊菲托斯来到了提林斯。赫拉克勒斯热情地接待了自己的朋友。有一天，正当两人站在提林斯高高的城墙上时，愤怒的赫拉让赫拉克勒斯突然发了疯，结果，赫拉克勒斯把伊菲托斯当成了侮辱他的欧律托斯和他的儿子们，他抓起好友，把他扔下城墙。不幸的伊菲托斯摔死了，赫拉克勒斯因失手杀人而触怒了宙斯，因他违背了殷勤待客的神圣规则，还玷污了圣洁的友谊，宙斯给他降下了一场重病以示惩戒。

赫拉克勒斯被疾病折磨了很久。为了摆脱诸神的惩罚，他拖着病体去了得尔菲，祈求阿波罗的神谕，但是女祭司皮提亚不仅没给他任何神谕，还将他赶出了神庙，说他已被杀人的罪孽玷污。赫拉克勒斯一怒之下，偷走了皮提亚的青铜三脚祭坛。阿波罗大为恼火，他来到赫拉克勒斯面前，要求他把祭坛送回神庙，但遭到赫拉克勒斯的拒绝。于是，宙斯的两个儿子，永生的阿波罗和英雄赫拉克勒斯展开了一场激烈的搏斗。宙斯不愿赫拉克勒斯死去，他向两个儿子中间投下了一道明亮的闪电，将他们隔开，制止了搏斗，兄弟俩握手言和。这时，皮提亚告诉了赫拉克勒斯这样一道神谕：

“你必须卖身为奴三年，方能治愈疾病，而且你得将卖身所得的全部钱财都交给欧律托斯，作为你杀死他儿子伊菲托斯的补偿。”

赫拉克勒斯又失去了自由身。他被卖给吕底亚女王，伊阿耳达诺斯之女翁法勒为奴。赫耳墨斯亲自将赫拉克勒斯卖身所得的钱交给了欧律托斯，但这位高傲的奥哈利亚国王没有接受这些钱，他要与赫拉克勒斯永世为敌。

赫拉克勒斯和得伊阿尼拉

欧律托斯将赫拉克勒斯赶出奥哈利亚后，伟大的英雄来到埃托利亚的卡吕冬城，这里的统治者是俄纽斯。赫拉克勒斯找到了俄纽斯，向他的女儿得伊阿尼拉求婚，他曾在冥国答应墨勒阿革罗斯，要娶他的妹妹得伊阿尼拉为妻。赫拉克勒斯在卡吕冬遇到了许多劲敌，无数英雄都争先恐后地向光彩照人的得伊阿尼拉求婚，河神阿克洛奥斯也在其中。最后俄纽斯决定，谁能在决斗中获胜，谁就能娶得伊阿尼拉为妻。除了赫拉克勒斯，其他的求婚者都不敢同强大的阿克洛奥斯决斗。赫拉克勒斯决心与河神一较高低，阿克洛奥斯却对他百般挖苦：

“你说你是宙斯和阿尔克墨涅的儿子？你骗人，竟敢说宙斯是你的父亲！”

阿克洛奥斯嘲笑起赫拉克勒斯，甚至诋毁他的母亲阿尔克墨涅。赫拉克勒斯皱起眉头，愤怒地盯着阿克洛奥斯，双眼闪烁着怒火，他说道：

“阿克洛奥斯，我的拳头比舌头更管用！就算你说得天花乱坠，我也一定能打败你。”

赫拉克勒斯迈着坚定的步伐走向阿克洛奥斯，他伸出强劲有力的胳膊抱住了对手，然而身形魁梧的阿克洛奥斯却岿然不动，赫拉克勒斯用尽了全力也扳不倒他。阿克洛奥斯就像一块礁石一般，任凭喧嚣的海浪击打，却毫不动摇。赫拉克勒斯和阿克洛奥斯就像两头顶着犄角的公牛一般，展开了搏斗。赫拉克勒斯向阿克洛奥斯连攻三次都未得手，到了第四次，赫拉克勒斯挣脱了阿克洛奥斯的双手，从背后抱住了他。英雄像座沉重的大山压向了河神，他使劲将河神按向地面，阿克洛奥斯好不容易抽出了浸透汗水的双手。河神越使劲，英雄把他压得就越低。阿克洛奥斯呻吟着弯下了腰，屈了膝，头碰到了地面。为了不被打败，阿克洛奥斯耍了个花招，他变成了一条蛇。阿克洛奥斯刚一变成蛇，就从赫拉克勒斯的手中滑了出来，赫拉克勒斯笑着对他喊道：

“我还在摇篮里就学会了对付蛇！没错，阿克洛奥斯，你是比其他的蛇厉害，但与莱尔纳的九头怪蛇许德拉没法相比。尽管许德拉被砍了一个头后能马上长出两个新头，我依旧战胜了它。”

赫拉克勒斯用铁钳般的双手紧紧勒住了蛇颈，阿克洛奥斯拼命想挣脱出来，可怎么也做不到。于是他又变成了公牛，攻向赫拉克勒斯。赫拉克勒斯抓住了牛犄角，将它掀翻在地。赫拉克勒斯的力量太大了，竟然弄断了一只牛犄角。阿克洛奥斯被打败了，于是俄纽斯把得伊阿尼拉嫁给了赫拉克勒斯。

婚礼过后，赫拉克勒斯在俄纽斯的宫殿住了下来，但并未停留太久。在一次宴会上，阿尔基忒勒斯的儿子欧诺摩斯把洗脚水洒到了英雄手上，赫拉克勒斯打了他一下，结果出手重了，竟把小男孩打死了。阿尔基忒勒斯认为，英雄并不是有意打死了儿子，所以原谅了他，但英雄却深深自责，他带着妻子得伊阿尼拉离开了卡吕冬，去了提林斯。

途中，赫拉克勒斯和妻子路过欧厄诺斯河。马人涅索斯在此背人过河，挣些酬劳。

涅索斯提议背得伊阿尼拉过河，赫拉克勒斯便将她放到马人背上。赫拉克勒斯将木槌和弓箭抛至对岸后，自己游过了湍急的河流。赫拉克勒斯刚一上岸，就听到得伊阿尼拉的高声呼救。她呼喊丈夫救命。原来，马人垂涎她的美貌，想将她掳走。赫拉克勒斯厉声对马人喊道：

"你往哪里跑？你以为你的飞毛腿救得了你呀？甭想，你逃不掉的！无论你跑得多快，我的箭都能射中你！"

赫拉克勒斯拉开弓，一支箭应声飞出。这支致命的毒箭射中了涅索斯，刺入他的后背，又从其胸膛穿出。受伤的涅索斯跪倒在地，沾上许德拉毒液的鲜血从伤口汩汩流出。涅索斯不甘心没报此仇就死去，于是他将自己的血收集起来，交给了得伊阿尼拉，对她说：

"噢，得伊阿尼拉，你是我最后背着过欧厄诺斯汹涌河水的人！把我的血保存起来吧！如果有一天赫拉克勒斯不再爱你了，你只要将它洒到他的衣物上，他就会回心转意，他对你的爱将超过对世间所有女人的爱。”

得伊阿尼拉接过涅索斯的血，把它藏了起来。涅索斯死了，赫拉克勒斯和得伊阿尼拉回到了提林斯，住了下来。后来，赫拉克勒斯发疯时，摔死了朋友伊菲托斯，他们才被迫离开了这座光荣的城市。

赫拉克勒斯为翁法勒效力

赫拉克勒斯因杀死伊菲托斯而被卖给吕底亚女王翁法勒为奴。为这位高傲的吕底亚女王效力期间，赫拉克勒斯遭受了前所未有的痛苦，赫拉克勒斯常常要忍受她的侮辱。翁法勒似乎以捉弄宙斯的儿子为乐，她给赫拉克勒斯穿上女人的衣裙，强迫他同女人们一起纺线织布。这位用木槌打死了九头怪蛇许德拉、将恐怖的刻耳柏罗斯牵出冥国、双手掐死了涅墨亚狮子、把整个天穹扛在肩上、令敌人闻风丧胆的英雄，此时却不得不哈着腰在那里摆弄着织布机，用他那惯于舞槌弄剑、拉弓射箭的双手去搓弄纤细的羊毛。翁法勒却披上赫拉克勒斯的狮皮（狮皮太大了，不仅遮住了她全身，还拖到了地上），穿上他的黄金铠甲，腰间佩戴着他的利剑，费劲地扛起英雄沉重的木槌，然后站在宙斯之子面前，尽情嘲弄她的这个奴隶。翁法勒就想杀杀赫拉克勒斯的锐气，消耗掉英雄不竭的力气。赫拉克勒斯不得不忍受这一切，因为他还要被翁法勒奴役三年。

翁法勒很少放英雄出宫。一天，赫拉克勒斯离开了翁法勒的宫殿，在厄斐索斯附近树林的树荫下睡着了。在他熟睡之际，一群刻耳科佩斯小矮人悄悄走到他身旁，想要偷走他的武器。这些刻耳科佩斯小矮人刚拿起赫拉克勒斯的弓箭，英雄就醒了。他逮住了他们，将他们的手脚捆起来，还用一根木棒穿在他们大腿中间，想把他们扛到厄斐索斯。但是刻耳科佩斯小矮人们拿腔拿调、扭捏作态的样子把赫拉克勒斯逗笑了，赫拉克勒斯放了他们。

在翁法勒那里为奴期间，赫拉克勒斯曾到过奥利斯国王许琉斯的宫殿。这位国王强迫所有路过的外乡人像奴隶一样在他的葡萄园里劳动，他也强迫赫拉克勒斯这样做。赫拉克勒斯一怒之下拔光了所有的葡萄藤，杀死了这位冷酷待人的国王。赫拉克勒斯还参加了阿尔戈英雄们的远征，后来惩罚期满，赫拉克勒斯重获自由身。

赫拉克勒斯攻克特洛伊城

赫拉克勒斯为奴期限一满，立即集结英雄组成了大军，乘坐十八艘大船，前往特洛伊，准备向欺骗过他的拉俄墨冬国王报仇。到达特洛伊后，他吩咐奥伊克勒斯率一小队人马保护大船，自己则率领大军开赴特洛伊城下。赫拉克勒斯刚一离开船只，拉俄墨冬便袭击了奥伊克勒斯，杀死了奥伊克勒斯及整队人马。赫拉克勒斯听到了船边厮杀的呐喊声和兵器的撞击声，折返回来将拉俄墨冬打得落荒而逃，把他们赶进了特洛伊城内。围城不久，英雄们便攀上高耸的城墙，攻入了特洛伊城内。英雄忒拉蒙第一个攻进了城。赫拉克勒斯无法容忍有人胆敢超越他，拔剑冲向了忒拉蒙。忒拉蒙发现自己命在旦夕，便迅速俯下身去捡起石子。赫拉克勒斯惊讶地询问他：

“你在干什么，忒拉蒙？”

“噢，伟大的赫拉克勒斯，我要为您修建祭台。”机智的忒拉蒙就这样平息了赫拉克勒斯的怒火。

攻占城池后，赫拉克勒斯射杀了拉俄墨冬和他所有的儿子，仅仅饶恕了拉俄墨冬最小的儿子波达尔克斯。赫拉克勒斯将拉俄墨冬美丽的女儿赫西俄涅嫁给了英勇非凡的忒拉蒙，还允许她挑选一个被俘的人并释放他。赫西俄涅选择了自己的兄弟波达尔克斯。

赫拉克勒斯高声说道：

“他是最该当奴隶的人！不过如果你愿为他付赎金，他可以获得自由。”

赫西俄涅便从头上取下披巾，用以赎取他的兄弟。从此，波达尔克斯更名为普里阿摩斯，意即被赎买的人。

赫拉克勒斯将特洛伊的统治权交给了普里阿摩斯，自己又率军去建立新的功绩。

赫拉克勒斯率军从特洛伊返航时，女神赫拉妄图谋害赫拉克勒斯，降下了一场巨大的暴风雨。为了不让宙斯察觉他的儿子正面临着巨大危险，赫拉命令睡神许普诺斯使宙斯打个盹儿。暴风雨将赫拉克勒斯吹到了科斯岛。

科斯岛的居民们误以为赫拉克勒斯的船是海盗船，向其投掷石头阻止靠岸。赫拉克勒斯趁着夜色上了岸，打败了科斯岛的居民，杀死了他们的国王，波塞冬的儿子欧律皮洛斯，使整个岛屿沦为一片废墟。

宙斯醒来后，得知儿子遭遇了如此巨大的危险，愤怒至极。怒气冲冲的宙斯给赫拉戴上了坚不可摧的金镣铐，将她悬挂在天和地之间，还在她的双脚上各系了一个沉重的铁砧。无论哪位神祇想要帮助赫拉，都会被愤怒的宙斯扔下巍峨的奥林波斯山。宙斯久久地寻找许普诺斯，要不是夜神把他藏起来，睡神恐怕早就被宙斯扔下奥林波斯山了。

赫拉克勒斯大战巨神

宙斯派雅典娜去往科斯岛，召唤赫拉克勒斯支援诸神同巨神大战，这些巨神都是地神盖亚沾了被克罗诺斯推翻的乌拉诺斯的血滴后生下的。他们是人身蛇足的可怕巨神，头发与胡须蓬乱浓密。

这些巨神力大无穷，并以此为傲，他们妄想夺取奥林波斯诸神对世界的统治权。他们在卡尔喀斯半岛帕勒涅的弗莱格拉原野上，同诸神展开了大战。他们不怕奥林波斯山的诸神，他们有母亲盖亚赐予的药草庇佑，有了它，众神的武器根本伤不到他们，只有凡人能够杀死他们，盖亚没法保护巨神们不受凡人武器的伤害。于是，盖亚遍寻世界，想找到能使巨神不受凡人武器所伤的药草，但是宙斯禁止黎明女神厄俄斯、月亮女神塞勒涅和太阳神赫利俄斯发光，他亲自去把这种药草割走了。

有了药草庇佑的巨神们，毫不担心会命丧众神之手，他们勇猛地投入到战斗中。大战持续了很久，巨神们向众神投掷巨大的岩石和燃烧的参天大树，呐喊声、兵器撞击声充斥全世界。

最后，赫拉克勒斯和雅典娜赶来参战。宙斯之子的可怕弓箭铮铮作声，饱浸剧毒的箭矢撕破空气，射进了最强大的巨神阿尔库俄纽斯的胸膛。巨神轰然倒地。可是在帕勒涅，死神奈何不了巨神们，他们在这里是永生不死的。所以倒地不久，阿尔库俄纽斯就重新站了起来，变得更加强壮。赫拉克勒斯冲过来，猛地将他扛在肩上，跑出帕勒涅，刚一出帕勒涅，巨神便死了。阿尔库俄纽斯死后，巨神波耳费里翁攻向赫拉克勒斯和赫拉，他揪下赫拉身上的盖帕，正要抓住她时，宙斯投下一道闪电，将他掀翻在地，赫拉克勒斯乘机一箭射死了他。阿波罗用金箭射中了巨神厄菲阿尔忒斯的左眼，赫拉克勒斯又射中他的右眼，这个巨神也死了。狄奥尼索斯用梯耳索斯神杖击毙了巨神欧律托斯[①]，赫菲斯托斯投向巨神克吕提奥斯一大块烧得通红的铁块，砸死了他，雅典娜举起整个西西里岛，把它压在了企图逃走的巨神恩刻拉多斯身上。

巨神波吕玻忒斯为躲避波塞冬的追赶，从海路逃往科斯岛，海神波塞冬用三叉戟叉下科斯岛的一部分，把它压在了波吕玻忒斯身上，从此形成了尼西洛斯岛。赫耳墨斯杀死了巨神希波吕托斯，阿耳忒弥斯结果了格赖提翁，摩伊拉用铜棒打死了巨神阿格里乌斯和弗翁。其他巨神被宙斯的雷电击中后，被赫拉克勒斯用百发百中的毒箭尽数射死。

赫拉克勒斯之死与跻身奥林波斯众神之列[②]

赫拉克勒斯因杀死伊菲托斯而被卖给翁法勒为奴后，得伊阿尼拉和孩子们不得不离开了提林斯。忒萨利亚地区特拉喀斯城的国王刻宇克斯收留了他们。得伊阿尼拉与赫拉克勒斯已分别三年零三个月了，妻子时刻担忧着丈夫的命运，却得不到关于丈夫的任何消息，她不知道他是否还在人世，不祥的预感不停地折磨着她。有一天，她把儿子许洛斯叫到跟前，对他说：

“我亲爱的儿子！你应该去寻找你父亲去，他已经有十五个月杳无音信了。”

---

① 与国王欧律托斯同名。

② 根据索福克勒斯的悲剧《特拉基斯少女》整理。

许洛斯回答母亲说："不知传闻是否可信。有人说，父亲在翁法勒处为奴三年，期满后，率军去了攸俾阿地区的奥哈利亚城，向侮辱过他的欧律斯透斯国王复仇。"

母亲打断了许洛斯的话，说道："我的儿子啊！你父亲建功无数，可每次出发前都没有像上次那样惴惴不安。走前，他给了我一块他在多多那获得的古老神谕牌。牌上写着预言，要是赫拉克勒斯在外滞留三年零三个月，那么他或是命丧他乡，或是荣归故里去过幸福美满的生活。临别时，你父吩咐我，若他不幸命丧他乡，就把他父亲的土地遗赠给孩子们。丈夫的命运使我心忧。他说过攻打奥哈利亚城的事，说他要么战死，要么攻下城池，然后去过幸福的生活。我的儿子，去吧，我恳求你去寻找你的父亲。"

许洛斯顺从了母亲的意愿，去往攸俾阿的奥哈利亚城，踏上了寻找父亲的迢迢路程。

许洛斯离开特拉喀斯城后不久，就有人前来给得伊阿尼拉报信，他告诉她，赫拉克勒斯的使者利卡斯马上就到，他将带来喜讯；他将告诉她，赫拉克勒斯还活着，他打败了欧律托斯，攻陷了奥哈利亚城，很快便会凯旋归来。利卡斯随即来到得伊阿尼拉身旁，她热情地迎接了他。利卡斯对她说，赫拉克勒斯和以前一样健康、强壮。他打算在离开攸俾阿前，隆重庆祝一下自己的胜利，向诸神献上丰厚的祭品。得伊阿尼拉看着利卡斯带来的俘虏们，发现了一个美丽的女人，便询问利卡斯：

"告诉我，利卡斯，这个女人是谁？她的父母是谁？我发现，她比所有人都难过。她是欧律托斯的女儿吗？"

利卡斯回答道："王后，我不知道她是谁，大概是来自攸俾阿的名门望族吧。她在路上就沉默不语，自从离开故乡，她就一直流泪不止。”

得伊阿尼拉叹息道：“可怜的人！我不会让你遭遇新的不幸。利卡斯，把俘虏们带进宫殿吧，我随后就到！”

利卡斯领着俘虏们走进宫殿。他刚一离开，一个女仆就凑近得伊阿尼拉，对她说：

“等一等，王后，听我说。利卡斯没有告诉你全部实情，他知道这个女人是谁，她就是欧律托斯的女儿伊奥勒。为了得到她，赫拉克勒斯曾和欧律托斯比试射箭，但她高傲的父亲不仅背信弃义，不肯将女儿许配给他，还出言侮辱了他，将他赶出了城。赫拉克勒斯正是因为伊奥勒才攻占了奥哈利亚城，杀死了欧律托斯。宙斯之子将她送来是想娶她为妻，而不是当女奴使唤。”

得伊阿尼拉顿时伤心欲绝。她回到宫殿，责备利卡斯向她隐瞒了真相。利卡斯只好承认，赫拉克勒斯确实被伊奥勒的美貌所吸引，想要娶她为妻。现在得伊阿尼拉痛苦极了，因为与她长久别离，赫拉克勒斯已经见异思迁了。她这个不幸的人还能怎么办呢？她深深爱着赫拉克勒斯，不愿将他拱手让给别人。伤心的得伊阿尼拉突然想起马人涅索斯给她的血和他临死前对她说的话，她决定使用马人的血，因为马人对她说过：“将我的血洒在赫拉克勒斯的衣服上，他就会永远爱你，对他来说，没有任何一个女人会比你更珍贵。”起初，得伊阿尼拉不敢使用这种办法，但对赫拉克勒斯的爱和害怕失去他的想法战胜了她的担忧，她拿出了保存许久、从未受到日晒火烤的血，将它洒在一件华贵的斗篷上，那是她亲手织给赫拉克勒斯的斗篷。她将它放进一口箱子里锁好后，叫来了利卡斯，对他说：

“利卡斯，快赶去攸俾阿，将这口箱子送到赫拉克勒斯那里。里面是一件斗篷，让赫拉克勒斯在献祭时穿上这件斗篷。告诉他，除了他自己，任何凡人都不能披上这件斗篷，另外，穿它之前，不能让阳光照射到斗篷上。快去吧，利卡斯！”

利卡斯拿着斗篷上路了。他离开后，得伊阿尼拉变得坐立不安起来。她走进宫殿，惊骇地发现，她用来往斗篷上沾血的一撮毛线已经腐烂。得伊阿尼拉将这撮毛线扔到地上，阳光刚一照到毛线，含有许德拉剧毒的马人之血就燃烧了起来。许德拉的剧毒同马人的血液一起燃烧，毛线顷刻间化为了灰烬，落到地上后，还冒出了毒沫。得伊阿尼拉害怕极了，她担心赫拉克勒斯一穿上斗篷就会丧命。不祥的预感越来越强烈，这预感令她痛苦不堪。

利卡斯带着沾有毒血的斗篷赴攸俾阿后不久，已回到特拉喀斯城的许洛斯就走进宫中。他面色苍白，眼含泪水，看了一眼母亲，大声喊道：

“噢，你要是不在人世该多好；你要不是我母亲，而是别人的母亲该多好；你要是比现在聪明些该多好！你知道吗，你害死了自己的丈夫，害死了我的父亲！”

得伊阿尼拉惊恐地尖叫道：“噢，天啊！你在说什么呀，我的儿子！是谁告诉你的？你怎么能指责我犯下这样的恶行！”

“没人告诉我，我亲眼看到了一切！我亲眼看到父亲遭受的痛苦。”

接着，许洛斯向母亲讲述了奥哈利亚城附近的卡奈翁山上发生的一切。赫拉克勒斯修建好祭台后，正准备向父亲宙斯献祭，这时，利卡斯带着斗篷赶到了。赫拉克勒斯披上了妻子送来的斗篷，开始献祭。他先将十二头最好的公牛献祭给宙斯，接着又向奥林波斯诸神献上了一百件祭品。祭坛上的圣火熊熊燃起，赫拉克勒斯虔诚地举起双手向众神祈祷。燃烧的烈火烤得赫拉克勒斯浑身是汗。突然，有毒的斗篷粘到了英雄的身体。赫拉克勒斯顿时疼得抽搐不已。痛不欲生的赫拉克勒斯叫来利卡斯，问他为何捎来这件斗篷。无辜的利卡斯能说什么呢？他只能说，是得伊阿尼拉派他送来的。赫拉克勒斯疼得失去了理智。他抓起利卡斯的一条腿，把他摔向四周波涛汹涌的岩石上。利卡斯当场就被摔死了。赫拉克勒斯也倒在了地上。他在剧痛中翻滚挣扎着，惨叫声传遍整个攸俾阿。赫拉克勒斯诅咒自己同得伊阿尼拉的婚姻。他叫来儿子，痛苦地呻吟着，对他说：

“噢，我的儿子，不要抛弃不幸的我！即使死亡正威胁着你！把我扶起来，带我离开这里！把我带到任何凡人都看不见的地方！噢，假如你对我还心存一丝怜悯，就不要让我死在这里！”

人们把赫拉克勒斯放到担架上，用船载他返回特拉喀斯。最后，许洛斯对母亲说：

“现在您就能看到宙斯伟大的儿子了，只是不知，此时的他是活着还是已经死去。就让复仇女神厄里倪厄斯和狄刻惩罚你吧，母亲！你杀死了大地上最伟大的英雄，你再也不会看到他这样的英雄了！”

得伊阿尼拉默默地走进宫殿，抓起了一把双刃剑。一个老保姆看见后，急忙去叫许洛斯。许洛斯匆忙赶来，发现母亲已将剑刺进了胸膛。他痛哭着扑向母亲，拥抱着她，亲吻着她渐渐变凉的身体。

这时，垂死的赫拉克勒斯被抬进了宫殿。他在途中一直昏迷，但当担架被放到宫殿大门前时，赫拉克勒斯苏醒过来，但已经疼得神志恍惚了，他高声喊叫着：

“噢，伟大的宙斯！我这是在哪里呀？噢，希腊的勇士们，你们在哪里？帮帮我吧！我为你们铲除了大地和海洋中的怪物，现在你们却没有人愿意用火或剑使我摆脱巨大的痛苦！伟大的哈德斯，让我昏睡而死吧！快让我死去吧！”

许洛斯含着泪对赫拉克勒斯说：

“父亲，你听我说，求求你了，母亲并非有意害你，你为什么还想复仇？她得知是自己害死了你后，立即用剑刺穿了自己的心脏！”

“噢，诸神啊，她死了，我不能向她复仇了！我不能手刃阴险的得伊阿尼拉了！”

“父亲，她是无辜的！母亲在宫殿里看到了欧律托斯的女儿伊奥勒，便想用魔法重获你的爱。她将被你所杀的马人涅索斯之血涂在了斗篷上，可她并不知道这血沾有许德拉的剧毒！”

赫拉克勒斯叫道：“噢，天哪！我父宙斯的预言应验了！他曾对我说，我不会死于活人手中，而会死于冥国某个阴谋者的诡计。正是被我杀死的涅索斯害死了我！多多那的神谕谕示，我将得到安宁，却原来是死亡的安宁！是啊，死人不会受到惊扰！许洛斯，满足我最后的愿望吧！你就和我忠诚的朋友们一起，把我抬到高高的俄忒山上，在山顶上堆起柴火堆，将我放在上面，然后点燃它。快去做吧，快点结束我的痛苦！”

许洛斯对父亲说：“噢，父亲，可怜可怜我吧，难道你想让我成为杀死你的凶手！”

“不，你不是凶手，你是让我摆脱痛苦的人！我还有一个愿望，你替我实现它吧！你娶伊奥勒为妻吧！”

许洛斯拒绝了父亲这个请求，他说：

“不，父亲，我不能娶害死我母亲的罪人做妻子！”

“噢，服从我的意志吧！不要再让我痛苦了！就让我安宁地死去吧！”赫拉克勒斯一再央求儿子说。

许洛斯只好顺从了，他恭敬地回答父亲：

“好吧，父亲，我会满足你的愿望。”

赫拉克勒斯催促儿子，让他赶快完成自己最后的请求。

“快些吧，我的儿子！趁着那难以忍受的疼痛还没有再次发作，快把我放到火堆上吧！快抬起我来吧！永别了，许洛斯！”

许洛斯和赫拉克勒斯的朋友们抬起担架，将赫拉克勒斯送到高高的俄忒山上。他们在那里堆起一个高大的柴堆，把赫拉克勒斯放到上面。赫拉克勒斯越来越痛苦，许德拉的剧毒已越来越深地浸入他的身体。赫拉克勒斯想从自己身上扯下有毒的斗篷，可它已紧紧地粘在身上，赫拉克勒斯将斗篷连皮带肉一起撕下，难以忍受的剧痛折磨着宙斯的儿子，只有死亡才能使他摆脱这可怕的痛苦。被烈火烧死也比受这样的罪好受得多，但没人愿意点燃这堆篝火。最后，菲洛克忒忒斯来到了俄忒山，赫拉克勒斯说服他点燃了篝火，并将自己饱浸毒液的弓箭送给他作为报答。菲洛克忒忒斯点燃了篝火，耀眼的火光冲天而起，但宙斯的闪电更加明亮。阵阵雷鸣滚过天空，雅典娜同赫耳墨斯乘坐金马车向篝火疾驶而来，他们把伟大的英雄赫拉克勒斯接到了光明的奥林波斯山上。在那里伟大的诸神迎接了赫拉克勒斯，他跻身于永生的神祇之列。赫拉忘却了仇恨，将自己的女儿，青春女神赫柏嫁给赫拉克勒斯为妻。从那时起，赫拉克勒斯便同永生的诸神一起，住在光明的奥林波斯山上，这是对他在大地上所建伟大功绩和所受巨大苦难的奖赏。

赫拉克勒斯的儿女

赫拉克勒斯死后，他的儿女和他的母亲阿尔克墨涅留在了提林斯，和赫拉克勒斯的长子许洛斯住在一起。但他们在那里居住的时间并不长，痛恨赫拉克勒斯的欧律斯透斯将这位大英雄的子女逐出了他们父亲的领地，无论他们藏身何处，他都试图加害于他们。赫拉克勒斯的儿女在希腊各地长时间漂泊，直至赫拉克勒斯的侄子和挚友，年迈的伊俄拉俄斯收留了他们。可即便在这里，欧律斯透斯也没有放过英雄的子女，他们和伊俄拉俄斯不得不逃往雅典，去投奔雅典当时的统治者，忒修斯的儿子得摩丰。

得知赫拉克勒斯的儿女藏身雅典后，欧律斯透斯派使者科普柔斯前往雅典，要求得摩丰交出赫拉克勒斯的儿女，并威胁说，倘若不交出他们，他将率大军攻陷雅典并屠城。得摩丰没有被欧律斯透斯的威胁所吓倒，他拒绝了欧律斯透斯的要求，他不愿违反神祇热情待客的原则。

没过多久，欧律斯透斯就率大军前来攻打雅典了，雅典人要与强敌大战一场。他们请求神祇谕示，雅典人是否会赢得这场战争。神祇谕示雅典人，如果他们将一位年轻女子作为祭品献给神祇，那他们就会赢得这场战争。赫拉克勒斯与得伊阿尼拉所生的大女儿玛卡里亚为使兄弟姊妹们免遭屠杀，自愿将自己作为祭品奉献给神祇。

两支大军在战场上相遇了，许洛斯与他的军队也来到战场上，他的军队成了反击欧律斯透斯的生力军。大战前，玛卡里亚被作为祭品献给了神祇。一场恶战开始了，雅典人前仆后继，血流成河，最终战胜了欧律斯透斯的大军。欧律斯透斯狼狈逃窜。见欧律斯透斯要逃，许洛斯飞身跃上战车，准备去追赶父亲的死敌。

伊俄拉俄斯看到了这一切。他让许洛斯把战车让给他，并成功说服了他。赫拉克勒斯的老战友要亲手捉拿作恶多端的欧律斯透斯，为赫拉克勒斯复仇。伊俄拉俄斯跨上了战车，风驰电掣般去追赶欧律斯透斯。就在他要撵上欧律斯透斯的时候，他向奥林波斯山的众神祷告，祈求他们还给他一天的青春与力量。神祇听到了他的祈祷，于是两颗明亮的星星从天而降，一朵乌云罩住了伊俄拉俄斯的战车。乌云散尽时，战车上的伊俄拉俄斯重现了青春的光彩和往昔的英俊强壮。伊俄拉俄斯追上了欧律斯透斯，并俘虏了他。

伊俄拉俄斯将五花大绑的欧律斯透斯押回雅典。赫拉克勒斯的母亲阿尔克墨涅一见到爱子的仇敌就气不打一处来，尽管许洛斯和伊俄拉俄斯尽力劝解，阿尔克墨涅还是亲手挖出了欧律斯透斯的双眼，并杀死了他，欧律斯透斯就这样殒命于斯。尽管欧律斯透斯是雅典人的仇敌，他们还是厚葬了他，把他埋在了阿提刻，葬在帕勒涅的雅典娜神庙附近。

克克罗普斯、厄里克托尼俄斯和厄瑞克透斯

克克罗普斯是地神的儿子，是雅典城及其卫城的创建者。他出生时就是半人半蛇，他的下半身是巨大的蛇尾。克克罗普斯在阿提刻

修建雅典城时，海神波塞冬和战神雅典娜为争夺这个国度的庇佑权发生过激烈的争执。为解决二位神祇之间的纷争，雷电之神宙斯亲自带领众神来到了雅典卫城。宙斯叫克克罗普斯前来裁决，让谁来庇护阿提刻。半人半蛇的克克罗普斯来到了卫城，众神提出，谁能给阿提刻送上最珍贵的礼物，谁就拥有庇护阿提刻的权力。海神波塞冬抡起手中的三叉戟向一块巨大的岩石捣去，岩石被捣出一个喷溅出海水的泉眼。雅典娜举起手中闪闪发光的投枪，将其深深地插入土壤，土壤中长出了一棵果实累累的橄榄树。见此情景，克克罗普斯说：

“神圣的奥林波斯山的众神，无边无际的大海中到处可见波浪滔天的海水，但广袤的大地上却找不到这样一棵结满累累果实的橄榄树。雅典娜送来了这棵橄榄树。它会给这个国度带来财富，会让人们辛勤劳动，耕耘这片肥沃的土地。雅典娜会给阿提刻带来巨大的财富。让雅典娜庇护这个国度吧。”

于是奥林波斯山的众神决定，让雅典娜庇佑克克罗普斯修建的城市，庇佑阿提刻。从那时起，克克罗普斯亲手创建的城市就叫雅典城，以此表达对宙斯的爱女雅典娜的膜拜。克克罗普斯为城市的守护神雅典娜和她的父亲宙斯修建了第一座神庙，克克罗普斯的女儿们成了雅典城的第一代女祭司。克克罗普斯建立了这座城市，并为市民立法，他成了阿提刻的第一位国王。

克克罗普斯的继任者是厄里克托尼俄斯，他是火神与匠神赫菲斯托斯的儿子。同克克罗普斯一样，他也是大地所生，他的诞生充满了神秘。厄里克托尼俄斯一出生，就得到了雅典娜的庇护，他在雅典娜神庙中长大。雅典娜将刚刚出生的厄里克托尼俄斯放在编好的筐中，并盖好了筐盖。两条蛇保护着厄里克托尼俄斯，克克罗普斯的女儿们也负责保护厄里克托尼俄斯。好奇心折磨着克克罗普斯的女儿们，她们非常想看一眼筐中的厄里克托尼俄斯。

有一天，雅典娜离开了自己在卫城的神庙，她要从帕勒涅搬一座山来放在卫城旁边作为屏障。她搬起大山，飞向卫城。途中，迎面飞来一只乌鸦，它告诉雅典娜，克克罗普斯的女儿们掀开了盛有厄里克托尼俄斯筐子的筐盖，偷看了神秘的婴儿。雅典娜怒火中烧，她抛下她运送的大山，转瞬之间就回到了自己的神庙。雅典娜严厉地惩罚了克克罗普斯的女儿们，她们随即失去了理智，发疯一般奔出神庙，纷纷跳下卫城高高的悬崖，摔得粉身碎骨。自此，雅典娜寸步不离厄里克托尼俄斯。她抛下的那座山就落到了乌鸦传讯的地方，从此这座山便被称为吕卡伯托斯山。厄里克托尼俄斯成年后，做了雅典国王，并统治雅典多年。为了永世纪念雅典娜，他创立了最早的纪念雅典娜的节日“泛雅典娜节”。

厄里克托尼俄斯发明了挽马套车的方法，并在雅典首次举办了两轮马车的驾车比赛。

雅典王厄瑞克透斯是厄里克托尼俄斯的后代。不久前，他不得不与厄琉西斯城的强敌浴血奋战，色雷斯国王欧摩尔波斯的儿子伊斯马洛斯率兵前来支援厄琉西斯城的将士。

战事变得对厄瑞克透斯非常不利，厄瑞克透斯被伊斯马洛斯与色雷斯人打得节节败退。后来，厄瑞克透斯决定去得尔菲向阿波罗的女祭司问个究竟，他付出怎样的代价才能取得胜利，得到的答复令他毛骨悚然。女祭司告诉他，除非他将自己的一个女儿作为祭品献给神祇，否则他将输掉这场战争。厄瑞克透斯带着这可怕的答复回到了雅典。他的小女儿克托尼娅得知这一谕示后，出于对雅典的热爱，她对父亲讲，为保护雅典城，她情愿牺牲自己的性命。最后，为了拯救雅典城，厄瑞克透斯忍着巨大的悲痛，将自己的女儿奉献给了众神。

数日后，一场大战终于爆发，厄瑞克透斯与伊斯马洛斯奋力厮杀，酣战中，无论力气的比拼，兵器的使用，还是勇气较量，二人势均力敌。最终，厄瑞克透斯击倒了伊斯马洛斯，他用投枪刺死了对手。得知儿子阵亡的消息后，伊斯马洛斯的父亲欧摩尔波斯痛不欲生。他哀求海神波塞冬代他向厄瑞克透斯报杀子之仇。海神波塞冬即刻乘着他的战车来到阿提刻。他挥起手中的三叉戟杀死了厄瑞克透斯。为了保卫雅典城，厄瑞克透斯也付出了生命的代价。他的子女都未能逃过波塞冬的报复，只有一个女儿克柔斯幸免于难，逃脱了厄运的惩罚。

克法洛斯和普罗克里斯

克法洛斯的父亲是神祇赫耳墨斯，母亲是克克罗普斯的女儿赫尔塞。克法洛斯以美貌和酷爱狩猎闻名于全希腊。太阳还未升起，克法洛斯就离开娇妻普罗克里斯，出宫前往许墨托斯山狩猎。有一天，身披彩衣的黎明女神厄俄斯遇到了克法洛斯，她将克法洛斯掳到了远离雅典的大地尽头。克法洛斯挚爱自己的妻子普罗克里斯，时刻思念着她，不停地呼唤着她的名字。他无法忍受与妻子的分离，所以哀求厄俄斯放他回雅典。克法洛斯的固执激怒了黎明女神，她高声对克法洛斯喊道：

“好！你可以回到普罗克里斯身边，但从此不要再抱怨你的命运！总有一天你会后悔娶了普罗克里斯，后悔遇见了她！噢！我已经预见到，这一切必会发生！”

厄俄斯给了克法洛斯自由。但在放他走之前，厄俄斯说服克法洛斯考验一下妻子的忠诚。女神改变了克法洛斯的外貌，所以当他回到雅典时，已经没有人能认出他。克法洛斯巧妙地混进自己的家中，他发现妻子正深陷悲痛之中，忧伤的普罗克里斯看起来更加妩媚。克法洛斯借机与妻子交谈，他花了很长时间劝她忘掉自己的丈夫，离开克法洛斯去做他的妻子。普罗克里斯没能识破面前的陌生人就是自己的丈夫，但也听不进这位陌生人的劝说，她一再告诫自己：

“我只爱克法洛斯一人，我是他忠实的妻子。无论他在哪里，不论他是死是活，我都永远是他忠实的妻子。”

但最终克法洛斯还是用各种奇珍异宝诱惑了普罗克里斯。就在普罗克里斯已经准备接受陌生人的求婚时，克法洛斯恢复了自己的本来面目，他愤慨地吼道：

“你这个不守妇道的女人！我就是你的丈夫克法洛斯！我亲眼目睹了你的不忠！”

普罗克里斯羞愧难当，她低下头，默默离开克法洛斯的家，到森林茂密的山里去了。在那里，女神阿耳忒弥斯收留了她，普罗克里斯成了女神的扈从。女神送给普罗克里斯一支奇妙的投枪，它不仅百发百中，还能回到投掷者的手中，阿耳忒弥斯还送给了她一只名叫莱拉普斯的猎犬。世上没有一头野兽能够逃脱它的追捕。

没过多久，克法洛斯就无法忍受没有普罗克里斯的生活了。他在密林中找到普罗克里斯，并把她劝回了家。普罗克里斯回到了丈夫身边，他们在一起幸福地生活了很长时间。普罗克里斯将自己的神奇投枪和猎犬莱拉普斯送给了丈夫，因为克法洛斯还是每天凌晨都出外打猎。他依旧独自狩猎，现在他有了神奇的投枪和猎犬莱拉普斯，更无需侍从了。有一天清晨，克法洛斯照例出去狩猎，中午，烈日炎炎，酷暑难耐，克法洛斯想躲到树荫下乘凉。他慢慢走在林荫中，开心地唱着：

“哎！沁人心脾的凉爽呀，快快到来，轻轻吹拂我那敞开的胸怀！轻柔曼妙的凉意呀，请你快消尽暑气！噢！凉爽呀，请赐我欢愉，赐我青春活力，让我强壮无比。噢！让我呼吸你凉爽的空气！”

有一个雅典人听到了克法洛斯的歌声，但他没有听懂歌词的含义，便自以为是，去找普罗克里斯说，他听到克法洛斯在林中呼唤一个名叫凉爽的女神。普罗克里斯非常难过，她误以为丈夫爱上了别的女人，不再爱她了。有一天，克法洛斯再次外出狩猎，普罗克里斯潜入密林深处，躲在茂密的树林中等待丈夫的出现。不一会儿，克法洛斯出现在树林中，他边走边高声唱着：

“哎！轻柔曼妙的凉爽呀，快快来相会，轻轻吹去我的疲惫！”

唱到这里，克法洛斯突然停下了脚步，他听到了一声深深的叹息。再仔细听，林中依旧是一片寂静，中午的酷热之中，连树叶都发不出声音了。克法洛斯又唱了起来：

“噢！轻柔曼妙的凉爽呀，快来与我相聚。”

歌声刚落，克法洛斯就听到树丛中轻微的窸窣声。克法洛斯以为是只野兽躲在那里，他向树丛掷出了百发百中的投枪。普罗克里斯被投枪刺中了胸膛，她发出了一声惨叫，克法洛斯听出，这是普罗克里斯的声音，他急忙跑进树丛，找到了自己的妻子。普罗克里斯受到了致命一击，她胸前的伤口涌出大量的鲜血。克法洛斯急忙给普罗克里斯包扎伤口，但为时已晚，回天乏力了。普罗克里斯就要死去了，撒手人寰之前，她对丈夫说道：

“噢！克法洛斯，决不许你刚刚呼唤过的那个女人跨进我们的家门，否则我就会以我们神圣的婚约之名，以奥林波斯山的众神之名，以我即将见到的冥界神祇之名，以我爱之名诅咒你！”

克法洛斯从普罗克里斯临终的话语中听懂了事情的来龙去脉。他赶忙向普罗克里斯解释误会。但她的呼吸已经越来越弱，死亡的气息犹如一层薄雾罩住了她的双眸，她深情地望着克法洛斯，微微一笑，献上了她最后的一吻。普罗克里斯死在了克法洛斯怀中，随着最后一吻，她的灵魂飞向了哈德斯的冥国。

克法洛斯许久都无法摆脱悲伤，由于杀了人，他不得不离开自己的故乡雅典城，远走他乡，到了城池巨大的忒拜城。在那里，他帮助安菲特律翁猎杀来无影去无踪的塔夫忒斯野狐，它是海神波塞冬特意派来惩罚忒拜人的。为了不让野狐吃掉更多的人，忒拜人每个月都要向它祭献一个男孩。克法洛斯放出猎犬莱拉普斯去追捕野狐，如果不是雷电之神宙斯将猎犬与野狐变成了两块石头，猎犬莱拉普斯将会永远不停去追逐塔夫忒斯野狐。之后，克法洛斯又参加了安菲特律翁对特莱博埃人的讨伐，克法洛斯英勇善战，带兵攻陷了特莱博埃人盘踞的岛屿，此后，这座岛屿就改名为克法洛尼亚岛，克法洛斯就在那里终其一生。

普洛克涅和菲罗墨拉

雅典王潘狄翁是厄里克托尼俄斯的后代，他率领雅典的军民奋力抗击围城的外族强兵。如果不是色雷斯王忒柔斯带领大军前来支援他，那他很难抗住兵强马壮的劲敌，保住雅典城。潘狄翁最终战胜了外敌，并将敌人赶出了阿提刻的疆域。为了感谢忒柔斯，潘狄翁将自己的女儿普洛克涅嫁给忒柔斯为妻。忒柔斯带着自己年轻的妻子回到了色雷斯，他们很快就有了一个儿子。看来，命运女神要眷顾忒柔斯和他的妻子了。

时间很快就过去了五年。有一天，普洛克涅央求丈夫说：

“如果你还爱我，那就让我见见我妹妹，或者你把她接到我们这里来。你去雅典求求我父亲，让他允许妹妹来看我，你告诉我父亲，让他放心，我们会很快把妹妹送回去。对我来说，能见到妹妹将是莫大的幸福。”

忒柔斯备好了远航的船只，很快就起航离开了色雷斯，他的船顺利抵达了阿提刻。潘狄翁热情地迎接自己的女婿，把他请进自己的王宫。忒柔斯还未来得及说出此行的目的，就看见了普洛克涅的妹妹菲罗墨拉，她的美貌丝毫不逊于女神。忒柔斯为菲罗墨拉的美貌倾倒，顿生强烈的爱慕之情。他请求潘狄翁允许菲罗墨拉到姐姐普洛克涅那里做客，他心生爱慕，所以话说得非常真诚。毫无戒备之心的菲罗墨拉根本没有预见到，她将面临怎样的危险，她也请求父亲允许她去探望姐姐普洛克涅。最终，潘狄翁同意了他们的请求。送别女儿远赴色雷斯时，潘狄翁叮嘱忒柔斯说：

“我把我的女儿托付于你，忒柔斯。我以众神的名义请求你像父亲一样保护好我的女儿们。尽早将菲罗墨拉护送回来，她是我垂暮之年的唯一安慰。”

潘狄翁又对菲罗墨拉说道：

“我的孩子，如果你还爱你的老父亲，那你就早点回来，不要扔下我不管。”

潘狄翁含着眼泪与女儿告别，尽管他有一种不祥的预感，但他无法拒绝忒柔斯和菲罗墨拉的请求。

潘狄翁美貌的女儿菲罗墨拉登上了船，水手们齐心协力划动船桨，船飞速驶向辽阔的大海，离阿提刻越来越远。忒柔斯兴高采烈地高喊道：

“我赢了！我心爱的美人菲罗墨拉和我同乘一条船！”

一路上，忒柔斯始终目不转睛地看着菲罗墨拉。他们到了色雷斯海岸，旅途结束了。可是色雷斯国王没带菲罗墨拉回自己的王宫，他强行把她带到密林深处，关在牧羊人住的茅舍里，菲罗墨拉的眼泪和祈求都打动不了他。失去自由的菲罗墨拉痛苦万分，她不停地呼唤着姐姐和父亲，不停地向奥林波斯众神祈祷，可是她的祈求和抱怨徒劳无益。菲罗墨拉绝望地揪扯自己的头发，弄伤了双手，并不停地抱怨自己不幸的命运。

她喊道：

“啊，冷酷的野蛮人！父亲的请求、眼泪，姐姐对我的牵挂都不能打动你！你根本不在乎你们家族的神圣名誉！忒柔斯，你拿走我的性命吧，但要记住，伟大的众神看到了你的罪行，如果他们神力能及的话，你必将受到应有的惩罚。我要把你的所作所为告诉天下人！我要亲自告诉大家！你若不放我出去，我就让囚禁我的森林被我的怨言充斥，让天上永恒的埃忒耳听到我对你的诅咒，让众神听到我对你的诅咒！”

听到菲罗墨拉的威胁后，忒柔斯暴跳如雷。他抽出利剑，揪住菲罗墨拉的头发，捆住她，割下了她的舌头，好让潘狄翁不幸的女儿无法向别人控诉他的罪行。然后，忒柔斯回到妻子身边。普洛克涅问丈夫，她的妹妹在哪里，忒柔斯骗她说，菲罗墨拉已经死了。听到这个消息，普洛克涅痛哭了好久。

一年过去了，囚禁在森林中的菲罗墨拉受尽煎熬。她没法告诉父亲和姐姐，忒柔斯把她关在何处，后来她终于想出了一个能向普洛克涅传递消息的办法。她开始织台布。她把自己可怕的经历织在台布上，然后想法让人把台布捎给了普洛克涅。打开台布后，普洛克涅看懂了妹妹织出的可怕故事，她又惊又恨。普洛克涅没有哭泣，她像发疯似的在宫中乱走，她只想一件事，那就是怎么报复忒柔斯。

这几日，恰逢色雷斯女人庆祝酒神节，普洛克涅和其他妇女们一同进了森林。走进山坡上的密林后，她开始寻找丈夫囚禁菲罗墨拉的茅舍。普洛克涅救出了妹妹，把她秘密带回了宫。

普洛克涅对妹妹说："菲罗墨拉，现在不是哭的时候，眼泪帮不了我们。我们不哭，我们要用剑说话。我准备去干件非常可怕的事情，我要为你、为我自己报仇，让忒柔斯得到报应。我要让他死得非常惨！"

普洛克涅正说的时候，她的儿子走了进来。

普洛克涅看了一眼儿子，感叹道："你长得太像你父亲了！"

她突然皱起眉头，不作声了。普洛克涅脑海中生出一个邪恶的念头，是满腔的怒火让她生出这样的邪念。天真的儿子走到妈妈身边，用小手搂住她，踮起脚要去亲妈妈。那一刻，普洛克涅的心碎了，眼中充满了泪水，她马上转过脸去。可看到妹妹后，她心中重又燃起熊熊的怒火。

普洛克涅抓起儿子的手，把他带到宫中偏僻的房间里。她拔出剑，转过身，一剑刺进儿子的胸膛。普洛克涅和菲罗墨拉把可怜的孩子剁成碎块，用锅煮了一部分肉，又用钎子烤了一部分肉，然后把这可怕的食物端给忒柔斯吃。普洛克涅亲自服侍忒柔斯用餐。忒柔斯坐下来吃饭，他根本没想到，他吃到肚子里的竟是爱子的肉。进餐时，忒柔斯想起了儿子，叫人把儿子带过来。实施了报复的普洛克涅得意万分，她对丈夫说：

“你要找的人就在你的体内呀！”

忒柔斯没听懂妻子的话，他再次让人把儿子带过来。这时菲罗墨拉突然从窗帘后面走了出来，她把孩子血淋淋的头扔向忒柔斯的脸。忒柔斯吓了一跳，他一下子明白了刚才吃的是什么。他大声诅咒妻子和菲罗墨拉。他一把掀翻桌子，从榻上一跃而起，举剑去追普洛克涅和菲罗墨拉，他要亲手杀掉她们，为儿子报仇。可是他怎么追也追不上她们，她们长出了翅膀，变成了两只鸟，菲罗墨拉变成了燕子，普洛克涅变成了夜莺。燕子胸前有一滴血点，这是忒柔斯儿子滴下的血。忒柔斯变成了戴胜鸟，嘴长长的，头上长着大冠子。戴胜头上的羽冠就像忒柔斯头盔上的羽饰一般。

玻瑞阿斯和俄瑞堤伊亚

肆虐狂暴的北风神玻瑞阿斯冷酷无情，他呼啸着在陆地和海面上飞行，卷起足以毁灭一切的风暴。有一次，玻瑞阿斯飞临阿提刻上空时，看到了厄瑞克透斯的女儿俄瑞堤伊亚，他一下子就爱上了她。玻瑞阿斯请求俄瑞堤伊亚做他的妻子，并和他一起去遥远的北方，去他的王国。俄瑞堤伊亚没答应他，她惧怕威严冷酷的北风神。于是北风神就去求她的父亲厄瑞克透斯，可任凭玻瑞阿斯怎样哀求，厄瑞克透斯还是拒绝了他。北风神恼羞成怒，高喊道：

“我这不是自取其辱吗！我居然不使用我狂暴的力量，而去低三下四地求人！早就该动用我的神力！我能在天上聚散乌云，我能在海上掀起滔天巨浪，我能用冰雹抽打大地，我能把流水变成坚如磐石的冰块。对我来说，连根拔起千年古树就如同儿戏，我在大地上空疾驶而过，整个大地都会摇晃，哈德斯的冥国也会震动，可我却像个没用的凡人，去央求他们。我居然像厄瑞克透斯的仆人似的，去央求他。我就不该求他把俄瑞堤伊亚嫁给我，我该直接把她抢走！”

说完，玻瑞阿斯便扇起他那巨大的翅膀。瞬间，大地上狂风肆虐，千年古树如芦苇般摇晃起来，海面上惊涛四起，乌云布满天空。玻瑞阿斯抖开他那件高过山脉的黑色斗篷，刺骨的北风顿时刮遍大地，风到之处，一切尽遭损毁。玻瑞阿斯飞到雅典，抓到俄瑞堤伊亚后，挟着她迅速飞向高空，把她带到了北方。

俄瑞堤伊亚就这样成了玻瑞阿斯的妻子。她为他生了一对孪生子：泽忒斯和卡拉伊斯，两个孩子都和父亲一样，长有翅膀。玻瑞阿斯的两个儿子后来都成了大英雄，他们两人参加了阿尔戈英雄去科尔喀斯抢金毛羊皮的远征，建下了许多奇功伟绩。

代达罗斯和伊卡洛斯

厄瑞克透斯的后人代达罗斯是希腊最伟大的艺术家、雕塑家和建筑师。人们传说，他能用白色大理石雕出栩栩如生的精美雕像，他的雕像目可视人，身形可动。代达罗斯发明了许多雕刻工具，斧子和钻就是他的发明。代达罗斯声名远扬。

这位伟大的雕刻家有一个外甥，叫塔拉俄斯，是他姐姐佩耳狄克斯的儿子。塔拉俄斯是舅舅的徒弟，年少时，他显露出的天赋和创造力已令所有人折服。大家预测，他的能力将远远超过他的师傅。代达罗斯嫉妒起外甥，决定杀死他。一次，代达罗斯和外甥站在雅典卫城高高的悬崖边上，代达罗斯四下望去，发现周边无人后，便把外甥推下悬崖，塔拉俄斯摔得粉身碎骨。艺术家以为，他所犯之罪不会招致惩罚。代达罗斯匆忙走下卫城，抱起塔拉俄斯的尸体，他想偷偷地埋掉外甥，但他挖坑时，被雅典人撞见。他的罪行暴露于世，雅典法官和权贵们判他死刑。

为了活命，代达罗斯逃到克里特，去投奔宙斯和欧罗巴的儿子，强大的弥诺斯，弥诺斯非常愿意为这位伟大的艺术家提供庇护。代达罗斯为弥诺斯制作了很多奇妙的艺术作品，他为国王建造了著名的迷宫，这个迷宫有无数条迂回曲折的小道，人只要走进迷宫，就再也出不来了。弥诺斯把妻子帕西淮所生的儿子，可怕的牛首人身怪物弥诺陶洛斯关在了迷宫里。代达罗斯在弥诺斯那里住了好多年，国王不想放他走。他想独享其伟大的艺术。代达罗斯被弥诺斯软禁在克里特，他左思右想，终于想出逃出克里特的办法。

代达罗斯想："我无法从陆路、海路逃走，但我可以从空中逃走，摆脱弥诺斯的控制！这就是我的出路！弥诺斯掌控了所有道路，可没法控制天空！"

代达罗斯开始行动。他收集羽毛，用麻线和蜂蜡把它们缝粘在一起后，用它们做了四个大大的翅膀。代达罗斯干活时，他的儿子伊卡洛斯在一旁玩耍，他一会去抓被微风吹起的羽毛，一会又揉搓起蜂蜡。孩子无忧无虑地玩耍着，开心地看着父亲干活。终于，代达罗斯做好了翅膀。他把翅膀绑在后背上，把手伸到固定在翅膀上的绳套中，挥动起翅膀，平稳地飞到空中。伊卡洛斯惊奇地看着父亲，看他像只大鸟似的在空中飞翔。过了一会儿，代达罗斯降落在地面上，他对儿子说：

“听着，伊卡洛斯，我们现在就飞离克里特。飞的时候一定要小心，不能飞得太低，不能离海面太近，不然海水会打湿你的翅膀；也不能飞得太高，不能离太阳太近，不然蜂蜡就会融化，羽毛就会散落。你一定紧随我飞，别落下。”

父子俩套上翅膀，轻巧地飞了起来。有人看到了他们，还以为是两个神祇在蓝天飞翔。代达罗斯不时地回过头来看儿子，他们飞过了得洛斯岛、帕珞斯岛，接着又向前飞去。

伊卡洛斯越飞越快，越来越用力地扇动着翅膀。他忘记了父亲的告诫，不再紧随父亲身后。他用力挥动着翅膀，飞向高高的天空，飞向光芒四射的太阳。炙热的阳光烤化了粘连羽毛的蜂蜡，羽毛纷纷飘落，被风四处吹散。伊卡洛斯挥舞着双臂，但手上已没了翅膀。他从高空急速下坠，落入苍茫的大海。

代达罗斯回过头，四下看了一眼，没看到伊卡洛斯。他开始大声呼唤儿子：

“伊卡洛斯！伊卡洛斯！你在哪里？答应一声！”

但无人回答。代达罗斯看到海面上漂浮的羽毛，明白了，他的儿子已经死去。代达罗斯是多么恨自己的技艺，多么恨他想出逃离克里特的办法的那一天呐！

伊卡洛斯的尸体在海面上漂浮了很久，后来这片海域就被叫做伊卡里亚海。后来，海浪把他的尸体冲到海岛边。赫拉克勒斯发现了尸体，将伊卡洛斯安葬了。

代达罗斯继续向前飞，最后飞到了西西里岛，科卡罗斯国王收留了他。弥诺斯得知艺术家的藏身之处后，率大军进犯西西里岛，逼迫科卡罗斯交出代达罗斯。

科卡罗斯的女儿们不想失去代达罗斯这样的艺术家，她们想出一计。她们劝说父亲答应弥诺斯的要求，像接待宫中贵客一样接待他。趁弥诺斯洗澡时，科卡罗斯的女儿们将一大锅开水倒在他的头上，活活烫死了他。代达罗斯在西西里岛住了很长时间，他在家乡希腊度过了自己的晚年。在那里，他成了雅典艺术世家代达罗斯家族的始祖。

忒修斯

忒修斯的诞生和成长

潘狄翁的儿子埃勾斯和兄弟们合力把篡权的亲戚，墨提翁的儿子们逐出了阿提刻，然后开始统治雅典。埃勾斯幸福地执政数年，可有一件事令他很忧伤，他没有子嗣。有一天，他前往得尔菲的阿波罗神谕所，想请太阳神降下神谕，告诉他为什么众神没赐给他孩子。他得到的答复神秘莫测，埃勾斯琢磨良久，还是不解其意。于是，他就到特洛曾城去找睿智的阿尔戈利斯国王庇透斯，请他帮忙破解阿波罗的神谕。皮透斯马上就猜出了答复的含义：埃勾斯会有个儿子，这个儿子将成为雅典最伟大的英雄。皮透斯希望，特洛曾城能成为大英雄的家乡，所以她把女儿埃特拉嫁给了埃勾斯。婚后他们生下了一个儿子，可这孩子的父亲不是埃勾斯，而是海神波塞冬，他们给新生儿取名为忒修斯。忒修斯出生后不久，国王埃勾斯就得离开特洛曾，返回雅典去。走前，埃勾斯把自己的剑和鞋藏到特洛曾附近山上的一块岩石下，他对埃特拉说：

"待我儿子能推动这块岩石，拿出我的剑和鞋后，你让他带着这些东西到雅典来找我。我凭剑和鞋认他。"

十六岁前，忒修斯始终住在外祖父皮透斯家。睿智的皮透斯非常关心外孙的成长，看到忒修斯各方面都超出同龄人，外祖父非常开心。忒修斯长到十六岁时，力量、机智、武艺已无人能及。忒修斯长相英俊，身材伟岸挺拔，双眸明亮有神，一头浓密的黑色卷发垂落到肩，他把额前的鬈发剪下送给了阿波罗。他肌肉发达、力大无穷，身体充满活力。

忒修斯赴雅典途中屡建奇功

看到儿子的力气已经超过所有同龄人后，母亲埃特拉把他领到埃勾斯藏剑和鞋的岩石旁，她对儿子说：

"儿子呀，这块岩石下放着你父亲的剑和鞋，你父亲是雅典的统治者埃勾斯。你把岩石推开，拿出剑和鞋，这两件东西将是你们父子相认的信物。"

忒修斯推了一下岩石，轻松地把它移到一旁。拿出剑和鞋后，他告别了母亲和外祖父，踏上了去往雅典的漫漫长路。母亲和外祖父劝他走海路，这样会安全一些，可忒修斯没听他们的建议，他走了陆路，他决定经伊斯特摩斯到雅典去。

这条路极其难行。忒修斯一路上需要排除很多艰难险阻，还要建立很多功绩。

走到特洛曾边界的厄庇道洛斯城时，忒修斯遇见了赫菲斯托斯的儿子，巨人珀里斐忒斯。珀里斐忒斯和他的父亲赫菲斯托斯一样，也是跛足，但他身躯庞大，双手强劲有力。珀里斐忒斯非常残暴，他住的山区无人能通过，路过的人都被珀里斐忒斯用铁锤打死。忒修斯却轻松地战胜了他，把他杀死，这是他建立的第一个功绩。他带上战利品——珀里斐忒斯的铁锤，继续朝雅典方向走去。

到伊斯特摩斯之前，忒修斯没遇到什么危险。到了献祭给波塞冬的伊斯特摩斯的松林时，忒修斯遭遇了扳松匪辛尼斯。这是一个心狠手辣的强盗，他用极其残忍的手段杀害过路的行人。他把两棵松树的树干扳弯，把两棵树的树冠拉在一起，把不幸的行人绑到两棵树的树梢上，然后松手。松树的树干猛地弹直，无辜的行人瞬间被撕成两半。忒修斯替所有被害的路人报了仇，他捆起辛尼斯，用他那双有力的大手把两棵参天巨松扳到一起，把辛尼斯绑到树梢上，然后松开了双手，可谓以其人之道，还治其人之身，忒修斯就这样处死了辛尼斯。从此，途径伊斯特摩斯的路畅通无阻了。不久后，为纪念这次胜利，忒修斯在战胜辛尼斯的地方创办了伊斯特摩斯竞技赛会。

忒修斯接着往前走，走到了克洛密翁城。这里周边的一切都被梯丰和厄客德娜所生的巨大野猪糟蹋得不成样子了。克洛密翁人央求年轻的英雄为他们除去这个祸害。忒修斯找到这头野猪后，挥剑杀死了它。

忒修斯又上路了。在伊斯特摩斯最危险的地方，墨伽拉的边界，忒修斯遇到新的危险。这里地势险恶，陡峭的悬崖直插云霄，悬崖下是汹涌澎湃、波浪滔天的大海。悬崖边上住着强盗斯喀戎，他强迫每个路过的人给他洗脚。行人刚弯下腰准备给斯喀戎洗脚时，这个残暴的强盗就用力一脚把不幸的行人踹下悬崖，行人跌进波涛滚滚的大海中，被凸出水面的尖利礁石穿透毙命，巨大的海龟吃掉他们的尸体。这次，斯喀戎想用同样的方法对付忒修斯，却被忒修斯抓起一只脚，扔进了大海。

忒修斯在离厄琉西斯不远的地方又与刻耳库翁展开了搏斗，这场搏斗与赫拉克勒斯和安泰俄斯的搏斗相差无几。刻耳库翁杀过很多人。忒修斯的双手像铁钳一样紧紧勒住刻耳库翁，杀死了他。就这样，忒修斯也救了刻耳库翁的女儿阿罗珀，把刻耳库翁的统治权交给了阿罗珀和波塞冬所生的儿子希波科翁 。

过了厄琉西斯后，忒修斯来到阿提刻的克非索斯河谷。他去找抻人匪达玛斯忒斯（人称普罗科诺斯忒斯的强盗）。这个强盗想出了特别残忍的手段折磨过路人，普罗科诺斯忒斯有一张床，他强迫所有落入他手中的人躺在这张床上，如果人短床长，普罗科诺斯忒斯就会使劲抻床上的人，直至他的脚触到床尾，反之，他就要砍去那人的脚。忒修斯把普罗科诺斯忒斯掀到那张床上，床对巨人普罗科诺斯忒斯来说显然太小了，于是忒修斯就用强盗杀害路人的方法处死了他。

这是忒修斯赴雅典路上建立的最后一个功勋。忒修斯不想沾着辛尼斯、斯喀戎、普罗科诺斯忒斯等恶人的脏血进入雅典城，所以他请求费塔利得斯家族的人在慈悲的宙斯祭坛前，为他举行特殊的宗教仪式，为他净罪。费塔利得斯人热情地接待了这位年轻的英雄。他们满足了他的要求，为他的杀人行为净了罪。现在，忒修斯可以进雅典城找自己的父亲埃勾斯了。

忒修斯在雅典

身穿伊奥尼亚式长衣、卷发披肩的忒修斯魅力四射地走在雅典的大街上。一身长衣打扮的英雄看上去不像是个建立无数奇功的英雄，倒更像是个美貌的姑娘。忒修斯路过在建的阿波罗神庙时，正盖房顶的工匠看到了他。他们把他当成了姑娘，开起他的玩笑。他们大笑着叫道：

“看呐，大姑娘家家的，一个人闲逛，也没个人陪着！还披头散发招摇过市，在那儿用长衣服打扫大街。”

他们的嘲笑惹怒了忒修斯，他跑到套着犍牛的大车旁，卸下犍牛，抓起大车，扔向高空，大车飞过神庙房盖上工匠的头顶。嘲笑忒修斯的人吓坏了，他们明白了，这可不是姑娘，而是具有可怕神力的年轻英雄。他们只好乖乖地等着英雄的报复，可忒修斯若无其事地朝前走了。

忒修斯终于来到了埃勾斯的宫殿。他没有马上告诉老父亲他是谁，只对老人说，他是个前来寻求庇护的外乡人。埃勾斯没认出儿子，可女巫美狄亚却认出了他。她逃出科林斯后，来到了雅典，成了埃勾斯的妻子。狡猾的美狄亚允诺说，她会用魔法使埃勾斯重获青春活力。就这样，她成了雅典王宫中的主宰，埃勾斯对她言听计从。一心弄权的美狄亚马上意识到，一旦埃勾斯知道这个外乡人的真实身份，她将面临非常大的危险。为了保住自己的权势，美狄亚决定除掉英雄。她说服埃勾斯毒死忒修斯，让他相信，这个小伙子是敌人派来的奸细。年老体弱的埃勾斯担心失去权力，同意了这个恶毒的主意。

宴会时，美狄亚把一杯毒酒放到了忒修斯面前。就在这时，忒修斯不知出于什么目的拔出了自己的利剑，埃勾斯马上认出，这正是他十六年前放到特洛曾岩石下的那把利剑。他看了看忒修斯的脚，一眼看到，外乡人穿的正是他留下的那双鞋。他明白了这个外乡人是谁。他掀翻了酒杯，拥抱了他的儿子忒修斯。美狄亚被赶出了雅典，她带着儿子墨多斯逃往密细亚。

埃勾斯向全体雅典人郑重宣布了儿子抵达雅典的消息，向他们宣告了儿子从特洛曾来雅典的路上所建立的丰功伟绩。雅典人和埃勾斯一样兴高采烈，他们欢呼着，欢迎未来的君王。

埃勾斯兄弟帕拉斯的儿子们也听到了埃勾斯儿子抵达雅典的消息。忒修斯的到来令他们继承埃勾斯王权的希望落空了，埃勾斯死后，忒修斯将是合法的继承人。

帕拉斯家族的人不想失去雅典的统治权，他们决定用武力夺取雅典的统治权，他们的父亲带领十五个儿子去进攻雅典。深知忒修斯力大无穷，不能与他硬拼，他们想出了一个计策：兵分两路，一部分帕拉斯兄弟正面进攻雅典城墙，另一部分兄弟暗中埋伏，对忒修斯展开突然袭击。可他们的计谋被帕拉斯的信使勒俄斯获知并告诉了忒修斯，英雄迅速行动，他先向要伏击他的帕拉斯兄弟发起了进攻，无论他们多么有力，多么勇敢，最后还是统统被忒修斯杀掉。雅典城墙下的帕拉斯兄弟们得知设埋的兄弟尽数被杀后，吓得狼狈而逃。现在，埃勾斯可以在儿子的保护下平平安安地治理国家了。

忒修斯没有无所事事地闲待在雅典。他决定去猎杀马拉松周边的野牛，为阿提刻除害。这头野牛是赫拉克勒斯奉欧律斯透斯国王之命，从克里特带到迈锡尼来的，然后又把它放走了。野牛跑到阿提刻后，不停地祸害当地农户。忒修斯勇敢地走上建立新功绩的道路。来到马拉松时，他碰到了一个老妇人，她叫赫卡拉。她待他如贵客，并给他出主意，让他去建功之前给宙斯献祭，以求与野牛搏斗时得到宙斯的庇佑。忒修斯听从了赫卡拉的建议，很快就找到了这头危险的野牛。野牛扑向英雄，忒修斯抓住了牛角。野牛使劲挣脱，可怎么也逃不出忒修斯那双有力的大手。忒修斯把它的头摁到地上，捆上了它，将其制服后带回雅典。回家的路上，他没能再见到老妇人赫卡拉，她已经死了。忒修斯认真祭奠了不久前热情接待他并给予忠告的赫卡拉，他把野牛带回雅典后，把它作为祭品献给了阿波罗。

忒修斯远航克里特

忒修斯来到雅典时，整个阿提刻正深陷哀愁中。强大的弥诺斯国王已第三次从克里特派出使者前来索要贡赋了，这贡赋令雅典人倍感沉重与屈辱。雅典人每隔七年就得给克里特送去七个男孩和七个女孩，送到后，他们便被关到巨大的迷宫里，供长着人身牛头的可怕怪物弥诺陶洛斯食用。弥诺斯向雅典人索要这样的贡赋，是因为他们杀死了他的儿子安德洛革俄斯。现在到了第三次纳贡的时限，雅典人已经装好了大船，给船挂上了黑帆，以示对即将受难的孩子们的哀悼。

看到大家这样悲痛，英雄忒修斯决定和雅典的少男少女共赴克里特，救出他们，并彻底终止这种可怕的贡赋。而若想不再让孩子成为牺牲品，必须先杀掉弥诺陶洛斯。忒修斯决定与弥诺陶洛斯决一死战，要么杀掉怪物，要么被它弄死。年迈的埃勾斯不想让唯一的儿子去克里特冒险，可忒修斯心意已决，坚持要去。他向得尔菲的航海者保护神阿波罗献了祭，临行前，得尔菲神谕所给了他神谕，告诉他，此行他应选爱情女神阿佛罗狄忒做保护神。忒修斯给女神献了祭，祈求得到她的帮助，之后便起航开赴克里特。

大船平安抵达克里特。雅典的少男少女被送到弥诺斯那里。年轻英俊的忒修斯马上引起了克里特国王的注意，他的女儿阿里阿德涅也注意到了他，忒修斯的庇护神阿佛罗狄忒让阿里阿德涅深深地爱上了埃勾斯的儿子。弥诺斯的女儿决定帮助忒修斯，她不能容许年轻的英雄被弥诺陶洛斯撕碎、命丧迷宫的惨剧发生。

与弥诺陶洛斯搏斗之前，忒修斯先要完成另一件大事。弥诺斯侮辱了一个雅典女孩，忒修斯出面保护了她。以出身为傲的克里特国王生气了，他嘲笑忒修斯说，一个雅典人居然敢反抗他，宙斯的儿子。忒修斯则骄傲地对国王说：

“你为自己是宙斯的儿子而自豪，可我也不是凡人之子呀，我的父亲是伟大的海神波塞冬，地震制造者。”

“你说你是波塞冬的儿子，那你证明给我看呐，你到海底去取回这枚戒指吧。”说完弥诺斯就把一枚金戒指扔到了海里。

忒修斯向波塞冬作了祈祷后，勇敢地从陡峭的岸上跳进大海，浪花高高溅起，忒修斯消失在汹涌的波涛中。大家紧张地看着大海，认为忒修斯必死无疑，再也不会回来。绝望的阿里阿德涅呆立在那里，她也相信，忒修斯肯定有去无回。

海浪刚一没过忒修斯的头顶，小海神特里同就托住了他，眨眼间就把忒修斯带到了波塞冬的水下宫殿。海神高兴地接待了儿子，把弥诺斯的戒指交给了他，波塞冬的妻子安菲特里忒对忒修斯的美貌和胆识大加称赞，她把一顶金冠戴在他的头上。特里同托着忒修斯，一直把他送到他跳海的地方。忒修斯以此向弥诺斯证明，他是海神波塞冬的儿子。看到忒修斯安然无恙归来，弥诺斯的女儿阿里阿德涅欣喜万分。

接下来，忒修斯要完成一件更危险的功绩，他要杀死弥诺陶洛斯。阿里阿德涅前来帮助他，她把从父亲那里偷来的一柄利剑和一个线团交给了忒修斯。忒修斯和用来献祭的少男少女被领进迷宫后，忒修斯先把线团的一端绑在迷宫的入口处，然后走进有无数岔道却找不到出口的迷宫。他边走边放松线团，以便能顺着线索返回原路。忒修斯走着走着，终于走到了弥诺陶洛斯的栖身之处。怪物低下长有巨大犄角的牛头，吼叫着扑向了忒修斯，一场恶斗开始了。狂怒的弥诺陶洛斯向英雄猛扑了几次，却每次都被忒修斯的利剑挡住。最后，忒修斯抓住了弥诺陶洛斯的牛角，将利剑刺进它的胸膛。杀死弥诺陶洛斯后，忒修斯顺着线索走出了迷宫，并带出了那七对少男少女。阿里阿德涅在迷宫的出口处热情地迎接了忒修斯。被忒修斯救出的少男少女欣喜若狂，他们头戴玫瑰花冠，赞美着英雄和他的庇护神，愉快地跳起圆圈舞。

现在该去想如何才能免遭弥诺斯的迫害了。忒修斯飞快地装好自己的船，凿穿克里特人拉上岸的所有船只，然后迅速起航返回雅典。

阿里阿德涅跟随忒修斯一起走了，因为她爱上了这个伟大的英雄。

途中，忒修斯在纳克索斯岛上了岸。他和同船人在此稍作停留，休息一会儿。忒修斯梦见了酒神狄奥尼索斯，忒修斯被告知，他必须把阿里阿德涅留在纳克索斯荒无人烟的海岛上，因为众神已把她许配给酒神狄奥尼索斯。忒修斯醒后，满怀惆怅，他匆匆上了路，不敢违背众神的意愿。就这样，阿里阿德涅成了女神，成了酒神狄奥尼索斯的妻子。狄奥尼索斯的随从们热烈欢迎阿里阿德涅，为伟大酒神的妻子高唱赞美歌。

忒修斯的大船扬起黑帆疾驶在蔚蓝的大海上，远远望去，阿提刻的海岸已依稀可见。忒修斯沉浸在失去阿里阿德涅的痛苦中，忘记了对父亲埃勾斯的承诺：如果战胜弥诺陶洛斯，平安返航，船就挂白帆。埃勾斯站在岸边高高的悬崖上，等待返航的大船，放眼望去，他看到离海岸越来越近的黑点，这是儿子的船。船越驶越近。埃勾斯定睛望去，他想知道，船上挂的是什么颜色的帆。结果他看到，阳光下扬起的是黑帆，而非白帆。儿子死了！埃勾斯绝望地跳下悬崖，投海自尽。海浪把他的尸体冲到岸上。从此，埃勾斯丧生的这片海域就叫埃勾斯海。

忒修斯在阿提斯靠了岸，给众神献祭后获悉，父亲跳海身亡了。他突然惊恐地意识到，是他害死了父亲。悲痛欲绝的忒修斯为父亲举行了隆重的葬礼，葬礼后，他继承了雅典的王位。

忒修斯和阿玛宗人

忒修斯对雅典的治理可谓英明，但他并不安于现有的平静生活。他经常离开雅典，去参加希腊英雄们建功立业的重大活动。忒修斯参加了卡吕冬的猎捕活动、阿尔戈英雄们觅取金羊毛的远征、赫拉克勒斯对阿玛宗女人国的远征。攻克阿玛宗女人国的忒弥斯库拉后，忒修斯把阿玛宗的女王安提俄珀当作对勇敢者的奖赏带回了雅典。到雅典后，安提俄珀成了忒修斯的妻子。英雄为自己和阿玛宗女王举办了盛大的婚礼。

阿玛宗人发誓要向希腊人报毁城之仇，她们要救出女王安提俄珀，不让她受忒修斯的蹂躏（她们以为忒修斯会折磨她）。阿玛宗人大举进犯阿提刻。雅典人抵挡不住英勇善战的阿玛宗人的进攻，被迫躲进城里。阿玛宗人破城而入，城里的居民藏身于坚不可摧的卫城中。阿玛宗人在战神阿瑞斯山上安营扎寨，包围了雅典人。雅典人数次出击，想赶走可怕好战的阿玛宗人。最后一场决战爆发了。

安提俄珀不想离开她深爱的丈夫，她与忒修斯并肩作战，击杀昔日的部下。这场决战夺走了她的生命。阿玛宗人掷出的投枪在空中闪过，锋利的枪头扎进安提俄珀的胸膛，她倒在丈夫的脚下死去。交战双方惊恐地看着倒地身亡的安提俄珀，忒修斯伏在妻子的尸体上悲痛万分。血腥的战斗停止了。阿玛宗人和雅典人悲痛地安葬了年轻的女王。阿玛宗人离开了阿提刻，回到遥远的家乡。雅典城久久地哀悼早逝的安提俄珀。

忒修斯和珀里托俄斯

在忒萨利亚，住着英勇善战的拉庇泰人，他们的首领是个大英雄，名叫珀里托俄斯。他听说忒修斯勇猛过人，力大无敌后，非常想和他一决高低。为了让忒修斯能和他比试，珀里托俄斯专程来到马拉松，在茂密的草场上偷走了属于忒修斯的牛群。获悉此事后，忒修斯马上去追赶偷牛贼，很快就撵上了珀里托俄斯。两个英雄就这样相遇了。他们身披闪亮的甲胄，面对面站着，就像两个永生的神祇。两人都为对方的伟岸形象所折服，两人都那么勇敢、强大、英俊。他们放下了武器，握手言和，结成亲密的同盟，建立了牢不可破的友谊，并互换武器留作纪念。

此次会面后不久，忒修斯就去了忒萨利亚，参加了好友珀里托俄斯和希波达弥亚的婚礼。婚礼隆重奢华。很多有名的英雄从希腊各地前来参加婚礼。野蛮的马人也应邀出席了婚礼。婚宴非常丰盛，餐桌前坐满了客人，由于宫殿里容纳不下所有来宾，所以部分客人被安排到一个巨大、凉爽的山洞里，主人在那里宴请他们。山洞中散发着熏香的芬芳，婚礼的颂歌和乐声不绝于耳，宾客不时地发出欢快的笑声。所有宾客都赞美新郎和新娘。美丽的新娘在众人中就像天上的星星，耀眼夺目。宾客们愉快地畅饮着，美酒流淌成河。宴席上的叫声一浪高过一浪。马人中最强壮、最野蛮的欧律托斯醉酒了，他突然扑向新娘，用他那双强壮有力的大手抓起新娘，企图抢走她。其他马人见状也纷纷扑向出席婚礼的女人，每个马人都想抢一个女人回去。忒修斯、珀里托俄斯和其他希腊英雄从餐桌旁跃起，冲向前去保护女人。婚宴终止，一场恶斗开始了。英雄们徒手与马人交战，因为他们没带兵器参加婚礼，沉重的酒杯、巨大的盛酒器皿、弄断的桌子腿、刚刚还是香烟缭绕的三脚供桌，所有这些能抓到手的东西都派上了用场。

英雄们步步紧逼，把马人赶出了宴会大厅，他们在厅外继续打斗。这时，希腊英雄们已有了兵器，他们以盾牌作掩护，与马人开战。马人把大树连根拔起，掰下整块岩石，把它们扔向英雄们。冲杀在前的英雄是忒修斯、珀里托俄斯、佩琉斯和他的儿子涅斯托耳。他们身边堆满了马人的血肉之躯，马人不断被杀死，尸体越堆越高。终于，马人支持不住了，他们落荒而逃，藏进珀里翁的崇山峻岭中。希腊英雄战胜了野蛮的马人。这场恶战后，马人已所剩无几。

劫持海伦　忒修斯和珀里托俄斯决定劫持佩耳塞福涅 忒修斯之死

珀里托俄斯年轻美貌的妻子希波达弥亚风华正茂之时就香消玉殒了。难过了一阵子后，珀里托俄斯决定再娶。他来到雅典找好友忒修斯商议此事，他们决定去抢美丽的海伦为妻。全希腊人都知道，少女海伦美貌倾城。两位朋友潜到拉科尼亚，趁海伦和女伴们庆祝阿耳忒弥斯节日、载歌载舞之际，掳走了海伦。忒修斯和珀里托俄斯抓走海伦后，匆匆把她带进阿卡迪亚山，后经由科林斯和伊斯特摩斯，到了阿提刻，然后把她带到雅典城。斯巴达人拼命追赶，但却没能追上他们。他们把海伦藏在了雅典，开始抓阄，看谁能得到绝色美人海伦。结果，忒修斯如愿以偿。但他们事先有个约定：得到美女海伦的那个人，要帮另一人找到妻子。

忒修斯赢得海伦后，珀里托俄斯要求朋友去把冥王哈德斯的妻子佩耳塞福涅抢来，给他做妻子。忒修斯吓坏了，可他又必须去做。他发过誓，不能违背誓言。他硬着头皮陪着珀里托俄斯去往冥国。他们走到雅典附近的科隆，经那里的裂罅下到冥国。到了恐怖的冥国后，他们二人来到哈德斯面前，请求冥王把佩耳塞福涅赏给他们。冥王很是生气，但未露声色，他请英雄们坐到冥国入口处岩石凿出的宝座上。两人刚坐下，就和宝座合为一体，再也动弹不得。哈德斯就用这种方式惩罚了他们。

忒修斯被困冥国时，卡斯托尔和波吕丢刻斯四处寻找妹妹海伦。获悉忒修斯藏匿海伦的地方后，他们立即围攻雅典，并攻克了坚不可摧的城堡。卡斯托尔和波吕丢刻斯救出了海伦，顺便俘获了忒修斯的母亲埃特拉，又把雅典和整个阿提刻的统治权交给了忒修斯的宿敌墨涅斯透斯。忒修斯在哈德斯王国被困了很久，受尽折磨。最后，伟大的英雄赫拉克勒斯把他解救了出来。

忒修斯重返人间，可是这里等待他的是更加痛苦的事情。牢不可破的雅典城已被破坏，海伦被人救走，母亲被关在斯巴达受折磨，他的儿子得摩丰[①]和阿卡玛斯被迫逃离了雅典，统治权旁落仇人墨涅斯透斯手中。忒修斯离开了阿提刻，远走攸俾阿岛，那里有他的领地。现在不幸与忒修斯如影相随。斯基罗斯岛的国王吕科莫得斯，不想把忒修斯的领地还给他。他把忒修斯骗到高高的悬崖上，把他推到大海里。阿提刻最伟大的英雄就这样死在了背信弃义之人手中。墨涅斯透斯死后多年，忒修斯的儿子们远征特洛伊后返回雅典，他们在特洛伊找到了奶奶埃特拉。当年，她被普里阿摩斯国王的儿子帕里斯带到特洛伊做女奴，同时被带到特洛伊的还有他抢来的绝色佳人海伦。

墨勒阿革罗斯

卡吕冬国王俄纽斯是英雄墨勒阿革罗斯的父亲，他曾经得罪

① 与刻琉斯的儿子同名。

过伟大的女神阿耳忒弥斯。有一次，他在自家果园和葡萄园庆祝丰收时，给奥林波斯诸神敬献了丰富的祭品，却唯独没给阿耳忒弥斯献祭。女神为此惩罚了俄纽斯，她把一头特别恐怖的野猪派到卡吕冬，这头庞大、凶残的野猪把卡吕冬的周边毁得面目全非。它用巨大的獠牙将成片的大树连根掘起，把葡萄园和开满鲜花的苹果树毁坏殆尽。碰到人时，它也绝不放过。卡吕冬四郊一片凄凉的景象，俄纽斯的儿子墨勒阿革罗斯看在眼里，痛在心上，他决定组织一次围捕，猎杀这头野猪。他召集了许多希腊英雄前来参加这次危险的狩猎，来参加猎捕活动的有斯巴达的卡斯托尔和波吕丢刻斯、雅典的忒修斯、斐赖国王阿德墨托斯、伊俄尔科斯的伊阿宋、忒拜的伊俄拉俄斯、忒萨利亚的珀里托俄斯、佛提亚的佩琉斯、萨拉弥斯岛的忒拉蒙等诸多英雄。前来参加猎捕还有疾步如飞、快似奔鹿的阿塔兰忒，她特地从阿卡迪亚赶来。她在山里长大。她刚出生，父亲就叫人把她抱到山里，因为他不想要女儿。山谷里有一头母熊喂养阿塔兰忒，她在猎人堆中长大成人，成了和阿耳忒弥斯一样的好猎手。

到了卡吕冬，英雄们在热情好客的俄纽斯家欢聚了九天，然后打野猪去了。周边的山里到处都是猎犬的叫声。猎犬把野猪撵出来后，开始追赶它。野猪疯狂地跑着，终于落入猎人的包围圈中。英雄们向它冲去，每个人都匆匆掷出手中的投枪。与这头野猪的搏斗可真是太凶险了，好几个猎人都被它那可怕的獠牙刺中。阿卡迪亚勇猛的猎人安开俄斯抡起双刃斧，准备砍死野猪时，也被獠牙刺中，倒地身亡。阿塔兰忒拉开了硬弓，朝野猪射出一支利箭，与此同时，墨勒阿革罗斯也冲了过来，他使劲掷出投枪，扎死了野猪。

猎捕结束了，大家非常开心。

该奖赏谁呢？许多英雄都参加了猎捕，好多英雄都用锋利的投枪刺中了野猪，众英雄为此争吵起来。女神阿耳忒弥斯因墨勒阿革罗斯杀死了她的野猪而记恨于他，因此她使劲在旁煽风点火，激化矛盾。

这场纷争的结果是：卡吕冬的埃托利亚人和普琉戎城的枯瑞忒斯族人之间爆发了一场战争，大英雄墨勒阿革罗斯和埃托利亚人并肩作战，他们这一方获胜。

战争正酣时，墨勒阿革罗斯不小心杀死了母亲阿尔泰亚的兄弟。获悉兄弟遇难的消息后，阿尔泰亚悲痛欲绝。当得知兄弟竟死于她儿子墨勒阿革罗斯之手后，阿尔泰亚怒火中烧。盛怒之下，阿尔泰亚祈求冥王哈德斯和冥后佩耳塞福涅严惩儿子墨勒阿革罗斯，此外，狂怒中的她还请复仇三女神厄里倪厄斯惩罚她的儿子。得知母亲竟然求他一死后，墨勒阿革罗斯非常生气，愤然离开了战场。他忧伤地坐在美丽的妻子克勒俄帕特拉的卧室里，低垂着头。墨勒阿革罗斯刚离开埃托利亚人的阵营，胜利就远离了他们这支队伍。枯瑞忒斯族人连连大捷，他们包围了富有的卡吕冬，卡吕冬行将覆灭。卡吕冬的老人们哀求墨勒阿革罗斯重返战场，可都白费口舌。他们给英雄许以重赏，可英雄不为所动。英雄年迈的父亲俄纽斯来到儿媳妇克勒俄帕特拉的房门外，他边敲门边劝儿子，放弃前嫌，告诉他，他的家园就要遭灭顶之灾了，可他也没能劝动墨勒阿革罗斯。墨勒阿革罗斯的姐妹、母亲、好友都来相劝，也都无功而返。这时，枯瑞忒斯族人已经占领了卡吕冬的城墙，他们点燃了城里的房屋，想烧光一切。墨勒阿革罗斯的屋子也被震得摇晃起来，墨勒阿革罗斯年轻的妻子克勒俄帕特拉吓坏了，她跪倒在丈夫面前，请他去拯救城市。她求他好好想一想，一旦城市被彻底攻陷，战败者将面临怎样的厄运。想一想，战胜者将带走卡吕冬人的妻儿并把她们变成奴隶的惨景。她让他好好想一想，他是否想让这样的厄运降临到她的头上，墨勒阿革罗斯听从了妻子的劝告。他迅速穿上闪闪发光的盔甲，腰佩利剑，拿起巨大的盾牌和投枪冲向战场。墨勒阿革罗斯击败了枯瑞忒斯族人，拯救了卡吕冬。可死神却已在等待着墨勒阿革罗斯，冥国的众神听到了阿尔泰亚的祈求和诅咒。阿波罗的金箭射中了墨勒阿革罗斯，他倒地身亡，他的灵魂飞向了凄凉的冥国。

库帕里索斯

在刻俄斯岛的卡耳透斯山谷里有一只属于自然女神的神鹿。它很漂亮，鹿角裹着黄金，珍珠项圈挂在颈上，耳垂缀着珍贵的饰品。这只神鹿一点都不害怕人，它时常走进民舍，温顺地伸出脖子任人抚摩。居民都非常喜欢这只神鹿。刻俄斯国王的儿子美少年库帕里索斯是神箭手阿波罗的好朋友，他尤其喜爱这只神鹿。库帕里索斯常带神鹿到肥嫩的草地上吃草，到潺潺流水的小溪边饮水。他把香气怡人的鲜花编成花冠戴到鹿角上，和神鹿嬉闹时，他时常会大笑着跳上鹿背，骑着它在鲜花盛开的卡尔菲山谷到处游玩。

一个盛夏中午时分，烈日炎炎，暑气袭人，神鹿躺在树丛的阴凉处避暑。库帕里索斯偶然来到神鹿乘凉的地方打猎，他没看到被树叶遮挡住的神鹿，以为是别的动物，就朝它投出了锋利的投枪。看到杀死的竟是心爱的神鹿后，库帕里索斯惊呆了，他悲痛欲绝，要随它一起死去。无论阿波罗怎么安慰，都无法平复卡帕里索斯那颗痛苦的心，美少年请求阿波罗，让他永远忧伤下去。阿波罗答应了好友，美少年变成了一棵树，他的一头卷发变成了墨绿色的针叶，身躯裹上了一层树皮。就这样，卡帕里索斯变成了一棵挺拔的柏树，树冠像箭一样，耸入云端。看着眼前化成柏树的好友，阿波罗忧伤地叹了口气，说道：

"美少年，我将永远哀悼你，你也将永远为他人的痛苦而忧伤。你就永远与哀伤者为伴吧！"

从此以后，希腊人家中如有人故去，都要在房门边挂上柏枝，用针叶装饰焚尸用的柴堆，并在坟墓旁种上柏树。

俄耳甫斯和欧律狄刻[①]

伟大的歌手俄耳甫斯是河神阿格罗斯和卡利俄佩的儿子，他住在遥远的色雷斯，他的妻子是美丽的自然女神欧律狄刻。俄耳甫斯深爱自己的妻子，可惜他和妻子的美满生活并不长久。新婚不久，美丽的欧律狄刻和同是自然女神的年轻女伴们到绿色山谷中采摘春天的鲜花，欧律狄刻没看到草丛中的毒蛇，踩到了它。蛇咬了俄耳甫斯年轻妻子的脚，欧律狄刻尖叫了一声，倒在闻声跑来的女伴怀里。欧律狄刻脸色苍白，双眼紧闭。蛇毒夺走了她的性命。欧律狄刻的女伴们吓得大哭起来，俄耳甫斯听到了她们悲痛的哭声，他匆匆赶到山谷。看到爱妻冰冷的尸体后，俄耳甫斯悲痛欲绝，他无法

① 根据奥维德的长诗《变形记》整理。

承受这样的打击。他为失去爱妻痛哭了好久好久，听到他那充满忧伤的歌，整个大自然都为之动容。

终于，俄耳甫斯决定到冥国去找冥王哈德斯和冥后佩耳塞福涅，恳求他们把妻子还给他。俄耳甫斯穿过泰那戎一个幽深的洞穴，来到了斯梯克斯河岸。

俄耳甫斯站在河岸上思忖着，如何到达河对岸哈德斯的冥国。俄耳甫斯的周围都是亡灵，可以隐约听到他们的呻吟声，那声音就像深秋林中落叶发出的沙沙声。这时远处传来了划桨声。亡灵的摆渡者卡戎划着船来到了河岸边，他刚一靠岸，俄耳甫斯就恳求他将他和亡灵们一起送到对岸。他的请求遭到卡戎的严厉拒绝。任凭俄耳甫斯怎样相求，卡戎的回答只有一个：“不行！”

俄耳甫斯拨动了琴弦，琴声就像巨浪一样卷向冥河，传遍两岸。俄耳甫斯的琴声迷倒了卡戎，他支着船桨，如醉如痴地听着俄耳甫斯的演奏。俄耳甫斯弹着琴，上了船。卡戎划桨离开了河岸，渡过了冥河，把俄耳甫斯送到了对岸。歌手弹奏着基法拉琴下了船，然后走向亡灵的居所，走向冥王哈德斯的宝座，他身边簇拥着听到他的琴声飞奔而来的亡灵。

就这样，俄耳甫斯弹着琴来到哈德斯的宝座前，他向冥王深鞠一躬，用力弹拨了一下琴弦，唱了起来。他唱到他对欧律狄刻的爱，唱到明媚春光下他和妻子幸福的生活，可突然欧律狄刻死了。他又唱到痛失爱妻之苦，唱到对亡妻的思念。整个冥国都在倾听俄耳甫斯的歌，都沉浸在他的歌声中。冥王哈德斯低垂着头，听着俄耳甫斯歌唱；佩耳塞福涅把头靠在丈夫的肩上，凝神倾听，眼中流出忧伤的泪水；陶醉在歌声中的坦塔罗斯忘却了饥渴的折磨；西绪福斯不再去推那块永远推不到山顶的巨石，他坐在巨石上，陷入沉思；达娜伊得斯姊妹也听得如醉如痴，她们把永远灌不满的水罐忘在了脑后；威严的三首女神赫卡忒以手掩面，不想让别人看到她在落泪；就连从不知怜悯为何物的命运三女神也被俄耳甫斯的歌声感动，流下了晶莹的泪水。俄耳甫斯的琴声越来越轻，歌声也越来越低，最后，歌声就像一声轻轻的叹息，消失了。

四周死一般的沉寂，冥王哈德斯打破了沉默，他问俄耳甫斯来冥国的动机，想求他做什么。哈德斯以斯梯克斯河的河水起誓，发了一个不可违背的誓约，一定满足歌手俄耳甫斯的愿望，于是俄耳甫斯对哈德斯说：

“伟大的哈德斯，我们生命终止时，你会把我们都接到你的王国来。我来这儿不是为了看看你的王国有多么恐怖，也不像赫拉克勒斯那样，想牵走冥国的卫士，三头巨犬刻耳柏罗斯。我来此是想求你把我的欧律狄刻放回人间，让她复活。你都看到了，我是多么思念她！伟大的冥王，设想一下，假如你的妻子佩耳塞福涅被人抢走，你是不是也会悲痛欲绝。你放欧律狄刻走吧，她不会永远留在人间，她还会回到你的王国。哈德斯呀，我们的生命很短暂，你就让欧律狄刻再感受一下生活的快乐吧，她那么年轻就来到了你的王国！”

冥王哈德斯沉思了一会儿，对俄耳甫斯说：

“好吧，俄耳甫斯！我把欧律狄刻还给你，你带她回人间好好生活。但你必须遵守一个条件：你要跟着众神的使者赫耳墨斯走，他给你引路，欧律狄刻跟在你身后走。走在冥国的路上时，你不许回头。千万记住！你一回头，欧律狄刻马上就会离开你，她就会永远留在我的王国。”

俄耳甫斯答应了哈德斯所说的一切。他想快点回到人间。赫耳墨斯带来了欧律狄刻的灵魂。俄耳甫斯欣喜若狂地看着她。他想拥抱一下欧律狄刻，但被赫耳墨斯拦住了。他说道：

“俄耳甫斯，你抱的只是影子，我们还是快点走吧，前面的路很艰难。”

他们上了路。赫耳墨斯走在最前面，中间是俄耳甫斯，后面是欧律狄刻的影子，卡戎载着他们过了斯梯克斯河。

他们走上了通往地面的小路，路好难走啊，小路陡立，乱石当道。四周一片昏暗。黑暗中隐约可见走在前面的赫耳墨斯的身影。但远处已现光亮。那就是冥国的出口。周围慢慢变得亮了起来。俄耳甫斯要是回过身去，就能看到欧律狄刻了。她有没有跟在他的身后？有没有留在亡灵的黑暗王国？也许，她会落后？要知道这路是多么难走啊！要是落在后面，那她就要永远在黑暗中游荡了。俄耳甫斯放慢了脚步，仔细倾听着，他什么也没有听到，因为影子走路没有动静。俄耳甫斯越来越替欧律狄刻担心，他停下来的次数越来越多。四周越来越亮了。现在俄耳甫斯应该可以看清妻子的影子了。他忘记了所有约定，停了下来，转过身去。他看到，欧律狄刻的影子就在身边，俄耳甫斯向她伸出手去，可影子却离他越来越远，最后消失在黑暗中。悲痛欲绝的俄耳甫斯呆站在那里，一动也不动。他不得不再忍受一次失妻之痛，这一次他成了杀死妻子的罪魁祸首。

俄耳甫斯久久地呆立在那里，就像一尊大理石雕像。终于他动了一下，迈出一步，然后又一步，走回冥河岸边。他想再回到哈德斯的宝座前，请冥王放回他的欧律狄刻。可这次，老卡戎不再让俄耳甫斯上他的船，不再载他过冥河，任凭俄耳甫斯怎样哀求，卡戎都不为之所动。悲伤的俄耳甫斯在斯梯克斯河岸边坐了七天七夜，不吃不喝，痛哭流涕，不停地抱怨冥国的诸神。到了第八天，他决定离开斯梯克斯河岸，回色雷斯去。

俄耳甫斯之死

欧律狄刻离开俄耳甫斯已经四年了，可他依旧深爱着她，他不想娶任何一个色雷斯姑娘为妻。早春时节，树枝刚刚吐出新绿。一天，伟大的歌手坐在山丘上，脚下放着那把基法拉琴。他拿起琴，轻轻拨动了琴弦，吟唱起来。大自然都静下来听他歌唱，俄耳甫斯的歌声美妙动听，周围的一切都为之折服，野兽仿佛着了魔似的，纷纷跑出栖居的山林，来到他的身边。鸟儿飞来听他歌唱。就连大树也移到俄耳甫斯周围，橡树和杨树，松树和冷杉，挺拔的柏树和阔叶的梧桐都聚集在他周围听他歌唱，每一根树枝、每一片树叶都安然不动，静静地倾听，整个大自然都仿佛沉醉在俄耳甫斯那美妙的歌声和琴声中了。突然远方传来欢呼声、铃鼓声和笑声，原来是基科涅斯女人在庆祝欢乐的巴克科斯酒神节。基科涅斯女人越走越近了，她们看到了俄耳甫斯。一个女人高喊道：

“这不就是那个仇恨女人的人吗！”

基科涅斯女人抡起手杖，扔向俄耳甫斯，手杖上缠绕的常春藤救了歌手。另一个基科涅斯女人又用石头砸俄耳甫斯，但被美妙歌声征服的石头落在了俄耳甫斯的脚下，仿佛在请求歌手的宽恕。基科涅斯女人团团围住伟大的歌手，她们的喊声越来越大，俄耳甫斯的歌声也越来越嘹亮，铃鼓也越敲越响。巴克科斯酒神节的喧嚣声盖过了俄耳甫斯的歌声，围住俄耳甫斯的基科涅斯女人们像猛禽一样成群扑向他。手杖和石块如冰雹般落在歌手身上。俄耳甫斯苦苦哀求她们放手，可是毫无用处。他的歌声能打动树木和岩石，却无法感化疯狂的基科涅斯女人。浑身是血的俄耳甫斯倒在地上，他的灵魂离开了他的身体。基科涅斯女人们用沾满鲜血的双手撕碎了伟大歌手的尸体，疯狂的女人们把俄耳甫斯的头和琴扔到水流湍急的赫罗布斯河中。琴刚一入水，奇迹就出现了。随波逐流的基法拉琴轻轻弹奏起来，仿佛在哀悼悲惨死去的俄耳甫斯。琴声如泣如诉，感动了整个河岸。整个大自然都在哀悼俄耳甫斯，树木和鲜花哭了，飞禽和走兽哭了，就连沉默的岩石也哭了。他们的泪水掉进河里，令河水大涨。自然女神和森林女神为表达自己的哀思，散开了秀发，穿上了黑色的衣裳。歌手的头和琴随着赫罗布斯河越漂越远，直入大海，海浪把基法拉琴冲到莱斯博斯岛的海岸上，后来众神把俄耳甫斯的金基法拉琴安置在天际的星座中。

俄耳甫斯的灵魂下到冥国，又到了他寻找欧律狄刻的地方，伟大的歌手找到了欧律狄刻，他充满爱意地把妻子揽入怀中，从此他们永不分离。

俄耳甫斯和欧律狄刻的灵魂在长满阿福花的黑暗原野上游荡。现在，俄耳甫斯可以无所顾忌地回头去看，他的欧律狄刻有没有紧随在他的身后。

许阿铿托斯

斯巴达国王年少的儿子许阿铿托斯英俊潇洒，其美貌堪比奥林波斯众神，他是太阳神阿波罗的好友。阿波罗经常到埃夫罗特河岸的斯巴达城去看望自己的朋友，和他一起到山坡上的密林中打猎，或是搞竞技比赛，这是斯巴达人熟谙并热衷的运动项目。

有一天，时近炎热的正午，阿波罗和许阿铿托斯玩起掷铁饼的游戏。铁饼越飞越高。这一次，太阳神阿波罗憋足力气投出铁饼，铁饼飞得好高好高，直入云端，然后像闪烁的星星一样，落向地面。许阿铿托斯向铁饼落地的方向跑去，他想快点捡起铁饼，然后投掷出去，好让阿波罗看看，他这个少年竞技手在投掷技巧上不比他这个神祇差。铁饼落地后又弹了出去，重重地砸到迎面跑来的许阿铿托斯头上。许阿铿托斯惨叫一声倒在地上。鲜血涌出伤口，染红美少年的浓黑卷发。

阿波罗惊恐地跑到许阿铿托斯身边，他俯下身来抱起朋友，把满是鲜血的头放到自己的膝上，拼命想止住不断涌出的鲜血。可是他的努力都徒劳无益，许阿铿托斯的脸色越来越苍白，一向炯炯有神的双眼变得越来越暗淡，他的头无力地垂下，就像被正午骄阳晒蔫的小野花的花冠。阿波罗悲痛欲绝地大喊道：

“我亲爱的朋友！你别死呀！不幸啊，太不幸了！是我杀了你呀！我为何要投掷铁饼啊！我真想赎罪，真想和你共赴痛苦的冥国啊！我为什么是永生之神啊！为什么不能随你一起去死啊！”

阿波罗紧紧地抱住垂死的朋友，泪水滴在许阿铿托斯沾满鲜血的卷发上。

许阿铿托斯死了，他的灵魂飞向哈德斯的冥国。阿波罗站在朋友遗体旁，喃喃自语道：

“英俊的许阿铿托斯啊，你将永远活在我心中。愿你的英名在人世间永存。”

阿波罗的话音刚落，从许阿铿托斯头上流出的血中就长出了一朵鲜红芬芳的风信子花，花瓣上存留着阿波罗痛苦的叹息声。人们也都怀念许阿铿托斯，每逢许阿铿托斯节，人们都会举行各种活动纪念他。

波吕斐摩斯　阿喀斯和伽拉忒亚

美丽的海中女神伽拉忒亚非常喜欢西墨菲斯的儿子，美少年阿喀斯，阿喀斯也喜欢她。可喜欢伽拉忒亚的不止阿喀斯一人，有一次，伽拉忒亚游弋在碧波荡漾的海面上，光彩照人，独眼巨人波吕斐摩斯看到了她，疯狂地爱上了她。

爱神阿佛罗狄忒是多么伟大啊，竟能让蔑视奥林波斯诸神的独眼巨人燃起爱情之火！他从不允许任何人接近他。

波吕斐摩斯整日想念着伽拉忒亚，不再管自己的羊群和洞穴。野人般的独眼巨人居然关心起自己的外貌，他用镐梳理蓬乱的头发，用镰刀修剪胡子。他甚至变得不那么野蛮和残暴了。

恰巧这时，先知忒拉摩斯来到西西里海岸，他向波吕斐摩斯预言：

“你长在额头上的那唯一的一只眼睛将被英雄奥德修斯剜掉。”

波吕斐摩斯粗鲁地嘲笑着先知，说：

“你是最蠢的先知，你说错了！一位女神已经占有了我的这只眼睛！”

远处的大海中，有一座四面都是悬崖峭壁的小山，它悬在不停咆哮的巨浪之上。波吕斐摩斯常到这座山上牧羊，他坐在岩石上，把船桅杆大小的木棒放到脚边，取出用一百根芦苇制成的芦笛，竭尽全力吹响了它。刺耳的笛声传遍大海、高山和峡谷，也传到了阿喀斯和伽拉忒亚的耳边，他们经常在离小山不远处的海边洞穴里纳凉。波吕斐摩斯边吹笛子边唱着歌，突然，他像疯牛似的跳了起来。原来，他看到了岸边洞穴里的伽拉忒亚和阿喀斯，他扯开嗓子大叫起来，这喊声震得埃特纳山都响起了回声。

"我看见你们了！好哇，这将是你们俩最后一次相见了！"

伽拉忒亚吓坏了，赶紧冲进大海。海浪保护她免被波吕斐摩斯俘获。阿喀斯惊恐地逃命，他向大海伸出双手，高喊着：

"帮帮我呀，伽拉忒亚！父母亲呐，救救我呀，把我藏起来呀！"

独眼巨人迅速赶上阿喀斯了。他劈开一块巨石，抓起来投向阿喀斯。岩石砸到了不幸的阿喀斯，可怜的孩子整个被压在了岩石的边缘下，他被砸死了。阿喀斯的鲜血顺着岩石流下。血渐渐失去鲜红的颜色，变得越来越淡，就像被暴雨弄浑的河水一般，最后变得越来越浅、越来越清。突然，压在阿喀斯身上的岩石裂开了。石缝中长出了一根嫩绿的芦苇，它发出清脆的声音，淌出湍急清澈的水流。一个脸色浅蓝、头戴芦苇冠的少年站在齐腰深的水中，他就是阿喀斯，他成了河神。

狄俄斯库里兄弟：卡斯托尔和波吕丢刻斯

美丽的勒达是埃托利亚国王忒提斯俄斯的女儿，是斯巴达国王廷达瑞俄斯的妻子。勒达美貌倾国，享誉全希腊。她曾是宙斯的妻子，并和他生有一儿一女，一个是大英雄波吕丢刻斯，一个是美若天仙的海伦；她和廷达瑞俄斯也有两个孩子：儿子卡斯托尔，女儿克吕泰涅斯特拉。

父亲赐给了波吕丢刻斯永生之躯，卡斯托尔则是凡人一个。兄弟俩都是希腊的大英雄，卡斯托尔拥有非凡的驾车技艺，无人能敌，所有难以驾驭的烈马在他手下都变得温顺服帖；波吕丢刻斯是最好的拳击手，打遍天下无敌手。希腊许多丰功伟绩中都有狄俄斯库里兄弟的建树，他们时刻形影不离，最真诚的兄弟情把两人紧紧地联系在了一起。

狄俄斯库里兄弟有两个堂兄弟，林叩斯和伊达斯，他们的父亲是默塞尼亚国王阿法柔斯。伊达斯是个身强力壮的斗士，林叩斯视力超群，他甚至能看到大地深处的东西，什么也逃不过他的眼睛。狄俄斯库里兄弟和堂兄弟俩一起建立了许多功勋。一次，他们大胆地袭击了阿卡迪亚，掠走了牛群，并决定分掉战利品。伊达斯负责分牛，他想和林叩斯占有全部战利品，于是要起花招。伊达斯把一头牛分成四等份，四人平分，他提议，谁第一个吃掉自己那一份，就分得一半牛群；谁第二个吃完，就分得另一半牛群。伊达斯飞快地吃掉了自己那一份，又帮着林叩斯吃掉了他那份。

卡斯托尔和波吕丢刻斯识破了伊达斯的伎俩，他们非常生气，决定报复这两个昔日的好兄弟。

卡斯托尔和波吕丢刻斯闯进默塞尼亚，不仅抢走了从阿卡迪亚夺来的牛群，还抢走了伊达斯和林叩斯的牛群。他们觉得还不够解气，又掠走了堂兄弟的未婚妻。

狄俄斯库里兄弟知道，伊达斯和林叩斯不会善罢甘休。他们藏到一棵大树的树洞里，等候伊达斯和林叩斯，想对他俩发动突然袭击。他们不愿和勇猛的伊达斯正面交锋，因为伊达斯太过勇猛，他甚至不怕与阿波罗一决雌雄。有一次，为争美丽的玛耳佩萨，他竟和阿波罗打了起来。狄俄斯库里兄弟根本无法躲避林叩斯的千里眼。林叩斯从高高的泰格托斯山上看到了藏在树洞里的兄弟俩。伊达斯和林叩斯对他们发起了攻击。狄俄斯库里兄弟还没来得及逃出树洞，伊达斯的投枪就扎进树中，这一枪正好穿透卡斯托尔的胸膛。波吕丢刻斯向两位堂兄弟冲杀过去，伊达斯和林叩斯无法抵挡他的进攻，落荒而逃，跑到父亲的坟旁时，他们被波吕丢刻斯追上，林叩斯被杀死。波吕丢刻斯和伊达斯开始了殊死搏斗，可是宙斯终止了这场决斗，他投出一道闪电，把伊达斯和林叩斯的尸体烧成了灰烬。

波吕丢刻斯回到身受致命伤的卡斯托尔身边。看着死亡就要将他们兄弟分开，他失声痛哭起来。他祈求父亲宙斯，让他和兄弟一起死去，宙斯来到儿子身边，让他选择，要么和奥林波斯山的众神一样永远青春年少；要么和兄弟在一起，一天住在黑暗的冥国，一天住在光明的奥林波斯山上。波吕丢刻斯不想和兄弟分离，就选择了和他在一起，一天在冥国，一天在奥林波斯山上。从此以后，兄弟俩一天在黑暗的冥国里游荡，一天在宙斯的宫殿中和众神生活在一起。希腊人就像敬奉神祇一样，敬奉狄俄斯库里兄弟。在任何危机的时候，无论在他乡还是在故里，他们都会保护那里的人。

阿特柔斯和堤厄斯忒斯

阿特柔斯和堤厄斯忒斯是大英雄佩洛普斯的儿子。佩洛普斯曾背信弃义地杀死了国王俄诺玛俄斯的驭手密耳提罗斯，密耳提罗斯死前诅咒佩洛普斯整个家族必犯大恶，必将覆灭。密耳提罗斯的诅咒也降临到阿特柔斯和堤厄斯忒斯身上，因为他们干了许多坏事。阿特柔斯和堤厄斯忒斯杀死了自然女神阿克西翁和他们父亲佩洛普斯所生的儿子克律西波斯，是兄弟俩的母亲希波达弥亚唆使他们犯下如此滔天大罪。杀人后兄弟俩怕父亲发怒，赶紧逃离宫殿，去投奔迈锡尼国王斯忒涅洛斯。斯忒涅洛斯是佩耳修斯的儿子，他娶了他们的姐姐尼喀珀。斯忒涅洛斯死后，他的儿子欧律斯透斯被伊俄拉俄斯俘获，死在赫拉克勒斯的母亲阿尔克墨涅之手。由于欧律斯透斯没有子嗣，迈锡尼王国就由阿特柔斯统治了。堤厄斯忒斯十分嫉妒阿特柔斯，决定不惜一切手段夺取他的王权。

在阿特柔斯妻子埃洛珀的帮助下，堤厄斯忒斯偷走了赫耳墨斯送给阿特柔斯的金毛羊。众神曾经说过："谁拥有金毛羊，谁就能统治迈锡尼。"金毛羊到手后，堤厄斯忒斯向阿特柔斯索要王权。他的行为惹得宙斯大怒，他以各种征兆警示迈锡尼的居民，堤厄斯忒斯正图谋以不正当手段窃取王权，迈锡尼人没有认可堤厄斯忒斯为王。怕遭兄弟惩罚，堤厄斯忒斯逃出了迈锡尼，但出于报复心，逃走前他悄悄带走了阿特柔斯的儿子普勒斯忒涅斯。在他乡，堤厄斯忒斯把普勒斯忒涅斯视为亲生儿子抚养，让他对阿特柔斯充满深仇大恨，恶毒的堤厄斯忒斯想把普勒斯忒涅斯当成报复阿特柔斯的工具。普勒斯忒涅斯长大后，堤厄斯忒斯派他到迈锡尼去刺杀阿特柔斯，他刺杀未果却命丧父亲之手。得知被杀的小伙子是自己的儿子后，阿特柔斯悲愤交加。他发誓要报复自己的兄弟，他想出了一个歹毒的计划。为达到目的，阿特柔斯假意与兄弟和好，派人去接兄弟回迈锡尼。堤厄斯忒斯刚回到迈锡尼，就和阿特柔斯的妻子埃洛珀沆瀣一气、密谋害死兄弟。得知这一消息后，阿特柔斯更坚定了向歹毒兄弟报复的决心。他命人秘密抓住堤厄斯忒斯的儿子——年幼的普勒斯忒涅斯[①]和坦塔罗斯，并杀死了他们。阿特柔斯用他们的尸体为兄弟准备了可怕的菜肴。

阿特柔斯邀请堤厄斯忒斯出席宴会，给他摆上了用他儿子的肉做成的食物。

就在这时雷声大震，阿特柔斯的恶行惹怒了宙斯。光明的太阳神赫利俄斯被吓得一抖，赶紧掉转车头，驱赶神马驶回东方，他不想看到父亲吃儿子肉的恐怖画面。心无提防的堤厄斯忒斯落座后，动口吃起了这道菜。吃完后，堤厄斯忒斯突然有一种不祥的感觉，于是向阿特柔斯问起儿子的下落。阿特柔斯叫来仆人，让他们给堤厄斯忒斯看普勒斯忒涅斯和坦塔罗斯的头和脚。堤厄斯忒斯痛哭起来，他求阿特柔斯把儿子的尸体还给他，好安葬他们。可阿特柔斯却说，他刚才已经安葬好了自己的儿子们，只不过没埋在地下，而葬于腹中。堤厄斯忒斯这才明白他吃的是什么东西，他惊恐万分，掀翻桌子，扑倒在地，号啕大哭起来。突然，悲痛欲绝的堤厄斯忒斯跃起身来，大声诅咒着阿特柔斯和他的族人、子孙后代，跑出了宫殿。他发疯似的跑出迈锡尼，躲进了荒漠，在那里藏了好久。后来，他去了厄皮鲁斯国王斯普罗托斯那里，国王给了他栖身之所。

阿特柔斯的恶行激起众神的愤怒。为了惩罚他，众神给阿尔戈利斯降下大灾，让这里肥沃的良田寸草不生，颗粒无收。阿特柔斯

① 与阿特柔斯的儿子同名。

统治的地方到处都在闹饥荒，饿殍遍地。阿特柔斯祈求神谕灾难的缘由，得知，堤厄斯忒斯返回迈锡尼之日便是灾难终结之时。阿特柔斯到希腊各处去寻找堤厄斯忒斯，可找了好久也未能找到兄弟的藏身之所。后来，他找到了堤厄斯忒斯的小儿子埃癸斯托斯，把他带回了宫殿，像待亲儿子一样抚养他。

数年后，阿特柔斯的儿子墨涅拉俄斯和阿伽门农偶然发现了堤厄斯忒斯的藏身之所。他们抓住了他，把他带回了迈锡尼。阿特柔斯没有和兄弟和好，他把兄弟关了起来，并决定杀死他。阿特柔斯叫来埃癸斯托斯，给了他一柄利剑，让他去牢中杀死囚徒。埃癸斯托斯并不知道，他视为父亲的阿特柔斯竟要他犯下弑父之罪。埃癸斯托斯刚进牢房，堤厄斯忒斯就认出了自己的儿子，他向埃癸斯托斯讲述了自己的身世。于是，父子俩在牢中想好了除掉阿特柔斯的计划。埃癸斯托斯回到宫殿后对阿特柔斯说，他已经杀死了囚徒，阿特柔斯大喜，终于干掉了兄弟。他跑到海边去给奥林波斯众神献祭。献祭时，埃癸斯托斯猛地将利剑刺进他的后背。就这样，阿特柔斯死在埃癸斯托斯的利剑下（这柄剑本属于阿特柔斯，他曾让埃癸斯托斯用这柄剑去杀掉堤厄斯忒斯）。埃癸斯托斯将父亲救出牢房，堤厄斯忒斯和儿子一起掌握了迈锡尼的统治权。阿特柔斯的儿子墨涅拉俄斯和阿伽门农被迫逃离迈锡尼。他们得到了斯巴达国王廷达瑞俄斯的庇护。墨涅拉俄斯娶了廷达瑞俄斯的女儿，美若阿佛罗狄忒的海伦，阿伽门农娶了廷达瑞俄斯的另一个女儿克吕泰涅斯特拉。过了若干时日，阿伽门农回到了迈锡尼，杀死了堤厄斯忒斯，开始掌管父亲曾经统治的王国。廷达瑞俄斯死后，墨涅拉俄斯成了斯巴达的国王。

埃萨科斯和赫斯珀里亚

埃萨科斯是特洛伊国王普里阿摩斯的儿子，伟大英雄赫克托耳的兄弟。他出生在森林茂密的伊得山的山坡上，母亲是美丽的自然女神阿勒克西洛厄，她是河神格拉尼科斯的女儿。在山里长大的埃萨科斯不喜欢城市生活，不喜欢住在父亲普里阿摩斯的豪华宫殿里，他喜欢幽居在崇山峻岭和茂密森林中，喜欢广阔的原野。

埃萨科斯很少住在特洛伊，也很少出席特洛伊人的会议。埃萨科斯虽然离群索居，但却不鲁莽，不野蛮，他待人彬彬有礼，也懂得爱情为何物。在密林和原野上，他经常遇见美丽的自然女神赫斯珀里亚。年少的埃萨科斯深深地爱上了她，可自然女神一见到他就会逃走。

有一次，埃萨科斯在刻布壬河河岸边碰到了美丽的赫斯珀里亚，她正在阳光下晒自己那一头浓密的秀发。看到小伙子，自然女神吓得急忙跑开，埃萨科斯赶紧去追。

突然，藏在草中的毒蛇咬到女神的脚，蛇毒进到伤口里，赫斯珀里亚倒在跑上前来的埃萨科斯怀中。埃萨科斯搂着死去的赫斯珀里亚，痛苦万分，他大声喊道：

“天哪！好痛苦啊！我恨死自己了！我干吗追你呀！没想到我会以这样沉重的代价追上了你！赫斯珀里亚，我和毒蛇一起害死了你！毒蛇给了你致命的创伤，可罪魁祸首却是我呀！如果不以一死来谢罪，那我就比毒蛇还要歹毒了！”

埃萨科斯从高高的悬崖上纵身一跃，跳进浪花飞溅、惊涛拍岸的大海中。海中女神忒提斯可怜这个不幸的小伙子，她在碧浪中轻轻地接住了他，并在他沉入海底前，给他全身披上了羽毛。普里阿摩斯的儿子一心想死，但死神没有降临。埃萨科斯变成了一只鸟，飞翔在海面上。他很生气。他不想违心地活着。他扇动着刚刚长出的翅膀向高处飞去，然后猛地冲向大海，可是羽毛保护了他。他一次又一次地投向大海，想摔死在海中，可他就是死不了！埃萨科斯的身体越来越瘦，双腿变得又干又细，脖子也变得细长起来，最终，他变成了一只潜鸭。

下部　古希腊史诗

一、阿尔戈英雄

邱鑫　赵梦雪　译

佛里克索斯和赫勒

风神埃俄洛斯之子，国王阿塔玛斯统治着古老的奥尔科墨诺斯，云神涅斐勒为他生下了两个孩子：儿子佛里克索斯和女儿赫勒。阿塔玛斯背叛了涅斐勒，娶了卡德摩斯国王的女儿伊诺。伊诺厌恶丈夫首次婚姻所生育的子女，企图杀死他们。她劝说奥尔科墨诺斯人将粮种晒干，再把晒干的种子撒进地里，往日肥沃的土壤变得寸草不生。饥荒威胁着奥尔科墨诺斯人。阿塔玛斯决定派使者前往得尔菲，祈求阿波罗谕示土地绝收的原因。阴险的伊诺收买了使者们，他们从得尔菲带回了假神谕：

“女祭司皮提亚说，只要你将你的儿子佛里克索斯献祭给诸神，诸神就会让土地重新肥沃高产。”

为了拯救奥尔科墨诺斯，阿塔玛斯决定牺牲心爱的儿子。伊诺得意万分，她以为加害佛里克索斯的阴谋就要得逞了。

献祭的一切都已准备就绪。年少的佛里克索斯眼看着就要命丧祭祀刀下，突然，赫耳墨斯的恩赐——金毛羊出现了。佛里克索斯的母亲涅斐勒女神派遣金毛羊前来拯救自己的孩子。佛里克索斯和妹妹赫勒骑上了金毛羊，它驮着他们朝遥远的北方飞去。

金毛羊飞得很快，田野和森林伸向远方，一条条闪着银光的河流蜿蜒其间。他们飞越群山来到海边，又在大海上空穿行。赫勒很害怕，在羊背上瑟瑟发抖，最后还是因为没坐稳掉进了海里，隐没在永远喧嚣不止的海浪中。佛里克索斯没能挽回妹妹的生命，她死了。从那时起，赫勒身亡的这片海域就被称为赫勒斯滂海（赫勒海）。

金毛羊驮着佛里克索斯越飞越远，最终降落在法细斯河岸。法细斯河流经遥远的科尔喀斯，那里的统治者是太阳神赫利俄斯的儿子，魔法师埃厄忒斯。埃厄忒斯养育了佛里克索斯，在他长大成人后又将自己的女儿卡尔喀俄珀许配给他。救出佛里克索斯的那只金毛羊被献祭给了伟大的雷电之神宙斯。埃厄忒斯将金毛羊皮挂在战神阿瑞斯的圣林中，让一条从不合眼的喷火恶龙看守着它。

金毛羊皮的故事传遍整个希腊。阿塔玛斯的后人们知道，他们家族的命运和兴衰取决于是否拥有金毛羊皮，所以他们不惜一切代价要得到它。

伊阿宋的诞生和成长

阿塔玛斯国王的兄弟克瑞透斯在忒萨利亚蔚蓝的海湾边建造了伊俄尔科斯城。这座城市逐渐发展起来，肥沃的土地、发达的贸易和航海业为它带来了财富。克瑞透斯死后，他的儿子埃宋开始统治伊俄尔科斯，不料他的同母兄弟，波塞冬的儿子佩利阿斯夺走了他的权力，埃宋被迫以平民的身份在城中生活。

很快，埃宋生了一个漂亮的儿子，这个孩子拥有伊俄尔科斯的王位继承权。埃宋担心傲慢又残忍的佩利阿斯会杀害他，因此决定把他藏起来。埃宋对外声称婴儿一出生就夭折了，还为其举行了隆重的丧宴。他亲自把儿子送到了珀里翁山最智慧的马人客戎那里，客戎和他的母亲菲吕拉、妻子卡里克罗一起养育着小男孩，他在森林中、洞穴里逐渐成长起来。睿智的客戎为他取名为伊阿宋，教他击剑、投枪、射箭、乐理以及其他自己所熟悉的技能。伊阿宋的敏捷、力量和勇气天下无双，外貌也英俊潇洒，超凡脱俗。

伊阿宋在客戎的身边生活了二十年，后来他决定离开偏远的珀里翁山麓，返回伊俄尔科斯，向佩利阿斯索要统治权。

伊阿宋在伊俄尔科斯

回到伊俄尔科斯后，伊阿宋径直来到广场上，整个城市的居民都聚集在这里，他们惊讶地望着这位英俊的青年。他的外表太过完美，以至于所有人都误以为他是阿波罗或者赫耳墨斯。他的穿戴与伊俄尔科斯的居民们不同，肩上披着华丽的豹皮，右脚穿着凉鞋，柔顺的鬈发垂至双肩，整个人都显露着年轻神祇才应有的俊美和力量。伊阿宋手持两杆投枪，泰然自若地站在欣赏他的人群中间。

就在这时，佩利阿斯乘坐豪华马车来到广场。一瞥之下发现这名青年只有一脚穿鞋，佩利阿斯浑身一震，心中有些害怕，因为先知曾告诉他，埃宋之子会穿着一只鞋走出深山，或用智谋，或用武力杀死他，佩利阿斯命中注定将死于其手。

佩利阿斯掩藏起恐惧，高傲地询问陌生的青年：

“年轻人，你从哪儿来？属于哪个家族？要说实话，不要撒谎玷污自己，我最憎恨的就是谎言。”

伊阿宋镇定地回答佩利阿斯：

“睿智的客戎只教了我正直和诚实，我一直谨遵他的教诲，在客戎的山洞生活了整整二十年，从未违背真理，也没有任何过失。我回到这里，回到了故乡伊俄尔科斯，回到了我的父亲埃宋身边。听说我狡诈的叔叔佩利阿斯从我父亲那里攫取了伊俄尔科斯的统治权，我想要求他将这一权力归还于我。市民们，请引领我去我伟大先祖的宅邸。我不是外人，我就出生在这里，出生在伊俄尔科斯城。我叫伊阿宋，是埃宋的儿子。”

伊俄尔科斯的居民为伊阿宋指明了他父亲的居所。伊阿宋刚走进去，埃宋就认出了他。年迈的埃宋热泪盈眶，看到儿子长成了一个强壮有力又英俊潇洒的青年，心中充满喜悦。

伊阿宋归来的消息很快就传到了埃宋另外两个兄弟，斐赖国王斐瑞托斯和默塞尼亚的安法翁的耳中。很快，他们就带着各自的儿子阿德墨托斯和墨兰波斯来到了埃宋家。埃宋和伊阿宋招待他们的宴会持续了五天五夜，席间，伊阿宋袒露了收回伊俄尔科斯统治权的想法并取得了他们的支持，于是，众人一起去找佩利阿斯。伊阿宋要求佩利阿斯交还统治权，还许诺不收回他从埃宋那里霸占的财产。佩利阿斯不敢拒绝伊阿宋的要求，他说：

“好，我同意。不过我有一个条件：在我把统治权交给你之前，你必须提前取得冥界诸神的怜悯。佛里克索斯死在遥远的科尔喀斯，他托梦于我，恳求我们去科尔喀斯夺取金毛羊皮。在得尔菲的时候，阿波罗也命我去科尔喀斯。我老了，下不了决心去完成这伟大的功业；你还年轻，充满力量，所以就由你来完成它吧，事成之后我会把伊俄尔科斯的统治权还给你。”

佩利阿斯用心险恶地说了这番话，因为他相信，如果伊阿宋决定去科尔喀斯夺取金毛羊皮，那他一定保不住自己的性命。

伊阿宋召集同伴准备远征科尔喀斯

与佩利阿斯交谈之后，伊阿宋立即着手准备远征科尔喀斯。他行遍整个希腊，召集功勋卓著的英雄们加入他的队伍，所有伟大的英雄都响应了他的号召。就连最伟大的英雄之一，宙斯的儿子赫拉克勒斯也同意参加远征。诸位英雄在伊俄尔科斯汇聚一堂，这里有雅典的骄傲、力大无穷的忒修斯，宙斯和勒达的儿子卡斯托尔、波吕丢刻斯以及他们的朋友伊达斯和林叩斯，背生双翼的英雄卡拉伊斯和泽忒斯——他们是风神玻瑞阿斯与俄瑞堤伊亚的儿子，还有卡吕冬的墨勒阿革罗斯、强壮的安开俄斯、阿德墨托斯、忒拉蒙等等，歌手俄耳甫斯也在众英雄之列。如此众多的英雄聚集在一起，这在希腊还是史无前例的。他们孔武有力，俊美无俦，吸引了全伊俄尔科斯城的目光。世上没有他们逾越不了的障碍！没有他们战胜不了的敌人！没有他们克服不了的困难！

阿瑞斯托罗斯之子阿尔戈为英雄们准备的大船也已经造好。雅典娜亲自帮助他，她从多多那宙斯神殿所在的密林中取来了圣橡木，将其嵌入了大船船尾。这艘被命名为阿尔戈号的十桨大船华美非常，它轻盈迅疾，乘风破浪时宛如海鸥展翅。参加此次远征的英雄们也因该船而得名为阿尔戈英雄。他们不仅得到了雅典娜的庇佑，女神赫拉也将他们置于自己的保护之下。赫拉憎恨佩利阿斯，因为他不为她举行祭典，伊阿宋则受到赫拉特别的青睐。为了考验伊阿宋，赫拉曾化身为一个年迈体衰的老太婆，站在山涧的一边，流泪祈求伊阿宋送她到对岸去。伊阿宋小心翼翼地背起了她，蹚过了湍急的溪流。从此以后，赫拉就特别垂爱伊阿宋，无时无刻不在帮助他。阿波罗也庇护着阿尔戈英雄们，正是他鼓动大家参与这次远征，是他谕示众英雄，说他们一定会功成名就。

在伊俄尔科斯会合之后，英雄们打算推选伟大的赫拉克勒斯为首领，然而赫拉克勒斯拒绝了，他提议让伊阿宋来担当这一重任。提菲斯被选为舵手，林叩斯则负责领航，地上和地下的一切都无法逃过他的目光。

出航的一切都已准备就绪。下水后的阿尔戈号在海面上轻轻摇晃，路上所需的补给已装载妥当，为阿波罗及众神举行的献祭仪式已经完毕，谕示吉兆。欢乐的饯行宴会业已结束，充满艰险的航程即将开始。

朝霞刚在天边展露紫红的辉光，舵手提菲斯就叫醒了阿尔戈英雄们。他们登上大船，两人一排在桨前坐定，齐心协力划起桨来。阿尔戈号驶离港口，来到了宽阔的海上。船员们扬起了雪白的风帆，大船在欢快的海浪中顺风疾行。光芒四射的太阳神赫利俄斯乘着金马车升上天空，阿尔戈号的白帆被映成了粉色，海浪也在太阳的晨辉中闪闪发光。

俄耳甫斯拨动着金基法拉琴的琴弦，海上响起他美妙的歌声。

阿尔戈英雄们都听得入了神。鱼群和海豚也沉醉在俄耳甫斯的吟唱中，从大海深处浮上海面，就像畜群循着甜美的牧笛声跟着牧人那样，尾随着破浪前行的阿尔戈号。

阿尔戈英雄在莱姆诺斯岛

一路顺利。不久以后，阿尔戈英雄们来到了鲜花盛开的莱姆诺斯岛，这里的统治者是女王许普西皮勒。岛上一个男人也没有，他们全都因为不忠而被自己的妻子杀死，只有许普西皮勒的父亲，国王托阿斯幸免于难，他的女儿救了他。

阿尔戈英雄们将船停靠在莱姆诺斯岛岸边，向城里派遣了使者，莱姆诺斯岛的女人们则聚集在城内广场上商议对策。年轻的许普西皮勒建议大家不让阿尔戈英雄们进城，她担心他们会知晓城中所发生过的罪行。然而老波鲁克索反对女王的意见，坚持认为应该放英雄们进城。她说道：

“如果有敌人进攻莱姆诺斯岛，谁来保护你们？如果你们一直单身，等你们老了，谁来关心你们？让那些异乡人进城吧，把他们留在这里。”

莱姆诺斯岛的女人们听从了波鲁克索的意见，立即派人同使者一起回到阿尔戈号船上，邀请英雄们进城。

伊阿宋穿着雅典娜亲手为他织造的紫色华服走进城去，许普西皮勒隆重款待了他，还建议他留宿在自己的宫殿中。其他人也跟着走到了城内，只有赫拉克勒斯和个别英雄留在了阿尔戈号上。

岛上一片欢腾，四处的篝火上都焚烧着敬献给诸神的祭品，庆典和宴会接连不断。英雄们似乎已经忘记了尚需建立的伟大功勋，终日在莱姆诺斯岛上无忧无虑地宴饮。后来，赫拉克勒斯悄悄地将英雄们召集到阿尔戈号停靠的岸边，愤怒地斥责他们因为享乐、因为快活和安逸的生活而忘记了前方的功业。英雄们听到这样的斥责，羞愧难当，他们决定马上离开莱姆诺斯岛，阿尔戈号随即做好了起航的准备。英雄们正要上船持桨、准备开拔时，莱姆诺斯岛的女人们都涌到了岸边，她们祈求英雄们留下来，不要离开。然而英雄们去意已决，女人们只能挥泪同他们告别。英雄们登上大船，齐齐划桨，船桨在海面上激起阵阵泡沫，阿尔戈号就像鸟儿一样飞速向前驶去。

阿尔戈英雄们在库最科斯半岛

阿尔戈英雄们在普罗庞提斯海上航行，途中停靠在了库最科斯半岛的岸边。波塞冬的后裔多利俄涅人居住在这里，库最科斯国王统治着他们。距库最科斯半岛不远处有一座熊山，山上生活着六臂巨人，在波塞冬的庇护下，多利俄涅人同巨人们相安无事。库最科斯国王隆重款待了阿尔戈英雄们，为他们举行的宴会持续了一整天，直到清晨，英雄们才聚集起来准备再次上路。他们刚登上阿尔戈号，六臂巨人们就出现在了海湾的对岸。他们向海中抛掷巨大的石块，掀下一片片山岩，还把它们堆叠在一起，意图阻断阿尔戈英雄们出海的道路。赫拉克勒斯拉开长弓，向巨人们接连射出致命的箭矢。英雄们手执盾牌和投枪，朝巨人们飞扑而去。战斗持续的时间不长，巨人们接二连三地倒在地上或跌进海里。英雄们把他们都杀了，一个也没放过。

阿尔戈英雄们再次划桨上路，船帆高扬，一路顺风，阿尔戈号在海上平静地航行了一整天。暮霭时分，太阳神赫利俄斯从天空降落，黑暗笼罩天地。风向突变，阿尔戈号被吹向不久前才离开的海岛。英雄们在夜幕下回到了库最科斯。当地居民没认出他们，以为他们是海盗，于是在年轻国王的带领下，对英雄们发起了进攻。残酷的夜战爆发了。黑暗中，英雄们同不久前才结识的朋友们厮杀着。伊阿宋锋利的投枪扎中了库最科斯国王的胸膛，国王呻吟着倒在地上。就在这时，黎明女神厄俄斯将东方染上了瑰丽的红色。清晨来临，交战双方认出了彼此，他们惊骇万分，原来他们一直在和朋友拼死搏斗。阿尔戈英雄和库最科斯人为死者举行的葬礼持续了三天，为年轻的国王恸哭了三天。他的妻子，墨洛普斯的女儿，美丽的克里忒经受不住丈夫死亡的打击，将一把利剑刺进自己的胸口，香消玉殒。

阿尔戈英雄在米西亚

不久之后，阿尔戈英雄们来到了米西亚。他们将船停靠在岸边，打算补充水和食物。强壮的赫拉克勒斯走进离岸不远的树林，他的船桨坏了，想为自己做一支新桨。赫拉克勒斯找到了一棵高大的冷杉，用强有力的臂膀环抱住它，将它连根拔起，然后扛到肩上，朝海岸走去。他的朋友波吕斐摩斯突然迎面跑来，说听到年轻的许拉斯在呼唤他俩。赫拉克勒斯立即奔去寻找许拉斯，可许拉斯却不知去向。赫拉克勒斯很伤心，他和波吕斐摩斯一起徒劳地探查岛上的每一个地方。

直到预示黎明即将到来的启明星升上天空，阿尔戈英雄们才再次起航。天色昏暗，谁都没有注意到赫拉克勒斯和波吕斐摩斯不在船上。清晨到来之后，大家发现两名最出色的伙伴不见了，忧伤的情绪弥散开来。伊阿宋低垂着头，沉浸在痛苦之中。他似乎没听见同伴们的抱怨，也没注意到赫拉克勒斯和波吕斐摩斯的缺席。赫拉克勒斯忠实的朋友忒拉蒙走到伊阿宋近旁，斥责他说：

“就你一个人能在这儿平心静气地坐着，你现在开心了吧！赫拉克勒斯不在了，再没人能压得住你了。不，如果你们不把赫拉克勒斯和波吕斐摩斯找回来，我坚决不走。”

忒拉蒙朝舵手提菲斯扑去，想迫使他调转阿尔戈号的航向。玻瑞阿代兄弟尝试着让忒拉蒙冷静下来，可暴怒的忒拉蒙谁的话也听不进去，他认定是大家故意将赫拉克勒斯和波吕斐摩斯遗弃在了米西亚。突然，能预言未来的海神格劳科斯[①]头裹着海藻，冒出了海面。格劳科斯用手抓住阿尔戈号的龙骨，将船停了下来，他说：

“赫拉克勒斯和波吕斐摩斯遵从雷电之神宙斯的旨意留在了米西亚。赫拉克勒斯必须回到希腊为欧律斯透斯效力，去完成十二件伟大的功绩；波吕斐摩斯则注定要在卡吕柏斯人的国度建立荣耀之城喀俄斯；英俊的许阿斯被自然女神们掳走了，赫拉克勒斯和波吕斐摩斯留在米西亚是为了寻找他。”

说完，格劳科斯从英雄们眼前消失，再次没入了海中。

英雄们安下心来，忒拉蒙与伊阿宋握手言和。大家再次划起船

---

① 渔夫和航海者保护神，能预知未来。半人半鱼，有着一张长须长发的老人脸。

桨，他们的动作协调一致，阿尔戈号又开始在海面上破浪疾驰。

阿尔戈英雄在比堤尼亚

第二天早晨，阿尔戈英雄们抵达比堤尼亚海岸，他们在此地受到了冷遇。柏布律喀亚人居住在海岸边，国王阿密科斯统治着他们，他威武强壮、声名显赫，是无敌的拳击斗士。残酷的国王冷血无情，他会强迫所有外乡人同自己比赛，然后挥动有力的拳头将他们一一击毙。阿密科斯嘲笑伟大的阿尔戈英雄们，称他们是流浪汉，还让英雄们派出敢于和他较量的、最有力气的人同他一决高低。英雄们勃然大怒，宙斯和勒达的儿子，波吕丢刻斯站了出来，他心平气和地接受了阿密科斯的挑战。阿密科斯身着黑色披风，肩上扛着粗大木棒，这副样子极像巨人梯丰。他站在波吕丢刻斯面前，用阴沉的目光打量着自己的对手。威武、俊美的波吕丢刻斯与他迎面而立，双方都做好了战斗的准备。阿密科斯将护臂带[①]扔到地上，波吕丢刻斯未加选择，就近拾起一副缠在手臂上。比赛开始了，阿密科斯像愤怒的公牛一般扑向波吕丢刻斯。波吕丢刻斯毫不退缩，灵活反击。双方偶尔会停下来调整一下呼吸，随后又会飞身扑上，频频出击。阿密科斯挥起拳头，企图敲碎波吕丢刻斯的脑袋，年轻的英雄闪身避开了他的攻击，一拳打中阿密科斯的耳朵，击碎了他的颅骨。阿密科斯倒在地上，抽搐不止，很快一命呜呼。阿尔戈英雄们高声欢呼，为取得胜利的波吕丢刻斯喝彩不已。

---

① 古希腊人在拳击比赛时会用护臂带缠住手肘以下的部位，带上缀有铜钉，可提升打击的力度和致命性。

见国王被打死，柏布律喀亚人纷纷扑向波吕丢刻斯。波吕丢刻斯几拳就把跑在最前面的两个人打翻在地。阿尔戈英雄们拿起武器，加入了同柏布律喀亚人的战斗。安开俄斯沉重的战斧像旋风一般在柏布律喀亚人中翻飞舞动，卡斯托尔闪着寒光的利剑不断夺走敌人的性命。英雄们就像雄狮一样战斗着。柏布律喀亚人终于四散奔逃，英雄们追击了很长时间，最后，他们带着丰富的战利品回到了海岸边，在那儿欢宴了一整夜。俄耳甫斯拨动着金基法拉琴，高声吟唱胜利的赞歌，歌颂宙斯之子，英俊的波吕丢刻斯，歌颂他战胜柏布律喀亚人之王阿密科斯的丰功伟绩。

阿尔戈英雄在菲纽斯家

翌日清晨，阿尔戈英雄们再次起航，很快便抵达了色雷斯。英雄们登上海岸，补充食物和水。他们看见了岸边有一幢房子，便向它走去。一位失明的老人迎了出来，他十分虚弱，整个身子都在颤抖，双腿勉强能够移动。刚走到门槛，他就因为力竭而摔倒在地。英雄们将他扶了起来，心中充满了对这位老人的怜悯与同情。老人告诉大家，自己叫菲纽斯，他是阿戈诺耳的儿子，昔日的色雷斯国王。他因滥用阿波罗赐予的预言能力，向凡人透露了宙斯的秘密，而受到了阿波罗的惩罚。阿波罗夺去了菲纽斯的视力，诸神又派出一群半人半鸟的女妖哈耳庇厄到他家，糟蹋了所有的食物，又把整个屋子弄得臭气熏天。诸神告诉菲纽斯，只有玻瑞阿斯那两个背生双翼的儿子——泽忒斯和卡拉伊斯及其他阿尔戈英雄到来之后，他才能摆脱惩罚。菲纽斯求英雄们救他脱离苦海，求玻瑞阿代兄弟赶走女妖。菲纽斯同这两兄弟还有一点亲缘，因为他的妻子克勒俄帕特拉是他们的姐姐。

英雄们同意帮助菲纽斯。他们准备了丰盛的食物，菲纽斯刚卧[①]在桌边想要饱餐一顿时，哈耳庇厄就来了，它们完全无视英雄们的呐喊，不仅吃掉了所有东西，还四处散布熏天的臭气。做完这一切之后它们盘旋而起，离开了菲纽斯的家。玻瑞阿代兄弟展开了强健的翅膀追逐而去，他们追了很久，终于在普罗提亚群岛赶上了它们。玻瑞阿代兄弟刚刚拔出利剑想杀死这些哈耳庇厄女妖，诸神使者伊里斯就扇动着七彩翅膀从巍峨的奥林波斯山飞驰而至。她制止了玻瑞阿代兄弟，并告诉他们，诸神已命令哈耳庇厄女妖不再迫害菲纽斯，于是玻瑞阿代兄弟又展翅折返色雷斯。

从此普罗提亚群岛就被称为斯特罗法斯，即回归群岛。

玻瑞阿代兄弟追着哈耳庇厄女妖飞走后，阿尔戈英雄们为菲纽斯准备了新的食物，老人终于可以饱餐一顿了。吃过饭后，菲纽斯将英雄们前往科尔喀斯途中还会遭遇的危险都告诉了他们，还给了他们诸多建议，教他们如何避开危险。他还让英雄们在抵达科尔喀斯之后去祈求阿佛罗狄忒的帮助，因为只有她能帮助伊阿宋取得金毛羊皮。英雄们全神贯注地听着这位老先知的话，努力记下他所说的一切。

玻瑞阿代兄弟很快就回来了，向众英雄讲述了追赶哈耳庇厄女妖的经过。得知女妖永远不会再来骚扰自己后，年迈的菲纽斯欣喜万分。

---

① 古希腊人通常不是坐，而是一只手撑着枕头半躺在桌边。

撞崖

阿尔戈英雄们着急赶路，所以没在菲纽斯家待多久。阿尔戈号在海面快速前行着，突然，远处传来一阵巨大的轰鸣，这声音好似风暴来临前的响雷，震耳欲聋，撞崖就这么出现在了英雄们眼前，两块断崖不断分开，又带着骇人的隆隆声撞击到一起。四围的海面翻涌呼啸，每一次撞击都掀起滔天巨浪。分开之后，海浪翻卷着涌入断崖之间，制造出可怕的漩涡。

英雄们想起了菲纽斯的建议，先放出一只鸽子，让它穿崖飞过，如果鸽子成功了，那么阿尔戈号也可以完好无损地通过。英雄们划动船桨，来到了不停轰鸣开合着的断崖边上。欧斐摩斯放飞了一只鸽子，它飞箭一般朝双崖激飞而去，几乎就在同时断崖又撞击在了一起，发出震天巨响。腥咸的海水溅了英雄们一身，阿尔戈号被卷入涡流，在巨浪中沉浮水定，然而鸽子平安地穿越了断崖，只有尾尖的一点羽毛被断崖夹掉了。阿尔戈英雄们高声欢呼，齐心协力地划着船桨。断崖分开了，泡沫翻卷的巨浪托起了阿尔戈号，把它扔进了狭长的水道。一个大浪迎面击来，将大船朝后推去。海浪在四周沸腾咆哮，连船桨都被压弯了。巨浪层叠而至，阿尔戈号吱吱作响，似要沉入水中。这时，一道山岳般的海浪向阿尔戈号砸下，大船就像朽坏的独木舟一样不停打转。双崖开始靠近，眼看着就要撞在一起，死亡的厄运似乎已不可避免。就在此时，宙斯的爱女雅典娜前来帮助他们。她一只手撑住了一边断崖，又用另一只手推了阿尔戈号一下，让它如同离弦的箭一样飞出了狭长的水道，只有船舵的末端被夹得粉碎。断崖再次分开之后便安静下来，永远伫立在水道的两边。预言应验了：一旦有船只穿过撞崖，它们就会停止移动。阿尔戈英雄们欢欣异常，因为他们度过了最大的劫难。现在他们坚信此次远征定会大获成功。

阿瑞斯岛　抵达科尔喀斯

阿尔戈英雄们沿着欧克辛斯蓬托斯海海岸航行了很久。他们经过了很多国家，见到了众多种族。终于，一座岛屿出现在远方。阿尔戈号朝它飞速靠近，海岸近在眼前了。一只大鸟突然从岛上飞起，它的翅膀在阳光中闪闪发亮。大鸟飞过阿尔戈号上空，向英雄俄伊琉斯抖下一片羽毛。羽毛飞箭一般扎进了俄伊琉斯的肩头，鲜血从伤口喷涌而出，他手中的船桨怦然掉落。俄伊琉斯的同伴们将羽毛从他的伤口中拔出，见这是片锋利的铜质箭羽，大家都十分惊讶。就在此时，另一只鸟又从岛上盘旋而起，朝阿尔戈号飞来，不过这一次英雄克吕提奥斯早已弯弓搭箭，做好了准备。大鸟刚刚飞到阿尔戈号近旁，便被克吕提奥斯一箭射死，坠入海中。英雄们认出，这浑身铜羽的大鸟就是斯廷法利斯鸟，阿瑞斯岛是它们的栖息地。安菲达玛斯建议英雄们穿上铠甲，用盾牌作掩护。抵达海岸之前，阿尔戈英雄们开始呐喊，用投枪和剑敲击盾牌。海岛上空飞起了巨大的鸟群，它们高高地飞到阿尔戈号上空，向英雄们洒落阵阵箭羽，英雄们举起盾牌抵挡它们的攻击。群鸟围绕阿尔戈号飞了一圈后，很快就隐没在天边。

阿尔戈英雄们登上了阿瑞斯岛，正打算歇息时，四名形销骨立、衣不蔽体的少年朝他们迎面走了过来。这些少年是佛里克索斯的儿子，他们本已离开了科尔喀斯，要回奥尔科墨诺斯去，却在途中夜遇暴雨，船只沉没，万幸的是海浪将他们送回了科尔喀斯，他们这才得以见到阿尔戈英雄们。英雄们非常高兴，尤其是伊阿宋，因为这些孩子是他的亲戚。英雄们为这几个孩子准备了食物和衣服，还将此行去埃厄特斯王国夺取金毛羊皮的事告诉了孩子们。佛里克索斯的长子阿尔戈斯答应帮助英雄们，但他提醒他们说，赫利俄斯之子，埃厄特斯国王强大而残暴，待人接物毫无怜悯之心。然而，阿尔戈英雄们决意夺取金毛羊皮，没有什么能阻拦他们远征的脚步。

第二天清晨，阿尔戈英雄们再次启程。他们航行了很久，终于，高加索山巅像积聚的乌云一样出现在海天之间，科尔喀斯已近在咫尺。

船桨齐齐划动，阿尔戈号飞速前行。太阳开始隐没自己的光辉，渐渐隐入地平线之下，船影在浪尖跃动。阿尔戈号上空传来了翅膀拍动的声音，一只巨鹰正飞向禁锢提坦神普罗米修斯的山崖。巨鹰的双翅在海面扇起大风，很快消失在远方，从它消失的方向传来普罗米修斯阵阵悲苦的呻吟，由于距离太过遥远，提坦神的呻吟声不时被桨声所掩盖。

海岸近在咫尺，法细斯河口就在眼前。阿尔戈英雄们奋力划桨逆流而上，在长满茂密苇丛的河湾下锚停船。伊阿宋向诸神敬献了美酒，请求科尔喀斯的神明和已故英雄的亡灵帮助他完成这项危险的任务。英雄们在阿尔戈号上进入梦乡，他们已经来到了科尔喀斯附近，但是前方还有很多艰难险阻等待着他们。

赫拉和雅典娜向阿佛罗狄忒求助

阿尔戈英雄们抵达科尔喀斯之时，伟大的女神赫拉和雅典娜正在巍峨的奥林波斯山上商议，应该如何帮助伊阿宋取得金毛羊皮。最终，女神们决定向爱神阿佛罗狄忒求助，请她派她的儿子小厄罗斯出马，用金箭射中埃厄特斯之女美狄亚的心房，让她爱上伊阿宋。女神们知道，只有女巫美狄亚能帮助伊阿宋完成那项危险的使命。

阿佛罗狄忒独自在宫中小憩，两位女神前来找她的时候，她正坐在金色的宝座上，用金梳子梳理她那一头柔软的鬈发。看到两位女神后，她站起身来热情地迎接了她们。阿佛罗狄忒请女神们在赫菲斯托斯亲手打造的黄金座椅上落座，询问她们到访的原因。女神们告诉她，她们想帮助英雄伊阿宋，希望阿佛罗狄忒出面，让小厄罗斯用金箭射中美狄亚的心房，阿佛罗狄忒同意了。赫拉和雅典娜告辞之后，阿佛罗狄忒开始寻找自己那淘气的儿子。厄罗斯当时正和伽倪墨得斯投色子玩，狡猾的厄罗斯赢了老实忠厚的伽倪墨得斯，还大声地嘲笑他。这时阿佛罗狄忒走了过来，她抱住了儿子，说道：

"喂，淘气包，我想让你去做一件事。带上你的弓和箭下山一趟。你朝科尔喀斯之王埃厄特斯的女儿美狄亚的心房射一箭，让她爱上英雄伊阿宋。等你干完了这个差事，我就把阿德剌斯提亚为宙斯小时候做的玩具拿给你玩。你现在就去吧，越快越好。"

厄罗斯要母亲现在就把玩具给他，可阿佛罗狄忒太了解自己狡猾的儿子了，所以没答应他。厄罗斯知道，不照母亲的话做就得不到玩具。因此他抓起弓箭，扑闪着在阳光下熠熠生光的金翅膀，飞快地从奥林波斯山飞向科尔喀斯。

伊阿宋在埃厄特斯宫中

第二天一大早，英雄们就都醒了。经过商议，他们决定，由伊阿宋领着佛里克索斯的儿子们一起去觐见国王埃厄忒斯，请他将金毛羊皮交给阿尔戈英雄们。如果骄傲的国王选择了拒绝，即可诉诸武力。

伊阿宋拿着和平节杖，走向埃厄忒斯的王宫。为使伊阿宋及其同伴免遭科尔喀斯居民的侮辱，女神赫拉召来浓云迷雾掩盖住了他们的身形。他们刚来到王宫门口，云雾便消散了，埃厄忒斯的宫殿露出它的真容：它宏伟壮观，墙高千仞，塔楼林立；大理石装饰的宫门异常奢华，回廊中的白色圆柱在阳光下散发出夺目的光芒。

埃厄忒斯宫中的富丽奢华之物都出自赫菲斯托斯之手，他制作这一切，是为了报答埃厄忒斯的父亲，太阳神赫利俄斯。当年，赫菲斯托斯与巨人们搏斗厮杀，打得筋疲力尽，是赫利俄斯驾着黄金马车，把他从弗莱格拉原野救了出来。华丽的宫殿鳞次栉比，埃厄忒斯和妻子的宫殿最为贵气逼人。他们的儿子阿布绪尔托斯居住在另一座宫殿中，这位王子英武非凡，科尔喀斯的居民们都叫他光明的法厄同。还有两座宫殿分别属于埃厄忒斯的两个女儿：大女儿是已故佛里克索斯的妻子卡尔喀俄珀，小女儿则是赫卡忒[①]女神的祭

① 力量强大的女神，提坦巨人的女儿，常以三头六臂的形象出现。她帮助人们繁衍后代、教养子孙，赐予人们财富，给信徒带来竞赛、诉讼和争吵的胜利。同时她又是幽灵、噩梦、魔法和诅咒之神，是地下世界的阴影之主。

司、强大的女巫美狄亚。

当伊阿宋及其同伴进入埃厄忒斯的宫前庭院时，美狄亚从自己的宫殿中走了出来。她想去卡尔喀俄珀那里，看见这些外乡人后，她惊讶地叫出声来。听见美狄亚的惊呼，卡尔喀俄珀走出了寝宫，看见自己的儿子们之后，她高兴地朝他们奔去。她拥抱、亲吻着她以为再也见不到的儿子们，他们发出的笑声惊动了埃厄忒斯，他也走了出来，将这些外乡人请进自己的宫殿，并吩咐仆人们准备豪华的宴会。伊阿宋和埃厄忒斯互致问候时，厄罗斯扇动着金色的翅膀从巍峨的奥林波斯山降落在地。他先是躲在圆柱后面，搭上金箭、拉紧弓弦，接着，他隐没身形，飞到伊阿宋背后，朝美狄亚的心房射出一箭。金箭射中了美狄亚的心房，她突然察觉，自己对伊阿宋产生了爱意。

伊阿宋和同伴们走进了埃厄忒斯的宫殿，科尔喀斯国王为他们摆上了丰盛的酒宴。席间，阿尔戈斯将他们兄弟几人沉船落水，被风浪推上阿瑞斯岛，又为阿尔戈英雄们所救的经过告诉了埃厄忒斯，阿尔戈斯还把伊阿宋等人来科尔喀斯的目的也告诉了国王。一听到伊阿宋想要金毛羊皮，埃厄忒斯马上变得横眉立目。他不信，英雄们来此只想要金毛羊皮，反而暗暗揣度，会不会是佛里克索斯的儿子们在图谋夺取科尔喀斯的统治权，会不会是他们将希腊英雄们引了过来？埃厄忒斯将伊阿宋劈头盖脸一顿臭骂，要把他赶出宫去，还威胁说要砍掉他的脑袋。忒拉蒙驳斥国王的话已经到了嘴边，伊阿宋却制止了他。伊阿宋尝试着让埃厄忒斯冷静下来，他想让他相信，他们一行人只为金毛羊皮而来，还许诺，只要国王答应交出金毛羊皮，自己可以替他完成任何任务和差事。埃厄忒斯沉思片刻，最后还是决定杀死伊阿宋，他说：

“好，我可以把金毛羊皮给你，但你得先替我办一件事，你去把那头铜腿的喷火公牛套在我的铁犁上，把阿瑞斯的圣田翻耕了，然后把龙牙种子撒进地里，等它们长出铁甲战士，你下去和他们打一场，把他们杀了。如果你能完成这些，金毛羊皮就是你的。”

伊阿宋没有马上回答埃厄忒斯，过了良久才轻声说道：

“我答应，埃厄忒斯，但你得信守承诺。既然命运让我来到科尔喀斯，我就不可能拒绝你的差遣。”

说完，伊阿宋就和同伴们一起离开了。

阿尔戈英雄们向美狄亚求助

伊阿宋回到阿尔戈号之后，将埃厄忒斯宫中发生的一切，以及科尔喀斯国王交给他的难题都告诉了大家。英雄们陷入沉思，该怎么办呢？怎样才能完成埃厄忒斯交给的任务？最后阿尔戈斯说：

“朋友们，埃厄忒斯的女儿美狄亚也住在宫中。她是力量强大的女巫，只有她能帮助我们。我去请我母亲劝美狄亚助我们一臂之力，如果美狄亚愿意帮忙，那就万事大吉了。”

阿尔戈斯话音刚落，一只鸢鸟追着一只白鸽飞到阿尔戈号上空。鸽子飞到伊阿宋身边，躲进了他的斗篷，鸢鸟则跌到了船上。

先知摩普索斯高叫道：“这是诸神降下的吉兆！诸神让我们去向美狄亚求助。看啊，阿佛罗狄忒的圣鸟就在伊阿宋的怀中！快想想菲纽斯的话，他不是建议我们向阿佛罗狄忒祈求帮助吗？！向女神祈祷吧，她会帮助我们的。赶快让阿尔戈斯去他母亲那儿，让她说服美狄亚助我们一臂之力。”

英雄们采纳了先知摩普索斯的建议，他们为阿佛罗狄忒敬献了祭品，阿尔戈斯迅速动身前往埃厄忒斯的宫殿，去找自己的母亲。

与此同时，埃厄忒斯将所有科尔喀斯人都召集到了广场，告诉大家有外乡人到来，吩咐他们盯住阿尔戈号，让英雄们插翅难飞。埃厄忒斯主意已定：只要伊阿宋死在战神圣田，他立即就把阿尔戈号连同英雄们一起烧掉，至于佛里克索斯的儿子们，他要把他们折磨至死。

夜幕降临，全城进入梦乡，四野一片寂静，唯有美狄亚的宫中并不安宁。惊悚的梦境纷至沓来，她时而梦见伊阿宋正在同公牛搏斗，而她美狄亚本人就是这场搏斗的战利品；时而梦见她亲自下场迎击公牛喷出的火焰，并轻松取得胜利；时而梦见她的父母拒绝了伊阿宋同她的婚事，因为他并不是靠一已之力打败了公牛。伊阿宋和埃厄忒斯争执起来，这一切如何收场都取决于美狄亚的选择。当她作出有利于伊阿宋的判决时，她的父亲勃然大怒，还高声地责骂她。美狄亚从梦中惊醒，泪流满面，她想去卡尔喀俄珀那儿，可又觉得难为情。她刚抓住门栓，想想又退了回去，就这样反反复复一共三次。美狄亚倒在床上，失声痛哭。美狄亚的女仆听见了她的哭声，跑去告诉了卡尔喀俄珀。卡尔喀俄珀赶到妹妹的宫中，发现她正躺着床上失声痛哭，就问道：

“妹妹，你为什么哭啊？难道你在为我那些儿子们的命运伤心落泪？你是否已经知道我们的父亲想害死他们？”

美狄亚没有回答卡尔喀俄珀的问话，因为这并不是她哭泣的原因，不过最后她说：

“姐姐，我做噩梦了。你的儿子们，还有同他们一起回来的那个外乡人都面临着死亡的威胁。天哪，诸神要是赐予我能帮助他们的力量该多好！”

听完美狄亚的话，卡尔喀俄珀吓得浑身发抖，她抱住妹妹，请求她的帮助。因为卡尔喀俄珀知道，美狄亚可以用自己的魔力帮助伊阿宋。美狄亚对卡尔喀俄珀说道：

“这样，姐姐，我帮那个外乡人一次，让他明天早晨来赫卡忒神庙，我给他一个能助他完成任务的护身符。这一切你都要保密，答应我，否则父亲会把我们都杀了。”

卡尔喀俄珀离开后，美狄亚又独自一人留在宫里，心中惴惴不安。她害怕违抗父亲的意志，可又想帮助伊阿宋，因为她已经深深爱上了他。想着想着，她甚至想服毒自尽。美狄亚拿起装有毒药的小匣子，她刚刚把匣子打开，女神赫拉就在她的心中催生出了强烈的求生欲。于是她把匣子推到一边，忘记了所有的疑虑，满脑子想的只有伊阿宋，并最终下定决心帮他一把。

朝霞升起，远处高加索山脉的雪峰染上了玫瑰色。就在此时，阿尔戈斯回到了阿尔戈英雄们的身边，他告诉他们，美狄亚答应帮助伊阿宋，请他去赫卡忒神庙。太阳升起后，伊阿宋同阿尔戈斯、先知摩普索斯一起出发前去约定的地点。女神赫拉赋予了伊阿宋无与伦比的神采，他的魅力让同行的英雄们都吃惊不已。

美狄亚起得很早，她找出了一个装满药膏的盒子，从里面拿出了一种叫“普罗米修斯之油”的药膏。普罗米修斯的血液中会生长出一种植物，其根部的汁液就是这种药膏的原料。任何人只要浑身涂满这种药膏，就会获得无穷的力量，战无不胜，无论是铁器、铜器还是火焰都无法伤害到他。美狄亚决定将药膏交给伊阿宋。她唤来奴隶，动身前往赫卡忒神庙。美狄亚心情愉悦，她已经忘记了曾经的担忧，一心想着同伊阿宋的约会。

美狄亚到达赫卡忒神庙便走了进去，没过多久，伊阿宋也到了。美狄亚看着伊阿宋，她的心怦怦直跳，一个字都说不出口。

两个人默默地站了很久，最终，伊阿宋打破了沉默。他抓住美狄亚的手，说道：

“美丽的姑娘，你为何垂下目光？你为何怕我？难道你觉得我有什么阴险的企图吗？不，我没有任何邪恶的目的，我来此是想请求你的帮助。求你了，告诉我实话。你要记住，赫卡忒不会容忍谎言玷污自己的圣地，一切求助之人的庇护者宙斯也憎恶欺骗的行径。告诉我，你会帮我吗？如果你帮助我，随我而来的大英雄们会将你的名字传遍全希腊。想想弥诺斯的女儿阿里阿德涅，她帮助了伟大的英雄忒修斯，想想她那无限的荣光吧。”

美狄亚沉默不语，用她那双充满爱意的眼睛看着伊阿宋，娇羞的样子十分动人。美狄亚双手颤抖着从腰带里拿出了准备好的魔药，把它递给伊阿宋，用低到几不可闻的声音对他说：

“听着，伊阿宋，照我说的去做：夜里好好洗个澡，沐浴后穿上黑色的衣服。去岸边挖个深坑，在坑边向赫卡忒女神献祭一只浑身涂满蜜糖的黑色绵羊。你会听见愤怒的狗叫，不过你别怕，走你的路。等到早晨再把你全身，还有你的投枪、盾和剑都抹上这个药膏。它会赋予你无与伦比的力量，帮你完成任务。还有，当圣田里长出士兵时，记得向他们扔块石头，他们便会自相残杀，你等到那个时候再动手。拿着吧，有了它，你会得到金毛羊皮的。带上它，你想去哪儿就去哪儿吧。”

说完，美狄亚沉默了。一想到要和伊阿宋分开，无尽的痛苦就漫上了她的双眼。她满腔幽怨，低头站了一会儿说：

“伊阿宋，你回家之后别忘记我，哪怕是在那遥远的地方偶尔想想我也好，毕竟是我救了你。”

美狄亚问伊阿宋来自何处，伊阿宋娓娓道来，向她描述了伊俄尔科斯及其所在的、常年鲜花盛开的谷地。他邀请美狄亚同他一起回希腊，还许诺说美狄亚一定会备受尊崇，伊俄尔科斯的人民会像尊敬女神一样尊敬她。

伊阿宋大声说道：“如果埃厄忒斯同意与我建立友好联盟，如果他让你同我一道回希腊该多好！”

“这不可能！”美狄亚重重地叹了一口气，又说道：“我的父亲残暴又冷酷，你一个人回家吧，别忘记我就好。真希望暴风能挥动它的翅膀带我去伊俄尔科斯；真希望当你忘记是我救了你时，我可以让你想起我，如果这些都能实现，我该多开心啊。”

美狄亚的双眼盈满泪水。伊阿宋满怀爱意地看着她，他求她偷偷离开这里，与自己一起逃回伊俄尔科斯。

美狄亚做好了离开科尔喀斯的准备，离开伊阿宋这件事让她感到恐惧，她害怕自己经受不住这个打击。一想到要与伊阿宋分开，她就难过得直哭。赫拉在她心中燃起了随伊阿宋而去的愿望。女神希望美狄亚能去伊俄尔科斯，这样她就能借助女巫的力量杀死她所憎恨的佩利阿斯。

美狄亚同伊阿宋道了别，他答应会再来赫卡忒神庙见她，那时再决定接下来怎么办。得知伊阿宋也深爱自己之后，美狄亚开心地乘车回宫去了。

伊阿宋完成埃厄忒斯交给的差事

深夜，伊阿宋穿上黑色的外衣来到法细斯河边，趁着夜半无人，在湍急的河水中洗净了身体。然后他挖了一个深坑，并依照美狄亚的嘱托，在坑边祭祀了女神赫卡忒。祭品刚刚献上，大地就震动了一下，女神手持火炬出现了。可怕的怪物和喷火的巨龙围绕在她身边，恐怖的地狱猎犬也在一旁狂吠不止。周遭的山精水灵看见赫卡忒之后都尖叫着四散逃走。恐惧笼罩了伊阿宋，不过他仍然记得美狄亚的话，径直朝阿尔戈号走去，他的朋友正在船上等着他。

清晨，阿尔戈英雄们派忒拉蒙和墨勒阿革罗斯去埃厄忒斯那儿取龙牙。卡德摩斯曾斩杀了巨龙，埃厄忒斯将这条龙的牙齿交给了英雄们，之后便准备前往战神阿瑞斯的圣田，想要观看伊阿宋怎么完成自己交给的任务。埃厄忒斯披上铠甲，戴上头盔，浑身闪耀着耀眼的光辉。接着，他拿起重得只有赫拉克勒斯才用得惯的投枪和盾坐上马车。为他赶车的是他的儿子阿布绪尔托斯。阿尔戈英雄们也做好了去阿瑞斯圣田的准备。

伊阿宋先把投枪、剑和盾牌上都涂满了美狄亚给的药膏，然后再抹遍了自己全身。他感到自己的肌肉坚硬无比，全身犹如铁铸一般，充满可怕的力量。当英雄们乘坐阿尔戈号抵达阿瑞斯圣田时，埃厄忒斯已经在那儿等候他们了，四周的田地和山坡上黑压压的全是科尔喀斯人。伊阿宋从岸边走来，身上的铠甲像星辰那样闪烁着辉光。他走进圣田，找到了铁犁和铜轭，拿盾牌掩护好自己后，开始寻找那头喷火的公牛。突然，两头公牛从洞穴中一跃而起，嘴里喷出熊熊烈焰，狂吼着扑向伊阿宋。英雄隐在盾牌后，静静等待。公牛的犄角狠狠地扎在了伊阿宋的盾上。按理说，没人能承受住这巨大的冲击，然而伊阿宋却岿然不动，未受任何影响。公牛们一次又一次向伊阿宋发起攻击，搅起漫天烟尘，英雄伸出有力的双手，先后抓住两头牛的犄角，把他们拉到铁犁边上。公牛们死命挣扎，朝伊阿宋喷出熊熊烈火，可他毫不在意，狂怒的公牛怎么也挣不脱英雄的双手。在卡斯托尔和波吕丢刻斯的帮助之下，伊阿宋给它们套上了铁犁，他用投枪驱赶着它们，将阿瑞斯的圣田整个儿翻耕了一遍，并洒下了龙牙。播种完成后，伊阿宋把犁具从公牛身上解了下来，大叫一声并用投枪狠狠地抽击它们，疯狂的公牛迅速消失在深不可测的洞穴中。任务已经完成了一半，接下来要做的就是等，等那些士兵从田野里长出来。伊阿宋走到法细斯河岸，解下头盔饱饮了一通河水。

伊阿宋只休息了一会儿，地里就冒出了锋利的枪尖。枪尖越来越多，整个地面就像覆盖了一层铜鬃毛。大地似乎抖动了一下，士兵的头盔和脑袋钻了出来。很快，整片田野就长满了士兵，他们的铠甲寒光闪烁。伊阿宋牢记美狄亚的话，抓起了一块巨大的石头。即使来四个最强壮的英雄也抬不起这块石头，而伊阿宋竟然单手就将它抓了起来，扔到了龙牙士兵群中。士兵们抓起武器开始自相残杀，一时间血流成河。伊阿宋提剑加入了战团，一个接一个地砍杀龙牙兵。士兵们全都丧生在伊阿宋手下，无一生还。

尸横遍地。龙牙兵们的尸体就像锋利镰刀割下的麦穗，齐刷刷地倒在丰饶肥沃的土地上，任务完成。惊讶于伊阿宋那非常人所具有的力量，埃厄忒斯紧紧盯着伊阿宋，惊疑不定。科尔喀斯国王倒竖双眉，眼中闪烁着愤怒的目光。他不发一言，乘坐马车回到城中，一路上都在思考，怎样才能弄死这个奇异的外乡人。伊阿宋则回到阿尔戈号上休息放松，他的朋友们围绕着他，交口称赞他所完成的伟大功绩。

美狄亚帮助伊阿宋窃取金毛羊皮

回宫之后，埃厄忒斯把全科尔喀斯最有名望的人都召集起来，商议如何杀死阿尔戈英雄们，他们一直争论到深夜。埃厄忒斯渐渐明白，伊阿宋能完成这项任务是靠美狄亚的帮助。美狄亚感觉到，她和伊阿宋都面临着巨大的危险，她待在自己富丽堂皇的宫殿中，心神不宁、寝食难安。她从床上爬起，趁着夜色悄悄离开了宫殿，沿着一条只有她才知道的小路跑到法细斯河畔，阿尔戈英雄们点起的篝火在那儿熊熊燃烧。美狄亚走到篝火旁，唤来伊阿宋和佛里克索斯的小儿子弗戎提斯。她把那些不祥的预感都告诉了伊阿宋，让他立即同自己一起去窃取金毛羊皮。伊阿宋穿上铠甲，踏进阿瑞斯的圣林，四周一片黑暗，只有悬挂在圣树上的金毛羊皮闪着金光。两人走进圣林后，一只喷火的巨龙探起身来，美狄亚召唤出了强大的睡神许普诺斯，口中悄声吟念着可怕的咒语，同时又往地上泼洒具有魔力的药剂。巨龙倒在地上，可那发软的龙头依旧昂扬，美狄亚将沉睡药剂向它洒去。终于，巨龙抵受不住睡眠的力量，闭上了大嘴，合上了火光闪烁的双眼，伸直身子躺在圣树旁边。伊阿宋取下金毛羊皮，迅速赶回了阿尔戈号。

英雄们惊讶不已，围在伊阿宋和美狄亚周围仔细翻看金毛羊皮。他们必须在埃厄特斯获悉金毛羊皮被盗之前离开科尔喀斯。时间紧迫，他们得立即动身。伊阿宋砍断了阿尔戈号的缆绳，英雄们抓起船桨，大船如离弦的箭一样顺着法细斯河水航向大海。刚一入海，英雄们便开始奋力划桨，阿尔戈号乘风破浪，迅速驶离科尔喀斯。

清晨，当埃厄特斯得知金毛羊皮被盗，美狄亚与阿尔戈英雄一起出逃后勃然大怒。他带着科尔喀斯人赶到海边时，阿尔戈号早已无影无踪了。埃厄特斯下令，备船出海，追赶阿尔戈号。如果追不上阿尔戈英雄就处死所有的水手。科尔喀斯人迅速将数艘快船推下海，在埃厄特斯的儿子阿布绪尔托斯的带领下奋力追赶阿尔戈英雄。

阿尔戈英雄们的归途

阿尔戈号驶入大海后，海面刮起了顺风。英雄们张起风帆，大船在欧克辛斯蓬托斯海劈波斩浪，飞速前进。航行三天之后，斯库提亚终于出现在远方。英雄们决定沿依斯忒耳河逆流而上，再顺其支流进入亚得里亚海[①]。刚靠近依斯忒耳河口，英雄们就发现，整个河口以及附近的岛屿都驻扎着科尔喀斯的士兵，他们抄近路抢先到达了这里。看到兵士众多的科尔喀斯大军后，英雄们知道，这一仗无法取胜，人手太少，没法与成千上万、装备精良的科尔喀斯军队直接较量。阿尔戈英雄们决定智取，他们开始与敌军首领阿布绪

① 古希腊人对欧洲地理知之甚少，认为依斯忒尔河（今多瑙河）有支流连接亚得里亚海。

尔托斯谈判，答应他，如果邻城的国王判定美狄亚应该返回科尔喀斯，那么他们就将她带到神庙，交还给科尔喀斯人；金毛羊皮则应当留给阿尔戈英雄，既然伊阿宋完成了任务，埃厄忒斯就应信守承诺把金毛羊皮给他。谈判的目的是为了拖延时间，因为美狄亚答应伊阿宋，她会把阿布绪尔托斯引诱到岛上的一个神庙中。

伊阿宋命人以美狄亚的名义给阿布绪尔托斯赠送厚礼，又请他去偏僻的神庙与美狄亚见面。阿布绪尔托斯来到神庙，刚进庙门，伊阿宋就拿着利剑朝他刺去，阿布绪尔托斯倒地不起，他所受的剑伤足以致命。伊阿宋和美狄亚犯下了骇人听闻的恶行：他们在神庙里杀害了手无寸铁的阿布绪尔托斯，还将他的尸体大卸八块，扔进依斯忒耳河中。科尔喀斯人惊恐万分，他们纷纷奔去搜寻首领的尸首，阿尔戈英雄们趁机沿着河向上游快速逃走。

他们航行了很久，终于顺着依斯忒耳河支流进入了亚得里亚海，来到伊利里亚岸边。巨大的风暴从海面升腾而起，巨浪如山，泡沫飞卷。狂风如脱缰的野马般暴烈，撕掉了阿尔戈号的船帆。船身在海浪的压力之下嘎吱作响，船舷被压弯，就连英雄们手中的船桨也未能幸免，纷纷断裂破碎。巨浪之中的阿尔戈号好似薄薄的木片，英雄们面临着死亡的威胁。突然，镶嵌在船尾的多多那圣橡木中传来一个声音，让英雄们去找女巫喀耳刻，求她帮伊阿宋和美狄亚洗净残害阿布绪尔托斯的罪孽。英雄们刚将船头调转向北，风暴便戛然而止，众英雄明白了，这是诸神的旨意。

阿尔戈号途径厄里达诺斯河和洛达诺斯河，驶入了第勒尼安海。在抵达埃厄忒斯的姐姐，女巫喀耳刻所在的魔岛之前，他们航行了很久。喀耳刻为美狄亚和伊阿宋洗净了罪孽，她先向宙斯敬献祭品，再用祭品的鲜血冲洗了伊阿宋的双手，又在祭坛旁祈求厄里倪厄斯[①]息怒，不要再折磨这两个犯了杀孽的罪人。喀耳刻同样也为美狄亚洗刷了罪过，因为美狄亚双眼透出的光芒让她明白，她和自己一样都是太阳神赫利俄斯的后裔。

阿尔戈英雄们继续前进，前方还有很多无法预知的困难。他们从斯库拉与卡律布狄斯[②]之间穿过，如果没有宙斯的妻子赫拉相助，他们必死无疑。他们曾途径塞壬岛，海妖们的歌声有种难以抗拒的力量，引诱英雄们向它们靠近。然而，歌手俄耳甫斯拨动了金基法拉琴弦，他的吟唱战胜了海妖诱人的歌声。终于，阿尔戈英雄们来到了普兰克泰悬崖，这是一条狭窄的海峡，两侧巨大的山崖结成了一片拱顶。海水在山崖间汹涌激荡，巨浪在拱顶下汇聚成可怕的漩涡，浪花有时候甚至会飞越拱顶。就连给宙斯敬献美食的鸽群都无法平安飞过，每天都会有一只鸽子丧命于此。赫拉再次帮助了阿尔戈英雄们，她说服安菲特里忒平息了普兰克泰悬崖旁的巨浪，让英雄们安全通过那里。

经过漫长的航行，阿尔戈英雄们来到了淮阿喀亚人的岛屿，国王阿尔喀诺俄斯热情地款待了他们。英雄们终于可以歇息一下了。然而他们在这里还没待上一天，海岛旁就出现了科尔喀斯人的船队，他们要英雄们交出美狄亚。如果不是阿尔喀诺俄斯从中调停，一场血战将无法避免。阿尔喀诺俄斯认为，如果美狄亚不是伊阿宋

① 居住在地狱的复仇女神，经常以丑陋的老太婆的形象出现，一头蛇发，手持长鞭或火炬，追踪那些身负罪孽的人们，罗马人称她们为孚里埃。

② 赫卡忒的女儿，长着六个头、十二条腿的怪物，每个头上都生有三排锋利的牙齿。斯库拉居住在斯库拉海峡，对岸是另一只名为卡律布狄斯的怪物。对于航海者来说从他们中间通过极其危险。

的妻子，那就应该把她交给科尔喀斯人。入夜后，阿尔喀诺俄斯的妻子阿瑞忒派使者去找伊阿宋，将阿尔喀诺俄斯的决定告诉了他。当夜，伊阿宋和美狄亚举行了隆重的婚礼。第二天，伊阿宋当着所有淮阿喀亚人和科尔喀斯人的面，发誓说美狄亚是他的妻子。这样，阿尔喀诺俄斯判定美狄亚应当同丈夫待在一起，科尔喀斯人不得不无功而返。

在热情好客的淮阿喀亚人那里休整之后，英雄们再次启程。他们顺利地航行了很长时间，伯罗奔尼撒的海岸已经出现在海天一色的远方。海上突然刮起一阵飓风，将阿尔戈号重新吹进外海，风一直不停，终于将大船抛到了一处荒无人烟的海滩，此地泥沼遍布，长满水草，阿尔戈号深陷其中，绝望的情绪在英雄们中间蔓延。舵手林叩斯已经丧失了回归故土的希望，垂头丧气地坐在船尾。英雄们情绪低落，在岸边徘徊不已，似乎力量和勇气都已损耗殆尽，死亡已无法避免。山泽女神们来了，她们告诉伊阿宋，飓风把阿尔戈号带到了利比亚①，只有等海神的妻子安菲特里忒把马从车辕中卸下后，他们才能将阿尔戈号从淤泥中抬出，然后扛着阿尔戈号穿越利比亚沙漠。英雄们并不知道，安菲特里忒何时才会把马从车辕中卸下。忽然，他们看见一匹通体雪白的骏马劈水而出，在沙漠上飞速驰骋。这正是安菲特里忒的马，英雄们把阿尔戈号扛到肩上，忍受着酷热和饥饿，在沙漠里连续跋涉了十二天，终于到达了赫斯珀里得斯姐妹的国度。在姐妹俩的指引下，英雄们找到了赫拉克勒斯在山崖上凿出的泉眼，大喝一通并存足了水后，他们重新启程踏上了

① 古希腊人将埃及以西的非洲海岸称为利比亚。

归途。奇怪的是，英雄们怎么也找不到出海口，原来他们所在之处并非大海，而是特里同的湖泊。大家听从了俄耳甫斯的建议，向湖神敬献了三脚供桌，一名俊俏的少年出现在他们面前，他递给欧斐摩斯一块泥土，以示自己热情好客，接着又为英雄们指明了出海口的方位。英雄们又献祭了一头羊，特里同出现了，领着他们绕过白色的岩礁和水中的激流，把他们带到了外海。英雄们从特里同湖航行到了克里特岛，他们想在岛上为接下来的旅程补充淡水，可雷电之神宙斯赠予弥诺斯的青铜巨人塔洛斯不让他们上岸。塔洛斯在岛上来回巡视，维护弥诺斯的统治。美狄亚使用魔力催眠了塔洛斯，他跌倒在地，一颗铜钉掉了出来。塔洛斯身上只有一根血管，而铜钉是血管的封口，铜钉掉落之后，塔洛斯的鲜血一泄如注，像熔化的铅水一样涌进大地。巨人死了，英雄们现在可以畅通无阻地上岸取水了。

从克里特回希腊的路上，欧斐摩斯失手将特里同给他的那块泥土掉进了海里，这块泥土在海中生长成了一座岛，英雄们将其命名为卡利斯忒岛。欧斐摩斯的后代就生活在这个岛上，因此人们又称其为斐赖岛[①]。

阿尔戈英雄们后来又遇上了一场风暴，漆黑的夜色中巨浪肆虐。英雄们的心一直悬在嗓子眼儿，担心大船会触礁，担心它会在岸边的山崖上撞得粉碎。突然一支闪闪发光的金箭划破海上的夜空，照亮了四周，紧接着又有第二支、第三支金箭射来，原来这是阿波罗在用金箭为英雄们照亮航路。风暴终于平息，大海也平静下

① 今桑托林岛。

来，海面刮起了顺风。阿尔戈号在蔚蓝的海面上航行，英雄们再也没有遇到什么危险，终于回到了魂牵梦萦的伊俄尔科斯港。

回到伊俄尔科斯后，阿尔戈英雄们为曾经帮助他们摆脱困境的诸神敬献了丰厚的祭品。全城居民都在欢庆他们的归来，所有人都在称颂英雄们，称颂英雄的首领伊阿宋，称颂他们取回金毛羊皮的伟大功绩。

伊阿宋和美狄亚在伊俄尔科斯　佩利阿斯之死[①]

狡诈的佩利阿斯违背了自己的诺言，气绝将统治权交还给伊阿宋。伊阿宋愤愤不平，决意狠狠报复佩利阿斯，美狄亚则不遗余力地帮助他。复仇的机会很快就来了，伊阿宋那老态龙钟的父亲埃宋知道美狄亚是个女巫之后，想借助她的力量重获青春。伊阿宋求美狄亚让自己的父亲变得年轻一些，美狄亚答应了。只要赫卡忒帮助她，她就能实现伊阿宋的愿望。

在一个月圆之夜，美狄亚从屋里走了出来，黑衣、赤足，披散着头发。周围的一切都沉入了酣甜的梦乡，一片静谧。美狄亚在月光下静静地走着，在一个三岔路口停了下来。她举起双手，大呼三声，跪倒在地，轻声念着咒语，向黑夜、星辰、明月、大地、清风、山峦与河流祈祷，呼唤森林和夜晚的神祇，祈求伟大女神赫卡忒倾听她的话语，实现她的愿望。赫卡忒听到了她的祈祷，于是在美狄亚面前出现了双翼飞龙拉着的金车。美狄亚乘坐这辆车往返于

① 根据奥维德的长诗《变形记》整理。

山川和森林、河谷和海岸之间，一连九个昼夜都在采集各种具有魔力的药草和根茎。回到埃宋家后，美狄亚为赫卡特和青春女神分别架起两座祭坛，她在祭坛的前面挖了两个坑，在坑边祭祀了黑暗与魔法女神赫卡忒，向她敬献了黑色的绵羊、蜂蜜和牛奶。美狄亚呼唤地下诸神，呼唤哈德斯与佩耳塞福涅，祈求他们不要夺取埃宋的生命。此后，她命人将埃宋领来，让他躺在魔草上，用魔法将他催眠。美狄亚用一口铜锅熬煮魔药，药液在锅中翻滚不止，涌起阵阵白色泡沫。接着，美狄亚用一根百年古树的枯枝在锅中搅动，树枝重现绿色，长出新叶，甚至结出了绿色的果实。泡沫滴到哪里，哪里就会长出新的花草嫩芽。药煮好之后，美狄亚一剑割断了埃宋的喉咙，放干了他衰老的血液。接着，她又顺着伤口将魔药灌入埃宋的血管。奇迹出现了！老人此前如雪的白发转为乌黑，皮肤变得光滑红润，体态也丰腴起来。埃宋一觉醒来，发现青春和朝气再次回到了自己身上。

使埃宋重获青春之后，美狄亚制订了一个残酷的复仇计划。她要报复佩利阿斯对伊阿宋的欺骗，报复他拒不归还伊俄尔科斯的统治权。

美狄亚前去游说佩利阿斯的女儿们，告诉她们自己想为佩利阿斯施法，让他也变得青春年少。为了增强她们对自己的信任，她牵来了一只绵羊，宰杀之后，把它扔进熬煮着魔药的大锅里。绵羊刚沉进药汤中，一只活蹦乱跳的羊羔便蹦了出来。看到这一奇迹，佩利阿斯的女儿们感到十分惊奇，同意为父亲施展恢复青春之术。

美狄亚准备好了药剂，可这些药剂并非帮助埃宋重获青春的魔药，它没有任何魔力。美狄亚用咒语催眠了佩利阿斯，将他的女儿们叫到他的卧房，让她们割开他的喉咙，可她们谁也不敢动手。美狄亚喊道：

“胆小鬼！快拔剑，把你们父亲血管里那些老血放掉，我好给他灌新鲜血液。”

佩利阿斯的女儿们犹豫不决，谁也不敢伤害睡梦中的父亲。最终，她们还是转过脸去，相继拔剑动手。佩利阿斯疼得醒了过来，然而此时的他已身受致命重伤，他从床上稍稍撑起身子，向女儿们伸出虚弱的双手，呻吟道：

“女儿们，你们在干什么？你们怎么能对你们的父亲下毒手？”

佩利阿斯的女儿们吓得愣在原地，面无血色、六神无主。美狄亚跑到佩利阿斯床边，一刀捅进他的喉咙，把他的尸体切成碎块又丢进沸腾的大锅里。这时，双翼飞龙拉着黄金车出现在佩利阿斯的卧房中，美狄亚当着这几个失魂落魄的女孩的面坐进车里，腾空而去。

佩利阿斯的儿子阿德拉斯托斯为父亲举行了隆重的葬礼，甚至还为他举办了一场竞技比赛。全希腊最伟大的英雄们都参与其中，赫耳墨斯亲自担任了比赛的裁判。卡斯托尔、波吕丢刻斯和欧斐摩斯比了驾车，阿德墨托斯与摩普索斯比了拳击，阿塔玛斯和佩琉斯比了摔跤，伊菲克勒斯则在赛跑中得了冠军。

伊阿宋还是没能成功夺回伊俄尔科斯的统治权，阿德拉斯托斯不允许他继续留在这里，以其妻美狄亚谋杀了佩利阿斯为由，将他们驱逐出城。伊阿宋不得不远离故土，同美狄亚一起远走科林斯。

伊阿宋和美狄亚在科林斯　伊阿宋之死

因谋害佩利阿斯而被驱逐的伊阿宋和美狄亚在克瑞翁的王国科林斯定居下来，美狄亚还生了两个儿子。似乎伊阿宋和美狄亚在异乡的生活应该幸福美满，然而无论是伊阿宋还是美狄亚，他们注定不会得到幸福。伊阿宋沉湎于克瑞翁之女格劳刻的美色，违背了当年在科尔喀斯美狄亚赠他魔药时许下的诺言，背叛了这个曾经帮助他建立伟业的女人。他决定迎娶格劳刻，克瑞翁也同意将自己的女儿嫁给这个伟大的英雄。

美狄亚深爱自己的丈夫，得知伊阿宋变心之后十分绝望。她就像一块石头那样静静坐着，满心悲苦，不吃不喝，也听不进别人的劝慰。没过多久，一股滔天的怒火攫取了美狄亚的心，她桀骜不驯的性格让她无法容忍这件事。她是太阳神赫利俄斯的孩子，科尔喀斯国王的女儿，难道她要忍气吞声，任由他人践踏她的尊严？难道她要承受他们的欺侮？愤怒中的美狄亚令人生畏，她报复起来一定残酷无比。她要报复伊阿宋！报复格劳刻！报复格劳刻的父亲克瑞翁！

盛怒的美狄亚诅咒一切，她诅咒自己的孩子，诅咒伊阿宋。美狄亚痛苦万分，她祈求诸神用闪电夺去自己的生命。除了复仇，她的生命中还剩下什么？死亡在呼唤美狄亚，这将结束她所受的折磨，让她不再悲伤。为什么伊阿宋会这么对她，这么对待这个救了他性命的女人？她帮他催眠恶龙，取得金毛羊皮；为了救他，她甚至把自己的亲弟弟诱入重围，还谋杀了佩利阿斯！美狄亚祈求宙斯和司法女神作证，看看伊阿宋对她是多么的不公平！她报复伊阿宋的决心愈发坚定起来。

克瑞翁来找美狄亚，告诉她必须马上离开科林斯。克瑞翁害怕美狄亚，他了解盛怒中的美狄亚有多可怕，知道她的魔力有多强大，她能害死他的女儿，也能害死他本人。

为了赢得复仇的时间，美狄亚假装服从克瑞翁，承认他有权驱逐她，她只提了一个要求，希望能允许她在科林斯多待一天。克瑞翁同意了，完全没有料到他的应允会带给自己杀身之祸。他威胁美狄亚，如果第二天日出后美狄亚还留在科林斯，他就要把她和她的儿子们一并处死。美狄亚根本不在乎他的威胁，因为即将丧命的不是她，而是克瑞翁。她可是对脸色苍白的女神塞勒涅[①]和自己的守护女神赫卡忒发了誓，一定要杀死仇敌。他们注定会死在自己手中。堂堂赫利俄斯的孙女怎能成为西绪福斯后代和伊阿宋未婚妻的笑柄！

伊阿宋告诉美狄亚，说他是为了美狄亚和孩子们的幸福才要迎娶格劳刻，而且如果新婚后诸神能再赐予他孩子，这些孩子会是美狄亚所生两子的依靠。伊阿宋的话没有起到任何作用，美狄亚不相信他，反而斥责他变心，说自己再也不想听他的解释，诅咒伊阿宋一定会受到诸神的惩罚。美狄亚现在恨极了伊阿宋，她曾经那么爱他，为了他抛弃父母兄弟，远走他乡。伊阿宋听罢，愤然离去，他身后响起美狄亚的嘲笑和威胁声。

雅典国王埃勾斯从得尔菲前往特洛曾，中途经过科林斯。他热情地向美狄亚打招呼，问她为何如此悲伤。美狄亚诉说了自己的遭

① 月神，赫利俄斯的女儿（一说是妻子，一说是妹妹）。

遇，说自己被丈夫遗弃，又遭到驱逐，央求埃勾斯赐予自己一个容身之处。她承诺，只要埃勾斯给她提供庇护，她就动用魔法，令他子孙兴旺，不再像现在这样无儿无女。埃勾斯发誓会满足美狄亚的要求，他向地神盖亚、太阳神赫利俄斯以及奥林波斯众神发誓，不会将美狄亚交给她的敌人。他只对美狄亚提了一个条件，那就是她必须靠自己的力量去雅典，在这件事上他不会帮她，因为他不愿与科林斯之王发生争执。

找好退路之后，美狄亚开始着手实施复仇计划。她不仅要杀死克瑞翁和格劳刻，还要杀死伊阿宋以及两个孩子。她派了一个女仆去请伊阿宋，他来了。美狄亚装出一副顺从的样子，似乎已经认命，不再反对伊阿宋的决定。她只提了一个要求，希望伊阿宋说服克瑞翁，允许他们的孩子留在科林斯。孩子们也来了，看见他们后，美狄亚哭了，她拥抱并亲吻了他们。她爱自己的孩子，可是这种爱被熊熊的复仇烈焰掩盖了。

怎样才能杀死格劳刻和克瑞翁呢？美狄亚以劝说格劳刻将两个孩子留在伊阿宋身边为借口，送了格劳刻一身珍贵的礼服和黄金头冠。然而谁也不知道这份礼物里藏着致命毒药。格劳刻刚将礼服和头冠穿戴整齐，那上面的毒药就浸透了她的躯体。头冠像铜箍一样勒紧她的脑袋，衣服则起火灼烧她的身体。格劳刻在无尽的痛苦中死去，克瑞翁赶来救她，他抱住不幸的女儿，礼服又粘到了他的身上。他想把它撕下来，却在撕裂它的同时将自己的皮肉一同撕掉。就这样，克瑞翁也死于美狄亚的毒手。

美狄亚站在自家门前，听到克瑞翁和格劳刻惨死的消息后非常高兴，然而他们的死并没有熄灭美狄亚的复仇之火，她还要杀了两个儿子，她让伊阿宋更加痛苦。促使她谋杀亲子的原因还有一个，就是她知道她的儿子们会面临什么样的厄运：克瑞翁的亲戚们定会因自己的所作所为向他们寻仇。美狄亚急匆匆地走进家中，不一会儿屋里就传出孩子们的惨叫和呻吟声，他们的亲生母亲要了他们的命。美狄亚杀死克瑞翁和格劳刻之后，伊阿宋害怕克瑞翁的亲戚会向他的孩子们寻仇，迅速奔回自己的家中。大门紧锁，伊阿宋刚要破门而入，美狄亚突然乘坐着太阳神赫利俄斯派来的黄金龙车出现在空中，脚边躺着被她杀死的两个儿子。伊阿宋惊怖万分，他求美狄亚，求她把孩子们的尸体留给他，这样他可以将他们好好安葬。可是美狄亚连这点安慰都不给伊阿宋，坐着神奇的金车腾空而去。

伊阿宋的余生再无欢乐，他在任何地方都待不长久。有一天，他途经伊斯特摩斯，海岸边停放着属于阿尔戈英雄和海神波塞冬的阿尔戈号。疲惫不堪的伊阿宋在船尾背阴处躺下休息，不久便进入了梦乡。就在伊阿宋酣睡之时，年久失修的船尾掉落下来，将伊阿宋永远地埋葬在了碎裂的船板下。

二、特洛伊的传说[①]

苗幽燕　荣洁　译

宙斯与勒达之女海伦

英雄廷达瑞俄斯被希波科翁驱逐出王国后，颠沛流离了很多年。后来，他被埃托利亚国王忒提斯俄斯收留。忒提斯俄斯国王非常喜爱这位伟大的英雄，决定把自己美若天仙的女儿勒达嫁给他。宙斯伟大的儿子赫拉克勒斯击败希波科翁，并将他和他的所有儿子杀死后，廷达瑞俄斯得以携美丽的妻子返回斯巴达，并开始了对斯巴达的统治生涯。

勒达育有四个子女，美丽的海伦和波吕丢刻斯是她和宙斯所生，克吕泰涅斯特拉和卡斯托尔的父亲则是廷达瑞俄斯。

海伦美貌绝伦，全希腊人都知道她，凡间女子根本没法和她相

① 特洛伊的传说是根据荷马史诗《伊利亚特》，索福克勒斯的悲剧《埃阿斯》《菲洛克忒忒斯》，欧律庇得斯的悲剧《伊菲格涅娅在奥利斯》《安德罗玛克》和《赫卡柏》，维吉尔的史诗《伊尼德》，奥维德的长诗《古代名媛》以及其他著作整理。

比，就连女神们也都嫉妒她的美貌。阿提刻的伟大英雄忒修斯渴望得到美丽的海伦，他从廷达瑞俄斯身边掳走了她，海伦的兄弟波吕丢刻斯和卡斯托尔救出了她，把她送回廷达瑞俄斯家中。

来廷达瑞俄斯王宫向海伦求婚的人络绎不绝，人人都想娶到这位艳冠群芳的美人。廷达瑞俄斯犹豫不决，不知该把海伦嫁给哪位英雄，他担心，其他英雄会因嫉妒而与未来的女婿发生纷争，从而引来巨大的灾祸。足智多谋的英雄奥德修斯为廷达瑞俄斯献上一计：

"让海伦本人决定她嫁给谁吧，但要让每个求婚者都必须承诺，任何时候不得对海伦选择的丈夫动用武力，如果他遭遇不幸并向各位求援时，大家都要鼎力相助。"

廷达瑞俄斯采纳了奥德修斯的建议。每个求婚者也都许下了诺言。海伦作出了抉择，她选中的意中人是阿特柔斯英俊的儿子墨涅拉俄斯。

美女海伦成了墨涅拉俄斯的妻子。廷达瑞俄斯去世后，墨涅拉俄斯继位，成为斯巴达的国王。他在廷达瑞俄斯王宫的生活悠闲自在，他无论如何都不会想到，这桩婚事会给他带来多么大的灾难。

佩琉斯与忒提斯

宙斯与河神阿索波斯的女儿埃癸娜生有一子，叫埃阿科斯，他是赫赫有名的英雄佩琉斯的父亲。佩琉斯有个兄弟，叫忒拉蒙，他是伟大英雄赫拉克勒斯的挚友。佩琉斯和忒拉蒙曾因嫉妒而杀害了同父异母的兄弟，而不得不远走他乡。佩琉斯逃到了富庶的佛提亚，英雄欧律提翁收留了他，并把自己领地的三分之一赠予了他，还把女儿安提戈涅嫁给了他。但是佩琉斯在佛提亚未能久留，因为有一次在卡吕冬打猎时，他失手打死了欧律提翁。佩琉斯对这一不幸追悔莫及，他黯然离开佛提亚，来到了伊俄尔科斯。可在伊俄尔科斯佩琉斯又遭遇了新的不幸。伊俄尔科斯的王后，阿卡斯托斯国王的妻子喜欢上了佩琉斯，劝说英雄与阿卡斯托斯断交。佩琉斯拒绝了她的要求，于是王后为了报复英雄，向国王诬告说佩琉斯调戏她。国王轻信了王后的谗言，决定杀掉佩琉斯。有一次，他们一起到佩利翁山茂密的森林中打猎，趁佩琉斯疲惫不堪、昏昏欲睡之机，阿卡斯托斯将诸神赐予佩琉斯的神剑藏了起来。有这把神剑在，佩琉斯一向勇往直前，战无不胜。阿卡斯托斯深信，失去了神剑，佩琉斯必死无疑，他将被野蛮的马人打成肉泥。就在此时，机智的马人客戎向佩琉斯伸出了援助之手，帮助英雄找回了神剑，其他凶恶的马人向佩琉斯猛扑过来时，他挥舞神剑，轻松地战胜了他们。佩琉斯躲过这场劫难后，向背叛友谊的阿卡斯托斯复了仇。他在狄俄斯库里兄弟卡斯托尔和波吕丢刻斯的帮助下，攻克了富庶的伊俄尔科斯，斩下了阿卡斯托斯国王和王后的头颅。

提坦巨神普罗米修斯向宙斯揭示了那个可怕的秘密：如果宙斯和女神忒提斯结婚生子，这个孩子将超过父亲，并将推翻父亲的统治。普罗米修斯建议众神把忒提斯嫁给佩琉斯，他们结合后会生下一位伟大的英雄。众神决定如此照办，但提出一个条件，那就是佩琉斯得与女神决斗并且获胜。

火神与匠神赫菲斯托斯将众神的意旨传达给佩琉斯后，佩琉斯来到了忒提斯浮出深海时经常停留休息的那个山洞，潜藏等待。终于有一天，忒提斯浮出海面进入山洞，佩琉斯冲上前去，用有力的大手一下子抓住了她。忒提斯使劲挣扎着，一会儿变成母狮，一会儿变成大蛇，一会儿又变成海水，只是无论变成什么，佩琉斯都能牢牢地抓住她。忒提斯认输了，只好嫁给了佩琉斯。

众神在马人客戎宽敞的山洞里为佩琉斯和忒提斯举行了隆重的婚礼，婚宴极其奢华，奥林波斯山的诸神都出席了婚礼。阿波罗弹奏起金基法拉琴，缪斯们伴着高昂的琴声，歌颂佩琉斯和忒提斯的儿子将取得的辉煌功绩。诸神们畅饮着，时序女神荷赖和美惠女神卡里忒斯伴着缪斯的歌声和阿波罗的琴声欢快地跳起圆圈舞，雅典娜和阿耳忒弥斯光彩照人，青春永驻的女神阿佛罗狄忒美胜群芳。众神的信使赫耳墨斯和狂暴的战神阿瑞斯也跳起了圆圈舞，沉湎于狂欢的战神暂时把血腥的战斗忘在脑后。诸神为新人献上厚礼，客戎将自己的投枪赠给了佩琉斯，投枪的手柄用佩利翁山上铁一般坚硬的白蜡木制成。海神波塞冬送上了数匹战马，其他诸神送了神奇的铠甲。

诸神在婚礼上尽情狂欢。只有纷争女神厄里斯没能参加婚宴。她在客戎的山洞外独自徘徊，对未请她参加婚宴心存怨恨。纷争女神思来想去，想出一个报复众神的阴损办法，她要挑起他们之间的争端。她从远方的赫斯佩里得斯苹果园摘下了一个金苹果，在上面写下这样的话：“献给最美丽的女神”。厄里斯隐起身形，悄悄溜到宴席旁，把金苹果扔到了桌上。诸神见到苹果，拿起来，看到了上面的那句话。究竟谁是最美丽的女神呢？赫拉、雅典娜、阿佛罗狄忒这三位女神立即争论起来，她们互不相让，都想得到这个金苹果，于是来到宙斯面前请求裁决。

宙斯不愿裁决。他把金苹果交给了赫耳墨斯，吩咐他把几位女神送到特洛伊郊外伊达山上，让特洛伊国王普里阿摩斯英俊的儿子帕里斯来裁决哪个女神最美，然后把金苹果送给她。佩琉斯的婚宴在众女神的争执中结束，这三位女神的争执给人类带来了无尽的灾难。

帕里斯的裁决

赫耳墨斯与三位女神迅速奔向伊达山，去找帕里斯。此刻帕里斯正在放牧，他是普里阿摩斯的儿子，在他出生前，母亲赫卡柏做了一个奇怪的梦，梦见整个特洛伊即将被大火吞噬。赫卡柏惊恐万分，把梦讲给丈夫听。普里阿摩斯听后便去求教先知，他被告知赫卡柏将生下一个儿子，特洛伊将毁在他的手里。赫卡柏的儿子一出生，普里阿摩斯便吩咐仆人阿戈拉奥斯把孩子丢到伊达山上的丛林中。普里阿摩斯的儿子并未丧命，一只母熊喂养了他。一年后阿戈拉奥斯找到了他，把他当作自己的儿子抚养，取名帕里斯。帕里斯在牧民中长大，成为一名出众的小伙子。他力大过人，经常在牲畜群和同伴受到野兽、强盗攻击时挺身而出，救人于危难之中，被人们称作阿勒克珊德洛斯（即杰出的男子汉）。帕里斯在伊达山上的生活悠然自得，对自己的命运心满意足。

帕里斯见三位女神随同赫耳墨斯来找自己，惊恐万状，本打算逃跑，转念一想，他怎能逃出快如闪电的赫耳墨斯的手心！赫耳墨斯和善地叫住帕里斯，把金苹果递给他，说明来意：

“你拿着这只苹果，你认为面前这三位女神谁最漂亮，就把苹果送给谁。宙斯命令你担任女神争执的裁判。”

帕里斯忐忑不安，难以断定眼前三位女神谁最美丽。女神们竭力展示自己的美丽，她们都想得到金苹果。她们用巨大的奖赏诱惑帕里斯，赫拉承诺封他为亚细亚之王，雅典娜以赫赫战功相许，阿佛罗狄忒则允诺为他娶到宙斯和勒达的女儿，绝世美人海伦。听到阿佛罗狄忒的允诺，帕里斯动了心，他把金苹果递给了她。就这样，阿佛罗狄忒成了帕里斯心中最美的女神，帕里斯得到了阿佛罗狄忒的百般宠爱和全力相助，而赫拉和雅典娜则对帕里斯怀恨在心，对特洛伊和特洛伊人充满敌意，她们要毁掉特洛伊，杀光特洛伊人。

帕里斯返回特洛伊

三位女神走后不久，帕里斯也离开了伊达山。普里阿摩斯的妻子赫卡柏因思念儿子整日抑郁寡欢，以泪洗面，为了安慰她，普里阿摩斯决定举行一次盛大的竞技赛，以纪念死去的儿子（他以为帕里斯死了）。获胜者将得到普里阿摩斯牛群中最好的公牛，而这头牛恰好在帕里斯放牧的牛群中，帕里斯舍不得心爱的公牛，便亲自送它进城。在特洛伊城，帕里斯亲历角逐盛况，内心十分渴望获胜，于是也加入了角逐行列，并击败了所有对手，就连强壮的赫克托耳也败在他的手下。

普里阿摩斯的儿子们见获胜者竟是个牧人，恼羞成怒。普里阿摩斯的儿子得伊福玻斯拔剑刺向帕里斯，想杀死他，惊恐万分的帕里斯急忙躲到宙斯的祭坛旁，这一切被普里阿摩斯的女儿卡珊德拉看在眼里，料事如神的卡珊德拉认出了这个牧人。普里阿摩斯和赫卡柏的儿子失而复得，他们欣喜若狂，举行隆重的仪式把他接回宫殿。尽管卡珊德拉提醒、警告过他们，对他们说，帕里斯会给特洛伊带来灭顶之灾，可她的话被大家当成了耳旁风，因为阿波罗给卡珊德拉安排了悲哀的命运，那就是尽管她的预言都能应验，但是不会有人相信她。

帕里斯劫持海伦

一晃儿，帕里斯回到父亲普里阿摩斯身边已有数日，他现在已是王子，不再是普普通通、凡桃俗李的牧人。人生中发生了这样大的变化，令帕里斯暂时忘却了阿佛罗狄忒为得到金苹果而给他的承诺。是阿佛罗狄忒主动向他提起了举世无双的海伦，还给他建造了一艘大船。他整装待发，准备前往海伦居住的斯巴达。普里阿摩斯未卜先知的儿子赫勒诺斯预言，帕里斯此行必死无疑，可帕里斯对他的警告置若罔闻。他登上大船，启程远航。料事如神的卡珊德拉看到这一切后，绝望至极，她双手向天高呼道：

“啊，灾难！伟大的特洛伊，我们所有人都要遭难了！我看到，大火正在吞噬神圣的伊里翁，伊里翁的百姓倒在血泊中！我看到，异族人正把特洛伊姐妹驱赶到别的王国做奴隶！”

帕里斯的船越行越远，可怕的风暴也没能阻止他继续前行。他途经富庶的佛提亚、萨拉弥斯岛和迈锡尼，他的敌人就住在这些地方。终于到达了拉科尼亚海岸，他把船停靠在埃夫罗特河口后，和同伴埃涅阿斯一同上了岸。两人装成毫无恶念的客人，一同前去觐见国王。

墨涅拉俄斯热情接待了帕里斯和埃涅阿斯，为他们举行了盛大的宴会，以示尊敬。席间，帕里斯第一次见到了美丽的海伦，他惊喜地看着她，为她那花容月貌所倾倒。

海伦也为帕里斯的英俊所打动，东方情调的华服让帕里斯显得更加英俊潇洒。几天后，墨涅拉俄斯因事必须去趟克里特岛，临行前，他嘱咐海伦好好照顾客人，不得有丝毫闪失。墨涅拉俄斯万万没有料到，这些客人会给他带来奇耻大辱。

墨涅拉俄斯走后，帕里斯伺机行事。在阿佛罗狄忒的帮助下，他花言巧语说服海伦离家出走，与他一起逃到特洛伊。海伦对帕里斯言听计从，帕里斯悄悄把美丽的海伦带上了船，掳走了墨涅拉俄斯的妻子和他的财宝。为了帕里斯，海伦把斯巴达、丈夫、女儿赫尔弥奥涅统统抛到了脑后。

帕里斯的船满载着财宝离开了埃夫罗特河口，乘风破浪驶向特洛伊海岸。帕里斯欣喜若狂，美若天仙的海伦就在他的身旁。船远离海岸后不久，强大无比的海神涅柔斯突然拦住了他们的去路，他浮出海面，预言说，帕里斯必死无疑，特洛伊必将灭亡。帕里斯和海伦深感不安，好在有阿佛罗狄忒安慰他们，让他们忘却了这可怕的预言。在阿佛罗狄忒的庇佑下，大船在平静的海面上航行了三天三夜，顺利抵达了特洛伊。

墨涅拉俄斯准备讨伐特洛伊

美丽的海伦同背信弃义的帕里斯刚刚离开墨涅拉俄斯的宫殿，诸神便派信使伊里斯到克里特给墨涅拉俄斯通风报信。伊里斯扇动她那七彩翅膀从奥林波斯山飞驰而下，转眼便来到墨涅拉俄斯面前，她把不幸的消息告诉了他。墨涅拉俄斯即刻踏上归途，飞也似的赶回了斯巴达。得知海伦背叛了他，帕里斯又卷走了他的金银财宝后，墨涅拉俄斯暴跳如雷。他立即去找哥哥阿伽门农，和他商议，该如何报复帕里斯。阿伽门农十分同情弟弟的遭遇，让他马上召集那些曾经承诺鼎力帮助他的英雄们和他一起出兵特洛伊。墨涅拉俄斯接受了阿伽门农的建议，和他一同前往皮洛斯，去拜见年迈的国王涅斯托耳。

涅斯托耳是希腊非常睿智的长者，他身经百战，经验丰富，已经见证了三代英雄的丰功伟绩。

涅斯托耳十分热情地接待了墨涅拉俄斯和阿伽门农，并对帕里斯的行为义愤填膺。他决定亲率儿子德拉叙默得斯和安提洛科斯远征特洛伊。涅斯托耳同意和阿特里代兄弟遍访希腊，招募所有英雄参加此次远征。

大批英雄加入了讨伐大军，有的是为了履行诺言，有的是渴望在这场对特洛伊的战争中建立功勋。他们当中有提丢斯的儿子狄俄墨得斯，他是阿耳戈斯的国王，其力量堪比战神阿瑞斯；有攸俾阿国王睿智的儿子帕拉墨得斯；有弥诺斯力大无比的孙子、克里特国王伊多墨纽斯；有赫拉克勒斯的朋友菲洛克忒忒斯。赫拉克勒斯临死前把自己的弓箭赠予了他，先知曾说过，没有这些弓箭就无法攻克特洛伊；有两个埃阿斯，一个是萨拉弥斯岛的国王大埃阿斯，其父是赫拉克勒斯的朋友忒拉蒙，大埃阿斯力大无穷，没有哪个英雄的力气能与之比肩，另一个埃阿斯来自罗克里斯，他是英雄俄伊琉斯的儿子。还有很多英雄参加了此次远征。讨伐者还需劝伊塔卡国王莱尔忒斯的儿子奥德修斯参加远征，因为他足智多谋。奥德修斯不愿意离开伊塔卡，他与美貌的佩涅洛佩新婚不久，长子忒勒玛科斯也刚刚出生。他可不想告别安逸的生活和娇妻爱子，远赴特洛伊城，万一这一去再也回不到故乡该如何是好。因此，当奥德修斯得知，墨涅拉俄斯、阿伽门农、涅斯托耳以及帕拉墨得斯已经抵达伊塔卡时，他已想好了应付他们的办法。他装疯卖傻，把犍牛和驴一起套犁耕地，向农田里播撒盐粒。帕拉墨得斯一眼就识破了他的伎俩，逼他认错。帕拉墨得斯把襁褓中的忒勒玛科斯抱来，放到垄沟里。奥德修斯只得放下了手中的活计，他是想躲在家里逃避远征，可是不能不管儿子的死活呀。就这样，把戏被帕拉墨得斯拆穿，奥德修斯不得不告别故乡和妻儿，踏上了讨伐特洛伊的征程。从那时起，奥德修斯便对逼他参战的帕拉墨得斯怀恨在心。

阿喀琉斯

讨伐者还得劝一位英雄参加远征，这位英雄就是佩琉斯国王和忒提斯女神的儿子，翩翩少年阿喀琉斯。先知卡尔卡斯向阿伽门农兄弟俩预言说，如果阿喀琉斯不参加远征，他们就攻不下特洛伊城；阿喀琉斯必将威名远扬，这是天意。他将成为特洛伊战争中的最大英雄，但他却不能从特洛伊生还，他将身中乱箭，死在战场。忒提斯女神得知儿子注定的命运后，想方设法阻止悲剧的发生。阿喀琉斯刚刚出世，忒提斯女神就用神露为他擦拭周身，以火烧身，希望使他水火不侵，永生于世。可是有一次，忒提斯刚把阿喀琉斯放在火上，佩琉斯就醒来了，见儿子被放在火上烧烤，他吓坏了，抓起剑，向忒提斯猛扑过去。忒提斯十分害怕，她逃出佩琉斯的王宫，直奔父亲涅柔斯大海深处的宫殿去躲避。佩琉斯把阿喀琉斯交给朋友马人客戎抚养。客戎给阿喀琉斯吃熊脑、狮肝，要把他培养成一个力大无穷的英雄。刚刚六岁时，阿喀琉斯就能杀死凶猛的狮子和野猪，他健步如飞，无需猎狗也能够追上麋鹿。阿喀琉斯还善于使用兵器，技艺高超，无人匹敌。客戎教会他优美动听地弹奏基法拉琴，教会他唱歌。忒提斯女神一直对儿子牵肠挂肚，时常浮出海面前来看望他。

正值阿喀琉斯这个英俊少年长大成人之时，墨涅拉俄斯讨伐特洛伊的消息传遍整个希腊。忒提斯清楚，不幸的命运正在等待阿喀琉斯，于是把他藏到了斯基罗斯岛吕科莫得斯的宫殿里，让他男扮女装，和公主们生活在一起。没有人知道阿喀琉斯藏在哪里。但是先知卡尔卡斯把阿喀琉斯的藏身之处告诉了墨涅拉俄斯，于是奥德修斯和狄俄墨得斯立即出发。奥德修斯心生一计，他和狄俄墨得斯假扮商人登上斯基罗斯岛，来到吕科莫得斯的宫中，将货物摆放在公主们面前，有金项链、金手镯，金耳环，还有镶金的披肩，在这些货物中夹杂着剑、头盔、盾牌、护腿和铠甲。公主们兴高采烈地打量着金首饰和上等织物，而站在她们中间的阿喀琉斯则目不转睛地盯着兵器。突然，宫殿外传来战斗的号角和厮杀的喧嚣声，这是狄俄墨得斯和奥德修斯带来的人在模仿短兵相接的场面，他们还在远处发出战斗的呐喊。公主们吓得魂飞魄散，逃之夭夭，只有阿喀琉斯抓起利剑和盾牌，循声奔去。他还以为吕科莫得斯宫殿遭到了袭击。狄俄墨得斯和奥德修斯就这样认出了阿喀琉斯，阿喀琉斯也欣然应允加入讨伐特洛伊的大军，他忠实的朋友帕特罗克洛斯和睿智的长老福尼克斯也一同前往参战。佩琉斯送给儿子一副铠甲、一杆投枪和一匹马，这都是他和忒提斯女神结婚时诸神、马人客戎、海神波塞冬分别赠与他们的贺礼。

特洛伊城

希腊众英雄准备讨伐的特洛伊城气势恢宏，雄伟壮丽，它的奠基者是伊洛斯，他的曾祖父是宙斯和普勒阿德斯[1]，女神厄勒克特拉的儿子达尔达诺斯。达尔达诺斯从阿尔卡迪亚来找透克罗斯国王，透克罗斯国王把女儿嫁给了达尔达诺斯，还陪嫁了自己的一部分土地，这便是达尔达尼亚城的雏形。达尔达诺斯有一个孙子，名叫特洛斯，特洛斯的儿子就是伊洛斯。伊洛斯曾经在弗里吉亚参加过一次英雄角逐赛，他击败了所有对手，获得的奖赏是童男童女各五十名。弗里吉亚国王还赠给他一头白牛，让他跟随这头牛走，在牛停住脚步的地方建造城市。弗里吉亚国王告诉他，先知曾经预言，这将是一座名垂青史的城市。伊洛斯便遵照弗里吉亚国王的旨意行事，他跟随白牛走到阿忒女神的山丘上，牛停下脚步，伊洛斯就在这座山丘上兴建起城市来。他将双手举向天空，祈求宙斯发出预兆，期待光明之神助他一臂之力。清晨，伊洛斯一走出营帐，就见到了一尊木雕，这是雅典娜的神像，它是这座崭新城市的守护神。伊洛斯统治时期，特洛伊城只在山丘上建有围墙，山脚下没设任何防护。波塞冬和阿波罗曾为伊洛斯的儿子特洛伊国王拉俄墨冬服役，期间，他根据诸神的意旨修建了城墙。波塞冬和阿波罗为特洛伊城修筑的围墙坚不可摧，但有一段不那么坚固，那一段城墙由前

---

① 七个仙女，以她们名字命名的星团为七仙姊妹星团（昴宿星团）。

来帮忙的英雄埃阿科斯修筑。

希腊人前来讨伐之时，特洛伊的统治者是伊洛斯的孙子普里阿摩斯。宙斯的儿子赫拉克勒斯攻克特洛伊之后，拉俄墨冬国王后代中仅有普里阿摩斯幸存下来。普里阿摩斯家财万贯，富可敌国，他和妻子赫卡柏的王宫富丽堂皇，他的五十个儿女也住在这里，其中最出色的是儿子赫克托耳，他有万夫不当之勇。

特洛伊城坚固无比。希腊英雄们同英勇善战的特洛伊人作战时，将面临无数的艰难险阻，但是获胜后他们会获得无上的荣耀和巨大的财富。

希腊英雄们在米西亚

众英雄和讨伐大军集结在奥利斯港湾，准备从这里向特洛伊进发。由十万全副武装士兵组成的大军将乘坐一千一百八十六艘战船开赴特洛伊城。临行前，所有将领和大英雄们齐聚祭坛旁边的百年悬铃木树下，祭拜诸神，祈求此次远航一帆风顺。突然，从一座祭坛下面爬出一条血红的巨蟒，蟒蛇硕大的身体缠绕老树，迅速上爬，转瞬间它就爬到了树梢，树梢上有一个鸟巢，里面有八只雏鸟和一只雌鸟，血红蟒蛇一口将它们吞下之后，化作了一块顽石。被惊得目瞪口呆的英雄们站在树下，搞不清诸神的这个预兆意味着什么。先知卡尔卡斯揭开了这一预兆的含义，他告诉众英雄，他们围攻特洛伊需要九年时间，因为巨蟒吞噬了九只鸟，经过艰苦卓绝的奋战，第十年才能攻克特洛伊城。卡尔卡斯的话极大地鼓舞了希腊将士和英雄，他们带着必胜的信念扬帆起航。

战船鱼贯而行，驶出奥利斯港湾，舵手们齐心协力，浩浩荡荡的希腊船队开赴亚细亚海岸。

起航不久，希腊将士便来到了米西亚岸边，这里是赫拉克勒斯的儿子、英雄忒勒福斯的领地。希腊将士就在这里靠了岸，他们以为，所到之处就是特洛伊海岸，便开始大肆破坏这个地方。忒勒福斯集合士兵，要奋起保卫领地，一场肉搏战随即展开。

阿喀琉斯与挚友帕特罗克洛斯投入到战斗中。帕特罗克洛斯受了伤，但他根本不把伤当回事，接着和阿喀琉斯一起勇猛作战。

阿喀琉斯奋力厮杀，打跑了忒勒福斯。

夜幕降临，忒勒福斯躲进城里，将城门紧闭。第二天清早，希腊人在打扫战场时发现，交战的对方并不是特洛伊人，而是赫拉克勒斯的儿子英雄忒勒福斯率领的米西亚人。希腊人痛心疾首，原来他们不是与敌人，而是与盟友进行了一场厮杀，于是同忒勒福斯握手言和，并获得了忒勒福斯患难相助的承诺，只是他目前不肯一道出兵特洛伊，因为普里阿摩斯是他的岳父，他不能和岳父挥刀相向。

掩埋了阵亡士兵的尸体后，希腊人离开了米西亚，继续向特洛伊进发。在辽阔的大海上，他们遇到了可怕的风暴，海上卷起了滔天巨浪，战船就像小木片一样被抛来抛去。希腊人迷失了方向，在海上漂泊了很久，最后，战船陆续回到了出发地奥利斯港湾。第一次出征无功而返。

希腊人在奥利斯

所有战船都回到奥利斯后，希腊人把船一一拖上海岸，岸上形成了一个巨大的营地。不少英雄都离开了奥利斯，返回家园。大军统领、国王阿伽门农也离开了奥利斯，谁都不知道何时才能再次出征特洛伊。希腊人如何是好呢？他们急需一名领路的向导，唯有不久前曾和他们交战的忒勒福斯能为他们领路。那次战斗中忒勒福斯被阿喀琉斯刺伤了臀部，虽经多方治疗，伤口始终未能愈合，而且伤痛日益加重。疼痛难忍的忒勒福斯只好去得尔菲找阿波罗神求助疗伤。女祭司皮提亚告诉他，只有刺伤他的那个人才能治愈他的伤痛。于是忒勒福斯装扮成乞丐，衣衫褴褛、一瘸一拐地来到迈锡尼阿伽门农的宫殿前，他想请求迈锡尼国王说服阿喀琉斯为他疗伤。最先见到忒勒福斯的是阿伽门农的妻子克吕泰涅斯特拉，忒勒福斯向她坦言相告，说明了来意。克吕泰涅斯特拉给他出了一个主意：一见阿伽门农走进门时，就赶紧从摇篮里抱起阿伽门农的儿子俄瑞斯忒斯，然后跑向祭坛，并威胁说，如果阿伽门农拒绝帮助他疗伤，就把他的孩子摔死在祭坛上。忒勒福斯按照克吕泰涅斯特拉的建议去做了。阿伽门农担心儿子的性命，被迫同意帮助忒勒福斯疗伤。而当他得知忒勒福斯是唯一能为他们带路前往特洛伊的人时，更是欣然相助。阿伽门农派人去请阿喀琉斯。阿喀琉斯也大吃一惊，百思不得其解，自己对医术一窍不通，怎么能为忒勒福斯疗伤呢？聪明绝顶的希腊英雄奥德修斯为阿喀琉斯解开了疑团，他告诉英雄，根本无需任何医术，仅需用刺伤忒勒福斯的投枪尖上的铁锈便可治好忒勒福斯。阿喀琉斯立即从投枪尖上弄下一些铁锈来，撒在忒勒福斯的伤口上，伤口立刻痊愈了。忒勒福斯喜出望外，为了报答疗伤之恩，他同意为希腊船队领路前往特洛伊海岸，若在从前，他是不会这样做的。现在领路人有了，可是希腊人还是不能从奥利斯启程，因为海面上逆风不断，这风是女神阿耳忒弥斯为报复阿伽门农杀死她的神鹿而刮的。希腊人一直在等风向改变，但是风向丝毫没有改变的迹象，集结起来的英雄们百无聊赖，营地开始有人生病，士兵们也怨声载道，躁动不安。这时，先知卡尔卡斯劝希腊将领们说：

“只有把阿伽门农美丽的女儿伊菲格尼娅作为祭品献给阿耳忒弥斯，她才能放过希腊人。”

阿伽门农回到奥利斯，得知先知的建议后痛苦万分。只要能让女儿毫发无损，他甚至可以放弃讨伐特洛伊的行动。墨涅拉俄斯费尽口舌劝说他屈从于阿耳忒弥斯，最终，阿伽门农作出让步，派一个家奴到迈锡尼去，让他对妻子克吕泰涅斯特拉说，阿喀琉斯想在出征之前和伊菲格尼娅订婚，所以要把伊菲格尼娅带到奥利斯来。他没敢把真相告诉妻子。

派往迈锡尼的人走后，阿伽门农内心涌出对女儿的难舍之情，随即暗中派人去转告克吕泰涅斯特拉，不要让伊菲格尼娅到奥利斯来。但是后来赶去的这个人落在了墨涅拉俄斯手中，墨涅拉俄斯非常生气，他谴责阿伽门农说，他在背叛他们共同的事业，兄弟俩吵得面红耳赤。就在这时，有人来报，克吕泰涅斯特拉已带着伊菲格尼娅和幼小的俄瑞斯忒斯到达这里，正在营地旁的泉眼边歇息。

阿伽门农绝望至极，难道他注定失去爱女，要亲自把她作为祭品献给阿耳忒弥斯吗？见哥哥痛不欲生，墨涅拉俄斯甚至打算不拿伊菲格尼娅献祭了。但是阿伽门农心如明镜，卡尔卡斯会把阿耳忒弥斯的意志公诸于世，迫使他献出伊菲格尼娅。即使卡尔卡斯不说出女神阿耳忒弥斯的意旨，奥德修斯也会把它说出去。

阿伽门农悲痛欲绝，但他故作镇定，面带笑容去见妻女。尽管他竭力掩饰自己的情绪，女儿伊菲格尼娅还是立刻察觉出父亲内心深藏的痛苦，她问父亲出了什么事，阿伽门农对妻子和女儿守口如瓶，一再劝妻子回迈锡尼去，他不想让克吕泰涅斯特拉目睹女儿受难。然后，阿伽门农惜别妻女，来到卡尔卡斯这里，他想知道，有什么办法能让女儿免于一死。

阿伽门农刚一离开营帐，阿喀琉斯就来了。他求见阿伽门农，请求立即出发讨伐特洛伊。阿喀琉斯在奥利斯无所事事，他手下的米尔弥多涅斯人也坐卧不宁，要求或者出征，或者解散回家。克吕泰涅斯特拉得知这位英雄的来历后，就像对待未来女婿一般，热情地接待了他。阿喀琉斯惊诧万分，他从未向阿伽门农提起过要娶他的女儿。得知阿喀琉斯未曾考虑过这门婚事，克吕泰涅斯特拉很难为情，无言以对。就在这时，被阿伽门农第二次派去迈锡尼报信的家奴走了进来，他说出了阿伽门农请她女儿来奥利斯的真正意图。克吕泰涅斯特拉大惊失色，她将失去女儿？谁又能保护女儿呢？她跪倒在阿喀琉斯面前，抱住他的双腿放声痛哭，求他保护，求他看在母亲忒提斯的面子上，救救她的女儿。见到克吕泰涅斯特拉如此悲伤，阿喀琉斯便向老海神涅柔斯祈求帮助，他发誓不让任何人动伊菲格尼娅一根汗毛。阿喀琉斯迅速离开了阿伽门农的营帐，去穿戴铠甲。阿伽门农回到营帐，克吕泰涅斯特拉怒火中烧，痛斥他作出不顾亲生女儿死活的决定。

阿伽门农又能作何回答呢？将亲生女儿献祭给阿耳忒弥斯女神，阿伽门农也是不得已而为之。他没有别的选择，他可以满足妻子和女儿的请求，可是随即愤怒的希腊人就会杀死他和他的亲人们，为了希腊的福祉，他们势必会把伊菲格尼娅送去献祭。

营地里一片骚乱，当阿喀琉斯宣布不许把自己的未婚妻送去献祭时，米尔弥多涅斯人差点没用石头砸死他。奥德修斯引领全副武装的士兵，冲向阿伽门农的营帐。阿喀琉斯手持利剑和盾牌守护在营帐门前，誓死保卫伊菲格尼娅。

就在这时，伊菲格尼娅站了出来，制止了这场流血厮杀。她宣布，为了大家的福祉，她自愿献祭，决不违背宙斯伟大女儿阿耳忒弥斯的意志。她心甘情愿去当祭品，待到希腊人攻克特洛伊城时，特洛伊的废墟将是她永久的纪念碑！她说服阿喀琉斯放弃自己，不要引起自相残杀。阿喀琉斯被美丽姑娘那伟大的自我牺牲精神所打动，最终，他服从了伊菲格尼娅的决定。

伊菲格尼娅从容不迫地向女神阿耳忒弥斯献祭的祭坛走去。她美丽庄重，从众多士兵的行列中穿过，走到祭坛旁。阿伽门农望着豆蔻年华的女儿，泣不成声，用宽大的斗篷将头裹住，不忍目睹她的惨死。伊菲格尼娅平静地站在祭坛旁，遵照传谕官塔尔提比奥斯的命令，全体保持肃静，先知卡尔卡斯从刀鞘里抽出祭祀用刀，把它放进祭坛前摆放的金色盒子里，他像对待所有牺牲品那样，也在少女头上佩戴了花环。阿喀琉斯从士兵队列中走了出来，拿起盛有圣水的盆和祭祀用的加盐面粉，把圣水洒在祭坛上，洒在伊菲格尼娅身上，又把面粉撒到姑娘的头上，之后高声呼唤女神阿耳忒弥斯的名字，祈祷她护佑船队一帆风顺到达特洛伊海岸，战胜敌人。卡尔卡斯拿起了献祭用刀，所有人都屏住了呼吸。他举刀向伊菲格尼娅砍去，刀已经触到少女的身体，但是伊菲格尼娅并没有倒下，大家也没有听到她死前的痛苦呻吟，惊人的奇迹出现了，阿耳忒弥斯女神一把抓起了伊菲格尼娅，把一只赤牝鹿抛在了祭坛旁，这只赤牝鹿在卡尔卡斯的刀下鲜血淋漓，垂死挣扎。被惊得目瞪口呆的士兵们齐声欢呼，先知卡尔卡斯也喜出望外地叫道：

“这才是雷电之神宙斯伟大的女儿阿耳忒弥斯想要的祭品啊！欢呼雀跃吧，同胞们！女神将护佑我们一帆风顺，战胜特洛伊。”

果然如此，祭坛上阿耳忒弥斯抛下的赤牝鹿还没完全化为灰烬，风向就已经转为顺风。时间紧迫，希腊人准备启程远征，军营里一片欢腾。阿伽门农抓紧时间回到自己的营帐，把祭坛上发生的一切讲给克吕泰涅斯特拉听，并催促她尽快回到迈锡尼去。

女神阿耳忒弥斯从祭坛将伊菲格尼娅夺走后，把她带到了遥远的陶里斯[①]的欧克辛斯蓬托斯海岸。阿伽门农美丽的女儿伊菲格尼娅成了女神的祭司。

希腊人远航特洛伊　菲洛克忒忒斯[②]

希腊人的战船飞速驶向特洛伊海岸，一路顺风，平安无事。莱姆诺斯岛已近在咫尺。距莱姆诺斯岛不远处有一个荒岛，叫克律塞岛。岛上为了纪念保护神克律塞斯，建了一个祭坛。先知们曾经说过，途经克律塞岛时，要靠岸献祭，只有这样才能攻克特洛伊。因此希腊人必须找到这个祭坛，为保护神献祭。伟大的英雄伊阿宋与阿尔戈英雄们远航科尔喀斯去寻找金毛羊皮的途中修建了这个祭坛，宙斯伟大的儿子赫拉克勒斯为了报复拉俄墨冬国

---

① 现在的克里米亚。

② 根据索福克勒斯的悲剧《菲洛克忒忒斯》整理。

王而讨伐特洛伊的时候，也曾经在这个祭坛上献祭。只有赫拉克勒斯的好友菲洛克忒忒斯知道祭坛的准确位置，他自告奋勇领路，希腊将领们紧随其后。岛上荒无人烟，长满了低矮的灌木丛，他们终于找到了几近倒塌的祭坛。众英雄走上前去，突然，一条守护祭坛的毒蛇从灌木丛中窜了出来，一口咬在英雄菲洛克忒忒斯的脚上。菲洛克忒忒斯大叫一声摔倒在地，众英雄急忙上前，但是为时已晚，蛇毒已经浸入伤口，疼痛难忍，脓血从伤口喷涌而出，空气中弥漫着腐臭气味。菲洛克忒忒斯痛苦不堪，没日没夜地呻吟着，他的哀号声使希腊人倍感不安，士兵们牢骚满腹，菲洛克忒忒斯伤口发出的臭味让他们忍无可忍。最后，希腊的将领们根据奥德修斯的建议，决定把赫拉克勒斯的这位好友遗弃到海岸。在战船途经莱姆诺斯岛时，将领们吩咐把昏睡的菲洛克忒忒斯留在荒无人烟的岸边，将他的弓箭、衣服和食物也一同留下。希腊人就这样遗弃了这位英雄，可是，正是这位英雄的神弓利剑，让希腊人最终如愿以偿，攻克了特洛伊城。

留下菲洛克忒忒斯后，希腊人继续前行，他们终于接近了特洛伊海岸。等待他们的是数不尽的深重苦难，当然也有赫赫战功。

围困特洛伊的前九年[①]

远航结束令希腊人兴奋不已。但是快到岸边时，他们发现，岸上已有赫克托耳统帅的特洛伊精良部队在守候。赫克托耳是特洛伊

① 根据古希腊古罗马作家的作品整理，其中帕拉墨得斯之死的情节根据奥维德的长诗《变形记》整理。

年迈的国王普里阿摩斯的儿子，他强悍无比。希腊人如何才能登陆上岸呢？英雄们都清楚，第一个冲上去的人必死无疑。希腊人举棋不定。英雄普罗忒西拉奥斯很渴望建立功勋，他想率先冲上岸去与特洛伊士兵交战，但他迟迟没有行动，因为他听说过一个预言：第一个踏上特洛伊土地的希腊人在劫难逃。奥德修斯也听说过这个预言。为了吸引英雄们紧随其后，自己又不至于送死，奥德修斯将自己的盾牌先抛到岸上，随后迅速从船上跳到盾牌上。普罗忒西拉奥斯只看见奥德修斯上了岸，却没有发现他脚踩的并不是特洛伊土地，而是他的盾牌，所以他认为，已经有英雄踏上了特洛伊土地。在建立奇功的欲望驱使下，他不顾一切，把故乡和年轻美貌的妻子拉奥达墨亚全部抛在了脑后，普罗忒西拉奥斯一个健步跳上岸，手持利剑冲向敌人。伟大的英雄赫克托耳挥动尖利的投枪，一下子就刺中了年轻的普罗忒西拉奥斯，他立刻倒地毙命，第一个血洒特洛伊土地。随后，希腊人从战船上蜂拥跳下，扑向敌群，开始了浴血奋战。特洛伊士兵招架不住，开始撤退，躲进了易守难攻的特洛伊城。第二天双方宣布休战，打扫战场，埋葬阵亡士兵。

掩埋阵亡士兵之后，希腊人又开始加固防御工事。他们把战船拖上岸，沿海岸，从西革翁山到洛忒翁山之间，构筑了一个巨大的营地，在面对特洛伊的方向筑起了高墙，挖掘堑壕进行防卫。为了便于观察，且不给特洛伊人突袭的机会，阿喀琉斯和大埃阿斯把自己的营帐设在了大营的两端。大营中央高耸着国王阿伽门农的豪华营帐，他是希腊人推举出的全军统帅。营帐前是将士集会的场地，足智多谋的奥德修斯把自己的营帐安扎在了集会场地的旁边，便于随时参加集会，了解军营里发生的一切事情。尽管他从前不愿意参加远征讨伐，但是现在他已成了特洛伊人的劲敌，他希望希腊人不惜任何代价攻下特洛伊并将其毁掉。

希腊人建好营地之后，即刻派出墨涅拉俄斯国王和足智多谋的奥德修斯去同特洛伊人谈判。睿智的安忒诺尔在自己家中大摆盛宴，招待希腊使者。安忒诺尔真心希望双方言归于好，缔结和约，并满足墨涅拉俄斯的合理要求。得知希腊使者到来的消息后，普里阿摩斯召开大会，以使墨涅拉俄斯的要求得到满足。墨涅拉俄斯和奥德修斯也出席了会议。墨涅拉俄斯在简明扼要的讲话中提出，特洛伊人必须放回他的妻子海伦，归还帕里斯劫取的金银财宝。墨涅拉俄斯讲完后，奥德修斯也重申，特洛伊人应该满足墨涅拉俄斯的要求。精明强干的伊塔卡国王的陈词极富说服力，特洛伊人被打动了，他们已考虑接受墨涅拉俄斯的所有要求。此时，海伦也为自己当初的轻率行为追悔莫及。安忒诺尔努力说服人们答应墨涅拉俄斯的要求，因为他知道特洛伊和希腊交战会发生多少灾难。但是普里阿摩斯的儿子们，尤其是帕里斯，无意与希腊人握手言和。他不打算交出海伦，也不准备归还金银财宝。他对大家的决定心存抵触，兄弟们和他有同样的想法。被帕里斯收买的安提玛赫斯甚至图谋监禁并杀害墨涅拉俄斯国王，但普里阿摩斯和赫克托耳坚持反对，不能让宙斯所护佑的使者受到任何不恭待遇，大会无果而终。

后来，特洛伊的先知，普里阿摩斯的儿子赫勒诺斯站起身来说，特洛伊人不必害怕与希腊人交战，诸神承诺助特洛伊一臂之力。特洛伊人信以为真，于是拒绝了墨涅拉俄斯的要求。希腊使者不得不空手而归，特洛伊与希腊的浴血战斗即将打响。

特洛伊人躲在易守难攻的城中，赫克托耳不踏出城门半步。希腊人开始围城，三次攻城都未能得手。希腊人又开始在特洛伊城郊作战，他们攻占了所有与特洛伊结盟的城市，从陆地和海上两面夹攻。伟大的阿喀琉斯在这些战役中屡建奇功，希腊人占领了忒涅多斯岛、莱斯博斯岛、佩达斯城和吕尔奈斯城等地。他们还捣毁了许多城市，攻占了忒拜城[①]，这是赫克托耳的岳父埃提翁管辖的范围。阿喀琉斯一天之内就杀掉了赫克托耳妻子安德罗玛克的七个兄弟，埃提翁也死于非命。但阿喀琉斯没有凌辱埃提翁的尸体，他怕惹怒诸神，所以安葬了他。安德罗玛克的母亲被俘获，被带到希腊营地做奴隶。阿喀琉斯在忒拜缴获了大量宝物，并俘获了漂亮的布里塞伊斯和阿波罗祭司克律塞斯的美貌女儿克律塞伊斯，希腊人把克律塞伊斯送给了阿伽门农。

特洛伊四周的一切都被希腊人毁灭殆尽。特洛伊人紧闭城门，不敢走出城外，他们怕被希腊人杀死、俘虏或卖为奴隶。

在特洛伊城被困的九年里，特洛伊人经历了无数的痛苦，他们埋葬了许多阵亡的英雄。可最艰苦的第十年还在后面，特洛伊沦陷这一最大灾难还没有降临。

九年讨伐给希腊人带来了同样惨重的损失，阵亡的士兵不计其数，睿智的英雄帕拉墨得斯也丢了性命，但他不是为敌所杀，而是命丧奥德修斯之手，奥德修斯出于仇恨和嫉妒杀死了他。帕拉墨得斯为希腊人出了许多好主意，帮了他们数次大忙，他用草药为他们疗伤治病，为希腊人修建灯塔，使希腊船只深夜能够顺利返回营地，人们敬重英雄帕拉墨得斯，尊听他的忠告，为此奥德修斯对他

① 此处为神话中的城市，与忒拜同名。

怀恨在心。他发现，人们更加信赖的人是帕拉墨得斯，而不是自己。奥德修斯还想起自己装疯卖傻、逃避出征的时候，是帕拉墨得斯揭穿了他的把戏，这段回忆更加深了他对帕拉墨得斯的仇恨。他绞尽脑汁盘算着该如何弄死帕拉墨得斯。终于，他借帕拉墨得斯规劝希腊军队收兵回家的机会，实施了他卑鄙的计划。深夜里，他在帕拉墨得斯的营帐里藏下了一袋黄金，随后扬言，帕拉墨得斯让希腊人收兵大有内情，他之所以苦心相劝，是因为已经被普里阿摩斯重金收买。希腊人中也有一些人对帕拉墨得斯心怀不满，要是听从帕拉墨得斯的劝告，那么攻克特洛伊之后他们就无缘得到大量战利品。所有心怀不满的人都轻信了奥德修斯的谎言。奥德修斯看到，许多希腊人开始相信帕拉墨得斯变节之事，为使他们彻底相信普里阿摩斯确实收买了帕拉墨得斯，他向阿伽门农禀报说，帕拉墨得斯通过被俘的弗律癸亚人与国王普里阿摩斯勾结，这个弗律癸亚人企图从希腊营地逃回到特洛伊时，被奥德修斯的仆人打死。奥德修斯还假借普里阿摩斯之名，给帕拉墨得斯写了一封信，信中提及，国王普里阿摩斯派人给帕拉墨得斯送去黄金，这是付给他劝希腊人撤军回国的回报。奥德修斯把这封伪造的书信交给了被俘的弗律癸亚人，让他带给普里阿摩斯。弗律癸亚人刚一出希腊营地，奥德修斯的仆人们就扑上去将其杀死，然后把信送交给自己的国王。奥德修斯急忙拿着这封信来到阿伽门农的营帐。看信后，阿伽门农立即召集各路英雄的首领到自己的营帐，蒙在鼓里的帕拉墨得斯也被请来。奥德修斯指控帕拉墨得斯的变节行为，尽管帕拉墨得斯对自己的清白竭力分辨，但却徒劳无益。奥德修斯建议派人去搜查帕拉墨得斯的营帐，果然在那里找到了一袋黄金。现在，人们都对帕拉墨得斯的背叛行径深信不疑了。法庭对帕拉墨得斯进行裁决，判处死刑，以乱石击毙。无辜的帕拉墨得斯被铐上沉重的枷锁，带到海边。帕拉墨得斯一再恳求希腊人不要杀死他，不要对无辜的人用此酷刑，但都枉然。临死前，帕拉墨得斯没发出一点呻吟声，没说过一句抱怨的话。他只用微弱的声音说了一句话：

“真理啊，我为你惋惜。你死在了我的前面！”

说完这句话，这个最为高尚贤明的希腊英雄离开了人世，他为希腊做出的巨大贡献没能挽救他的性命。后来，希腊因杀害了帕拉墨得斯而付出了惨重的代价，帕拉墨得斯的父亲，攸俾阿国王瑙普利奥斯为儿子的惨死向希腊人实施了残酷的报复。

阿伽门农不仅处死了帕拉墨得斯，还不让他的灵魂有一个归宿。阿伽门农下令不准埋葬帕拉墨得斯，要把他的尸体放到海滩上，任凭野兽鹰隼啄食。但是大英雄大埃阿斯不忍目睹这一切，他为帕拉墨得斯举行了葬礼并安葬了他的遗体。大埃阿斯绝不相信，帕拉墨得斯会做出卖希腊人的事情。

阿喀琉斯与阿伽门农的冲突

希腊人围困特洛伊已经过去九年，伟大战争的第十年开始了。年初，阿波罗的祭司克律塞斯来到希腊人的营地。他恳请希腊人，尤其恳请希腊人的首领们，放回他的女儿克律塞伊斯，他愿为此付出巨额赎金。听完他的话，大家都同意接受他的赎金，放回他的女儿。可是国王阿伽门农听后却勃然大怒，他对克律塞斯说：

“老家伙，快走吧，别再出现在我们的战船边，否则你就是死路一条，别看你是阿波罗的祭司。我不会把克律塞伊斯还给你，她要做一辈子奴隶，不得自由。你如果还打算活着回家，就别惹我生气！”

克律塞斯吓得赶紧离开了希腊的营地。他满腹哀愁地来到海滩上，把双手伸向天空，向勒托伟大的儿子，太阳神阿波罗祈求道：

“伟大的阿波罗神啊，请答应你忠实的奴仆一个请求，用你那银弓利剑替我向希腊人复仇吧！”

阿波罗听到了祭司克律塞斯的祈求，身背弓箭从奥林波斯山飞奔而下，神箭在箭袋里发出轰鸣。愤怒的阿波罗直入希腊人的营地，面色阴沉如黑夜。他奔向阿开亚人的营地，张弓搭箭射了过去。阿波罗的神箭发出令人毛骨悚然的巨响，死亡的利箭冰雹般射向希腊人的营地。很多希腊人染上了瘟疫，大批大批死去，到处是焚尸的火堆。希腊人的末日仿佛已经到来。

瘟疫持续了九天九夜，第十天，根据赫拉的提议，伟大的英雄阿喀琉斯把所有英雄召集在一起，商议怎样做才能获得诸神的怜悯。诸位英雄到齐后，阿喀琉斯率先向阿伽门农进言道：

“阿特柔斯的儿子，我们必须返航回家，你已经看到，士兵们不是死于战场，就是亡于瘟疫。也许，我们先该求教一下先知们，让他们说出阿波罗迁怒于我们的原因，告诉我们，他为何给希腊士兵降下死亡的瘟疫。”

阿喀琉斯的话音刚落，多次为希腊人解读神谕的先知卡尔卡斯便站起身来说，他可以揭开阿波罗发怒的谜底，但有一个条件，如果阿伽门农国王发怒，阿喀琉斯一定要奋力保护他，不让他受到伤害。阿喀琉斯以阿波罗的名义起誓，许诺保护卡尔卡斯。这时候先知才说：

"勒托伟大的儿子之所以发怒，是因为阿伽门农让他的祭司克律塞斯受了奇耻大辱，拒绝了他赎回女儿的请求，还把他赶出了营地。把克律塞伊斯还给她的父亲，再送上一百头牛作为祭品，是唯一能求得太阳神宽恕的办法。"

听到卡尔卡斯的话，阿伽门农火冒三丈，他恨死了先知和阿喀琉斯，但转念一想，无论如何他都得让克律塞伊斯回到她父亲身边去，于是就同意了卡尔卡斯的建议。但他也提出了条件，他要拿走所有的克律塞伊斯的赎金。阿喀琉斯指责阿伽门农自私贪婪，这无疑让阿伽门农更加气恼，于是他威胁说，他要夺走阿喀琉斯、或是大埃阿斯、或是奥德修斯应得的赎金。

阿喀琉斯气愤地说："你这个无耻、狡诈、贪婪的家伙！谁分得的赎金也没有你分得的多，你现在还要夺走属于我们的一份赎金。我们到这里来浴血奋战，并不是出于一己之私，而是为了帮助你和墨涅拉俄斯。你倒好，想夺走我立下不朽战功应得的奖赏。我最好是回到故乡去，我可不想为帮你敛财而去战斗。"

阿伽门农怒吼道："回到你的佛提亚去好了！所有国王中我最痛恨的就是你了！你总是挑起事端，告诉你，我不怕你发怒！既然阿波罗有这个愿望，我就把克律塞伊斯交给她父亲。但是我要把你的女俘布里塞伊斯留下。我要让你知道，我的权力至高无上。看谁还敢与我争权夺利！"

听到阿伽门农的恐吓后，阿喀琉斯再也抑制不住胸中的怒火，忒提斯的儿子立即拿起了剑。他已经把剑拔出剑鞘一半，准备扑向阿伽门农，忽然感觉到头发被什么东西触碰了一下，他回过头来一看，大吃一惊，倒退了几步，宙斯伟大的女儿雅典娜就站在他面前，当然别人都看不到她。是赫拉派她来到此地，宙斯的妻子既不想让阿喀琉斯丧命，也不想看到阿伽门农死去，这两个人对她来说都很重要。阿喀琉斯战战兢兢地问女神雅典娜：

“雷电之神的女儿啊，你怎么下奥林波斯山了？你是来看阿伽门农如何发狂的吗？他很快就会被自己的骄横所葬送！”

雅典娜回答说：“不是的，强健的阿喀琉斯，我不是为此事而来，我来此是想平息你的怒火，你要听从奥林波斯诸神的意旨，你可以痛斥阿伽门农，但不必拔刀相向，相信我吧！这里马上就会因侮辱你而付出极为沉重的代价，你顺从诸神的意旨吧。”

阿喀琉斯顺从了诸神的意旨，将利剑放回鞘中。雅典娜又回到奥林波斯山诸神那里去了。

阿喀琉斯又对阿伽门农说了很多气话，称他是酒鬼、胆小鬼、畜生，鱼肉百姓的坏蛋。他把自己的权杖一摔，发誓说，阿伽门农如此欺辱他，如果有一天攻打特洛伊需要他出力，阿伽门农休想得到他的帮助。智者皮洛斯国王、长者涅斯托耳都前来为他们调解，但都无济于事。阿伽门农不听涅斯托耳的劝解，阿喀琉斯也不妥协让步。阿喀琉斯满怀对阿伽门农的仇恨，和挚友帕特罗克洛斯以及勇猛的米尔弥多涅斯人，一同回到了自己的营帐。与此同时，国王阿伽门农命令将一艘战船推下海，船上装载着献给阿波罗的祭品和祭司克律塞斯美丽的女儿。这艘战船在足智多谋的奥德修斯带领下，开往忒拜的埃提翁城。按照阿伽门农的吩咐，留在营中的希腊人，为求得阿波罗的宽恕，向他献上丰厚的祭品。

阿伽门农派遣的战船在无垠的大海上乘风破浪，急速前行。到达忒拜港湾后，英雄们降下船帆，停靠在码头。以奥德修斯为首的一队士兵上了岸，把美丽的克律塞伊斯送到克律塞斯手里，并向他表示敬意：

“阿波罗的祭司啊，我们奉阿伽门农之命来到此地，送回你的女儿，我们还带来了一百头牛，这是献给伟大的阿波罗神的祭品，我们祈求他免除希腊人的苦难。”

见到女儿归来，克律塞斯欣喜若狂，他开心地拥抱了女儿。大家立刻举行了祭祀仪式，克律塞斯向阿波罗祈求道：

“阿波罗神啊，请听听我的祈求吧，从前你听过，现在再听一次吧！请免除希腊人的灭顶之灾，终止可怕的瘟疫吧！”

阿波罗听到克律塞斯的祈求，立即撤除了希腊营地流行的瘟疫，克律塞斯举行的祭祀仪式结束后，希腊人举办了盛大的宴会，在忒拜尽情狂欢。小伙子们给大家斟满美酒，希腊人唱起雄壮的赞歌，赞美太阳神阿波罗。宴会一直持续到夜幕降临。第二天一早，奥德修斯率领的队伍精神饱满地踏上归程。阿波罗送来顺风，战船飞速行驶，不久就回到了希腊人的营地。舵手们将船拖上了岸，便各自回到营帐。

在奥德修斯远航忒拜这段时间里，阿伽门农没有忘记他威胁阿喀琉斯的话，他让传谕官塔尔提比奥斯和欧律巴忒斯把布里塞伊斯带到他的营帐。二人闷闷不乐地来到阿喀琉斯的营帐。阿喀琉斯坐在那里若有所思，他们走近强壮的英雄，噤若寒蝉。阿喀琉斯先开口说道：

“传谕官们，我清楚你们是无辜的，罪责都在阿伽门农一个人身上，你们是来接布里塞伊斯的吧。帕特罗克洛斯，我的朋友，你把布里塞伊斯交给他们吧。总有一天，希腊人遭遇灭顶之灾时会求我相助，就让这些传谕官们成为那一刻的见证人吧。失去理智的阿伽门农根本无法挽救希腊人。”

传谕官带走了布里塞伊斯。阿喀琉斯无比难过，一个人来到海滩，他泪流满面，面向大海伸出双臂呼唤着母亲，女神忒提斯：

“我的母亲，你生下了我，已注定我要短命，雷电之神宙斯为什么还要剥夺我的荣耀？不，他没有给予我任何荣耀！国王阿伽门农欺负我，夺走了我立下军功应得的奖赏。我的母亲，你听听我的倾诉吧！”

忒提斯女神听到了阿喀琉斯的呼唤，从海底涅柔斯海神豪华的宫殿走出，宛如轻盈的云朵从海浪中浮出。来到岸上，她坐在爱子身边，温柔地将他搂在怀里，轻声问道：

“你为何哭得如此伤心，我的孩子？把你的伤心事说给我听听吧！”

阿喀琉斯把阿伽门农欺辱他的事情一五一十地告诉了母亲，请求母亲前往光明的奥林波斯山，让宙斯惩罚阿伽门农，助特洛伊一臂之力，帮助特洛伊人把希腊人赶回船上去。要让阿伽门农知道，他欺辱的是希腊最为骁勇善战的英雄，他的所作所为是多么的不明智。阿喀琉斯对母亲说，宙斯不会拒绝她的请求。他让母亲向宙斯提起当年在奥林波斯山雷电之神被诸神捆绑、差点被他们推翻的事，危难时刻，是母亲招来百臂巨人布里阿瑞奥斯帮助他，见到布里阿瑞奥斯后，诸神都吓破了胆，不敢对宙斯动手了。只要忒提斯向雷电之神宙斯提起这件事，他就不会拒绝她的任何请求。阿喀琉斯不停地恳求母亲去找宙斯。

忒提斯伤心地哭泣着，她说道：“我亲爱的儿子啊，我为什么要生下你这个命运多舛的孩子啊！你的生命就要走到尽头，你将不久于人世。你不能永生，又遭遇了比所有人都多的不幸！噢！不！别这么难过！我会登上光明的奥林波斯山，我会去祈求宙斯来帮助我。你暂且待在营帐里，不要参加任何战斗。宙斯这几日不在奥林波斯山上，他与诸神参加埃塞俄比亚人[①]的盛宴去了，过十二天才能回来，他回来后我会跪在他的脚下去求他，但愿能求动他。”

忒提斯告别了痛苦不堪的儿子，阿喀琉斯也回到自己的营帐中。从这时起，阿喀琉斯足不出营帐，既不参加将领会议，也不参加任何战斗。他十分向往赫赫战功，但忍住痛苦，耐心待在营帐中。

十一天转瞬即逝，第十二天一大早，女神忒提斯从海底浮出，伴着晨雾来到光明的奥林波斯山。她跪倒在宙斯的脚下，抱住他的双膝，一双求援的手触到了他的胡须。

忒提斯祈求道：“我的父亲啊，你一定要替我的儿子报仇啊！你答应我的请求吧，我也曾经为你效力。你要让特洛伊人连续获得胜利，一直到希腊人祈求我儿子出战、给他最显赫的荣誉为止。”

雷电之神宙斯沉默良久，没有作答，忒提斯毫不退让，继续恳求。雷电之神最后深深叹了一口气，说道：

“你知道吗，忒提斯，你的祈求会激怒赫拉，她会迁怒于我，她本就责怪我在战场上帮助特洛伊人。你现在赶紧离开奥林波斯山，别让赫拉看见你。我答应满足你的要求，你看，这就是我承诺的征兆。”

① 此处为神话中的民族，希腊人认为他们生活在地球的最南端。

话音刚落，宙斯便紧锁起眉头，他的头发根根竖起，整座奥林波斯山随之颤抖起来。忒提斯放下心来，迅速离开巍峨的奥林波斯山，回到了海底。

宙斯前去参加诸神宴会，全体起立向宙斯致敬，谁也不敢怠慢。宙斯刚坐到黄金宝座上，赫拉便向他问起话来，她看见忒提斯来找宙斯了。

“狡猾的家伙，说说吧，你又和哪个神祇密谋事情了？你总是向我隐瞒自己的打算和想法。”

宙斯回答她说：“赫拉，你别指望我会把我的所思所想都告诉你。该你知道的事情，我会先于诸神告诉你，但你休想掌握我的所有秘密，也别来打听我的秘密。”

赫拉答道：“雷电之神啊，你知道，我可从来没想打听你的秘密，你做任何决定时也从来没问过我的想法。我担心，忒提斯已说服你为她儿子阿喀琉斯复仇，这会让许多希腊人丧命。我知道，你已经答应了她的要求。”

宙斯狠狠地瞪了赫拉一眼，对妻子总是监视他的行踪大为恼火。他气愤地命令赫拉安静地坐在那里，并向他道歉，否则就要惩罚她。赫拉吓得不敢吭声，她老老实实地坐在金宝座上。众神被宙斯与赫拉的争吵吓坏了。这时，跛脚匠神赫菲斯托斯站起身来，他责怪众神竟然为凡人而发生争执。他说：

“如果我们为凡人而发生争执，那诸神的宴会就没有快乐可言了。”赫菲斯托斯一边说，一边请求母亲赫拉服从父亲的权力，因为宙斯在气头上十分恐怖，可能会把奥林波斯山上的所有神祇都拉下宝座。

赫菲斯托斯向赫拉提起一件事，有一回，雷电之神宙斯对她发怒，赫菲斯托斯赶来解救母亲，结果被宙斯推倒在地上。和母亲说完后，赫菲斯托斯端起酒杯，斟满美酒送到赫拉面前，赫拉露出了笑容。赫菲斯托斯又拖着一条瘸腿，把斟满美酒的杯子逐一送到诸神的手中。看到赫菲斯托斯一瘸一拐地在大厅里走来走去，诸神情不自禁地大笑起来。诸神的宴会上重又响起了欢歌笑语，在阿波罗悠扬的金基法拉琴声和缪斯们悦耳动听的歌声中，诸神开怀畅饮，直至夜幕降临。宴会结束后，诸神纷纷回到自己的寝宫。整座奥林波斯山沉浸在恬静的睡梦中。

将士大会　忒尔西忒斯[①]

诸神在奥林波斯山上安稳入睡时，希腊人的营地和特洛伊城也是一片寂静。唯有雷电之神宙斯难以入眠，他在思考如何为阿喀琉斯所蒙受的冤屈复仇，最后，宙斯决定给阿伽门农托一个梦，他找来睡神，对他说道：

“快展翅飞向阿伽门农，去给他托个梦，告诉他，让他率领希腊人去战斗，你告诉他，他今天就能攻克伟大的特洛伊城，因为赫拉已命令所有神祇，不可帮助特洛伊人。特洛伊的末日即将来临。”

睡神化身为阿伽门农十分敬重的涅斯托耳的样子，飞快地来到地面，潜入阿伽门农的梦中，把雷电之神的话告诉了他。阿伽门农睁眼醒来，梦里听到的话还在耳边回响。迈锡尼国王迅速穿上衣

① 根据荷马史诗《伊利亚特》整理。

服，拿起金色权杖，朝停靠着希腊人战船的海岸走去。就在这时，朝霞映红了东方，它预示着伟大的太阳神赫利俄斯即将升上天空。阿伽门农让传谕官召集全体将士集会，他又把所有的将领集中到长者涅斯托耳的战船旁，给大家讲述了雷电之神宙斯给他托梦之事。

将领们决定发起进攻。但在开赴战场之前，阿伽门农打算考验一下他们。他要在全体大会上提议撤军回国。将领们开会的时候，士兵们也陆陆续续来到了会场，他们就像山里飞出的蜂群，乱哄哄地聚成一团。传谕官费了好多功夫才让他们安静下来，他们终于站好了位置，不再作声，准备聆听国王们，宙斯的后人们讲话。第一个讲话的是阿伽门农，他手执权杖，从座位上站起身来，他说到战争的艰难困苦，说到对特洛伊的围攻毫无结果，说出希腊人攻不下特洛伊城、最后只能无功而返的担忧。他还说，诸神也希望希腊人放弃战争，重返家园。阿伽门农的话音未落，人群就像被南风诺托斯和东风欧洛斯掠过的海面一样，层层巨浪般地涌向战船，奔跑的脚步声震撼了大地，扬起阵阵尘土。营地里喊叫声连成一片，大家急着推船下水，归心似箭。

士兵的呼喊声也传到了奥林波斯山上，赫拉担心希腊人放弃围攻特洛伊，就把雅典娜派到营地去制止他们。雅典娜旋风般地从奥林波斯山飞抵营地，见到奥德修斯后对他说：

"莱尔忒斯杰出的儿子，难道你真的要从这里逃之夭夭，回到家乡去吗？难道你真的要把貌美如花的海伦留在这里，让普里阿摩斯和特洛伊人欢天喜地吗？快去制止大家，别让他们离开特洛伊！"

听到女神威严的命令，奥德修斯丢下披风，立刻朝战船跑去。

途中，他遇到阿伽门农，从他手中夺过象征最高权力的权杖，劝说将领和士兵们，不让他们推船下水，劝他们回来重开大会。奥德修斯用权杖击打那些吵闹着要离开特洛伊的希腊人，人们又退回到了先前集合的地方。人声鼎沸，那喧闹声就像惊涛撞击着怪石嶙峋的海岸一般。终于，人们各回其位，安静了下来，只有忒尔西忒斯一人继续在那儿狂叫着。他经常起来反对统治者们，他对奥德修斯和阿喀琉斯恨之入骨。现在忒尔西忒斯又高声怒骂起阿伽门农，他指责阿伽门农攫取了大量战利品，霸占了许多女奴，为获取大量赎金，释放了希腊士兵活捉的有名的特洛伊俘虏。忒尔西忒斯鼓动人们尽快返回家园，让阿伽门农一个人留在特洛伊城下，让阿特柔斯的儿子反省，士兵们在战斗中是不是为他卖命，是不是他忠实的仆人。忒尔西忒斯对阿伽门农破口大骂，怒斥他侮辱了阿喀琉斯，当然，他也把阿喀琉斯说成是意志薄弱的家伙。足智多谋的奥德修斯听到了他的叫骂声，他走上前去怒斥说：

“你这蠢货，胆敢谩骂国王，胆敢鼓动士兵弃战回国！谁能预见我们的大业会有什么样的结局？！你给我听着，记住，我说话算话！如果再让我听到你这个疯子谩骂阿伽门农国王，我就揪住你的脖子，剥光你的衣服，打得你痛不欲生，把你赶出去，让你疼得号叫着滚回船上！否则，就让人们砍下我的脑袋，我就不再是忒勒玛科斯的父亲！”

说完这些具有威慑力的话后，奥德修斯挥起权杖砸向忒尔西忒斯的背部，忒尔西忒斯疼得顿时流下大滴的泪水，背上立刻出现一道深深的血印。他吓得浑身发抖，紧皱眉头抹去了脸上的泪珠。人们看着他的模样哄堂大笑，七嘴八舌道：

“奥德修斯足智多谋，屡建战功，可这一次才是他最辉煌的功绩，灭了这个捣乱鬼的威风！以后忒尔西忒斯再也不敢谩骂宙斯喜爱的国王了。”

奥德修斯对希腊人讲了话，雅典娜装扮成信使的模样站在他的身旁。奥德修斯劝希腊人不要放弃围困特洛伊城的行动，如果空手而归，既会给国王阿伽门农脸上抹黑，自己也不光彩。难道他们就这样羸弱，就这样撤回去吗？难道他们忘记了卡尔卡斯要耐心等待的预言吗？难道大家把宙斯在奥利斯发出的征兆也都抛到九霄云外了吗？只有等到第十年，希腊人才能攻克特洛伊。奥德修斯的一番话再次燃起了希腊人的斗志，他们大声赞美奥德修斯，欢呼声响彻云霄。就在这时，睿智的长者涅斯托耳站起身来，人群立刻安静了下来。涅斯托耳也劝大家留下来，去同特洛伊人战斗。他提议，作战时，应该以部落和家族来编队，以便部落间、家族间能够协同作战，这样一来，将领中哪些人勇猛、哪些人怯懦便一目了然，到那时，特洛伊迟迟没能攻克的原因也就昭然若揭了，究竟是诸神的意旨，还是将领们对军事一窍不通。阿伽门农对此大加赞赏，命令士兵去吃午餐，之后准备决一死战，任何人不得休息，如有怠慢者或临阵脱逃者，立即扔去喂狗、喂猛禽。全体将士欢声雷动，那阵势如排山倒海一般。大会到此结束，将士们跑回营帐，营地炊烟四起，交战之前希腊人要饱餐一顿，大家纷纷给诸神献祭，求众神保佑战时平安顺利。阿伽门农也向宙斯献了祭，希腊著名的英雄们将祭坛团团围住，将一头肥牛献上祭坛，祈求宙斯赐予胜利，祈求助他们一臂之力，在天黑之前攻克坚不可摧的特洛伊城，占领普里阿摩斯的王宫；祈求自己的投枪能刺穿赫克托耳的铠甲。但是雷电之神宙斯对阿伽门农的祈求置之不理，他诅咒迈锡尼国王这一天将遇到千难万险。献祭完毕，吃过午餐后，长者涅斯托耳催促将领们率军奔赴战场。

将领们各就各位，传谕官吹响了出发的号角。大队人马在将领的率领下开赴特洛伊城下，万马奔腾，地动山摇。大军占领了整个斯卡曼德罗斯河谷[①]。希腊人都急着投入战斗，雅典娜在军中飞奔，鼓舞士气。将领们乘坐的战车走在最前面，国王阿伽门农最为威严，那架势就像他是雷电之神宙斯一般。士兵们排着整齐的队伍，向特洛伊城墙挺进。

墨涅拉俄斯与帕里斯决斗[②]

诸神使者伊里斯从奥林波斯山飞驰而下，她化作普里阿摩斯儿子的模样向特洛伊人通报说，希腊人的大军已经兵临特洛伊城下。伊里斯到达的时候，特洛伊人正在开会，赫克托耳当即宣布散会。

全体特洛伊人以及同盟者急忙武装起来，整装待发。特洛伊城门大开，特洛伊人和同盟者的队伍从各个城门鱼贯而出。他们一路呐喊，如一行行迁徙的大雁，希腊人则默默前进，不失威严。战场上扬起了滚滚尘埃。

双方对垒，但尚未交战。英俊潇洒的帕里斯从特洛伊阵营中走了出来，他肩披豹皮斗篷，背着弓和箭袋，腰挎利剑，手持两杆投枪，他向希腊人发出挑战，让对方出一位英雄与他单打独斗。墨

① 斯卡曼德罗斯是一条流经特洛伊城的河流。

② 根据荷马史诗《伊利亚特》整理。

涅拉俄斯一见仇人帕里斯，立即跳下战车，挥舞着寒光闪闪的兵器向帕里斯冲去。墨涅拉俄斯就像突然发现猎物的雄狮一般扑向帕里斯，他太兴奋了，终于有机会向帕里斯报夺妻之仇。

一看到墨涅拉俄斯，帕里斯吓得心头一颤，贪生怕死的他马上躲到朋友的身后。看到这一切，赫克托耳非常生气，他责骂弟弟胆小如鼠，对他喊道：

“你这个外强中干的家伙，你还活着干吗，我们的脸被你丢尽了！你难道没听见希腊人的嘲笑吗？你就有偷海伦的胆儿！你给特洛伊人带来多大的灾难！你睁眼看看，海伦的丈夫是多么勇猛的战士！特洛伊人啊，他们当初要是坚决一点，用乱石砸死了你该多好，你就不会给他们带来这么多的灾难了。”

帕里斯回答说：“赫克托耳，你可以辱骂我，但你别急，我会和墨涅拉俄斯决斗。但请你命令特洛伊人按兵不动，我要当着所有人的面同墨涅拉俄斯决斗，谁获胜，美丽的海伦就归谁所有。”

赫克托耳闻听此言，走到队伍中间，让队伍停止前进。希腊人准备向赫克托耳射箭，有人已经朝他投掷石块，但是阿伽门农喝止了他们，他喊道：

“希腊人，阿开亚的男子汉们，快住手！住手！赫克托耳有话要对我们说！”

双方都安静下来后，赫克托耳宣布，帕里斯将以单独决斗来了断这场争夺。墨涅拉俄斯回答道：

“我们早该结束这场血腥的战争了。让我来和帕里斯决斗吧，让命运来决定我们谁生谁死，此后要签订和约。现在我们就向诸神献祭吧，把老普里阿摩斯叫来，让他在决斗前许下诺言，一定要履行这个和约，他的儿子都是些背信弃义的家伙。”

听到这个建议，人们兴奋不已。赫克托耳立即让传谕官去请普里阿摩斯。

与此同时，女神伊里斯化身为普里阿摩斯的女儿，美丽的拉奥狄克来到海伦身边，邀她上斯开亚门上的城楼去观看决斗，普里阿摩斯率领特洛伊的所有元老们在旁观战。美丽的海伦身着盛装，在两个女仆的陪伴下，紧随伊里斯前行。她想起前夫，想起她的故乡，想起亲爱的斯巴达，不禁泪如泉涌。特洛伊的元老们见到美妙绝伦的海伦后，不禁发出阵阵赞叹，窃窃私语道：

“希腊和特洛伊为如此动人的美女进行血腥的厮杀，实在是无可厚非，她的容颜完全可以同不朽的女神相媲美。但是无论她有多么美丽，都让她回到希腊去吧，这样的话，我们以及我们的后代就都可免于灾难了。”

普里阿摩斯把海伦叫到自己身边，向她打听城墙下那些希腊英雄的情况。海伦指给他看，哪位是强悍的阿伽门农，哪位是足智多谋的奥德修斯，哪位是大埃阿斯，哪位是克里特国王伊多墨纽斯。这些英雄的英俊潇洒、威武气概令普里阿摩斯惊叹不已，就在这时，赫克托耳派人来请普里阿摩斯。普里阿摩斯迅速起身，备好车马，同安忒诺尔经斯开亚门一同驶向战场。

见普里阿摩斯到来，阿伽门农和奥德修斯都起身迎接。他们为奥林波斯山的诸神举行了献祭仪式，宣誓信守和约，随后，国王普里阿摩斯向双方将士说道：

“勇敢的特洛伊和希腊勇士们，我要回到特洛伊城中去了，我无法平静地观看我儿子帕里斯与墨涅拉俄斯决斗的场面。只有宙斯知道，这场决斗中谁将死去。”

普里阿摩斯离开战场回到城里。赫克托耳与奥德修斯量出了决斗的场地，然后把名签放在一只头盔中晃动，谁的名签最先掉出来，谁就先出手，结果帕里斯的签先掉了出来。

帕里斯和墨涅拉俄斯都全副武装，他们手持粗重的投枪走进决斗场地。他们目光如炬，咬牙切齿。帕里斯挥动投枪冲着墨涅拉俄斯投了过去，击中了墨涅拉俄斯巨大的盾牌，但是没能穿透，枪尖击在盾牌表面的铜板上几乎折断。墨涅拉俄斯高声呼唤，祈求宙斯助他一臂之力，向帕里斯复仇，祈求恩将仇报的悲剧不要再发生。墨涅拉俄斯威武地举起投枪，掷向帕里斯的盾牌，投枪一下子就将盾牌刺穿，接着又穿过他的铠甲、划破了外衣，帕里斯迅速闪身躲过，逃过一难。墨涅拉俄斯又抽出利剑向帕里斯的头上砍去，但是由于用力过猛，利剑断裂成了四段。失去利剑的墨涅拉俄斯赤手空拳地扑向帕里斯，一把抓住他的头盔，把他朝希腊队伍这边拖拽。帕里斯被头盔的带子勒得喘不上气来，若不是阿佛罗狄忒赶来营救她的宠儿，墨涅拉俄斯早已将他生擒到希腊阵营中了。她割断带子，墨涅拉俄斯手里仅剩下一顶头盔。他还想用投枪刺向负伤倒地的帕里斯，但是阿佛罗狄忒用一片乌云遮住了帕里斯，把他迅速带进特洛伊城。墨涅拉俄斯再也没能找到帕里斯，他像疯狂的野兽一样在特洛伊的将士中搜寻，但是没人告诉他帕里斯的去向，尽管特洛伊人也都憎恨帕里斯。这时国王阿伽门农高声叫道：

“特洛伊人和希腊人，你们都听着！你们都亲眼看见，墨涅拉俄斯获胜了，快把海伦和帕里斯夺走的财宝都还给我们，特洛伊人还得向我们缴纳贡赋。”

但是阿伽门农没有得到答复，战争还得继续打下去。

潘达罗斯食言　决战

墨涅拉俄斯和帕里斯开始决斗的时候，不朽的诸神正在宙斯的殿堂大摆宴席。青春女神给大家斟满美酒，诸神一边品尝美味佳肴，一边在奥林波斯山上居高临下观看着特洛伊的战斗。宙斯不停地挖苦赫拉说，他一定会制止特洛伊和希腊的血腥战争，因为墨涅拉俄斯已经取得了胜利。可是赫拉却要宙斯派雅典娜到特洛伊军营去，让她去挑唆他们毁约。雷电之神宙斯尽管心存不满，可还是答应了赫拉的要求。女神雅典娜变成一颗明亮的星星，从奥林波斯山飞驰而下，落在特洛伊的军营中。特洛伊将士惊恐万状，不明白这是一个什么征兆，是血战即将打响，还是宙斯下令和解。雅典娜又变身为安忒诺尔的儿子拉奥多克斯，来到神箭手潘达罗斯跟前，让他向墨涅拉俄斯射出致命的一箭，潘达罗斯应允，他张开弓，取出一支利箭，祈求阿波罗的庇护，将箭射出。拉得紧紧的弓弦发出震耳欲聋的声响，利箭应声而出，直指墨涅拉俄斯，就在这时，雅典娜让这支利箭射偏，击中墨涅拉俄斯身上的双层防护铠甲。利箭穿透铠甲，伤到了墨涅拉俄斯的身体。伤势并不重，但还是血流不止。阿伽门农见弟弟受伤，非常害怕，墨涅拉俄斯反而一再安慰他。阿伽门农立即派人找来精通医术的马卡翁，马卡翁检查了伤情，给墨涅拉俄斯上了药。

就在阿伽门农和希腊英雄们忙着为墨涅拉俄斯疗伤的时候，特洛伊人向希腊军营发起了攻势。阿伽门农立即回到军中，指挥大军奋勇迎战。

希腊士兵们默默前行，只有将领们不时发出命令，特洛伊士兵却呐喊着进攻。希腊军队由雅典娜统领，特洛伊军队的统帅是狂暴的战神阿瑞斯。双方短兵相接，胜利的呼声和垂死的惨叫声此起彼伏，交织在一起。

特洛伊人在希腊人的猛攻下节节败退，希腊士兵同仇敌忾，继续猛攻。见此情景，特洛伊的保护神阿波罗非常愤怒，他高声喊道：

“勇猛向前，特洛伊人！别以为希腊人都是钢筋铁骨，你们看见了吗，伟大的阿喀琉斯今天没有参战，他还坐在营帐里生闷气呢！”

阿波罗神的这番话，极大地鼓舞了特洛伊军队的士气。交战更加激烈，许多英雄血染战场。雅典娜也在为希腊士兵打气助威，在这场战斗中，她赐给提丢斯的儿子狄俄墨得斯国王无穷的力量，让特洛伊军队难以招架。

神箭手潘达罗斯一见狄俄墨得斯，立刻张弓搭箭，朝着他射了出去，利箭射中了狄俄墨得斯的肩膀，他的铠甲瞬间被鲜血染红。潘达罗斯欣喜若狂，以为给了狄俄墨得斯致命一击，他大声激励特洛伊士兵，说狄俄墨得斯已受了致命伤。狄俄墨得斯找来英雄斯忒涅洛斯，请他把那支箭从伤口拔出，斯忒涅洛斯将箭拔了出来。狄俄墨得斯高声祈求雅典娜，让她将伤害自己的凶手置于死地。雅典娜来到狄俄墨得斯面前，赐予他巨大的力量和英勇无畏的精神，命令他勇敢投入战斗，但不许冒犯不朽的诸神，不过，他可以用投枪刺伤女神阿佛罗狄忒。狄俄墨得斯如同一只受了伤的雄狮，被伤痛激得怒不可遏，他疯狂地冲向对手。

英雄埃涅阿斯见狄俄墨得斯来势汹汹，就去特洛伊的队伍中寻找潘达罗斯，让他去迎战狄俄墨得斯。胆量过人的潘达罗斯一跃跳上埃涅阿斯的战车，两人一起攻向狄俄墨得斯。

狄俄墨得斯的朋友斯忒涅洛斯看到埃涅阿斯与潘达罗斯两大英雄驱车同来，便说服狄俄墨得斯暂时回避，不要与他们交战。但是强悍的英雄愤怒至极。埃涅阿斯的战车距离狄俄墨得斯越来越近。潘达罗斯挥舞投枪向狄俄墨得斯的盾牌投掷过去，盾牌被穿透，投枪扎在铠甲上，幸好没有伤到狄俄墨得斯。潘达罗斯窃喜，自认为提丢斯的儿子已经死在了他的手下。就在这时，狄俄墨得斯抛出投枪，潘达罗斯应声倒下。埃涅阿斯一手用巨大的盾牌遮挡身体，一手紧握投枪迅速上前，要抢回潘达罗斯的尸体。狄俄墨得斯又单手抓起一块两人都难以抬起的巨石，狠命砸向埃涅阿斯，石头砸中了埃涅阿斯的臀部，他跪倒在地。若不是母亲阿佛罗狄忒女神前来救援，他早已一命呜呼了。女神用衣服挡住他，打算把他拖出战场。

狄俄墨得斯又朝女神冲去，用沉重的投枪刺伤了女神柔嫩的手臂，女神惊叫一声放开了怀抱中的埃涅阿斯，但太阳神阿波罗放出一片黑云又将埃涅阿斯遮住。狄俄墨得斯向阿佛罗狄忒女神怒吼道：

“赶快走开吧，宙斯的女儿，快离开这血腥的战场吧！你已经诱惑了多少意志薄弱的女子，这还不够吗！”

爱神离开了战场，狄俄墨得斯又去进攻埃涅阿斯。三次进攻都被阿波罗阻挡，狄俄墨得斯第四次攻向埃涅阿斯时，阿波罗严厉地斥责他道：

“醒醒吧，提丢斯的儿子！退回去吧，休想杀死不朽的神祇！凡人永远都不是神祇的对手！”

听到阿波罗这番威严的话，狄俄墨得斯大吃一惊，向后退去。阿波罗把埃涅阿斯带到特洛伊城自己的神庙中，勒忒女神和阿波罗的姐姐阿耳忒弥斯女神为他治伤。阿波罗造了一个埃涅阿斯的替身留在战场上，围绕这个替身又展开了殊死战斗。

与此同时，被狄俄墨得斯刺伤的阿佛罗狄忒离开了战场，来到狂暴战神阿瑞斯歇息的地方，她痛苦地呻吟着，请求战神把战车借给她，然后乘着战车飞向光明的奥林波斯山。来到奥林波斯山后，她泪流满面地伏在母亲狄俄涅膝上，向她哭诉着狄俄墨得斯刺伤她的经过。狄俄涅为她擦拭伤口，治好了她受伤的手臂。雅典娜和赫拉却在一旁对阿佛罗狄忒冷嘲热讽，他们对伟大的雷电之神宙斯说：

“阿佛罗狄忒该不会又在用花言巧语诱惑哪个阿开亚女人同她的某个特洛伊情夫私奔吧？她的手臂是不是在抚摩这个阿开亚女人时被划伤的呀？”

宙斯笑而不答，他把阿佛罗狄忒叫到身边说：

“亲爱的女儿，纷乱的战场与你无关，你只需管好婚姻和爱情，战场就让狂暴的战神阿瑞斯和女战神雅典娜去负责吧。”

战场那边，阿波罗制造的埃涅阿斯替身周围激战正酣。太阳神阿波罗飞速来到战神阿瑞斯这里，要他制服狄俄墨得斯。满身鲜血的战神答应了阿波罗的要求，他变成色雷斯英雄阿卡马斯的模样，跑去为特洛伊士兵鼓劲助威。战斗越来越残酷。伤愈的埃涅阿斯重返战场，特洛伊人见他安然无恙，都欢欣鼓舞，特洛伊人重新集结起来，向希腊人发起进攻。

希腊军队严阵以待，准备迎敌。两个英雄埃阿斯、奥德修斯以及狄俄墨得斯号召希腊士兵勇猛作战。国王阿伽门农身披熠熠闪光的铠甲巡视军队。激战继续进行，多位英雄相继倒下，死亡的阴影蒙上他们的双眼。赫克托耳一马当先，冲在特洛伊大军的最前列，战神阿瑞斯和女战神厄倪俄[①]都为他助威。英雄狄俄墨得斯见战神阿瑞斯到来，立即后退，并向希腊士兵高喊：

“朋友们，原来是这样啊！赫克托耳之所以勇猛无比、所向披靡，是因为有战神阿瑞斯与他并肩作战，在旁相助啊。朋友们，后退吧，我们不能和神祇交战！”

特洛伊的攻势越来越猛烈。赫拉克勒斯青春年少的儿子特勒波勒摩斯命丧宙斯之子萨耳佩冬的投枪下，萨耳佩冬也被特勒波勒摩斯击中臀部，身负重伤。他的朋友们冒死将他救回，连扎在他身上的投枪都没顾得上拔出。看到从身边走过的赫克托耳时，萨耳佩冬请他一定要狠狠打击希腊人。赫克托耳又投入了战斗，用投枪杀死了许多希腊英雄。特洛伊军队的攻势锐不可当。

女神赫拉见此情景，叫上雅典娜一起投身战斗，去制服阿瑞斯。赫柏帮助她们套好了战车。雅典娜穿上了铠甲，戴上头盔，披上挂有墨杜萨头的胸甲，手握投枪，登上了赫拉女神的战车，赫拉扬鞭催马，从巍峨的奥林波斯山飞驰而下。途中遇到独自坐在山顶上的宙斯时，赫拉停下战车对雷电之神宙斯说：

“宙斯，阿瑞斯杀了那么多的英雄，你就不生他的气吗？我看，阿波罗和阿佛罗狄忒喜欢这样。如果我去惩罚战神阿瑞斯，你会生气吗？”

① 嗜杀成性、破坏城市的女战神，与阿瑞斯为伍。

宙斯回答道：

“你去吧！让战神雅典娜去挑战阿瑞斯，不朽的诸神谁都抵不过她，她会严惩阿瑞斯。”

赫拉驾战车继续前行，来到西摩伊斯河与斯卡曼德罗斯河的交汇处，她们下了车，将马卸下，用一片黑云遮住。赫拉扮作斯滕托尔，用洪钟般的声音召唤希腊人奋起抗击特洛伊人。雅典娜来到狄俄墨得斯身边，他正擦拭着被潘达罗斯刺伤的肩膀。她责备他临阵脱逃，说他害怕同特洛伊人交战，他的父亲、光荣的斗士提丢斯绝不会这样做。但是狄俄墨得斯回答她说：

“不，宙斯的慧眼女儿，我并不惧怕和特洛伊的英雄们交战，我只是牢记你的吩咐，你不让我和不朽的神祇交手。”

雅典娜又对狄俄墨得斯说：

“提丢斯的儿子啊，你是雅典娜的宠儿！你既不必害怕阿瑞斯，也不必害怕其他神祇，我会亲自助你一臂之力，赶快去同阿瑞斯交手。不久前他还应允帮助希腊人，而如今这个出尔反尔的家伙却去帮助特洛伊人。”

雅典娜登上狄俄墨得斯的战车，换下了车上的斯忒涅洛斯，橡木车轴被女战神压得吱吱作响。在阿瑞斯从战死的英雄佩里法斯身上脱铠甲的当口，雅典娜驱赶战车，隐身来到了他面前。看到和雅典娜站在一起的狄俄墨得斯后，阿瑞斯停下正在解铠甲的手，丢开英雄佩里法斯的尸体，将投枪掷向提丢斯的儿子。雅典娜闪身避开了投枪，她赐予了狄俄墨得斯无尽的力量，他挥起投枪刺中了阿瑞斯，接着顺势从伤口处拔出投枪，阿瑞斯惨叫一声，声音之大就像成千上万的士兵在一起呐喊，特洛伊和希腊两军将士都被这喊声吓得心惊肉跳。狂暴的战神阿瑞斯借着一片黑云迅速飞往奥林波斯山，他到了那里，坐到宙斯身旁，控告雅典娜，说她帮助狄俄墨得斯刺伤了他。宙斯严厉地看了儿子一眼，他对儿子酷爱血腥战斗一事无比痛恨，他对阿瑞斯说，他要不是他的儿子，早就被打入地狱了。狂暴的阿瑞斯再不敢抱怨了。宙斯叫来神医派翁为儿子疗伤，派翁很快就治好了阿瑞斯的伤。赫柏给阿瑞斯洗净身体，给他换上华丽的衣服。女神赫拉和雅典娜也回到了光明的奥林波斯山，她们就这样制服了桀骜不驯的战神阿瑞斯。

特洛伊城下激战正酣。希腊人步步紧逼，特洛伊人伤亡惨重，他们精良的铠甲被大埃阿斯、狄俄墨得斯、墨涅拉俄斯和阿伽门农等英雄剥下来。看到特洛伊就要陷落，普里阿摩斯的儿子、先知赫勒诺斯劝赫克托耳和阿佛罗狄忒的儿子埃涅阿斯，让他们先去鼓舞特洛伊人的士气，然后赶快回特洛伊城向女神雅典娜敬献丰厚的祭品，以求得女神的鼎力相助。赫克托耳听从了哥哥的建议，他重新激起特洛伊人的斗志，他们重又向希腊人发起了进攻。

特洛伊城里的赫克托耳　赫克托耳告别安德罗玛克[①]

赫克托耳穿过斯开亚门进了特洛伊城。妇女和孩子们立刻围住了他，向他打听丈夫、父亲的情况，但是赫克托耳避而不答，只让他们祈求奥林波斯山的诸神保佑。赫克托耳匆匆来到普里阿摩斯的王宫，迎接他的是母亲赫卡柏。她本想为赫克托耳斟上一杯酒，让

① 根据荷马史诗《伊利亚特》整理。

他增强力量，但被赫克托耳婉言谢绝。他请母亲召集特洛伊的妇女们，尽快为雅典娜敬献一条奢华的披肩，敬献丰厚的祭品，祈求她惩罚穷凶极恶的狄俄墨得斯。母亲欣然允诺，然后赫克托耳又急着去见帕里斯。

赫克托耳来到时，帕里斯正在仔细检查自己的武器，被他拐来的海伦也在那里，她正给女仆们分派任务。赫克托耳见状责骂帕里斯，说特洛伊大难当头之时，他却在这儿逍遥自在。帕里斯回答赫克托耳说，他也准备上战场，美丽的海伦也逼他参加战斗。美丽的海伦与赫克托耳寒暄了几句，邀请激战后的赫克托耳坐下休息片刻，她责怪丈夫的寡廉鲜耻和无动于衷。海伦因为自己给特洛伊带来了极大的灾难而感到自责，但又强调说，这不能怪她，而要怪帕里斯。赫克托耳没在帕里斯那儿停留休息，他急着回家，想在重返战场前再看一眼自己的妻儿，赫克托耳清楚，他这一上战场，生死未卜，不知道是否能够活着回到妻儿身边，不知道诸神是否要让他命丧希腊人之手。

赫克托耳回到家后，没见到安德罗玛克和儿子，女仆告诉他，妻子听说希腊人向特洛伊发起猛攻，就带着儿子痛哭流涕地跑到城楼上去了。

赫克托耳急忙从家里出来，向斯开亚门方向奔去，在距离那里不远的地方见到了安德罗玛克，女仆抱着他们的小儿子阿斯提阿纳克斯跟在她身后，小家伙帅气得如若灿烂的晨星。妻子一把拉住赫克托耳的手，眼含泪水说道：

“我的丈夫啊！你的勇猛会害了你的。你既不可怜我，也不可怜你儿子。希腊人如果杀掉你，那么我就将成为寡妇。赫克托耳，没有你我还活着干什么，除了你，我举目无亲。你是我的全部，既是父母亲，也是丈夫。你就可怜可怜我和儿子吧，别上战场了！你把特洛伊军队调到无花果树林那里去吧，特洛伊的城墙只有那里能被攻破。”

赫克托耳的头盔闪闪发光，他回答妻子说：

“这一切正是我所担心的，但是龟缩在特洛伊城里，临阵脱逃对于我来说是奇耻大辱。不，我要为我父亲争光，我要一马当先，冲锋陷阵。我知道，神圣的特洛伊毁灭的日子就要到来。但我并不为此难过，令我悲伤的是你的命运，你将成为希腊人的俘虏，你将在异国他乡失去自由，为人织布挑水。人们见到你满脸泪痕时会说，看呐，这就是那个力大无比、为了特洛伊冲锋陷阵的赫克托耳的妻子！到那时你会更加痛苦。不，还是让我死在你的前面，别让我见到你被人俘虏，别让我听到你的哭泣。”

赫克托耳说完就走到儿子跟前，想抱抱他，但是幼小的阿斯提阿纳克斯哭叫着躲进女仆的怀里，他被赫克托耳头盔上随风飘动的鬃缨吓着了。安德罗玛克和赫克托耳望着孩子，露出笑容，充满怜爱之情。赫克托耳摘下头盔放在地上，抱过阿斯提阿纳克斯亲吻，他将儿子高高举起，向着天空，祈祷雷电之神宙斯和不朽的诸神：

“宙斯啊，不朽的诸神啊！祈求你们，让我的儿子像他父亲一样威名远扬，让他强悍无比，成为特洛伊之王。当人们看到他凯旋，就会说，他的勇猛顽强胜过他父亲，让他消灭更多的敌人，使母亲心花怒放。”

赫克托耳就这样祈求着诸神，然后把阿斯提阿纳克斯交给了妻子，安德罗玛克把儿子紧紧抱在怀里，眼含泪水向他勉强微笑。赫克托耳柔情地拥抱着安德罗玛克，对她说：

“安德罗玛克，不要悲伤，哪一个英雄都不敢违抗命运把我送到黑暗的地狱去，无论谁都无法摆脱命运的安排，无论勇士还是懦夫。亲爱的妻子，回去吧！去纺线织布，看管仆人，我们男子汉要操心战事，我比别人更要操心这些事。”

赫克托耳戴上头盔，迅速朝斯开亚门走去。安德罗玛克也起身回家，她不时回过头来，眼含泪水望着赫克托耳远去的背影。当她痛哭着回到家里时，所有的奴仆都禁不住大哭起来，他们认为，赫克托耳不会从战场上生还了。

赫克托耳走到斯开亚门时，帕里斯赶上了他，帕里斯身披亮闪闪的铜铠甲，也赶赴战场。

赫克托耳对他说：“我的兄弟，任何一个公正的人都会肯定你的战功，但是你却常常不愿上战场。当我听到特洛伊人怒骂你的时候，我心里难过极了。我们快回到大军中去吧。”

战斗继续进行　赫克托耳与大埃阿斯交手①

赫克托耳与帕里斯一道出了斯开亚门。见到两位英雄，特洛伊士兵兴奋无比，士气大振，他们重新投身到激烈的战斗中去。赫克托耳、帕里斯以及格劳科斯英勇杀敌，杀死、杀伤众多希腊英雄。希腊部队节节败退。宙斯那心明眼亮的女儿将一切看在眼里，立即来到神圣的特洛伊城。太阳神阿波罗在田野边的百年橡树下遇到了

① 根据荷马史诗《伊利亚特》整理。

从奥林波斯山飞驰而下的女神，他问雅典娜女神，是不是赶去帮助希腊人，接着，他劝说雅典娜帮助他制止战斗。雅典娜欣然应允，两位神祇商量好，为了终止战斗，要让赫克托耳挑战希腊军中最勇猛的一位英雄。他们刚刚做出决定，普里阿摩斯未卜先知的儿子赫勒诺斯就知晓了他们的意图。他来找哥哥赫克托耳，让他与希腊的某一位英雄进行决斗。赫勒诺斯挑明，他听到了诸神的声音，并且在这场决斗中，赫克托耳将安然无恙。

赫克托耳立即让特洛伊人停止战斗，阿伽门农同样偃旗息鼓，战场上一片宁静，累得筋疲力尽的士兵们也都坐在地上休息。雅典娜和阿波罗就像两只鹞鹰，飞到百年橡树上，观望特洛伊和希腊双方阵营。喧嚣停止下来时，赫克托耳高声发起挑战，要同希腊的一位英雄进行决斗。他承诺要善待死者的尸体，绝不脱他身上的铠甲，还说，如果希腊的决斗者获胜，他也要求这样对待他。希腊将士听到他的挑战，沉默不语，没有人愿意应战赫克托耳。墨涅拉俄斯见状大发雷霆，打算亲自出来迎战赫克托耳，但是阿伽门农制止了他，他担心弟弟死于赫克托耳之手，就连阿喀琉斯都对赫克托耳惧怕三分。涅斯托耳为希腊人惧怕赫克托耳感到羞愧，他愤怒的话音刚落，立刻有九位英雄自告奋勇前去应战，他们是国王阿伽门农、狄俄墨得斯、两位埃阿斯、伊多墨纽斯、墨里奥涅斯、欧律皮洛斯、托阿斯和奥德修斯。根据涅斯托耳的意见，英雄们抓阄决定谁出战，阄放在一顶头盔里，涅斯托耳摇动头盔，看掉出来的是哪位英雄的名字。

英雄们都在向诸神祈祷，让阄落在大埃阿斯头上，结果真的落在了大埃阿斯头上。强悍的大埃阿斯喜上眉梢，他将铠甲穿戴整齐，像战神阿瑞斯似的走出队列，他身材魁梧，威风凛凛，手持巨大的青铜盾牌，挥动沉甸甸的投枪。特洛伊将士一见到他，都吓得胆战心惊，就连赫克托耳也心生恐惧。两位英雄目光对峙片刻，赫克托耳首先抛出投枪，投枪并没有穿透大埃阿斯的盾牌，大埃阿斯反戈一击，刺透了赫克托耳的盾牌，扎到了铠甲，幸亏赫克托耳跳到一旁，才保住了性命。两位英雄重新拿起投枪，继续投入厮杀。赫克托耳的投枪再次击中了大埃阿斯的盾牌，但是枪尖弯曲。大埃阿斯又刺透了赫克托耳的盾牌，使他的颈部受了轻伤。赫克托耳继续进攻，他拾起一块巨石朝大埃阿斯的盾牌砸了过去，青铜盾牌被砸得发出一声巨响，而大埃阿斯举起一块更大的石头还击赫克托耳，巨石击碎了盾牌，砸在了赫克托耳的腿上，他跌倒在地，太阳神阿波罗将他扶起。

两位英雄拿起利剑准备继续拼个你死我活，但就在这时，传令兵赶来，用手杖将他们分隔开，并叫喊道，

“英雄们，不要打了！我们大家都看到了，你们都是了不起的英雄，宙斯对你们两个人的爱不相上下。天色已晚，大家必须休息。”

大埃阿斯对特洛伊的传令兵说道：“传令兵，话应该由赫克托耳说出，因为是他发起了决斗。他如果愿意的话，我可以停止决斗。”

赫克托耳立即对大埃阿斯说：

“埃阿斯·忒拉蒙，诸神赐予你强悍的身体、力量和智慧，你是最杰出的希腊英雄。今天我们的决斗到此结束，我们在战场上后会有期。但是在临别之际，让我们互赠礼品为这次决斗留下一个纪念吧，让特洛伊人和希腊人回忆起这次决斗时会说，他们厮杀时充满仇恨，分手时却握手言和，像对朋友。”

说完，赫克托耳拔出镶银的利剑递给了大埃阿斯，大埃阿斯也将自己精美的紫色腰带送给了赫克托耳。两位英雄的决斗就此结束。赫克托耳迎战强悍的大埃阿斯全身而退，这让特洛伊将士十分开心，他们隆重地把他迎回特洛伊城。希腊将士同样欢呼雀跃，他们的英雄大埃阿斯是如此所向披靡。国王阿伽门农为大埃阿斯大摆宴席，所有将领都出席作陪，狂欢持续到夜幕降临。

宴会结束后，涅斯托耳在将领会议上提出休战一天，掩埋阵亡将士尸体，加固工事，修筑带有箭楼的围墙，再挖掘一道深沟，加强防御。涅斯托耳的提议得到全体将领的一致赞同。

特洛伊方面也召集了将领会议。会上安忒诺尔建议将美丽的海伦以及劫来的金银财宝全部归还给希腊人。帕里斯表示可以交还金银财宝，外加一些馈赠物品，但是坚决不同意归还海伦。国王普里阿摩斯提出，早晨派一名使者前往希腊阵营，转达普里阿摩斯的提议，如果希腊方面拒绝接受，那么就继续交战，让诸神来决定胜利最终属于哪一方。特洛伊人一致赞同普里阿摩斯的提议。清晨，特洛伊派出使者前往希腊阵营。但是希腊方面拒不接受普里阿摩斯的提议，仅同意休战一天，掩埋阵亡将士尸体。

凌晨时分，双方就已经动手掩埋尸体。他们将尸体放到火中焚烧，紧接着希腊人用一天时间在阵营周围筑起带有箭楼的高墙，又在高墙前面挖出一条深沟。奥林波斯山的诸神对希腊人的工程惊叹不已，唯有海神波塞冬对希腊人恼羞成怒，责怪他们筑墙之前没有举行献祭仪式。但雷电之神宙斯抚慰波塞冬，让他以后拆毁希腊人的围墙，还海岸以沙滩。

希腊人在工程竣工之后，生火做饭。就在这时，有一艘来自莱姆诺斯岛的船只满载着葡萄酒停泊下来，希腊人欣喜若狂，将酒买下，在营地摆开了宴席。希腊人的宴会进行得一波三折，雷电之神宙斯发出电闪雷鸣，预示着将有横祸飞来，人们时刻胆战心惊。他们必须首先洒酒祭祀威严的宙斯，之后才敢开怀畅饮。宴会结束后，希腊全军进入了梦乡。

特洛伊人的胜利①

清晨，黎明女神厄俄斯飞上天空，将火红的霞光洒满东方，雷电之神宙斯将诸神召集到光明的奥林波斯山上，对他们说道：

“永生的诸神，你们听我说！今天你们谁也不许离开巍峨的奥林波斯山，不许去帮助希腊或是特洛伊。谁不听我的话，我就把谁打入塔耳塔罗斯的深渊，让他知道，我比所有神祇都厉害百倍。谁若是想试试我的力量，就把一条金链子从山上垂向大地，你们站在地上，试试能否把我从奥林波斯山拽下去，我只需用一只手抓住这条金链子，就能把你们所有人、大地、海洋一起拉上来。”

宙斯的一番话威震了诸神。女神雅典娜回答宙斯说：

“伟大的雷电之神啊！我们知道你力大无比，可是我们都为希腊人捏一把汗，难道他们注定要一败涂地吗？”

“我的女儿，”宙斯答道，“我并不打算让希腊人全军覆没。”

说完，宙斯就拿起金鞭，穿上金铠甲，驾起他的金鬃战马拉的金马车，扬鞭催马，穿行在苍穹和大地间，直奔高耸入云的伊达

---

① 根据荷马史诗《伊利亚特》整理。

山。到了那里，宙斯坐在山顶上，观看希腊人和特洛伊人交战。

两军阵前短兵相接，残酷的战斗再次打响。时近中午，宙斯拿出金天平，去称特洛伊人和希腊人的命运，特洛伊一方的砝码高高升起，直指天空，而希腊的砝码已经降至最低，死神正在向他们招手。伟大的宙斯从伊达山上发出隆隆雷声，向希腊军营放出一道闪电，希腊士兵顿时魂飞丧胆。战场上仅剩下涅斯托耳一人，他的马被帕里斯的箭射中，前蹄腾空而起，涅斯托耳想割断马缰绳，却没能成功。赫克托耳的战车就要赶到，若不是狄俄墨得斯前来救阵，年迈的涅斯托耳早已一命呜呼了。他向奥德修斯呼救，可是奥德修斯没有听见。狄俄墨得斯一把将涅斯托耳拉上战车，前去迎战赫克托耳。狄俄墨得斯挥起投枪掷向赫克托耳，但是没有击中他，却击中了驭手的胸部，杀死了驭手。赫克托耳的马匹开始四散奔跑，英雄阿尔克普托勒摩斯赶来驾驭马匹。假如节节败退的希腊将士看到狄俄墨得斯的勇猛，他们就会止住退缩的脚步。可就在此时，宙斯向狄俄墨得斯的马匹放出一道夹着火光的耀眼闪电，马匹惊得不断倒退。涅斯托耳劝告狄俄墨得斯不要恋战，因为宙斯预示的胜者不是他。尽管狄俄墨得斯不甘示弱，但他还是听从了涅斯托耳的忠告，驱马回到撤退的希腊阵营中。特洛伊军队杀声震天，向希腊士兵放出无数支利箭。赫克托耳对临阵脱逃的狄俄墨得斯冷嘲热讽。狄俄墨得斯三次企图返回战场，但是宙斯三次施放雷电将他拦住。赫克托耳如梦方醒，这是宙斯在用雷电预示特洛伊的胜利。于是他继续鼓动特洛伊将士乘胜追击希腊士兵，扬言要打到希腊人的营地，烧毁所有船只。女神赫拉听到赫克托耳的威胁后，气急败坏，她想找海神波塞冬前来助希腊士兵一臂之力，但是被伟大的海神一口回绝。战火已烧到希腊营地的围墙附近，赫拉授意阿伽门农，让他鼓励希腊将士英勇杀敌。阿伽门农登上奥德修斯的战船，向希腊士兵发出奋勇抵抗的号令，同时祈求宙斯给予帮助，不要让希腊士兵惨遭特洛伊人的屠杀。宙斯怜悯之心大发，为希腊将士发出一个吉兆。一只鹰隼飞到为宙斯建造的神坛上方，把鹰爪攫住的一只鹿抛向神坛。眼见这一吉兆，希腊将士精神大振，万众一心向特洛伊军队发起反攻。狄俄墨得斯奋勇当先，让许多特洛伊英雄人头落地。其他希腊英雄也勇猛杀敌，大埃阿斯的异母兄弟透克罗斯最为英勇顽强，他的弓箭射向特洛伊英雄，百发百中，普里阿摩斯的儿子、英俊的戈尔古提翁也未能幸免，他的头上还戴着头盔，好似一朵被露水压弯枝叶的红色罂粟花，倒伏在地上。透克罗斯还杀死了赫克托耳的好友、驭手阿尔克普托勒摩斯。赫克托耳怒不可遏，猛地扑向透克罗斯，抓起一块巨石砸伤了他的肩颈，透克罗斯疼得大叫起来。多亏大埃阿斯用盾牌护住他，并让奴仆把他送到船上，透克罗斯才幸免于难。

宙斯再次为特洛伊士兵鼓足了勇气，他们把希腊将士击退到战船边。女神赫拉十分同情希腊将士，请求雅典娜出面救援，雅典娜欣然应允。雅典娜全副武装，与赫拉一道乘坐战车从光明的奥林波斯山飞驰而下。宙斯从伊达山顶峰发现了两位女神，他勃然大怒，派出使者伊里斯前去拦截，并以发怒相威胁。赫拉和雅典娜两位女神对宙斯发怒十分惧怕，忧心忡忡地返回了奥林波斯山。宙斯紧随其后也回到了奥林波斯山。当宙斯问起两位女神忧伤的原因时，赫拉说，她们俩同情希腊人的境遇。宙斯告诉赫拉，如果阿伽门农不与阿喀琉斯握手言和、不献上丰厚的礼品表示歉意，特洛伊将永远战无不胜。

夕阳西下，夜幕笼罩大地。血腥的战斗停息下来。赫克托耳提议特洛伊将士在野外露营，不回神圣的特洛伊城，城池由老人少年把守。赫克托耳希望，第二天能彻底打败希腊大军，取得最终胜利，把希腊人赶出特洛伊。特洛伊将士在田野里燃起无数堆篝火，它们宛若群星在黑夜中闪闪发亮。

阿伽门农试图与阿喀琉斯和解

特洛伊的节节胜利让阿伽门农愁肠百结，于是他让传令兵把将领们召集起来商议对策。将领们到来后，阿伽门农心急如焚地说，现在不得不从特洛伊退回希腊，看样子这是宙斯的心愿。狄俄墨得斯马上气愤地反驳阿伽门农说，如果阿伽门农打算这样做，那他就一个人离开特洛伊好了，其他将领都留下来战斗到最后，直至攻克特洛伊。涅斯托耳也不赞同撤退，他建议阿伽门农举行一次宴会，在宴会上讨论下一步行动，而且为确保营地安全，必须增加岗哨。

阿伽门农听从了涅斯托耳的建议，七百名年轻士兵由七位将领率领，前去守卫希腊营地，其余将领留守在阿伽门农的营帐内。宴会上，涅斯托耳提出，阿伽门农应该与阿喀琉斯言归于好。阿伽门农采纳了涅斯托耳的建议，他向将领们宣布，要向阿喀琉斯赠送贵重的礼物，并归还布里塞伊斯，等到凯旋回国时，再把自己的女儿许配给阿喀琉斯，并陪送丰厚的嫁妆。将领们对阿伽门农的计划拍手叫好，决定派大埃阿斯、奥德修斯和福尼克斯去阿喀琉斯的营帐同他商谈，随行的还有传谕官欧律巴忒斯和奥狄奥斯。这几位英雄都与阿喀琉斯交情甚笃，涅斯托耳又向他们面授机宜，叮嘱再三。

使者们来到阿喀琉斯的营帐，他正弹着里拉琴，吟唱英雄颂歌，好友帕特罗克洛斯坐在他的身边。阿喀琉斯友好地欢迎了几位英雄，备下丰盛的酒席。奥德修斯吃饱喝足之后，开始动员佩琉斯的儿子与阿伽门农言归于好。奥德修斯给他讲了特洛伊将士在赫克托耳的率领下把希腊军队打得溃不成军的战况，对他说，阿伽门农为表和解之意，答应送给阿喀琉斯许多贵重的礼物，奥德修斯还提起出征时佩琉斯对儿子的嘱咐：不要发生内讧。但是阿喀琉斯无心与阿伽门农言归于好，他对阿伽门农的羞辱依旧耿耿于怀。阿喀琉斯表示，即便阿伽门农承诺的礼物和忒拜的全部财富一样多，他也不会同意与他和解。阿喀琉斯拒不让步，并以回佛提亚相威胁。福尼克斯为希腊人的命运担忧，苦口婆心地劝阿喀琉斯不计前嫌，与阿伽门农握手言和。他恳请阿喀琉斯不要像墨勒阿革罗斯在枯瑞忒斯人和埃托利亚人交战时那样行事，阿喀琉斯对福尼克斯的劝告不予理睬。大埃阿斯吩咐奥德修斯，派人去向希腊将领们说明阿喀琉斯的态度。大埃阿斯苦口相劝，阿喀琉斯仍旧坚持己见，他只说，若是赫克托耳烧毁希腊人的战船，将战火烧到他的船上和营帐时，他才会去抗击赫克托耳。

英雄们沉默不语，起身告辞，福尼克斯留在了阿喀琉斯身边。大埃阿斯和奥德修斯返回阿伽门农那里，向将领们说明了阿喀琉斯的态度。将领们默不作声地听着，最终狄俄墨得斯献出一计说，暂时不理睬阿喀琉斯，阿伽门农承诺的礼物助长了他的嚣张气焰。狄俄墨得斯提议先以酒饭填饱肚子，之后都去休息，准备投入第二天的浴血奋战。

奥德修斯与狄俄墨得斯特洛伊探营　瑞索斯的神马[①]

希腊阵营已经进入梦乡，唯有阿伽门农夜不能寐，躺在床上心事重重，长吁短叹。当他看到特洛伊营地的点点篝火，听到那里传来的里拉琴声和欢歌笑语时，他感到非常吃惊。再看看希腊人的营地，撕心裂肺的痛苦使他难以自持。最后，阿特柔斯的儿子起身穿好衣服，披上狮皮，拿起投枪前往涅斯托耳那里，打算同他商量拯救希腊人的对策。阿伽门农在途中遇到了墨涅拉俄斯。墨涅拉俄斯同样难以入眠，他也为特洛伊城下希腊人的境遇忧心忡忡，这些人都是因他而来的呀。兄弟二人决定召开将领会议，墨涅拉俄斯负责召集将领，阿伽门农去找涅斯托耳。涅斯托耳听到远处传来的脚步声，在夜色中没能认出阿伽门农，他大喊一声，防止对方对他偷袭。阿伽门农自报了姓名，走到涅斯托耳跟前，他告诉涅斯托耳，他内心忐忑不安，请涅斯托耳和他一起去参加会议，涅斯托耳立即和阿伽门农去召集英雄们。他们先找来奥德修斯，再去找狄俄墨得斯，后者把投枪插在地上，正以盾牌当枕沉睡着。英雄们集结起来，他们又去巡查岗哨，警惕的哨兵在站岗放哨，密切注视着黑夜里特洛伊人的动向。涅斯托耳提议派密探到特洛伊营中，打探一下特洛伊人的情报，对手是要继续攻击希腊军队，还是准备回撤。狄俄墨得斯立即毛遂自荐，他打算找一位英雄和他一同前往。阿伽门农让狄俄墨得斯自己选个同伴。狄俄墨得斯选中了雅典娜的宠儿奥德修斯，他认为，奥德修斯机敏过人，他们两人即使赴汤蹈火，也

① 根据荷马史诗《伊利亚特》整理。

能安然无恙，平安返回营地。狄俄墨得斯和奥德修斯随即开始武装自己，前来参会的将领们把自己的武器给了他们，因为来开会时，他们两人没有携带武器。

希腊派密探前往特洛伊阵营的同时，特洛伊同样派人去了解希腊营地的防御情况。欧墨得斯的儿子多隆承担了这项任务，他是有名的飞毛腿。他打算潜入希腊人的战船附近，偷听希腊将领会议上商讨的内容。多隆手持武器，身披狼皮，直奔希腊阵营。多隆立刻就被狄俄墨得斯和奥德修斯发现了，他们伏在地面上，让他走过去，随后紧随其后，就像两只跟踪野兔或羚羊的猎犬一般。

“站住！”狄俄墨得斯大吼一声，“否则我就立刻用投枪捅死你！”

狄俄墨得斯抛出的投枪从多隆的肩上飞过，多隆吓得面如土色，停住了脚步，狄俄墨得斯和奥德修斯将他逮住。多隆连连求饶，两位英雄审问多隆潜入希腊阵营的目的，受谁指使，特洛伊营地以及盟军的布阵情况。多隆为了活命，将一切和盘托出，此外，他还把不久前到来的色雷斯人的驻地以及瑞索斯国王的驻地描述得一清二楚，他告诉他们，瑞索斯国王拥有神奇的战马和金铠甲。但是狄俄墨得斯和奥德修斯还是没放过多隆。两位英雄从多隆身上剥下头盔，解下狼皮，并拿走了他的武器。奥德修斯把多隆的武器藏在半路上，以便返回时带上，紧接着，两位英雄径直朝色雷斯人的营地走去。

两位英雄悄无声息地来到躺在士兵中间、睡在神马旁的瑞索斯国王身边。狄俄墨得斯像一头雄狮冲向毫无防卫的羊群一样，扑向睡梦中的色雷斯人。他一口气杀了十二个色雷斯士兵，砍下了瑞索斯国王的头颅。奥德修斯解下了瑞索斯的战马，把它们牵出了营地。狄俄墨得斯本打算将载有金铠甲的战车也拉走，可是女神雅典娜出现在他的面前，对他说：

“提丢斯的儿子，该回希腊营地了，否则要是哪个憎恨你的神祇把特洛伊人唤醒，你就没有退路了。”

狄俄墨得斯遵从了女神的劝告，骑上瑞索斯的一匹神马，奥德修斯骑上另一匹，两个人朝希腊阵营飞驰而去。

阿波罗目睹了雅典娜帮助狄俄墨得斯和奥德修斯的全部经过，他立即来到特洛伊的营地，叫醒了瑞索斯的亲戚，英雄希波科翁。希波科翁一跃而起，见到神马的位置空空如也，他扯开嗓门大叫瑞索斯的名字，但是无人应答。特洛伊营地警报声四起。赶来的特洛伊人看到狄俄墨得斯和奥德修斯所做的一切，无不心惊胆战。狄俄墨得斯和奥德修斯返途中拿上多隆的武器，回到等待他们的希腊将领身边。奥德修斯滔滔不绝地讲起他们活捉多隆、杀死瑞索斯国王和十二个色雷斯英雄、缴获神马的经过。英雄们对狄俄墨得斯和奥德修斯赞不绝口，他们的功绩也令希腊将士欢欣鼓舞。瑞索斯的神马被拴在狄俄墨得斯国王的营帐前，多隆的武器被奥德修斯拿到自己的船上。

希腊营地附近的战斗[①]

天刚蒙蒙亮，宙斯就派遣纷争女神厄里斯来到希腊营地。女神一登上奥德修斯的战船，便高声呐喊，鼓动将士们投入厮杀。阿伽门农身着华丽铠甲，手持巨大的投枪，也在督促各位英雄投身战

① 根据荷马史诗《伊利亚特》整理。

斗。希腊英雄们奋力作战，但他们遭到特洛伊人的英勇反击，战功显赫的赫克托耳一马当先。士兵们如同凶猛的恶狼，在战场上浴血拼杀。纷争女神厄里斯一见血雨腥风的场面，便欣喜若狂。神祇离开了战场，回到光明的奥林波斯山上的宫殿，他们对宙斯援助特洛伊人满腹牢骚，但宙斯却在饶有兴致地观战。阿伽门农在这场战斗中势不可挡，他那杆粗重的投枪，让许多英雄有来无回，他还杀死了普里阿摩斯的儿子伊索斯和安提福斯，他们兄弟俩在同一辆战车上并肩作战。不久前，阿伽门农还在希腊的军营中见过他们，当时，他们兄弟二人在伊达山坡上被阿喀琉斯擒获，被送到营地来。现在由于特洛伊人救援不力，普里阿摩斯的两个儿子双双阵亡。阿伽门农又杀死了安提玛赫斯的两个儿子，尽管他们苦苦哀求阿伽门农，他还是杀了他们俩，因为阿伽门农对他们的父亲安提玛赫斯恨之入骨，他们的父亲被帕里斯收买，企图对出使特洛伊的墨涅拉俄斯下毒手。大开杀戒之后，阿伽门农又冲向战斗最激烈的地方。阿特柔斯的儿子所向披靡，将特洛伊的英雄们接二连三地砍翻在地。失去驭手的战车在战场上横冲直撞，隆隆作响，被阿伽门农挑下战车的特洛伊英雄们横尸战场。特洛伊将士无比震惊，疯狂逃窜，但是临近斯开亚大门时他们不再退却了。

雷电之神宙斯发现特洛伊人溃不成军后，便命令伊里斯女神去告诉赫克托耳，让他看到阿伽门农受伤时，立即投入战斗，宙斯将给予赫克托耳强大的力量，使他能够把希腊人赶回战船边。伊里斯飞奔去传达宙斯的命令，赫克托耳跳上战车，鼓励特洛伊人英勇奋战。与此同时，阿伽门农还在继续斩杀特洛伊的英雄们，他杀了安忒诺尔的儿子伊菲达玛斯，安忒诺尔的长子科翁誓死为弟弟复仇，他用投枪奋力刺中了阿伽门农的肘部，而迈锡尼国王用利剑砍下了科翁的头颅，科翁倒在弟弟的尸体旁。阿伽门农因为伤口剧痛，无法继续战斗，撤离了战场。

赫克托耳一见阿伽门农乘战车离开，立即高声鼓动士兵们冲上前去厮杀，他冲锋在前，将许多希腊英雄斩落马下。希腊士兵们命悬一线。就在这时，奥德修斯唤来狄俄墨得斯一同作战，两位英雄并肩厮杀，给特洛伊人有力的还击。狄俄墨得斯见赫克托耳冲上前来，将投枪径直掷出，恰好击中了赫克托耳的头盔，但太阳神阿波罗拉住了投枪，没让它穿透头盔。太阳神将赫克托耳从死神手里拉了回来，可是由于那重重的一击，赫克托耳跌倒在地，失去了知觉。就在狄俄墨得斯穿过士兵队伍，拾起投枪的那一瞬间，赫克托耳苏醒过来，他急忙跳上战车，逃过一劫。狄俄墨得斯见状火冒三丈：他居然再一次让赫克托耳逃脱了。他挥起投枪，将一位特洛伊英雄刺死，又伏身去解死去英雄身上的铠甲，帕里斯趁机举箭射伤了狄俄墨得斯，心花怒放。奥德修斯举着盾牌掩护狄俄墨得斯，狄俄墨得斯将箭拔出伤口，他已经不能继续厮杀，只好离开了战场。

这时，特洛伊士兵将奥德修斯团团围住，仿佛一群猎犬围攻森林里出来的狮子一样。狮子威武凶猛，张牙舞爪。奥德修斯用投枪应对袭来的特洛伊士兵，许多特洛伊英雄在他的投枪之下断送了性命，索科斯国王的兄弟卡罗普斯也在他的投枪下殒命。索科斯为兄弟复仇心切，举起投枪掷向奥德修斯，盾牌被击穿，奥德修斯的肋部被刺伤。奥德修斯虽然身负重伤，却仍对索科斯穷追不舍，将枪尖扎入他的背部，杀死了他。奥德修斯从伤口处拔出投枪，鲜血喷涌而出。特洛伊士兵发现奥德修斯负伤后，群起攻之。伊塔卡国王高声呼喊求援。大埃阿斯闻声赶到，用铁塔般巨大的盾牌掩护奥德修斯，墨涅拉俄斯随即将奥德修斯救出了厮杀的漩涡，送上战车，奥德修斯也撤离了战场。在埃阿斯继续拼杀，用投枪扎死特洛伊士兵。就在这时，帕里斯射出一箭，正中英雄马卡翁的右肩。伊多墨纽斯求助，涅斯托耳将马卡翁送回到希腊营地。赫克托耳的驭手克布里奥涅斯见大埃阿斯把特洛伊士兵杀得丢盔弃甲后，将消息传给了赫克托耳，赫克托耳迅速赶来增援。这时，宙斯使大埃阿斯心生恐惧，大埃阿斯把巨大的盾牌放在背上，然后就像被一群猎狗和勇敢的牧人追赶的雄狮慢慢离开畜群那样，缓缓撤退。

他一步一步地撤退，还不时停下来，用盾牌作掩护，向特洛伊士兵还击。英雄欧律皮洛斯见此情景，飞奔前来救援，但他也被帕里斯的利箭射伤，不得不撤回。幸亏希腊士兵们及时赶来，帮助忒拉蒙的儿子安然无恙地撤退下来。

在营地，阿喀琉斯站在船尾上观战。当看到涅斯托耳送回一位负伤的英雄时，阿喀琉斯叫来朋友帕特罗克洛斯，让他去向涅斯托耳打听一下，是不是马卡翁负伤了。帕特罗克洛斯快步赶到涅斯托耳的营帐，果然见到负伤的马卡翁，人们正在为他准备喝的水。皮洛斯国王看见帕特罗克洛斯后，请他和他一起坐一坐，但是帕特罗克洛斯回绝了，他急着回去向朋友通报情况。涅斯托耳将特洛伊人进攻希腊人的情况、有哪些希腊英雄受伤的情况，一一告诉了帕特罗克洛斯，并请他和阿喀琉斯出兵救援。他建议帕特罗克洛斯去向阿喀琉斯借用盔甲，率领米尔弥多涅斯人投入战斗，这样，特洛伊人就会把他视作阿喀琉斯而停止攻击，希腊军队就可以摆脱艰难的战斗，稍作休息。帕特罗克洛斯点头称是，回到阿喀琉斯那里，他对阿喀琉斯允许他参战坚信不疑。途中，帕特罗克洛斯遇到了身受箭伤的欧律皮洛斯，英雄疼痛难忍，伤口血流不止。帕特罗克洛斯出于对英雄的同情，将欧律皮洛斯扶上自己的战船，把箭从伤口拔出，敷上草药。欧律皮洛斯也向帕特罗克洛斯讲述了特洛伊人围攻希腊军队的情况。

战斗仍在激烈进行。围墙和壕沟对希腊军队来说已经形同虚设，但是特洛伊士兵也无法越过围墙和壕沟去进攻希腊军营。赫克托耳本打算驾战车冲过壕沟，但是他的战马却胆怯地闪到一旁。特洛伊军队依据英雄波吕达玛斯的计谋，编为五队人马，在各自将领的指挥下发起进攻。特洛伊的将领们在壕沟边跳下战车，徒步前行，唯有英雄阿西奥斯还在车上。他的想法是，紧随逃跑的希腊士兵之后，率领他的一队人马攻入希腊营地，直接攻击希腊战船。但是接近围墙时，拉庇泰人的两位英雄波吕玻忒斯和勒翁泰奥斯对他们进行了猛烈的反击，他们像两棵巨大的橡树，坚守着营地的大门。拉庇泰人英勇抗击敌人，从围墙上投下块块巨石，并密集地射出利箭。拉庇泰人杀死了许多特洛伊英雄，使阿西奥斯的进攻严重受挫。紧接着，由赫克托耳和波吕达玛斯率领的一队人马向城门发起猛攻。就在此时，宙斯发出重大预兆。在这队特洛伊人马的头上突然出现一只雄鹰，鹰爪抓着一条蛇，这条蛇扭动着身体，朝着雄鹰的胸部咬去，雄鹰一声嘶叫，将蛇丢下，蛇落在了特洛伊的队列中，雄鹰随即消失得无影无踪。波吕达玛斯一见这个预兆，立即奉劝赫克托耳停止出击，不要急于攻克希腊营地。赫克托耳听从了波吕达玛斯的劝告，率队撤回。

雷电之神宙斯刮起了狂风，下起了骤雨，飞沙走石袭击着希腊军队的战船，希腊军队顶风冒雨坚守围墙。特洛伊士兵破坏了围墙外侧的墙垛，撼动支撑塔楼的圆木，企图摧毁塔楼。希腊人则以石块、箭雨和投枪相迎。两个埃阿斯鼓励希腊将士顽强抵抗，强悍的萨耳佩冬将吕基亚的英雄格劳科斯叫到身边助战，他以盾牌作掩护，手持两杆投枪，逼近城门。墨涅斯透斯也在守卫城门，他派人找来埃阿斯兄弟助战，大埃阿斯、他兄弟透克罗斯和潘狄翁都赶来协助墨涅斯透斯。大埃阿斯用巨大的石块将已经爬上城墙的英雄埃皮克勒斯砸到地上，透克罗斯的箭射伤了格劳科斯，但是萨耳佩冬并不畏惧，他还成功地捣毁了一部分围墙，大埃阿斯和透克罗斯同样给他以有力的还击。萨耳佩冬再次鼓动士兵发起新一轮攻击，他们再次冲击围墙，希腊人同样将其击溃。吕基亚人没能攻克围墙，希腊人也没能把他们赶走，双方僵持不下。强悍的赫克托耳势不可挡，第一个闯入希腊营地。他搬起一块两个人用撬杠才勉强能移动的巨石，朝城门砸去。大门以及那巨大的门闩都不堪这重重的一击，轰然倒下，摔成碎片。赫克托耳越过废墟，冲进营地，两眼闪烁着愤怒的光。特洛伊士兵紧随其后也冲了上去，围墙被攻破，希腊士兵纷纷逃向战船，营地乱作一团。

船边之战[①]

战船附近的战斗打响了。宙斯没有观战，他坚信，任何一位神

① 根据荷马史诗《伊利亚特》整理。

祇也不会对希腊军队鼎力相助。见此情景，海神波塞冬从观战的色雷斯山飞速回到自己的宫殿，海神怒气冲天，群山在他的脚下瑟瑟颤抖。波塞冬回到宫殿，将海马套上战车，马匹乘风破浪，载着海神驶向特洛伊。波塞冬用金链将马匹拴住，将战车停在海岸边的山洞里。他化身为卡尔卡斯，走到两个埃阿斯面前，鼓动他们上战场拼杀。海神用权杖给他们注入无穷的力量，两个埃阿斯恍然大悟，是海神假扮卡尔卡斯来为他们助战，于是勇气倍增，继续投入战斗。波塞冬又走进希腊士兵队列，为每一位士兵鼓足拼命厮杀的勇气，士兵们在埃阿斯面前整齐列队，准备并肩作战，抗击特洛伊军队的进攻。

赫克托耳率领的特洛伊军队首先发起攻势，他犹如一块从山上翻滚而下的巨石，势不可挡。赫克托耳手持盾牌和投枪，飞奔到希腊密集的队列面前，停了下来，鼓舞特洛伊将士冲上前去突破希腊军队的防御。残酷的战斗打响了。大批希腊士兵倒在血泊中，波塞冬的孙子安菲玛科斯也不例外。海神波塞冬无比愤怒，鼓动国王伊多墨纽斯去为孙子复仇。伊多墨纽斯身着闪闪发光的铠甲上了战场，如同宙斯临阵。伊多墨纽斯遇到了墨里奥涅斯，后者正准备去拿新的投枪，他的投枪在刺中得伊福玻斯的盾牌时折断了，得伊福玻斯是普里阿摩斯的儿子。伊多墨纽斯递给他一杆投枪，于是两位英雄朝着希腊军队的左翼冲了过去。

特洛伊士兵见伊多墨纽斯出战，立刻朝他扑了过来。伊多墨纽斯勇猛拼杀，击退了敌人。普里阿摩斯的儿子得伊福玻斯见此情景，便让埃涅阿斯加入战斗，他们还找来帕里斯和阿戈诺耳共同应对伊多墨纽斯。一场恶战在伊多墨纽斯周围展开，众多英雄前来助战，铜铠甲和盾牌的巨大撞击声不绝于耳。

赫克托耳在两个埃阿斯守卫战船的地方厮杀开来。兄弟二人肩并肩，顽强作战，犹如套在一挂车上、奋力耕地的两头公牛，他们周围的士兵们也都在英勇奋战。他们身后是以弓箭和石块为武器的罗克里斯人，他们向敌人射出的箭遮天蔽日。特洛伊军队难以招架。英雄波吕达玛斯建议赫克托耳召唤最为勇猛的英雄们前来助阵，然后决定是进攻希腊战船，还是撤退。赫克托耳前去召集众英雄，但许多英雄没能前来，有的人已经战死在希腊的战船旁，有的人因身负重伤而离开了战场，与希腊人顽强拼杀的只有帕里斯一人。赫克托耳责备过帕里斯，然而他错怪了帕里斯，因为帕里斯在战场上的表现十分英勇，大批将士负伤阵亡，这不是他的过错。帕里斯请赫克托耳继续率领将士投入战斗，赫克托耳率领的特洛伊将士杀声震天，向希腊人发起猛攻。希腊将士也不甘示弱。埃阿斯·忒拉蒙看到赫克托耳后，向他发起挑衅，让他走近希腊人的队伍。正在这个时候，大埃阿斯的头上出现了一只雄鹰，希腊人看到了这一吉兆，高兴地欢呼雀跃起来。然而，赫克托耳的队伍继续呐喊着，步步紧逼希腊人。希腊人也高喊着回应特洛伊人。双方的吼声惊天动地。

与马卡翁一起坐在营帐里的涅斯托耳听见了呐喊声，他抓起投枪和盾牌，走出了营帐。他来到国王阿伽门农的营帐，见到了迈锡尼国王、狄俄墨得斯和奥德修斯，他们都身负重伤，拄着投枪，只能观战了。目睹战火已经烧到战船边时，他们忧心忡忡。看到修筑的防御墙被毁，他们非常着急，不知该如何使希腊军队摆脱毁灭的厄运。阿伽门农已经做好发布推船下水命令的准备，但是被奥德修斯制止了，如果战船下水，那么希腊将士便无心恋战，只顾逃跑了。狄俄墨得斯建议大家披挂铠甲到士兵中间去，但不是前去战斗，而是为了鼓舞士气，不参战是为避免再次负伤。

这时，赫拉见到希腊军队损兵折将，便要用计帮助他们。她想让宙斯进入梦乡，趁机让希腊人大获全胜。

赫拉从奥林波斯山飞到莱姆诺斯岛，找到睡神许普诺斯。赫拉费尽口舌，劝说他让雷电之神宙斯进入沉睡状态，许诺普斯害怕惹恼宙斯，严词拒绝。但赫拉最终还是说服了许诺普斯，她和睡神一起飞速来到伊达山顶峰。许诺普斯背着宙斯，化身为一只歌喉美妙的小鸟，隐蔽在一棵枝繁叶茂的松树上，使宙斯酣然入睡。随后，许普诺斯又从伊达山顶峰飞到海神波塞冬那里，将宙斯正在酣睡的消息告诉了他。

波塞冬闻讯大喜，更加起劲地为希腊人鼓气。阿伽门农、狄俄墨得斯和奥德修斯也都将伤痛抛到九霄云外，亲自调兵遣将，在海神波塞冬的佑护下去抗击特洛伊军队。大海在咆哮，巨浪翻滚到希腊战船和营帐边，希腊将士犹如这海浪一般，向特洛伊发起了猛烈进攻。激战再次打响。赫克托耳将一杆投枪投向大埃阿斯，但没有伤到他，大埃阿斯将一块巨石砸向赫克托耳，正中他的胸部。赫克托耳宛如一棵被宙斯的雷电击中的橡树，轰然倒地，投枪也从他手中掉落，巨大的盾牌将他压在了下面。希腊士兵朝赫克托耳一拥而上，但是被特洛伊英雄们挡住，他们护卫着普里阿摩斯的儿子离开了战场。他们把失去知觉的赫克托耳平放在珊托斯河岸边，用冷水泼他的脸。赫克托耳深深地吸了一口气，睁开眼睛，刚一欠身，口中就流出鲜血，他又仰面朝天倒下，再次昏迷不醒。希腊将士一见赫克托耳被大埃阿斯用巨石砸伤，更加齐心协力地冲向特洛伊人，战斗进入白热化阶段。双方的许多英雄都在这场战斗中献出了生命。特洛伊士兵节节败退，被赶出了希腊的营地。

这时候，伊达山顶上的宙斯睡醒了，看到溃不成军的特洛伊士兵以及波塞冬佑护下穷追不舍的希腊将士，他勃然大怒，严厉责骂赫拉，扬言要用金链子把她捆上，悬在天空和大地之间，以此惩罚她唆使波塞冬帮助希腊人。赫拉信誓旦旦地向宙斯表白，她没有让波塞冬去帮助希腊军队。

赫拉飞速回到奥林波斯山上。她在宴会上奉劝诸神不要违抗宙斯的意旨，她还告诉战神阿瑞斯，他的儿子阿斯卡拉福斯已被得伊福玻斯所杀。阿瑞斯顿时失声痛哭起来，他满脸怒容，一跃而起，穿上铠甲，准备奔赴战场，为儿子报仇。然而雅典娜制止了他，提醒他不要违抗宙斯的旨意。赫拉叫来了太阳神阿波罗和诸神使者伊里斯，告诉他们，宙斯传唤他们到伊达山顶去。阿波罗和伊里斯来到伊达山顶峰后，宙斯命令伊里斯飞到波塞冬那里去传达意旨，让他离开战场。伊里斯转瞬之间就来到了波塞冬面前，传达了宙斯的意旨。波塞冬不想接受宙斯的意旨，他说，他与宙斯的权力均等，宙斯可以对儿女们发号施令，但是不能指挥他。但最后波塞冬还是服从了宙斯的意旨，远离了战场，不过他却放出狠话，如果今后宙斯还要偏袒特洛伊，那他就要和宙斯永远为敌。

宙斯又吩咐阿波罗带着他的神盾去恐吓希腊将士，并让赫克托耳强悍如初。当阿波罗像雄鹰一般飞到赫克托耳身旁时，赫克托耳已经苏醒。

“快起来，赫克托耳！”阿波罗对他说，“我是太阳神阿波罗，宙斯派我来帮助你。你快回到军中，率领特洛伊人攻打希腊人吧，我自己在特洛伊大军的最前面冲锋陷阵。”

阿波罗向赫克托耳的胸中注入了强大力量，他起身来到军中。特洛伊将士看到赫克托耳安然无恙，全都欢欣鼓舞。希腊人看到赫克托耳又回到军中，大吃一惊。特洛伊人恢复了士气，不再败退，又向希腊军队发起了进攻。战斗越来越残酷，横尸遍野，血流成河。希腊军队勇猛顽强地拼杀着，当太阳神阿波罗亮出宙斯的神盾时，希腊士兵震惊了，他们恐惧万分，丢盔弃甲，开始逃跑。特洛伊士兵穷追不舍，阿波罗为他们开辟道路，填平了围墙前的宽阔壕沟。希腊将士一直退到船边才停下脚步，他们祈求诸神保佑，涅斯托耳也在向宙斯祈祷，他说：

“你还记得吧，宙斯，希腊人曾经为你奉献过祭品，祈求你护佑他们平安回家。奥林波斯山的诸神啊！救救希腊人吧，让他们免于一死吧！不要让特洛伊彻底胜利啊！”

宙斯闻听涅斯托耳的祈祷，在高高的天空发出一声惊雷。这一声惊雷被特洛伊人当作了吉祥之兆，于是他们向希腊人发出了更加猛烈的进攻。船边的战斗继续激烈进行。为了保护战船，大埃阿斯顽强拼杀，他的兄弟透克罗斯手持弓箭，与他并肩杀敌。正当透克罗斯要将箭射向赫克托耳的时候，宙斯挽救了普里阿摩斯的儿子，弓从透克罗斯手中滑落，弦也断了，箭散落一地。透克罗斯惊恐万状，他明白这是神的意旨。大埃阿斯让他放弃弓箭，改用投枪。

战斗愈发激烈，战船四周血流成河。希腊将士把盾牌连成一线，组成一道铜墙，保护船只。尽管希腊英雄们的战功显赫，但特洛伊将士同样不甘示弱，攻势猛烈。将士们的斗志和战斗的激烈程度丝毫不减。大埃阿斯撑着一根长杆，从一艘战船上跳到另一艘战船上，与特洛伊人厮杀，他高喊口号鼓舞希腊人的斗志。赫克托耳犹如一只袭击飞鸟的鹰隼，追杀着希腊人。赫克托耳一手抓住普罗忒西拉奥斯的船尾，大声叫特洛伊人将火把递给他，他要放火烧毁战船。最为强悍的大埃阿斯·也挡不住攻势了，他吃力地舞动投枪与特洛伊人厮杀，特洛伊人将大量箭支向他射来，他持盾牌的左手已经酸麻，气喘吁吁，汗流浃背，他开始退却。赫克托耳冲上前来，一剑削断他的投枪尖。大埃阿斯明白，烧毁希腊战船是宙斯的旨意。特洛伊人已经点燃了普罗忒西拉奥斯的战船，船只淹没在一片火海之中。看来，希腊人就要全军覆灭了。就在这千钧一发之际，他们得到了意外的援助。

帕特罗克洛斯的功绩和阵亡①

特洛伊将士冲入希腊营地时，帕特罗克洛斯正坐在负伤的欧律皮洛斯身旁，他惊得跳了起来，大叫一声，朝阿喀琉斯的营帐跑去。帕特罗克洛斯来到阿喀琉斯那里，凄然泪下，阿喀琉斯问他：

“你哭什么，帕特罗克洛斯，像个追着母亲要抱一抱的孩子？是不是佛提亚有什么坏消息传来，还是为希腊人要在战船边遭毁灭之灾而痛心？向我敞开心扉诉诉苦吧。”

“佩琉斯的儿子啊！希腊人遭到灭顶之灾了！最勇猛的英雄全都身负重伤，你就不能助希腊人一臂之力吗？如果你不愿意，那就

① 根据荷马史诗《伊利亚特》整理。

让我率领你那些米尔弥多涅斯人前去助战吧。把你的铠甲借给我，特洛伊人或许会把我误认为是你而停止战斗。我们可以重整旗鼓，把特洛伊人从战船边赶走。”

帕特罗克洛斯就这样求着阿喀琉斯，可他却不知，他这是在自找死亡。

阿喀琉斯看到希腊人陷入险境，他听到战场上只有赫克托耳一个人的声音，这意味着，伟大的希腊英雄中没人投入战斗。阿喀琉斯也不想让希腊军队覆灭，他同意将自己的装备借给帕特罗克洛斯，但说好，只有他的战船受到威胁时，帕特罗克洛斯才能出兵同特洛伊人作战，不让他们烧毁战船。阿喀琉斯不允许帕特罗克洛斯带领米尔弥多涅斯人接近特洛伊城，他担心自己的挚友会阵亡。

两位朋友正在交谈时，阿喀琉斯突然发现，他的一艘战船已被赫克托耳点燃。他愤怒地吼道：

“快，帕特罗克洛斯！我看到战船起火了，你赶快穿上铠甲，我亲自去集合米尔弥多涅斯人！”

帕特罗克洛斯急忙将阿喀琉斯的铠甲穿戴整齐，但是没拿他的投枪，这只投枪实在太重，唯有阿喀琉斯自己能用它去拼杀。阿喀琉斯的驭手奥托墨冬已经将马匹和战车备好，阿喀琉斯也把米尔弥诺斯人集结起来，他们个个摩拳擦掌，整装待发。阿喀琉斯鼓励将士们争取奋勇杀敌，建立军功，他要让国王阿伽门农明白，他当初侮辱希腊最伟大的英雄是多么轻率和愚蠢。米尔弥诺斯人呐喊着冲向敌人，他们的喊声响彻整个营地的上空。特洛伊人见到身着阿喀琉斯铠甲的帕特罗克洛斯后，以为阿喀琉斯不再计较与阿伽门农的恩怨，前来救援希腊军队。特洛伊人个个都想逃离战场。帕特罗克洛斯冲向战斗最激烈的地方，用投枪刺杀围攻普罗忒西拉奥斯战船的特洛伊士兵，他们恐惧万分，连连后退。

但是特洛伊士兵并没完全撤离希腊营地，他们只是从战船附近撤离。希腊将士追击特洛伊人，许多特洛伊英雄在此丧生。特洛伊人无法继续留在希腊营地，希腊将士如同凶猛的野兽扑向他们，特洛伊人跨越壕沟跑到开阔地，又有很多人在此丧生。大埃阿斯一心想杀死赫克托耳，赫克托耳虽然清楚，特洛伊人眼看到手的胜利又要丧失，但他没有退缩，竭力牵制追打特洛伊人的希腊军队。后来赫克托耳不得不退却，战车越过壕沟将他载到了开阔地。

斗志昂扬的希腊人乘胜追击，帕特罗克洛斯驾着战车朝壕沟方向疾驰。佩琉斯的神马拉着战车越过壕沟在原野上飞驰。帕特罗克洛斯四处寻找赫克托耳，可他已经乘战车逃脱了。特洛伊士兵狼狈逃窜，身后扬起滚滚烟尘，他们匆忙躲进特洛伊城里。帕特罗克洛斯将许多特洛伊人截下，把他们赶到战船边，用锋利的投枪杀死了他们。萨耳佩冬见到众多英雄命丧帕特罗克洛斯之手，便向吕基亚人发出号令，要他们全力抗敌。萨耳佩冬打算与帕特罗克洛斯单独较量，他跳下战车，等待帕特罗克洛斯到来。帕特罗克洛斯也下了车，他们犹如两只在山崖上争抢食物的鹰隼，呐喊着激烈搏斗起来。宙斯见此情景，对萨耳佩冬表现出怜悯之心，他想救自己的儿子。赫拉听到了宙斯的怨言，劝他不要去救儿子。赫拉提醒他说，许多神祇的后代都在特洛伊城下拼杀，其中不少已经阵亡。如果宙斯让萨耳佩冬安然无恙，那么其他神祇也会去救儿子们的性命。若是命中注定，宙斯就让萨耳佩冬死在帕特罗克洛斯之手好了。宙斯听从了赫拉的劝告，他向特洛伊原野洒下鲜血般的露水，来祭奠这个即将被帕特罗克洛斯杀死的儿子。

帕特罗克洛斯最先出手，萨耳佩冬的忠实奴仆一命呜呼。萨耳佩冬也掷出投枪，但没有击中帕特罗克洛斯，投枪掷偏，击倒了拉着帕特罗克洛斯战车的一匹战马。进入第二个回合，萨耳佩冬再次失手，帕特罗克洛斯的投枪直击萨耳佩冬的胸膛，吕基亚国王就像一棵被连根拔起的大橡树，轰然倒地。萨耳佩冬对朋友格劳科斯喊道：

"格劳科斯，我的朋友！让吕基亚人为了他们的国王萨耳佩冬冲锋陷阵吧，你也要为我而战！你若让希腊人剥去我身上的铠甲，那么你就将永世受辱。"

萨耳佩冬发出绝命的哀号，死神塔那托斯将他的双眼合上。格劳科斯闻听朋友的死讯后，痛不欲生，因自己负伤而未能救助他而遗恨终生。他祈求神祇为他治愈伤痛，阿波罗听到了格劳科斯的祈求，将他的伤治愈。格劳科斯召集吕基亚人和特洛伊的英雄埃涅阿斯、阿戈诺耳、波吕达玛斯与赫克托耳，去夺回萨耳佩冬的尸体，英雄们一拥而上帮助格劳科斯。帕特罗克洛斯也召集希腊英雄前来支援，埃阿斯兄弟最先赶到。争夺萨耳佩冬尸体的战斗激烈地进行着，宙斯用黑雾遮盖住儿子的尸体，使得战斗变得更加残酷。

兵器的撞击声响彻云天，萨耳佩冬的尸体横在战场上，全身血污和灰土，扎满乱箭。宙斯一直关注着战场的情况，他在思索，是不是也让帕特罗克洛斯在儿子尸体旁毙命，抑或再让他建立显赫的军功，把特洛伊军队赶到城墙边，之后再处死他。宙斯打定主意，让帕特罗克洛斯在世上多留一些时日。他向赫克托耳注入恐惧的念头，赫克托耳率先脱逃，其他将士紧随其后。希腊士兵从萨耳佩冬身上解下铠甲，帕特罗克洛斯吩咐将铠甲送到船上去。于是雷电之神宙斯叫来阿波罗，命令他把萨耳佩冬的尸体运回，清洗血污和灰土，并以香膏沐浴，华服更衣，之后把萨耳佩冬的尸体交给死神塔那托斯和睡神许普诺斯这一对孪生兄弟，送回吕基亚，让萨耳佩冬的兄弟及好友为他举行隆重的葬礼。阿波罗受命，前去执行。

这时，帕特罗克洛斯已将特洛伊人逼到城墙下，他杀死了许多英雄。距离死神越来越近。若不是阿波罗执行宙斯的旨意后，登上特洛伊城楼，帕特罗克洛斯就已经攻克特洛伊了。帕特罗克洛斯三次攻打城楼，三次都被阿波罗击退。当第四次准备发起进攻时，阿波罗大吼一声：

“不要进攻啦，勇敢的帕特罗克洛斯，攻克特洛伊城的人不该是你，而是阿喀琉斯！”

帕特罗克洛斯退了下来，他不敢招惹阿波罗，他知道，太阳神的箭从不虚发。

赫克托耳来到斯开亚大门，将战马勒住，他犹豫不决，是向帕特罗克洛斯发起进攻，还是命令将士们躲进特洛伊城里。就在这时，阿波罗化身为赫卡柏的兄弟，出现在赫克托耳面前，建议他在开阔地上向帕特罗克洛斯发起进攻。赫克托耳听从了他的建议，命令驭手克布里奥涅斯调转战车。帕特罗克洛斯一见战车上的赫克托耳，便跳下车来，他右手抓起一块巨石，左手握紧投枪，等待赫克托耳逼近。赫克托耳来到面前时，帕特罗克洛斯投出巨石，砸中驭手克布里奥涅斯的头部，驭手从战车上栽了下来。帕特罗克洛斯嘲讽道：

“克布里奥涅斯这下扎得真快呀，这要是从船上扎进海里，准能捞到不少牡蛎呢！总算开了眼界了，特洛伊一定还有许多这样的潜水高手！”

说完这番话，帕特罗克洛斯就朝克布里奥涅斯的尸体奔去。赫克托耳立即跳下战车，同帕特罗克洛斯展开争夺克布里奥涅斯尸体的搏斗。一场流血拼杀开始了。双方的厮杀如同东风欧洛斯和南风诺托斯在山谷森林里的搏斗，东南风相斗时，树枝弯腰，相互抽打，到处是橡树、松树和杉树折断的声音。已是日落时分，帕特罗克洛斯三次扑向特洛伊人，每次都用投枪杀死九位英雄。当他第四次向特洛伊人进攻时，黑雾掩身的阿波罗投入到反击他的战斗中。他站在帕特罗克洛斯身后，猛击他的肩背部。帕特罗克洛斯眼前一黑，接着，太阳神阿波罗又击落他的头盔，这顶头盔曾在伟大的佩琉斯头上闪闪发光，现在却滚落地上。帕特罗克洛斯手中的投枪也断了，厚重的盾牌掉落在地。阿波罗解下了帕特罗克洛斯的铠甲，帕特罗克洛斯筋疲力尽，又失去了武器，就这样躺在了特洛伊人面前。即便如此，英雄欧福尔玻斯也不敢与帕特罗克洛斯正面交手，而是从身后用投枪刺中他的脊背，然后急忙躲进特洛伊人群中。为了安全起见，帕特罗克洛斯也退到了希腊士兵中间。赫克托耳见帕特罗克洛斯已经受伤，就用投枪给了他致命的一击，犹如狮子扑倒与它争饮即将干涸河水的野猪一般，杀死了帕特罗克洛斯。赫克托耳无比兴奋，他消灭了阿喀琉斯的挚友，一个对特洛伊城极具威胁的英雄。帕特罗克洛斯倒地毙命前说了这样的话：

“赫克托耳，现在你可以为你的胜利感到自豪了，你是在宙斯和阿波罗的帮助下获得了胜利。众神让我失败，夺走了我的铠甲。这对众神来说轻而易举。假如是二十个和你一样的人与我搏斗，我会用投枪一一将你们杀死。太阳神阿波罗和欧福尔玻斯杀害了我，你不过是第三个对我下毒手的人。你记住我的话，你也没有多少日子了，你的死期也已临近，命运注定你要死在阿喀琉斯手中。”

话音刚落，帕特罗克洛斯就合上了眼睛，他的灵魂悄然飞向哈德斯冥国，对过早地离开年轻力壮的躯体抱憾无比。

赫克托耳对逝者吼道：

“帕特罗克洛斯，你凭什么预言我的死期？说不定我的投枪会先结束阿喀琉斯的性命呢！”

赫克托耳从帕特罗克洛斯的尸体中拔出投枪，接着又扑向奥托墨冬，他想夺取阿喀琉斯的神马。

争夺帕特罗克洛斯尸体的战斗[①]

国王墨涅拉俄斯看到帕特罗克洛斯的尸体满是灰土，横躺在地上，便跑上前去，他不容许特洛伊人侮辱为他厮杀的英雄遗体。他犹如一头雄狮，手持盾牌和投枪，在帕特罗克洛斯的遗体旁坚守着。

从背后刺中帕特罗克洛斯的特洛伊人欧福尔玻斯，也想抢到遗体，他一心想着向斯巴达国王墨涅拉俄斯报杀兄之仇。

他向墨涅拉俄斯掷出投枪，但是没能穿透盾牌，而墨涅拉俄斯投出的投枪稳准地刺入欧福尔玻斯的喉咙，年轻的欧福尔玻斯倒地身亡。墨涅拉俄斯动手去剥他那身豪华的铠甲，这时阿波罗召唤赫

① 根据荷马史诗《伊利亚特》整理。

克托耳去进攻墨涅拉俄斯，赫克托耳冲上前去。墨涅拉俄斯守住帕特罗克洛斯的遗体，拒不后退，他明白，若是后退，定会遭希腊人唾骂，可又担心落入特洛伊人的包围圈，于是他呼唤大埃阿斯前来助战。在特洛伊人的强攻下墨涅拉俄斯一边缓缓退却，一边呼叫着埃阿斯。大埃阿斯到来时，赫克托耳已抓起帕特罗克洛斯的遗体，并脱下了他身上的阿喀琉斯的铠甲。见赫克托耳放弃了帕特罗克洛斯遗体，格劳科斯责怪赫克托耳胆小如鼠，数落他惧怕希腊英雄。这几句话惹火了赫克托耳，他再次投入战斗。他把奉命送帕特罗克洛斯的铠甲回特洛伊城的仆人喊了回来，将铠甲穿戴在自己身上。雷电之神宙斯一看赫克托耳用阿喀琉斯的装备将自己武装了起来，暗自思忖："倒霉的家伙，死到临头你还没有感觉，还把举世无双的英雄的铠甲披挂上身。现在就因你的妻子安德罗玛克再也无法从你手中接过阿喀琉斯的铠甲，我要让你再取得一次胜利。"宙斯威严地皱了皱眉头，表明他决心已下。

此时，赫克托耳威力无穷，势不可挡。他飞速来到军营鼓舞英雄们的士气。墨涅拉俄斯也高声呐喊，鼓动希腊英雄们前去保护帕特罗克洛斯的尸体。俄伊琉斯的儿子埃阿斯冲在最前，伊多墨纽斯、墨里奥涅斯等人紧随其后。他们用盾牌护住帕特罗克洛斯的遗体，但是特洛伊人的攻势不减，他们又将尸体夺了过去。强壮的埃阿斯·忒拉蒙冲进特洛伊队伍，从他们手中夺回了尸体，将拖拽尸体双腿的士兵刺死。争夺尸体的战斗愈发激烈，特洛伊人已经力不从心，但是阿波罗又召唤埃涅阿斯投入战斗，他拦住了退却的队伍，战斗更加惨烈，战场上尸骸遍野，血流成渠。战斗就像吞噬一切的火焰一样越烧越旺。宙斯又在帕特罗克洛斯的尸体周围布上了一层黑雾，英雄们在黑暗中为争夺帕特罗克洛斯的尸体拼命厮杀。

远处，阿喀琉斯的神马也在为主人挚友的阵亡而默默落泪。驭手奥托墨冬想尽办法驱赶马匹，可都无济于事，马匹低垂着头站在那里一动不动，马鬃长垂到地。宙斯看到这些马匹后想道："可怜的马儿啊，你们是永生的！可我们为什么要把你们赠予佩琉斯呢？难道是让你们也体会人类的哀伤吗？宇宙间的万物，没有比人更悲惨的了。你们不要悲伤，你们永远也不会落到赫克托耳的手里。我会赋予你们力量，让你们把奥托墨冬带离战场，我还要让特洛伊人获得一场胜利，但仅限今天日落之前。"

宙斯为神马注入了无尽的力量，它们载着奥托墨冬从战场上驰骋而过。阿喀琉斯的驭手手持锋利的投枪，刺死了英雄阿瑞忒，并从他的身上脱下铠甲，他心中略感欣慰，这也算是为帕特罗克洛斯报了仇。

争夺帕特罗克洛斯尸体的激烈战斗依旧在持续。女神雅典娜化身成英雄福尼克斯，身披紫红色的云彩前来为希腊将士加油鼓劲。墨涅拉俄斯没能认出雅典娜，他对眼前的福尼克斯说，众神中首先要向雅典娜求助。女神听后非常高兴，为墨涅拉俄斯注入了强大的力量，而阿波罗则在为特洛伊人鼓劲。战斗越来越残酷。宙斯摇动神盾，顿时雷声隆隆，希腊英雄们陷入恐慌，大埃阿斯眼见希腊将士节节败退，愁容满面，他祈求宙斯驱散黑雾，不要让希腊人溃败，如果战败是宙斯的旨意，那么也要让希腊人在光天化日之下死去。听到大埃阿斯的祈求后，宙斯立即驱散了黑雾，顿时阳光普照大地。大埃阿斯请墨涅拉俄斯去把涅斯托耳的儿子安提洛科斯找来，并派他去把帕特罗克洛斯阵亡、特洛伊人争夺他遗体的消息转达给阿喀琉斯。墨涅拉俄斯去完成大埃阿斯嘱托的事情，他找到了安提洛科斯，把帕特罗克洛斯的死讯告诉了他，安提洛科斯听后大吃一惊，他还不知道这一噩耗，安提洛科斯眼含悲伤的泪水来到阿喀琉斯身边。帕特罗克洛斯遗体争夺战正进行得难解难分。大埃阿斯让墨涅拉俄斯和墨里奥涅斯将尸体送到营地去，而他负责还击特洛伊人，掩护英雄们运回帕特罗克洛斯的尸体。但是特洛伊人一见希腊英雄抬起了尸体，便向疯狗一样一拥而上。就在大埃阿斯转身面对他们的时候，特洛伊人又都吓得面如土色。厮杀越发激烈。墨涅拉俄斯抱着帕特罗克洛斯的遗体撤回，大埃阿斯艰难地抵抗着特洛伊人的进攻，并与赫克托耳进行着殊死的搏斗。

与此同时，坐在营帐边的阿喀琉斯正在思忖，帕特罗克洛斯为何还不回来？他担心，希腊军队是否又在败退。他开始疑心，帕特罗克洛斯是不是已经阵亡。忽然，涅斯托耳的小儿子哭着跑进来，他向阿喀琉斯报告了帕特罗克洛斯阵亡的噩耗。阿喀琉斯悲痛欲绝，他用双手从炉膛里捧出一捧炉灰，撒在自己头上，炉灰落在他的衣服上，他倒在地上，痛苦地撕扯着自己的头发，年轻的安提洛科斯同样泣不成声，他拉住阿喀琉斯的手臂，怕他因过度悲伤而有个三长两短。阿喀琉斯哭得死去活来，忒提斯听到儿子在哭，也跟着放声大哭起来，她的涅赖德斯姐妹们急忙来到她身边，也都哭成了一团。

"姐妹们，"忒提斯女神高声说道，"我太痛苦了！噢，我为什么要让阿喀琉斯来到这个世界上，为什么养育了他，为什么让他来到特洛伊城下？ 我再也见不到他在佩琉斯光明的宫殿里的模样了。他短暂的一生要受这么多的苦难，我无能为力啊！我这就去看看，他为什么如此悲伤！”

母亲忒提斯携众姐妹迅速来到号啕大哭的阿喀琉斯面前，将爱子的头紧紧搂在怀里，问道：

“什么事让你哭得这么伤心？快把一切都告诉我，不要隐瞒。宙斯已经让你如愿以偿，把希腊人赶回到战船边去了，希腊人现在只有一个愿望，就是想得到你的援助。”

“亲爱的妈妈，我知道这件事。但这有什么值得高兴的呢！我失去了帕特罗克洛斯，我像爱惜自己的生命一样爱惜他。赫克托耳杀了他，还抢走了众神赠送给佩琉斯的铠甲。我若不用投枪杀死赫克托耳，不让他为帕特罗克洛斯偿命，我就没脸活在世上。”

“可这样你就会和赫克托耳一起死去！”忒提斯喊道。

“噢！既然不能挽救我的挚友，还不如现在就让我去死！可能他在最后关头呼唤我前去救援。噢，让仇恨见鬼去吧，它能让智者做出蠢事。我要忘掉和阿伽门农的仇恨，重返战场，去消灭赫克托耳。我不怕死，人固有一死，就连伟大的赫拉克勒斯也不能逃过，尽管他的父亲是雷电之神宙斯，又深受父亲宠爱。我要听从命运的安排，战死在我注定丧生的地方，但是在这之前我要赢得无上光荣。母亲，你别再阻拦我，我意已决，你无论如何也阻止不了我上战场！”

阿喀琉斯对母亲说完这番话后，忒提斯只提了一个要求，让阿喀琉斯等到她从火神与匠神赫菲斯托斯那里拿来铠甲后再出征。

美丽的涅赖德斯姐妹们回到了大海。忒提斯请她们将特洛伊城下发生的一切转告父亲涅柔斯。她自己则奔向高耸入云的奥林波斯山，去见赫菲斯托斯。

说话间，希腊将士正在英勇顽强地抗击着特洛伊人的进攻。赫克托耳像烈焰一样追赶着希腊人，有三次差点从墨涅拉俄斯手中抢到帕特罗克洛斯的遗体，但都被两个埃阿斯击退。有赫拉派出的众神使者伊里斯的帮助，赫克托耳才没能夺走尸体。伊里斯敦促阿喀琉斯前去保护挚友的遗体，可是阿喀琉斯没有铠甲，无法投入战斗。于是伊里斯让赤手空拳的阿喀琉斯登上希腊阵营的围墙，用自己的形象来威慑猖狂进攻的特洛伊人。

阿喀琉斯登上了城墙，雅典娜将神盾放在他的双肩上，让金色的云朵和神奇的光辉环绕在他的头上，这光辉直达苍穹。阿喀琉斯在城墙上发出一声怒吼，雅典娜发出同样的吼声，威震四方，特洛伊人闻风丧胆，受到惊吓的战马调头狂奔。所有战车上的驭手一见阿喀琉斯头上的光辉，都吓得魂不附体。阿喀琉斯大吼三声，特洛伊军队三次乱作一团，混乱中有十二位特洛伊英雄丧生，有的是撞在投枪上被捅死，有的是惨死在马蹄下。希腊人一路洒着悲愤的泪水，用担架将帕特罗克洛斯的遗体抬到阿喀琉斯的营帐。阿喀琉斯紧随其后，望着被自己亲手送到残酷战场的挚友，他放声痛哭。

赫拉命令太阳神赫利俄斯提前降落到海洋中去。夜幕降临，战斗已经结束，希腊营地也进入了梦乡。特洛伊人却集结在旷野中开会，他们站在那里商讨事情，没有人敢坐下来，大家都怕阿喀琉斯会突然来袭。波吕达玛斯献计，撤到特洛伊城中去，不能在这里等到天亮，等着阿喀琉斯来进攻，阿喀琉斯会让大批特洛伊英雄丧生在这片旷野中。他们若是站在城墙上防卫，阿喀琉斯即便骑着他的快马绕遍特洛伊城，也难以攻克这座城。但赫克托耳否定了波吕达玛斯的建议，他命令特洛伊将士在旷野上安营扎寨，派人把守营地。赫克托耳仍然做攻打希腊人战船、将他们赶离特洛伊的打算。赫克托耳声称，如果阿喀琉斯再次参加战斗，那么他绝不回避，一定前去迎战，与阿喀琉斯决一胜负。雅典娜蒙蔽了特洛伊人的理智，让他们留在旷野中宿营。

在希腊营地里，阿喀琉斯将双手放在帕特罗克洛斯遗体的胸前，表示沉痛的哀悼。他重重地叹息着，就像一只母狮，当它发现幼崽不见后，号叫着在森林里捕捉狩猎者的踪迹。

阿喀琉斯呼喊道："神祇呀，神祇！我为什么要向帕特罗克洛斯的父亲承诺，同他一起回到祖国？不，我们二人注定要血洒特洛伊大地。我的父亲佩琉斯、亲爱的母亲忒提斯再也见不到我出征归来。亲爱的帕特罗克洛斯，我也将为国捐躯，但是首先要为你复仇，再为你举行隆重的葬礼！"

阿喀琉斯吩咐朋友们将帕特罗克洛斯的遗体擦洗干净，涂上香膏，放在一张豪华的床上，覆盖薄纱，上面加盖一层罩布。米尔弥多涅斯人彻夜不眠，沉痛悼念帕特罗克洛斯，阿喀琉斯与帕特罗克洛斯俘获的特洛伊妇女和达尔达尼亚妇女也痛哭哀悼死去的英雄。

忒提斯求助赫菲斯托斯　阿喀琉斯的铠甲①

忒提斯女神飞速上到光明的奥林波斯山，来到赫菲斯托斯的铜宫殿。忒提斯进来时，匠神正挥汗如雨地在烘炉前工作，他已制作出了二十只三脚供桌。这些供桌安装有金轮子，可自行以往返于诸

① 根据荷马史诗《伊利亚特》整理。

神与神庙之间。赫菲斯托斯要为供桌安装雕花把手。忒提斯悄悄地走进来时，赫菲斯托斯正在打造安装把手的铆钉。他貌美如花的妻子卡里忒斯一见女神忒提斯，亲切地握住她的手，说道：

“快请进，忒提斯！你可是稀客，哪阵风把你吹来了？”

卡里忒斯叫赫菲斯托斯快出来见忒提斯女神。听说忒提斯女神到来，赫菲斯托斯答应马上出来。当年赫拉将他从奥林波斯山上推下时，是忒提斯救了他。他从铁砧旁站起身来，把工具整理好后装进银工具箱里。他用湿海绵擦了擦手上、胸前、脖子和脸上的汗水烟尘，穿好衣服，拄着粗拐杖，扶着他用黄金铸成的活灵活现的女仆，走到忒提斯面前。他握住忒提斯的手问道：

“女神，你有什么吩咐尽管说，只要我能做，一定尽力效劳。”

忒提斯泪流满面，对匠神讲述了她儿子失去众神赠予他父亲佩琉斯铠甲的经过，讲述了帕特罗克洛斯被赫克托耳杀死后，阿喀琉斯失去挚友的痛苦，以及儿子一心想找凶手报仇，可苦于没有装备的烦恼。忒提斯请求赫菲斯托斯为儿子打造一副铠甲。听完忒提斯的话，赫菲斯托斯立即答应为阿喀琉斯打造一副让所有人都惊叹的铠甲。

赫菲斯托斯又回到烘炉前，接上风箱，命令风箱吹旺炉火。风箱按照赫菲斯托斯的意愿吹起火来，炉火时旺时弱，赫菲斯托斯又将铜、锡、银和黄金放进坩埚里，随后安置好铁砧，拿过大锤和钳子。赫菲斯托斯先为阿喀琉斯打造了一只盾牌，盾牌上装饰的图案是大地、海洋和天空，天空中有太阳、月亮和星星，群星中有昴星团、毕星团、猎户座和大熊星座。赫菲斯托斯在盾牌上还雕刻了两座城市，一座城市中正在举行婚礼，婚庆的队伍在街上行进，小伙子跳起圆圈舞，妇女们在自家门口看热闹；广场上正开着人民会议，会上两个人因凶杀赔款[1]问题争论不休，与会者分为两派，各执一词。传谕官在一旁维持秩序，元老们围坐一圈，每个人手里都拿着节杖，陈述自己解决争议的办法，中央摆放着两塔兰黄金，用来奖赏作出公正判决的人。另外一座城市被敌人包围，妇幼老弱留守城市，青壮年出城设埋伏。他们的统帅是战神阿瑞斯和女战神雅典娜，他们看上去庄严而伟大。两个暗探在前方监视着敌人的动向，这时，前方出现被敌人抢走的畜群，埋伏者上前夺回了牛羊，敌人听到呐喊声，跑出军营前来支援。战斗激烈展开。仇恨女神、纷争女神和死神在鏖战的士兵中来回奔跑。赫菲斯托斯在盾牌上还呈现了耕作场面，农夫扶犁耕种，耕到地头时，仆人们为他们送上甜美的葡萄酒，盾牌上还呈现了收割的景象，有人割麦，有人打捆，孩子们拾麦穗。土地的主人满脸喜悦地看着丰收的田野，妇女们在地头为劳作者准备午餐。盾牌上还有摘葡萄的场面，小伙子和姑娘们提着一篮篮的葡萄，一个英俊的小伙子在弹奏里拉琴，他的周围是翩翩起舞的青年男女。赫菲斯托斯在盾牌上还铸了一群牛羊，两头狮子正在攻击畜群，牧人们全力驱赶着狮子，可是牧羊犬不敢靠近狮子，只在原地汪汪乱叫。紧挨着这个画面的是在山谷间吃草的雪白绵羊、牛栏、羊圈和牧人的帐篷。最后，赫菲斯托斯在盾牌上铸上了跳圆圈舞的青年男女和在一旁观看的农夫们。盾牌的四周铸有环绕大地流淌的海洋。盾牌打造好后，赫菲斯托斯又为阿喀琉斯打造了熠熠生辉的胸甲、带金羽饰的沉重头盔和用锡做成的

① 行凶者应该向被刺者家属支付赔款。

伸缩性很好的胫甲。

全部工作完成之后，赫菲斯托斯把打好的装备拿到了忒提斯女神面前。女神立刻离开了奥林波斯山，像鹰隼一样快速飞到远方的大地，急着给儿子送去盾牌、铠甲、头盔等装备。

阿喀琉斯与阿伽门农握手言和

清晨，朝霞初开，忒提斯女神带着盾牌、铠甲、头盔来到儿子身边，这时，阿喀琉斯还在帕特罗克洛斯的遗体前痛哭。忒提斯一边安慰儿子，一边将装备拿给他看。这套装备金光灿灿，熠熠生辉，没有一个米尔弥多涅斯人敢正眼看它。阿喀琉斯的眼睛闪着兴奋的光芒，拿起它们认真端详。他决定立刻投身到与特洛伊人的战斗中去，但去打仗前，有一事让他心神不宁，那就是他担心朋友的尸体会腐烂变臭。忒提斯女神安慰他说，她会保护好尸体，会把美酒和神餐注入遗体内，让死去的帕特罗克洛斯看起来更加英俊。她让儿子去参加希腊首领的会议。

阿喀琉斯沿着海岸走去，召集大家出席会议。希腊人集结在阿伽门农的营帐前，营帐里和战船上未留一人。奥德修斯和狄俄墨得斯一瘸一拐地走来，阿伽门农也带伤前来参加会议。待全体将士到齐、会场安静下来后，阿喀琉斯提出要与阿伽门农达成和解，他号召大家立即与特洛伊人展开决战。眼见阿喀琉斯和阿伽门农冰释前嫌，所有希腊人都非常开心。阿伽门农从座位上站起身来，他诚恳地道歉说，是纷争女神蒙蔽了他的双眼，她控制了人的大脑，让人受她的摆布，连宙斯都被她愚弄过。阿伽门农表示，他现在就把此前承诺给阿喀琉斯的礼品送给他。阿喀琉斯此时不需要任何礼物，他现在就想着马上投入战斗，向赫克托耳复仇，他呼吁希腊人立即上阵杀敌。足智多谋的奥德修斯劝阿喀琉斯别急着上战场，他说，打仗前先要让将士吃好喝好，这样才有力气去与敌人战斗；现在阿喀琉斯应该接收礼物和还给他的布里塞伊斯。阿伽门农同意奥德修斯的建议，他让奥德修斯带着几个年轻人去取礼物，送回布里塞伊斯，同时派传谕官塔尔提比奥斯去弄一头野猪来，给诸神献祭，请诸神保佑他和阿喀琉斯和好如初。阿喀琉斯请求众人别再去管礼物了，而要好好想想杀敌的事儿，可是没人接受他的建议。他急着让希腊人立刻上战场，为死者报仇雪恨，他认为，晚上再摆宴席也不迟。阿喀琉斯没有进食，挚友的遗体还停放在他的营帐里，大仇还没有报，哪有心情在此吃吃喝喝。但奥德修斯语重心长地劝阿喀琉斯暂缓出击，他从阿伽门农的营帐里取来了礼品，英雄们将女俘和布里塞伊斯也都带了过来。

人们回到各自的营帐中。米尔弥多涅斯人拿着阿伽门农的礼品回到了战船，阿喀琉斯也随他们走向战船。不一会儿，希腊首领们来看阿喀琉斯，劝他吃点儿东西，增加体力，阿喀琉斯还是不吃。阿伽门农、墨涅拉俄斯、奥德修斯、涅斯托耳、伊多墨纽斯和福尼克斯也来到阿喀琉斯的营帐，他们想帮他平复内心的伤痛，但是阿喀琉斯一心想着帕特罗克洛斯，他叹了口气，自言自语道：

“从前每次出征，都是你帕特罗克洛斯劝我吃点儿东西，而今你却中枪倒下。就算听到父亲的死讯，或是我那寄养在斯基罗斯岛上的儿子涅俄普托勒摩斯身亡的噩耗，我都不会像现在这样悲伤。我以为，我会客死他乡，你会回到佛提亚，并把我那年少的儿子也带到那里。”

阿喀琉斯痛苦地流着泪，英雄们在一旁也都想起了故乡的亲人们，长吁短叹起来。宙斯在奥林波斯山上目睹了阿喀琉斯的悲伤，便指派雅典娜到英雄的营帐，用美酒神食滋润阿喀琉斯的胸膛。雅典娜像鹰一样从奥林波斯山飞驰而下，去给阿喀琉斯增加些力量，免得打仗时体力不支。

阿喀琉斯与特洛伊人决战

希腊人全副武装，一队接一队地走出了营地，风驰电掣般地奔向战场。希腊大军人数众多，头盔、投枪和盾牌在阳光下闪闪发光，海岸在战士们的脚下颤抖。阿喀琉斯披挂上阵，他穿上赫菲斯托斯打造的铠甲，腰挎利剑，手持像月亮一样闪光的盾牌，又从架子上取下只有他才拿得动的投枪，戴上灿若星辰的头盔，走出营帐。他的两眼闪着愤怒的目光，内心充满无限的哀伤。驭手已为阿喀琉斯套好战车，奥托墨冬手持马鞭和缰绳，跳上战车。阿喀琉斯也跃上战车。征途中，他对神马说：

“噢，珊托斯，巴利奥斯，伟大的波达尔格的孩子们！你们要把我活着从战场上带回来，不要像对帕特罗克洛斯那样，将我抛尸战场！”

珊托斯有赫拉赋予的预测未来的能力。它忽然低垂下头颅，对阿喀琉斯说：

“伟大的阿喀琉斯，今天我们可以把你毫发无损地从战场上载回，可是你的末日即将来临。帕特罗克洛斯阵亡，罪责并不在我们，他死于阿波罗之手，是他把胜利送给了赫克托耳。尽管我们能像泽费罗斯一般飞驰，但是你注定要死在阿波罗和一个凡人的手中。”

阿喀琉斯怒吼道：

“珊托斯，你为什么要预言我的死亡！我知道，我注定命丧于此，死在这个远离父母的地方。但在特洛伊人的鲜血未浸透大地前，在替帕特罗克洛报仇雪恨前，我绝不离开战场！”

阿喀琉斯怒吼着，扬鞭催马奔赴战场。希腊将士已经列队整齐，向占领着城外高地的特洛伊人发起了进攻。

这时，宙斯吩咐女神忒弥斯召集众神前来开会，众神全都聚在宙斯的大殿中，就连河川之神、水泽之神也都悉数到场。宙斯对在座的诸神说，他自己不参加战斗，只在奥林波斯山上观战，但所有的神祇都可以参战，自行决定支持哪一方。宙斯担心特洛伊人无法承受阿喀琉斯的猛烈进攻，而阿喀琉斯很可能有悖于命运安排，攻陷特洛伊。众神瞬间降临地面，赫拉、雅典娜、波塞冬、赫耳墨斯以及赫菲斯托斯站在希腊人一边，而阿佛罗狄忒、阿耳忒弥斯、勒托，阿瑞斯、阿波罗和河神珊托斯[①]站在特洛伊人一边。

奥林波斯山的众神刚刚来到对垒的两军阵前，纷争女神厄里斯就立即挑起争端，雅典娜在希腊军中奔走，威严地高喊着，战神阿瑞斯回应着，发出了震天的吼声。两军开战了，宙斯发出了惊天动地的雷电，波塞冬摇动了大地。群山从山脚直到顶峰都在震颤，伟大的特洛伊城和希腊战船也在剧烈晃动。冥国的主宰哈德斯吓得从宝座上一跃而起，他怕大地裂开，那样的话，冥国的恐怖景象便会

① 斯卡曼德罗斯河河神。

暴露无遗，冥国的惨景就连众神看了也会觉得毛骨悚然。一场恶战开始了，阿喀琉斯就要和赫克托耳对阵厮杀了。

阿波罗化身成普里阿摩斯的儿子吕卡翁，走到埃涅阿斯面前，对他说，他是阿佛罗狄忒女神的儿子，与忒提斯这一低级女神的儿子阿喀琉斯交战一定会大获全胜，他的这番话极大地鼓舞了埃涅阿斯，他勇敢地投入到战斗中。赫拉见阿波罗在帮埃涅阿斯作战，害怕起来。波塞冬建议众神暂且不要介入战斗，最好先坐在从前赫拉克勒斯建造的海堤上观战，待到战神阿瑞斯和太阳神阿波罗参战时，再前去助战。支持希腊人的神祇接受了波塞冬的建议，坐到远离战场的地方，支持特洛伊人的神祇坐到了卡利科洛涅山的山崖上。

埃涅阿斯与阿喀琉斯对阵，阿喀琉斯面带嘲讽地迎上前去，提起上次交手时埃涅阿斯逃跑的事，劝他赶紧躲到士兵队伍中去。埃涅阿斯反唇相讥说，阿喀琉斯这是在拿吓唬小孩的把戏吓唬他，没有用。埃涅阿斯提醒阿喀琉斯说，他埃涅阿斯可是出身于英雄世家。埃涅阿斯急于交战，他举起投枪，猛力掷向阿喀琉斯的盾牌，但是没能击穿盾牌。阿喀琉斯执盾躲闪了一下，其实他根本不用躲避，神祇打造的盾牌凡人无法击穿，可他不知道这一点。阿喀琉斯的投枪击穿了对手的盾牌，埃涅阿斯弯下腰去，投枪从他头上呼啸着飞过。埃涅阿斯吓得两眼发黑，他可是差点儿丧了命啊。阿喀琉斯又抽出利剑，埃涅阿斯则抱起了一块巨石。埃涅阿斯本来必死无疑，幸亏波塞冬及时赶来，救了他一命。他拾起阿喀琉斯的投枪，放到阿喀琉斯的脚下。海神波塞冬降下黑暗遮住阿喀琉斯的双目，接着把埃涅阿斯抛出激战中的战场，然后来到埃涅阿斯面前，对他说，只要阿喀琉斯还活着，就不允许他与之厮杀。波塞冬撤走了阿喀琉斯眼前的黑暗。阿喀琉斯看到自己的投枪就在脚下，而面前的埃涅阿斯却不见了踪影后，大为震惊。阿喀琉斯明白了，有神祇在护佑埃涅阿斯，他相信，埃涅阿斯再不敢与他交战了。

阿喀琉斯满腔怒火，再次投身战斗。寻找赫克托耳时，他杀死多名特洛伊英雄。阿波罗命令赫克托耳躲在士兵队列的后面，不让他迎战阿喀琉斯。阿喀琉斯用投枪杀死了普里阿摩斯的儿子波吕多罗斯，他是特洛伊国王尚在人世中的最小的儿子，深得父亲宠爱。赫克托耳见弟弟倒地不起，将阿波罗的叮嘱忘得一干二净，向阿喀琉斯冲去。一见到赫克托耳，阿喀琉斯的两眼立即冒出了兴奋的光芒。

阿喀琉斯喊道："这就是造成我万般痛苦的家伙！来吧，我们就不要满战场地相互追杀了，你走近些，让我快点把你打发到哈德斯王国去！"

赫克托耳回敬阿喀琉斯说：

"阿喀琉斯，我力气是不如你大，但谁先死还不一定呢，只有神祇知道，咱们谁会先倒下。你要知道，我的投枪也锋利无比！"

赫克托耳掷出投枪，却被雅典娜一口气吹到了阿喀琉斯的脚下，阿喀琉斯立即朝赫克托耳扑了上去。阿波罗见状赶紧救援，他放出黑雾遮挡住了赫克托耳，阿喀琉斯三次攻击赫克托耳，可每次投枪都落在浓雾中，他发起第四次进攻时高喊道：

"狗东西，又让你逃脱了，又是阿波罗救了你。要不是有神祇护佑，我立刻就能宰了你！"

阿喀琉斯愤怒地扑向其他特洛伊英雄，许多人死在他那致命的投枪下。他犹如一团熊熊燃烧的烈火，在特洛伊的队伍中肆虐横行。特洛伊人的尸体、盾牌和头盔被阿喀琉斯的马匹踏碎，四处飞溅，那场景让人联想起被犍牛踩飞的麦粒。阿喀琉斯立功心切，他的双手已沾满鲜血，特洛伊人节节败退。阿喀琉斯在斯卡曼德罗斯河岸追上了他们，他冲进队伍，把他们打得丢盔卸甲，一部分人逃往特洛伊城，但是女神赫拉降下浓雾挡住了他们的退路；另一部分人向河岸逃去，跳进河里寻求生路，跳下去的士兵激起层层波浪，有人企图涉水逃命，有人拼命躲到陡峭的河岸边。阿喀琉斯手持利剑跳进了斯卡曼德罗斯河，砍杀逃跑的特洛伊士兵。他俘虏了十二个年轻人，用皮带绑上他们的手臂，命令他手下的米尔弥多涅斯人将他们带回营地，自己继续去厮杀。

阿喀琉斯在斯卡曼德罗斯河边追上了普里阿摩斯年轻的儿子吕卡翁，他曾经在葡萄园被阿喀琉斯俘虏，被卖到莱姆诺斯岛为奴隶。吕卡翁可怜兮兮地抱住阿喀琉斯的双腿求饶，并以重金许诺。阿喀琉斯内心燃烧着为帕特罗克洛斯复仇的怒火，根本不理他的求饶。帕特罗克洛斯那么杰出，却已阵亡，阿喀琉斯迟早也会命丧敌手，既然这样，还有什么必要放过吕卡翁呢？阿喀琉斯挥剑刺中吕卡翁的颈部，吕卡翁倒地身亡。阿喀琉斯抓起吕卡翁的一条腿，将他抛到斯卡曼德罗斯河里喂鱼去了。

阿喀琉斯越战越勇。他威胁特洛伊人说，他们给斯卡曼德罗斯河神献多少祭品都没有用，因为河神说什么、做什么都不可能平息他阿喀琉斯的愤怒，他要杀掉所有特洛伊人，要为帕特罗克洛斯和所有阵亡的希腊人报仇雪恨。阿喀琉斯这一番傲慢无礼的话激怒了斯卡曼德罗斯河的河神珊托斯。就在这时，河神阿克西奥斯的儿子阿斯特罗派奥斯决定攻击阿喀琉斯。阿斯特罗派奥斯向阿喀琉斯一下子掷出了两杆投枪，其中一杆击中英雄的右肘。阿喀琉斯也向阿斯特罗派奥斯投出了他的巨大投枪，但未击中，投枪深深扎进河岸的土地里。阿斯特罗派奥斯想拔出阿喀琉斯的投枪，可没拔动，凭他的力气，他根本拿不起这杆投枪。阿喀琉斯挥剑杀死了阿斯特罗派奥斯，然后把尸体抛进了斯卡曼德罗斯河。阿喀琉斯还杀死了许多英雄，斯卡曼德罗斯河的河神珊托斯从滚滚巨浪中钻出身来，吼道：

"阿喀琉斯，你把特洛伊人从我的河水中赶走，你到岸上去杀他们，不要在河里杀。特洛伊人的尸体挡住了我出海的通道。别在我的河里杀特洛伊人啦！"

阿喀琉斯回答说："珊托斯，你听着，在把特洛伊人赶回特洛伊城，在和赫克托耳决斗前，我是不会住手的。"

珊托斯向太阳神阿波罗高声嚷道：

"噢，阿波罗，你没有执行雷电之神宙斯的命令！他可是命你在夜幕笼罩山谷和原野之前，好好保护特洛伊人的呀！"

斯卡曼德罗斯河水汹涌奔腾起来，吼叫着把死去的特洛伊人卷到岸上，河神把没死的特洛伊人藏进岸边的洞穴里。阿喀琉斯跳入波浪翻卷的河里，湍急的河流令他站不稳脚跟，他伸手抓住岸上的一棵悬铃木，可是这棵树被河水冲倒，像桥一样横架在河的两岸。阿喀琉斯跳上河岸，斯卡曼德罗斯河卷起的巨浪紧追不舍，随时可能把英雄淹没。阿喀琉斯数次想制服巨浪，可是凡人怎么能够战胜不朽的河神呢！汹涌的河水向他袭来，没及颈肩，冲走脚下的淤泥。最后，阿喀琉斯仰天大叫：

“雷电之神宙斯啊！我本应死在特洛伊城墙下，死在阿波罗的神箭之下，如今却要像一个涉水过河的放猪娃一样，淹死在这湍急的山涧小溪中！还不如让我死在伟大的特洛伊之子赫克托耳的手里！”

阿喀琉斯祈祷声刚落，波塞冬和雅典娜就出现在他的面前。两位神祇鼓励阿喀琉斯，让他勇猛杀敌，直到将特洛伊人赶回城里，让赫克托耳身首异处，凯旋而归。雅典娜为阿喀琉斯注入了无穷的力量，河神珊托斯打不过阿喀琉斯，就叫自己的兄弟溪神西摩伊斯过来帮助他。斯卡曼德罗斯的河神掀起更高的巨浪，袭向阿喀琉斯，层层巨浪像城墙一样把英雄团团围住。赫拉非常担心佩琉斯的儿子，怕他被巨浪淹死，赶紧派儿子赫菲斯托斯去帮阿喀琉斯，去和西摩伊斯战斗。赫菲斯托斯点燃了原野，被阿喀琉斯杀死的特洛伊人尸体也燃烧起来，被西摩伊斯淹没的大地很快就干涸了，河水也被赫菲斯托斯点燃，岸边的悬铃树、山毛榉和柳树烧成一片火海，碧绿的芦苇、鲜艳的荷花也都燃烧起来，水中的鱼儿到处乱蹦，拼命避开无情的火焰，藏身到河底的深处。

西摩伊斯被烧得无法忍受了，他冲着赫菲斯托斯大声喊道：

“赫菲斯托斯啊！诸神中谁都不是你的对手！我从来不敢违抗你的意志，请你快快把火熄灭吧，我再也不会援助特洛伊人了，就让阿喀琉斯把他们都消灭干净好了！”

河水被烧得越来越烫，沸腾了，断流了，河神热得受不了了，就向赫拉哀求，让她制止儿子。珊托斯发誓，他再也不帮特洛伊人了，就算特洛伊城被希腊人烧成灰，他都不会施以援手了。赫拉让赫菲斯托斯住手，将火熄灭了。

诸神之间出现了激烈的纷争，他们也纷纷冲上战场，大地在他们脚下发出阵阵呻吟。看到众神在那里相互厮杀，宙斯开心地笑了。战神阿瑞斯向雅典娜发起攻击，他要报复雅典娜，前不久她曾帮助狄俄墨得斯刺伤了他。阿瑞斯挺枪刺中雅典娜的神盾，但没有穿透，雅典娜抓起一块巨石击中阿瑞斯的脖子，将他砸倒在地。阿瑞斯身上的铠甲发出巨大的响声，泥土沾满了他的头发。爱神阿佛罗狄忒赶来援助阿瑞斯，竭力想把他拖出战场，可雅典娜用投枪刺中了她的胸部，阿佛罗狄忒跌倒在地。海神波塞冬向阿波罗挑战，但太阳神并不应战，阿波罗不敢和宙斯的这个兄弟动手。女神阿耳忒弥斯责怪兄弟阿波罗，说他不敢去和海神波塞冬交战。

女神赫拉闻听大怒。她一把拽住阿耳忒弥斯的双臂，夺过她的弓，用它给了年轻的女神重重一击。阿耳忒弥斯的箭支顿时散落一地，她泪流满面地跑开了，如同一只鸽子逃离鹰隼的魔爪。女神勒托将地上的箭一支支拣起来，拿起女儿的弓去追赶她。阿耳忒弥斯飞到奥林波斯山，向宙斯狠狠地告了赫拉一状，说赫拉当众欺侮她。其他众神也回到了奥林波斯山上：有的神内心充满了胜利的自豪感，还有的神怒火中烧。阿波罗迅速飞抵特洛伊城，他担心希腊人不屈从于命运而摧毁特洛伊城。

国王普里阿摩斯在高高的城楼上观战，目睹了阿喀琉斯在野外是如何围追堵截特洛伊人。他下令将城门打开，让特洛伊将士回到城中藏身。阿波罗为英雄阿戈诺尔注入了巨大的勇气，鼓动他去迎战阿喀琉斯，而自己却站在他身边，以浓雾隐身，随时准备从阿喀琉斯的投枪下挽救他的性命。阿戈诺尔手执投枪，等待着步步逼近的阿喀琉斯，他单手用力将投枪掷了出去。投枪直击对方的胫甲，但没有刺透，随即滑落在地。阿喀琉斯向阿戈诺尔扑去。这时太阳神阿波罗施放浓雾掩护阿戈诺尔，让他死里逃生。阿波罗扮作阿戈诺尔朝野外跑去。阿喀琉斯尾随其后，他没有料到自己追逐的竟是太阳神。阿波罗就是这样拯救了特洛伊人，让他们赢得时间，躲到神圣的特洛伊城里去。

筋疲力尽的特洛伊人退到城里，他们来到城墙上，喝足了水，擦去了汗，继续守城。唯有赫克托尔一人还留在战场上，仿佛是命运将他钉在了斯开亚城门前。

阿喀琉斯与赫克托耳决斗[1]

阿喀琉斯使劲追赶阿波罗，最后阿波罗停住了脚步，露出了自己的真面目。阿喀琉斯真是气坏了，要是能报复阿波罗，那得多解恨啊！阿喀琉斯撇下阿波罗，转身朝特洛伊城跑去。阿喀琉斯就像秋夜里明亮闪烁的星星，人们称这颗星为天狼星，它会给凡人带来不幸。普里阿摩斯眼见阿喀琉斯向特洛伊城边冲来，充满恐惧地祈求赫克托耳：

“噢，我最亲爱的儿子啊！你赶快躲进城里来吧！不要与佩琉斯的儿子交手，他比你强悍得多！快进特洛伊城吧，特洛伊的男女老少能否得救全靠你呀。想想看，阿喀琉斯杀了我好几个儿子，你就可怜可怜我这个不幸的老人吧。唉，在我行将就木的时候，宙斯还得让我遭这么多的苦难！我得忍受丧子之痛、要眼看女儿们受奴役、无辜的婴儿被屠杀。我会被杀死在自家门口，我养的狗将舔舐

① 根据荷马史诗《伊利亚特》整理。

我的鲜血。赫克托耳，你就可怜可怜我吧！”

赫克托耳年迈的母亲赫卡柏也在一旁苦苦哀求，让他躲进特洛伊城，她要儿子多想想她对他的养育之恩，别忘了她对他的关心和疼爱。难道要她眼睁睁地看着儿子被打死，尸体被扔到米尔弥多涅斯人的战船边，任凭他们的狗撕扯啃咬，而她和安德罗玛克却不能在他的尸体旁为他守灵哀悼？

然而，赫克托耳要与阿喀琉斯决一死战，他将盾牌放在城楼的外墙边，倚在上面，等待敌人到来。赫克托耳必须同阿喀琉斯交战。其实，普里阿摩斯的儿子很担心，他怕特洛伊人会指责他，说他盲目自信，因此而葬送了特洛伊，因为波吕达玛斯曾建议他和特洛伊将士在阿喀琉斯发动进攻前，不要出特洛伊城，而要守在城内。现在赫克托耳只有一条路可走，去迎战阿喀琉斯，要么取胜，要么阵亡。赫克托耳也曾暗自思量，放下武器迎上前去，答应阿喀琉斯，归还美丽的海伦和从墨涅拉俄斯那里劫来的全部金银财宝，再送上特洛伊一半的财富，但马上又打消了这个想法。他清楚，阿喀琉斯不会同他谈判，他只会像杀死一个柔弱女子那样，将赤手空拳的他送上不归路。

阿喀琉斯越来越近了，赫克托耳非常害怕，撒腿就跑，想躲避佩琉斯这个可怕的儿子。他围着特洛伊城墙拼命奔跑，阿喀琉斯就像鹞子捕捉鸽子一样，在其后发疯般追赶，两人绕特洛伊城跑了三圈。

两位英雄疾跑如飞。赫克托耳几次想躲在城墙脚下，好让特洛伊人用弓箭射杀阿喀琉斯，但是阿喀琉斯不容他接近城墙。阿波罗一直在给赫克托耳鼓劲，否则他早就被阿喀琉斯追上了。当他们第四次越过斯卡曼德罗斯河的支流时，雷电之神宙斯将两人的死亡砝码分放在金天平的两个秤盘上，赫克托耳的盘子已经下沉到黑暗的哈德斯冥国。太阳神阿波罗离开了赫克托耳，女神雅典娜来到阿喀琉斯身旁，她让英雄不要再去追赶，承诺让他战胜赫克托耳，女神自已化身成赫克托耳的兄弟得伊福玻斯，来到赫克托耳面前。她劝他与阿喀琉斯拼杀，承诺助他一臂之力。赫克托耳停住了脚步，两位英雄开始交战。赫克托耳开口说道：

“佩琉斯的儿子，我不再逃跑求生！我们战场上见，或是你把我打死，或是我赢取胜利。但在交战前，咱们请诸神见证，如果雷电之神宙斯让我获胜，我发誓不会侮辱你的尸体，请你也要如此承诺。”

但是阿喀琉斯蛮横地回答说：

“可恶的敌人！你我之间不讲条件，我们之间如同狮子与人，或是狼与羊不能讲条件一样，绝不可能！使出你全身的力气，拿出你的看家本领。你只有死路一条！你必须为我的朋友帕特罗克洛斯和其他被你杀害的朋友偿还血债。”

阿喀琉斯奋力把投枪投向赫克托耳。赫克托耳弯下身去，躲过致命的一击。雅典娜飞速拾起阿喀琉斯的投枪，还给英雄。赫克托耳的投枪击中阿喀琉斯盾牌的中心，但是投枪碰到赫菲斯托斯打造的盾牌后，像轻飘飘的芦苇一样被弹了回去。赫克托耳仅有这一杆投枪，他低垂目光，向得伊福玻斯高喊求救，后者已经不知去向。赫克托耳恍然大悟，这是雅典娜欺骗了他，他意识到，他必死无疑了，赫克托耳抽出剑来，冲向阿喀琉斯，阿喀琉斯也向对方冲了过来，用投枪狠狠地刺向赫克托耳的脖子。赫克托耳倒地不起，他向获胜的阿喀琉斯请求道：

“我恳求你，阿喀琉斯，为了你和你亲人的性命，请不要把我的尸体丢给米尔弥多涅斯人的狗去撕咬，请将我的尸体交还给我的父母，他们会给你最贵重的赎金。”

阿喀琉斯回答说：“绝不可能！想得倒美，你这条癞皮狗！我恨死你了，恨不得将你碎尸万段。即使给我最贵重的礼品，甚至给我相当于你体重的黄金，我也不会让人把狗从你的尸体旁赶走。普里阿摩斯和赫卡柏永远都别想赎回你的尸体！”

“噢，我就知道你对我的哀求无动于衷，你这个铁石心肠的人。你可要当心，诸神会发雷霆之怒，会让你受到惩罚。帕里斯在阿波罗的帮助下，会在斯开亚门旁射死你。”

话音刚落，赫克托耳闭上了双眼，他的灵魂抱怨着命运，飞向阴暗的哈德斯冥国。

阿喀琉斯召集全体希腊人庆祝胜利。人们看着躺在地上的赫克托耳，对他那魁梧的身材和英俊的容颜赞叹不已。人们走上前去用投枪刺赫克托耳的尸体，现在可不是他放火焚烧战船的时候了，他们轻而易举就可以刺到他了。

大获全胜的阿喀琉斯做出了恐怖之举。他在赫克托耳的双脚上扎了两个洞，用结实的皮带穿过两脚的跟腱，将尸体绑在战车后面，之后他跳上战车，高举着从赫克托耳身上剥下的铠甲，扬鞭催马在野外奔驰。赫克托耳的尸体被战车拖拽着，扬起滚滚尘土，他英俊的头颅沾满泥土，污黑一团，在地上四处碰撞。

赫卡柏站在特洛伊城墙上，目睹了阿喀琉斯侮辱儿子遗体的过程，痛苦地撕扯着自己花白的头发，捶胸顿足。普里阿摩斯号啕痛哭，让人们放他到野外去向获胜的阿喀琉斯求情，让他看在这个与他父亲佩琉斯年纪相仿的老人面上，发一点慈悲。安德罗玛克也听到人们悲痛欲绝的嚎哭声，惊恐中，手里的织布梭也掉落地上。安德罗玛克急忙跑到城墙上，看到丈夫的遗体正被阿喀琉斯的战车拖着，在尘埃中翻滚，赫克托耳苦命的妻子顿时昏了过去，倒在特洛伊妇女的怀里，阿佛罗狄忒赠送的珍贵披肩也滑落在地。她苏醒过来后，放声痛哭，现在她已举目无亲，英俊的儿子阿斯提阿纳克斯也成了孤儿，受了委屈再也没有人保护。撕心裂肺的痛苦折磨着安德罗玛克，身边的特洛伊妇女也失声痛哭起来，特洛伊伟大的保卫者就这样死去了。

安葬帕特罗克洛斯[①]

希腊将士回到战船旁，阿喀琉斯不让他的米尔弥多涅斯人回营帐去，他让他们乘坐战车围着帕特罗克洛斯的遗体绕行三周。绕行途中，米尔弥多涅斯人放声痛哭，阿喀琉斯也是号啕不止，他将双手放在挚友遗体的胸前，高声喊道：

“勇敢的帕特罗克洛斯，安息吧！我完成了对你的承诺，我将赫克托耳的尸体拿来放在你的灵床前，然后让狗去撕咬他的尸体。我要用十二个特洛伊青年的性命来祭奠你的亡灵，为你报仇雪恨。”

阿喀琉斯剥光了赫克托耳的衣服，把他的尸体扔到帕特罗克洛斯的灵床前，随后为米尔弥多涅斯人举行了盛大丧宴。在希腊首领们的劝说下，他亲自来到阿伽门农的营帐。大家一再劝他洗去身上

① 根据荷马史诗《伊利亚特》整理。

的血污之后再出席丧宴，可是他没有听从，他唯一的愿望是让阿伽门农发布命令，让希腊将士点燃祭奠的篝火。

希腊英雄们举行了宴会，随后返回各自的营帐休息，唯有阿喀琉斯一人毫无睡意。他仰卧在海岸上长叹一声，伴着怒吼的波涛声，进入梦乡。梦里，帕特罗克洛斯的影子出现在阿喀琉斯的面前，请他尽快安葬遗体，以使他的灵魂能在哈德斯冥国安息。帕特罗克洛斯嘱咐，将来要把他的尸骨与阿喀琉斯的尸骨埋在同一座坟墓里，两人的骨灰要放在女神忒提斯赠与的同一个骨灰罐中。梦里，阿喀琉斯把手伸向帕特罗克洛斯的影子，但是影子却叹息一声，消失了。阿喀琉斯从梦中惊醒，又开始放声哭悼挚友，全体米尔弥多涅斯人也一起痛哭。黎明女神厄俄斯在太阳神赫利俄斯升上天空之前，亲眼目睹了他们抱头痛哭的情景。

一清早，阿伽门农派希腊人去伊达山砍火葬用的木柴。希腊士兵们执行了国王的命令，在岸边堆起了高高的柴堆。米尔弥多涅斯人排成庄严肃穆的送葬队伍，抬出帕特罗克洛斯的遗体，放到火堆上，在遗体上放上他们割下的头发。阿喀琉斯也割下一撮头发，把它放到帕特罗克洛斯的手里。他原本打算，如果能够荣归故里，就割下一缕头发，敬献给河神斯佩尔勾斯。随后，根据阿喀琉斯的请求，阿伽门农让所有希腊士兵都回到船上去，只留下将领们守在柴堆旁。他们宰杀了大批牛羊来祭奠帕特罗克洛斯，油脂覆盖了整个遗体，灵柩四周还放置了蜂蜜罐和油脂罐。他们又宰杀了两匹马和两条狗，柴堆上摆放着阿喀琉斯亲手杀死的十二个特洛伊年轻人的尸体。赫克托耳的尸体横放在篝火旁，由女神阿佛罗狄忒涂上香膏并且守候着，太阳神阿波罗在尸体上方布上一块乌云，免得炎炎烈日晒干它。

祭奠的一切准备就绪，阿喀琉斯去点篝火，可是没有点着，于是阿喀琉斯向风神玻瑞阿斯和泽费罗斯祈祷，求他们将火焰吹旺。诸神的使者伊里斯飞奔到泽费罗斯举行宴会的宫殿，请风神们去助阿喀琉斯一臂之力。玻瑞阿斯和泽费罗斯立即动身前往，他们在海面上卷起乌云，掀起巨浪，飞速来到特洛伊城外，将篝火吹旺。火焰整夜都在熊熊燃烧，阿喀琉斯一边呼唤着帕特罗克洛斯的名字，一边用双底酒杯舀出葡萄酒洒祭。

临近清晨，高高的篝火都已燃尽，慢慢熄灭，筋疲力尽的阿喀琉斯躺倒在灰烬旁边的地上酣然入睡。希腊首领们的说话声将他惊醒，阿喀琉斯请首领们用葡萄酒熄灭了余烬，将帕特罗克洛斯的骨灰收进金骨灰罐中，然后搭建了一间墓室，将骨灰罐放在里面，培上封土，修成了一座高大的坟冢。

葬礼之后，阿喀琉斯为悼念亡友举行了隆重的竞技大会。首先举行的是战车比赛，阿德墨托斯的儿子、英雄欧墨罗斯、狄俄墨得斯、国王墨涅拉俄斯、涅斯托耳的儿子安提洛科斯以及英雄墨里奥涅斯等英雄参加了比赛。狄俄墨得斯在雅典娜的帮助下率先到达终点，涅斯托耳的儿子安提洛科斯紧随其后，接下来墨涅拉俄斯也抵达了终点，落在最后的是墨里奥涅斯。赫赫有名的驭手欧墨罗斯遭遇了不幸，雅典娜不想让他获得胜利，弄断了他战车上的辕杆，让他从战车上摔下，他被摔得头破血流。阿喀琉斯向每一位参赛选手颁发了贵重的奖品。他捧着一份奖品送给涅斯托耳，涅斯托耳因年老体衰，无法参加角逐，想当年在竞赛中，再强悍的英雄也不是他的对手。紧接着是英雄埃佩奥斯和欧律阿洛斯的拳击比赛。埃佩奥斯一记重拳将对手打翻在地，获得胜利。埃涅阿斯·忒拉蒙和国王奥德修斯进行了摔跤比赛，他们二人不分伯仲，僵持不下，因此，他们获得了同样的奖品。俄伊琉斯的儿子埃阿斯、涅斯托耳的儿子安提洛科斯以及奥德修期参加了赛跑。埃涅阿斯如一缕轻风，一路领先，跟在他身后的是奥德修斯，他祈求雅典娜赐他胜利，雅典娜满足了这位英雄的愿望。埃阿斯脚下一滑摔倒，奥德修斯第一个冲过终点线，获得大奖。狄俄墨得斯与大埃阿斯参加了角斗竞技赛，希腊人担心他们两败俱伤，制止了角斗，给了他们同样的奖品。英雄波吕玻忒斯在投掷铁饼赛中力压群雄。然后是射箭比赛，一只鸽子被缚在高高的杆子上作靶子，射中鸽子者为胜者。英雄透克罗斯张弓搭箭，率先射出，结果，他射断了绑缚鸽子的细绳，鸽子飞上天空，被墨里奥涅斯一箭射中，墨里奥涅斯获得了射箭比赛的奖品。投枪比赛的奖品颁给了阿伽门农，他投掷投枪的本领无人能比。

各项比赛全部结束，英雄们纷纷离去，很快，整个营地进入梦乡，只有阿喀琉斯久久不能入睡，他还深陷悲痛之中，不能自拔。他下了床，来到海岸边久久徘徊着。天边出现一抹朝霞时，他将马套上战车，拖上赫克托耳的尸体，催马围着帕特罗克洛斯的坟墓奔跑了三圈。赫克托耳的尸体在地上滚来滚去。然后阿喀琉斯抛下尸体，回到自己的营帐。

普里阿摩斯在阿喀琉斯的营帐　赫克托耳的葬礼

奥林波斯山上的众神都目睹了阿喀琉斯侮辱赫克托耳尸体的全过程，太阳神阿波罗火冒三丈。众神本想让赫耳墨斯前去将赫克托耳的尸体偷盗回来，但是女神赫拉、雅典娜以及海神波塞冬都坚决反对这个提议。赫克托耳在阿喀琉斯的营帐外已经曝尸十一天了，众神对阿喀琉斯肆意侮辱赫克托耳的尸体无动于衷，这令阿波罗非常气愤。他与赫拉吵得不可开交。宙斯喝止了他们的争吵，并让诸神使者伊里斯去请忒提斯女神，他决定派忒提斯女神去见阿喀琉斯，让他转达宙斯的旨意，让阿喀琉斯接受普里阿摩斯的高昂赎金，将赫克托耳的尸体交还他父亲。在特洛伊人中，宙斯最喜欢的人就是伟大的赫克托耳。

伊里斯转瞬便飞抵忒提斯面前。忒提斯正在为儿子的命运担忧，泪流满面。海洋女神们围坐在她的身边。她闻听伊里斯带来宙斯的命令，立即穿上黑色丧服，飞向巍峨的奥林波斯山。众神以崇敬之心迎接忒提斯的到来，雅典娜为她安排了座位，让她坐在宙斯身旁，赫拉亲自端来金杯盛装的琼浆玉液。宙斯对她说明了自己的想法。忒提斯女神即刻飞临大地，来到儿子的营帐。她坐在万分悲伤的儿子身旁，疼爱地抚摩着他，对他说，宙斯和众神都因为赫克托耳的事情而对他恼羞成怒，令他把赫克托耳的尸体交还给普里阿摩斯，强悍的阿喀琉斯只好俯首听命。

与此同时，雷电之神宙斯又把诸神使者伊里斯派往普里阿摩斯那里。当伊里斯舞动着她那七彩翅膀飞到普里阿摩斯的宫殿时，不幸的老人正仰卧在地上，为死去的儿子痛哭不止，所有儿子都在他的身边号啕大哭。伊里斯来到老人身边，以宙斯的名义，吩咐他带上高额赎金和礼物到希腊营地去求见阿喀琉斯。伊里斯应允，诸神使者赫耳墨斯护送他去希腊阵营。

普里阿摩斯听到女神伊里斯的话后，立即站起身来，走到宫殿内，吩咐儿子们把运送礼品的马车备好。走进宫殿那一刻，普里阿摩斯将年迈的妻子赫卡柏叫到跟前，告诉她，自己要去希腊人的阵营。赫卡柏大惊失色，她祈求丈夫不要去送死，普里阿摩斯则安慰她说，去见阿喀琉斯是奥林波斯山众神的意愿。普里阿摩斯带上精挑细选的珍贵礼品，准备出发，他不停地责怪儿子们行动迟缓。儿子们怕父亲发怒，迅速将车套好，把一箱箱礼品放在车上，扬鞭催马启程。在他战车前面的是由骡子拉着的礼品车，驾车的是传谕官伊底亚。所有送行的人都伤心地哭了，他们都觉得，普里阿摩斯这一去必死无疑。

普里阿摩斯的马车驶到郊外时，雷电之神宙斯派儿子诸神使者赫耳墨斯前来迎接他。赫耳墨斯缚上飞鞋，拿上能让死者瞑目的神杖，飞向特洛伊，他变成一个英俊青年，来到在河边饮马和骡子的普里阿摩斯面前。普里阿摩斯很是害怕，以为这个小伙子是图财害命之徒，但是赫耳墨斯自称是阿喀琉斯的仆人，前来接他去希腊军营。普里阿摩斯听后很是高兴，拿出一只珍贵的金杯送给赫耳墨斯，被他拒绝，他们上了普里阿摩斯的车，绝尘而去。营地的大门有人把守，赫耳墨斯将他们送入深沉的梦境，将门闩拉开。大门被打开后，他悄悄地带着普里阿摩斯穿过营地。赫耳墨斯又将米尔弥多涅斯人营地的大门打开，普里阿摩斯驶近阿喀琉斯营帐时，赫耳墨斯向他讲明了自己的身份，让他大胆走进阿喀琉斯的营帐。普里阿摩斯让伊底亚留下看护礼品，自己走进了营帐。阿喀琉斯刚刚吃过晚饭，普里阿摩斯进来，没有惊动任何人，跪倒在阿喀琉斯面前，向他苦苦哀求：

“伟大的阿喀琉斯啊，想一想你那像我一样老态龙钟的父亲吧！说不定他的城池也被邻国围困，没有人让他摆脱苦难。我非常不幸，几乎失去了所有儿子，你杀死了我最了不起的儿子赫克托耳，我正是为了他才来到你的战船边。你就可怜可怜我吧，请收下我的赎金和礼物吧。你看我的命多苦啊！我经受着常人无法忍受的痛苦，我不得不亲吻杀死我儿子的仇人之手。”

普里阿摩斯的一番话勾起了阿喀琉斯对父亲的思念。一想到父亲，他顿时泪如雨下。普里阿摩斯俯卧在地上痛哭起来。最后，阿喀琉斯站起身来，搀扶起普里阿摩斯，对他说：

“不幸的人啊！你一生历尽艰辛，可是你怎敢独自一人来见杀你儿子的人呢！你一定有一颗非常坚强的心。不过，你放心吧，别再哭泣，坐下来吧。众神注定人的一生要受苦受难，只有他们，永生的神祇，才从不悲伤。别再流泪了，眼泪不能使赫克托耳死而复生，起来吧，快坐到这里来！”

普里阿摩斯固执地回答说：“不，阿喀琉斯，如果你不答应将赫克托耳的尸体还给我，我绝不坐下。你把赎金和礼物收下吧，让我看一看我儿子的遗体。”

阿喀琉斯气愤地朝普里阿摩斯撇了一眼，说道：

“老人家，别惹我生气！我知道我该把赫克托耳的尸体还给你，这是宙斯的旨意，我母亲忒提斯女神已经将消息转达给我。我知道是神把你送到这里来的，否则你怎敢到希腊军营来。你不要说了！我怕自己在气头上会违背宙斯要怜悯哀求者的训示。”

说完，阿喀琉斯走出营帐，他将朋友召来，将普里阿摩斯的骡马都卸了套，把伊底亚也让进营帐。随后，女奴们将赫克托耳的尸体清洗干净，穿上奢华的服装。阿喀琉斯将尸体抱起，放在富丽堂皇的灵床上，他的朋友们又将灵床抬上马车。阿喀琉斯向帕特罗克洛斯的灵魂祈祷，请他不要因将赫克托耳的尸体归还给他的父亲而发怒，承诺拿出一部分普里阿摩斯带来的礼物向帕特罗克洛斯献祭。一切结束后，阿喀琉斯回到了营帐，他对老人家说，他可以将赫克托耳的尸体交还给他。阿喀琉斯备下丰盛的晚宴，晚宴上，普里阿摩斯以惊异的目光打量着神一样英俊威武的阿喀琉斯，而阿喀琉斯对鬓发斑白的老人家睿智的言谈与高雅的举止赞叹不已。

晚宴结束，阿喀琉斯请老人休息，因为自从赫克托耳离世后，老人就不曾合眼。阿喀琉斯吩咐在营帐前为普里阿摩斯和伊底亚准备两张舒适的床铺，普里阿摩斯准备就寝时，阿喀琉斯问他，为儿子筹备葬礼需要多少天，这些天他不会出战。普里阿摩斯说殡葬需要十天时间，阿喀琉斯承诺，这些天他自己不会发起进攻，也不让希腊人动武。阿喀琉斯亲切地握了握普里阿摩斯的手，以示安慰，随后告别离去。

所有将士都进入了梦乡，光明的奥林波斯山的诸神也都酣然入睡，只有诸神使者赫耳墨斯久久不能合眼。他来到普里阿摩斯的床前，将他唤醒，让他尽快离开希腊营地，他担心，有人看见普里阿摩斯，会将他扣押为人质，索要巨额赎金。普里阿摩斯听后大惊失色，起身叫醒伊底亚。赫耳墨斯将骡马牵来，套好车，神不知鬼不觉地将他们领出了希腊人的营地。一直到斯卡曼德罗斯河边，赫耳墨斯才与普里阿摩斯分开。

清晨时分，普里阿摩斯回到特洛伊城下，卡珊德拉第一个看到了他。看到赫克托耳的尸体后，她不禁失声痛哭起来，特洛伊的男女老幼闻声赶来，城门口聚集了一大群人。赫克托耳的母亲赫卡柏和妻子安德罗玛克走在人群的最前面，她们撕扯着头发，号啕大哭。特洛伊人哭声一片，都想走到拉着赫克托耳尸体的马车前，再看一眼英雄。在普里阿摩斯的请求下，众人让出一条路，让他进入特洛伊城。

安德罗玛克放声大哭，为她的丈夫，她唯一的保护者哀哭。现在她明白，特洛伊即将沦陷，特洛伊妇女将被希腊人掳去做奴隶。希腊人为了复仇，还要杀掉她的儿子阿斯提阿纳克斯，因为赫克托耳杀害了太多希腊英雄。安德罗玛克抱怨赫克托耳说，离她远去，竟连一句让她永远铭记在心的叮嘱都没有留下。赫卡柏也为心爱的儿子哭得死去活来。

海伦也为赫克托耳痛哭不止。性情温和的赫克托耳从来没有指责过她，也没欺侮过她，总是袒护着她，在他的保护下，海伦未曾受到任何委屈。她在特洛伊唯一的朋友和佑护者死去了，现在这里的每个人都会仇视她。

普里阿摩斯吩咐人去准备火葬用的木柴。特洛伊人连续九天在伊达山上把砍下的木柴运回城里。第十天，他们将赫克托耳的尸体放在篝火上点燃了。柴堆熄灭后，人们将他的骨灰装进了一只金骨灰罐中，安置在墓穴里，用几块石板盖上，堆起封土。举行葬礼的时候，哨兵严密监视，以防希腊人突然袭击。葬礼之后，普里阿摩斯在宫殿里举行了盛大的丧宴，特洛伊人就这样安葬了伟大的英雄赫克托耳。

与阿玛宗人作战　彭忒西勒亚[1]

赫克托耳死后，特洛伊人的日子变得非常艰难。特洛伊找不到

① 根据奥维德的长诗《列女志》和维吉尔的长诗《埃涅阿斯纪》整理。

足以护城的保卫者，特洛伊人不敢出城迎战希腊人，也没有哪个特洛伊人能与阿喀琉斯单独较量。看样子，这座伟大城市的末日就要来临。就在这时，特洛伊的救星从天而降。女王彭忒西勒亚率领英勇善战的阿玛宗战士骑着快马从遥远的蓬托斯前来援助特洛伊人。彭忒西勒亚想通过与希腊人交战为自己赎罪，在一次狩猎时，她误伤了姐妹，致其死亡。阿瑞斯的这个女儿扬言要杀掉希腊所有的著名英雄，把他们从特洛伊城附近赶走，烧毁他们的战船。特洛伊人喜笑颜开地迎接阿玛宗人的到来，普里阿摩斯像对亲生女儿一样接待了彭忒西勒亚，为她举行了盛大的欢迎宴会。

第二天，阿玛宗战士来到特洛伊将士的队列前，她们披挂金光闪闪的铠甲，前去迎战希腊人。普里阿摩斯双手举向天空，祈祷诸神护佑她们旗开得胜，但是诸神都不予理睬。浴血战斗打响了。彭忒西勒亚与女战士如暴风骤雨般横扫希腊队伍，让许多希腊人血洒战场。希腊将士被吓得胆战心惊，节节败退。彭忒西勒亚把他们一直逼到战船边，阿玛宗战士胜利在望。就在这时，阿喀琉斯和大埃阿斯赶来救援。战斗开始时，他们正在帕特罗克洛斯的坟墓前悼念逝者，哀伤不已。听到震耳欲聋的厮杀声，他们迅速披挂上阵，像两只威猛的雄狮扑向敌人。他们与阿玛宗人、特洛伊人交战，所向披靡。彭忒西勒亚一见阿喀琉斯，便勇猛地冲上前来，将投枪投向阿喀琉斯，投枪撞在阿喀琉斯的盾牌上，断成了几截。彭忒西勒亚又投出了第二支投枪，也没有伤及阿喀琉斯。阿喀琉斯愤怒至极，向她冲去，刺伤了她的胸部。彭忒西勒亚感到伤势很重，想要竭尽全力抽出剑来，但是强悍的阿喀琉斯出手就将她打翻在地。阿喀琉斯摘下她的头盔，停住脚步，他被战神阿瑞斯女儿的美貌惊呆了，彭忒西勒亚虽已死去，但她的美貌仍可与阿耳忒弥斯女神平分秋色。阿喀琉斯呆呆地望着死在他手下的彭忒西勒亚，爱慕之情油然而生。他沉浸在悲伤之中，呆立在彭忒西勒亚的尸体旁。这时，忒尔西忒斯走了过来，像从前那样，张口就侮辱阿喀琉斯，还挖苦讽刺阿喀琉斯的悲情，拿起投枪刺向彭忒西勒亚美丽的眼睛。阿喀琉斯怒不可遏，挥起拳头砸在忒尔西忒斯的脸上，这一拳太重，忒尔西忒斯当场殒命。忒尔西忒斯和狄俄墨得斯是亲戚，见阿喀琉斯打死了忒尔西忒斯，狄俄墨得斯勃然大怒。幸亏希腊人好言相劝，两位英雄才握手言和。

阿喀琉斯小心翼翼地将被他打死的彭忒西勒亚抱到战场外面。随后，希腊人把彭忒西勒亚和十二名阿玛宗战士的尸体及其铠甲装备交给了特洛伊人。特洛伊人为她们举行了隆重的葬礼，把她们的尸体放到篝火上焚化了。

阿喀琉斯启程前往莱斯博斯岛，给太阳神阿波罗、阿耳忒弥斯女神以及他们的母亲勒托带来了大量的礼物，请他们宽恕他杀死忒尔西忒斯的罪行。遵照阿波罗的旨意足智多谋的奥德修斯为阿喀琉斯洗清了罪责。

与埃塞俄比亚人交战　门农[①]

彭忒西勒亚战死后，特洛伊人更难以抵御希腊人的进攻了。让人们感到意外的是，援兵再次从天而降。门农统领埃塞俄比亚大

① 根据荷马史诗《奥德修斯》、赫西俄德的《神谱》和维吉尔的《伊尼德》整理。

军，从环绕陆地的大洋彼岸来到特洛伊城。门农是美丽的黎明女神厄俄斯和梯丰的儿子，与普里阿摩斯有亲属关系。他英俊出众，身着匠神赫菲斯托斯打造的金光闪闪的铠甲，站在特洛伊队伍中宛若一颗璀璨的晨星。

强悍的门农是女神的儿子，他与阿喀琉斯可谓是旗鼓相当的对手，特洛伊城下激战再起。门农站在特洛伊军的阵前，阿喀琉斯站在希腊人的阵前。阿喀琉斯不去同门农较量，他知道，如果门农命丧他手，那他会立即毙命于阿波罗的箭下。门农向涅斯托耳发起攻击，年迈体衰的英雄哪里是年轻力壮的门农的对手啊！

涅斯托耳掉转马头打算逃跑，帕里斯张弓搭箭，射中了涅斯托耳战车的一匹马。涅斯托耳一见自己命悬一线，便召唤儿子安提洛科斯前来救援。忠实的儿子急忙跑过来搭救父亲，他就是丢掉性命，也不能让门农杀害父亲。安提洛科斯捡起一块巨石朝门农砸去，但是被匠神赫菲斯托斯打造的头盔挡住。门农抛出投枪，正中安提洛科斯的胸部，投枪穿透心脏，涅斯托耳的儿子为救父亲战死疆场。老人见儿子一命呜呼，放声大哭。涅斯托耳的另一个儿子德拉叙默得斯和朋友裴柔斯向门农发起进攻，门农不顾这一切，想从安提洛科斯身上剥下铠甲。涅斯托耳奋不顾身扑上前去保护儿子的尸体，门农没有对老人再下杀手。希腊将士与埃塞俄比亚人围着安提洛科斯的尸体展开了殊死搏斗。涅斯托耳叫阿喀琉斯前来帮忙，阿喀琉斯闻听安提洛科斯的死讯，大为惊讶，那是他挚爱的英雄。帕特罗克洛斯死后，安提洛科斯就是他最知心的朋友了。现在，阿喀琉斯将一切置之度外，顾不得门农死后就是他的死期，英勇地投入战斗。面对步步逼近的阿喀琉斯，门农投出一块巨石，石头砸在盾牌上，弹出去很远。阿喀琉斯用投枪击中了门农的肩部。门农不顾伤痛，再次出手，击伤阿喀琉斯的手臂。两位英雄拔出利剑，互相砍杀。二人势均力敌，他们都是女神的儿子，都穿着赫菲斯托斯打造的铠甲。两人一手执盾，一手挥剑。两位英雄的母亲，女神厄俄斯和忒提斯在巍峨的奥林波斯山上紧张观战，她们都在为自己的儿子向宙斯祈祷。宙斯拿出了金天平，将两位英雄的命运砝码放在上面称量。门农的砝码深深地低垂下去，命中注定他要败在阿喀琉斯的手下。女神厄俄斯放声大哭起来，她就要失去亲爱的儿子。哭声未落，阿喀琉斯沉重的投枪已经刺进了门农的胸膛。女神厄俄斯悲伤地把自己裹进一团浓雾中。她把自己的风神儿子们派到战场上，他们将门农的尸体运到遥远的埃塞普斯河岸上，年轻的河神们向他致哀，为他修建了坟墓。

诸神将埃塞俄比亚人变成了候鸟。从此，他们每年都飞到埃塞普斯河岸边的坟墓，悼念自己的国王。

希腊将士为年轻的安提洛科斯举行了隆重的葬礼。他的骨灰被盛在骨灰罐里，以后将和阿喀琉斯、帕特罗克洛斯的骨灰安放在同一座坟墓中。

阿喀琉斯阵亡

阿喀琉斯对特洛伊人怒火满腔，誓死要为好友帕特罗克洛斯和安提洛科斯报仇雪恨。阿喀琉斯像一只狂怒的雄狮，英勇杀敌，无数特洛伊英雄死在他的手下。特洛伊人纷纷逃窜，想躲到特洛伊城内。勇猛的阿喀琉斯穷追不舍，必死无疑的命运也如影随形地紧跟着他。阿喀琉斯把特洛伊人一直逼到斯开亚大门。

若不是太阳神阿波罗赶来，阿喀琉斯一定会闯进神圣的特洛伊，将它攻克。阿波罗威严地大吼一声，喝止了阿喀琉斯追击的脚步，但是阿喀琉斯对他的吼声听而不闻，并对阿波罗多次从他的手下解救赫克托耳和其他特洛伊人十分愤怒。阿喀琉斯甚至扬言，要用投枪刺死阿波罗。无情的命运使阿喀琉斯丧失了理智，他居然要与神祇一拼高下。阿波罗火冒三丈，他曾经在佩琉斯和忒提斯的婚礼上承诺，要保护阿喀琉斯，如今他将这件事忘得一干二净。他隐身于乌云之中，把帕里斯射出的箭调转了方向，射中了阿喀琉斯的脚踵，这是伟大的英雄唯一能受伤的地方。阿喀琉斯受了致命伤，他感觉到死神在向他招手。他从伤口处拔出了箭，倒在地上。他痛斥阿波罗对他下毒手。阿喀琉斯心里明白，没有神祇的帮助，凡人谁都不是他的对手。阿喀琉斯用尽全力，像一头垂死的雄狮，站了起来，又杀死了许多特洛伊人。然而，他的肢体逐渐变凉，死亡已经临近。阿喀琉斯已经站不稳，他倚住投枪，怒骂特洛伊人：

“等着吧，你们没有好下场！我就是死后也要向你们报仇！”

特洛伊人被这吼声吓得仓皇逃窜，而阿喀琉斯却更加虚弱，他已耗尽了力气，跌倒在地，他身上的铠甲发出“轰”的一声巨响，大地也随之一颤。阿喀琉斯死了，可是特洛伊人就连死去的阿喀琉斯也不敢接近，他的尸体同样令他们害怕。他们壮了壮胆子，在最伟大英雄的遗体周围又展开了激战。希腊和特洛伊军中最勇猛的英雄都参加了战斗。阿喀琉斯周围的尸体堆积如山，他那魁梧的身躯安静地躺在那里，他已听不到厮杀的喧嚣。战场上尘土飞扬，血流成河，战斗似乎要无休止地进行下去。突然，宙斯劈出雷电，风暴席卷了特洛伊军队。宙斯不想让特洛伊人占有阿喀琉斯的遗体，强悍的大埃阿斯在奥德修斯的掩护下，扛着阿喀琉斯的遗体，且战且退，撤向战船边。特洛伊人射向奥德修斯的箭支多如云团，但他毫无畏惧地抵挡着敌人的进攻，一步一步地撤到战船旁。

大埃阿斯将阿喀琉斯的尸体抱到战船旁，希腊人将英雄的遗体清洗干净，涂上香膏，安放在豪华的灵床上。希腊人在灵床周围捶胸顿足，号啕大哭，痛悼最伟大的英雄。女神忒提斯闻听他们哭作一团，急忙同女神涅赖德斯姐妹浮上了海面。得知自己心爱的儿子阵亡，忒提放声大哭起来，悲哀的哭声令所有希腊人惊恐万分，若不是涅斯托耳将这些人拦住，他们也许都会吓得跑到战船上去了。忒提斯、涅赖德斯姐妹们以及全体希腊人沉痛哀悼阿喀琉斯，为他哭了整整十七天。缪斯们也从巍峨的奥林波斯山上下来，悼念死者，吟唱挽歌，奥林波斯山上不朽的诸神也在悼念英雄。到了第十八天，希腊人点燃了篝火，焚烧了阿喀琉斯的遗体。为悼念伟大的英雄，希腊人给他献上了大量祭品。所有希腊将士都穿上华丽的铠甲，参加了他的葬礼。柴堆燃尽，阿喀琉斯的骨灰被装进酒神狄奥尼索斯送给忒提斯的金骨灰罐里。帕特罗克洛斯的骨灰也放在这个罐里。阿喀琉斯、帕特罗克洛斯和涅斯托耳的儿子安提洛科斯合葬在一个墓穴中，希腊人在墓穴上面堆起了高高的土封，从海上远远就能够望到他们的坟墓。高高的坟墓告诉世人，长眠于地下的是希腊享有盛誉的英雄。

葬礼之后，女神忒提斯为纪念儿子举行了赛会，她把从深海拿来的大量珍贵礼品作为奖品，颁发给赛会的获胜者。伟大的英雄阿喀琉斯的在天之灵若是见到如此奢华的奖品，也会心满意足的。

埃阿斯·忒拉蒙之死[1]

阿喀琉斯阵亡以后，匠神赫菲斯托斯为他打造的那套金灿灿的铠甲保留了下来。忒提斯女神发话，将这套铠甲送给保护阿喀琉斯遗体贡献最大的人。

应该得到这套铠甲的或者是大埃阿斯，或是者奥德修斯。两位英雄为此发生了争执，该怎么解决呢？两位英雄都配得到这套铠甲，他们最终决定，由被俘的特洛伊人抽签裁决。这时候雅典娜又来帮助她的宠儿奥德修斯，在她的帮助下，阿伽门农和墨涅拉俄斯偷换了大埃阿斯的签儿，并且故意数错特洛伊人的签数，这样奥德修斯就获得了这套铠甲。大埃阿斯非常懊丧，他走回营帐，思忖着向阿特柔斯的儿子和奥德修斯进行报复。

入夜，希腊营地进入了甜蜜的梦乡，他手持利剑走出了营帐，打算对阿伽门农和墨涅拉俄斯动手。雅典娜让埃阿斯失去了理智，女神对他早已怀恨在心，因为大埃阿斯总是坚信自己的力量，拒绝众神的帮助。疯狂的埃阿斯冲进了牛群，黑暗中大肆杀牛，以为是在杀希腊人，他把剩下的公牛当作俘虏赶回自己的营帐，残忍地折磨它们，乐此不疲。失去理智的他以为，他折磨的不是牛，而是阿特柔斯的儿子们。大埃阿斯终于清醒了一些，发现营帐里堆满了牲畜的死尸时，惊恐万状。恐慌中他询问大家究竟发生了什么事情，听到真相后，伟大的英雄如万箭穿心，决意以死来雪洗奇耻大辱。他将儿子欧律萨克斯托付给从萨拉弥斯岛一起来的弟弟透克罗斯以

① 根据索福克勒斯的悲剧《埃阿斯》整理。

及将士们，然后带上赫克托耳赠送给他的利剑，走向海岸，说是要祈求诸神的宽恕，并把利剑送给哈德斯和黑夜女神。

大埃阿斯的所作所为在希腊营地引起了不小的轰动，人们发现了被他杀死的牧人和牛羊，奥德修斯根据血迹证实，这一切都是大埃阿斯所为。阿伽门农和墨涅拉俄斯气坏了，打算惩罚大埃阿斯。

就在这时，透克罗斯派人传话来，让埃阿斯的朋友们保护伟大的英雄，因为他随时有遇难的可能，死亡危险仅限今日，若是躲过这一天，大埃阿斯就万事大吉了。透克罗斯也很快亲自来到了营地。一听说哥哥去了海边，他迅速跑去寻找，他担心大埃阿斯有个三长两短。果然不出所料，他迟了一步，大埃阿斯躺在海岸边，他已经拔剑自刎。继阿喀琉斯之后，又一位力大无比的希腊英雄离开了人世。

墨涅拉俄斯和阿伽门农不允许透克罗斯为哥哥举行葬礼，若不是奥德修斯出面调解，透克罗斯与阿特柔斯的儿子们之间不知会发生怎样的冲突，希腊营地也一定会出现内讧。奥德修斯说服了阿伽门农，让透克罗斯去安葬战功卓著的希腊英雄大埃阿斯。阿喀琉斯的坟墓旁边又多了一座新坟，忒拉蒙强悍的儿子埃阿斯长眠于此。

菲洛克忒忒斯　特洛伊的末日[①]

阿喀琉斯和大埃阿斯死后，希腊将士继续团团包围着特洛伊城，但强攻始终未果。有一天，奥德修斯暗中埋伏，偷听到普里阿

① 根据索福克勒斯的悲剧《埃阿斯》整理。

摩斯的儿子、未卜先知的赫勒诺斯的话，并设计将他活捉。于是，奥德修斯得知，只有菲洛克忒忒斯带着赫拉克勒斯的毒箭，再让阿喀琉斯年轻的儿子涅俄普托勒摩斯加入希腊大军，希腊人才能攻克特洛伊，奥德修斯决定立即启程前去邀请两位英雄。

奥德修斯来到斯基罗斯岛，去见国王吕科莫得斯，很容易就说服阿喀琉斯的儿子和希腊人一道攻打特洛伊。英俊的涅俄普托勒摩斯和父亲一样，期待着建立卓著战功，尽管他母亲得伊达弥亚含泪劝阻，可他还是立即与奥德修斯上了路。

邀请菲洛克忒忒斯颇费周折。他在莱姆诺斯岛附近荒无人烟的克律塞岛上，住在一个东西两边都有出口的山洞里，这两个洞口让山洞冬暖夏凉。但在岛上寻找食物十分艰难，所以菲洛克忒忒斯经常挨饿，只能偶尔用箭射下野鸽子吃。他的腿伤疼痛难忍，这个可怜的人为了取水，不得不艰难地挪动伤腿。击石取火更是不易。菲洛克忒忒斯在克律塞岛上整整住了十年，偶尔有船经过克律塞岛，但是水手们都不愿意把他带到希腊去。造成这一切的罪魁祸首是阿特柔斯的儿子们和奥德修斯，菲洛克忒忒斯对他们恨之入骨，恨不能用弓箭把他们全都杀死。

奥德修斯也清楚，若让菲洛克忒忒斯见到他，他必死无疑，因此他打算用计谋去骗菲洛克忒忒斯。奥德修斯劝说年轻的涅俄普托勒摩斯，让他告诉菲洛克忒忒斯，说自己刚从特洛伊城回来，因为希腊的首领们欺辱了他，所以才离开了希腊人。如果菲洛克忒忒斯想回希腊去，就满足他的要求，让他带上弓箭上船，这样就可以轻而易举地把菲洛克忒忒斯骗到特洛伊城下。

涅俄普托勒摩斯不想干骗人的勾当，但奥德修斯说，只有这样才能让菲洛克忒忒斯上他们的船，涅俄普托勒摩斯只好答应了。

船抵达克律塞岛岸边后，涅俄普托勒摩斯与几名士兵一起，朝山洞走去，菲洛克忒忒斯没在山洞里，不一会儿，他们在洞外见到了他。

菲洛克忒忒斯由于伤痛，大声呻吟着朝山洞走来，见有人来，他立刻欢喜地迎上前来。当他得知来人是阿喀琉斯的儿子涅俄普托勒摩斯时，更是兴奋不已。涅俄普托勒摩斯把奥德修斯编造的一套假话说出，又讲述了阿喀琉斯、帕特罗克洛斯和大埃阿斯遇难的经过。菲洛克忒忒斯得知自己深爱的几位希腊英雄都已死去后，悲痛欲绝，他答应和涅俄普托勒摩斯一起回希腊去。他甚至把自己的弓箭都交给了年轻的涅俄普托勒摩斯，让他保护自己不再受奥德修斯的迫害。菲洛克忒忒斯催促涅俄普托勒摩斯尽快起航回希腊。

突然一个士兵跑来报告说，好像英雄福尼克斯和忒修斯的儿子们正在靠岸，要强行把菲洛克忒忒斯带到特洛伊城下。菲洛克忒忒斯听后不顾伤痛，迅速向岸边移动，结果摔倒在地，差点昏过去。涅俄普托勒摩斯目睹这一切后，不忍继续欺骗下去，便向菲洛克忒忒斯说出了实情。涅俄普托勒摩斯本打算把弓箭归还给菲洛克忒忒斯，但就在这时，奥德修斯从隐藏的地方跑了出来，阻止了他。菲洛克忒忒斯见到仇人后，转身要逃，他想从悬崖上跳入大海，无论如何也不想成为仇人奥德修斯和阿特柔斯儿子们手中的工具。奥德修斯命令仆人一把揪住菲洛克忒忒斯，强行把他带到船上去。菲洛克忒忒斯陷入极度的绝望中。涅俄普托勒摩斯不忍看他难过，就把弓箭还给了他。

奥德修斯的计划被全部打乱，他吓得赶紧逃走，因为他知道，被菲洛克忒忒斯的毒箭射中是多么可怕。

涅俄普托勒摩斯还在试图说服菲洛克忒忒斯和他一起去特洛伊，为希腊人攻克特洛伊尽力，但是菲洛克忒忒斯一口回绝了他的请求。阿伽门农、墨涅拉俄斯和奥德修斯给他带来的痛苦挥之不去，看来他们只能无功而返了，除非涅俄普托勒摩斯愿意用计再次诱骗他。

忽然，赫拉克勒斯闪着神光出现在菲洛克忒忒斯面前，他命令菲洛克忒忒斯赶到特洛伊城下，那里有一位最伟大的英雄答应治好菲洛克忒忒斯的腿伤，并让他在攻克特洛伊的战斗中获得无上的荣光。菲洛克忒忒斯听从了好友的建议，主动登上了奥德修斯的大船，驶向特洛伊城下，奔向建立功勋的地方。

涅俄普托勒摩斯在特洛伊城下立下了汗马功劳。阿喀琉斯这个儿子的力量和胆识无人能比，他杀死了很多特洛伊的英雄，在残酷的决斗中，他杀死了赫拉克勒斯的后裔，忒勒福斯的儿子欧律皮洛斯。欧律皮洛斯的母亲收受了贵重的礼物，所以派儿子去帮助普里阿摩斯，这礼物就是宙斯为美丽的伽倪墨得斯种植的金葡萄藤。门农死后，特洛伊最强大的保护者非欧律皮洛斯莫属了，他充满神一般的魅力，然而是母亲的贪心毁了他。

菲洛克忒忒斯到达特洛伊城下不久，便用神箭射伤了这场战争的罪魁祸首帕里斯。菲洛克忒忒斯用的是赫拉克勒斯的毒箭，这伤不可医治，帕里斯注定会被伤痛折磨至死。箭头上的毒汁渐渐侵入帕里斯的体内，他离开特洛伊，来到森林里，在撕心裂肺的痛苦中死去，他就死在他曾经作为一个牧人无忧无虑地生活过的地方。牧人们发现了他的尸体，为昔日伙伴之死痛哭了一场，然后堆起篝火火化了他的尸体，他们将骨灰装进罐中，埋进坟墓中。

特洛伊人守城的任务变得越来越艰难，但希腊人也未能攻克这座城。奥德修斯决定冒一次险，他鞭打自己，使自己破了相，然后穿上褴褛的衣衫，扮成乞丐混进特洛伊城，他想进城打探一下特洛伊人的动向。特洛伊人以为他就是个沿街乞讨的可怜乞丐，只有海伦一人认出了奥德修斯。她将奥德修斯叫到自己的家里，帮他洗净身体，并发誓不会向特洛伊人告发他。奥德修斯将一切打探清楚后，杀死多名守城士兵，顺利回到希腊营地。奥德修斯还和狄俄墨得斯一起进行了更大的一次冒险，他们俩悄悄溜进特洛伊城，潜入雅典娜的神庙。神庙中耸立着一尊从天而降的雅典娜女神木像。希腊人必须得到这尊神像，不拿走这尊神像，特洛伊城就不会被攻破。勇敢的英雄们冒着生命危险偷走了雅典娜神像，归途中，他们杀死了许多特洛伊人，回到了军营。

特洛伊陷落[①]

希腊人一直没能攻克特洛伊。就在这时，奥德修斯奉劝希腊人，一定要智取。他献出良策：制作一匹巨大的木马，里边能够容纳下最为勇猛的希腊英雄们，而其他希腊将士都离开特洛伊海岸，躲到忒涅多斯岛后面去。待到特洛伊人将木马拖进城后，英雄们趁夜色从里面出来，将城门打开，让秘密返回的希腊人进城。奥德修斯坚信，只有这种方式，才能攻克特洛伊。

① 根据维吉尔的长诗《伊尼德》整理。

先知卡尔卡斯接到宙斯降下的征兆，他也劝说希腊人智取。最终，希腊人决定采用奥德修斯的计谋。在雅典娜的帮助下，著名的艺术家埃佩奥斯和他的学生们制造了一匹巨型木马。进入木马的有涅俄普托勒摩斯、菲洛克忒忒斯、墨涅拉俄斯、伊多墨纽斯、狄俄墨得斯、小埃阿斯、墨里奥涅斯、奥德修斯等英雄。木马中装满了全副武装的将士。埃佩奥斯把将士们进出的洞口严严实实地封好，没人能想到，里面会有希腊的将士。之后，希腊人放火烧掉了营地的所有设施，登上战船，开往辽阔的大海。

站在特洛伊城墙上的人们看到希腊营地的反常行动，百思不得其解，他们不明白，究竟发生了什么事情。当他们看到希腊营地升腾起巨大的烟柱后，再也抑制不住内心的喜悦。他们认为，希腊人撤离特洛伊了。他们欢呼雀跃，冲出特洛伊城，向希腊营地奔去。营地确实空无一人，有些地方的火还没有燃尽。特洛伊人怀着好奇的心情，在不久前还是狄俄墨得斯、阿喀琉斯、阿伽门农、墨涅拉俄斯等英雄们的营帐附近走来走去。他们坚信，围困已经结束，一切灾难都已经过去，现在可以安心种地了。

突然，特洛伊人惊愕地停住了脚步，一匹木马出现在他们面前。他们上下打量着，猜不透这是个什么东西。有人主张将木马推到海里去，还有人打算把它运到城里，放在城堡上面，人们争执不休。这时，太阳神阿波罗的祭司拉奥孔出现在纷争的人群中，他竭力说服自己的同胞将木马捣毁，说木马腹内藏有希腊英雄，还说这是奥德修斯想出的一个军事计谋。拉奥孔不相信希腊人会彻底离开特洛伊，他祈求人们要对木马存有戒心，哪怕这是希腊人送给特洛伊的大礼，也不要轻易接受。拉奥孔抓起巨大的投枪投向木马，木马受到震动，里面隐隐传出兵器撞击的声响。但是诸神已经让特洛伊人失去了理智，他们决定把木马拖进城里。这就是特洛伊人的命运！

特洛伊人围在木马旁时，传来一阵喧哗声。原来是牧人们押来了一名俘虏，其实他是故意被俘的。他是希腊人西侬。特洛伊人围住他，不停地羞辱他。西侬默不作声地站在那里，惊恐地望着周围的特洛伊人。他终于开口说话，哭诉命运的不公。西侬的眼泪打动了普里阿摩斯以及所有特洛伊人，他们开始询问他，为什么留在这里，于是西侬把奥德修斯为他编造的一套谎话讲了一遍，来欺骗特洛伊人。他说，奥德修斯打算杀害他，因为他与伊塔卡国王的仇人帕拉墨得斯有亲缘关系。希腊人决定撤退时，奥德修斯让先知卡尔卡斯向大家宣布，诸神为了让他们能够平安返回希腊，要用一个活人来祭祀。究竟用谁来当祭品，卡尔卡斯装模作样地考虑了很久，最后指定为西侬。希腊人把西侬捆绑起来，送上祭坛。但是西侬挣脱了绳索，从死神手里逃了出来。他在浓密的树丛中躲藏了很久，直到希腊人上船返航走远后，他才从躲藏的地方跑出来，投奔牧人。特洛伊人对这个狡猾的希腊人所说的话信以为真。普里阿摩斯命令给西侬松绑，还问他，希腊人留在营地的木马有什么用意。西侬正等特洛伊人问他这个问题。他请诸神证明他说的都是真话后，开始说，希腊人盗走了特洛伊的女神像，惹恼了女神雅典娜，所以他们留下这匹木马，祈求威严的女神给予宽恕。按照西侬的说法，特洛伊人如果将这匹马运到城里去，它将成为特洛伊强大的保护者。特洛伊人对西侬的话深信不疑，西侬巧妙地扮演了奥德修斯为他安排的角色。

这时，雅典娜又以一件奇迹让特洛伊人加深了对西依的信任，只见海面上出现了两条奇怪的大蛇，他们乘着海浪蜿蜒着身躯，迅速向岸边游来，那血红的头冠高高扬起，双眼闪烁着火一样的凶光。它们在拉奥孔为海神波塞冬祭祀的神坛旁上了岸。特洛伊人吓得四处逃散。两条怪蛇朝拉奥孔的两个儿子扑去，将他们紧紧缠住。拉奥孔连忙去救儿子，结果，怪蛇连他也一起缠住了。怪蛇用利齿咬噬着拉奥孔，这个可怜的人奋力挣脱，拼命去解救两个儿子，但无济于事。蛇毒渐渐深入躯体，他们的四肢不停地抽搐，拉奥孔和儿子的痛苦难以名状。拉奥孔高声号叫着，感到死期已近。他眼看着自己两个无辜儿子痛苦地死去，自己也在痛苦中合上了双眼。他的死是因为他一心想拯救特洛伊，而违背了诸神的旨意。两条怪蛇行凶作恶之后，爬到雅典娜神像的挡板下面躲藏了起来。

拉奥孔的惨死让特洛伊人更加坚定了把木马运进城里的信念。巨大的木马无法通过城门，他们就将城墙拆毁了一段，人们在欢声笑语中奏乐吟唱，用绳索将木马拖进城里。从豁口进入时，木马四次撞在城墙上，停下来，马腹中希腊人的兵器铿锵作响，特洛伊人也都充耳不闻，他们终于把木马拖进了卫城。

料事如神的卡珊德拉发现木马被拖进卫城后，吓得面如土色。她预言特洛伊即将毁灭，但是特洛伊人对她却冷嘲热讽，他们从来都不相信她的预言。

英雄们在木马腹中安静地坐着，竖起耳朵倾听外面传来的每一丝动静。他们听见美丽的海伦模仿他们妻子的声音呼唤他们的名字，奥德修斯用力捂住一位英雄的嘴，不让他回应。英雄们听到了特洛伊人的欢呼声，听见他们在庆祝围困解除，也听到了庆祝宴会的喧闹声。夜幕终于降临，万籁俱寂，特洛伊人进入了梦乡，西侬来到木马旁，呼唤着英雄们，告诉他们，现在可以出来了。

西侬已在特洛伊城门边点燃了一堆篝火，他给埋伏在忒涅多斯岛那边的希腊人发出信号，让他们迅速返回特洛伊。英雄们小心翼翼地走出木马，武器没有发出任何声响。最先走出木马的是奥德修斯和埃佩奥斯。英雄们分散到特洛伊的大街小巷，纵火点燃房屋，通红的火焰吞噬着特洛伊城。其余希腊人也赶来协助英雄们，他们从城墙的豁口处涌进城里，你死我活的决战开始了。特洛伊人竭尽全力进行反击，他们将燃烧着的木头、桌椅等物品投向希腊军队，把宴席上烤肉用的铁钎也当成了武器。希腊人毫不留情，妇女和儿童哭喊着四处逃生。最后，希腊人攻到了普里阿摩斯那座有围墙保护的王宫。特洛伊人奋勇抵抗。他们把整座城楼推到，压向希腊人。希腊人的攻势愈发猛烈。阿喀琉斯的儿子涅俄普托勒摩斯用斧头劈开了王宫的大门，第一个冲了进去，其他希腊将士随后蜂拥而入。顿时，王宫内的妇女儿童哭喊声连成一片，乱作一团。普里阿摩斯的女儿和儿媳们都聚拢在神坛旁边，以为这样可以平安无事。普里阿摩斯全副武装，准备保护她们，如果保护不了，就战死在这里，但是赫卡柏央求年迈的国王也到圣坛旁躲一躲。他这个羸弱的老人，哪里是强悍的英雄们的对手！

突然，涅俄普托勒摩斯冲了进来，他在这里追上普里阿摩斯那身负重伤的儿子波吕忒斯，一枪将波吕忒斯戳翻在地，儿子倒在了父亲的脚边。父亲普里阿摩斯向涅俄普托勒摩斯掷出投枪，但这支投枪像一根细弱的稻草，从涅俄普托勒摩斯的铠甲上弹了回来。涅俄普托勒摩斯满腔怒火，一把抓住普里阿摩斯的白头发，将利剑刺入他的胸膛。普里阿摩斯殒命于他居住并统治多年的伟大城市特洛伊。普里阿摩斯的儿子们没有人能够幸免于难，就连他的孙子，赫克托耳的儿子阿斯提阿纳克斯也没能活命，希腊人把他从可怜的安德罗玛克手中夺过，从特洛伊高高的城墙上抛了下去。墨涅拉俄斯将在王宫里熟睡的得伊福玻斯打死，帕里斯死后，海伦成了他的妻子。怒气冲冲的墨涅拉俄斯本想连海伦一起杀掉，但是被阿伽门农制止了。爱神阿佛罗狄忒重新燃起了墨涅拉俄斯对海伦的爱慕之情，他怀着胜利的喜悦将海伦带上了船。

普里阿摩斯的女儿，料事如神的卡珊德拉躲到雅典娜的神庙里避难。俄伊琉斯的儿子小埃阿斯找到了她，卡珊德拉双手抱住女神像，跪倒在雅典娜像前。小埃阿斯粗暴地一把将她从神像边拽走，结果神像掉在地上摔得粉碎。希腊人对小埃阿斯无比愤怒，伟大的女神也被激怒，后来女神对埃阿斯实施了严厉的报复。

特洛伊的所有英雄中，唯有埃涅阿斯一人幸免于难，他身背年迈的父亲安基塞斯，怀抱幼小的儿子阿斯卡尼奥斯，逃出了特洛伊。希腊将士也宽恕了特洛伊英雄安忒诺尔，因为他一直在奉劝特洛伊人将美女海伦，以及帕里斯劫来的墨涅拉俄斯的金银财宝归还给希腊人。

特洛伊的大火久久没有熄灭，滚滚的黑烟直冲云霄。诸神都在为这座伟大城市的毁灭而无比悲伤。特洛伊大火在很远的地方都清晰可见，附近城邦的人们根据滚滚浓烟和夜里的火光判断出，这座长久以来始终是亚细亚最强盛的城邦陷落了。

希腊人凯旋回国

希腊人在特洛伊掠夺了大量的金银财宝，这也算是对他们十年攻城所经历苦难的补偿。希腊人将无数黄金、白银、财物和美丽女俘装运上船，满载而归。

当希腊人的战船停靠在赫勒斯滂对岸时，伟大的阿喀琉斯的亡魂显现在了希腊人面前。英雄让他们把普里阿摩斯美丽的女儿波吕克塞娜祭献给他，因为她曾经被许配给阿喀琉斯为妻。阿伽门农不愿意交出波吕克塞娜，卡珊德拉也苦苦哀求他放过妹妹。但是奥德修斯执意要做这个祭献，因为阿喀琉斯为希腊人围困特洛伊做出了巨大的贡献。波吕克塞娜也做好了充当祭品的准备，她知道，这是她摆脱去异国他乡受奴役之苦的唯一途径。波吕克塞娜从容地向祭坛走去，涅俄普托勒摩斯手持祭刀等她。波吕克塞娜不让引领她走上祭坛的年轻人动她一根毫毛，不愿意像奴隶一样卑微地走进哈德斯冥国。她自己走向祭坛，露出胸部。涅俄普托勒摩斯悲哀地叹了一口气，将利剑刺进了波吕克塞娜的胸膛。鲜血立即染红了专为阿喀琉斯修建的祭坛。

将波吕克塞娜献祭之后，希腊人终于扬帆远航，开始了回家的航行。途中他们历经了无数艰难险阻，许多英雄没能踏上故土，死在了他乡。

在特洛伊沦陷时，恼羞成怒的雅典娜在希腊人和阿特柔斯的儿子中间挑起了一场巨大的争执。墨涅拉俄斯想尽快返航回到希腊，而阿伽门农却让希腊人在特洛伊一直住下去，直到为雅典娜举行过献祭仪式、求得她的饶恕之后再离去。阿伽门农哪里晓得，他无论如何也无法让女神息怒。兄弟争吵了一整天，第二天一清早，一部分希腊战船满载自己应得的战利品起航了。涅斯托耳、狄俄墨得斯、涅俄普托勒摩斯、伊多墨纽斯和菲洛克忒忒斯都在其中。很快，墨涅拉俄斯也踏上了归途，他在莱斯博斯岛追上了涅斯托耳和狄俄墨得斯。本来奥德修斯也已经离开了特洛伊，但是在忒涅多斯岛上他与同行的人吵得不可开交，所以又返回到阿伽门农这里。英雄们齐聚莱斯博斯岛，从这里驶向攸俾阿岛。在这个岛上，在匠神赫菲斯托斯海角处，他们为海神波塞冬举行了献祭仪式，然后继续航行。四天后，狄俄墨得斯来到阿耳戈斯，这时，涅斯托耳已经到达皮洛斯，伊多墨纽斯、菲洛克忒忒斯和涅俄普托勒摩斯都幸运地平安回到祖国。

墨涅拉俄斯则遭遇了许多不幸。在阿提刻东部的苏尼海角附近，太阳神阿波罗用神箭射死了墨涅拉俄斯的舵手弗戎提斯。墨涅拉俄斯靠岸为弗戎提斯举行了隆重的葬礼，之后继续前行。当他的船绕行拉科尼亚西南的玛勒亚的险峻海角时，宙斯掀起了飓风。海面上掀起山一般高的巨浪，墨涅拉俄斯的一部分船只被风刮到了克里特岛，在礁石上撞得粉碎，船上的希腊将士拼命挣扎，才幸免于难。其他船只，包括墨涅拉俄斯乘坐的那艘船，在海上漂泊了很长时间，最终来到了埃及的海岸。墨涅拉俄斯在异国他乡漂流了整整七年，他到过西顿人、埃塞俄比亚人和其他许多民族聚居的地方，去过塞浦路斯、腓尼基以及遥远的、牛羊成群的利比亚。墨涅拉俄斯也收到过许多贵重的礼物，敛财无数。在埃及，弗翁的妻子波吕达谟娜把神奇的草药汁制成的良药送给了海伦。这种药用酒送服后能让人忘记一切烦恼。后来，墨涅拉俄斯从埃及返航的时候，曾经在法罗斯岛停靠，为等顺风，他在这个岛上足足停留了二十天。岛上荒无人烟，他们的粮草储备即将告罄，大家眼看着就要饿死了。是海神普罗透斯的女儿、女神伊多斐娅解救了墨涅拉俄斯和他的同伴们。她出现在墨涅拉俄斯面前，教会他如何抓住海神普罗透斯，迫使他讲出诸神的旨意。清晨，黎明女神厄俄斯刚一飞上天空，墨涅拉俄斯便和三名身强力壮的勇敢同伴来到海边。伊多斐娅拿着四张海豹皮在等待他们。伊多斐娅将海豹皮披在墨涅拉俄斯和同伴身上，还给他们的鼻孔里涂上了一种香脂，以防被海豹皮的恶臭味熏昏。墨涅拉俄斯和同伴们一动不动地躺在海滩上。终于，普罗透斯和一群海豹浮出了海面。普罗透斯数了数海豹的数量，就安静地躺在沙滩上睡着了。墨涅拉俄斯和同伴们高喊着扑向普罗透斯，拉开了激烈搏斗的序幕。普罗透斯不断地变换着形象，从狮子、毒蛇、金钱豹、野猪直到水和树木，但墨涅拉俄斯和同伴紧紧抓住他不放手，最终老海神认输了，恢复了原来的样子，问墨涅拉俄斯，想了解什么情况，墨涅拉俄斯向老海神打听，是哪位神祇对他发怒，不让他一帆风顺。普罗透斯让墨涅拉俄斯返回埃及，向诸神献上百牛大祭，只有这样，诸神才能够助他平安回国。普罗透斯向墨涅拉俄斯预示了他和妻子海伦的命运，透露了每一位希腊英雄从特洛伊返回祖国途中的遭遇。墨涅拉俄斯对普罗透斯的吩咐悉数照办，回到埃及后马上为诸神举行了百牛大祭，于是诸神为他送来了顺风，让他顺利返回了故乡斯巴达，此后幸福地在那里生活。墨涅拉俄斯和美丽的妻子海伦死后，被送到了神祇居住的幸福岛，从此他俩无忧无虑地永远生活在那里。

国王阿伽门农的归乡之路同样一波三折。他和同伴们顺利抵达攸俾阿岛，在该岛的赫雷海角，他们遇到了巨大的风暴，这是雅典娜派来的风暴，她仇恨这些希腊人，对俄伊琉斯的儿子小埃阿斯尤为痛恨，许多船只在礁石上撞得支离破碎，小埃阿斯的船只也没能幸免，若不是海神波塞冬怜悯他，他早已葬身大海了。波塞冬命令海浪将小埃阿斯卷到赫雷海角的礁石上，他这才得以活命。可是他的傲慢转眼就葬送了他的性命，他狂妄地叫着，说他自己挽救了自己的性命，而不是诸神，甚至诸神也奈何他不得。救了他一命的海神波塞冬闻听这些蠢话，暴跳如雷，挥动手中的三叉戟猛击小埃阿斯脚下的礁石，礁石碎裂，一块礁石将小埃阿斯带入海里。他就这样淹死在刚刚救起他的海浪中。阿伽门农的船只竭尽全力避开了飓风，终于回到了故乡的海岸。但是，回到黄金遍地的迈锡尼对于阿伽门农来说，并不是一件幸事，不忠的妻子克吕泰涅斯特拉最终把他送上了不归路。

三、奥德修斯的故事

邱鑫　赵梦雪　译

奥德修斯在女神卡吕普索家[①]

奥德修斯从特洛伊返回伊塔卡岛的途中险象环生、困难重重，与他同行的战友全都死于非命，无一幸免。经过漫长的漂泊，奥德修斯来到女神卡吕普索居住的俄古癸亚岛，在那里蹉跎了整整七年。到了第八年，奥德修斯怀念故乡、思念妻儿，恳求卡吕普索让他离开，却遭到拒绝。因为弄瞎了波塞冬的儿子波吕斐摩斯，奥德修斯一直遭受波塞冬的追踪和迫害。后来，离家多年的奥德修斯得到了奥林波斯山上众神的垂怜。在众神会议上，宙斯决定听从女神雅典娜的意见，允许奥德修斯重归家园。

① 根据荷马史诗《奥德修斯》整理。

求婚者在奥德修斯家胡作非为　肆意挥霍他的财产

诸神决定让奥德修斯回家后，雅典娜立即从巍峨的奥林波斯山降临地面，来到伊塔卡岛，变成塔福斯人之王门忒斯的模样，朝奥德修斯家走去。一群张狂放浪之徒赖在奥德修斯家中，争相向他的妻子佩涅洛佩求婚。求婚者们坐在宴会厅中，玩着用骨头做的色子，等待奴仆们为他们准备酒宴。奥德修斯的儿子忒勒玛科斯最先看到化身门忒斯的雅典娜，起身热情地将他领进家中，并为他单独摆了一张桌子，没让他与那帮求婚者坐在一起。宴会开始了。酒足饭饱之后，这些人唤来歌手斐弥俄斯，让他唱歌助兴。斐弥俄斯唱歌时，忒勒玛科斯倾下身子，用求婚者们无法听见的声音在门忒斯耳边诉苦，抱怨这些人给他带来了种种苦难。父亲经年未归，这让忒勒玛科斯十分悲伤，他坚信，父亲回来后，一切困扰他的烦恼都会烟消云散。忒勒玛科斯询问客人是谁，如何称呼，雅典娜声称自己是门忒斯，认识奥德修斯，还说忒勒玛科斯与他的父亲奥德修斯长得非常像。接下来，雅典娜就像不了解奥德修斯家的情况一样，问忒勒玛科斯家中是不是在举办婚礼，是不是在庆祝什么节日，问他为什么客人们都这么不守规矩。忒勒玛科斯又向她倾吐了心中的苦闷，他将这些狂徒逼迫母亲佩涅洛佩在他们之中选择新夫的行径，以及他们如何无法无天、挥霍他家财产的经过都告诉了雅典娜。女神听完忒勒玛科斯的话后，建议他召集伊塔卡岛市民，当着他们的面控诉这些求婚者，寻求众人的庇护。雅典娜还建议忒勒玛科斯去皮洛斯找年迈的涅斯托耳，去斯巴达找国王墨涅拉俄斯，向他们打听奥德修斯的下落。说完，雅典娜化作飞鸟，从忒勒玛科斯眼前消失了，直到此时他才明白，自己刚才是在和一位神祇交谈。

就在这时，佩涅洛佩离开卧室来到宴会厅，听到斐弥俄斯在唱关于英雄们从特洛伊归来的歌时，便要他换一首唱，不要再唱这首忧伤的歌。忒勒玛科斯打断了她的话，说错不在歌手，而在鼓动歌手唱此歌的宙斯。忒勒玛科斯请母亲回卧室去，去做些女主人应该做的事，去纺纱织布、监管奴仆、料理家务。他还让母亲不要插手那些与她无关的事情，说在父亲奥德修斯的家中只有他忒勒玛科斯才是唯一可以发号施令的人。佩涅洛佩听完儿子的话，安静地回到卧室，紧闭房门。想到奥德修斯，她又伤心得哭了起来，最后，女神雅典娜送她进入了酣甜的梦乡。

佩涅洛佩走后，求婚者们就谁应娶她为妻这个问题争吵了很久。忒勒玛科斯打断了他们的争论，他说他会寻求民众的帮助，禁止他们在自己家胡作非为。忒勒玛科斯还警告说，他们再这样下去诸神会震怒。然而，他的警告收效甚微，他们仍然像以前一样吵吵嚷嚷、喝酒打闹，一直折腾到深夜才四散离去。

奥德修斯忠实的女仆，年迈的欧律克勒亚陪伴忒勒玛科斯回到他的卧室。忒勒玛科斯躺在床上，整夜无法合眼，翻来覆去地思考着雅典娜给他的建议。

次日清晨，忒勒玛科斯派一名传谕官去召集市民。很快人就聚集齐了，忒勒玛科斯手持投枪，带着两条狗来到会场，大家看见他英俊潇洒的外表后都啧啧称赞。伊塔卡岛的老人们为他让开道路，他坐到了父亲曾经坐的位置上，请市民们帮助他，以宙斯和司法女神忒弥斯之名，迫使那些求婚者们不再到他家为非作歹。

忒勒玛科斯怒气冲冲地说完这番话后，坐回原位，他低下头来，泪如泉涌。众人都默然不语，只有一名求婚者安提诺俄斯放肆地回应忒勒玛科斯。他抨击佩涅洛佩玩弄奸计，逃避新的婚姻。是她告诉这些求婚者，只要她织好祭祀用的披风，就会选出一名求婚者并与之结婚。白天她确实在编织华丽的祭披，可到了晚上，她就把白天织好的部分全都拆掉。安提诺俄斯威胁说，佩涅洛佩必须在众多求婚者中选出一名下嫁，否则他们就不会离开她家。安提诺俄斯甚至要求忒勒玛科斯将母亲赶回娘家，妄图以这种方式逼迫佩涅洛佩再婚。忒勒玛科斯拒绝赶走母亲，他求宙斯睁眼看看这些人带给自己的屈辱和痛苦。雷电之神宙斯听到了他的祈求，降下了谕示。会场上方出现了两只苍鹰，它们飞到会场中央，互相扑啄，弄得胸口和脖颈满是鲜血，之后迅速从人们眼前消失了。能根据飞鸟预知未来的哈利忒耳塞斯告诉大家，这预示着奥德修斯很快就会归来，求婚者们即将大难临头。谁都不会认出归来的奥德修斯，他将严惩那些劫掠他家的恶人。

求婚者欧律玛科斯开始大声挖苦先知，还扬言要杀掉奥德修斯。欧律玛科斯傲慢地宣称，求婚者们谁都不怕，既不怕忒勒玛科斯，也不怕哈利忒耳塞斯用来恐吓他们的那一对苍鹰。忒勒玛科斯不再劝说求婚者们停止自己的恶行，而是请大家给他一艘快船，这样他就可以去皮洛斯找涅斯托耳，希望能从他那儿打听到些关于父亲的消息。只有奥德修斯的朋友，以理性著称的门托耳支持忒勒玛科斯。门托耳斥责大家，居然任由求婚者们如此欺凌忒勒玛科斯，在场的其他人都默然不语。只有求婚者勒俄克里托斯起身嘲讽门托耳，还威胁说，如果奥德修斯回来后想赶走他们这群未婚夫，他们就要他的命。勒俄克里托斯蛮不讲理，竟擅自解散了聚集的民众。

忒勒玛科斯满腔忧愤地走向海边，向雅典娜祈祷。女神化作门忒斯的模样出现在他身边，建议他别再理会那些求婚者，因为他们已失去理智，终会咎由自取。雅典娜答应替忒勒玛科斯准备一艘船，还要护送他去皮洛斯，她让忒勒玛科斯先回家，准备远行所需之物。

忒勒玛科斯听从了她的建议。他回到家中，发现那些求婚者正大摆筵席。安提诺俄斯嘲笑他，抓住他的手，让他和他们一起大吃大喝。忒勒玛科斯愤然抽手离去，离去之时放言，说这些求婚者定会受到诸神的惩罚。忒勒玛科斯叫上忠实的女仆欧律克勒亚，他们走进奥德修斯庞大的库房，为此次远行做准备。忒勒玛科斯将自己即将前去皮洛斯的决定告诉了欧律克勒亚，还请她代为照顾自己的母亲。欧律克勒亚担心忒勒玛科斯会遭遇不测，祈求他不要离开伊塔卡岛。然而忒勒玛科斯去意已决，不可动摇。

与此同时，雅典娜化作忒勒玛科斯的模样走遍全城，她召集了二十名年轻的桨手，还去找诺蒙借船。诺蒙二话不说便把最好的船给了她，出发前的一切都已准备停当。雅典娜隐去身形，走进求婚者们大吃大喝的大厅，让求婚者全都沉沉睡去，之后，她又化作门忒斯，将忒勒玛科斯领到了船边。大家争分夺秒地搬来欧律克勒亚备好的给养，把它们装到船上。忒勒玛科斯同雅典娜假扮的门忒斯一起上了船，女神唤来顺风，大船飞快地驶向外海。

忒勒玛科斯在涅斯托耳和墨涅拉俄斯处[①]

女神雅典娜让忒勒玛科斯开始了神奇的航行。第二天清晨，太

① 根据荷马史诗《奥德修斯》整理。

阳神赫利俄斯刚驾着雪白的神马升上天空，忒勒玛科斯的船只就已抵达皮洛斯，碰巧当地人正在祭祀海神波塞冬。他们在祭台前宰杀了许多公牛，之后又准备了丰盛的筵席，大家分坐在九张大桌旁，每张大桌五百人。涅斯托耳看见女神雅典娜化身的门忒斯和外乡人时，仆役们正向大家传递各色菜品。年迈的皮洛斯国王热情地迎接了远道而来的客人们，随后他的儿子皮西斯特拉托斯邀请他们入席。由于宴会前要祭祀海神波塞冬，皮西斯特拉托斯将第一杯酒交到雅典娜手中，请她完成祭酒仪式，这令她十分满意。

宴会结束后，涅斯托耳问起外乡人的来历。忒勒玛科斯回答说，他是奥德修斯之子，来皮洛斯打听父亲的下落。听闻面前站立的是奥德修斯的儿子，涅斯托耳非常高兴，因为英雄们都很推崇奥德修斯的智慧。忒勒玛科斯无论是容貌还是才智都与其父十分相似，这令涅斯托耳万分惊讶，他将英雄们归途中所遭遇的一切苦难都告诉了忒勒玛科斯，至于奥德修斯的下落，他也一无所知。涅斯托耳很同情忒勒玛科斯，那些胡作为非的求婚者们给他带来了太多的伤痛。睿智的老人建议他尽快返航，还让他在动身之前拜访一下墨涅拉俄斯，因为他比其他英雄回来得晚，可能知道些关于奥德修斯的事情。涅斯托耳坚信诸神，特别是雅典娜，会帮助奥德修斯之子找到父亲。

入夜，忒勒玛科斯打算回船歇息，可涅斯托耳想让奥德修斯的儿子在宫中住下，不放他走。门忒斯也建议忒勒玛科斯留在涅斯托耳宫中过夜，他自己则打算坐船离开，因为他需要去考科涅斯人的国家催点儿旧账。话音刚落，门忒斯突然变成一只海鹰从众人的视线中消失。涅斯托耳及所有在场的人都明白了，这是雅典娜女神在亲自帮助忒勒玛科斯。

翌日清晨，涅斯托耳向伟大的雅典娜女神敬献了一头两角包金的小母牛。祭祀和酒宴结束后，涅斯托耳的儿子们备好马车，忒勒玛科斯和涅斯托耳最小的儿子皮西斯特拉托斯一同上车，出发去找墨涅拉俄斯。

他们快马加鞭，傍晚就抵达了英雄狄俄克勒斯所在的斐赖城[①]。狄俄克勒斯为皮西斯特拉托斯和忒勒玛科斯提供了住处。次日清晨，朝霞初露，二人又启程赶路，并在傍晚抵达了斯巴达。

忒勒玛科斯和皮西斯特拉托斯抵达斯巴达时，宫中正在举行盛大的庆典。墨涅拉俄斯之女即将嫁给阿喀琉斯之子涅俄普托勒摩斯，早在特洛伊城下他就应允了这门亲事，而他为儿子墨伽彭忒斯举办的婚礼也同时举行。宾客们都在欢乐宴饮，歌手们还弹奏里拉琴助兴，两名少年随着乐声翩翩起舞。一名仆人看见了忒勒玛科斯和皮西斯特拉托斯，跑去向墨涅拉俄斯禀报，询问是否在宫中接见这两位外乡来客。墨涅拉俄斯命人帮他们把马车停好，请他们前来参加宴会。在回国途中，墨涅拉俄斯经历了种种磨难，得到了很多人的热情款待，所以他从不拒绝见客。仆人跑去帮外乡人停好车马，又将他们领进宫殿。在漂亮的浴池中洗净一身尘垢，换上洁净的衣服后，忒勒玛科斯和皮西斯特拉托斯走进了宴会大厅，满室的奢华和富贵令他们震惊。墨涅拉俄斯热情地同他们打了招呼，邀请他们坐在自己旁边。

墨涅拉俄斯的酒宴十分丰盛，忒勒玛科斯惊叹于这豪奢的酒宴

---

① 墨塞尼亚地区的海滨城市。

和宫室，他朝皮西斯特拉托斯侧过身去，悄悄告诉他，自己从未见过这么奢华的排场，只有宙斯的宫殿才可能比这里更富丽堂皇。听到忒勒玛科斯的话，墨涅拉俄斯微笑着告诉他，凡人不可能和永生的神祇相比，他的确拥有无尽的财富，可他为得到这些财富所付出的汗水、所经历的危难是常人难以想象的。不过，他的经历与奥德修斯被迫面对的一切仍没法相比。听到父亲的消息，忒勒玛科斯泣不成声。这时，墨涅拉俄斯的妻子海伦走了进来，她的身后跟着一群女奴，她们手里都拿着金纺锤，抬着装有毛线的金边银筐。海伦看了一眼这两个外乡人，觉得其中一人很像奥德修斯。她把自己的发现告诉了墨涅拉俄斯。听到她的话，皮西斯特拉托斯告诉她，这正是奥德修斯的儿子忒勒玛科斯。墨涅拉俄斯很高兴，因为奥德修斯有恩于他，恩人之子现在居然就坐在自己身边。接着，他开始回忆奥德修斯的功绩，回忆希腊人在特洛伊城下遭遇的种种不幸。海伦也讲了一些关于奥德修斯的往事，他们的回忆让忒勒玛科斯再次泪流满面。想起在特洛伊死去的兄弟安提洛科斯，皮西斯特拉托斯悲伤不已，墨涅拉俄斯的心中也充满了对朋友们离世的悲痛。为了驱散这四处弥漫的愁云惨雾，为了让大家开心起来，海伦往杯中倒入了一种神奇植物的汁液。这种汁液是埃及女王波吕达谟娜赠送的礼物，能让人忘忧解愁。宴会结束了，众人回到各自的卧房。斯巴达国王同忒勒玛科斯的交谈推迟到第二天。

次日清晨，墨涅拉俄斯走出卧房，来到忒勒玛科斯就寝的地方，询问他前来斯巴达的原因。忒勒玛科斯答道，他来斯巴达是为打听父亲的下落。墨涅拉俄斯将自己的种种历险都给他讲了一遍，还说海神普罗透斯曾向自己预言了英雄们从特洛伊归来时的经历，他告诉墨涅拉俄斯，奥德修斯被困在女神卡吕普索之岛。奥德修斯的事儿他只知道这么多。斯巴达国王劝忒勒玛科斯在斯巴达再住十二天，可忒勒玛科斯求国王让自己尽快回家。后来，两人又交谈了很久。

他们交谈时，众宾客又聚到王宫中，欢乐的宴会又要开始了。

求婚者们企图在忒勒玛科斯回到伊塔卡岛后谋害他①

求婚者们很偶然地从诺蒙那儿得知，忒勒玛科斯已经离开了伊塔卡岛。他们以为忒勒玛科斯到皮洛斯和斯巴达是去寻求援助的，因此感到惊慌失措。安提诺俄斯建议大家备好一艘船，到海里等候忒勒玛科斯，趁他不备时杀掉他。求婚者全都举手赞成。他们召集好桨手，来到海边，将一艘大船装备完毕，起航朝阿斯忒里斯岛驶去，他们要在那儿设置埋伏。

得知他们的阴毒计谋后，佩涅洛佩万分绝望，因为她并不知道忒勒玛科斯离开伊塔卡岛的消息。佩涅洛佩打算遣人去找奥德修斯的父亲莱尔忒斯，并且告诉他，他的孙子忒勒玛科斯身陷险境，可欧律克勒亚阻止了她，女仆建议她去祈求女神雅典娜的帮助。王后听从了欧律克勒亚的建议，向女神敬献了祭品，祈求她的帮助。然后，她躺到华丽的床上，进入了梦乡。雅典娜女神听到了她的祈求，让佩涅洛佩的姐姐伊佛提墨托梦给妹妹。伊佛提墨在梦中告诉佩涅洛佩，忒勒玛科斯不会死，然而，当佩涅洛佩问起丈夫的下落

① 根据荷马史诗《奥德修斯》整理。

时，伊佛提墨就像薄雾一般消失了。佩涅洛佩从梦中惊醒，心中明白这是诸神给她的谕示。

奥德修斯离开卡吕普索之岛

永生的众神决定，雅典娜应去帮助忒勒玛科斯安然无恙地回到故乡，不能让求婚者们伤害到他。赫耳墨斯则应去俄古癸亚岛，命令女神卡吕普索放了奥德修斯。雷电之神宙斯让赫耳墨斯立即动身去找卡吕普索。

穿好飞鞋，拿上神杖，赫耳墨斯瞬间飞离了奥林波斯山，他像海鹰一样在海面上迅疾飞行，转眼间就抵达了俄古癸亚岛。这是一座梦幻般的岛屿，岛上长满悬铃木、白杨、雪松、杉树和柏树。满地的青草鲜嫩多汁，透出紫罗兰和百合的香味。数条溪流从四眼清泉中蜿蜒流出，于树木之间欢快地叮咚作响。岛上有个凉爽的山洞，女神卡吕普索就住在里面。洞口爬满了葡萄蔓儿，一串串熟透的葡萄点缀其间。赫耳墨斯踏入山洞时，卡吕普索正坐在里面，用金梭编织一件带着奇异图案的披风。奥德修斯不在洞中，他此时正独自一人坐在岸边的悬崖上，遥望远方，每每想到故乡伊塔卡岛，奥德修斯都会泪湿衣襟。他在俄古癸亚岛的每一天都是如此，孤独而忧郁。

见赫耳墨斯进来，卡吕普索起身邀他坐下，端上了琼浆玉液。酒足饭饱之后，赫耳墨斯将宙斯的意愿告诉了女神。得知自己必须同奥德修斯分开时，卡吕普索十分悲伤。她本打算让他获得永生之躯，将他永远留在自己身边，可她不能违逆宙斯的意志。

赫耳墨斯告辞之后，卡吕普索来到奥德修斯所在的海岸，告诉他：

“奥德修斯，把泪水擦干吧，我放你回家。去吧，拿把斧头，砍些树来做条坚固的筏子。你上路的时候我会为你唤来顺风。如果这是诸神的意愿，那你就可以回到家乡。”

奥德修斯答道：“女神，你是不是另有打算，不想让我回家？我怎么可能乘着小小的木筏，渡过这汹涌的大海呢，即使是大船也不可能永远一帆风顺。不，女神，你发下神誓不会害我之后，我才会上木筏。”

卡吕普索惊叹道：“传言可真是一点不假，奥德修斯，你真是凡人中最有智慧和最具远见的人！我以斯梯克斯河水向你发誓，我绝不希望你死。”

卡吕普索同奥德修斯一起回到山洞。用餐时，她一直劝说奥德修斯留下，还许诺会让他得到永恒的生命。她还说，如果奥德修斯知道自己在归途中会遇到何种危难，他一定会留下的。然而奥德修斯回归故土的愿望如此强烈，无论卡吕普索说什么，他都不能忘记伊塔卡岛，忘记自己的家。

奥德修斯从第二天清晨就开始着手建造木筏。他一共干了四天，砍树削枝，把它们捆到一起，再钉上船板。木筏终于做好了，船帆和桅杆也已安装完毕。卡吕普索为奥德修斯准备好了路上所需的一切，同他道别。奥德修斯展开船帆，顺风一路送着木筏驶向外海。

奥德修斯根据金牛座和大熊星座确定方位，在海上航行了十八天。终于，远方出现了一片陆地，这是淮阿喀亚人的岛屿。海神波塞冬刚从埃塞俄比亚人那儿回来，看见奥德修斯的木筏后勃然大怒，他抓住三叉戟向海中猛力一掷，海面上登时掀起了一场风暴。巨浪滔天，狂风肆虐，奥德修斯十分恐惧，甚至都开始嫉妒那些战死在特洛伊城下的人们。巨浪拍向木筏，将奥德修斯打到海里。奥德修斯一沉到底，好不容易才浮出水面，卡吕普索临别时赠予的衣服妨碍了他的动作。最后他总算抓住了自己的木筏，十分费力地爬了上去。木筏周围是如山的巨浪，暴虐的北风神玻瑞阿斯、南风神诺托斯、吵闹的东风神欧洛斯、西风神泽费罗斯肆意戏弄着奥德修斯，把木筏抛来抛去，让它忽高忽低地在海里漂荡。

女海神硫科忒亚发现了奥德修斯的危险处境。她变成潜鸭飞上木筏，现出本相。硫科忒亚命奥德修斯脱掉衣服跳进海里，再游到岸上，还给了奥德修斯一件可以救他性命的神奇披风。说完，女神硫科忒亚再次变成潜鸭，振翅飞走，可奥德修斯犹豫不决，没有跳海。波塞冬立时掀起凶猛的巨浪，扑向奥德修斯的木筏。就像狂风吹散草垛一般，海浪将木筏拍得粉碎。奥德修斯好不容易抓住一根木头，飞快地系上硫科忒亚给的披风，一头扎进海里，游向岸边。波塞冬看到了这一切，吼叫道：

"我可受够你了！有人来帮你之前，你就这么在海里游吧。这就是触怒我的代价！"

说完，波塞冬驱赶神马回海底宫殿去了。雅典娜前来帮助奥德修斯，她先禁止除玻瑞阿斯之外的风神刮风，随后开始压制狂躁的大海。

奥德修斯在风暴肆虐的海面上漂流了两天两夜，到了第三天，大海才完全平静下来。奥德修斯在浪尖上看见陆地就在近处，欣喜若狂。可当他游近海岸时，又听到了震耳欲聋的涛声，这是海浪在悬崖和礁石间翻卷咆哮。如果不是雅典娜，奥德修斯可能会直接撞死在悬崖上。他刚抓住一片山岩，海浪就飞速后退，将他带进海里。奥德修斯顺着海岸游着，想找一个可以上岸的地方，终于，他找到了一个河口。奥德修斯哀求河神的帮助，河神听见了他的请求，止住河水流动，又帮奥德修斯游到岸上。强壮的英雄终于爬上河岸，可他在海里游了太长时间，终于力竭而昏迷过去。恢复神智后，奥德修斯脱下了硫科忒亚送的披风，头也不回就把它扔到水里。披肩在水里飞速滑动，很快就回到了女神手中。奥德修斯在岸边找到了两棵枝繁叶茂的橄榄树，钻进树下的枯叶堆以抵御夜晚的严寒，女神雅典娜让他睡得十分香甜。

奥德修斯和瑙西卡①

奥德修斯在枯叶堆中酣睡之时，女神雅典娜来到淮阿喀亚人的城邦，走进国王阿尔喀诺俄斯的宫殿，化身航海家底马斯的女儿潜入了公主瑙西卡的梦境。女神指责瑙西卡不注意着装，她提醒年轻的公主，该结婚了，是时候为送亲的人们准备衣服了。女神催促瑙西卡领着女奴去河边洗衣服。说完，女神离开瑙西卡，回到了光明的奥林波斯山。

黎明时分，瑙西卡醒了，梦中所见令她十分惊讶。她立即去找自己的父母，看见母亲阿瑞忒正在火炉边上纺紫色的线，身边围着一群女仆；父亲站在门口，正准备出发去参加淮阿喀亚长老会

---

① 根据荷马史诗《奥德修斯》整理。

议。瑙西卡走到父亲身旁，请他给自己一辆骡车，她好到河边去洗衣服。

“脏衣服攒得太多了，我去把它们洗了吧。你得穿得干干净净地赴长老会议，你的儿子们也想穿上干净衣服去参加淮阿喀亚姑娘们的舞会。衣服的事儿就由我来负责吧。”

瑙西卡说完这些话，绝口不提自己全心期盼的婚事，因为她觉得不好开口。不过阿尔喀诺俄斯听明白了女儿的心思，温柔地对她笑笑，吩咐仆人们备好骡车。瑙西卡匆忙收拾了一下，王后阿瑞忒担心大家渴着饿着，为她们准备好了食物和美酒。她还拿给瑙西卡一管香膏，沐浴之后可用来涂抹身子。

瑙西卡和女仆们开心地出发了。她们来到河边，将带来的衣服洗干净后，摊晾开来。年轻的姑娘们在河中洗了澡，又掏出香膏涂遍全身。吃饱喝足之后，她们开始在河边嬉笑打闹，抛球取乐。雅典娜突然想出了个唤醒奥德修斯的方法，瑙西卡将球抛向朋友时，雅典娜暗中挥手将球拍到海里。姑娘们高声喊叫起来，吵醒了奥德修斯。他犹豫不决，不知自己该不该走出去。最后，他用树枝掩住身体走了出来。奥德修斯浑身都是绿苔和海藻，样子十分可怕。女孩儿们吓得四散奔逃，只有瑙西卡一人留在原地。女神雅典娜赋予了她勇气。奥德修斯不敢上前，只能站在远处祈求她的帮助：

“啊，美丽的姑娘，我高举双手请求你的帮助。你就像女神阿耳忒弥斯一样美丽。你不是女神吗？如果你是凡人，那你的父母有女如此何其幸运！我曾在得洛斯的阿波罗祭台旁看到过一棵挺拔匀称的棕榈树，你的美貌让我想起了它。美丽的姑娘啊，可怜可怜我吧！我在暴虐的海上漂流了二十天，随便给我点儿什么东西遮蔽身体吧！愿永生的诸神达成你所有的愿望！愿他们赐予你幸福的婚姻！”

“外乡人，我听得出来你并非常人，拥有诸神赐予的智慧。可无论你出身名门显贵还是蓬门荜户，宙斯都会让你经历幸福与不幸，平静地接受宙斯的恩赐吧。我们会满足你所有的要求。走这条路可以进城，另外，我是淮阿喀亚人之王阿尔喀诺俄斯的女儿。”

瑙西卡把女仆们叫来，命她们给奥德修斯找套干净衣服，端来食物和美酒。奥德修斯在河中沐浴完毕，浑身抹好香膏，穿上了女仆们准备好的衣服。雅典娜让他看起来如此丰神俊朗，以至于当他坐在海岸上时，瑙西卡甚至都开始揣测他是不是哪位下凡的神祇。公主很乐意为自己挑选这么一位夫婿。女仆们端上了美酒佳肴，饱餐之后，那折磨他良久的饥饿感终于烟消云散了。

此时，回城的事情已经准备停当。瑙西卡请奥德修斯跟在自己身后。她只提了一个要求，希望奥德修斯别和她们一起进城，让她一个人先进城回宫。她让奥德修斯在阿尔喀诺俄斯花园中稍事等待，花园就在城门外，挨着女神雅典娜的圣林。公主担心，人们看见她同一个俊朗的外乡人呆在一起会说闲话，会胡乱揣测这是不是她的未婚夫婿。此外，瑙西卡还建议奥德修斯进宫之后应先跪拜王后阿瑞忒，向她求助，因为全城的人都认为她足智多谋，把她视为女神。说完，瑙西卡赶着骡车向城中驶去，奥德修斯和女仆们则跟在她的身后。公主控制着骡子奔跑的步伐，好让奥德修斯和女仆们跟得上她。

奥德修斯在国王阿尔喀诺俄斯宫中[①]

瑙西卡回宫后，她的兄弟们迎了出来，帮她停好骡车，又把那一大筐衣服抬进宫去。瑙西卡回到了自己的寝宫，欧律墨杜萨已经为她准备了丰盛的晚餐。

奥德修斯在城门边等了一会儿便进城去了。雅典娜在他周围布下浓密的云雾，以保护英雄不被本地人欺侮，女神则在城门口化身为一名淮阿喀亚姑娘。当奥德修斯向她询问怎么去阿尔喀诺俄斯王宫时，她同意为他带路，只告诫他不要问其他人任何问题，还告诉奥德修斯，淮阿喀亚人并不好客。奥德修斯默默地跟在女神身后，船只扎堆的码头、宽阔无比的广场、高不可攀的城墙，这一切在他心中激起了滔天波澜。

他们来到阿尔喀诺俄斯的宫殿近旁。与奥德修斯道别之前，女神像瑙西卡一样，再次强调让他先敬拜王后阿瑞忒，雅典娜说完便消失了。繁华的市貌已经震惊了奥德修斯，阿尔喀诺俄斯皇宫的富丽堂皇更是让他震撼不已。整座宫殿都由闪闪发光的黄铜铸成，宫墙顶部饰有铁花。宫门由纯金浇铸，上有白银门楣，下有铜质门槛。门边守着两条永生的看门大狗，金银各一，由匠神赫菲斯托斯亲自铸造。奥德修斯走进皇宫，看见宫墙边上全是铺着名贵罩布的豪华长凳，摆放雕塑的底座上伫立着执炬少年的纯金雕像。阿尔喀诺俄斯的皇宫奢华无比，而宫中花园更是世间罕有。花园常年享受西风的吹拂，无论冬夏，各种成熟的果实都挂满枝头。园中还有葡

① 根据荷马史诗《奥德修斯》整理。

萄园，熟透的葡萄串一年四季都悬在蔓上。一眼清泉在花园里淙淙作响，另一眼泉水则流淌在宫门边上。这一切让奥德修斯的心久久不能平静。他来到宴会厅，阿尔喀诺俄斯、阿瑞忒及淮阿喀亚的名流都聚集在这里。他们正用美酒祭祀赫耳墨斯。在云雾笼罩下，奥德修斯走到阿瑞忒身前，向她跪拜。雅典娜就在这一瞬拨开云雾，伟大的英雄出现在所有人面前，他们都震惊极了。奥德修斯高声祈求王后帮助他这个可怜的漂泊者，说完，他退后几步，以求助者的姿态坐到了炉边的灰烬上。按照最年长的淮阿卡亚人的提议，阿尔喀诺俄斯扶起奥德修斯，让他坐在自己身边。奴仆们为奥德修斯端上美酒佳肴，在场的人们都开始祭拜宙斯，因为他是一切漂泊者的保护神。阿尔喀诺俄斯邀请大家明天再来宫中，他要为奥德修斯举办盛大的宴会，因为阿尔喀诺俄斯认为，来人是化作凡人的神祇。奥德修斯劝阿尔喀诺俄斯不必如此，他把离开卡吕普索之后所遭受的苦难都告诉了国王，还将瑙西卡公主帮助他的经过说与了国王。阿尔喀诺俄斯聚精会神地听完了奥德修斯的话，震惊于他超人的智慧，高呼道：

“啊，神圣的奥林波斯众神！如果你们能赐予瑙西卡像这位外乡人一样的丈夫，我将送给他丰厚的嫁妆！可是你，外乡人，我们不会违背你的意愿将你留在岛上。我们会把你送回故乡，无论路途有多么遥远，淮阿喀亚人都绝不畏惧！”

天色已晚，宴会结束了。王后阿瑞忒命人为奥德修斯铺好床铺，他很快就沉沉睡去，整个皇宫都进入了梦乡。

第二日清晨，阿尔喀诺俄斯传令召集所有淮阿喀亚人来商议，该如何将奥德修斯送回家乡。雅典娜化身传谕官走遍全城，亲自召集大家。阿尔喀诺俄斯把奥德修斯也领到了会场，让他坐在自己身边。大家很快就聚集起来，人们吃惊地望着奥德修斯。雅典娜赋予了他无法言喻的俊美与力量。阿尔喀诺俄斯说道：

“我的臣民们！你们看，一个外乡人来到我们这里，他请求我们帮助他返回故乡，我们从未拒绝过外乡人的求助，快准备一艘大船，把客人送回去吧。我邀请长老们，以及所有愿意送他回乡的人参加宴会。让我们一起在我宫中为外乡来客举办一场盛大的宴会，把歌手摩多科斯也请来，邀他用歌声为各位来宾助兴。”

阿尔喀诺俄斯话音刚落，就有五十二名桨手去准备大船。所有的长老都跟随阿尔喀诺俄斯进入了皇宫。仆人们宰杀了两头牛、十二只羊和八头猪，备下了丰盛的菜肴，将盲人歌手摩多科斯也领了进来。客人们在桌旁就座，欢乐的宴会开始了。酒足饭饱后，摩多科斯从墙上取下基法拉琴，拨动琴弦开始演唱，唱的是奥德修斯和阿喀琉斯在宴会上发生争执的故事。听到这首歌，无数伤心的往事涌上奥德修斯心头，他的眼眶湿润了。为了不让淮阿喀亚人看到自己的眼泪，奥德修斯披上了紫色的斗篷。一曲完毕，奥德修斯擦干眼泪，拿起金杯，向永生的众神敬献了美酒。接着，摩多科斯又开始咏唱起诸位英雄们在特洛伊城下建功立业的歌谣，奥德修斯再次泪流满面。除了国王阿尔喀诺俄斯，谁也没有注意到他的眼泪，国王很疑惑，为什么这个外乡人会如此难过，沉思良久，他想出了答案。大家吃饱喝足后，国王邀请所有人都去广场参加比赛。大家都跟在国王身后，奥德修斯则走在他的身边。淮阿喀亚的少年们开始了赛跑、摔跤、跳远、拳击、掷铁饼等各种竞赛。比赛结束后，强壮而俊美的欧律阿洛斯走到英武的王子拉俄达摩斯身边，建议他邀请这个看上去十分强壮的外乡人参加比赛。起初拉俄达摩斯摇头拒绝，后来他就走到奥德修斯面前，礼貌地请他参加比赛。奥德修斯拒绝了，他正沉浸在对故土的思恋中。听到他拒绝参赛，欧律洛罗斯语带讥讽：

“流浪汉！我知道你无法同这些健壮的年轻人相比，你其实是个只会在海上漂流做生意的商贩吧。”

奥德修斯紧皱双眉，冲着欧律阿洛斯说道：

“欧律阿洛斯，你的话很伤人！从你身上我可以看出，诸神不会让人十全十美。他们给了你俊美的外表，却没有给你与之相配的智慧。你用言语侮辱了我，可你得知道，我参加比赛的经验可是很丰富的。我参加过多次战斗，历经的艰难困苦也不少，尽管我已十分疲劳，可我仍然充满力量。”

说完，奥德修斯抓起一块巨大的石头，挥手将它扔了出去。石头尖啸着飞过淮阿喀亚人的头顶，他们纷纷弯腰低头，害怕石头会砸到自己。最后，石头越过人群，掉在远处。尽管铁饼比石头轻很多，可没有任何一个年轻人能把铁饼掷这么远。女神雅典娜化身为一名淮阿喀亚长老，在石头落地的地方做了标记，说任何一个淮阿喀亚人，无论他有多么强壮，都做不到这点。奥德修斯非常高兴，他喊道：

“淮阿喀亚的年轻人！把铁饼扔得和我投出的石头一样远吧！如果你们做到了，我就再扔一次，可能比第一次还要远。你们都来和我比赛拳击、摔跤和跑步吧！不过我不和拉俄达摩斯比，因为我不会对热情接待我的人出手！”

阿尔喀诺俄斯回答奥德修斯说：

“外乡人，我知道，是欧律阿洛斯放肆的讥讽让你向所有的参赛者发出了挑战，你想向大家展示你伟大的力量。你可能比我们有力量，可比跑步的话你输定了，因为诸神赐予了淮阿喀亚人举世无双的奔跑能力，还让我们最早学会了航海。此外，我们都热爱歌唱，喜欢音乐、舞蹈以及奢华的宴会。现在，让那些舞技超群的年轻人过来，看后你会相信，我们有充分的理由为这门艺术感到骄傲。”

阿尔喀诺俄斯命人为摩多科斯取来基法拉琴。歌手接过琴，拨动琴弦，开始演唱一首欢乐的歌谣，年轻人在歌声中翩翩起舞。奥德修斯兴高采烈地看着，暗暗惊讶，他们的动作是如此优美。舞毕，国王又命长老们每人赠送奥德修斯一件华服和一塔兰黄金。欧律阿洛斯还应送一份特别的厚礼给奥德修斯，为之前的言语冒犯赔罪。欧律阿洛斯当场解下名贵的佩剑，递给奥德修斯，他说：

“外乡人啊！如果我对你说了什么不敬的话，请让它随风散去吧，别让它留在心中！诸神会让你平安回家，你很快就会见到妻子，阖家团聚。”

奥德修斯答道：“诸神会保佑你的，欧律阿洛斯！以后可不要后悔把剑给了我。”

太阳开始落山，大家匆匆返回阿尔喀诺俄斯的宫殿。奥德修斯回到国王为他准备的卧房，将所有的礼物都放进了阿瑞忒给他的豪华大箱中。用绳子将箱子绑好，又按喀尔刻所教之法打了个结。换上一身华服后，奥德修斯走进宴会厅。瑙西卡也在那里。公主对他说的话里充满了离别的哀伤：

“英俊的外乡人！你很快就会回家，不要忘记我。你应该感谢我救了你。”

“美丽的瑙西卡！如果雷电之神宙斯让我顺利回家，我每天都会向你祈祷，把你奉为女神，因为你救了我的命。”

说完，奥德修斯坐到了阿尔喀诺俄斯身旁，欢乐的宴会开始了。席间，奥德修斯请摩多科斯唱点儿与特洛伊之战相关的歌曲。摩多科斯刚开始唱，奥德修斯就流下了凄苦的泪水。看到他在流泪，阿尔喀诺俄斯止住了摩多科斯的歌唱，他问奥德修斯，为什么每次唱到希腊英雄们在特洛伊城下建功立业时，他都会落泪。国王还想知道异乡人是谁，他的父母又是谁。阿尔喀诺俄斯许诺，无论他是什么人，他都会将他送回故国。为此，阿尔喀诺俄斯还发了誓，尽管他知道，如果他违背海神波塞冬的意志送异乡人回家，淮阿喀亚人会遭到严厉的惩罚。波塞冬威胁淮阿喀亚人说，他会把送奥德修斯回乡的大船摔向悬崖，还要用高山永久封锁淮阿喀亚人的城邦！阿尔喀诺俄斯对这些威胁心知肚明，但他还是决定送奥德修斯回家。现在他想了解清楚，坐在他身边的异乡人到底是谁，所以他请奥德修斯公开身份，好好讲讲自己的经历。

“阿尔喀诺俄斯国王，你想知道我所经历的劫难，你想知道我是谁，我从哪里来，谁是我的父亲。那我告诉你，我是奥德修斯，莱尔忒斯之子，伊塔卡岛之王。你已经知道了我告别卡吕普索之后的经历。现在我把我离开特洛伊之后的种种历险都告诉你。你仔细听吧！”

就这样，奥德修斯开始讲述自己不寻常的经历。

奥德修斯讲述自己的际遇[①]

基科涅斯人[②]和食莲族[③]

奥德修斯开口讲述自己离开特洛伊后的经历：

“最初的旅途一帆风顺，我们在无边无际的海洋中平静地航行着，抵达了基科涅斯人的领地。攻占都城伊斯马洛斯后，我们杀了城中所有的男人，把女人都充作了奴隶，最后毁掉了整座城池。我一直劝大家快点起航回国，可没人听我的话。逃走的伊斯马洛斯居民把各处散居的基科涅斯人都召集到一起，向我们发起进攻。他们多得就像林中的树叶、草地上的春花。我们与基科涅斯人在船边搏斗了很久，他们赢了，我们的人不得不四散逃命，平均每艘船损失了六名强壮的桨手。驶向外海之前，我们呼唤了三次，想叫回那些没有登船的同伴。喊完之后我们才扬帆起航，心中百感交集，既为死者伤逝，又为脱险欢欣。

我们的船刚开进外海，雷电之神宙斯就派来北风神玻瑞阿斯。风神在海面上搅起巨大的风暴，天空乌云密布，四周一片昏暗。狂风三次将船帆从桅杆上撕扯下来，我们历尽千辛万苦终于把船开到了一个荒僻的海岛，在岛上待了两天两夜，等待风暴平息。第三天，我们竖起桅杆，再次扬帆起航。风暴让我们偏离了航向，没能回到挚爱的祖国，到了第九天我们到了另一个小岛，食莲族之岛。我们在岸边燃起篝火，开始准备午餐。我派了三个人去打听，这岛

---

① 根据荷马史诗《奥德修斯》整理。

② 神话中的民族。

③ 神话中靠食莲为生的民族。

上住的是什么人。食莲族人很热情地接待了他们，还给他们拿来鲜甜可口的莲蓬。吃下莲蓬，我的同伴们就忘记了祖国，也不再渴望回归故乡伊塔卡岛，只想永远留在食莲族之岛。不过我们强行把他们弄上船，把他们绑了起来，怕他们逃跑。做完这些，我立即命令所有人拿好船桨，尽快离开这个岛屿。我怕其他人吃了莲蓬之后，也会忘记祖国。

奥德修斯在独眼巨人之岛　波吕斐摩斯

很久以后，我们来到了独眼巨人的领地，他们凶残成性、目空一切。独眼巨人们从不耕作，可这片土地本身的产出就可以让他们衣食无忧。巨人们都住在山洞里，只关心自己的家庭，从不聚会议事。一开始，我们并未靠近他们的领土，只登上了近旁一个不大的岛屿。尽管这里土地肥沃，可此前还没有人到访过这里。岛上有成群的野山羊，它们从未见过人，因此也不怕人。我们把船停靠在岸边，美美地睡了一觉，到了早晨就开始猎杀山羊。其他每艘船上都装了九只山羊，而我乘坐的那艘船装了十只。捕猎结束，我们休息了一整天，在海滩上吃喝作乐，巨人岛上的人声和羊叫一直在我们耳边回响。第二天清晨，我决定乘上自己的船，去巨人岛看个究竟。我们飞快地驶过一条狭窄的海峡，来到对岸。岸边有个山洞，洞口长满月桂树，还有一堵巨石堆砌的围墙。我领着十二位可靠的伙伴，拿上装酒菜的皮袋，踏进巨人的山洞。后来我们才知道，这个巨人凶暴无比，远离其他巨人独自牧羊。巨人与正常人类不同，身形庞大，力大无穷，一只独眼长在额头上。我们去他家的时候，他在照看羊群，屋里没人。洞中有很多装着奶酪的大筐，就连桶里和碗里也都存放着酸奶，旁边还有专为羊羔设置的围墙。带走最优质的羊羔和奶酪之后，大伙儿都劝我赶快回到船上。不幸的是，我没有听从他们的劝告，因为我特别想亲眼看看巨人的模样。巨人回到家后，先把一捆木柴扔到了门边。看到巨人，我们吓得躲进山洞最昏暗的角落。独眼巨人把羊群都赶进山洞后，用巨石把洞口封住，开始挤奶。挤完奶，他便开始生火做饭。这时他发现了我们，粗声粗气地嚷嚷道：

“你们是什么人？从哪儿来？你们无事可做，所以成天四处游荡、惹是生非吗？”

我答道：“我们都是希腊人，从特洛伊来，北风把我们刮到这里。我们是客人，请你对我们热情些吧。你也知道，那些欺侮漂泊者、不遵守待客礼仪的人都会受到宙斯的惩罚。”

巨人冲我怒吼道：“看得出来，你来自遥远的地方，异乡人！你竟然认为我会害怕你们的神。宙斯与我有什么关系！我可不怕他的愤怒，也不打算放过你们！我想做什么就做什么！说，你们的船在哪儿？”

我知道为什么独眼巨人要问大船的事，我回答说：

“我的船被北风吹到崖壁上撞得粉碎，就我们几个活了下来。”

独眼巨人未作回应，突然伸出巨大的双手，抓住两个人并把他们摔死在地上。接着，他居然把两具尸体煮熟了，切碎吞下肚去。我们被吓得不知如何是好，只能求宙斯救命。巨人吃完这可怕的晚餐后，在地上伸直身体睡着了。我拔剑想杀了他，可看了一眼堵住洞口的巨大石块，突然想起，杀了他也没法得救。清晨来临，独眼巨人又杀了两个人，进食完毕后，他将羊群赶出洞穴，再次用巨石封住了洞口。我思考了很久，终于想出了逃生之法。我在洞中找到一根巨大的圆木，它很像桅杆，巨人可能想用它做根棍子。我用剑把圆木劈开削尖，放到火里烧得焦黑。傍晚时分，巨人带着羊群回到家里，又杀掉了两名英雄，吃完恶心的晚餐，巨人本打算躺下睡觉，我抓住时机走上前去请他喝酒。喝完，巨人咆哮着要更多的酒，他说：

“再给我倒，然后告诉我你是谁，我想送你份礼物。”

我给他倒了第二碗，他又要第三碗，于是我又给他倒了第三碗酒。端酒给他时我说：

“你想知道我叫什么？我叫‘没有人’。”

“嗯，听着，‘没有人’，我会最后吃掉你，这就是我给你的礼物。”

独眼巨人回应道，喝完第三碗酒后，他醉倒在地，沉沉睡去。

我示意同伴们立即动手，大家抬起被削尖的圆木，放在火堆上点燃，再戳瞎巨人那唯一的眼睛。他疼得嘶吼出声，一把将还在冒烟的木棍从眼中拔了出来，放声向其他巨人们求救。他们跑到近前，问道：

“你怎么了，波吕斐摩斯？谁惹怒了你？是有人偷了你的羊吗？你为何要把我们叫醒？”

波吕斐摩斯大叫着回答道：

“‘没有人’要奸计害我！”

独眼巨人们生气了，他们冲波吕斐摩斯吼道：

“如果没有人惹你，那你叫什么！你要是生病，那就是宙斯的意志，谁也改变不了。”

说完，巨人们一齐离开了。

清晨，波吕斐摩斯大声呻吟着搬开了堵住洞口的巨石，抚摩着羊背，将它们逐一放出洞去。为了让同伴们活命，我把羊三只三只地捆在一起，再将同伴们分别绑在中间那只羊的肚子下面。有一只羊是波吕斐摩斯最喜爱的羊，我抓住它浓密的羊毛，吊在了它的肚子下面。羊群带着我们从波吕斐摩斯身边走过，我藏身的那只羊走在最后。波吕斐摩斯拦住了它，一边爱抚羊背，一边抱怨放肆的“没有人”坑害了他，不过最后他还是放开了这只羊。就这样，我们从死亡线上捡回了生命。赶着波吕斐摩斯的羊群匆匆回到船上，剩下的人一直在那儿等着我们。我们根本没有时间为那些逝去的同伴哭泣，带上波吕斐摩斯的羊群迅速登船，离岸而去。等船只驶出一段距离后，我向独眼巨人高声喊道：

“听着，巨人！你的残暴招致了宙斯的惩罚。你再也不能杀害和吞食不幸的流浪者了！”

波吕斐摩斯听见了我的话，他狂怒地举起一块山岩，把它抛进海里，差点打中船头。巨岩落水激起大浪，又把我们的船推回岸边。我们用长杆将船撑离海岸，再次上路。驶出一段距离后，我又冲波吕斐摩斯喊道：

“告诉你，波吕斐摩斯，是我弄瞎了你的眼睛，我是奥德修斯，伊塔卡岛之王！”

野蛮的巨人愤怒异常，他高声喊道：

“先知的预言应验了！我以为奥德修斯是个可怕的巨人，而不是像你这样的渺小蛆虫！”

波吕斐摩斯向父亲波塞冬祈祷，求他惩罚我，因为我毁掉了他的眼睛。他又抓起了一块更大的山岩，抛进海中。岩石落在船后，掀起的巨浪把我们送进大海深处。我们回到其他船只所在的那个小岛后，马上向众神献上了丰厚的祭品。在岸边又过了一夜之后，第二天，我们心怀对逝去同伴的哀悼之情，重新上了路。

奥德修斯在埃俄洛斯的岛上

我们很快就抵达了埃俄洛斯岛。这个岛屿漂浮在海面上，四周是坚不可摧的铜墙，岸边陡崖破浪而出，直插云霄。埃俄洛斯与妻子、六个儿子、六个女儿住在岛上。他们的生活幸福、安宁，整日都在宫中欢乐宴饮。埃俄洛斯整整宴请我们了一个月，听英雄们讲他们在特洛伊城下建立的功绩。我请他放我们回家，他同意了，临别时送了我一个用银绳扎好的大皮袋子，袋中装着听命于埃俄洛斯的各种风。只有西风泽费罗斯不在袋内，他得将我们的船只送到伊塔卡岛。埃俄洛斯让我不要在抵达目的地之前打开袋子，可伟大的宙斯已经拿定主意不让我回到家乡。航行到第十天，伊塔卡岛已近在眼前，诸神却让我进入了梦乡。大伙儿都悄悄议论，既然我不让解开埃俄洛斯送的皮袋，那袋子里装的肯定是无数的真金白银。他们为好奇心所驱使，打开了皮袋。狂风从袋中一蹿而出，在海面掀起可怖的风暴。风暴的声响吵醒了我，万念俱灰的我本想跳海自尽，可最终服从了命运的安排，裹上斗篷躺回船尾。

暴风雨又将我们赶回埃俄洛斯岛。我带上一名船员前往埃俄洛斯的宫殿，求他再帮我们一次。埃俄洛斯勃然大怒，把我们赶出宫去，还说他永远不会帮助我这种为诸神憎恨和惩罚的人。我含着痛苦的泪水离开了埃俄洛斯的宫殿。

奥德修斯在莱斯特律戈涅斯人的国度[①]

我们再次起航，在海上航行六天六夜之后，终于抵达了一座岛屿。我们将船停靠在寂静的海岸边，大伙儿一起把这十一艘大船拖上了沙滩。我把自己的船停靠在海湾入口处。爬上悬崖瞭望四周，我发现周围既没有牲畜也不见农田，唯有一根烟柱袅袅升起，于是我让三个同伴去探听这岛上住着什么人。他们在一座城池附近的井边遇到了一位体型高大的姑娘，她把他们带到城里，来到她父亲安提法忒斯，莱斯特律戈涅斯人之王的宫殿。在宫中，他们见到了国王如山岳一般高大的妻子，她命人将参加长老会议的丈夫叫了回来。安提法忒斯跑来之后二话不说，一把抓过我的一个同伴，将他撕得粉碎，用人肉做了午餐。剩下的两人拔腿就跑，逃向战船停靠的地方。安提法忒斯叫来莱斯特律戈涅斯人，他们追到岸边，撕裂整片山崖，并开始破坏我们的船只，缆绳崩坏的嘎吱声和被杀者的惨叫声此起彼伏。十一艘船上的同伴被莱斯特律戈涅斯人尽数杀死，他们的尸体被穿在长棍上抬回城中。只有我的船幸免于难，十二艘船中只剩下了我这一艘船。

奥德修斯在女巫喀耳刻的岛上

我们又在无边无际的海上航行了很久，深切缅怀着死去的同伴。终于，我们抵达了埃埃亚岛。赫利俄斯的女儿，一头秀发的女巫喀耳刻居住在这里。我们在海湾处度过了两天。第三天，我腰挂利剑，拿上投枪，向岛屿深处进发。站在高耸的山崖上，我看到了

① 根据荷马史诗《奥德修斯》整理。

远处林中的袅袅青烟，我决定回到船上去，派几个人去打听谁住在那里。回船途中，我用投枪杀死了一只大鹿，把它弄到了船上。酒足饭饱之后，我们听着阵阵涛声，安然入梦。清晨，我把大伙儿分成两队，我领一队，另一队由欧律罗科斯带领，通过抽签决定谁去探察岛屿深处，结果欧律罗科斯抽中了这个签，他带领十二个人走向岛屿深处走去。

他们脚程很快，不久就到了喀耳刻的宫殿。不少被驯服的狮子和狼在宫殿附近走来走去，看见我的同伴，它们立即奔来，那亲热劲儿就像狗对主人一般。喀耳刻用了一种神奇的饮料把它们弄得如此服帖。听见宫中传来嘹亮的歌声，我的伙伴们把喀耳刻从里面叫了出来。喀耳刻热情地请他们进去，端上一碗碗美酒。然而，他们并不知道这酒中混有魔草汁液，仰头将酒喝下肚去，喀耳刻权杖轻点，他们便立即变成了猪，但还保留着人的智慧，痛苦的泪水满面流淌。女巫将他们赶进畜栏，只给他们橡子吃。欧律罗科斯没和其他人一起进宫，幸免于难。

欧律罗科斯跑回船上，惊魂未定地把同伴的遭遇告诉了我们。我立即起身，朝喀耳刻的宫殿走去，当时我想的只有一件事，那就是怎么才能拯救我的同伴。赫耳墨斯化作俊美的少年，在半路上向我传授解救同伴的方法，还给了我一种效用神奇的草根，它可使我不受喀耳刻魔法的影响。我走进喀耳刻的宫殿，她故技重施，邀我坐在她宫中的豪华圈椅上，为我端来了魔饮。我平静地一饮而尽，她用权杖碰了我一下，说：

“去猪栏和其他猪一起待着吧。”

我拔出剑，按照赫耳墨斯的吩咐冲向女巫，作势要杀她。喀耳刻跪倒在我面前，问：

“你是谁？还没有人能不受我魔药的影响。啊，我知道了，你是睿智的奥德修斯！赫耳墨斯早就告诉我你会来此，快收回你的剑吧！”

我强迫喀耳刻发誓不会做出任何不利于我的事情。她向我立下了不可违逆的神誓。她发完誓，我收剑回鞘。喀耳刻请我留在她宫中休息，我同意了。在我休息时，喀耳刻的女仆，即河流与溪涧之神的女儿们准备好了丰盛的食物。休息好后，我穿上华服走进宴会大厅，坐在了摆满美味佳肴的桌旁。突然一股浓浓的忧伤攫住了我，令我食不下咽。喀耳刻问我为何如此，我回答说，只有她把我的伙伴们变回原来的样子，我才能吃下东西。喀耳刻立刻把猪从猪栏中放了出来，替他们抹上魔药，让他们恢复了原形，还让他们变得比从前更加俊美强壮。大家看到我都欣喜若狂，他们的喜悦甚至感动了喀耳刻，于是她请我去趟海边把我的其他同伴都带到她的宫中。尽管欧律罗科斯劝大家不要相信女巫的话，可我还是依她所言，把大家都领了过来。所有人到齐之后，喀耳刻举办了一场盛大的宴会。

我们在喀耳刻的宫中住了整整一年。一年之后，我求喀耳刻让我们回家，女巫同意了。她告诉我说，在我回家之前，我必须去趟冥国，向先知提瑞西阿斯的阴魂打听自己的命运。喀耳刻还把去冥国的方法告诉了我，教我如何祭祀死者，怎样召唤亡灵。听她说完后，我开始召集大家上路。厄尔珀诺耳正在睡觉，他被我们集合的声音吵醒，一跃而起，却忘了自己睡在房顶上，结果，他直接从房上摔了下来，当场就咽了气。朋友的死让我们悲痛不已，可我们没法马上为他举行葬礼，因为我们要去大地的尽头，找寻哈德斯冥国的入口。

奥德修斯拜访哈德斯冥国

我把此行的目的地告诉大家后，他们都吓坏了，不过还是遵从我的命令登船起航，向极北之地驶去。女巫喀耳刻为我们召唤来顺风。船速很快，最终，我们抵达了灰蒙蒙的大洋，将船停靠在铿墨里俄人那令人忧伤的国度，一个太阳神赫利俄斯从未光临的地方。此地终年不见阳光，浓雾弥漫。我们将船拖上海岸，带上为冥国众神献祭用的一只母羊和一只黑色公羊，来到了阿刻戎河、科库托斯河及皮里佛勒革同河交汇的山崖旁。我用剑刨出了一个深坑，在坑边分三次洒下祭祀用的蜂蜜、美酒和水，把麦粉撒入洞中，又宰杀了所有祭祀用的牲畜。祭品的血流进坑洞，亡灵们蜂拥而至，争吵着谁有资格最先去喝祭品的血。亡灵中有女人、小孩、老人以及在战斗中死去的男人。我和同伴看得心惊胆战，焚烧完祭品后，我们祈求冥王哈德斯和冥后佩尔赛福涅保佑。我拔出剑来坐在坑边，不让亡灵们靠近。年轻的厄尔珀诺耳第一个走上前来，他的灵魂先于我们抵达冥国之门。他祈求我安葬他的尸身，这样他的灵魂才能得到安息，我答应了他的请求。我母亲安提克勒亚的灵魂也飞到坑边，我离开伊塔卡岛时，她尚在人世。尽管内心十分痛苦，可我依然没有让她接近深坑，因为先知提瑞西阿斯必须首先享用这一坑的鲜血。提瑞西阿斯的灵魂终于出现了，饱餐一顿之后，他告诉我海神波塞冬憎恨我，因为我弄瞎了他的儿子——独眼巨人波吕斐摩斯。此后，提瑞西阿斯又告诉我，如果我的同伴们不去动赫利俄斯养在特里那喀亚岛[①]的牛群，那我仍然可以回家，可一旦他们杀死了那些牛，那么他们都得死，只有我一个人在经历巨大的苦难之后可以重回伊塔卡岛。回家后，我可以先报复那些求婚者，然后再拿起船桨，四处漂泊，直到遇见一个从未见过船只，也不知航海为何物的民族。如果有人问我为什么要把铁锹扛在肩上，那就说明我找到他们了。我必须在那个国家祭祀波塞冬，然后返航回家，在家中为众神献上丰厚的祭品，只有这样我才能在伊塔卡岛平安生活，直至终老。说完这些话，提瑞西阿斯消失了。我看见了许多亡灵，我母亲的灵魂在吸饱鲜血之后，将她死前伊塔卡岛城中发生的一切都告诉了我，还安慰我说，我的父亲莱耳忒斯，以及佩涅洛佩和忒勒玛科斯都还活着。我想拥抱温柔的母亲，可尝试了三次都被她滑开了。我在冥国还见到了许多英雄的亡灵，可这里我无法一一说出他们的名字，因为一整夜都说不完。今天时候不早了，我就讲到这儿，大家都回去睡觉吧。

可在场的人们，包括王后阿瑞忒和国王阿尔喀诺俄斯都请奥德修斯接着讲下去。大家已做好了听奥德修斯讲一个通宵的准备，于是奥德修斯继续讲述自己的传奇经历。

我在冥国还遇见了阿伽门农的亡灵。他向我控诉了妻子克吕泰涅斯特拉和情夫埃癸斯托斯的罪行，他们杀死了刚刚回国的阿伽门农。阿伽门农还告诫我，让我回到伊塔卡岛之后不要相信佩涅洛佩。我还遇到了阿喀琉斯、帕特罗克洛斯、安提洛科斯和大埃阿斯的灵魂。阿喀琉斯抱怨冥国的生活寂寞无聊，他宁愿去地面当最卑

① 古希腊人有时将西西里岛称为特里那喀亚岛。

微的雇农，也不想在地底裂土封王。我把他的儿子涅俄普托勒摩斯所建功业都告诉了他，听后，他的心情变好了一些。我想同伟大的大埃阿斯和解，当初我们为了争夺阿喀琉斯的铠甲搞得很不愉快，可他一言不发地走了。我还看见了亡灵的审判者弥诺斯，看见了正在受苦的坦塔罗斯和西绪福斯。就连最伟大的英雄赫拉克勒斯的灵魂也来到了我的身边，而他本人则留在奥林波斯山，与永生的众神待在一处。我本想再见见过去的其他英雄，可亡灵们高声尖叫起来，吓得我跑回了船上，因为我担心女神佩耳塞福涅会把恐怖的戈耳工女妖墨杜萨派过来。

我们迅速把船划到灰蒙蒙的大洋上，离开铿墨里俄人的国度。没过多久我们就抵达了埃埃亚岛，停船靠岸，坠入梦乡。

奥德修斯途径塞壬岛　穿过斯库拉和卡律布狄斯

第二天，我们安葬了厄尔珀诺耳的遗体，还为他堆起了巨大的坟墓。听闻我们返回埃埃亚，女巫喀耳刻也带着一群仆从来到岸边。她为我们送来了各种美食美酒，我们在海滩上一直吃喝到深夜。其他人都躺下入睡后，喀耳刻把即将来临的危险都告诉了我，还教我怎样化险为夷。

朝霞刚刚染红天空，我就叫醒了同伴们。我们把船推进大海，齐齐摇桨，大船在顺风中飞速前行。塞壬之岛近在咫尺，我对同伴们说：

“朋友们！我们马上就要经过塞壬的岛屿。塞壬们用歌声吸引往来的水手，再残忍地夺取他们的性命。整座岛屿早已尸骸遍地，我现在用柔软的蜂蜡堵住你们的耳朵，免得你们听见歌声无辜送命。你们把我绑在桅杆上，女巫喀耳刻说我可以听塞壬唱歌，如果我被它们的歌声迷惑，我会求你们为我松绑，那时请你们把我绑得更结实些。”

话音刚落，风突然停了。大伙儿收好船帆，开始划桨，塞壬之岛进入了我们的视野。我用蜡封住了大家的耳朵，他们则把我紧紧地捆在了桅杆上，捆得我所有关节都动不了。我们的船很快驶过小岛，岛上传来塞壬美妙的歌声：

“过来呀，伟大的奥德修斯！把船开过来，来听听我们的歌！所有的航海者都知道我们歌声优美，令人迷醉。我们知晓一切，知道希腊人在特洛伊城下的遭遇，也知道大地上正在发生的事情。听完我们的歌，你会弄清很多秘密。”

我被它们的歌声迷惑住了，示意大家为我松绑。可他们记得我之前的告诫，把我绑得更加结实。当船彻底驶离塞壬之岛时，同伴们方从耳中取出蜡封，将我从桅杆上解下。

大船继续前行，远方突然传来了可怕的巨响，冒出一股烟雾。我知道，就快到卡律布狄斯的地盘了。很多人吓得握不住船桨，失去动力的大船终于停了下来。我走到他们身边，为他们加油打气。

“朋友们！我们已经历尽苦难和艰险，我们现在面临的危险并不比在波吕斐摩斯山洞中遭遇的更可怕。不要胆怯，用力划桨！宙斯会让我们活下来。让船尽量贴近山崖，远离那个烟雾弥漫、响声震天的地方！”

大家受到鼓舞，开始全力划桨。我只字未提斯库拉，因为我知道斯库拉会夺走六个人的性命，可卡律布狄斯有可能让我们全都葬身于此。我忘记了喀耳刻的告诫，徒劳地瞪大双眼仔细寻找它的身影，手持投枪静待斯库拉的袭击。

我们的船沿着狭窄的海峡飞速航行。我看见卡律布狄斯正在吞噬海水，海浪在它口中澎湃激荡，水草和泥土在其腹内翻卷不停。当它喷吐海水时，周遭的一切都沸腾起来，涛声震天，咸涩的水花甚至都溅射到了山崖顶端。看见卡律布狄斯之后，我吓得面无血色。斯库拉趁机伸出六个脖子，张大六个长有三排利齿的血盆巨口咬住了我的六个同伴。他们的手脚在空中一闪即逝，接着便传来了凄厉的呼救声。斯库拉把他们拖到洞口一一吞食，他们向我伸手求援，可我完全无计可施。费了九牛二虎之力，我们终于把卡律布狄斯和斯库拉甩在身后，向太阳神赫利俄斯的岛屿特里那喀亚驶去。

奥德修斯在特里那喀亚岛　船难

太阳神赫利俄斯的岛屿很快就出现在远方，我们朝它驶去。我想起提瑞西阿斯和女巫喀耳刻的告诫，为避免酿成大祸，我让大家绕开该岛，不在此停留，可欧律罗科斯却对我说：

“奥德修斯，你太无情了！你自己如同铁人，不知疲倦，我们可累坏了！我们都多少昼夜不曾合眼了，现在想上岸休息、吃点儿东西你都不允许。晚上行船十分危险，即使有众神庇佑，也有很多船因夜遇风暴而沉没。不行，我们现在必须靠岸，明早再接着上路。”

其他人都赞同欧律罗科斯的话，我明白，我们躲不过这一劫难了。我们上了岸，把船拖上海滩。我让大家发重誓，保证不会去碰赫利俄斯的牛群。晚饭时，大家想起死去的同伴，伤心地流下了眼泪。饭后，我们在海滩上安然入睡。

夜里，宙斯掀起了巨大的风暴，狂暴的北风尖啸盘旋，乌云遮住天幕，让本就昏黑的夜空变得更加阴沉。一大早我们就把船拖进岸边的洞穴中，怕它被风暴毁坏。我再次请求大家不要动赫利俄斯的牛群，他们答应了我的要求。狂风吹了整整一个月，我们根本没法上路，所有的补给都消耗殆尽，我们只能靠打猎和捕鱼为生。饥饿开始折磨我的同伴们。有一天，我独自走进岛屿腹地，想单独祈求众神赐予我们顺风。我刚开始祈祷，众神让我进入梦乡。在我沉睡的这段时间，欧律罗科斯劝大家杀几头赫利俄斯的牛，说等回家后为太阳神建造富丽堂皇的神庙，敬献稀世珍宝，以此来祈求赫利俄斯的宽恕。如果众神会因为他们杀了牛而要他们偿命，那淹死总比饿死好。

其他人听从了欧律罗科斯的建议。他们把最好的牛挑出来宰掉，还分出一部分牛肉献祭给诸神。因为船上既没有面粉，也没有美酒，所以他们在举行仪式时，用橡树叶和水来代替了这两样东西。献祭完毕，他们开始在火堆上烤牛肉。我醒过来之后便直接回船，很远就闻到了烤肉的味道，我知道出了什么事，吓得高声喊道：

“伟大的奥林波斯诸神啊，你们为什么让我沉睡！我的伙伴们杀死了赫利俄斯的牛，犯下了弥天大罪。”

女神兰珀提厄把一切都告诉了赫利俄斯。太阳神勃然大怒，他向诸神控诉，说我的伙伴们侮辱了他，还威胁说，他要永远降落到哈德斯的冥国去，无论人神都再也得不到一丝光亮。为了平息太阳神的怒火，宙斯许诺会用闪电击毁我的船，杀死除我以外的所有人。

我斥责大家不该宰杀公牛，可已经于事无补。诸神降下了可怕的谕示，剥下的牛皮像活牛一样会动，牛肉则痛苦地哞哞直叫。风暴持续了六天，我的同伴们天天宰杀赫利俄斯的公牛。到了第七天，风暴终于停歇，海上刮起了顺风，我们立即开船上路。特里那喀亚岛刚从我们的视线中消失，宙斯就在我们头顶上聚集了浓密的雷云。西风神咆哮着狂奔而来，海面上掀起了巨大的风浪。桅杆像木条一样瞬间折断，掉入海里，坠落时还打碎了舵手的脑袋，他的尸身也跟着坠入大海。电光一闪，大船被击得粉碎。大海吞噬了我所有的同伴，只有我幸免于难。我费了很大的劲才抓住一块桅杆的碎片，把它和龙骨绑在了一起。风暴最终平息，刮起了南风。

海风把我径直吹向卡律布狄斯，那怪物当时正在大口大口地吞咽海水。我勉强抓住了卡律布狄斯近旁山岩上的无花果树枝，吊在可拍的怪物上方。我等了很久，卡律布狄斯才把桅杆和龙骨连同海水一齐吐出来。松开无花果树的枝条后，我跳到大船的残骸上，就这样，我从卡律布狄斯的口中捡回了一条命。接着我又靠着宙斯的庇佑，安全躲过了斯库拉。我随着汹涌的波涛从它身边游过时，它没有发现我。

我在无边无际的大海中漂流了九天，海浪把我送到了女神卡吕普索的岛屿，与此相关的事我已经讲过了，阿尔喀诺俄斯和阿瑞忒。我已把我见到你们之前的危险经历也都告诉了你们，再讲一遍就不合适了，你们再听也没意思了。

就这样，奥德修斯讲完了自己的经历。

奥德修斯回到伊塔卡岛[①]

次日，在国王阿尔喀诺俄斯的率领下，淮阿喀亚人做好了起航的准备，他们把诸多赠予奥德修斯的礼物都装运上船。一切准备停当后，人们在宫中向宙斯敬献了祭品并举行了告别宴会。奥德修斯焦急期盼着傍晚的来临，看到太阳偏西、黄昏将至，他非常高兴。夜色转浓后，奥德修斯与国王和王后道别，朝大船走去，仆人们抬着礼盒、美酒和远航所需的食物跟在其后。奥德修斯登上大船，健壮的桨手们摇动船桨，把船开进外海。奥德修斯躺在为他准备的床榻上，诸神让他进入梦乡，这一路他都在安睡。大船在海上迅疾前进，速度甚至超过天上飞翔的雄鹰。第二天拂晓刚至，他们便抵达了伊塔卡岛海岸，停靠在水中精灵的洞府旁。淮阿喀亚人小心地将沉睡的奥德修斯抬上岸边的沙滩，把所有的礼物都放在他身边，返航而去。看见淮阿喀亚人返航的大船，波塞冬暴跳如雷，因为他们违背了他的意愿，将奥德修斯送回了故乡。波塞冬向宙斯控诉，宙斯建议兄弟惩罚他们，让波塞冬在大船进港之前把它变成高耸的山崖。波塞冬飞奔至淮阿喀亚人的岛上，等待大船返航。大船很快就出现在远方，岸边聚集了迎接水手归来的人群，大船刚行至港口就变成了一块巨石。人们把这一消息告诉了阿尔喀诺俄斯，他明白，这是波塞冬在践行自己此前的威胁，海神要惩罚他们，因为他们把海上的漂流者运送回了家。阿尔喀诺俄斯召集了城中所有的居民，让他们为波塞冬拿来丰盛的祭品，求他不要把他们的城市困于高山

---

① 根据荷马史诗《奥德修斯》整理。

之中。淮阿喀亚人开始祈求波塞冬平息自己的怒火，许诺永远不再护送外乡人回家。

奥德修斯醒了，他没认出来这里是伊塔卡岛，因为雅典娜把周围都罩上了浓雾。奥德修斯非常绝望，他以为淮阿喀亚人把他扔到了一个不为人知的荒岛，开始大声抱怨自己苦难的命运。

环顾四周，奥德修斯发现淮阿喀亚人送他的礼物完好地摆在身边。他十分悲伤，沿着河岸向前走去，遇见了一个英俊的青年。奥德修斯问他这是什么国家，得知这儿居然是伊塔卡岛。青年又问他是谁，奥德修斯谨慎地回答说他是来自克里特的流浪者，为了复仇，他打死了伊多墨纽斯之子阿尔喀罗科斯，从那儿逃了出来。他本打算乘坐腓尼基人的海船前去皮洛斯或者厄利斯，可狡诈的腓尼基人把他扔到了这片海滩。他们还趁他睡着，把他的财产洗劫一空。青年听完他的话，微微一笑，显现了本相，原来是女神雅典娜。女神称赞奥德修斯小心谨慎，让他打起精神，还许诺会助他一臂之力。她说此前自己并未一直帮助他，是因为不想触怒波塞冬。雅典娜要奥德修斯暂不向任何人泄露自己的身份。奥德修斯始终无法相信自己已经身在伊塔卡岛，于是女神吹散笼罩伊塔卡岛的浓雾，这下他终于认出了自己的祖国，激动地俯下身去亲吻大地。雅典娜把奥德修斯变成了一个骨瘦如柴的老乞丐，满脸皱纹，肩上皮肉松弛，毛发稀松，双眼无神，眼皮上布满结痂。女神给了他一身破衣烂衫，肩上用绳子吊着一个小袋子，还递给他一根拐杖。女神命奥德修斯把淮阿喀亚人的礼物藏进山洞，就以这副样子去见牧猪人欧迈俄斯，女神自己则立即动身去斯巴达，接奥德修斯的儿子忒勒玛科斯回国。

奥德修斯在欧迈俄斯家[①]

奥德修斯走近牧猪人欧迈俄斯的住处，当时欧迈俄斯正独自坐在门口干活儿。见到奥德修斯，那些看门狗狂吠着朝他扑去。如果不是欧迈俄斯及时跑过来把它们赶开，奥德修斯可能就被它们撕成碎片了。

欧迈俄斯没有认出化身乞丐的奥德修斯，他说道："流浪汉，奥德修斯的死已经让我痛苦万分，你要是死了，岂不是让我更加痛不欲生。进我家来吧，我给你弄点吃的，你还可以休息休息。"奥德修斯向欧迈俄斯用大石砌成的房子走去。屋前院子里有一排猪圈，两人走进屋去，欧迈俄斯让客人坐在铺着岩羊皮的树枝堆上，自己到猪圈去选了两只乳猪杀掉烤好，又往木头杯子里倒上了葡萄酒，把它们摆到桌上。做饭时，欧迈俄斯一直在抱怨那些求婚者，说他们比海盗还可恶，他们宰杀了奥德修斯家无数的牲畜，在他家大吃大喝，弄得奥德修斯家都快山穷水尽了。奥德修斯专心听着，思忖着报复的计划。吃饭时，他开始详细询问关于欧迈俄斯主人的事，牧猪人告诉他，奥德修斯已经死了。但流浪汉向欧迈俄斯发誓说奥德修斯没死，他很快就会回家。欧迈俄斯询问流浪汉的身份，奥德修斯将自己杜撰出来的故事讲了一遍。

他说他的兄长们欺负他，故意不给他分遗产。后来他娶了一个家财万贯的女人，发家致富。他还参加过特洛伊战争，回到家乡后又去了埃及。接着他告诉欧迈俄斯，埃及人几乎杀光了他所有的

① 根据荷马史诗《奥德修斯》整理。

同伴，因为他们劫掠了埃及人的城市。但是他侥幸活了下来，请埃及国王宽恕他。他在埃及生活了七年，辗转来到腓尼基。一个腓尼基人劝他去利比亚。他俩结伴上路，可途中宙斯的闪电击中了他们的船只，只有他一个人幸免于难，海浪将他送到了忒斯普罗托斯人国。忒斯普罗托斯人之王告诉他，似乎奥德修斯正带着大批礼物返回故土。此后，他又乘坐着忒斯普罗托斯人的大船向杜里支亚进发，然而忒斯普罗托斯人居然起了歹心，想把他卖为奴隶。当他们停靠在伊塔卡岛岸边时，他费了九牛二虎之力才跑了出来。欧迈俄斯相信了他讲的所有故事，只是不相信关于奥德修斯的那些传言。他指责流浪汉，说他这样讲奥德修斯，只是为了从奥德修斯的亲人那里得些好处。可奥德修斯又告诉他：

“先说好，欧迈俄斯，如果奥德修斯回来，你就给我一套新衣服；如果我骗了你，那你就把其他牧人都叫来，把我从山崖顶上扔下去，以后那些流浪汉就再也不敢瞎编故事了。”

没过多久，其他牧人赶着畜群回来了。他们宰了一头肥猪，坐下来吃晚饭。席间，欧迈俄斯遵照待客之礼把最鲜美的肉和第一杯酒都敬给了他。

他们安静地吃着，外面突然狂风大作，下起暴雨，天气骤然变冷。奥德修斯连睡觉时用来保暖的斗篷都没有，所以他为在场的人们讲了一个故事，如果他们能听懂他的暗示，就会给他一件斗篷。

“欧迈俄斯，你注意听，其他人也耐心听听。有一次，墨涅拉俄斯、奥德修斯和我埋伏在特洛伊城下，我们躺在芦苇丛里，入夜之后特别冷，雪像棉絮一样从天空飘落。我没带斗篷，就把这事儿告诉了奥德修斯。他马上想出了个点子。他稍稍起身，把躺在旁边的士兵叫醒，告诉他们自己做了个噩梦。现在离船这么远，这让他十分担心，应该找个人去阿伽门农那儿请求增援。一个士兵立即起身，脱掉斗篷回船上去了。我把斗篷捡了起来，把自己裹在里面安安静静地一觉睡到天亮。”

欧迈俄斯听懂了奥德修斯的暗示，把为他准备的床安在火炉边上，又铺上羊皮，还把自己冬天穿的斗篷给了奥德修斯。奥德修斯睡得很香，欧迈俄斯却没待在家里，他肩上背着剑，手里拿着投枪，披上斗篷，去照看山崖脚下放牧的畜群。

忒勒玛科斯回到伊塔卡岛①

告别装扮成乞丐的奥德修斯后，女神雅典娜很快来到了斯巴达，走进国王墨涅拉俄斯的皇宫，直奔忒勒玛科斯和皮西斯特拉托斯的卧室。皮西斯特拉托斯睡得很安稳，忒勒玛科斯则不然，即便是在梦中他都在思念父亲。雅典娜走到奥德修斯之子的床头，告诉他：

“忒勒玛科斯，你该回家了，你所有的财产都在那儿。如果你不回去，那些不守规矩的求婚者就会把你家洗劫一空。你好好想一想，女人是如此多变。如果你母亲同意嫁给欧律玛科斯，她一定会忘记你，只关心再婚所生的孩子。快点儿回家去吧。不过你得记住，求婚者准备伏击你。要想避免被他们攻击，你得在夜里绕过海岛，然后第二天一大早，找个隐蔽的地方登陆伊塔卡岛。让船开进

① 根据荷马史诗《奥德修斯》整理。

城里，你自己去找牧猪人欧迈俄斯，在他家找人告诉佩涅洛佩，说你已经回来了。”

雅典娜说完便消失了。

忒勒玛科斯马上叫醒皮西斯特拉托斯，催他赶快返回皮洛斯。可皮西斯特拉托斯劝他等到天亮再说，不能就这样不辞而别。忒勒玛科斯听从了皮西斯特拉托斯的劝告。没过多久，黎明女神厄俄斯升上天空。墨涅拉俄斯来到两个年轻人身边，奥德修斯之子在门口迎接了他，请他允许自己尽快回到伊塔卡岛。墨涅拉俄斯没有阻拦忒勒玛科斯，只让他稍等，以便置办礼品、准备饭食。

墨涅拉俄斯让人尽快做好饭，又叫来海伦和儿子墨伽彭忒斯，三人一同去宝库挑选了几件礼物，海伦选的礼物是她亲手编织的华贵礼服，送给忒勒玛科斯未来的新娘。

吃过饭，收下礼物，年轻的英雄们准备上路。墨涅拉俄斯拿着一杯酒走出皇宫，他口中呼唤着众神，完成了祭酒仪式，又请年轻人代他向年迈的涅斯托耳问好。忒勒玛科斯刚坐上车，抓起缰绳，一只抓着白鹅的老鹰突然飞到了宫殿上空。墨涅拉俄斯的仆人们叫喊着追逐这只老鹰，可它突然振翅高飞，消失在王宫右方。大家都知道这是诸神的谕示，忒勒玛科斯请墨涅拉俄斯解释这个谕示的含义。斯巴达国王陷入沉思，美丽的海伦替他答道：

“你们听我说！奥林波斯众神已经谕示，苍鹰抓起白鹅并将它撕碎，预示奥德修斯就会回家并杀死那些求婚者。可能他已经回去了，甚至已经在谋划要把求婚者们碎尸万段。“

忒勒玛科斯叫道：

“美丽的海伦！如果伟大的宙斯使你的话应验，那我回去之后会将你奉为女神。”

说着，忒勒玛科斯策马扬鞭，飞速奔向皮洛斯。

回程中，年轻人在狄俄克勒斯那里住了一夜，第二天就抵达了皮洛斯。忒勒玛科斯不让皮西斯特拉托斯进宫去见涅斯托耳，他担心老人又要让他们在这儿待上一天。皮西斯特拉托斯同意了，尽管他知道父亲会因此而不悦，可他还是直接把朋友领到了船边。皮西斯特拉托斯甚至催促忒勒玛科斯赶紧乘船离开，否则听到他回来，涅斯托耳一定会来岸边阻止他走。水手们匆匆竖起桅杆，忒勒玛科斯准备下令离岸开拔的时候，先知忒俄克吕摩诺斯走了过来。他从阿耳戈斯逃到这里，他杀了人，怕被报复，所以恳求忒勒玛科斯把他也带到伊塔卡岛去。那样的话，死者的亲属就追不到他了。忒勒玛科斯答应了他的请求，大船迅速离岸，顺风中飞速航行在大海上。

奥德修斯此时还待在欧迈俄斯家中，他想去城中乞讨，甚至想去给那些求婚者当仆役。可欧迈俄斯劝他打消这个念头，他告诉奥德修斯，这些求婚者十分残酷和暴虐。于是奥德修斯开始详细打听关于莱尔忒斯和佩涅洛佩的情况。欧迈俄斯便和盘托出，他没有想到他的听众是奥德修斯本人。最后，奥德修斯让欧迈俄斯讲讲他来伊塔卡岛的经过。欧迈俄斯愉快地答应了，他告诉奥德修斯，他来自绪里亚岛，是国王克忒西俄斯的儿子。一天，腓尼基商人来到绪里亚岛，他们找到王宫里来自腓尼基的女奴，让她将王子偷走，如果她做到了，他们就帮她回家。女奴同意了，悄悄把他带出王宫，领到了腓尼基人的船上。大船扬帆起航，向腓尼基驶去。

他们在海上航行了六天。女神阿耳忒弥斯射死了那个背叛主人的女奴。腓尼基人将船停靠在伊塔卡岛，把年幼的欧迈俄斯卖给了莱尔忒斯。

奥德修斯听得十分认真，欧迈俄斯讲完自己的经历时，已是深夜。两人躺下睡觉，可没睡多长时间，朝霞就又在天边升起，该起床了。

忒勒玛科斯这时也回到了伊塔卡岛，他遵照雅典娜的嘱托，把船停在很隐蔽的地方后上了岸，去找好友珀拉俄斯 ，请求他让忒俄克吕摩诺斯在他那里暂住几日，然后打算去找欧迈俄斯。突然在他头上出现一只抓着鸽子的苍鹰。忒俄克吕摩诺斯抓住忒勒玛科斯的手悄悄告诉他：

"忒勒玛科斯，这是吉兆。在伊塔卡岛没有任何家族能和你的家族相提并论。你们将永远统治伊塔卡岛。"

听完他的话，忒勒玛科斯非常高兴，他让其他人把船开进城中船港，自己则开开心心地去找牧猪人欧迈俄斯。

忒勒玛科斯来到欧迈俄斯家　奥德修斯和忒勒玛科斯[①]

奥德修斯和欧迈俄斯很早就醒了。他们做好早饭，正吃着，欧迈俄斯的狗欢快地叫着奔向忒勒玛科斯，向他表示亲热。奥德修斯刚听到脚步声，忒勒玛科斯本人就出现在欧迈俄斯的家门口，他健步来到牧猪人欧迈俄斯面前，欧迈俄斯一把抱住他、亲吻他，高兴得老泪纵横。忒勒玛科斯的归来令他如此开心，就像父亲见到阔别

① 根据荷马史诗《奥德修斯》整理。

良久的独生子一样。奥德修斯站起来想把座位让给儿子，可忒勒玛科斯亲切地对他说：

“你坐着吧，流浪汉！别紧张，欧迈俄斯会给我准备座位的。”欧迈俄斯连忙给忒勒玛科斯找来坐垫，端上饭和酒。忒勒玛科斯边吃边向欧迈俄斯打听这个流浪汉从哪儿来，是谁送他来伊塔卡岛的。欧迈俄斯把他从奥德修斯那儿听来的故事讲了一遍，还请忒勒玛科斯把流浪汉带回家去。然而忒勒玛科斯没法答应他，他还太年轻，无法同那帮凶残的求婚者对抗，因此，只说要给流浪汉送来新衣服和佩剑，助他返回故土。奥德修斯心疼忒勒玛科斯，装作什么都不知道，开始打听那些求婚者的情况，还向忒勒玛科斯打听，伊塔卡岛的民众以及家中亲戚对他态度是否恶劣。

问完忒勒玛科斯后，奥德修斯说道：

“宁可在自己家因驱赶外人被杀，也比忍气吞声，眼睁睁看着家产被抢好。”忒勒玛科斯能说什么呢？他只能说，他独自一人和这么多想要他命的求婚者争斗太难了。忒勒玛科斯甚至不愿意转告佩涅洛佩自己已经回到伊塔卡岛的消息，他让欧迈俄斯去城里，把自己已经回来的消息告诉母亲，但不能让那些求婚者知道。他让佩涅洛佩再派了一名忠诚的女奴把这个消息告诉莱尔忒斯，因为莱尔芯斯也整天为孙子的命运担惊受怕。

欧迈俄斯急匆匆地走了，他走之后，女神雅典娜悄然出现，她把奥德修斯叫到小屋外边，用权杖轻轻一点，将他恢复原貌，让他向忒勒玛科斯公开身份。

奥德修斯走回屋内，忒勒玛科斯简直惊呆了，以为他是某位永生的神祇，因为他是如此英俊和强壮：

“嘿，流浪汉！你现在换了个模样！你是一位神！请发发慈悲吧！我们会给你献上丰盛的祭品。”

“不，我不是神！我是你的父亲奥德修斯，你就是因为我才会遭受求婚者们的侮辱。”

奥德修斯慈爱地拥抱了自己的儿子，含泪亲吻他，但忒勒玛科斯并未立即相信父亲已经回家，因为这个人刚才还是一副年老体衰的流浪汉模样。他怎么做到的？凡人可创造不出这种奇迹。忒勒玛科斯心中疑惑重重，奥德修斯告诉他，是女神雅典娜将他变成了流浪汉，现在女神又恢复了他的容貌。父亲的话打消了忒勒玛科斯的疑虑，他终于相信，面前这个人就是自己的父亲。他们拥抱在一起，喜悦的泪水夺眶而出。见面最初的兴奋过去之后，忒勒玛科斯问父亲是怎么回来的，是谁将他送回了伊塔卡岛。奥德修斯告诉儿子，是淮阿喀亚人送他回来的，还把自己在山洞藏宝以及女神雅典娜显灵让他来找欧迈俄斯的经过都告诉了忒勒玛科斯。奥德修斯开始详细询问求婚者们的情况，听完后他满腔怒火，想要复仇。可他做得到吗？求婚者来自四面八方，有一百一十六人之多。难道奥德修斯和忒勒玛科斯两人就可以打败这么多人？不过奥德修斯拥有强大的后援，无论凡人的力量多强大，无论他们的人数有多少，他们都无法战胜他，因此他的帮手是雷神宙斯和他的女儿雅典娜。

奥德修斯决定在神祇的帮助下，实施自己的复仇计划。他让忒勒玛科斯先回城去，稳住求婚者，自己则装扮成一个老乞丐，同欧迈俄斯一起跟在忒勒玛科斯后面。无论受到怎样的侮辱，他都得忍下来。此后忒勒玛科斯需按他的眼色行事，收走所有人的枪剑和盾牌，只留下他们父子俩的武器。最重要的是，他归来的消息必须保密，不能走漏一点风声，即使对佩涅洛佩也要如此，因为不是所有的奴隶都忠诚于奥德修斯。父子俩一起计划了很久。

这时候，忒勒玛科斯的船也已到岸，他的同伴们当即遣人去通知佩涅洛佩王子归来的消息。欧迈俄斯在奥德修斯宫中遇到了报信者，两人一起去找佩涅洛佩。报信者大声通报佩涅洛佩，说她的儿子已经回来了。欧迈俄斯则俯下身去，悄声把忒勒玛科斯让他转达的话告诉了佩涅洛佩。听说儿子回来了，佩涅洛佩非常高兴。

忒勒玛科斯归来的消息很快就传到了求婚者耳中。他们感到害怕，聚集在广场上商议接下来怎么办。安提诺俄斯提议弄死忒勒玛科斯，因为他是他们唯一的障碍。可是安菲诺摩斯担心这样会触怒宙斯，所以不同意这么做，他建议大家首先询问诸神的意愿。如果诸神降下吉兆，那他愿意亲手杀掉忒勒玛科斯，如果不是吉兆，那就最好别对忒勒玛科斯下手。其他求婚者同意安菲诺摩斯的意见，于是大家一起前往奥德修斯的宫殿。

传谕官墨冬将求婚者们的阴谋告诉了佩涅洛佩，她走到他们面前，痛斥他们的险恶用心。佩涅洛佩把矛头对准了安提诺俄斯，说他忘恩负义，因为是奥德修斯从愤怒的民众手中救出了他的父亲。欧律玛科斯开始劝慰佩涅洛佩，说他们永远都不会对忒勒玛科斯动手。尽管他嘴上这么说，可心里想的却是怎么才能弄死忒勒玛科斯。

此时，欧迈俄斯已回到自己的小屋。女神雅典娜又把奥德修斯变成了流浪汉，这样欧迈俄斯就无法认出他来。牧猪人把城中发生的一切都告诉了奥德修斯，开始为所有人准备晚饭。酒足饭饱后，大家都睡了。

奥德修斯化身流浪汉来到自己的宫殿

次日，朝霞刚刚露出天边，忒勒玛科斯就已经出发进城了，临走时吩咐欧迈俄斯把流浪汉也领进城去，这样他就可以在城里行乞了。回到家后，忒勒玛科斯见到的第一个人是年老的仆妇欧律克勒亚。她看见忒勒玛科斯后喜极而泣，赶紧过去抱住了他。所有女仆都出来迎接忒勒玛科斯。听到儿子回来的消息，佩涅洛佩走出了房间。她抱住儿子，开始询问他这一趟出行打听到了什么消息。忒勒玛科斯什么也没说，他急着去市内广场接忒俄克吕摩诺斯。

忒勒玛科斯来到市内广场时，大批求婚者围住了他，争先恐后地祝福他、说好话，可内心深处却都在盘算着怎么要他的命。没过多久，忒俄克吕摩诺斯和珀拉俄斯也来到了这里。忒勒玛科斯不在城中这段时间，忒俄克吕摩诺斯一直住在珀拉俄斯家。

忒勒玛科斯邀请忒俄克吕摩诺斯到自己家去做客，两人一起离开了广场。在精美的大理石浴池里洗过澡后，忒勒玛科斯和忒俄克吕摩诺斯开始享用美食。佩涅洛佩走过来，坐到桌边做自己的事。忒勒玛科斯将此次去皮洛斯和斯巴达的见闻讲给母亲听。佩涅洛佩很伤心，因为儿子没有打听到任何关于奥德修斯的消息。忒俄克吕摩诺斯不停地安慰她说，奥德修斯已经在伊塔卡岛了，只不过他藏起来了，伺机向求婚者复仇呢。忒俄克吕摩诺斯还说，如果奥德修斯没有回到伊塔卡岛，那忒勒玛科斯回来的时候诸神就不会降下谕示。佩涅洛佩同二人聊天时，求婚者们在院子里掷铁饼、投枪取乐。牧人们把羊群都赶了过来，为求婚者们准备宴席。求婚者成群结队地拥进奥德修斯家，准备大吃大喝，传谕官墨冬招呼他们走进了宴会厅。

此时，奥德修斯和欧迈俄斯正慢慢地向城中走去。奥德修斯拄着手杖，看起来就是一个虚弱的老乞丐。他们走到了离城不远的泉眼旁时，牧人墨兰提俄斯迎面走来，看见欧迈俄斯和流浪汉在一起，他无耻地挖苦说：

“真是物以类聚呀！欧迈俄斯，你这个蠢家伙，要带这个臭要饭的去哪儿啊？小心点儿呀！他要是在奥德修斯家露面，那些求婚者会打断他的肋骨！”

说完，墨兰提俄斯狠狠踢了奥德修斯一脚，挨了重重一踹的奥德修斯纹丝未动。他真想一拳打死这个无赖，但他把冲动强压了下去。欧迈俄斯对墨兰提俄斯说，奥德修斯回来后，他不会有好下场。墨兰提俄斯口吐狂言说，奥德修斯回来也没用，未婚夫们很快就要杀掉忒勒玛科斯了，而他欧迈俄斯会被卖给外乡人做奴隶。墨兰提俄斯说完这话扬长而去。

欧迈俄斯和奥德修斯继续慢慢地往前走，他们终于走到了奥德修斯的宫殿。宫中传来基法拉琴声和歌声，求婚者们边吃边喝，正在狂欢。欧迈俄斯和奥德修斯说笑着走进宫殿。奥德修斯养的那条老狗阿格斯趴在大门口的粪堆上，听见主人的声音后，它立即竖起了双耳。忠诚的阿格斯嗅出，这就是它的主人。它摇起尾巴想爬起来迎接主人，可力不从心，被人遗弃的老狗已经奄奄一息了。奥德修斯认出阿格斯后，眼泪顿时夺眶而出。怕被欧迈俄斯看见，他赶紧擦去了泪水。阿格斯微微动了动，咽了气。它苦等主人二十年，即便主人一副乞丐的样子，它还是一下子就认出了他。

欧迈俄斯自己先走进宴会大厅，坐到了忒勒玛科斯身旁，奥德修斯跟着也走了进去。他没往宾客中间走，而是紧靠着大门口坐下了。忒勒玛科斯取来面包和肉，命人端给奥德修斯吃，还让他鼓起勇气向客人们乞讨。奥德修斯站起身来，开始在大厅四处走动。除了安提诺俄斯外，所有人都施舍给他一些钱或物。奥德修斯一直坚持向他讨要，粗暴又残酷的安提诺俄斯发了火，他一把推开了奥德修斯。奥德修斯从他身旁走开时，轻声说道：

“是啊，我看得出，你的良心不如你的脸蛋好看呀，你竟然连一点面包屑都舍不得给我吃，何况这面包还不是你的！”

安提诺俄斯气急败坏地抓起长凳，用力拍打在奥德修斯的背上。受了这么重的打击，奥德修斯却连晃都没晃动一下，就像山崖一样屹立在原地，他只是摇了摇头，坐到门边说：

“为保护自己的财产而遭到殴打也不是什么坏事。如果复仇女神保护乞丐的话，那等待安提诺俄斯的可不是婚礼，而是葬礼喽。”

听完这些话，安提诺俄斯更生气了，其他求婚者开始指责他，不应该侮辱一个流浪汉，永生的众神会化身流浪汉行走人间，这种事发生过不止一次了。看到父亲遭受的屈辱，忒勒玛科斯痛心不已，可他牢记约定，强压下了心中的怒火。

听闻安提诺俄斯竟然侮辱一个不幸的流浪汉，佩涅洛佩更加憎恨他了。她把欧迈俄斯叫到身边，向他打听流浪汉的情况。得知奥德修斯曾经在流浪汉的父亲家做过客后，她高声说道：

“我相信，我丈夫奥德修斯回来之后，他和他的儿子会残酷地报复这些求婚者！”

佩涅洛佩话音刚落，忒勒玛科斯就打了个非常响亮的喷嚏。这个预兆让佩涅洛佩非常高兴，她深信，这些求婚者迟早都会死在她丈夫的手里。

她吩咐欧迈俄斯把流浪汉领过来，想向他打听些奥德修斯的情况。可是奥德修斯不愿意现在去见佩涅洛佩，他不想激怒求婚者，他说他傍晚会过去看她，佩涅洛佩答应了。

酒宴上，求婚者们越来越放肆了。黑夜降临，欧迈俄斯早早就回家去了。求婚者们完全没有散去的打算。突然，一名乞丐出现在门口，这人叫伊罗斯，是全伊塔卡岛有名的饭桶和酒鬼。看见门边坐着一个流浪汉，伊罗斯想把他撵走，可是奥德修斯一动也不动。伊罗斯扬言，如果他不走，就打死他。两人争吵起来。安提诺俄斯听到两人的吵架声，想出一个坏点子，他想撺掇伊罗斯和流浪汉打一仗。他许诺，谁打赢了，就给谁一个炸羊肚，此外，还允许他每天来乞讨。求婚者们围住了伊罗斯和奥德修斯，挑唆他们用武力一较高下。奥德修斯同意和伊罗斯较量，但他让求婚者们发誓不出手帮伊罗斯。大家发完誓后，奥德修斯把破衣服脱了下来，缠在腰上。大家看见奥德修斯强健的身躯、肌肉发达的两臂、宽阔的胸膛和肩膀，都颇感惊讶。伊罗斯害怕了，可又不能不和奥德修斯打斗，因为奴隶们已经给他戴好了束腰，还把他拖到了奥德修斯对面。伊罗斯吓得站都站不稳了。奥德修斯看了他一眼，犹豫起来，是直接一拳把他打死，还是打倒就算了？奥德修斯相信，打得太狠会让求婚者们起疑，所以当伊罗斯打他肩膀时，他一拳打到伊罗斯耳朵上方。伊罗斯摔倒在地，痛得大声号叫起来。奥德修斯抓住他的腿，把他拖出了宴会厅，扔到墙角，还将那破烂不堪的口袋挂到他肩上，塞给他一根拐棍。奥德修斯就这样教训了企图赶走他的伊罗斯。求婚者们非常高兴，因为奥德修斯让他们摆脱了烦人的伊罗斯，他们祝贺他取得了胜利，安菲诺摩斯为他端来了一杯美酒，祝愿他可以再次得到诸神赐予的财富和幸运。安菲诺摩斯是求婚者中最为和善的一个人，他经常制止其他求婚者的无耻行为，一直都在保护忒勒玛科斯。这些奥德修斯都知道。为挽救安菲诺摩斯的性命，他曾劝安菲诺摩斯离开这群求婚者，回到他父亲身边，否则奥德修斯回来后，所有求婚者都会被他打死。可是安菲诺摩斯听不进奥德修斯的劝告，自寻死路。

女神雅典娜鼓动佩涅洛佩去找那些求婚者，让他们燃起更强烈的求婚欲望，同时也让奥德修斯和忒勒玛科斯能对她的忠贞和爱有更深切的感受。佩涅洛佩叫来欧律诺墨，让她找两个女仆来，陪她去宴会大厅见求婚者。欧律诺墨出门后，雅典娜让佩涅洛佩小睡一会儿，在她睡着的时候，雅典娜把她打扮得像爱神阿佛罗狄忒一样光彩照人。女仆们进来叫醒了佩涅洛佩，她起身去见求婚者们。求婚者们看到美丽的佩涅洛佩后惊叹不已。走进大厅后，佩涅洛佩把忒勒玛科斯叫到身边，责怪他居然允许别人在自己家里侮辱流浪汉，忒勒玛科斯恭顺地听着母亲的责怪。就在这时，欧律玛科斯来到佩涅洛佩面前，对她的美貌大家称赞。听完他的话，佩涅洛佩回答说，随着奥德修斯的离去，美貌于她已如明日黄花，只有奥德修斯归来后，她才能恢复昔日的美丽容颜。她谴责求婚者们胁迫她再嫁，还谴责他们在奥德修斯的宫中大吃大喝，糟蹋奥德修斯的钱财。她还说以前的风气可不是这样，过去的年轻人都给姑娘们送礼物，讨得她们的欢心，而决不会糟蹋别人家的钱财。求婚者们对佩涅洛佩的谴责无动于衷，他们平静地听她说完，然后打发仆人取来丰厚的礼品送给佩涅洛佩，想用厚礼打动她，让她同意再婚。佩涅洛佩默默收下礼品，带着女仆们回到内室。

佩涅洛佩刚走，求婚者们便吩咐女仆拿来三盏大灯，让她们点燃灯火，把整个宴会大厅照得更亮堂一些，女仆们立即照办。奥德修斯让她们去做自己该做的事，他来照管这些灯。不料有个叫墨兰托的女仆居然开始挖苦咒骂他。奥德修斯警告这个狂妄的女仆，说自己要去佩涅洛佩那儿告她的状，女仆害怕了，匆忙离开了宴会大厅。奥德修斯开始照管这些灯中的火焰。为了逗求婚者开心，欧律玛科斯开始取笑奥德修斯：

“我看，是某个神祇派你来为我们宴会增光的吧。宴会厅的亮光可不是大灯发出来的，而是你那一根头发都没长的秃头发出来的。”

求婚者们哄堂大笑，欧律玛科斯讥讽得更加起劲了。奥德修斯平静地回应道：

“欧律玛科斯，你太嚣张了，你自以为力大无穷，那不过是因为你周围的人全都手无缚鸡之力。奥德修斯一回来你就大难临头了，逃跑的时候这么宽敞的大门你都会嫌窄。”

欧律玛科斯生气了，抓起长凳朝奥德修斯打去。奥德修斯闪身避开，凳子砸到斟酒的仆人手上，仆人呻吟倒地，杯子也掉落到地上。求婚者们争吵起来，他们非常恼火，因为从流浪汉出现的那一刻起，宴会上就争吵不断。忒勒玛科斯说，这并不是大家争吵的原因，大家都醉了，所以才吵吵闹闹的，宴会该结束了。忒勒玛科斯的话让求婚者们十分生气，但也只好作罢。他们再次把杯中斟满美酒，干杯后四散而去。

求婚者们离开以后，奥德修斯告诉忒勒玛科斯，现在该把所有的武器都搬出宴会厅。忒勒玛科斯叫来欧律克勒亚，命她把所有女仆都关在房间里，以防她们看见武器被搬走。这些武器得好好收藏，不能被烟熏坏了。欧律克勒亚完成了忒勒玛科斯的嘱托。忒勒玛科斯和奥德修斯开始往外搬武器，女神雅典娜则隐去身形，点燃自己的灯台为他们照亮。忒勒玛科斯看见四处灯火通明却不见灯台，便问父亲这光从哪儿来。奥德修斯不让儿子多问，他担心忒勒玛科斯的刨根问底会触怒女神。收好武器后，奥德修斯走进佩涅洛佩的内室，她正等着流浪汉，她迫不及待地想从他那里打听些奥德修斯的情况。忒勒玛科斯回到自己的房间后，很快就安然入睡了。

奥德修斯和佩涅洛佩

忒勒玛科斯回房睡觉去了，佩涅洛佩带着女奴们来到宴会大厅。女奴们把女主人的镶银象牙椅摆在火炉旁后，着手收拾求婚者们的狼藉杯盘。女仆墨兰托又开始辱骂奥德修斯，要赶他出门，还威胁说，如果他不走，就用滚烫的焦木砸他。奥德修斯阴沉地瞥了她一眼说：

“你为什么要欺辱我？是，我是个乞丐！可这是命运的安排，我也曾腰缠万贯，只不过宙斯剥夺了我所有的一切。你很快也会美貌不再，你的女主人也会憎恶你。等着瞧吧，奥德修斯回来后你会付出惨重代价，即使他不回来，忒勒玛科斯还在家呢，他很清楚女仆应如何行事，什么都瞒不了他。”

佩涅洛佩听到了奥德修斯的这番话，她愤怒地对墨兰托说道：

“你怎么像条看门狗似的，冲谁都发火！你当心点儿，你干的那些事我一清二楚！早晚有一天，你会因你干的那些事掉脑袋。难道你不知道，是我亲自把这个流浪汉叫来的吗？”

佩涅洛佩命人在火堆旁边为流浪汉放把椅子，待他入座后，开始详细询问奥德修斯的情况。流浪汉告诉她，奥德修斯去特洛伊的途中遭遇了风暴，所以在克里特停靠过一段时间，他曾在自家接待过奥德修斯。佩涅洛佩听说流浪汉二十年前见过奥德修斯，忍不住失声痛哭起来。为了验证他的话是真是假，佩涅洛佩又问他当时奥德修斯穿的是什么衣服。对流浪汉来说，描述自己的穿着是再容易不过的事儿了。他详细地描述了当时的着装细节，佩涅洛佩相信了他。流浪汉告诉她，奥德修斯还活着，不久之前还去了忒斯普罗托斯人的国家，从那儿出发，又到多多那去聆听宙斯的神谕。流浪者补充道：

“奥德修斯很快就会回来了！过年之前，甚至在下个新月出现之前，奥德修斯就会回来。”

佩涅洛佩很想相信他的话，可又不敢相信，因为她苦等奥德修斯这么多年，也未见他归来。佩涅洛佩吩咐女奴们为流浪汉铺好软床，奥德修斯向她道了谢，随后请求佩涅洛佩，是否可以让欧律克勒亚替他洗洗脚。

欧律克勒亚非常愿意为这个流浪汉洗脚，因为这个人的身材、相貌甚至声音，都很像她看着长大的奥德修斯。欧律克勒亚用铜盆端来洗脚水，俯身为流浪汉洗脚。突然，她看见流浪汉腿上有一道她十分熟悉的伤疤。奥德修斯当年和奥托吕科斯的儿子们在帕耳那索斯山上打猎时，一头野猪在他腿上留下了这道疤痕。欧律克勒亚就靠这疤痕认出了奥德修斯，她因为吃惊而失手打翻了铜盆，她激动得流下眼泪，高兴得连声音都颤抖了：

“奥德修斯，是你吗，我亲爱的孩子？我怎么之前没认出你来？！”

欧律克勒亚想告诉佩涅洛佩，她的丈夫回来了，但奥德修斯迅速用手捂住她的嘴，轻声说道：

“是，我是你养大的奥德修斯！这是秘密，你可别说出去，否则我就没命了。不要告诉任何人我回来的消息！如果走漏了风声，即便你是我的奶妈，我也会严厉地惩罚你，而且绝不轻饶。如果女奴们从你口中得知我的消息，我也要惩治她们。”

欧律克勒亚发誓，一定保守秘密。她高兴极了，重新打水为奥德修斯洗了脚。佩涅洛佩没有看到这感人的场面，因为女神雅典娜转移了她的注意力。

奥德修斯又坐到了火炉旁，佩涅洛佩向他诉说了自己悲惨的命运，她把前不久做的梦讲了一遍。她看见苍鹰撕碎了家中所有的白鹅，伊塔卡岛的女人们都和她一起恸哭。可突然老鹰又飞了回来，停在王宫房顶上，用人的声音说道：“佩涅洛佩，这不是梦，而是即将发生之事的谕示。白鹅代表求婚者们，而我是很快就要回家的奥德修斯。”

奥德修斯告诉佩涅洛佩，她的梦就像她亲眼所见一样清晰明了，根本不用再费力去解读。可佩涅洛佩就连这样的梦都无法相信，她不信奥德修斯会回来。她告诉流浪汉，她明天要试试那些求婚者，她要把奥德修斯的弓拿给他们，让他们张弓试射，谁射中靶子，她就选谁当自己的丈夫。流浪者建议佩涅洛佩抓紧进行这一试验，最后还补充一句说：

“求婚者射中箭靶之前，奥德修斯就会归来。”

两人就这样聊着，佩涅洛佩丝毫没有想到，坐在自己面前的人就是奥德修斯。天色已晚，佩涅洛佩很想和流浪汉聊个通宵，可她得回去休息了。佩涅洛佩带上所有女奴回到了卧室。女神雅典娜让她进入了甜美的梦乡。

奥德修斯把牛皮和羊皮铺到床上后，躺了上去，辗转反侧，无法入睡。他一直在想，如何报复求婚者们。雅典娜走到他的床边，安慰他，许诺会帮助他，还告诉他，他所有的苦难就要结束了。最后，女神催眠了奥德修斯。然而，他没能睡太久，佩涅洛佩的哭声吵醒了他，她边哭边抱怨诸神不让奥德修斯回家。奥德修斯起身收拾好床铺，走到院中向宙斯祈祷，恳求宙斯降下谕示，如果今早他最先听到的是好话，那就是吉兆。宙斯听到了奥德修斯的祈求，天空中响起了一声惊雷。奥德修斯听到的第一句话是一个正在磨面粉的女仆说的，她说，她希望今天是那帮求婚者在奥德修斯家大吃大喝的最后一天。奥德修斯听后兴奋无比，他清楚，现在雷神宙斯会帮他向求婚者们复仇了。

奥德修斯诛杀求婚者

清晨，女奴们走进宴会大厅收拾打扫，为求婚者们今天的宴会做准备。欧律克勒亚派人取水擦地，清洗餐具，为长凳铺上新的紫色罩布。不一会儿，忒勒玛科斯从卧室中走出，向欧律克勒亚询问流浪者过夜的情况，接着便到市内广场去了。欧迈俄斯、菲罗提俄斯、墨兰提俄斯赶来猪、羊和牛，供宴会使用。欧迈俄斯和菲罗提俄斯热情地同流浪者打着招呼，对他这种居无定所、满世界漂泊的状态表示了同情。菲罗提俄斯想起了奥德修斯，叹息不已。看着流浪者，菲罗提俄斯突然想到，难不成奥德修斯也被迫到处流浪，无家可归？欧迈俄斯与菲罗提俄斯一道祈求诸神让奥德修斯回家，奥德修斯想安慰自己忠实的仆人们，他对菲罗提俄斯说道：

“我以宙斯和奥德修斯宫中的圣火向你发誓，你们离开这里之前，奥德修斯就会回来，你会亲眼见到他向求婚者们复仇。”

欧迈俄斯和菲罗提俄斯对待流浪者的态度很温和，可墨兰提俄斯却很粗鲁地羞辱流浪者，威胁说，如果他不从奥德修斯家中滚出去，就要打死他。奥德修斯未作回答，只是皱紧了双眉。

求婚者们开始聚集，阴谋要杀死忒勒玛科斯，然而众神的谕示遏止了他们。求婚者们坐到桌旁，宴会开始。忒勒玛科斯在门口为奥德修斯摆好桌椅，命人为他端上食物和饮料。奥德修斯之子正色说道：

“流浪汉！你就坐在这儿和我的客人们一起吃喝，我不会允许任何人欺侮你！我家不是什么下流无耻之辈都可以来的小酒馆，这是奥德修斯国王的宫殿。”

听到忒勒玛科斯的话，安提诺俄斯不屑地说道：

“朋友们！就由忒勒玛科斯说去，随他怎么威胁！如果不是宙斯降下神谕不让碰他，我们早就让他永远不能像今天这样逞口舌之能了！”

忒勒玛科斯对他的威胁未作任何回应，只静坐在那儿，等待奥德修斯的信号。雅典娜煽动求婚者们闹得更加厉害，这使得奥德修斯心中的复仇欲望变得愈加强烈。在女神的鼓动之下，求婚者克忒西波斯叫道：

“你们都听着！忒勒玛科斯可没少给那个流浪汉吃的喝的，我们也得给他点儿什么。我都把我想给的准备好了。”

克忒西波斯说完，抓住一条牛腿朝奥德修斯扔去，差点没打到奥德修斯。忒勒玛科斯冲克忒西波斯喊道：

“没打中是你走运！我真想一刀结果了你，到时候你父亲为你准备的将不是婚礼，而是葬礼。我再和你们说一次，我不允许任何人在我家侮辱我的客人。”

求婚者们什么也没说，阿戈拉奥斯开口劝诫他们，不要再侮辱流浪汉了。

雅典娜让求婚者们发出一阵哄笑，同时使他们丧失了理智。他们开始狂笑，笑得脸色发白，双眼淌泪。突然，他们的内心变得十分沉重，郁结难当，很多人就像野兽一样，开始疯狂吞食生肉，边吃还边挖苦忒勒玛科斯。忒勒玛科斯不予理会，仍旧一动不动地坐在那里。就连身处内室的佩涅洛佩都听到了求婚者们坐在桌边发出的胡言乱语。女神雅典娜和奥德修斯为这些求婚者们准备的这顿酒宴，可谓是前所未有。

佩涅洛佩来到奥德修斯存放宝物的库房，奥德修斯的长弓就存放在那里。这张弓曾经属于欧律托斯，他的儿子伊菲托斯把它送给了奥德修斯。拿起弓和装满羽箭的箭袋，佩涅洛佩走进了宴会厅。她在宫柱旁站定，对求婚者们说：

“大家听好了！我带来了奥德修斯的弓箭，你们谁能把弓拉开，并一箭穿过十二个圆环，我就嫁给谁。”

佩涅洛佩把奥德修斯的弓交给了欧迈俄斯，老人看见主人的弓后，掩面啜泣起来，却不得不把它递给那帮求婚者。忠仆菲罗提俄斯也哭了。求婚者们愤怒异常，因为居然有人为奥德修斯流泪。忒勒玛科斯将挂有圆环的长杆插进地里，调好高低。他第一个跑去试弓，连拉三次都没能把弓拉开。当他准备拉第四次的时候，奥德修斯冲他点了点头，他马上就停止了尝试。求婚者们挨个上前试弓，乐伊俄得斯排在第一个，可这弓实在太硬，连稍微弄弯一点儿他都做不到。安提诺俄斯叫来墨兰提俄斯，让他拿点儿油脂把弓擦一擦，因为他觉得弓抹上油脂之后，开弓会容易一些。求婚者们的尝试都徒劳无功，没人能把弓拉开。

欧迈俄斯和菲罗提俄斯走出宴会厅，奥德修斯跟着他们走了出去。他叫住这两名忠诚的仆人，向他俩说出了自己的身份，还把腿上被野猪咬的伤疤给他们看。欧迈俄斯和菲罗提俄斯激动地连连亲吻他的手和脚。奥德修斯让他们安静下来，吩咐欧迈俄斯把长弓拿到手后，去找欧律克勒亚，让她把女奴们都锁在房间里，不放她们出来。接着，奥德修斯又命令菲罗提俄斯把宫门牢牢锁上。之后，奥德修斯走进宴会厅，悄悄坐回自己在门口的座位上。

奥德修斯回来的时候，欧律玛科斯正在火上烤着擦了油脂的硬弓。烤完后他再次尝试拉弓，却仍然拉不开。见无人成功，求婚者们决定把弓留着明天再来试，现在则接着大吃大喝。奥德修斯突然求他们给自己个机会。听到他的请求，求婚者们开始羞辱他，可又在心里暗暗担心，怕流浪汉真把弓拉开了让他们难堪。佩涅洛佩坚持要把弓交给流浪汉。忒勒玛科斯打断了她的话，请她回卧室去，他转头又命令欧迈俄斯把弓交给奥德修斯。欧迈俄斯拿到长弓之后，求婚者们大吵大闹起来，他感到有些害怕，可忒勒玛科斯严厉斥责了他，再次命令他把弓交给奥德修斯。欧迈俄斯飞快朝奥德修斯跑去，把弓递给了他。做完这些后，他立即去找欧律克勒亚，转达了奥德修斯的命令。菲罗提俄斯跑去将宫门紧紧锁住，连一只苍蝇都飞不出去。

奥德修斯拿起自己的弓，仔细打量起来，就像歌手唱歌前会仔细端详基法拉琴一样。奥德修斯不费吹灰之力就绷紧弓弦、拉开长弓，而后还用手指试了试弦，看它紧不紧。弓弦嗡嗡作响，求婚者们面无血色。天空响起一阵雷鸣，这是宙斯给奥德修斯的信号，让后者的心中充满喜悦。奥德修斯坐在原地，弯弓搭箭，一箭穿过十二个圆环。他转身对忒勒玛科斯喊道：

"忒勒玛科斯！我作为你的客人没有让你蒙羞！你看我没费什么劲儿就把弓拉开了。我可没怎么使劲呀！我们现在为在场的各位备桌新菜吧，这下可要换把琴来奏乐了！"

奥德修斯皱眉示意忒勒玛科斯，忒勒玛科斯腰佩利剑、手拿投枪，三步并作两步走到奥德修斯身边，一身铜甲闪闪发光。

奥德修斯脱掉身上的破衣烂衫，站在门槛上，接着把箭袋中的羽箭往地上一倒，冲求婚者们高喊：

"第一箭我射中了目标！现在我要再选个谁都没射中过的目标！箭神阿波罗会帮我命中！"

话音刚落，奥德修斯一箭洞穿了安提诺俄斯的喉咙，后者当时正要与人干杯，只见他浑身一震，鲜血从伤口喷涌而出，接着便撞翻了桌子，死在地上。求婚者们纷纷吼叫着从座位上跳起来，去拿武器，可从前悬在墙上的武器都不见了。奥德修斯再次大吼：

"下贱的疯狗！你们以为我回不来了，觉得可以趁我不在时胡作非为？你们都死定了！”

欧律玛科斯苦苦哀求奥德修斯饶恕他们，说他们愿意加倍偿还被他们劫掠的财物，可奥德修斯一心只想复分，完全不理会欧律玛科斯的话。求婚者们心知自己必须反抗，所以纷纷拔剑挡击奥德修斯射来的羽箭。欧律玛科斯双手执剑扑向奥德修斯，却被一箭穿心；安菲诺摩斯接着又扑上去，却死在忒勒玛科斯枪下。杀死安菲诺摩斯后，忒勒玛科斯连忙跑去拿武器，他从仓库里搬来四个头盔、四面盾牌和八杆枪，供奥德修斯、欧迈俄斯、菲罗提俄斯和自己使用。就在忒勒玛科斯取武器的时候，奥德修斯开始屠杀求婚者，每箭必取一命。忒勒玛科斯搬来武器之后，四人立时武装自己，开始并肩作战。

墨兰提俄斯发现，忒勒玛科斯跑去搬武器，于是悄悄跟在他身后，见他跑得太过匆忙没有锁门，于是也进里面拖来十二面盾牌和十二支投枪，让求婚者们手里也有了武装。见敌人们得到了武器，奥德修斯感到不安，他知道有人在为他们送武器。幸好，墨兰提俄斯再去库房时被欧迈俄斯发现了，奥德修斯命令欧迈俄斯和菲罗提俄斯抓住他，用绳子把他牢牢绑起来，直接关在库房里。欧迈俄斯和菲罗提俄斯悄悄来到仓库，当墨兰提俄斯抱着武器出来的时候，他们把他摁倒在地，反捆手脚吊在顶棚上，他们讽刺他说：

“你就守着武器吧，墨兰提俄斯！我们给你准备的是最柔软的绳床，这下你可没法睡懒觉了。”

说完，他们赶紧拿起武器回去帮助奥德修斯，他正和忒勒玛科斯一道抵挡求婚者们的进攻。

雅典娜变成门托耳的模样来到奥德修斯身边，奥德修斯求门托耳帮忙，求婚者们则威胁说，如果他帮奥德修斯，他们就要他的命。

雅典娜更加厌憎这些无法无天的求婚者了，她责怪奥德修斯，说他现在远不如在特洛伊城下战斗时那么英勇，然后变成一只燕子，飞到了求婚者们头顶的横梁上。求婚者们向奥德修斯发动了三次进攻，朝他、忒勒玛科斯和其他两名仆人投掷投枪，可雅典娜让投枪全都偏离了目标。奥德修斯一方每次进攻都会夺取四人的性命。菲罗提俄斯用投枪刺死了狂妄的克忒西波斯，兴奋地大叫：

“现在没法吹牛了吧，你这个信口开河的家伙！你多厉害啊，还请奥德修斯吃生牛腿，我也回敬你份大礼。”

求婚者们接连战死，雅典娜突然在他们上方晃动了一下那面可怕的神盾，把他们吓得发疯似的四散奔逃，那样子就像夏日牧场上被大批牛虻袭击的牛群。奥德修斯、忒勒玛科斯、欧迈俄斯和菲罗提俄斯像苍鹰屠戮鸽群一般砍杀那些求婚者。勒伊俄得斯跑到奥德修斯面前祈求宽恕，可奥德修斯毫不留情，一剑劈下他的脑袋。奥德修斯听从忒勒玛科斯的话，饶恕了歌手斐弥俄斯，因为他只是被迫为求婚者们献歌，躲在牛皮下瑟瑟发抖的墨冬也捡回了一条命。奥德修斯命令他们去宫外等候，自己开始四处巡视，看是否有漏网之鱼。求婚者中无人幸免，全被杀死。

奥德修斯派人叫来欧律克勒亚，她听到主人的召唤立刻赶来，看见奥德修斯站在求婚者尸体中间的样子，就像一头扑杀了整个牛群的雄狮。奥德修斯吩咐欧律克勒亚把那些与求婚者们纠缠不清的女奴们都叫来。欧律克勒亚一共叫来了十二人，她们大声哭泣着，遵照奥德修斯的命令把求婚者的尸体搬到柱廊那里，又把宴会大厅整个清洗了一遍。她们干完这些活后，奥德修斯下令处死她们。这些女仆被绞死了，用死亡赎清了背叛奥德修斯和佩涅洛佩的罪孽，墨兰提俄斯也在痛苦中丧了命。

奥德修斯向佩涅洛佩表明身份

那些女奴和墨兰提俄斯受到应得的惩罚后，奥德修斯命欧律克勒亚拿来熏香，把整个宴会厅都熏了一遍。奥德修斯的回归令女仆们欢欣不已，她们聚在一起，围住主人，亲吻他的手和脚。看着这一大家子人，奥德修斯自己也忍不住落下眼泪。

仆役们都在欢迎归来的奥德修斯，欧律克勒亚跑到佩涅洛佩的卧室，把她叫醒后告诉她，她的丈夫回来了，还把那些求婚者杀得一干二净。佩涅洛佩不相信她的话，以为欧律克勒亚是在取笑她。欧律克勒亚反复告诉她，奥德修斯确实回来了，那个同她谈了很久的流浪者就是奥德修斯。老女仆还把自己通过伤疤认出奥德修斯、而他命她保密的事情也告诉了佩涅洛佩。尽管欧律克勒亚信誓旦旦，可佩涅洛佩还是不信奥德修斯能凭一己之力杀死这么多求婚者。不过，最终她还是同意去到宴会厅看看情况。到了宴会厅后，她一时间无法决定，是扑上前去拥抱奥德修斯，还是先弄明白，那个流浪汉到底是不是她的丈夫。佩涅洛佩坐到流浪汉身边，认真地打量着他，她一会儿觉得他就是奥德修斯，一会儿又开始怀疑。见她如此犹豫不决，忒勒玛科斯开始责备她：

“哎呀，我亲爱的母亲，难道你的心是石头做的？你的丈夫回来了，你居然就能坐在那儿，一句话都不说。满世界都未必找得到你这种妻子了，久别重逢居然能无动于衷。”

“我的儿啊，你看，我是因为激动才说不出话的。如果流浪汉真的是奥德修斯，他只需要说出那个只有我俩知道的秘密，我们就能相认。”

奥德修斯笑了一下，对忒勒玛科斯说：

“儿子！别让你母亲不高兴。她详详细细问我一遍，就会相信我是奥德修斯。我现在破衣烂衫，她很难认出我来。我们现在应该研究一下，怎样才能暂时封锁求婚者们已死的消息，以免城中出乱子。我们杀的可都是城里身份最尊贵的人，他们的亲人会找我们复仇。”

奥德修斯让斐弥俄斯弹起基法拉琴，又命令仆人们跟着琴声唱歌跳舞，这样人们就会觉得宫中正在举行庆典。大家马上依言行动，所有经过王宫的人都以为，宫中正在为佩涅洛佩和求婚者之一举办婚宴。奥德修斯沐浴后穿上华服，重新走入宫中，坐在佩涅洛佩的对面。雅典娜让他像天神一样俊美。为了让佩涅洛佩相信自己，奥德修斯决定说出那个只有他俩才知道的秘密。他叫来欧律克勒亚，命她为自己准备好床榻，佩涅洛佩却告诉欧律克勒亚：

“好吧，欧律克勒亚，你去给他准备吧，不过别把床放到奥德修斯自己弄的那间卧室里。去把那张豪华大床从他卧室里搬出来，重新铺过。”

奥德修斯大声说道：“王后，谁能搬动我亲自打造的那张床？你也知道，那床是用皇宫旁边那颗橄榄树的树墩做的。我先把树砍倒，又在周围砌墙，直接把树墩做成床榻，又镶上金银和象牙饰品。不过，可能我不在的时候有人锯掉树墩，挪动过床铺？”

现在佩涅洛佩知道了，她面前的人的确就是奥德修斯。只有他俩知道这床是怎么做好的。佩涅洛佩放声大哭，扑到奥德修斯怀里亲吻他。奥德修斯含泪拥住自己忠诚的妻子，将她贴近心口，温柔的亲吻如雨点一般落下，就像遭遇了风暴的水手亲吻大地一样。他们相拥而泣，哭诉衷肠。见到这一幕，雅典娜心软了，她吩咐黎明女神厄俄斯晚些升上天空，让他们多些单独相处的时间，让黎明迟些到来。

奥德修斯和佩涅洛佩离开宴会厅，回到了卧室。忒勒玛科斯命令仆人们停止唱歌跳舞，整座宫殿陷入了沉睡，只有奥德修斯和佩涅洛佩还醒着，他给她讲自己的历险经历，而她听得十分专心，而后她也把那些求婚者带给她的屈辱都告诉了丈夫。

求婚者的灵魂在哈德斯冥国

赫耳墨斯挥动操纵睡眠的金杖，把求婚者们的灵魂从尸体中召唤出来。亡灵们哀号着、尖叫着跟在赫耳墨斯身后，它们的声音和洞中蝠群被惊飞后发出的声音一模一样。

求婚者的亡灵排成一列，跟着赫耳墨斯飞行在黑暗之路上。他领着它们越飞越远，飞过灰蒙蒙的大洋，飞过太阳神赫利俄斯的宫门，飞过睡神的国度，飞过琉卡斯山岩，最终到达了亡灵的居所，一片长满阿福花的草地。求婚者们最先见到的是伟大的阿喀琉斯的灵魂。帕特罗克洛斯、安提洛科斯和大埃阿斯的灵魂也在旁边，阿伽门农的灵魂也来到这里。阿伽门农在一众求婚者中认出了安菲墨冬，阿伽门农当年去伊塔卡岛邀请奥德修斯参加特洛伊远征时，曾在他家做客。阿伽门农问安菲墨冬：

“告诉我，你们为什么一齐来到这幽冥之地？你们是遭遇了风暴还是在打家劫舍时命丧敌手？”

安菲墨冬告诉他说，他们以为奥德修斯不会再回来，便向佩涅洛佩求婚，可她忠贞无比，根本不愿再婚。奥德修斯回来后，残酷地报复了他们，因为他们不仅在他家横行无忌，还糟蹋了他的家产。听到奥德修斯顺利度过了所有的苦难，阿伽门农非常高兴，他惊叹道：

“我亲爱的奥德修斯，你多么幸运！你的佩涅洛佩如此忠诚，从此她的美名将广为世人传颂，人们会歌颂她，会永远铭记她！而我的命运则完全不同，妻子背叛了我，她的恶名将遗臭万年。”

奥德修斯在莱尔忒斯家

清早，奥德修斯、忒勒玛科斯、欧迈俄斯和菲罗提俄斯披上闪亮的铠甲，手持盾牌和投枪，出发去莱尔忒斯家。奥德修斯叮嘱佩涅洛佩不要离开皇宫，因为他知道，求婚者们的死讯很快就会传遍全城。在重重迷雾的掩盖下，奥德修斯一行飞速穿过城市走到郊外，很快便到达了莱尔忒斯的家。莱尔忒斯与一名年老的仆人以及一群奴隶住在一起。奥德修斯让其他人进屋准备饭食，自己去花园里找莱尔忒斯，莱尔忒斯当时正在为小树松土，他顶着个破羊皮帽，戴着手套，穿着草鞋，浑身上下全是补丁。见父亲穿得如此破烂不堪，奥德修斯心痛得流下了眼泪。他很犹豫，接下来该怎么办，是直接表明身份，还是先试试看父亲能不能认出自己。

结果，他走到父亲身边，装作不认识他，就像和普通仆人说话一样，同他攀谈起来。奥德修斯问父亲，这花园的主人是谁，叫什么名字。他还编了一段故事，装作异乡来客，说道：

“我曾在自己家接待过奥德修斯，送给他很多珍贵的礼物。现在我来他这儿做客了。老人家，我现在是在伊塔卡岛吧？”

泪水大滴大滴地从莱尔忒斯眼中滚落，他回答说：

“外乡人，你的确在伊塔卡岛，奥德修斯可能已经死了，所以你现在见不到他。他家里现在尽是些无法无天的恶棍。我是他的父亲。快告诉我你是谁？你从哪儿来？”

奥德修斯再次编了个假名，告诉老人说，从他当年招待过奥德修斯算起，已经过去五年了。莱尔忒斯听后十分悲伤，他抓起泥土撒在自己头上，因为内心苦闷异常而呻吟出声。奥德修斯看不下去了，他扑过去把老人拥入怀中，大声说道：

“父亲！我是你的奥德修斯！众神让我回到了伊塔卡岛！你别哭了！我已经收拾了那些在我家无恶不作的坏人！”

莱尔忒斯并未立即相信他的话，他让奥德修斯拿出证据证明身份。奥德修斯露出腿上的伤疤给他看，还把自己幼时莱尔忒斯送给他的所有果树的名称都说了一遍。老人抱住儿子，留下了喜悦的泪水，他大声说道：

“伟大的宙斯，不朽的万神之神！如果恶人们真的以死赎了罪，说明众神有眼！可是我担心，伊塔卡岛城的人会来这里，为死去的亲人报仇。”

奥德修斯让父亲平静下来，扶着他走进屋去，饭菜都已经做好了。莱尔忒斯洗过澡，换上了干净衣服。雅典娜让他比以前更年轻且精力更充沛。所有人都坐下来愉快地用餐。吃饭时，年迈的奴隶多利俄斯带着儿子们回来了。进屋后他发现了桌旁的客人，认出，这是奥德修斯。他激动地迎了上去，亲吻他的手和脚，不断祈求众神赐福于他。莱尔忒斯家中这顿饭吃得其乐融融，温馨无比。

市民暴乱及与奥德修斯的和解

与此同时，求婚者被奥德修斯赶尽杀绝的消息传遍了全城。死者的亲属们无比愤怒，他们和其他市民一起来到奥德修斯的宫殿，将尸体从回廊中抬出，然后聚集在市内广场上商议，接下来他们应该怎么做。安提诺俄斯年迈的父亲欧珀忒斯开始鼓动大家起来反对奥德修斯，要让他为求婚者们的死付出代价。唯有歌手斐弥俄斯和传谕官墨冬劝说众人不要对奥德修斯动手，因为他们自己看到了，诸神站在奥德修斯一边，求婚者们的死亡符合宙斯的意志。先知哈利忒耳塞斯也出来维护奥德修斯，他提醒大家，当初他和门托耳都建议他们禁止求婚者们在奥德修斯家胡作非为。在场的各位亲手酿成了今天的悲剧，现在最应该做的，就是向奥德修斯表示臣服，以免招致更大的灾祸。一部分市民听从了哈利忒耳塞斯的建议，但以欧珀忒斯为首的一部分人则奔去拿取武器。女神雅典娜在高耸的奥林波斯山上目睹了这一切，她问宙斯：

“父亲！快告诉我你的决定，你是要发起一场大战，还是要让敌对双方和解？”

宙斯回答雅典娜说：“我亲爱的女儿！奥德修斯应当向求婚者们复仇，这可是你决定的。他有权这么做，并且已经做了。他会是伊塔卡岛的国王，而我们要让人们忘记求婚者们的死亡，让伊塔卡岛像从前一样，和平、友爱、富饶。”

宙斯话音刚落，雅典娜马上疾驰到伊塔卡岛。市民们成群结队地涌向莱尔忒斯的家。他们的行踪被多利俄斯的儿子发现，屋内众人纷纷武装自己，就连年迈的莱尔忒斯和多利俄斯也都拿起了武器。大家走进院里，雅典娜化身门托耳来到奥德修斯身边，他认出女神后十分高兴，对忒勒玛科斯说：

“儿子！快证明你拥有最光荣的血统，证明你来自世间最勇敢的家族！”

“亲爱的父亲！你会看到的，我不会给你那光荣的血统抹黑！”

莱尔忒斯也听到了这些话，豪迈之情溢满他的胸膛，他感叹道：

“众神啊，你们赐予了我多么美好的一天！我是如此高兴，我的儿子和孙子在争论谁更勇敢！”

雅典娜走近莱尔忒斯，让他直接把投枪掷向敌人，不必瞄准，只需呼唤雅典娜和宙斯的名字就行。莱尔忒斯抖了抖投枪，把它掷了出去，投枪直接刺穿了欧珀忒斯的铜头盔，击碎了他的头骨。欧珀忒斯倒地身亡。奥德修斯和忒勒玛科斯扑向敌人，如果不是女神雅典娜发出威严的命令，伊塔卡岛的市民可能都会葬身此地。她说：

“住手吧，伊塔卡的市民们！赶紧离开这儿，不要枉送性命！”

听到女神的喊声，伊塔卡岛的市民恐惧万分，他们纷纷扔下武器，瘫倒在地，回过神后，四散逃命。奥德修斯高声怒吼，猛扑过去追击众人。就在这时，宙斯抛出一道闪电，闪电落在雅典娜面前。女神制止了奥德修斯，她说：

“莱尔忒斯之子，快克制你的杀心！住手吧，别触怒雷电之神宙斯！”

奥德修斯转怒为喜，终于住手不再追杀逃跑的伊塔卡人。之后不久，雅典娜借门托耳之形，见证了伊塔卡市民与国王奥德修斯缔结合约，见证了双方互相发下永不违约的誓言。

四、阿伽门农与儿子俄瑞斯忒斯

史思谦　荣洁　译

阿伽门农之死

阿伽门农在出征攻打特洛伊前，曾告诉自己的妻子克吕泰涅斯特拉，一旦特洛伊陷落、浴血战争结束时，他会立刻把这一消息传递给她。到时他会派仆人在山顶点燃烽火，烽火相传，消息很快会传到他的宫殿，克吕泰涅斯特拉将会最先得知伟大的特洛伊陷落的消息。

围困特洛伊的战争持续了九年。到了第十个年头，如先知所说，特洛伊将在这一年陷落。克吕泰涅斯特拉现在每天都能收到特洛伊即将陷落和丈夫阿伽门农将要归来的消息。为了对丈夫的归来有所准备，克吕泰涅斯特拉每晚都派一个奴隶去高高的宫殿房顶上瞭望。这个奴隶彻夜不寐，站在那里瞪大眼睛盯着黑暗的四周，不论炎炎夏夜、狂风暴雨还是大雪纷飞，他每晚都会站在房顶守望。恭顺的奴隶日复一日地等待着约定的信号，克吕泰涅斯特拉也在等待，但她并非为了满怀喜悦地迎接丈夫，而是为了别人。她早已同奸夫埃癸斯托斯预谋，在丈夫阿伽门农凯旋之日杀害他。

漆黑的夜晚已过，东方微微吐白。突然，奴隶看到遥远的山顶上出现了一簇明亮的火光，期待已久的信号终于来了。

伟大的特洛伊陷落了，阿伽门农很快就能返回家园了。奴隶不禁欢欣雀跃，终于可以不用守夜了。他急忙去向克吕泰涅斯特拉报告这一令人振奋的好消息，可克吕泰涅斯特拉也会兴高采烈吗?

为了不引起别人怀疑，克吕泰涅斯特拉装出一副欢天喜地的样子，还找来女奴，要向诸神献上感激的祭品，但她内心深处却在酝酿着害死阿伽门农的计划。

市民们也在阿伽门农的宫殿旁聚集起来，他们也得知了特洛伊最终陷落的消息。

长老们虽然怀疑阿伽门农能否会很快凯旋，但他们仍想在宫殿门口迎接他们的国王。一个信使的到来驱散了他们心中的疑云，他宣布，阿伽门农已经离此地不远了。克吕泰涅斯特拉急忙赶回宫殿，装作为迎接阿伽门农做准备，实则是要谋害他。

远处终于出现了阿伽门农的马车，跟在他后面的是他战无不胜的军队。凯旋的将士们头戴鲜花和绿叶行进在街上，后面跟着运载着无数战利品与许多女俘的马车，普里阿摩斯的女儿、先知卡珊德拉忧伤地同国王一同坐在马车里。人们欢声雷动。克吕泰涅斯特拉也出来迎接阿伽门农，她吩咐用紫红色的地毯铺满通往宫殿的整条道路，如同迎接神祇一般。阿伽门农担心，这样的阵仗会激怒诸神。他脱下鞋子，走进宫殿，阴险的克吕泰涅斯特拉紧随其后，向他讲述她所经历的漫长等待与离别之苦，走到宫殿门口时，阿伽门农的妻子停下来，她高声喊道：

“宙斯！宙斯！实现我的祈求！帮我实现我的愿望！”

说完，克吕泰涅斯特拉就走进了宫殿。市民们默默地聚集在阿伽门农的宫殿旁，仿佛预感到了即将到来的巨大不幸，不肯散去。

这时，从宫殿里传出阿伽门农临死前的惨叫声。阿伽门农刚一走出浴室，就被克吕泰涅斯特拉杀害了。她将一块宽大的罩布扔到阿伽门农身上，使他如同身陷网中一般，然后向他连劈了三斧。

克吕泰涅斯特拉手持沾满鲜血的斧子，穿着血迹斑斑的衣服，走出宫殿，来到民众面前。民众都被她的罪行吓得惊恐万分，而她却为此而感到骄傲，仿佛完成了一件伟大的功业。但她渐渐受到良心的折磨，她害怕，自己会因杀人的罪孽而受惩罚，害怕无情的复仇者会出来为阿伽门农报仇雪恨。

这时，埃癸斯托斯走出了宫殿。他已穿戴上国王的华贵服饰，手持金光灿灿的国王权杖。民众愤怒至极，如果不是克吕泰涅斯特拉庇护着埃癸斯托斯，民众早就冲上去把他撕成碎片了。阿伽门农的枉死激怒了民众，但他们最后还是不得不逐渐散去。埃癸斯托斯同克吕泰涅斯特拉返回宫殿，庆祝阴谋得逞，夺得了王权。但他们注定要遭受复仇者的严酷惩罚。

俄瑞斯忒斯报杀父报之仇

阿伽门农已死了很多年。有一天，两个衣着如同流浪者的年轻人来到宫殿旁阿伽门农的坟墓前；其中一个看上去十八岁左右，腰带佩剑，另一个稍显年长，手持两杆长枪。年纪轻些的走近坟墓，割下一缕头发放在墓前。他是阿伽门农的儿子俄瑞斯忒斯，阿伽门农遇难那一天，他被自己的保姆所救，在远离故国之地由福基斯国王斯特罗菲奥斯养大成人。同他在一起的是他的挚友，斯特罗菲奥斯的儿子皮拉得斯。俄瑞斯忒斯刚刚为亡父献完祭，宫殿门口就出现了一群身着黑衣的女奴，她们走向阿伽门农的坟墓，已故国王阿伽门农之女厄勒克特拉也在其间。与其他女奴一样，她也身着黑衣，头发被剪，看上去与其他女奴没有任何差别。俄瑞斯忒斯和皮拉得斯急忙躲到坟墓旁，看看女奴们将要做什么。只见她们来到墓前，大放悲声，然后绕墓三圈。原来，克吕泰涅斯特拉昨晚做了一个噩梦，她怕阿伽门农的鬼魂对她发怒，所以派女奴前去求他发发慈悲。但女奴们因她杀害了阿伽门农，并且欺压她们而对她痛恨至极。克吕泰涅斯特拉之所以虐待她们，是因为她们是被俘的特洛伊人，一看到她们，她就会想起被杀死的丈夫。

厄勒克特拉听从女仆们的劝告，没去祈求阿伽门农的鬼魂大发慈悲，而是祈求诸神向克吕泰涅斯特拉复仇。她只能这么做，她恨透了母亲克吕泰涅斯特拉，她居然杀死了父亲阿伽门农。

献祭完毕，女仆们正打算离开时，厄勒克特拉突然发现坟墓上有一缕头发。同自己的头发对比之后，厄勒克特拉马上猜到，这是俄瑞斯忒斯的头发。她捡起那缕头发，心想：为什么俄瑞斯忒斯本人没有到来，为什么仅仅让人送来一缕他自己的头发？这时，俄瑞斯忒斯悄悄来到姐姐身旁，呼唤着她。厄勒克特拉没有马上认出俄瑞斯忒斯，因为他们分别时他还是个孩子。俄瑞斯忒斯将厄勒克特拉亲手为他织就的衣服拿给她看，厄勒克特拉不禁喜出望外。俄瑞斯忒斯告诉她，他遵照阿波罗神的意志来到此地，在得尔菲，太阳神命令俄瑞斯忒斯向母亲和埃癸斯托斯报杀父之仇。阿波罗还警告俄瑞斯忒斯，若他不去复仇，他就会变成疯子。俄瑞斯忒斯请姐姐务必小心谨慎，不要向任何人泄露他已回到故乡的消息。

厄勒克特拉回宫去了。过了一会儿，俄瑞斯忒斯和皮拉得斯也敲响了宫殿的大门，他们对走出来的女仆说，他们需要面见克吕泰涅斯特拉，有重要的消息告诉她。女仆将克吕泰涅斯特拉请了出来，俄瑞斯忒斯便对她说，福基斯国王让他转告她，俄瑞斯忒斯已死，国王不知如何处理他的尸身。这一消息令克吕泰涅斯特拉兴奋不已，因为那个能向她复仇的人终于死了。克吕泰涅斯特拉将俄瑞斯忒斯已死这一消息通知了已到城内的埃癸斯托斯，他急忙赶回宫里，连时刻保护他的卫兵也未让跟随。埃癸斯托斯这是赶着去送死。他刚一踏入宫殿，就被俄瑞斯忒斯一剑刺死。一个奴隶惊恐地跑去给克吕泰涅斯特拉报信，她顿时明白，报应来了。

俄瑞斯忒斯手持染血的剑向她走来。克吕泰涅斯特拉跪倒在他脚下，请求宽恕，毕竟她是哺育过他的母亲。但俄瑞斯忒斯不能宽恕母亲，他必须践行阿波罗的意志。他抓住母亲的手，将她拖到埃癸斯托斯的尸首旁，杀了她。俄瑞斯忒斯就这样为父亲报了仇。

民众得知克吕泰涅斯特拉和埃癸斯托斯的死讯后，惊恐不已，许多人聚集在宫殿的大门旁，没有任何人同情卑鄙的埃癸斯托斯和阴险的克吕泰涅斯特拉。宫殿大门打开，人们看到了躺在血泊中的埃癸斯托斯和克吕泰涅斯特拉，手执利剑的俄瑞斯忒斯站在他们的尸体旁。俄瑞斯忒斯认为两人死有余辜，他执行的是阿波罗的意志，他在为父复仇。突然复仇女神厄里倪厄斯出现在俄瑞斯忒斯面前。她们的头上蠕动着毒蛇，毒蛇眼中冒出了骇人的怒火。俄瑞斯忒斯一看到她们便颤抖不已，他觉得自己快要被吓疯了。他在厄里倪厄斯的追捕下逃离了宫殿，奔向得尔菲的阿波罗神庙，俄瑞斯忒斯希望得到太阳神的庇护，因为自己执行的是他的命令。

阿波罗和雅典娜助俄瑞斯忒斯摆脱厄里倪厄斯的追杀

俄瑞斯忒斯被复仇女神厄里倪厄斯追捕，历尽千辛万苦，终于来到了圣地得尔菲，他坐到阿波罗神庙中的翁法洛斯圣石旁，可怕的复仇女神一直追赶他，把他逼入了阿波罗神庙，阿波罗催眠了厄里倪厄斯，才使她们暂时合上了可怕的眼睛。

阿波罗避开厄里倪厄斯，来到俄瑞斯忒斯面前，吩咐他前往雅典，向雅典娜女神的古神像祈求庇护。这位神祇允诺帮助不幸的俄瑞斯忒斯，并让自己的兄弟赫耳墨斯做他的向导。俄瑞斯忒斯站起身来，悄悄地走出神庙，同赫耳墨斯一同前往雅典。

俄瑞斯忒斯刚一离开，克吕泰涅斯特拉的亡灵就从地下钻出，来到阿波罗神庙。她看到复仇女神都在睡觉，就去叫醒她们，责备她们不去追捕弑母的凶手。她催促厄里倪厄斯赶快追捕逃走的俄瑞斯忒斯，不让他得到片刻安宁，但是厄里倪厄斯睡得很死，根本叫不醒，她们在梦中时而低声呻吟，时而大喊大叫，好似正在追捕着逃离她们的凶手。最后，其中的一个厄里倪厄斯终于醒来，唤醒了另外两个复仇女神。厄里倪厄斯发现俄瑞斯忒斯逃走后，不禁大怒。她们责备阿波罗从她们手中放走了凶手，但阿波罗用弓箭威胁她们说，要将她们赶出神庙。盛怒中的厄里倪厄斯张牙舞爪地沿着俄瑞斯忒斯的足迹狂追下去。

这时，俄瑞斯忒斯已经来到雅典，他坐在女神雅典娜的神像旁，伸出双臂搂抱着神像。很快厄里倪厄斯就赶到了，她们到处寻找俄瑞斯忒斯。满腔愤怒的复仇女神准备将这个可怜的人撕成碎片，但她们不敢亵渎雅典娜的神像。

女神雅典娜听到厄里倪厄斯雷霆般的怒吼，出现在她们面前，她的武器闪烁着可怕的光芒。厄里倪厄斯要求雅典娜将俄瑞斯忒斯交给她们，她们要他因弑母而受尽折磨，俄瑞斯忒斯则祈求女神庇护他。他向雅典娜讲述了自己父亲阿伽门农被恶毒的克吕泰涅斯特拉杀死的经过，俄瑞斯忒斯并非自愿向母亲复仇，他是完成阿波罗的旨意。俄瑞斯忒斯祈求雅典娜亲自对他做出裁决。

雅典娜接受了俄瑞斯忒斯的祈求，她要雅典的长老们组成法庭，专门审判俄瑞斯忒斯的案子。这一法庭被称为阿瑞奥帕戈斯法庭，后来一直存在于雅典，设在阿玛宗人进攻忒修斯时驻扎的山丘上。从那时起，这一山丘就被称为阿瑞斯山，因为阿玛宗人将它献祭给了战神阿瑞斯。

雅典娜指定的法官们聚齐了，人们拿来了两个罐子，供法官们表决时投放石子用。审判开始了，女神雅典娜作为法官也参与其中。人们聚集在周围，想听听法官们怎样判案。厄里倪厄斯指控俄瑞斯忒斯，要求将其判罪，阿波罗神亲自出庭为俄瑞斯忒斯辩护。阿波罗从容地为俄瑞斯忒斯进行辩解，他认为，俄瑞斯忒斯无罪，因为克吕泰涅斯特拉杀害她丈夫——伟大的英雄阿伽门农国王在先，弑君之罪令人发指，之后，俄瑞斯忒斯才向她复仇；其次，俄瑞斯忒斯是在履行他的意志。听完原告与辩护者的发言后，法官们进行了表决。

法庭决定，如果认定俄瑞斯忒斯有罪与无罪的票数相同，那么他将被判无罪。清点完法官们的票数后，发现无罪与有罪的票数相等。票数相等是因为：雅典娜将无罪的一票投给了俄瑞斯忒斯，她说，她支持俄瑞斯忒斯是因为她没有母亲，只有父亲宙斯。

故俄瑞斯忒斯被判无罪，厄里倪厄斯应停止追杀。

厄里倪厄斯不禁暴怒，因为法庭剥夺了她们自古以来以百般痛苦严惩罪人的权力。厄里倪厄斯威胁说要毁灭整个阿提刻，使其坠入灾难的深渊，但雅典娜平息了女神们的愤怒。她说服她们永远居留在阿提刻的一个神圣洞穴中，享受全雅典人对她们的无上尊崇。

威严的女神们同意了。市民们在雅典娜及其祭司带领下，隆重地将厄里倪厄斯送至她们的圣地——阿瑞斯山山麓的一处山洞中。从那时起，厄里倪厄斯就成了整个阿提刻的保护神，她们被称为欧墨尼得斯（仁慈女神）。

俄瑞斯忒斯去陶里斯取阿耳忒弥斯的神像

俄瑞斯忒斯未能摆脱厄里倪厄斯的追杀。并非所有的厄里倪厄斯都服从雅典阿瑞奥帕戈斯法庭的判决，她们中的几个女神依旧不停地追杀俄瑞斯忒斯，令他日夜不得安宁。最后，饱受折磨的俄瑞斯忒斯又逃往得尔菲的阿波罗神庙。阿波罗吩咐他去遥远的陶里斯，将女神阿耳忒弥斯的神像运回。这一任务非常危险，居住在陶里斯的陶洛人部族会把到那里的所有异族人都作为祭品献于这一神像前，俄瑞斯忒斯可能也遭此厄运。

尽管如此，俄瑞斯忒斯还是出发了。为了摆脱厄里倪厄斯的追杀，俄瑞斯忒斯可以去做任何事情。他同自己的挚友皮拉得斯乘船顺利来到陶里斯，将船藏在了岸边的礁石间，之后前往阿耳忒弥斯神庙。俄瑞斯忒斯未曾料到，神庙中的女祭司竟然是自己的姐姐伊菲格尼娅，希腊人曾想将她献祭给女神阿耳忒弥斯。俄瑞斯忒斯和皮拉得斯不敢白日窃取阿耳忒弥斯的神像，他们准备夜幕降临时再动手。然而，一群牧人发现了他们，对他们发起了攻击，一场激烈搏斗后，他们被捆绑起来，送到了国王面前。国王决定将他们二人献祭给阿耳忒弥斯。

次日清晨，他们被捆送至神庙。伊菲格尼娅丝毫没有觉察，她将亲手杀害自己的兄弟。昨夜伊菲格尼娅做了个噩梦，梦见父亲的宫殿因地震坍塌，仅存一个廊柱，廊柱上悬挂着浅色鬈发，而她正在清洗廊柱，似乎正准备将其献祭。伊菲格尼娅以为自己的兄弟俄瑞斯忒斯已经死了，她决定为死去的兄弟祭祀。献祭之时，国王的仆人们将俄瑞斯忒斯和皮拉德斯捆送至伊菲格尼娅面前。她询问他们是什么人，来自何方，她得知他们是希腊人后，便向他们询问阿伽门农的命运和兄弟俄瑞斯忒斯的情况，俄瑞斯忒斯和皮拉得斯并无多少好消息告诉她。

最后伊菲格尼娅决定只献祭一人，派另一个人返回希腊给俄瑞斯忒斯送口信，告诉他，姐姐伊菲格尼娅尚在人世。这时俄瑞斯忒斯才和姐姐相认。俄瑞斯忒斯和伊菲格尼娅都为这次重逢兴奋不已，但怎样才能解救他们呢？怎样才能逃离陶里斯？

伊菲格尼娅决定欺骗众人。她向陶洛人的国王宣称，阿耳忒弥斯的雕像已被亵渎，需要将它和作为祭品的两个异族人放入海中清洁，陶洛人的国王同意了。

伊菲格尼娅率领神庙的女仆们庄严地走向俄瑞斯忒斯停船的海岸。女仆们抬着阿耳忒弥斯的雕像，国王的仆人们则押解着被捆绑的俄瑞斯忒斯和皮拉得斯。行至岸边，伊菲格尼娅吩咐国王的仆人们离开，以免他们看到秘密的清洗仪式。仆人们离开后，伊菲格尼娅为兄弟和他忠诚的朋友松了绑，与他们一起赶往船上。国王的仆人们对仪式进行如此之久心生怀疑，他们赶到岸边，惊讶地发现俄瑞斯忒斯正试图载着伊菲格尼娅离开。仆人们冲向俄瑞斯忒斯，想从他手上夺回自己的女祭司。搏斗开始了，俄瑞斯忒斯和皮拉得斯将国王的仆人们打得抱头鼠窜。俄瑞斯忒斯带着伊菲格尼娅和她的随从们上了船。他们摇起船桨，驶向开阔的海面，但他们注定无法轻易离开陶里斯。

海上涌起了可怕的风暴，风暴将船又吹向岸边。要不是雅典娜女神前来相助，船上的希腊人一定会落到陶洛人的国王手中，而且必将丧命。雅典娜女神现身于陶洛人的国王面前，吩咐他不仅把伊菲格尼娅、她的兄弟和所有的同伴放归希腊，而且要将阿耳忒弥斯神庙的所有女仆也放回希腊。国王服从了女神的意志。伊菲格尼娅可以返回故乡，返回阿耳忒弥斯女神当年掳走她的地方了。

俄瑞斯忒斯的返程十分顺利。返回故国后，他杀死了在他外出期间篡夺王位的埃癸斯托斯之子阿勒忒斯。俄瑞斯忒斯将姐姐厄勒克特拉嫁给自己忠实的挚友皮拉得斯，因为他在陶里斯曾准备替俄瑞斯忒斯去死，成为伊菲格尼娅祭刀下的牺牲品。伊菲格尼娅做了阿耳忒弥斯神庙的女祭司，这所神庙离希腊不远，就在阿提刻的海岸边。

五、忒拜系列故事

史思谦　赵为　译

俄狄浦斯 他的童年、青少年 回到忒拜①

卡德摩斯之子、忒拜王波吕多罗斯和他的妻子尼克忒斯育有一子拉布达科斯，他继承了忒拜的王位。拉布达科斯的儿子兼继承人是拉伊奥斯。一天，拉伊奥斯到皮萨拜访佩洛普斯国王，并在那里做客多日。然而，拉伊奥斯却以忘恩负义回报主人的殷勤好客，他拐走了佩洛普斯的幼子克律西波斯，将其带回忒拜。愤怒的父亲诅咒拉伊奥斯，要求诸神严惩这个窃子之贼，使他丧命亲子之手。佩洛普斯对拉伊奥斯的诅咒终将实现。

拉伊奥斯返回七座城门的忒拜后，娶了墨诺克奥斯的女儿约卡斯塔。拉伊奥斯在忒拜平静地生活了很久，只有一点使他不安，那就是他一直没有子嗣。最后，拉伊奥斯决定去得尔菲，求阿波罗神

① 根据索福克勒斯的悲剧《俄狄浦斯王》整理。

谕告知没有子嗣的缘由。阿波罗的女祭司给了拉伊奥斯一个令他震惊的回答。女祭司皮提亚说：

“拉布达科斯之子，诸神会满足你的愿望，你将会有一个儿子，但你要知道，你将死在亲生儿子手里。佩洛普斯的诅咒将会应验！”

拉伊奥斯惊骇不已。他久久思索着，怎样才能摆脱命运给他的无情安排，最后他决定，一待儿子降生，就杀死他。

不久，拉伊奥斯果然有了一个儿子。这位残忍的父亲用皮带捆住新生儿的双脚，又用锋利的铁锥将它们刺穿，然后叫来一个奴隶，吩咐他把婴儿扔到基泰戎山上的森林里喂野兽。然而，这个奴隶没有执行拉伊奥斯的命令。他怜悯这个婴儿，偷偷地将他交给了科林斯国王波吕波斯的一个奴隶。当时，这个奴隶恰巧正在基泰戎山上为其君主放牧。这个奴隶将婴孩子到波吕波斯王那里，无儿无女的波吕波斯王决定将其抚养长大，作为自己的继承人。由于孩子脚上的伤口肿大，波吕波斯王为他取名为俄狄浦斯。

就这样，俄狄浦斯在波吕波斯和他妻子墨罗佩身边长大，他们都说他是他们的儿子，俄狄浦斯也认为他们就是自己的父母。然而，俄狄浦斯长大成人后，在一次宴会上，一个朋友喝醉了酒说他是个养子，这让俄狄浦斯大为震惊，他的内心萌生了疑云。他去找波吕波斯和墨罗佩，恳求他们向他揭开身世之谜，然而波吕波斯和墨罗佩都对他守口如瓶。于是，俄狄浦斯决定去得尔菲弄清自己的出生之谜。

俄狄浦斯扮作流浪汉前往得尔菲。一到达那里，他便迫不及待地问询神谕。阿波罗神通过女祭司皮提亚谕示：

“俄狄浦斯，你的命运很可怕！你将弑父娶母，由此婚姻生下的子嗣将受诸神诅咒与万民仇恨。”

俄狄浦斯惊恐万分。怎样才能逃脱厄运，怎样才能逃避杀父娶母的悲剧？神谕未明示父母是谁。俄狄浦斯决定再也不回科林斯，倘若波吕波斯和墨罗佩是他的父母，难道他会成为杀害波吕波斯的凶手？成为墨罗佩的丈夫吗？俄狄浦斯决定成为没有家庭和氏族归属、远离故土的漂泊者。

然而命运的安排岂能摆脱？俄狄浦斯不知道，他越是努力地摆脱自己的命运，就越是接近命运为他安排的那条道路。

俄狄浦斯离开得尔菲后，成了无家可归的漂泊者。他不知该去向何方，于是就选择了映入眼帘的第一条路，这条道路通往忒拜。在帕耳那索斯山脚下，三条路汇集到一起，通向狭小的峡谷。俄狄浦斯在这里遇到了一辆马车，车上坐着一个头发灰白、神态庄严的老者，一名传谕官驾着车，车后跟随着众多的仆人。传谕官粗鲁地呵斥俄狄浦斯让路，还挥舞长鞭打他。怒气冲冲的俄狄浦斯痛打了传谕官，俄狄浦斯正想从马车旁走过，车上的老者却突然举起手杖打中了他的脑袋。

俄狄浦斯顿时大怒，他怒气冲冲地用手杖击打老者，老者当场毙命。俄狄浦斯冲向随从们，将他们全部打死，只有一个仆人得以逃脱。命运的安排最终应验，俄狄浦斯杀死的老者正是他的父亲拉伊奥斯。当时拉伊奥斯正乘车赶往得尔菲，想询问阿波罗，怎样才能使忒拜摆脱嗜血成性的斯芬克斯。

俄狄浦斯从容地继续赶路。他不认为自己有罪，起因不在他，他是自卫，而非杀戮。俄狄浦斯沿着他所选择的道路向前走去，最后来到了忒拜。

忒拜正笼罩在巨大的忧伤之中。卡德摩斯之城遭受了两大灾难。梯丰与厄客德娜[①]所生的凶残无比的斯芬克斯，盘踞在忒拜附近的斯芬希翁山上，不停地向当地人索要祭品。这时候随国王出行、唯一活下来的奴隶又带来了坏消息，说国王被一个不知姓名的家伙杀死了。俄狄浦斯亲眼目睹了人们的痛苦，决定解救他们于水火之中。他亲自去找斯芬克斯。

斯芬克斯是个非常可怕的妖怪，它长着女人头、巨大的狮子躯干，生着尖利狮爪和巨大翅膀。诸神决定，在有人猜中斯芬克斯的谜语之前，它将一直留在忒拜。告知斯芬克斯这一谜题的是缪斯女神，斯芬克斯强迫所有过往行人猜这个谜语，但无人猜中，于是这些人都痛苦地死在斯芬克斯的利爪下。许多英勇的忒拜人都曾试图使忒拜摆脱斯芬克斯，却都死于非命。

俄狄浦斯来到斯芬克斯面前，斯芬克斯向他说出了自己的谜题：

“告诉我，什么东西早晨用四条腿走路，中午用两条腿走路，而晚上用三条腿走路？凡是大地上生存的生物都不像他那般变化，当他用四条腿走路的时候，他比其他时候力量都要小，动作也要慢。”

俄狄浦斯不假思索地回答说：

“这是人！年幼的时候就是人生的早晨，他虚弱而缓慢地用四肢爬行；中午是人的盛年时期，这时他用两条腿行走；而晚上即是人生的暮年，这时他年迈力衰，需要拐杖支撑，所以他是用三条腿

① 半女人半毒蛇的怪物，地狱与大地女神盖亚之女，与梯丰育有许多怪物（勒耳那的许德拉、喀迈拉、涅墨亚巨狮、刻耳柏洛斯、斯芬克斯）。

走路。”

俄狄浦斯就这样破解了斯芬克斯的谜语。斯芬克斯从悬崖跳下，命丧大海。因为诸神决定，一旦有人猜中斯芬克斯的谜语，它就得立即死掉。俄狄浦斯就这样解除了忒拜的灾难。

俄狄浦斯返回忒拜后，忒拜人隆重地拥他为国王，因为暂代拉伊奥斯执政的克瑞翁早有许诺，助忒拜摆脱斯芬克斯者即为忒拜之王。俄狄浦斯在忒拜即位后，娶了拉伊奥斯的遗孀约卡斯塔，并同她生了两个女儿安提戈涅和伊斯墨涅，两个儿子埃忒奥克洛斯和波吕涅克斯。命运的第二个安排也应验了，俄狄浦斯娶了亲生母亲，并同她生儿育女。

俄狄浦斯在忒拜[①]

俄狄浦斯被民众拥戴为国王后，英明地统治着忒拜。忒拜和王室的生活一直风平浪静，但俄狄浦斯注定遭到厄运。巨大的灾难降临到了忒拜，太阳神阿波罗将一种可怕的疾病降至忒拜。忒拜人不分男女老幼，无一幸免，忒拜成了一个巨大的坟冢。未及掩埋的尸体遍布大街小巷，哀号与呻吟声此起彼伏，到处都能听到妻子与母亲的痛哭。不仅可怕的疾病在忒拜四处猖獗，饥荒也蔓延开来，田地颗粒无收，畜群瘟疫泛滥。看来，伟大的卡德摩斯之城的末日即将来临。居民徒劳地向诸神献祭，祈祷得到拯救，然而，诸神不肯接受祈祷，灾难逐渐扩大。

① 根据索福克勒斯的悲剧《俄狄浦斯王》整理。

民众成群结队地来找国王俄狄浦斯，请求他帮助他们，告诉他们如何逃避灾难，如何避开死亡的威胁，因为俄狄浦斯曾帮助他们摆脱斯芬克斯。俄狄浦斯也为忒拜及其民众担忧不已。他派约卡斯塔的兄弟克瑞翁去得尔菲祈求阿波罗神谕，想得知怎样才能摆脱灾难。克瑞翁将很快返回。俄狄浦斯焦急地等待着他。

克瑞翁回来了。他带来了阿波罗的神谕：必须将杀害拉伊奥斯的凶手赶出忒拜，正是他给忒拜招来此次灾难；民众应驱逐那凶手或将其处死，惩罚他的弑君之罪。但怎样才能找到杀害拉伊奥斯的凶手呢？毕竟他是在路上被杀的，除了一个奴隶外，其他所有同行者都被打死了。俄狄浦斯决定，无论如何都要找到这个凶手，不论他是谁，藏在哪里，哪怕藏在自己的宫殿里，哪怕这个凶手是他最亲近的人，都要找到他。俄狄浦斯召集全体市民，商议如何才能找到凶手。大家认为，只有先知提瑞西阿斯才能解决这一难题。人们领来了盲先知提瑞西阿斯，俄狄浦斯请他说出杀害拉伊奥斯的凶手是谁，可是先知能回答他什么呢？是的，他知道凶手是谁，但不能说出他的名字。

提瑞西阿斯说道："噢，放我回家吧，我们一起承担命运的重担吧，这样咱们都会轻松些。"

但是俄狄浦斯坚持要他回答，他高声断喝：

"卑鄙的家伙，你为什么不想说？你太固执了！石头都能被你激怒！"

提瑞西阿斯坚持良久，始终不愿说出凶手的名字，但听完俄狄浦斯那些愤怒的言辞后，他不得不说出了真相，他说道：

"俄狄浦斯，是你玷污了你统治的这个国家，你自己就是你所寻找的凶手！你在无意间娶了我们最为敬重的人，你的母亲。”

听到这番话，俄狄浦斯恼羞成怒。他骂提瑞西阿斯是个骗子，威胁要处死他，说是克瑞翁为了篡权夺位才授意他这么胡说八道的。提瑞西阿斯平静地听着国王愤怒的话语，他知道自己所说的都是真相。他知道，俄狄浦斯虽然长着眼睛，却看不到自己的罪孽。俄狄浦斯看不到敌人在哪里，也想不到，他本人就是自己和自己家人的敌人。提瑞西阿斯不怕任何威胁，他勇敢地对俄狄浦斯说，凶手就在这里，在他眼前。虽然凶手以异族人的身份来到忒拜，但事实上他生来便是忒拜人。厄运将降临到凶手的头上，他将从明眼人变为盲人，从富翁变成穷光蛋，他将失去一切，离开忒拜，流浪他乡。

民众惊恐地听着提瑞西阿斯的话，他们知道，提瑞西阿斯从不会撒谎。

怒气冲冲的俄狄浦斯指责克瑞翁，说是他授意提瑞西阿斯说这番话，指责他想要篡夺忒拜王位。约卡斯塔也来了。俄狄浦斯把提瑞西阿斯所说的一切告诉了她，指责她兄弟的险恶用心。他向约卡斯塔询问，拉伊奥斯是怎样被杀的，拉伊奥斯唯一的儿子又是怎样被扔到基泰戎山上的森林里的。约卡斯塔将一切都告诉了他，一团疑云顿时在俄狄浦斯心里升起，某种不祥的预感攫住了他的心，他惊叫道：

“噢，宙斯！你给我的是什么命运啊？噢，莫非明眼的不是我，而是盲人提瑞西阿斯！”

俄狄浦斯询问当初救走男婴的奴隶在哪儿，是否还活着。得知这个奴隶正在基泰戎山上放牧，他立即派人去寻找他。俄狄浦斯要搞清真相，不论它多残酷。刚刚派人去找那个奴隶，科林斯的信使就来了。他带来了波吕波斯国王病逝的消息。这就是说，波吕波斯并非命丧儿子之手。如果俄狄浦斯是波吕波斯的儿子，那就意味着，命运对俄狄浦斯注定弑父的安排没有应验。然而俄狄浦斯也有可能不是波吕波斯的儿子。俄狄浦斯希望他已逃离了命运的安排，但是信使粉碎了这一希望。他对俄狄浦斯说，波吕波斯不是他的亲生父亲，拉伊奥斯国王的一个放牧奴隶把一个男婴给了他，然后他将男婴抱给了科林斯国王。

俄狄浦斯万分惊恐地听着信使的话，可怕的真相越来越明晰了。

当初在基泰戎山上放牧的那个奴隶来了。起初他想掩盖一切，什么也不说，但俄狄浦斯威胁他，他若是掩盖真相，就将受到严酷的惩罚。

这个牧人害怕受惩罚，就说出了真相。他承认，当初他交给信使的那个男婴就是拉伊奥斯的儿子，国王想要弄死这个孩子，牧人可怜这个孩子，救了他。

俄狄浦斯多么希望自己在无辜孩童时就已死去，他抱怨牧人没有让他在襁褓中离开人世！现在俄狄浦斯把一切都弄清了。他已经从约卡斯塔的叙述中得知了拉伊奥斯之死，知道了是自己亲手杀死了父亲。牧人的话让他明白，自己就是拉伊奥斯与约卡斯塔的亲生儿子。无论俄狄浦斯如何努力躲避，预言还是应验了。绝望的俄狄浦斯走进了宫殿。他是杀害父亲的凶手，自己母亲的丈夫，他的孩子们既是他的子女，又是他母亲生下的弟妹。

返回宫殿后，俄狄浦斯遭受了新的打击。约卡斯塔无法面对这可怕的事实，在浴室上吊自尽了。俄狄浦斯痛苦得发了狂，从约卡斯塔的服饰上扯下挂钩，用其尖端刺瞎了自己的双眼。他不愿再看见阳光，不愿再看到孩子们，也不愿再看见故乡忒拜。现在对他来说，一切都失去了意义，幸福已经离他远去。俄狄浦斯说服克瑞翁将他赶出忒拜，只求他一件事：照顾他的孩子们。

俄狄浦斯之死[1]

克瑞翁没有立刻将俄狄浦斯赶出忒拜。俄狄浦斯在宫中又住了一段时间，他避开众人，独自沉湎于自己的痛苦中。但是忒拜人害怕，众神会因收留俄狄浦斯而迁怒于他们，因此要求立刻将瞎了眼的俄狄浦斯赶出忒拜。俄狄浦斯的儿子埃忒奥克洛斯和波吕克涅斯也没有反对这一提议，他们想自己统治忒拜。忒拜人赶走了俄狄浦斯，而他的儿子们则同克瑞翁一起执政。

失明的俄狄浦斯被放逐到异国他乡。如果没有情操高尚、内心坚强的女儿安提戈涅的悉心照顾，这个无助的人早就死了。安提戈涅一直陪伴着被放逐的俄狄浦斯，她领着不幸的老人走过了一个又一个国家。安提戈涅小心翼翼地引领着他翻过高山，穿过幽暗的森林，在艰辛的道路上与他同甘共苦。

经过长期的漂泊后，俄狄浦斯最后来到了雅典城附近的阿提刻。安提戈涅不知道自己把父亲领到了哪里。不远处可以看到城墙和沐浴在初升太阳下的城中塔楼。塔楼附近是郁郁葱葱的月桂林、常春藤与葡萄藤。林间，青绿的橄榄发着银白色的光。树林间传来

① 根据索福克勒斯的悲剧《俄狄浦斯在科洛诺斯》整理。

夜莺甜美的歌唱。溪水沿着青翠的谷地潺潺流淌，遍地是白色星状的水仙和芬芳的红番花。在树林中，饱受苦难的俄狄浦斯坐在一棵月桂树下的石头上，安提戈涅想出去打听这里是什么地方。这时走过一个人，他告诉俄狄浦斯，此地是科洛诺斯，离雅典不远；俄狄浦斯身处的树林是献给欧墨尼得斯的圣地，而周围的整片土地是献给波塞冬和提坦神普罗米修斯的圣地；从树林中望见的那个城市就是雅典；统治雅典的是埃勾斯的儿子，伟大的英雄忒修斯。听到这里，俄狄浦斯求他想法给国王忒修斯捎个话，就说他想帮国王忒修斯一个大忙，只要国王同意给他提供临时栖身之地。路人难以置信，一个衰弱的瞎眼老人能给强大的国王提供什么帮助，他满腹狐疑地去了科洛诺斯，将这个坐在欧墨尼得斯的圣林中、并许诺给忒修斯提供巨大帮助的盲老人的事说给大家听。

得知自己身处欧墨尼得斯的圣林中后，俄狄浦斯明白了，他的最后时限即将到来，他所有苦难就要结束了。阿波罗早就向他预言，经过漫长的颠沛流离后，他将在女神的圣林中死去，给予他栖身之处的人将获得巨大奖赏，而那些驱赶他的人将被诸神残酷惩治。俄狄浦斯现在明白了，这些伟大的女神正是无情地追逐了他一生的欧墨尼得斯。俄狄浦斯坚信，他的安宁即将到来。

科洛诺斯的市民们急忙来到欧墨尼得斯的圣林，他们想看看，是谁胆敢进入圣林，而他们自己甚至不敢提及可怕女神的名字，也不敢向她的圣地瞟上一眼。俄狄浦斯刚听到有人到来，就立刻请求安提戈涅将他领至圣林深处，但当科洛诺斯人喊他为圣林亵渎者时，他走了出来，回答了他们的疑问，并说出了自己的名字。人群惊恐起来：站在他们面前的竟然是俄狄浦斯！在希腊，他那可怕的命运，无意中犯下的罪孽无人不知，无人不晓！不，科洛诺斯人不能允许俄狄浦斯留在此处，他们怕激怒诸神。他们不肯听俄狄浦斯和安提戈涅的恳求，要求双目失明的老人立刻离开科洛诺斯。圣城雅典在希腊处处都被颂扬，雅典庇护所有祈求者，难道俄狄浦斯在这里就找不到栖身之地吗？俄狄浦斯来到此地并非出于己愿，而且他的到来会给当地民众带来福祉。最后，俄狄浦斯请求民众至少等忒修斯国王到来，就让雅典国王决定，自己是可以留在此地还是要被驱逐。

大家同意等忒修斯到来。这时远处出现一辆马车，车上载着一个戴着忒萨利亚式宽檐帽的女人，帽子遮住了她的脸庞。安提戈涅仔细观看，觉得这个女人好像是她的妹妹伊斯墨涅。马车越来越近，安提戈涅定睛细看，果然是伊斯墨涅。她告诉俄狄浦斯：

“父亲，我看见你的女儿伊斯墨涅了，她来了，你很快就能听见她的声音了。”

待马车驶近俄狄浦斯时，伊斯墨涅从车上跳下，扑进父亲的怀抱。

“父亲，我不幸的父亲！我终于又能拥抱你和安提戈涅了。”

伊斯墨涅的到来令俄狄浦斯非常高兴，现在女儿们都在他的身边了，一个是他忠实的旅伴与帮手安提戈涅，另一个是从未忘记父亲、经常派人给他送来忒拜消息的伊斯墨涅。

伊斯墨涅来找俄狄浦斯，是为了告知他一个令人悲痛的消息。起初，俄狄浦斯的两个儿子在忒拜共同执政，但后来小儿子埃忒奥克洛斯独揽大权，将哥哥波吕涅克斯赶出了忒拜。波吕涅克斯前往阿耳戈斯求助，现在他正要率军攻打忒拜，准备要么重掌政权，要么死在战场。伊斯墨涅还说，得尔菲的神曾谕示，俄狄浦斯支持的一方将会赢得胜利。伊斯墨涅相信，同埃忒奥克洛斯一同执政的克瑞翁很快会赶到这里，他要用武力控制俄狄浦斯。俄狄浦斯不愿支持任何一方，因为他们双方只知贪恋权势，而非孝顺父亲。他不想帮助在他被赶出忒拜时默不作声的儿子们，是的，他们得不到父亲的帮助，他不会帮助他们夺得忒拜的王位。俄狄浦斯将留在这里，他将成为雅典的保卫者！

科洛诺斯的市民们提醒俄狄浦斯，若他决定永远留在雅典，就要给欧墨尼得斯献祭，祈求她们开恩。俄狄浦斯请人代他献祭，因为他年老体弱，目不能视，力不从心。伊斯墨涅自愿去献祭，进入了欧墨尼得斯的圣林。

伊斯墨涅刚刚离开，忒修斯就带着随从来到了欧墨尼得斯的圣林。他热情地欢迎俄狄浦斯，答应保护他。忒修斯知道这个异乡人命途多舛，知道他遭受了诸多不幸。忒修斯自己在异国他乡也曾体会过生活的艰难，所以他无法拒绝庇护不幸的漂泊者俄狄浦斯。

俄狄浦斯感谢忒修斯，并许诺自己也将为他提供保护。他说，他的坟墓将永远忠诚地守护雅典。

但是，俄狄浦斯注定不能马上获得安宁。忒修斯离开后，克瑞翁带领一小队人马从忒拜赶来。他想掌控俄狄浦斯，以确保自己和埃忒奥克洛斯能够战胜波吕涅克斯及其盟友。克瑞翁试图说服俄狄浦斯同他一起走，他劝俄狄浦斯返回忒拜，保证他将在亲人的关心下平静生活，但俄狄浦斯丝毫不为所动，他根本不相信克瑞翁。俄狄浦斯知道克瑞翁让他回忒拜的真正动机，他不会同他一起走，他不会将胜利交到让他饱经苦难之人的手中。

见俄狄浦斯不为所动，克瑞翁开始威胁他，要以暴力迫使俄狄浦斯同他一起返回忒拜。俄狄浦斯不怕暴力，他有忒修斯和所有雅典人的庇护。然而，克瑞翁告诉无助的盲眼老人，说他们已经抓到了他的女儿伊斯墨涅，还威胁说，要抓住俄狄浦斯唯一的依靠、最富牺牲精神的女儿安提戈涅。克瑞翁马上将威胁付诸行动，他命令抓住安提戈涅。安提戈涅徒劳地向雅典人呼唤求助，徒劳地向父亲伸出双手，最终还是被抓走了。现在俄狄浦斯孤苦无助，替他视物的那双眼睛被夺走了。他呼喊欧墨尼得斯见证眼前发生的这一切，诅咒克瑞翁也遭受与自己同样的命运，失去亲子。已经动用暴力的克瑞翁不在乎再次施暴，就在他抓住俄狄浦斯、想要强行带走他的时候，科洛诺斯人都为俄狄浦斯挺身而出，但他们人少力微，无力同克瑞翁的队伍作战。科洛诺斯人大声呼救，忒修斯听到呼喊，急忙带领随从赶来。

忒修斯被克瑞翁的行为激怒了。克瑞翁怎么敢在这里，在欧墨尼得斯的圣林里绑架俄狄浦斯和他的女儿，难道他觉得希腊人太少了吗？还是他根本没把忒修斯放在眼里，敢用暴力带走雅典所庇护的人？难道他在忒拜学会了如此胡作非为？不！忒修斯知道，忒拜不会容忍不法行为，克瑞翁使自己的城市与国家蒙了羞。虽然他年事已高，做起事来却像个莽撞的青年人。忒修斯要求他立刻交出俄狄浦斯的两个女儿，克瑞翁在忒修斯面前极力为自己的行为辩护，按他的说法，他坚信雅典不会收留弑父娶母之人，然而忒修斯不为所动，要求克瑞翁将俄狄浦斯的女儿们归还给他，并声称，在俄狄浦斯和他的女儿们重聚之前不会离开这里。克瑞翁同意了忒修斯的要求，俄狄浦斯老人拥抱了自己的女儿们，他感谢善良的雅典王，为他祈求诸神赐福。

忒修斯对俄狄浦斯说：

“听我说，俄狄浦斯！克瑞翁来之前我曾向波塞冬献祭，在这里坐着一个年轻人，他想跟你谈谈。”

俄狄浦斯问道：“这个年轻人是谁？”

“不知道。年轻人从阿耳戈斯城来。你想想，你在阿耳戈斯城有没有什么亲人？”听到这些话，俄狄浦斯惊叫道：

“噢，忒修斯，不要让我和这个年轻人谈话！你的话让我明白，这是我所痛恨的儿子波吕涅克斯。他的话只会给我带来痛苦。”

“但他是一个远路而来的祈求者，你不能拒绝他，否则会触怒诸神。”

听说波吕涅克斯在这里，安提戈涅也请求父亲听听他要说什么，虽然他也对父亲犯了严重的过错。俄狄浦斯同意听听儿子的话，于是忒修斯去找他。

波吕涅克斯来了。他的双眼满是泪水，当他看到父亲瞎了双眼，穿着破烂不堪，斑白的头发随风飘散，脸上满是常年挨饿与受苦的风霜，不禁大哭起来。现在波吕涅克斯才明白，他多么冷酷地对待了自己的亲生父亲。他把双手伸向父亲，说道：

“父亲，哪怕对我说一个字也行，不要不理我！回答我呀，不要不理睬我！姐妹们，劝劝父亲，不要不跟我说句话就赶我走。”

安提戈涅请他告诉父亲来意，她相信，俄狄浦斯不会不理他。

波吕涅克斯讲述了他的经历。他被弟弟赶出忒拜，去了阿耳戈斯，在那里他娶了阿德拉斯托斯的女儿，为自己找到援兵，他要从弟弟那儿夺回长兄应得的王位。波吕涅克斯继续对俄狄浦斯说：

“父亲！我们所有进攻忒拜的人都恳求你，为了你的生活，为了你的孩子，求求你，同我们一起走吧。我们祈求你忘却前嫌，帮助我们向埃忒奥克洛斯复仇吧！是他驱逐了我，让我离开了祖国。若神的谕示属实，那么胜利将降临到你支持的那一方。噢，听我说说吧！我以诸神的名义祈求你，跟我走吧。我会将故乡的房屋归还你。在这异国他乡，你和我一样，都只是乞丐罢了。”

俄狄浦斯没有听儿子的话，他的这番话打动不了他。儿子波吕涅克斯现在需要他，只是为了夺回忒拜王位。当初难道不是他将自己赶出了忒拜？难道不是他使自己成为漂泊者？难道不是因他的缘故，俄狄浦斯才穿得如此破烂不堪？两个儿子都忘记了自己对父亲应尽的责任，只有女儿们对他忠诚，总是关怀他，尊敬他。

“不，我不会帮你毁灭忒拜。你在攻占忒拜前就会倒在血泊中，你的弟弟埃忒奥克洛斯也会和你一起倒下！”

俄狄浦斯高喊道。

“我将再次诅咒你们，好让你们记住，应该怎样尊敬亲生父亲。快离开吧，众叛亲离的家伙，你再也不会有父亲了！带着我的诅咒走吧！你将死于同兄弟的决斗中。杀了驱逐你的人吧！我将祈求欧墨尼得斯和战神阿瑞斯挑起你们自相残杀，以此来惩罚你们！去告诉你的同谋们，俄狄浦斯送给了两个儿子什么样的礼物。”

波吕涅克斯失望透了，他叹道：

“噢，我真不幸！难道我能把父亲的答复告诉给同伴们？！不，我只能默默地接受我的命运！”

波吕涅克斯再没有祈求父亲的宽恕和庇护，也没有听安提戈涅的劝告就走了。安提戈涅劝告他，不要返回阿耳戈斯，不要发动战争，否则会毁灭他自己、兄弟和整个忒拜城。

俄狄浦斯的最后时刻临近了。晴空中响起了一声惊雷，所有来到欧墨尼得斯圣林的人都被宙斯的可怕预兆惊呆了；又一声雷鸣，所有人都吓得发抖。

俄狄浦斯将女儿们叫到自己面前，对她们说道：

“孩子们啊，赶快去找忒修斯！宙斯的雷鸣向我预示，我很快就得到哈德斯的冥国去了。快去找忒修斯！我就要死了！”

俄狄浦斯刚刚说完，隆隆的雷声再次响起，如同印证他的话一般，忒修斯急忙赶到欧墨尼得斯的圣林。听见忒修斯的声音，俄狄浦斯说道：

“雅典的主宰者！宙斯的电闪雷鸣预示我生命的终结，我想在临死之前履行对你的承诺。我将亲自领你去我的葬身之地，但你不要把我的坟墓告诉任何人，它将保卫你的城市，它的威力胜过无数的盾牌与投枪。将来你会听到我在此无法言说的事情，守护这个秘密，在你临死之时将它告知你的长子，让他传给他的继承人。走吧，忒修斯，走吧，孩子们。现在，我这个盲人将成为你们的向导，因为此时引领我的是赫耳墨斯和佩耳塞福涅。”

忒修斯、安提戈涅和伊斯墨涅跟随俄狄浦斯向前走，而他如同明眼人一般引领着他们。他走到通往死亡国度的一处阴暗的斜坡，在一块石头上坐了下来。

俄狄浦斯已准备好赴死，他拥抱了自己的女儿们，对她们说道：

“孩子们，从今天起，你们再也不会有父亲了。死神塔那托斯已经抓住了我，照顾我的重担再也不会压到你们肩上了。”

安提戈涅和伊斯墨涅痛哭着拥抱了父亲。突然，从地下深处传来神秘的声音："快点儿，快点儿，俄狄浦斯！你为什么迟迟不走？你耽误得够久啦！"

听到这个神秘的声音，俄狄浦斯把忒修斯叫到跟前，将女儿们的手放到他手里，请求忒修斯做她们的保护人，忒修斯发誓会完成俄狄浦斯的请求。这时，俄狄浦斯吩咐女儿们离开，她们不能看到将要发生的事情，也不该知晓他将要告知忒修斯的秘密。安提戈涅和伊斯墨涅走了。她们走出不远就回过头来，想要看父亲最后一眼，但他已不在原地，只有忒修斯一个人手捂双眼站在那里，似乎害怕看到可怕的一幕。随后，她们看到忒修斯跪下祈祷。俄狄浦斯就这样结束了自己命运多舛的一生，无人知道，他是怎么死的，他的坟墓在哪里。他毫无痛苦地去了冥国，常人做不到这一点。

七雄攻忒拜[①]

双目失明的俄狄浦斯被驱逐出忒拜后，他的儿子们同克瑞翁共享王位，每人一年，轮流执政。埃忒奥克洛斯不想同哥哥波吕涅克斯共享王位，将哥哥赶出了拥有七座城门的忒拜，一人独占了忒拜的王位。波吕涅克斯离开忒拜后，前往阿德拉斯托斯国王统治的阿耳戈斯。

阿德拉斯托斯国王出身于阿米塔翁家族。英雄阿米塔翁生有两个儿子，一个是伟大的先知墨兰波斯，另一个是彼阿斯，这两个英

① 根据埃斯库罗斯的悲剧《七雄攻忒拜》和欧里庇得斯的《腓尼基妇女》整理。

雄娶了普罗托斯国王的女儿们。普罗托斯的女儿们触怒了诸神，受到了惩罚，诸神让她们患上疯癫病。普罗托斯的女儿们在疯癫发作时，以为自己是母牛，哞哞大叫着在附近的田野与森林里狂奔乱跑。墨兰波斯知晓治愈普罗托斯女儿们的秘密，主动提出给她们治疗，但要求普罗托斯分给他三分之一的领地。普罗托斯不同意。灾难愈加严重了，其他妇女也感染上了疯癫。普罗托斯只得又去求墨兰波斯。这次墨兰波斯要求的已经不是三分之一，而是三分之二的领地了：三分之一给自己，另外三分之一给兄弟彼阿斯。普罗托斯只好答应了。墨兰波斯领了一队年轻人上山，经过很长时间的追捕，抓住了所有疯癫的妇女和普罗托斯的女儿们，并将她们治愈。普罗托斯将自己的女儿们嫁给了墨兰波斯和彼阿斯。

墨兰波斯有个儿子叫安提法忒斯，安提法忒斯的儿子叫奥伊克勒斯，奥伊克勒斯的儿子是安菲阿拉奥斯。彼阿斯的儿子是塔拉俄斯，塔拉俄斯生有阿德拉斯托斯和埃里费勒。墨兰波斯与彼阿斯的后代安菲阿拉奥斯和阿德拉斯托斯成年后，他们之间发生了内讧。阿德拉斯托斯不敌安菲阿拉奥斯，只得远走锡基翁，投奔波吕波斯国王。阿德拉斯托斯娶了这位国王的女儿，获得了锡基翁的王位。但是过了不久，阿德拉斯托斯返回了故乡阿耳戈斯，同安菲阿拉奥斯和解，并将自己的姐妹埃里费勒嫁给了他。阿德拉斯托斯和安菲阿拉奥斯彼此发誓，今后若有争执，埃里费勒将永远是他们的裁判，他们必须绝对服从她的裁决。安菲阿拉奥斯没有料到，这会成为他及他的种族灭亡的导火索。

一天深夜，波吕涅克斯造访阿德拉斯托斯国王的宫殿，希望从他那里寻求庇护与帮助。波吕涅克斯在宫殿旁遇到了俄纽斯的儿子英雄提丢斯，他因在故乡杀死了叔叔和堂兄弟们而逃到了阿耳戈斯。两个英雄之间爆发了激烈的争吵。桀骜不驯的提丢斯无法忍受任何反驳，立刻拔剑相向。波吕涅克斯则以盾牌护身，也拔出了剑。两位英雄厮杀起来。剑砍到铜盾牌上发出震耳欲聋的声响。两个英雄就像两头愤怒的雄狮，在黑暗中搏斗着。阿德拉斯托斯听到打斗声后，从宫殿里走出来。看到两个青年奋力拼杀，感到非常震惊。波吕涅克斯身披狮子毛皮，而提丢斯则披着巨大的野猪皮。阿德拉斯托斯想起神祇对他的预言，说他应当把女儿嫁给狮子和野猪。他急忙把英雄们分开，将他们引入宫殿，奉为上宾。很快，阿德拉斯托斯的女儿们出嫁了，得皮勒嫁给了波吕涅克斯，阿尔格娅则嫁给了提丢斯。

波吕涅克斯和提丢斯做了阿德拉斯托斯的女婿后，请求阿德拉斯托斯帮助他们夺回王位。阿德拉斯托斯同意了他们的请求，但有个条件，那就是力大无穷的勇士、伟大的先知安菲阿拉奥斯也得参与此次出征。

他们决定首先攻打有七座城门的忒拜。安菲阿拉奥斯拒绝参加此次出征，因为他知道，英雄们此次出征违背了诸神的意志。作为宙斯和阿波罗的宠儿，他不想违背诸神的意志，不想惹恼他们。不论提丢斯怎样劝说安菲阿拉奥斯，他始终不为所动。提丢斯难以抑制怒火，若不是阿德拉斯托斯从中调停，这两位英雄将成为永世仇敌。为了迫使安菲阿拉奥斯出征，波吕涅克斯耍了个诡计，他说服埃里费勒站在自己一方，让她迫使安菲阿拉奥斯参加征讨忒拜的行动。波吕涅克斯知道埃里费勒贪婪爱财，他许诺将忒拜首任国王卡德摩斯的妻子哈耳摩尼亚的珍贵项链送给她。埃里费勒被珍贵的礼物所诱惑，迫使她的丈夫参加此次出征。安菲阿拉奥斯无法拒绝，因为他曾起誓服从埃里费勒的所有决定。埃里费勒经不住珍贵礼物的诱惑，让自己的丈夫去送死了，当然她并不知道项链会给它的主人带来巨大的灾难。

许多英雄同意参加此次出征。其中有普罗托斯的后裔，如神般强壮有力的卡帕纽斯和埃忒奥克勒斯、阿卡迪亚著名女猎手阿塔兰忒之子，年轻英俊的帕尔忒诺派奥斯，以及光荣的希波墨冬和其他许多英雄。波吕涅克斯还去迈锡尼寻求援助，迈锡尼的统治者本已同意出征，但伟大的雷电之神宙斯以凶兆阻止了他。最终，一支庞大队伍集结完毕。七个将领带领进攻忒拜的大军，阿德拉斯托斯任全军统帅。英雄们踏上了不归路，先知安菲阿拉奥斯请求他们不要发动此次征战，但他们不听。所有人都被一个愿望驱使，那就是在忒拜城墙下奋勇厮杀，建立功勋。

大军要出发了。安菲阿拉奥斯同自己的家人告别，他拥抱了自己的女儿们，又拥抱了两儿子——年幼的阿尔克迈翁和还在乳母怀抱里的幼子安菲洛克斯。临行前，安菲阿拉奥斯嘱托阿尔克迈翁将来要为父亲复仇，是他的母亲把父亲送上了不归路。安菲阿拉奥斯满怀悲痛地上了马车，他知道这是他和孩子们的诀别。安菲阿拉奥斯立于车上，剑指妻子，咒骂她送他去赴死。

军队顺利地到达了涅墨亚。士兵们干渴难耐，到处寻找水源，可任何地方都找不到一处泉眼，因为宙斯对英雄们违背他的意愿出征感到愤怒，命令女神们堵死了这些泉眼。后来他们遇见了莱姆诺斯岛的前女王许普西皮勒，她正抱着涅墨亚国王吕枯耳戈斯的小儿子奥菲尔忒斯。许普西皮勒被莱姆诺斯岛的女人们变卖为奴，因为她在她们杀害所有男人时，救了自己的父亲托阿斯。如今，莱姆诺斯岛的前女王沦为给吕枯耳戈斯照料儿子的女奴。许普西皮勒将幼小的奥菲尔忒斯放在草地上，然后去给士兵们指点隐藏在树林中的泉眼。许普西皮勒和士兵们刚一离开奥菲尔忒斯，从灌木丛中就窜出一条大蛇，紧紧地缠住了孩子。听到他的尖叫声，许普西皮勒和士兵们急忙赶来，吕枯耳戈斯夫妇也急忙赶来援救，但奥菲尔忒斯已被蛇卷住窒息而死。吕枯耳戈斯拔出剑扑向许普西皮勒，要杀了她，但是提丢斯保护了她。提丢斯正要同吕枯耳戈斯决斗，但阿德拉斯托斯和安菲阿拉奥斯制止了他，他们不允许发生流血事件。英雄们埋葬了奥菲尔忒斯，并在葬礼上举行了军事竞技会，这场赛事成为涅墨亚竞技会的前身。安菲阿拉奥斯明白，奥菲尔忒斯的死对于整个军队来说是个凶兆，他的死亡预示了所有英雄的覆灭。安菲阿拉奥斯称奥菲尔忒斯为阿尔赫摩罗斯（意为死亡接引者），并劝说所有英雄停止进攻忒拜，但他们不听劝说，固执地走上了死亡之路。

军队穿过森林茂密的基泰戎山谷，来到了阿索波斯河岸边，逼近七座城门的忒拜城墙。将领们没有立刻攻城。他们决定派提丢斯与被围困者进行谈判。提丢斯来到忒拜城内，恰逢忒拜的名流显贵们都在埃忒奥克洛斯那里参加宴会。忒拜人根本听不进提丢斯的话，反而嘲笑着邀请他入席。提丢斯震怒了，尽管身处敌营，但他毫不犹豫地与对手展开了决战，并大获全胜，因为雅典娜帮助了自己的宠儿。满腔怒火的忒拜人决意要杀死这个伟大的英雄，他们派墨翁特和吕科丰率领五百青年在提丢斯返回兵营时伏击他，却被提丢斯尽数杀死，他按照诸神吩咐，只放过了墨翁特，让他回去告诉忒拜人，他是多么英勇与无畏。

此后，阿耳戈斯的英雄们同忒拜人之间的仇恨越来越深。七个将领都向战神阿瑞斯、其他所有战神及死神塔那托斯献了祭。他们把双手浸在祭品的血液中发誓，要么摧毁忒拜城，要么马革裹尸，血染忒拜大地。阿耳戈斯的军队准备进攻了，阿德拉斯托斯调配了军队，七个将领各带一队人马去攻打七座城门中的一座城门。

嗜血成性、如猛龙般强壮的提丢斯，率军进攻普罗依提斯城门。他头盔上的三束冠缨随风摆动，盾牌上刻有繁星满天的夜空，中间是象征黑夜之瞳的一弯满月。

像巨人一样高大魁梧的卡帕纽斯在厄勒克特拉城门对面布下自己的军队。他威胁忒拜人说，就算诸神反对，他也要攻占城池。他扬言，即便宙斯发雷霆之怒也无法阻止他。卡帕纽斯的盾牌上绘着一个手持火炬的裸体英雄。普罗托斯的后裔埃忒奥克勒斯率军站立在涅依斯克城门对面，他盾牌上有一个图徽，上面绘有一个沿云梯向被围城堡攀登的人，下面有一行文字："战神阿瑞斯也战胜不了我。"负责进攻雅典门的是希波墨冬，他那如日光般闪耀的盾牌上绘着口喷火焰的梯丰。希波墨冬的作战命令充满杀气，他的双眼喷射出的凶光令人胆寒。年轻英俊的帕尔忒诺派奥斯率军进攻玻瑞阿斯城门，他的盾牌上绘着脚踏濒死忒拜人的斯芬克斯。先知安菲阿拉奥斯围困戈莫洛依得城门，他对这场战争的始作俑者提丢斯恨之入骨，斥责他是杀人犯、屠城者、杀戮者的帮凶和世间一切恶行的同谋。他痛恨此次出征，指责波吕涅克斯引领异族军队摧毁他的故乡忒拜。安菲阿拉奥斯知道，子孙后代都将诅咒此次出征的参与者；他还知道，他会在这场战争中阵亡，忒拜的大地会吞没他的尸身。安菲阿拉奥斯的盾牌上没有任何徽记，他本人的外貌比所有徽记更为威严。第七个城门由波吕涅克斯攻打，他的盾牌上绘着一个女神，她引领着满身戎装的英雄，盾牌上写着："我带这位男子胜利返回故乡，返回他祖辈的故居。"

攻打忒拜城的一切都已准备停当。

忒拜人也做好了战斗准备。埃忒奥克洛斯在每一个城门都安排了名将率领的队伍。他亲自守卫他哥哥波吕涅克斯即将进攻的城门。对抗提丢斯的是阿斯塔科斯强壮有力的儿子墨拉尼波斯，他的祖先是由卡德摩斯所杀巨龙的牙齿生出的战士。埃忒奥克洛斯派女神阿耳忒弥斯亲自庇护的波吕丰忒斯去对抗卡帕纽斯。克瑞翁的儿子墨伽柔斯率军保卫埃忒奥克勒斯将要进攻的城门；奥诺尔的儿子许佩尔庇奥斯被派去抵抗希波墨冬；英雄阿克托尔对抗帕尔忒诺派奥斯，而抗击安菲阿拉奥斯的是智勇双全的勒斯丰。忒拜英雄中还有波塞冬力大无穷的儿子、不可战胜的佩里克吕墨诺斯。

战斗开始前，埃忒奥克洛斯向先知提瑞西阿斯询问战斗的结局，提瑞西阿斯告诉他，只有将克瑞翁之子墨诺克奥斯献祭给战神阿瑞斯（阿瑞斯还在为卡德摩斯杀死献祭给他的毒龙一事而耿耿于怀），方能获得胜利。风华正茂的墨诺克奥斯得知这一预言后，登上忒拜城墙，面朝献祭给阿瑞斯的毒龙所居的洞穴，用剑刺穿了自己的胸膛。克瑞翁之子就这样死了，他为了拯救故乡忒拜自愿成为祭品。

一切注定，忒拜人会取得胜利。愤怒的战神阿瑞斯终于大发慈悲，诸神也都站在了遵循其意志的忒拜人一边。然而忒拜人的胜利并未马上到来，他们起初杀出城外，在阿波罗神庙旁同阿耳戈斯的军队战斗，然而在敌人的猛攻之下，他们不得不退回城内。阿耳戈斯人乘胜追击，开始攻城。高傲的卡帕纽斯，以自己的非凡神力为傲，将云梯靠上城墙，要闯入城内，然而宙斯不会容忍任何人违背他的意志闯入忒拜，他将明亮的闪电劈向站在城墙上的卡帕纽斯，卡帕纽斯顿时被雷电劈死。他全身着火，冒烟的尸身从城墙掉下，摔到下面阿耳戈斯人的脚边。

年轻的帕尔忒诺派奥斯在围困忒拜时也阵亡了，强壮的佩里克吕墨诺斯从城墙上举起一块小山般的巨石砸向了他，这块巨石将他的脑袋砸得粉碎。阿耳戈斯人从城墙边撤退了，他们知道，他们攻不下忒拜，忒拜人高兴起来，忒拜城将屹立不倒。

这时，敌人决定，让波吕涅克斯和埃忒奥克洛斯兄弟俩决斗，胜者继承忒拜的王位。俄狄浦斯的儿子们准备决斗。埃忒奥克洛斯走出城门，他全身的披挂闪闪发亮。波吕涅克斯从阿耳戈斯人的营地向他迎面奔来。骨肉相残的战斗一触即发，兄弟俩心中都点燃了仇恨之火，其中一个必将赴死。然而，伟大而无情的命运女神摩伊拉却作了另外的安排。复仇女神欧墨尼得斯从没忘记俄狄浦斯的诅咒，也没有忘记拉伊奥斯的罪孽和佩洛普斯[①]的诅咒。

兄弟俩在这场残酷的决斗中厮杀着，如同两头为猎物而战的暴怒雄狮。他们在盾牌掩护下互相进攻，满是仇恨的双眼敏锐地盯着对方的一举一动。埃忒奥克洛斯一个趔趄，波吕涅克斯立刻将投枪扎向弟弟，刺伤了他的大腿，鲜血从伤口中汩汩流出。但波吕涅克斯袭击弟弟时，露出了一侧肩膀，埃忒奥克洛斯毫不迟疑地用投枪

① 参见第一部分关于佩洛普斯的神话。

击中了他的肩膀。枪尖刺到波吕涅克斯的盔甲时，枪柄折断了。现在，兄弟俩都只有剑了，他们盾牌抵着盾牌，互相厮杀。两人都伤痕累累，鲜血染红了铠甲。埃忒奥克洛斯猛地向后退却，波吕涅克斯没有料到对手会退却，他抬起了盾牌，而他的弟弟就在这一瞬间将剑刺进了他的肚子。波吕涅克斯倒在地上，可怕的伤口血如泉涌，他的双眼已然蒙上了死亡的阴翳。埃忒奥克洛斯欢呼胜利，他跑向被他刺中的哥哥，想从他身上剥下铠甲。波吕涅克斯拼尽最后的力气，抬起身子，一剑刺中弟弟的胸膛。随着这一击，他的灵魂飞往了冥王的黑暗王国。埃忒奥克洛斯如同一棵被砍倒的橡树扑倒在哥哥身上，死了。他们的鲜血流在一起，染红了周围的土地。忒拜人和阿耳戈斯人恐惧地看完兄弟间的这场可怕决斗。

围困者和被困者之间的休战没有持续多久，他们之间又燃起了血腥的战火。在这次战斗中诸神都庇护忒拜人。希波墨冬和普罗托斯的后裔埃忒奥克勒斯阵亡了，不可战胜的提丢斯被威武的墨拉尼波斯伤得很重。虽然提丢斯受了重伤，但他竭尽全力把投枪掷向墨拉尼波斯，杀死了他，报了仇。看到满身鲜血、濒临死亡的提丢斯，雅典娜祈求宙斯允许她拯救她的爱将，甚至赐予他永生。雅典娜赶去找提丢斯，这时安菲阿拉奥斯砍下了墨拉尼波斯的头，把它扔给了濒死的提丢斯。因愤怒而失去理智的提丢斯一把接过头颅，用力劈开，野兽般饮下敌人的脑浆。看到提丢斯如此狂怒与残暴，雅典娜颤抖了，放弃了他。濒死的提丢斯只来得及望着雅典娜的背影，轻声说出自己最后的请求，请女神将他未能得到的永生赐予他的儿子狄俄墨得斯。

忒拜人战胜了阿耳戈斯人。阿耳戈斯人全部阵亡。安菲阿拉奥斯也死了，他跳上巴通驾驭的马车飞快逃命时，强壮的佩里克吕墨涅斯在后紧追不舍。佩里克吕墨涅斯追上了这位伟大的先知，挥舞投枪正要向他刺来，宙斯突然投下一道闪电，雷声轰鸣，大地开裂，将安菲阿拉奥斯和他的马车一同吞没。所有英雄中，只有阿德拉斯托斯一人逃得性命。他骑快马阿里翁疾驰而去，在雅典躲藏起来，之后从那里返回了阿耳戈斯城。

忒拜人欢呼雀跃。忒拜脱险了。他们为阵亡的英雄们举行了隆重的葬礼，而同波吕涅克斯一起来自阿耳戈斯的英雄们，以及进犯故国的波吕涅克斯全都尸横战场。

阿耳戈斯英雄们的母亲和妻子们得知英雄们的尸身未得安葬后，她们悲痛欲绝，随阿德拉斯托斯一同前往阿提刻，请求国王忒修斯体恤她们的悲恸，让忒拜人将死者的遗体还给她们。她们在厄琉西斯城附近的得墨忒耳神庙附近见到了忒修斯的母亲，恳求她去请她的儿子出面帮她们。忒修斯犹豫了很久，最后决定帮助阿德拉斯托斯和阿耳戈斯的妇女们。恰巧这时，从忒拜国王克瑞翁那里来了一位使者，他要求忒修斯不要为阿耳戈斯的妇女们提供帮助，并将阿德拉斯托斯赶出阿提刻。

忒修斯勃然大怒。克瑞翁怎么能命令他做什么？难道他不能自己做主吗？！忒修斯率兵进攻忒拜，战胜了忒拜人，迫使他们交出所有阵亡英雄的遗体。在厄琉忒耳附近生起了七个大火堆，将士兵们的遗体焚化了。将领们的遗体被运往厄琉西斯城焚化，骨灰由他们的母亲和妻子带回故乡阿耳戈斯。

只有被宙斯雷电劈死的卡帕纽斯的骨灰留在了厄琉西斯城。卡帕纽斯的遗体是神圣的，因为他是被雷电之神宙斯亲自杀死的。雅典人将卡帕纽斯的遗体安放在一个巨大的柴堆上，点燃了柴堆。火舌接触到英雄遗体的时候，伊菲托斯的美丽女儿，卡帕纽斯的妻子埃瓦德涅来到了厄琉西斯城，她无法承受心爱丈夫的死，穿上豪华的葬衣，登上篝火旁的悬崖，从那里一跃而下，跳进了火堆。

埃瓦德涅就这样殉情了，她的一缕香魂同丈夫的灵魂一起飞往哈德斯的冥国。

安提戈涅[①]

战胜阿耳戈斯人后，忒拜人为埃忒奥克洛斯和所有阵亡的将士们举行了隆重的葬礼。然而，克瑞翁和忒拜人决定不安葬波吕涅克斯，因为是他引来外人攻打忒拜。他的尸体横躺在城墙外的战场上，任凭野兽与猛禽撕咬。波吕涅克斯的灵魂注定永远漂泊，无法在冥国获得安宁。

俄狄浦斯高尚忘我的女儿安提戈涅看到兄弟蒙受此等侮辱，十分痛心。她决定，无论如何都要让波吕涅克斯入土为安。克瑞翁威胁所有人，谁敢为波吕涅克斯举行葬礼就处死谁，但这吓不倒安提戈涅。安提戈涅叫妹妹伊斯墨涅和自己一起去，可是胆小的妹妹害怕惹怒克瑞翁，不敢帮助她，甚至极力劝说安提戈涅不要违抗忒拜国王的意志，还提醒她，不要忘记母亲和兄弟的厄运。她劝安提戈涅不要把她们姐俩送上绝路。安提戈涅没有听伊斯墨涅的劝告，她准备独自履行对兄弟应尽的责任，只要波吕涅克斯不曝尸荒野，她

① 根据索福克勒斯的悲剧《安提戈涅》整理。

情愿承受一切。安提戈涅履行了自己的诺言。

克瑞翁很快得知，有人违抗了他的命令。一个卫士向他禀报，有人偷偷来到波吕涅克斯的遗体前，在尸体上撒下泥土，举行了葬礼。怒火中烧的克瑞翁威胁卫士，如果他和他的同伴找不到为波吕涅克斯举行葬礼的人，就对他们严刑拷打。他向宙斯发誓，自己将说到做到。

一队卫士来到波吕涅克斯的尸体旁。他们扒开了尸体上的泥土，坐到不远处的小山丘上，以免闻到腐烂尸体的臭气。时值中午，一阵风暴骤然而起，狂风袭来，卷起的灰尘遮天蔽日。风暴过后，看守发现一个姑娘正抚尸痛哭，她的哀恸之声传遍田野，如同一只痛失幼雏的鸟儿。就在姑娘向地下诸神祭酒之时，卫士抓住了她，将她带到克瑞翁面前，这个姑娘就是安提戈涅。

克瑞翁一见到安提戈涅就厉声斥责，要她认罪。安提戈涅没有否认自己的所作所为。她违抗了克瑞翁的命令，但履行了律法与诸神的意志。安提戈涅履行了自己对兄弟的责任，使他的遗体入土为安。死亡吓不倒她，相反她渴望死亡，因为她的生活中充满不幸和痛苦。愤怒的克瑞翁威胁说，他不仅要处死安提戈涅，还要将伊斯墨涅也一并处死，因为他认定，她是安提戈涅的帮凶。

听到克瑞翁要处死伊斯墨涅，安提戈涅害怕了。难道她将成为害死妹妹的罪人？仆人们去抓伊斯墨涅了。伊斯墨涅出现在门口，她为姐姐的不幸流下了悲伤的泪水。

得知姐姐遭到死亡的威胁，平日里一直对克瑞翁小心翼翼的伊斯墨涅鼓起勇气，要同安提戈涅生死与共。她毫不犹豫地回答克瑞翁说，她也参加了为波吕涅克斯举行的葬礼。

安提戈涅不愿让毫无过错的伊斯墨涅同她一起受苦。伊斯墨涅恳求她说：

“噢，姐姐，不要拒绝我，别说我不配和你一起死！没有你，我的生命还有意义吗？不要羞辱我！”

但是安提戈涅对妹妹说：

“不，你不能同我一起死！不能承认你没做过的事！我一个人死就够了！你选择生，而我选择死！”

伊斯墨涅恳求克瑞翁宽恕安提戈涅，她求他想想，他要处死的是他儿子的未婚妻。然而，伊斯墨涅的恳求丝毫没有打动克瑞翁，他说他不会允许自己的儿子海蒙娶一个罪犯为妻。他必须处死安提戈涅，死亡会使海蒙和她阴阳两隔。克瑞翁命令自己的仆人们将安提戈涅和伊斯墨涅带到其他宫殿看守起来，防止她们逃跑。仆人们将俄狄浦斯的女儿们带走了。市民们默默地站在宫外，他们同情安提戈涅，认为她做了一件了不起的事情。安提戈涅说得没错，民众若不是惧怕残暴的克瑞翁，他们是不会谴责她埋葬波吕涅克斯这一壮举的。

克瑞翁的儿子，年轻的海蒙得知他的未婚妻即将遭受到怎样的惩罚后，来到父亲面前，请求他宽恕安提戈涅。海蒙知道，所有民众都同情无辜的安提戈涅，大家都抱怨说，她不应因高尚的行为而被处死。海蒙劝父亲不要固执己见，应该承认自己的过错。他勇敢地对克瑞翁说：

“所有忒拜人都认为安提戈涅是无辜的！父亲，我认为你不仁不义！你自己违背了诸神的律法！”

听了他的话，克瑞翁火冒三丈。他认为，儿子是出于对安提戈涅的爱才如此袒护她，他愤怒地对儿子吼道：

“噢，你看问题就像女人的卑劣奴仆一样蠢！”

“不，你永远不会见到我同情邪恶，我是在袒护你！”

但克瑞翁已听不进海蒙的话，他坚持要处死安提戈涅。见父亲如此绝情，海蒙说道：

“如果她死了，另一个人会随她而去！”

克瑞翁愤怒得几乎发了狂，他命令士兵们将安提戈涅带来，要当着海蒙的面处死她。海蒙尖叫道：

“不，不能当着我的面处死她！你不会再见到我了，父亲！你就在你那些谄上欺下的朋友们中间胡作非为吧！”

说完，海蒙就离去了。民众提醒克瑞翁说，海蒙怒气冲冲地离开这里，一定会出大事，可是克瑞翁不为所动。

安提戈涅被押来受死。克瑞翁决定将她活埋，把她埋入拉布达科斯族的陵墓。安提戈涅走向阿刻戎河的岸边，踏上了生命的最后一程。她将被活活砌入坟墓。没有亲朋好友的陪伴，也无人哀恸她的死亡，她再也不会见到阳光。

安提戈涅刚被押走，盲先知提瑞西阿斯就由一个小男孩领路找到了克瑞翁。祭祀期间，诸神向他预示了种种凶兆。阵亡者由于未得掩埋，尸体被鸟兽撕扯，这让诸神非常愤怒。提瑞西阿斯建议克瑞翁埋葬波吕涅克斯，然而愤怒的克瑞翁执迷不悟。他扬言，即使宙斯的神鹰将碎落的尸身叼到雷电之神的宝座前，他也不会将波吕涅克斯的尸身掩埋。克瑞翁还指责提瑞西阿斯被人收买，指责他出于一己之私来乱出主意。提瑞西阿斯大怒，厉声对克瑞翁说，这一切都是他的过错，将安提戈涅活埋在陵墓中，侮辱波吕涅克斯的尸身，这一切都违背了诸神的律法，侮辱了诸神，诸神会为此严惩他。克瑞翁的全家都将陷入苦难中，克瑞翁最珍惜的人将遭到惩罚，厄里倪厄斯将无情地报复克瑞翁，谁都无法使他逃离可怕的复仇。

先知提瑞西阿斯的话吓坏了克瑞翁。他撤销了不许安葬波吕涅克斯的命令，急忙赶到郊外为波吕涅克斯举行了葬礼，并祈求冥王和赫卡忒不要对他和忒拜发怒。葬礼结束后，克瑞翁和随从来到拉布达科斯族的陵墓前，想把安提戈涅放出来，但是太晚了！安提戈涅已用衣服捻成绳结，上吊自杀了。克瑞翁碰到正俯在未婚妻身上痛哭的海蒙。克瑞翁求儿子离开陵墓，可是海蒙当着父亲的面将利剑刺入了胸膛，倒在未婚妻的遗体旁，死了。克瑞翁悲痛欲绝，他失去了最后一个儿子，不禁抚尸痛哭。

报信使者将海蒙死亡的消息带给了克瑞翁的妻子欧律狄刻[①]。欧律狄刻默默地听他说完，走进宫殿的内室。她像海蒙一样，用剑刺穿胸膛自杀了。欧律狄刻刚刚自杀，克瑞翁就抱着儿子的尸身返回了宫殿。然而在宫殿里，又一个痛苦在等待着他。得知妻子自杀的噩耗后，高傲又贪婪的克瑞翁被彻底击垮了。绝望中他呼唤着死亡，只有死亡能使他摆脱痛苦。克瑞翁失去了他热爱的所有亲人。

后辈英雄出征[②]

七将攻忒拜的战争过去十年了。在这段时间里，忒拜阵亡英雄

① 与俄耳甫斯妻子同名。

② 根据许多作品整理，希腊语意为“后辈”。

的儿子们都已长大成人。他们决定为阵亡的父辈向忒拜人复仇，他们踏上了征途。参加此次出征的有阿德拉斯托斯之子埃吉阿勒、安菲阿拉奥斯之子阿尔克迈翁、提丢斯之子狄俄墨得斯、波吕涅克斯之子忒尔桑得尔、帕尔忒诺派奥斯之子普罗玛科斯、卡帕纽斯之子斯忒涅洛斯、希波墨冬之子波吕多罗斯、墨涅斯忒奥斯之子欧律阿洛斯。此次出征与父辈出征时不同，他们有诸神庇护（再次出征忒拜的将领被称为后辈英雄）。

得尔菲的神谕预言，若安菲阿拉奥斯之子阿尔克迈翁参加此次出征，后辈英雄们将大获全胜。

波吕涅克斯之子忒尔桑得尔自告奋勇去劝说阿尔克迈翁参加此次出征。阿尔克迈翁犹豫了很久，在完成父亲的遗愿、向把父亲送上不归路的母亲复仇之前，他不想出征忒拜。忒尔桑得尔像父亲波吕涅克斯那样，去求阿尔克迈翁的母亲埃里费勒帮忙。他将卡德摩斯之妻哈耳摩尼亚的珍贵衣服送给埃里费勒，以此收买了她，那件衣服是雅典娜亲自为哈耳摩尼亚织就的。埃里费勒经不起重礼的诱惑，和十年前受哈耳摩尼亚的项链诱惑一样，坚持让阿尔克迈翁和他的兄弟安菲洛克斯参加此次出征。

后辈英雄的远征大军从阿耳戈斯出发了。这支队伍人数不多，但注定会取得胜利。提丢斯之子狄俄墨得斯被选为此次出征的统帅，他的气力与勇猛都可与父亲比肩。英雄们发誓为父复仇，斗志昂扬地出征忒拜。

他们在忒拜附近的波特尼亚向先知安菲阿拉奥斯询问讨伐的结果。神谕说，安菲阿拉奥斯之子阿尔克迈翁将带领众将进入忒拜城，后辈英雄们会凯旋而归，但前次出征归来的阿德拉斯托斯之子埃吉阿勒将会阵亡。

后辈英雄们终于到达了七座城门的忒拜。他们先扫平了外围地区，然后着手围困城池。忒拜人在埃忒奥克洛斯的狂暴之子，国王拉奥达玛斯的率领下冲上战场，一场浴血之战开始了。在这场战斗中，埃吉阿勒被拉奥达玛斯的投枪刺中身亡，但拉奥达玛斯也被阿尔克迈翁所杀。战败的忒拜人躲进坚固的忒拜城中。

忒拜人假意同围城者谈判。到了夜晚，他们依提瑞西阿斯之计，携妻带子秘密离开了忒拜，远离围城者，向北方的忒萨利亚逃去。途中，曾长久帮助忒拜人、多次令他们转危为安的先知提瑞西阿斯在女神忒尔福萨的圣泉旁辞世。

长途跋涉后，忒拜人终于到达了忒萨利亚的赫斯提奥提斯，并在那里定居下来。

后辈英雄们攻克忒拜后，将其夷为平地。他们瓜分了丰厚的战利品，然后将战利品中最好的一部分，其中包括提瑞西阿斯的女儿、先知曼托，献给了得尔菲的神祇。

后辈英雄们顺利地返回了故乡。波吕涅克斯之子忒尔桑得尔重建并统治了忒拜。

阿尔克迈翁[①]

阿尔克迈翁征服忒拜后，返回了故乡。他一到家便立即遵从父亲安菲阿拉奥斯的意志，向母亲复仇。阿尔克迈翁亲手杀了自己的

① 根据荷马史诗《奥德修斯》整理。

母亲。母亲临死前诅咒弑母的儿子，诅咒他栖身的国家。

阿尔克迈翁的恶行惹怒了复仇女神厄里倪厄斯，不论他躲到哪里，她们都不停地追杀他。可怜的阿尔克迈翁到处漂泊，寻找栖身之地，并试图洗清弑母的罪孽。最后他来到了阿卡迪亚的普索费斯，在那里，国王斐格奥斯替他洗净了杀人的罪孽。阿尔克迈翁娶了斐格奥斯的女儿阿尔西诺，想在普索费斯过安稳的生活。但他的命运注定无法如此，母亲的诅咒始终与他如影相随。可怕的饥荒与鼠疫在普索费斯肆虐开来，死亡笼罩了整个城市。阿尔克迈翁去求得尔菲的神谕，女祭司皮提亚告诉他，他应当离开普索费斯去阿克洛奥斯河，只有在那里，他才能真正洗净弑母的罪孽，才能在一个她母亲诅咒时，尚不存在的国度中寻得安宁。阿尔克迈翁离开了斐格奥斯的家，告别了妻子阿尔西诺和儿子克吕提奥斯，出发去找阿克洛奥斯河。他在途中拜访了卡吕冬的俄纽斯，俄纽斯热情地接待了他。

阿尔克迈翁还造访过忒斯普罗托斯人的国度，但当地人因怕触怒诸神，将他驱逐出了自己的国家。最后，阿尔克迈翁来到了阿克洛奥斯河边，在那里，河神阿克洛奥斯为他洗净了弑母的罪孽，并把女儿卡利洛厄嫁给了他。阿尔克迈翁在阿克洛奥斯河口处的一座小岛上定居下来，阿尔克迈翁遭母亲诅咒之时，还不在这个国家。

即使在这里，阿尔克迈翁也难逃厄运。卡利洛厄得知，波吕涅克斯及其子忒尔桑得尔将珍贵的项链和雅典娜亲自织就的衣物送给了埃里费勒后，要求她的丈夫把这些珍宝交给她。卡利洛厄不知道，死亡会随同这些珍宝降临到它们的新主人头上。阿尔克迈翁出发去了普索费斯，让斐格奥斯把项链和衣物还给他。阿尔克迈翁对斐格奥斯说，他想把这些珍宝献给得尔菲的神祇，以求得太阳神的宽恕。斐格奥斯听信了阿尔克迈翁的话，将珍宝给了他，但当阿尔克迈翁的奴隶告诉了斐格奥斯，项链和衣服要给谁用时，斐格奥斯大怒，叫来自己的儿子普罗诺奥斯和阿戈诺耳，让他们在阿尔克迈翁返回阿克洛奥斯河河口时伏击他。他们遵从父命，杀害了阿尔克迈翁。

阿尔克迈翁的原配妻子阿尔西诺仍旧深爱着他，得知丈夫被杀后，她痛苦地诅咒了自己的兄弟。兄弟俩将她带到阿卡迪亚的阿伽佩诺尔国王那里，指责她杀害了阿尔克迈翁，并将她处死。

卡利洛厄也得知了阿尔克迈翁的死讯。她决定向杀死丈夫的斐格奥斯的儿子们和他本人复仇。但谁来报仇呢？卡利洛厄的儿子阿卡耳南和安福忒罗斯还是襁褓中的婴儿。卡利洛厄祈求宙斯，让她的儿子们马上成为强壮的青年。宙斯接受了卡利洛厄的祈求，她的儿子们一夜间长大成人。他们来到忒格亚，去阿伽佩诺尔国王那里杀了斐格奥斯的两个儿子，随后又在普索费斯杀死了斐格奥斯本人。斐格奥斯和他全家之所以被杀，皆因当年埃里费勒接收了波吕涅克斯和忒尔桑得尔的贿赂。

阿卡耳南和安福忒罗斯得到了珍贵的项链和雅典娜亲自织就的衣物，经母亲同意，他们将宝物献给了得尔菲的太阳神阿波罗。阿卡耳南和安福忒罗斯没留在故乡生活，他们建立了新的王国，并以阿卡耳南之名命名了新的国度，这个国家就叫阿卡耳南尼亚。

《国民阅读经典》（平装）书目

论语译注　杨伯峻译注

诗经译注　周振甫译注

楚辞译注　李山译注

孟子译注　杨伯峻译注

庄子浅注　曹础基译注

周易译注　周振甫译注

山海经译注　韩高年译注

大学中庸译注　王文锦译注

战国策译注　王延栋译注

道德经讲义　王孺童讲解

金刚经·心经释义　王孺童译注

人间词话（附手稿）　王国维著　徐调孚校注

唐诗三百首　蘅塘退士编选　张忠纲评注

宋词三百首　上彊村民编选　刘乃昌评注

元曲三百首　吕玉华评注

诗词格律　王力著

经典常谈　朱自清著

毛泽东诗词欣赏（插图本）　周振甫著

三国史话　吕思勉著

中国史纲　张荫麟著

中国近百年政治史　李剑农著

中国近代史　蒋廷黻著

乡土中国　费孝通著

朝花夕拾　鲁迅原著　周作人解说　止庵编订

中国哲学史大纲　胡适著

中国哲学简史　冯友兰著

东西文化及其哲学　梁漱溟著

世界美术名作二十讲　傅雷著

谈修养　朱光潜著

谈美书简　给青年的十二封信　朱光潜著

查拉图斯特拉如是说　［德］尼采著　黄敬甫、李柳明译

蒙田随笔　［法］蒙田著　马振聘译

宽容　［美］房龙著　刘成勇译

希腊神话　［俄］尼·库恩著　荣洁、赵为译

物种起源 ［英］达尔文著 谢蕴贞译

圣经的故事 ［美］房龙著 张稷译

人类群星闪耀时 ［奥地利］茨威格著 梁锡江、段小梅译

梦的解析 ［奥地利］弗洛伊德著 高申春译 车文博审订

菊与刀 ［美］鲁思·本尼迪克特著 胡新梅译

沉思录 ［古罗马］马可·奥勒留著 何怀宏译

理想国 ［古希腊］柏拉图著 刘国伟译

国富论 ［英］亚当·斯密著 谢祖钧译

名人传（新译新注彩插本） ［法］罗曼·罗兰著 孙凯译

拿破仑传 ［德］埃米尔·路德维希著 梁锡江、石见穿、龚艳译

君主论 ［意］马基雅维利著 吕健忠译

新月集 飞鸟集 ［印度］泰戈尔著 郑振铎译

论美国的民主 ［法］托克维尔著 周明圣译

旧制度与大革命 ［法］托克维尔著 高望译